कुछ कल कुछ आज

कहानी संग्रह

लेखक

निशीथ रंजन तिवारी

अंजुमन प्रकाशन

Title : Kuchh Kal Kuchh Aaj
Author : Nishith Ranjan Tiwari

Published By-
Anjuman Prakashan
942, Mutthiganj, Prayagraj, 211003
www.anjumanpublication.com
anjumanprakashan@gmail.com

Printed and bound in India.
First published by Anjuman Prakashan in 2022
ISBN : 978-93-91531-95-9

Cover & Typeset by Anjuman Prakashan

समर्पण

उन कद्रदानों को
जिन्हें लगता है कि
मुझे लिखते रहना चाहिये।

कुछ कल कुछ आज

(मेरे विभिन्न कथा संग्रहों में प्रकाशित कहानियों में से अपनी टिप्पणियों के साथ मेरी पसंद की चुनी हुई कहानियाँ)

कुछ कल की

चाँद, दूसरी बेंच का आदमी, आजादी, चोर सिपाही, जंगल की ओर, लालमनी की कहानी, नौकरशाही, उसने कहा था

बड़ी मछली छोटी मछली(लघु उपन्यास)

कुछ आज की

एक शाम जिंदगी जिंदगी, प्रेम पत्र, क्लेश, न ही कहें, अपने-अपने पाप, हिपमैन, काम वाली बाई, बेबी डॉल मैं सोने की, निम्फो-1, निम्फो-2, हम सब, परवाज (लघु उपन्यास)

मैं क्यों लिखता हूँ?

क्योंकि लिखना मुझे अच्छा लगता है। बहुत ही सुकून भरा काम लगता है जब मैं अपनी वास्तविक दुनिया से किनारा करके एक नयी दुनिया की रचना करने लगता हूँ, भले ही वह नयी दुनिया हमारे अपने जीवन की परछाई ही क्यों न हो। अक्सर ऐसा होता है कि अपने ही अगल-बगल घटी कुछ बातें कुछ भाव, दिल में उतर जाते हैं और मन होता है कि इसे और लोगों तक भी पहुँचाना चाहिए तो उन्हें कहानियों का रूप देकर छोड़ देना अच्छा लगता है। ये कहानियाँ अपने कद्रदानों को खुद ही खोज लेती हैं।

लिखने की खुशी तो होती ही है, मगर इसकी नींव है पढ़ने की खुशी। अगर पढ़ने में खुशी नहीं मिलती, किसी का लिखा दिल में नहीं उतरता है या कोई साहित्य, चाहे वह जासूसी उपन्यास ही क्यों न हो, अपने आन्तरिक हृदय के तारों को नहीं हिला पाता तो रचनात्मक लिखना भी नहीं हो सकता। मुझे याद है आठवीं क्लास से ही मुझे जासूसी उपन्यास पढ़ने का चस्का लग गया था। वेद प्रकाश काम्बोज की विजय सीरीज और इब्ने सफी की 'जासूसी दुनिया' के हिन्दी अनुवाद में कर्नल विनोद(उर्दू संस्करण में फरीदी) और राजेश (उर्दू संस्करण में इमरान) मेरे बहुत ही प्रिय पात्र थे। इन उपन्यासों का जुनूनी हद तक इंतजार रहता था। धीरे-धीरे इनके आगे पढ़ने का दायरा बढ़ता गया और अगले कुछ सालों में मैं हिन्दी साहित्य में 'चन्द्रकान्ता' व 'भूतनाथ' से लेकर 'जयशंकर प्रसाद' साहित्य तक एन्जॉय करने लगा था। इसी के बाद मुझे खुद ही लिखने का भी मन होने लगा और पहली कहानी तब लिखी गयी जब मैं बारहवीं में पढ़ता था। जाहिर है यह बचकानी जासूसी कहानी थी। मेरे कक्षा मित्रों को पसंद भी आयी थी। इससे कम से कम मुझे जाहिर था कि लिखना भी तभी शुरू होता है जब किसी और का लिखा अपने दिल में उतर जाता है। तब लगता है कि शायद मेरी बात भी किसी के दिल में उतर कर उसे वही खुशी दे सके। हम सभी के मन में कुछ तो रहता ही है जो हम कहना चाहते हैं पर कह नहीं पाते। इसीलिए जब कहीं ऐसा कुछ दिखता है जो हमारी ही बात कहता प्रतीत होता है तब मजा आ जाता है। वह हमारे हृदय के तारों को संगीतमय बना देता है। वह अलग तरह का आनंद है जो आदमी की बुनियादी ज़रूरतों के पूरा होने की खुशी से कहीं बहुत परे है।

बाद के वर्षों में लिखने की शैली के रूप में मुझे कृष्ण चंदर की कहानियाँ और उपन्यास पसंद आते थे। शायद आपने भी उनकी मशहूर उपन्यास 'एक गधे की आत्मकथा' का नाम सुना हो। लेकिन मेरे व्यक्तित्व और लेखन में आमूल चूल

परिवर्तन तब हो गया जब पहली बार मैंने श्रीलाल शुक्ल लिखित 'राग दरबारी' पढ़ा। क्या बात थी उसमें! मैं कई वर्षों तक उससे अभिभूत रहा और अब भी हूँ। मेरे लिये आज भी वह हिन्दी का सर्वश्रेष्ठ उपन्यास है और मैं हमेशा इसे अपने कलेक्शन में रखता हूँ। उनकी लेखन शैली की नकल करने की मैंने बहुत कोशिश की है और अब भी करता रहता हूँ।

सच कहें तो हम सभी लोग कहानियों की तलाश में रहते हैं। जीवन खुद ही एक कहानी है। हमारे अपने अनुभवों की कहानी है। लेकिन दूसरों के अनुभवों से इसे समृद्ध करने के लिये हमें और कहानियों की तलाश होती है। अब चाहे हम फिल्म देखने जायें, टी॰ वी॰ सीरियल देखें, समाचार देखें, कोई किताब पढ़ें या दोस्तों में गप्पशप करें हर जगह कहानियाँ ही हैं। यह हमारा सबसे बड़ा मनोरंजन हैं। हमारी अपनी रुचि पर निर्भर है कि हमें कहानी की कौन सी विधा अच्छी लगती है।

कहानियाँ हमें हँसाती हैं, रुलाती हैं, कभी गुस्सा भी दिलाती हैं और कभी जोश दिलाती हैं। ये हमें हमारी वास्तविक जिंदगी से थोड़ा परे ले जाती हैं। मुझे व्यक्तिगत तौर पर हमेशा यह लगा है कि मेरी कहानियाँ इस तनाव भरे जीवन में और तनाव पैदा करने वाली न हो बल्कि रिलैक्स करने वाली हो। इसीलिए मैंने कभी वर्ग संघर्ष, नारी सशक्तीकरण, न्याय अन्याय आदि पर कोई ध्यान नहीं दिया है। घटनाएँ हैं, घटती चली जाती हैं, और घटते-घटते कहानी बना जाती हैं। इनके विश्लेषण का काम पूरी तरह आप पर छोड़ा हुआ है। इसीलिए हल्की-फुल्की कहानियाँ जिनसे हम हँसी-खुशी गुजर जायें मेरी प्राथमिकता रही हैं। इनमें भावों का अतिरेक नहीं मिलेगा। कठिन से कठिन घटना का चित्रण हल्के-फुलके रूप में ही है।

एक मोटी बात और साझा करना चाहता हूँ। कहानी और कविता में मूल अन्तर क्या है? कविता आपको सोचने का ज्यादा स्पेस देती है। वह कम बोलती है। झकझोरती ज्यादा है। जब आप दुष्यन्त कुमार की आवाज सुनते हैं कि 'हो गयी है पीर पर्वत सी पिघलनी चाहिए। इस हिमालय से कोई गंगा निकलनी चाहिए।' तो आप जोश से भर उठते हैं। वह सब भी आपके आगे से गुजर जाता है जो कविता में नहीं कहा गया है। कविता आपका समय कम लेकर आपको ज्यादा स्पेस देती है, एक लय देती है। इसीलिए कविता अधिक लोकप्रिय है। अधिक शक्तिशाली है। इसी संग्रह में आपको कवियों पर भयानक व्यंग भी मिलेंगे जिससे मेरा कथन विरोधाभासी लग सकता है। इसका निर्णय आप पर ही छोड़ता हूँ कि कविता की विधा का कितना दुरूपयोग भी होता है। यहाँ मैं जिस बिन्दु को उभारना चाहता हूँ वह ये है कि अब धीरे-धीरे कहानी भी वह रूप ले रही है जहाँ यह आपको ज्यादा

स्पेस देने वाली है। कहानीकार अब कहानी का विकास और अन्त अपनी धारणाओं पर नहीं करता। वह आपको एक घटना, एक परिस्थिति के सामने ला देता है और बाकी सब आप पर छोड़ देता है। निःसंदेह यह विकास अधिक स्वतंत्रता और आनंद देने वाला है।

यह भी स्वीकार करना चाहता हूँ कि मैं कोई प्रतिभाशाली पैदाइशी लेखक नहीं हूँ। मुझे लिखने में और इस लिखे हुए को बार-बार सँवारने में बहुत मेहनत करनी होती है। यह मेरी हॉबी के दर्जे में ही रह गया है। रिटायर होने के बाद भी, जब मेरे पास समय ही समय है, तब भी लिखना कम ही हो पाता है पर जब भी लिखने की प्रेरणा कहीं ऊपर से या आप जैसे मित्रों से आती है तब मेरी भी खुशी का कोई पारावार नहीं रहता।

इस संग्रह में शुरू से अब तक की चुनी हुई रचनाओं को संकलित किया गया है जो आपको लेखक के खुद के विकास की भी एक झलक देगा। यह भी कहे बिना नहीं रह सकता कि जो कुछ भी आपके सामने आ रहा है वह आपकी ही क्रियाओं और प्रतिक्रियाओं का फलन है। इनमें केवल मैं ही नहीं हूँ। कहीं न कहीं आप भी हैं। परदा भले ही मेरा हो पर शो आपका है। बनाये रखिये।

निशीथ रंजन तिवारी

इलाहाबाद

अनुक्रम

कुछ कल की

कुछ आज की

रूपक कथायें

रूपक कथायें वास्तविक दुनिया के मुद्दों के बारे में व्यापक संदेश देने के लिये एक चरित्र, स्थान या घटना का उपयोग करती हैं। प्रधानतः ये जटिल विचारों और अवधारणाओं को स्पष्ट करने या व्यक्त करने के लिये प्रयुक्त होती हैं जिन्हें सामान्य कथा शैली द्वारा रुचिपूर्ण ढंग से व्यक्त करने में कठिनाई आती है। हमारे लिये रूपक का परिचित्त उदाहरण 'पंचतंत्र की कहानियाँ' हैं। हिन्दी साहित्य में कृष्ण चंदर की 'एक गधे की आत्मकथा' रूपक कथा का मशहूर उदाहरण है। पश्चिमी साहित्य में रूपक का सबसे प्राचीन उदाहरण संभवतः प्लेटो की 'एलीगरी ऑफ केव' है। इस विधा का प्रयोग लगभग सभी लेखकों को कभी न कभी करना ही पड़ता है।

जब सत्तर के दशक में ये कहानियाँ 'चाँद', 'दूसरी बेंच का आदमी' और 'आजादी' लिखी गयी थीं तब कम्यूनिस्ट विचारधारा का बहुत बोलबाला था। दिल्ली का जे० एन० यू० तो पूरा ही कम्यूनिस्ट था। जगह-जगह से प्रतियोगिता परीक्षाओं की तैयारी के लिये इकट्ठा हुए हम सभी छात्र एक समानता पर आधारित न्यायपूर्ण समाज की कल्पना करते थे। 'चाँद' मेरी वह पहली कहानी थी जो उस समय की एक सुप्रतिष्ठित साहित्यिक पत्रिका 'सारिका' में छपी थी और इससे उत्साहित होकर मैं अच्छे से अच्छा लिखने की कोशिश करने लगा। उस समय के कई प्रतिष्ठित साहित्यकारों का मार्गदर्शन भी प्राप्त हुआ और मुझे मेरे मित्रों ने साहित्यकार कहना भी शुरू कर दिया। उस समय की तीन कहानियाँ प्रस्तुत हैं। ये पहले भी 'जंगल की ओर' कथासंग्रह में छप चुकी हैं।

चाँद

वहाँ कई लोग थे, एक-दूसरे की ओर पीठ किये बैठे थे लेकिन अक्सर घूम कर बातचीत भी कर लेते थे। मैं देखता था कि अगर कोई नया आदमी आता तो किसी न किसी के साथ उसी की दिशा में मुँह करके बैठता और बाकी लोगों से अलग-थलग रहता, उन्हें गालियाँ देता और अपने ग्रुप के लोगों को सही मानता। उनका कहना था कि जिधर मुँह करके हम बैठे हैं वही आकाश है, बाकी दूसरे लोगों के विचार पाताल की ओर उन्मुख है। उनसे नजर हट कर आसमान की ओर गयी तो पूर्णिमा का भव्य चाँद चमकता हुआ दिखाई पड़ा जिसने मुझे अभिभूत कर दिया। इस चाँद और उसके साथ छिटके तारों ने एक दिव्य अनुभूति को जन्म दिया। मुझे यह जानने की तीव्र इच्छा होने लगी कि यह सब क्या है और क्यों है।

वहाँ बैठे आदमियों में से एक के पास जाकर मैंने पूछा, 'भाई साहब, ये जो आकाश में गोला चमक रहा है, जिसे लोग चाँद कहते हैं, यह क्या है?'

उसने बड़े विश्वास भरे स्वर में कहा, 'चाँद? वह तो कल्पना की चीज है। चाँद है ही नहीं कहीं।' उसकी निगाहों में ऐसा भाव था मानो मैं कोई बेवकूफ सा आदमी हूँ।

एक बार तो मुझे भी लगा कि हो सकता है मुझे भ्रम हो गया हो। इसीलिए मैंने फिर ऊपर देखा। चाँद पूर्ववत् चमक रहा था। संशय भरे स्वर में मैंने कहा, 'लेकिन यह जो आकाश में चमक रहा है, चाँद ही तो है।'

उसने सामने देखते हुए कहा, 'कहाँ है चाँद? मुझे तो आकाश में कहीं दिखाई नहीं देता।'

'लेकिन वह तो ऊपर है, आपके सिर के पीछे।'

'क्या बकवास करते हो तुम? ऊपर आकाश ही नहीं है तो चाँद कहाँ से होगा?'

मैंने बहुत चाहा कि वह मुड़कर अपने सिर के पीछे के आसमान में चाँद देख लें पर वह अपने विचारों पर अडिग था। मैं उसे कुछ भी समझाने में पूरी तरह असफल रहा। उसके प्रबल भरोसे के आगे मेरा ही भरोसा डिग रहा था।

संशयों से भरा हुआ मैं दूसरे आदमी के पास पहुँचा। वह चेहरे से काफी प्रसन्न दिखता था। इसलिए मुझे कुछ आशा बँधी और उससे पूछा, 'भाई साहब, ये चाँद आकाश पर है या नहीं?'

उसने बड़े प्रेमपूर्वक मुझे देखते हुए कहा, 'क्यों नहीं, आकाश तो हर तरफ है। हम सब आकाश में ही स्थित हैं।'

‘तो ये जो चाँद है, आकाश में चमक रहा है, यह क्या है?’

‘यह चाँद है।’ उसने निर्णायक स्वर में कहा।

‘लेकिन उसे देखना इतना अच्छा क्यों लगता है?’

‘क्योंकि वह अच्छा है।’

‘पर वह है क्या चीज?’

‘वह चाँद है।’

मेरी समझ में नहीं आ रहा था कि मैं किस भाषा में पूछूँ। जितना वह बता रहा था उतना तो मैं भी जानता था पर वह ज्ञानी कहा जाता था और उसके अंदाज से लग रहा था कि इससे अधिक बताने की स्थिति में वह है भी नहीं।

मैंने तीसरे आदमी के पास जाकर पूछा, ‘ये चाँद.....’

उसने मेरी बात काटते हुए जल्दी से कहा, ‘तो तुम्हीं हो जो चाँद के पीछे पड़े हुए हो? अरे हमारी धरती पर ही क्या कम समस्याएँ हैं जो तुम चाँद पर पहुँच जा रहे हो। ये गरीबी, अंधकार, जातिवाद, क्षेत्रवाद आदि ऐसी समस्याएँ हैं जिनसे हमें जूझना है। तुम अपनी प्रतिभा चाँद पर खराब न करके यहाँ की समस्याओं को दूर करने में लगाओ।’

‘लेकिन.....’ मैंने कहा, ‘मुझे तो चाँद बहुत अच्छा लगता है।’

‘ठीक है, ठीक है।’ उसने मुझे समझाते हुए कहा, ‘चाँद सबको अच्छा लगता है पर हमारे ही करोड़ों भाई बहन ऐसी परिस्थितियों में पड़े हुए हैं कि वे चाँद देख ही नहीं पाते। क्या हमको उनके लिये कुछ नहीं करना चाहिए?’

अपने भाई-बहनों की दुर्दशा की बात सुनकर मुझे जोश आ गया और उसी जोश में मैंने कहा, ‘जरूर करना चाहिए। मैं जरूर करूँगा। बताइये कि मैं क्या कर सकता हूँ?’

‘शाबाश। तुम बहुत समझदार हो। देखो, सबसे पहले हमें अपने गरीब भाइयों के लिये एक-एक मोटरकार चाहिए।’

‘मोटर.....?’ मुझे बड़ा आश्चर्य हुआ फिर लगा कि हो सकता है यह सच हो, लेकिन इतनी मोटरें हम कहाँ से लायेंगे?

वो शायद मेरे चेहरे से समझ गया कि मैं क्या पूछना चाहता हूँ, इसीलिए बोला, ‘हमारे पास इतना धन तो है नहीं और हम लोगों में जो अमीर हैं वे भी धन देंगे नहीं, इसलिए ये कारें हमें अमीरों से छीननी पड़ेंगी।’

मेरी समझ में यह बात एकदम ही नहीं आ रही थी लेकिन अपने कुछ गरीब साथियों की दुर्दशा मैं देख चुका था इसलिए यह मुझे बड़ा सुखद भी लग रहा था। वे

गरीब नहीं रह जायेंगे। मोटरों पर घूमेंगे और चाँद देखेंगे। पर मन के किसी कोने से यह आवाज भी आ रही थी कि यह तरीका गलत है। मेरे पड़ोस में बीड़ी बनाने वाले मजदूर की बीवी बड़ी सुंदर थी पर वह मजदूर उसे रोज दारू पीकर पीटा करता था। तंग आकर वह किसी कंपनी के मैनेजर के साथ भाग गयी और अब वह मैनेजर उसे अक्सर पीटा करता है। मुझे तो मोटरकार से उसकी तकलीफ दूर होती दिखाई नहीं दे रही थी।

वह थोड़ा आगे खिसक आया और बोला, 'हमारे भाई करोड़ों रुपया भेज रहे हैं। उन रुपयों से हम हथियार खरीदेंगे और अमीरों पर हमला करके उनको मार डालेंगे और उनकी मोटरें छीन लेंगे।'

मुझे डर लगने लगा। बोला, 'पर आपके भाई जो करोड़ों रुपया भेज रहे हैं उससे क्यों न मोटरें ही खरीद कर गरीबों को दे दी जाये।'

'पागल हो तुम? अरे उनके पास इतना रुपया थोड़े ही है कि वे सबको मोटरें खरीदें। फिर अगर खरीद भी दें तो यहाँ की व्यवस्था ऐसी है कि गरीब फिर से गरीब हो जायेंगे।'

'वो तो जो मेहनत नहीं करेगा या जिसके पास बुद्धि नहीं होगी वह तो हर हालत में गरीब ही हो जायेगा।'

'नहीं, हम किसी को गरीब नहीं होने देंगे।'

'ये कैसे होगा?'

देखो, ध्यान से समझो। गरीबी का मुख्य कारण है गलत सामाजिक व्यवस्था। हमारी व्यवस्था हो जायेगी तो हम सबसे पूरा काम लेंगे और फालतू कामों से रोक देंगे।'

'फालतू काम क्या?'

'फालतू काम वे है जिनसे कोई उत्पादन नहीं होता। उत्पादन बढ़ेगा तो पूरे का पूरा समाज अमीर होगा और फिर व्यक्ति भी अमीर होगा।'

'लेकिन चाँद को देखने से तो कोई उत्पादन नहीं होता।'

'ओफ ओह। तुम अभी तक चाँद पर ही टिके हो। हमारे महान उद्देश्यों के आगे चाँद कुछ भी नहीं है। हमारी व्यवस्था में चाँद कोई नहीं देख पायेगा।'

मैं डर गया। डरते-डरते कहा, 'लेकिन मुझे तो चाँद देखना अच्छा लगता है।'

'जो पूरे समाज के हित में होगा वही अच्छा माना जायेगा।'

'लेकिन चाँद को तो लोग फिर भी देखेंगे।'

'तो उनकी गर्दन उड़ा दी जायेगी। किसी को भी ऐसा कोई काम नहीं करने

दिया जायेगा जो सामाजिक उत्पादन घटाये।'

मैं डर कर वहाँ से भागा।

काफी दूर जाकर जब मेरी तसल्ली हो गयी कि अब वह मुझे नहीं देख रहा होगा तो एक बार मैंने फिर चाँद की ओर देखा। वह अब भी बहुत अच्छा लग रहा था। उतनी ही शान्ति से चमक रहा था।

मेरे आगे एक व्यक्ति नदी में पड़ती हुई चाँद की परछाई देख रहा था। उसे देखकर मुझे सचमुच बड़ी खुशी हुई क्योंकि कोई तो मिला जिसकी चाँद में रुचि है। मैं चुपचाप उसके बगल में जाकर खड़ा हो गया।

उसने मुझे भी चाँद की ओर देखता पाया तो बोला, 'कितना सुंदर है यह चाँद, एकदम दिव्य।'

थोड़ी दूर पर खड़ा एक दूसरा आदमी इसे सुनकर हँसने लगा।

पहले आदमी ने उसे नफरत से देखते हुए कहा, 'बेवकूफ है।' फिर मुझसे बोला, 'देखो लहरों के साथ काँपता यह चाँद कितना सुंदर है।'

'हाँ।' मैंने कहा, 'पर असली चाँद तो काँप नहीं रहा है। वह और भी सुंदर है।'

'नहीं।' उस मरियल से आदमी ने कड़क कर कहा, 'चाँद का कोई स्वतंत्र अस्तित्व नहीं है। वह तो बिना माध्यम के दिख ही नहीं सकता। नदी माध्यम है और असली चाँद नदी में ही है। नदी से ही वह प्रकट होता है।'

'और जो ऊपर चमक रहा है वह क्या है?'

'वह नदी के चाँद की परछाई है। चाँद तो नदी वाला ही सत्य है। मैं उसे बीस साल से नदी में देख रहा हूँ। ऊपर वाली परछाई तो जगह बदलती रहती है पर यह असली चाँद हमेशा नदी में दिखता है।'

मेरी मान्यताओं के किले एकदम ढह जाने वाले थे कि दूसरी तरफ खड़े आदमी ने इशारे से मुझे अपने पास बुलाया और कहा, 'किस पागल के चक्कर में पड़े हो। अरे, मैंने सुना है कि अमेरिका वाले चाँद पर घूम आये हैं और वहाँ की मिट्टी भी ले आये हैं। चाँद पर खार-खड्डों के सिवा कुछ भी नहीं है।'

'पर वह अच्छा क्यों लगता है?'

'शायद इसका मनोवैज्ञानिक कारण हो। बचपन से ही तुम्हारे दिमाग में डाला गया है कि चाँद अच्छा है। इसीलिए तुम्हें अच्छा लगता है।'

'मेरे दिमाग में तो बचपन से यह भी डाला गया है कि पढ़ना-लिखना बहुत अच्छा है। फिर मेरा मन पढ़ने में क्यों नहीं लगता? चाँद पर क्यों चला गया है?'

'मुझे नहीं मालूम भाई। मैं कोई सर्वज्ञानी थोड़े ही हूँ।' उसने कहा, 'मुझे तो

ठीक से यह भी नहीं पता कि चाँद क्या है।'

मेरा मन अनायास ही उस आदमी के आगे झुक गया। मैंने उसके पैर छू लिये और कहा, 'अब ठीक है। अब मैं खोज लूँगा। अगर यही पता चल जाये कि इस प्रश्न का उत्तर किसी के पास नहीं है तो मैं उसे खोजने में लग सकता हूँ। पर इतने लोगों ने, ज्ञानियों ने जो उत्तर मुझे दिये उनसे मैं बहुत भटका हूँ। भटकता ही रहा हूँ।'

चाँद अब और भी सुंदर लग रहा था।

दूसरी बेंच का आदमी

उसने कुछ बुरा सा मुँह बनाकर कहा, 'पूरे इलाहाबाद में यही दुकान तुमको मिली थी क्या? अरे, इसी मुहल्ले में कई अच्छी दुकानें भी हैं। बोर कर दिया तुमने।'

मैं इस दुकान पर रोज ही चाय पीता था इसलिए एक तरह से यह मेरी प्रेस्टिज इश्यू पर प्रहार था। मैं यह कैसे बर्दाश्त करता कि कोई, चाहे वह मेरा परिचित्त मित्र ही क्यों न हो, इसकी बुराई करे और वो भी मुझे लक्ष्य बनाकर। पर मैं चुप रहा और इस चुप रहने के लिये भीतर से काफी परिश्रम भी करना पड़ा। मैंने इसकी कोई वकालत नहीं की क्योंकि तथाकथित बुद्धिजीवियों में हर छोटी बातें साम्यवाद, पूँजीवाद, असामान्य कुंठा, वर्गवाद, शोषण, जातिवाद आदि से कम स्तर पर ठहरती ही नहीं और यह मामूली सी बहस सिद्धान्तों की लड़ाई बन जाती है।

लेकिन वह चुप नहीं रहा। मेरी चुप्पी को मौन समर्थन या फिर हीनता समझ कर और चढ़ बैठा 'देख रहे हो ये मक्खियाँ, ये गन्दगी और वो पैन तो देखो जिसमें वह चाय बना रहा है। लगता है कई दिन से धोया नहीं गया है। पता नहीं इतने गंदे लोगों के बीच तुम बैठते कैसे हो?'

यह मेरी धैर्य परीक्षा की घड़ी थी जिसमें मैं सफल रहा। एक अनमनी सी 'हूँ' के अतिरिक्त मैंने और कुछ भी नहीं कहा। यह संकेत सबसे अच्छा होता है। कम से कम इसका कोई स्पष्ट अर्थ तो नहीं होता। अगर जुबान से शब्द निकलते हैं तो उनका अर्थ भी होता है और अर्थों का अनर्थ बड़ी सरलता से हो सकता है।

दुकान पर काम करने वाला नौकर, एक गंदा सा लड़का, शायद 12-14 साल का होगा, चाय दे गया। जनवरी की बारिश के बाद जो ठंडी हवायें चलती हैं, बड़ों-बड़ों की रूह कँपा देती हैं। खुद मैं भी हाफ स्वेटर पर कोट पहने था और सिकुड़ा हुआ था, पर उस लड़के के पास शायद वही फटी हाफ पैण्ट भर थी, जिसे मैं इस दुकान पर पिछले दो महीने से देख रहा था। इसके अलावा एक बहुत गंदा व फटा स्वेटर जो उसने बनियाइन पर पहन रखा था, शायद किसी ने उसे दे दिया होगा क्योंकि वह बहुत लम्बा व ढीला-ढाला था। दुकान का मालिक सफेद दाढ़ी वाला बुड्ढा था जिसके गंदे कपड़ों से तो कम पर चेहरे से अधिक दयनीयता टपकती थी।

मेरा मित्र टूटी-फूटी और उखड़े पॉलिश वाली बेंच पर कसमसा रहा था। शायद मेरा कुछ लिहाज करके उसने कुछ घूँट चाय पी। मैं पूरी चाय पीकर उठा। लड़के को पैसे दिये और वहाँ से चलने ही वाला था कि एक भिखारी आकर दुकान के मालिक के पास खड़ा हो गया। मुँह से उसने एक शब्द भी नहीं कहा पर दुकान

का मालिक उसके खड़े होने का मतलब जानता था।

अपने टूटे बक्से से उसने एक सिक्का निकाला और भिखारी की ओर फेंक दिया। यह क्षण बड़ा ही महत्वपूर्ण था। यही वह क्षण था जिसने इस कहानी को जन्म दिया वरना तमाम कहानियाँ भीतर ही भीतर घुटकर दम तोड़ देती हैं। हुआ यह कि वह सिक्का भिखारी के पास गिरा तो जरूर पर फिर उछल कर दूसरी ओर चला गया जहाँ मेरा मित्र खड़ा हुआ था। सिक्का उसके पैरों के पास था। भिखारी ने सहज भाव से आगे बढ़कर वह सिक्का उठाना चाहा पर असहजता उसकी लकड़ी ने पैदा कर दी जिसके सहारे वह चलता था। पता नहीं क्यों वह लड़खड़ाया और मेरे मित्र के पास ही गिरने लगा। ऐसी स्थिति में अमेरिका के राष्ट्रपति से लेकर सड़क के भिखारी तक अनजाने ही, खुद से मजबूर वह काम कर जाते हैं जो उस भिखारी से हुआ। उसने सहारे के लिये मेरे मित्र को पकड़ लिया। लेकिन वेग अधिक था व दोनों में से कोई भी इसके लिये पहले से तैयार नहीं था। परिणाम यह हुआ कि दोनों ही गिर पड़े।

इस समय लगभग सभी लोग, यहाँ तक कि दुकान का मालिक भी, अरे, अरे कहते दौड़ पड़े, दोनों को उठाने के लिये, पर इसकी नौबत ही नहीं आयी। मेरे मित्र ने कुछ सेकेंडों में ही सारी स्थिति समझ ली और यह भी स्वयं तय कर लिया कि उसे क्या करना है। उसके संस्कारों ने उसे जल्द और एक निश्चित निर्णय लेने में पूरी सहायता की। बिजली की तेजी से वह उठा (कम से कम मुझे तो ऐसा ही लगा) और हाथों के बल उठने की कोशिश करते हुए उस बुड्ढे भिखारी को एक करारी लात लगायी। इस लात के बाद दूसरी कई लातें व मुक्के उस पर पड़े और वह एक दयनीय सी क्षमा प्रार्थना के सेंस वाली चीख, या अधिक सही रूप में कहना हो तो गिड़गिड़ाहट निकालता रहा पर वह उन गंदी गालियों के नीचे दब गयी जो लातें मारने वाला निकाल रहा था। सभी लोग, मैं भी, जड़ खड़े देखते ही रह गये। कुछ नहीं सूझा। होश तो तब आया जब गीली मिट्टी झाड़ता हुआ मेरा दोस्त गालियाँ बकता मेरे पास आकर खड़ा हो गया और उधर एक-दो लोगों ने भिखारी को सहायता देकर उठाया। वह लड़खड़ाता उठा। एक बार भी जलती निगाहों से किसी को नहीं देखा। शायद उन आँखों में हीनता के सिवा कुछ नहीं था। अपनी चोटों को सहलाते अपनी लकड़ी के सहारे कुछ दूर गया, मगर फिर लौटा। हम सभी धड़कते दिल से देख रहे थे कि वह क्या कहता है, क्या करता है पर वह बोला कुछ नहीं। थोड़ी देर खड़ा जमीन पर देखता रहा और इस बार सावधनी से झुककर उसने वह सिक्का उठाया जिसके पीछे सब कुछ हुआ था और फिर काँपते कदमों से, एक हाथ से आँखें व नाक पोंछता हुआ चला गया।

इस दुकान पर अब इस घटना की चर्चा शुरू हुई, जिसमें दो खेमे बन गये।

एक तो इसके पक्ष में था कि ऐसे सड़े-गले भिखारियों के साथ यही करना चाहिए और दूसरा खेमा चुप था। कुछ नहीं कह रहा था, मौन विरोध कर रहा था, किसी दार्शनिक सिद्धांत के तहत नहीं बल्कि सामाजिक भय की वजह से। दफ्तरों के बाबू टाइप लोग व स्टूडेंट वगैरह मेरे मित्र के पक्ष में थे। मेरा मित्र जोर-जोर से कह रहा था- 'अरे, ये गिरना-विरना सब बहाना है। यह सब तो जेब काटने के तरीके हैं। अभी उसकी तलाशी ली जाती तो एकाध ब्लेड व कुछ नोट जरूर मिलते।'

दूसरी बेंच पर बैठा आदमी बड़ी करुणापूर्ण दृष्टि से अभी भी जाते हुए भिखारी को देख रहा था।

दूसरा आदमी जो बगल की पान की दुकान पर खड़ा था, मेरे मित्र के समर्थन में बोला- 'सच बात है। मैंने तो इन लोगों को जेब काटते हुए अपनी आँखों से देखा है। तभी तो मरने के बाद इनकी झोपड़ियों या बैठने की जगहों से लाखों रुपये निकलते हैं।'

एक और ने कहा- 'धंधा बना रखा है जी। कोई काम-धाम कभी नहीं करेंगे ये सब। इसे ही देखो, न लंगड़ा है न लूला। फिर भी भीख माँग रहा है।'

पान की दुकान वाले ने कहा- 'जानबूझ कर सब अपना चेहरा इस तरह लुटा-पिटा दयनीय बनाये रखते हैं। अरे, कई तो जानबूझ कर हाथ-पैर कटा लेते हैं कि आराम से माँगो और खाओ। काम-धाम के झंझट से बरी रहो। यहाँ तो दिन भर मेहनत करते हैं तब दो जून की रोटी नसीब होती है।'

दूसरी बेंच वाला आदमी बड़ी नफरत से मेरे मित्र व उन आदमियों को देख रहा था जो उसकी हिमायत कर रहे थे पर वह बोला कुछ भी नहीं। अनमने भाव से वहाँ होते हुए वार्तालाप को सुनता रहा जो उसके कानों में तरतीबवार आ रहा था।

-अरे, इन बेचारों को भी तो पेट पालना है। इनके बाल बच्चे भी तो भूखे रहते होंगे। एकाध रुपया दे ही देते हैं तो क्या बिगड़ जाता है।'

- 'पेट क्या पालना है? अपना पेट पालने के लिये दूसरों का काटें? काम-धाम नहीं कर सकते ये?'

- 'भाई, काम आजकल मिलता ही कहाँ है। हममें से ही कितने काम की तलाश में घूम रहे हैं।

- 'लेकिन घूम तो रहे हैं। भीख तो नहीं माँग रहे हैं।'

- 'उस बूढ़े में ताकत ही कहाँ है काम करने की। बचपन से पढ़ने-लिखने का मौका भी नहीं मिला होगा।'

- 'इसके बाप की गलती है। जब पढ़ा-लिखा नहीं सकता था, पाल नहीं सकता था तो पैदा ही क्योंकिया।'

- 'सही बात है। इसने भी बच्चे पैदा करके भीख माँगने के लिये छोड़ दिये होंगे। इन लोगों की तो पैदा होते ही नसबन्दी करा देनी चाहिए।'

- 'कैसे करा देंगे? डेमोक्रेसी है। इन्हें भी वोट का अधिकार है।

- 'इसीलिए तो मैं कहता हूँ कि इस डेमोक्रेसी में कुछ नहीं रखा है। रुस और चीन में देखिए, कैसा उन लोगों ने कंट्रोल किया है। तरक्की तो कम्यूनिस्टों के शासन में ही है।'

- 'खूब कह रहे हो भइया, इसका मतलब है कि अमेरिका में कोई तरक्की ही नहीं है। वहाँ तो एक भी कम्यूनिस्ट नहीं है।'

- 'फिर कम्यूनिस्ट शासन में तो हम लोगों पर भी खतरा आ जायेगा। अमेरिका की ही व्यवस्था ठीक है। असल में असली प्रजातंत्र के लिये तो राष्ट्रपति प्रणाली होनी चाहिए।'

- 'सब बेकार है। चाहे प्रणाली कोई हो, लूट-खसोट तो अपने यहाँ यही चलती रहेगी। भ्रष्टाचार तो यहाँ खून में मिला हुआ है।'

- 'भ्रष्टाचार कहाँ नहीं है? अमेरिका में भी है। रुस में भी है।'

- 'सही बात तो यह है कि अमेरिका रुस के साथ अपनी कोई तुलना ही नहीं है।'

इसके बाद की बातें राजनीति से मँहगाई पर, मँहगाई से बीवियों पर और फिर लड़कों की आवारागर्दी पर, एक टॉपिक से दूसरे टॉपिक पर जाती रही पर दूसरी बेंच पर बैठा आदमी कुछ नहीं बोला। जैसे वह गूँगा हो गया हो। सुबह से ही वह चुप था, अब भी चुप रहा। बहुत कुछ सोचता रहा। जो भी एक आम आदमी सोच सकता है सब सोच ले गया। लेकिन उसके बस में सोचने के सिवा था भी क्या। बस, सोचता रहा।

बाद में दुकान छोड़कर जाने के दस मिनट बाद मैंने अपने मित्र से पूछा- 'क्या तुम्हें सचमुच उस भिखारी पर बिलकुल दया नहीं आयी?'

उसने चलते-चलते मुझे घूर कर देखा और बोला- 'पागल हो क्या? उस पर दया आने का क्या सवाल है। एक तो उस गंदे-सन्दे मैले-कुचैले भिखमंगे ने मुझे गिरा दिया और तुम दया की बात कर रहे हो।'

मैं नजरें चुराते हुए बोला- 'वह खुद भी तो गिर पड़ा था, उसके भी चोट आयी होगी। बेचारा बुड्ढा..... अरे गलती तो सभी से हो जाती है।'

वह और गुर्रा कर बोला- 'खुद भी गिर गया था तो गिर जाये। मेरी तरफ से तो मर जाये साला। मैं क्या करूँ? मैं फालतू हूँ क्या जो उसे सहारा दूँ और उस पर दया करूँ?'

इस बार मैंने बड़े स्थिर स्वरों में कहा- ‘मगर मैं बताऊँ, मुझे उस पर बहुत दया आयी और तुमसे एक बार तो बड़ी नफरत सी हुई। मैं तो उससे माफी माँगना चाहता था पर हिम्मत नहीं पड़ी। आस-पास ऐसी परम्परायें बन गयी हैं कि मैं डर गया। खुद से भी डर गया। और लोगों से भी डर गया। मगर सच, मुझे बड़ी दया आयी उस पर।’

उसने बड़ी ही हिकारत भरी नजर से मुझको देखकर कहा- ‘तभी तुम आगे की बेंच से उठकर दूसरी बेंच पर जा बैठे थे और पूरे टाइम चुप बैठे रहे। बड़े सेन्टीमेन्टल हो।’

मैंने फिर स्थिर स्वर में कहा- ‘दूसरी बेंच का आदमी तो मैं हूँ ही। जन्म से ही हूँ। वो तो तुम लोगों के साथ, या कभी-कभी तम्हारे तड़क-भड़क से प्रभावित होकर वैसा ही बनने की चाह में आगे की बेंच पर जाने की कोशिश कर लेता हूँ। पर सच यही है कि मैं दूसरी बेंच का आदमी हूँ। और इस पर बिलकुल भी शर्मिन्दा नहीं हूँ।

चौराहे पर वह सिविल लाइन्स जाने वाली सड़क पर मुड़ गया और मैं वापस अपने घर की तरफ।

आजादी

कहीं से एक तोता उड़ता हुआ आया और पिंजरे के सामने बैठ गया। पिंजरे में बंद तोते ने उसे एक परिचित्त नजर से देखा मगर कुछ बोला नहीं। पिंजरे में रखा सेब खाने लगा। बाहर वाले ने पंख फड़फड़ाये पर उस पर असर नहीं हुआ। आखिरकार बाहर वाले को बोलना ही पड़ा- 'मैं तुम्हें आजाद कराने आया हूँ।'

भीतर वाले तोते ने एक उत्साहपूर्ण नजर उठायी, मानों आजादी कोई नये किस्म का मीठा फल है, फिर बोला- 'क्यों?'

निराशापूर्ण ढंग से सिर हिलाते हुए बाहर वाले ने कहा- 'क्या तुम नहीं जानते कि आजादी में क्या सुख है? इस पिंजरे में बंद रह कर क्यों अपनी जिंदगी बेकार कर रहे हो?'

भीतर वाले ने थोड़ा रोब से कहा- 'जिंदगी मैं बेकार कर रहा हूँ या तुमलोग जो आधा जीवन तो खाने की तलाश और दुश्मनों से बचने का जुगाड़ करने में बिता देते हो। रही सही जिंदगी में क्या मिल जाता है तुम्हें? कौन सा तीर मार रहे हो?'

बाहर वाला तोता चकित रह गया। उसे समझ में नहीं आ रहा था कि इसे समझाया कैसे जाये।

भीतर वाला बोलता रहा- 'मुझे देखो, न जान का खतरा और न खाने की चिन्ता। सब कुछ मालिक करता है। मुझे तो आराम ही आराम है।'

बाहर वाले ने गुस्से से कहा- ' लेकिन तुम्हें मालिक की मर्जी से ही चलना होता है। उसे खुश रखना होता है। जब वह चाहे तुम्हें 'सीताराम-सीताराम' वगैरह कहना पड़ता है। तुम्हारे भीतर अपना खुद का क्या है?'

भीतर के तोते को और अधिक गुस्सा आया और आदर्श भारतीय की तरह वह भी गुस्से में अंग्रेजी बोलने लगा- 'इट इज मी, नॉट माई मास्टर हू गेट्स प्लेजर इन माई स्पीकिंग। मैं चाहूँ न बोलूँ, चाहूँ अपनी मर्जी से बोलूँ। हियर इज नो वन टु कर्टेल माइ वॉइस।'

'तुम्हें सुनता ही कौन है? या तुम खुद या तुम्हारा मालिक। हम बोलते हैं सारा जंगल सुनता है।' बाहर वाले तोते ने कहा पर भीतर वाले का मूड देखकर उसे लगा कि बेकार तर्क करने का कोई लाभ तो नहीं है। इसलिए उसने अपनी चोंच से पिंजरे का दरवाजा खोलते हुए कहा- 'मेरा काम सिर्फ इतना था कि तुम्हें आजाद होने का मौका दूँ। अगर तुम नहीं चाहते तो यहीं रहो।'

और वह उड़ गया।

भीतर वाले तोते के दिल में हलचल मच गयी। एक तरफ उसे अपनी सुख-सुविधा, सुरक्षा व आराम का खयाल था तो दूसरी तरफ हवा में फड़फड़ा कर उड़ने का सुख। हालाँकि आदमियों के बीच रहकर वह इतना तो दार्शनिक हो ही गया था कि स्वतंत्रता को भी एक विस्तृत दायरे की गुलामी समझने लगा था। फिर भी उसके दिल में हलचल हो गयी। वह जानता था कि बाहर भी उसे कोई बड़ा सुख नहीं है। तमाम दुश्मनों का डर व खाने की तलाश का लफड़ा उसे बाहर जाने से रोक रहे थे पर एक भावना रह-रहकर उस पर विजय पा रही थी। वह थी नयेपन की जिज्ञासा। कुछ देर सोच-विचार के बाद वह पिंजरे से निकल ही गया।

***

उसके कुछ ही दिन बाद की बात है, वह अचानक उड़ता-उड़ता अपने पुराने घर की ओर पहुँच गया। आँगन में सुपरिचित्त पिंजरा देखकर बीते दिनों की यादें उसके दिमाग में गुजरने लगी और वह जोरों से बोलने लगा- 'सीताराम, सीताराम।'

घर के लोगों ने सुना तो पिंजरा खोलकर उसमें लुभावने फल रखकर उसे पुकारने लगे- 'मिट्ठू... परबत्ते..... आ जा, आ जा मिट्ठू....।'

वह उड़ कर नीचे वाली डाल पर पहुँचा।

लोग और जोर से आवाज देने लगे। उसने सोचा अब हरगिज मुझे गुलामी में नहीं फँसना है। लेकिन एक बार इन फलों को पास से देख लेने में क्या हर्ज है जिनके लिये इतने दिनों से तरसता रहा हूँ।

लोग उसे पिंजरा हिला-हिला कर बुला रहे थे। चिर-परिचित्त आवाजें उसके कानों से टकरा रही थीं। एक अनजाने नशे में वह खिंचा जा रहा था।

'मिट्ठू..... आ जा..... सीताराम.... सीताराम...... मिट्ठू।'

उसके दिमाग में फलों व आजादी को लेकर संघर्ष पैदा हो गया था फिर भी उसके दिल का कोई कोना कह रहा था- 'गुलामी में मत फँसो।'

'मिट्ठू... मिट्ठू..... आ जा।'

फिर उसे पता ही नहीं चला कि कब उस पर एक बड़ा सा कपड़ा आ गिरा। कुछ देर तो वह तड़फड़ाया मगर पूरा होश आने पर उसने फिर खुद को अपने उसी पुराने पिंजरे में पाया।

उसके पैरों के पास सेब, केले व चने पड़े थे मगर पिंजरे का दरवाजा मजबूत लोहे के तार से बँधा था। एक ओर मालिक उसे प्यार से केले दे रहा था तो दूसरी ओर से मालिक का छोटा लड़का बेदर्दी से उसकी पूँछ खींचता हुआ कह रहा था- 'क्यों भागा था पिंजरे से? बोल क्यों भागा था? अबके फड़फड़ाया तो सीधा गर्दन मरोड़ दूँगा।

हमनिवाला हमपियाला

मेरे पहले कथा संग्रह 'जंगल की ओर' में प्रकाशित यह कहानी हम लोगों के जीविका संघर्ष के दिनों के एक ऐसे मित्र को समर्पित कथा है जो आगे चल कर 'राय साहब' के नाम से मेरी तमाम कहानियों का प्रमुख पात्र बना। मुझे अगर मित्रता का मतलब पता चला तो इसी शख्स से। मस्त जिंदगी, हर चीज में खुशी खोजकर उसे छोटे-मोटे समारोह में बदल देना, दोस्तों के साथ घूमना फिरना, खाना-पीना, हर जगह बिना किसी भय के बेबाक टिप्पणियाँ, एक बिंदास जीवन शैली मुझे जिंदगी भर के अफसोस में डाल गयी कि मैं क्यों नहीं उसे उस समय समझ पाया। पता नहीं क्यों जीवन की सबसे अमूल्य चीजें, जीवन रहते क्यों पहचान में नहीं आ पाती हैं। मेरा उसके लिये सबसे बड़ा ट्रिब्यूट यही होकर रह गया कि वह मेरे जीवन भर कम से कम मेरी कहानियों में जिंदा रहे।

यह कहानी हमारी वर्तमान जीवन पद्धति और मेडिकल सिस्टम को लेकर आगे बढ़ती है जिसका चरम पल वही आता है जो मेरे इस दोस्त 'राय साहब' के साथ हुआ।

चोर सिपाही

'हाँ, यह मेरा काम है और इसे मैं ही करूँगा।' राय साहब ने आखिरकार अपनी पत्नी द्वारा कहे जा रहे, कामचोर, आलसी आदि विशेषणों का जवाब इसी वाक्य से दिया और अपनी बेल्ट से कमर कसने लगे। पता नहीं क्यों उनकी इस घोषणा से घबराहट का माहौल पैदा हो गया और लोग चौंककर उन्हें देखने लगे।

पिछले दिनों पूरे परिवार ने यह तय किया कि घर के पुराने पड़ते जा रहे ड्राइंग रूम को एक नया टच देने के लिये इसके फर्नीचर की जगहें बदल दी जायें और बड़ी वाली दीवार के बीच में एक 'अमूर्त कला की पेंटिंग' लगा दी जाय। फर्नीचर की जगह बदलना तो आसान था पर अमूर्त कला की पेंटिंग के लिये घोष बाबू की शरण में जाना पड़ा जिन्होंने आज ही एक बड़ी सी पेंटिंग राय साहब के घर भिजवायी थी। इस पेंटिंग पर चढ़े अखबार और सुतली को निकालने के बाद सबसे पहले जो समस्या सामने आयी वह यह थी कि इस बोर्ड में पेंटिंग हुई किस तरफ है। उस हार्ड बोर्ड के दोनों तरफ कुछ डिजाइनें बनी हुई थीं और दोनों ही अमूर्त कला की अद्वितीय कृतियाँ थीं। राय साहब की पत्नी ने अपने कॉलेज के दिनों की याद ताजाकरते हुए उस पेंटिंग के एक तरफ पूरे विश्वास से उँगली रखते हुए कहा- 'यही है असली पेंटिंग।'

सभी बच्चे प्रशंसात्मक निगाहों से मम्मी को देखते हुए उस पेंटिंग को घेर कर बैठ गये। राय साहब ने घोष बाबू के लिये कुछ अप्रकाश्य शब्दों का प्रयोग करते हुए पूछा- 'यह क्या भेजा है उसने? इसमें आखिर बना क्या है?'

छोटे पुत्र कला समालोचना में अपनी मम्मी की बराबरी पर आने का प्रयास करते हुए बोले- 'पापा, यह तो एक बड़ी सी छिपकिली है।'

बड़े पुत्र उसे झिड़कते हुए बोले- 'चुप रहो, तुम्हें कुछ आता-जाता भी है? यह एक लोटा है जो किसी ऋषि मुनी ने हाथ में पकड़ा हुआ है।'

इस वैचारिक मतभेद के कारण दोनों पुत्रों में पानीपत की जंग छिड़ने से बचाने के लिये पहले तो राय साहब ने अपनी पत्नी की ओर आसरा ढूँढा पर उसे भी असमंजस में देखकर उन्होंने थोड़ा कड़ी आवाज में कहा- 'यह चाहे जो कुछ भी बना हो पर होगा कुछ बहुत अच्छा ही, क्योंकि वह 'घोष' वैसे तो महाबेवकूफ है पर एब्सट्रैक्ट पेंटिंग की जानकारी रखता है।'

पेंटिंग से उत्पन्न तनाव की स्थिति में श्रीमती राय, राय साहब के ऊपर ही खफा होते हुए बोलीं- 'होगा यह बहुत अच्छा आर्ट। अब जैसे अपने घोष से आप इसे ले आये हैं, उसी तरह इसे खुद ही लगाने का भी काम करिए।'

सोफे पर अधलेटी अवस्था में स्थित राय साहब ने टोटल रिलैक्सेशन के लिये अपने पाँव सेन्ट्रल टेबिल पर फैला रखे थे। पत्नी की बात सुनकर वे थोड़ा और सोफे पर लेटने की मुद्रा में आये ही थे कि श्रीमती राय कड़क उठीं- 'और आप सोफे पर लेट लेटकर इसे खराब करने की आदत छोड़ दीजिए। हरदम आलसियों की तरह इस पर पसरे रहते हैं और हर काम से जी चुराते हैं। देखिए इसकी गद्दी एक तरफ से कितनी दब गयी है?' कह कर वे तो गद्दी झाड़ने और फुलाने में लग गयीं पर राय साहब तैश में सोफे पर से उठ बैठे और बोले- 'तुम क्या चाहती हो? मैं सोफे की गद्दी साफ करता रहूँ या घर में झाड़ू लगाऊँ।'

- 'यह सब आपके बस का काम नहीं है।' वह बड़े ठंडे स्वर में बोलीं- 'आप तो बस लेट कर पेंटिंग की तारीफ करिए। इसे लगाने का काम कौन करेगा?'

तब राय साहब ने इस कथा का ओपनिंग सेन्टेंस कहा था जिससे घबराहट का माहौल पैदा हो गया था पर राय साहब अब कमर को पूरी तरह कस चुके थे। उन्होंने बड़े पुत्र को बड़ा वाला स्टूल, छोटे पुत्र को कीलें और हथौड़ा तथा अपनी पत्नी को इंच टेप लाने को कहा। साथ ही साथ उन्होंने डाँट भी लगायी कि यहाँ खड़े-खड़े उनका मुँह न ताका जाय। जरा जल्दी-जल्दी सब सामान लाया जाय। जल्दी....

स्टूल तो जल्दी मिल गया पर हथौड़ा गायब था। सभी लोग हथौड़ा खोजने में लग गये पर राय साहब की धाराप्रवाह ललकार के बावजूद भी वह नहीं मिल रहा था। छोटे पुत्र ने कीलों की खोज में ड्रेसिंग टेबिल के सभी दराज पलट डाले थे और अब वह आलमारी के सामान फर्श पर रख रहे थे। अचानक बड़े पुत्र को याद आया और वह उत्तेजना में चिल्ला उठे- 'मम्मी, हथौड़ा तो किचन में होगा। आप सिंह साहब के यहाँ से आये शादी के लड्डू तोड़ने के लिये ले गयीं थीं।'

हथौड़ा किचन में मिल गया। तब तक छोटे पुत्र भी अपने स्कूल बैग से कुछ कीलें खोज चुके थे। इंच टेप मम्मी की सिलाई मशीन में नहीं था। वह कहीं नहीं मिला।

उधर राय साहब ड्राइंग रूम में बड़बड़ा रहे थे- 'इस घर में एक भी सामान अपनी जगह पर मिलने का कोई सवाल ही नहीं है। सब जहाँ-तहाँ फेंका रहता है। कोई सिस्टम ही नहीं है घर में।'

करीब आधे घंटे की भाग-दौड़ के व चख-चख के बाद सभी सामान इकट्ठे हुए और राय साहब ने अपने पुत्रों की मदद से इंच टेप से (जिसे वह अपनी तोंद नापने के बाद खुद ही आलमारी पर रखकर भूल गये थे) दीवार की लम्बाई नापकर उसके बीचो-बीच एक निशान लगाया फिर वहाँ एक बड़ी मेज लगाकर उस पर स्टूल रखा और बार-बार बच्चों को मेज व स्टूल कसकर पकड़े रहने का निर्देश देते हुए उस पर चढ़े। स्टूल पर चढ़ने के बाद वह निशान कहीं दिखाई नहीं पड़ा लिहाजा

एक बार फिर से नपत करनी पड़ी और अब के बार पक्का और गहरा निशान बनाने के बाद राय साहब फिर स्टूल पर चढ़ कर बोले- 'हाँ, बच्चों अब मुझे कील पकड़ाओ... और हथौड़ा... अरे, अरे स्टूल कसकर पकड़ो। मम्मी कहाँ हैं तुम्हारी? अरे सुन रही हो। जरा आकर हथौड़ा और कील पकड़ा दो। बच्चों का हाथ नहीं पहुँच रहा है। हाँ..... शाबाश.... स्टूल कसकर पकड़े रहो।'

पत्नी के हाथ से हथौड़ा लेकर राय साहब ने निशान पर कील रखा तथा अपने सर के पीछे तक ले जाकर हथौड़े को कील पर मारा। इसी समय दो घटनाएँ एक साथ हुई जिन्होंने उस कमरे की छत और फर्श दोनों को ही हिला दिया। प्रथम तो राय साहब एशियाड चैम्पियनों की सी दक्षता से एक ताइक्वाण्डो वाली चीख निकालते हुए स्टूल से नीचे कूदे और अपने बायें हाथ की उँगलियों को दाहिने हाथ में पकड़े हुए फर्श पर इस प्रकार कूदने लगे मानों कोई नया शास्त्रीय नृत्य ईजाद करने का प्रयोग कर रहे हों, जिसकी ताल 'हाय-हाय' और 'आह मर गया से सुसज्जित थी।'

दूसरी ओर श्रीमती राय भी ठीक इसी प्रकार के नृत्य में जुगलबन्दी का प्रयोग कर रही थीं। फर्क सिर्फ इतना था कि उन्होंने अपने हाथों से दाहिने पैर की उँगलियों को पकड़ रखा था जिसपर राय साहब के हाथों से छूटा हथौड़ा गिरा था।

दोनों बच्चे मेज और स्टूल को कसकर पकड़े हुए मुस्तैदी से खड़े यह दृश्य देखकर अचम्भित थे।

कुछ समय बीतने और मरहम पट्टी के बाद फिर से कील खोजने का अभियान शुरू हुआ जो छिटक कर पता नहीं कहाँ जाकर गिरी थी। पत्नी के घोर असहयोग के बावजूद भी राय साहब पुनः स्टूल पर चढ़े और इस बार पूरी सावधानी से उन्होंने धीरे-धीरे करके चार पाँच मिनट में कील ठोंक लिया। यह सफलता प्राप्त करने के बाद उन्होंने गर्व भरी आँखों से बच्चों की ओर देखा ही था कि बड़े पुत्र बोले- 'पापा, यह कील तो निशान से काफी दूर गड़ गयी है।'

राय साहब निशान को देखते हुए झुंझला कर बोले- 'अरे, गधे की औलादों, तुम्हारे मुँह से यह बात पहले नहीं फूट सकती थी?'

- 'जाने दो पापा।' बड़े पुत्र ने दरियादिली दिखाई- 'जहाँ कील लग गयी है वहीं पेंटिंग लगा लेते हैं। निशान-फिसान से क्या फर्क पड़ता है।'

राय साहब लगी हुई कील को हथौड़ा मार कर निकालने की कोशिश करते हुए बोले- 'फर्क पड़ता क्यों नहीं है। हर काम एक सिस्टम से होना चाहिए। हर काम आदमी के व्यक्तित्व का आईना है। तुम अभी नहीं समझोगे। धीरे-धीरे दुनिया देखते हुए जानोगे। इस कील को तो निशान पर ही गड़ना चाहिए।'

उपदेश देते हुए कील निकालने की प्रक्रिया में राय साहब को ध्यान नहीं रहा

कि कील को दूसरी तरफ से ठोंकने में उनका शरीर अष्टावक्र के समान कई स्थानों से टेढ़ा हुआ जा रहा है। इधर उपदेश को हजम करने में लगी अतिरिक्त एनर्जी ने पुत्रों के हाथों को थोड़ा कमजोर किया ही था कि राय साहब कील, हथौड़े व स्टूल सहित पृथ्वी की गुरुत्वाकर्षण शक्ति का शिकार हो गये और मेज का कोना उनके पेट में तेजी से लगा। एक क्षण को सभी अवाक् रह गये फिर पुत्रों ने माँ को आवाज लगाते हुए राय साहब को उसी सोफे पर लिटा दिया जिसकी गद्दी एक तरफ से पिचक रही थी। उनकी पत्नी भी उस घड़ी को कोसती हुई आयीं जब उन्होंने पेंटिंग लगाने के लिये राय साहब को कहा था और उन्हें सोफे पर लेटा देखकर बोलीं- 'अब क्या हो गया?'

- 'माँ, पापा गिर गये और पेट में मेज के कोने से चोट लगी है।' छोटे पुत्र ने बताया।

- 'कहाँ लगी?' श्रीमती राय ने घबराते हुए राय साहब से पूछा और उनका पेट टटोलने लगीं।

राय साहब अपने दर्द के ऊपर एक हल्की सी मुस्कराहट की परत बिछाते हुए बोले- 'कुछ नहीं है। अभी ठीक हो जायेगा।'

-आप ठीक-ठीक बताइये। बहुत बहादुरी छाँटने की कोशिश मत करिए। इसी तरह अमिताभ बच्चन को भी मेज के कोने से चोट लगी थी। कहाँ दर्द हो रहा है? डॉक्टर को तुरन्त दिखाना चाहिए।' श्रीमती राय बोलीं।

- 'अब इतना मत परेशान होओ। मामूली चोट है। अभी ठीक हो जाती है।' कह कर राय साहब ने बहादुरी में उठकर बैठने की कोशिश की पर पीड़ा उनके चेहरे पर तत्क्षण प्रकट हो गयी।

अगले कुछ मिनटों में राय साहब ने प्राकृतिक एवं घरेलू चिकित्सा के कई नयाब प्रयोगों का अनुभव किया। उन्हें हल्दी और गरम दूध का घोल पिलाया गया। गरम हल्दी और प्याज पेट में दर्द की जगह पर लगाये गये। उसे गरम पानी से सेंका गया और उसी सोफे पर ही लेटे रहने की हिदायत बार-बार दी गयी जिस पर लेट लेटकर वे उसकी गद्दी को एक तरफ से पिचका रहे थे।

इसके और अगले कुछ मिनटों में बिना किसी अतिरिक्त दुर्घटना के राय साहब ठीक निशान के ऊपर कील गाड़कर पेंटिंग लगाने में सफल हो गये हालाँकि उनके दोनों पुत्रों का विचार था कि यह पेंटिंग उल्टी टंग गयी है क्योंकि छिपकिली की पूँछ ऊपर हो गयी थी और लोटे का मुँह नीचे। फिर भी राय साहब ने सोफे पर लेटे-लेटे महसूस किया कि उनके ड्राइंग रूम को एलीट क्लास का एक नया टच मिल गया था।

***

राय साहब रोज दस बजे से पाँच तक एक सरकारी बिल्डिंग में बैठ कर सोने, ताश खेलने, चाय पीने तथा गुटबन्दी करने के लिये जाते थे। इन कामों के लिये तथा थोड़े-मोड़े पब्लिक टॉक के लिये सरकार उन्हें वेतन भी देती थी और जब कभी किसी बाहरी आदमी का काम उनके पास अटकता था तो भेंट पूजा अलग से मिलती थी। यही कारण था कि अगले दिन सवेरे पेट दर्द की परवाह किये बिना जब राय साहब दफ्तर जाने को तैयार होने लगे तो उनकी पत्नी और उनमें वैचारिक मतभेद खुलकर सामने आ गये। पत्नी का कहना था कि जब दर्द रात भर में ठीक नहीं हुआ है और दूध, हल्दी, प्याज जैसे अचूक औषधसिद्ध नुस्खे काम नहीं कर सके तो आज डॉक्टर से चेकअप कराना जरूरी था। राय साहब के अनुसार मर्दों को इन सब छोटी-मोटी चीजों की परवाह नहीं करनी चाहिए। इस मौलिक मतभेद की शाखाओं प्रशाखाओं के रूप में जब राय साहब की मर्दानगी पर, उनकी सच्चाई और ऑफिस में की जाने वाली मेहनत पर तथा पत्नी और बच्चों के प्रति उनकी निष्ठा पर संदेह प्रकट होने लगे और श्रीमती राय के मैके वालों के चरित्र पुराण खुलने लगे तो बच्चों के साथ-साथ पड़ोसियों को भी आनंद आ गया। अन्त में अपने अन्तिम अमोघ शस्त्र के रूप में श्रीमती राय ने जब दोनों आँखों से गंगा-जमुना और नाक से सरस्वती का प्रवाह शुरू किया तो राय साहब धीरे-धीरे मिमियाने की टोन पर आ गये और डॉक्टर के यहाँ जाने को तैयार हो गये। इस कार्य के प्रथम सोपान के रूप में उन्होंने अपने गाँव के मित्र डॉक्टर तूली से मुलाकात की। तूली गाँव में में राय साहब के साथ गिल्ली-डंडा खेलकर तथा दूसरों के खेतों से चना, मटर और गन्ना खाकर बड़ा हुआ था। राय साहब उससे इसलिए नाखुश रहते थे कि वह कोई अच्छा डॉक्टर बनने के बजाय 'त्वचा और गुप्त रोग विशेषज्ञ' बन गया था। उनकी नाराजगी के जवाब में तथा अपनी सफाई में तूली कहता था कि त्वचा रोग का डॉक्टर बनने के दो बड़े फायदे हैं- एक तो मरीज इस रोग से कभी मरता नहीं है जिससे डॉक्टर की बदनामी नहीं होती और दूसरे इस रोग का रोगी कभी अच्छा नहीं होता जिससे डॉक्टर की दुकान बराबर चलती रहती है।

डॉक्टर तूली के यहाँ एक घंटा गप्प करते हुए चाय पीने के बाद राय साहब उससे पेट दर्द की दवा लेकर सीधे अपने दफ्तर पहुँचे पर बराबर बने हुए पेट दर्द के कारण उनका मन ताश, चाय, गुटबन्दी किसी भी चीज में नहीं लगा। उस दिन दफ्तर में उनके पास कोई मुर्गा भी नहीं फँसा। कुल मिलाकर वह एक बोरियत से भरा हुआ दिन था जिसकी खीज उन्होंने शाम को अपनी पत्नी पर उतारी कि सवेरे-सवेरे झगड़ा करके उसने सारा दिन ही मनहूस बना दिया।

अपने नये टच वाले ड्राइंग रूम में एब्सट्रैक्ट पेंटिंग के नीचे रखे सोफे पर लेटे हुए राय साहब अपने इस मनहूस पेट दर्द के बारे में चिन्तित थे क्योंकि हल्दी प्याज

के बाद तूली की दवा से भी यह ठीक नहीं हो रहा था। इस बार उन्होंने अपने हाथों से पेट को टटोल कर यह जानने की कोशिश की कि दर्द वास्तव में हो कहाँ रहा था पर दर्द तो एक छलावा जैसा था। कभी पेट के बायें कोने में, कभी दायें में तो कभी ऊपर और कभी पूरे पेट में फैला मालूम होता था। आम सरकारी आदमियों की तरह उन्हें यह भी लग रहा थाकि अगर इस दर्द के कारण वे दफ्तर नहीं जा सके तो सारा दफ्तर ठप हो जायेगा, सारी सरकारी योजनायें फेल हो जायेंगी और पब्लिक को भी थोड़ी परेशानी तो होगी ही।

राय साहब का दफ्तर भी उनके जीवन की तरह ही उनके लिये एक चोर सिपाही का खेल था जिसमें एक-दूसरे को बेवकूफ बनाने की प्रकिया निरंतर चलती रहती है। जो बेवकूफ बन जाता है वह चोर होता है और दीवार की तरफ मुँह करके सौ तक की गिनती करने के निरर्थक कामों में फँस जाता है। सिपाही अपनी मनपसंद जगह पर छिप कर मजे लेता है। चूँकि राय साहब को बचपन से ही दूसरों को बेवकूफ बनाने का अभ्यास था अतः दफ्तर में उनकी काफी कदर थी। वे अपने बचपन का एक किस्सा बताते हैं कि उन्हें अपने एक-दोस्त के साथ पिक्चर देखने जाना था और केवल टिकट खरीदने भर के पैसे थे अतः एक स्कूटर वाले को रोक कर उसके हाथ-पैर जोड़ कर गिड़गिड़ाते हुए उसे इस बात पर राजी कर लिया कि वह उनके दोस्त को पिक्चर हाल तक छोड़ दे। जब वह चलने को हुआ तो स्कूटर पर बैठे अपने दोस्त से राय साहब बोले- 'तुम पहुँच कर टिकट लिये रहना। मैं किसी दूसरे स्कूटर वाले को चूतिया फँसाकर आता हूँ।'

तब से लेकर आज तक राय साहब दूसरों को बेवकूफ बनाकर अपना काम निकालने के अभियान में जुटे हुए हैं और ईश्वर की असीम अनुकम्पा है कि बेवकूफ बनने को तैयार माल सदा सर्वदा उपलब्ध रहते हैं जो कुछ खास शब्दों और हाव भाव का सही उपयोग करने से खुशी-खुशी बेवकूफ बन जाते हैं। दूसरी ओर उनसे भी ज्यादा माहिर कुछ लोग राय साहब को ही चने के पेड़ पर चढ़ाने में सफल हैं। आपकी गाइडेन्स, आपका तेज दिमाग कुछ ही मिनट लग जाय तो काम हो जायेगा आदि ऐसे जुमले हैं जिनका सही समय और सही ढंग से इस्तेमाल राय साहब को पानी-पानी कर देता है और उनसे कोई भी काम कराया जा सकता है जिसे राय साहब अपनी काबिलियत मानकर खुश भी होते हैं। यह खेल सनातन काल से चलता आ रहा है और चलता रहेगा।

अगले तीन दिनों तक राय साहब बेड रेस्ट पर रहे। दर्द भी आता जाता रहा। एक क्षण को जब राय साहब यह समझ कर कि दर्द एकदम ठीक हो गया है, इत्मिनान की लम्बी साँस खींचते तो उस साँस के साथ ही दर्द भी लौट आता था। कभी वह मीठा हो जाता था, कभी फैलकर पूरे शरीर में बिखर जाता था। कभी

गायब हो जाता था और कभी इतनी तेजी दिखाता कि राय साहब पसीने पसीने हो जाते।

प्याज, हल्दी, गरम पानी का सेंक, हींग, काली मिर्च, अजवाइन आदि सिद्ध नुस्खों के साथ-साथ डॉक्टर तूली की दवाएं भी इस दर्द को पकड़ने में नाकाम थीं फिर भी राय साहब हिम्मत बाँधे हुए थे और मुस्करा कर यही कहते थे- 'ठीक हो जायेगा।'

चौथे दिन शाम को यह तय किया गया कि तूली अन्य सभी डॉक्टरों की तरह अपने आप तो यह किसी हालत में नहीं मानेगा कि उसकी दवा फायदा नहीं करेगी अतः खुद ही किसी दूसरे अच्छे डॉक्टर को दिखाया जाय। पास पड़ोस की सलाह पर राय साहब मेडिकल कॉलेज के गैस्ट्रोएन्टेरोलॉजी विभाग के हेड डा0 यम के पास ले जाये गये जो मेडिकल कॉलेज में तो कम पर उन्हें एलॉट सरकारी घर में बनाये गये प्राइवेट क्लिनिक में प्रति मरीज हजार रुपया फीस लेकर मरीज देखते थे। वहाँ पहुँचने पर राय साहब ने पचास साठ मरीजों की लाइन देखी। उन्हें यह पक्का विश्वास हो गया कि यह डॉक्टर वास्तव में बड़ा सिपाही था जिसने ढेरों बेवकूफ फँसा रखे थे। तीन घंटे के इंतजार के बाद राय साहब का भी नम्बर आ गया। वह श्रीमती राय के साथ डॉक्टर यम के कमरे में घुसे जिसमें एक चौड़ी मेज तथा एक पतला रेक्सीन चढ़ा पटरा लगा हुआ था। मरीज के बैठने के लिये एक स्टूल तथा मेडिकल एजेन्टों के लिये गद्देदार कुर्सियाँ थीं जो उन्हीं के द्वारा दिये गये कमीशन से खरीदी गयीं प्रतीत होती थीं। पिलपिले चेहरे वाले डॉक्टर ने घूर कर उन दोनों को देखा और बोला- 'क्या है?'

उसके स्वर से ऐसा लगता था मानो उसके व्यस्त समय में उसे आकर डिस्टर्ब कर दिया गया हो और हजार रुपये की फीस उसके लिये कोई बड़ी हकीर सी चीज हो। खुद को सम्भालते हुए राय साहब ने कहा- 'पेट में दर्द है........।'

- 'वहाँ लेट जाइये।' राय साहब की बात काटते हुए रेक्सीन मढ़े पटरे की ओर इशारा करता हुआ वह बोला और वहाँ बैठे हुए एजेन्टों से अंग्रेजी में बात करने लगा। श्रीमती राय तब तक कोने में खड़ी रहीं जब तक कि वे एजेन्ट चाय पीकर विदा नहीं हो गये और इसके पहले कि दूसरे एजेन्ट आकर कुर्सी कब्जाते, श्रीमती राय ने पहले ही आगे बढ़ कर डॉक्टर के घूरने की परवाह न करते हुए एक कुर्सी हथिया ली। डॉक्टर अब राय साहब की ओर मुखातिब हुआ- 'कहाँ हो रहा है दर्द?'

- 'बताया तो। पेट में हो रहा है।'

- ' अरे पेट में हो रहा है यह तो मैं भी जानता हूँ नहीं तो मेरे पास क्यों आते? पेट में कहाँ हो रहा है?'

- 'यह तो मुझे पता नहीं।'

- 'तुम्हारे पेट में दर्द है और तुम्हें ही नहीं पता नहीं है कि कहाँ हो रहा है?' अपने इस डाइलॉग से राय साहब को उनके अहमक होने का एहसास दिलाते हुए डॉक्टर उठा और राय साहब के करीब पहुँच कर उनका पेट दबाना शुरू कर दिया। पहले उसने बायीं तरफ अपनी उँगलियाँ गड़ाईं फिर दाहिनी तरफ। साथ ही पूछता भी रहा- 'जहाँ दर्द हो रहा हो बताना।'

जब राय साहब ने कहीं दर्द नहीं बताया तो उसने एक हाथ से उनकी पसलियों को दबाते हुए दूसरे हाथ से एक मुक्का जमाया जिससे राय साहब चिल्ला उठे।

- 'अच्छा तो यहाँ है दर्द? अब समझ में आ गया। तुम्हारा लीवर तो एकदम बरबाद हो गया लगता है। इतनी ज्यादा दारू क्यों पीते हो?' डॉक्टर कुर्सी पर बैठ कर नुस्खा लिखने वाला पैड अपनी तरफ खींचता हुआ बोला।

- 'मैं दारू नहीं पीता हूँ। बिलकुल नहीं।' राय साहब ने अपनी पत्नी की आँखों में संशय और अविश्वास की छाया देखते ही तेजी से कहा पर डॉक्टर ने इसे अनसुना करते हुए आगे कहा- 'तीन हफ्ते का कम्प्लीट बेड रेस्ट, रोज सौ ग्राम ग्लूकोज, खाने में तली भुनी चीजें, मसाला और भारी चीजें एकदम बंद। ये कुछ टेस्ट लिखे हैं। मारक पैथोलॉजी से कराइयेगा। कुछ दवाएं भी लिखी हैं। लेकिन फाइनल दवा टेस्ट रिपोर्ट देखकर ही लिखूँगा। अगले हफ्ते तक दिखाइये।'

- 'लेकिन......'

उसने राय साहब की पूरी उपेक्षा करते हुए अपनी अन्तिम नसीहत जारी की- 'और अपनी जान से खिलवाड़ मत कीजिए। दारू एकदम बंद रखिये।'

राय साहब तिलमिलाकर बोले- 'मैं बता रहा हूँ कि दारू मैं पीता ही नहीं हूँ।'

- 'ठीक है। ठीक है। अब एकदम बंद रखिये।' कहते हुए उसने बेजारी से उन्हें जाने का इशारा किया और अगला मरीज भेजने वाली घंटी बजायी जिससे अगला हजार रुपया उसके पास आ सके।

- 'लेकिन यह लीवर ट्रबल.... मैं तो मेज के कोने से....'

-ठीक है। ठीक है। देख लिया न? एक हफ्ते बाद फिर दिखाइये।' डॉक्टर ने अंदर आते हुए मरीज की ओर देखते हुए कहा।

- 'लेकिन मेरे पेट में मेज के कोने से चोट.....' राय साहब पूरी बात बताना चाहते थे।

-देख लिया है। देख लिया है न। अब एक हफ्ते बाद।' कहते हुए डॉक्टर अगले मरीज से मुखातिब हो गया।

कुछ देर ठगे से खड़े रहने के बाद राय दम्पति चुपचाप डॉक्टर का नुस्खा पकड़े

हुए बाहर आ गये।

दवा लेकर घर की तरफ बढ़ते हुए रिक्शे में बैठे श्रीमती राय और राय साहब को देखकर कोई दूर से ही बता सकता था कि आज इन दोनों में तगड़ी लड़ाई होने वाली है। श्रीमती राय के माथे पर नाराजगी की सलवटें तथा शरीर की ऐंठ इसलिए थी कि उनके घर की मुर्गी उनकी जानकारी के बिना ही यार दोस्तों के साथ दारूबाजी कर रही है जो आज इस काबिल डॉक्टर द्वारा पकड़ी गयी। राय साहब अपने पेट दर्द की बेचैनी तथा डॉक्टरी व्यवहार द्वारा बेवकूफ बनने से कुण्ठाग्रस्त थे और यह सब अपनी पत्नी पर ही निकालने वाले थे जो उन्हें इस वाहियात, दो कौड़ी के डॉक्टर के पास जबरदस्ती ले गयी थी।

और घर पहुँच कर यही हुआ।

* * *

अगले हफ्ते से राय साहब के ऑफिस के मित्रों व नाते रिश्तेदारों को यह संदेह होना शुरू हुआ कि राय साहब बीमारी के बहाने छुट्टी नहीं मार रहे हैं बल्कि वास्तव में ही बीमार हैं। यह संदेह दूर करने के लिये लोग उनकी मिजाजपुर्सी के लिये आना शुरू हो गये और श्रीमती राय उनकी चाय पानी की अतिरिक्त व्यवस्था का भार पड़ने के कारण भुनभुनाने भी लगीं।

उस मुबारक दिन राय साहब के ऑफिस के बड़े साहब भी उन्हें देखने आ गये। राय साहब की समझ में नहीं आ रहा था कि वह बड़े साहब के पैर छू लें या केवल नमस्कार ही करके अपनी सत्यनिष्ठा प्रकट करें। बड़े अफसर ने राय साहब को लेटे रहने और आराम करते रहने की हिदायत देते हुए श्रीमती राय से कहा कि कोई भी आवश्यकता होने पर उन्हें अवश्य बतायें। फिर अपने अगल बगल मुन्डी हिलाते चमचों से राय साहब के स्वास्थ्य की खबर देते रहने की हिदायत देते हुए दोनों बच्चों के गाल थपथपाते मशीनी ढंग से उनके स्कूल व कक्षा की जानकारी प्राप्त करते, मुस्कुराते और विनम्रतापूर्वक श्रीमती राय के चाय पीने का आग्रह 'फिर कभी अवश्य पिऊंगा' पर टालते हुए वे चले गये।

उनके जाने के बाद राय साहब ने उत्साह के अतिरेक में महसूस किया कि उनका दर्द कम हो गया है और वे बाद में आये अपने साथियों को अपने और बड़े साहब के मधुर सम्बन्धों की कई कहानियाँ सुना गये। लेकिन इसी हफ्ते से राय साहब को यह भी लगने लगा कि वे वास्तव में बीमार हैं और बीमार के चारों ओर महफिलें भी जमने लगीं। उनके तमाम नातेदार भी उनकी बीमारी का हाल समाचार लेने के लिये आने लगे और वहाँ रुक कर श्रीमती राय का बोझ बढ़ाने तथा एकाध पिक्चर वगैरह देखने के बाद जाने लगे। बहुत से लोग उनकी सेवा में थोड़ी कमी रह जाने पर बड़बड़ाते तथा चार जगह शिकायतें करते भी सुने गये। कुल

मिलाकर समाँ बँध गया और उनका पेट दर्द महफिलें जमाने लगा।

अगले कुछ दिनों तक भी जब उनका पेट दर्द नहीं ठीक हुआ और राय सलाह देने वालों की संख्या बढ़ती गयी तब अपने एक अभिन्न मित्र की सलाह पर उन्होंने पेट की चिकित्सा के लिये मशहूर एक बड़े शहर के अस्पताल में जाकर वहाँ के विशेषज्ञ डॉक्टर मारक को भी दिखाया। बड़े शहर की यात्रा और वहाँ ठहरने की व्यवस्था करने की झंझटें झेलने के साथ-साथ अस्पताल में लगभग डॉक्टर यम के यहाँ जैसी प्रक्रियाओं से गुजरने की त्रासदी झेलते हुए जब राय साहब अपने मर्ज की डाइग्नोसिस के अन्तिम चरण पर पहुँचे तो उन्हें पता चला कि उनका लीवर नहीं बल्कि किडनी खराब थी। अगले कुछ दिनों तक वे बेड रेस्ट के सथ साथ किडनी की दवा और परहेज पर भी रहे पर अमूर्त कला की तरह उनका दर्द भी रहस्यमय बना हुआ था जो किसी पतिव्रता स्त्री की तरह उनका साथ छोड़ने को तैयार ही नहीं था।

अपनी बीमारी के सोलहवें दिन, जब उनका वजन दो किलो घट चुका था और सारे नुस्खे फेल हो चुके थे तब वे 'सारी खुदाई एक तरफ' की सलाह पर होमियोपैथी की शरण में पहुँचे। डॉक्टर होमियोपैथी ने घंटे भर पेट का दर्द झेलने के बाद उनकी बारी आने पर एक डेढ़ मिनट तक तो उन्हें केवल गौर से देखा फिर अपना चश्मा उतार कर उन्हें अपनी तकलीफ विस्तार से बताने को कहा।

राय साहब ने विस्तार से बताया।

डॉक्टर ने पूरे ध्यान से सुना फिर पूछा- 'यह तकलीफ आपके किस पैर में है?'

राय साहब ने बड़े धैर्य से बताया कि तकलीफ पैर में नहीं बल्कि पेट में है। डॉक्टर ने भी बिना चेहरे के भाव बदले, उससे भी अधिक धैर्य का परिचय देते हुए कहा- 'हाँ। वो तो आपने बताया ही है। मैं तो पूछ रहा हूँ कि क्या पैर में भी दर्द रहता है?'

- 'नहीं। बिलकुल नहीं।'

- 'रात को सपने कब और कैसे आते हैं?'

- 'इस पर तो ध्यान दिया नहीं कभी। वैसे सपने तो कोई खास नहीं आते हैं।'

- 'नींद कैसी आती है?'

- 'जब दर्द में आराम रहता है तो ठीक ही आती है।'

- 'आप अधिक सोच-विचार तो नहीं करते?'

- 'नहीं।' राय साहब इन बेतुके सवालों से आजिज आकर बोले- 'डॉक्टर साहब। इन सबका मेरे पेट दर्द से क्या संबंध है?'

- 'संबंध तो है ही। असल में होमियोपैथी लक्षणों के आधार पर इलाज करती

है और लक्षण तो बड़े विस्तृत होते हैं।'

- 'लेकिन मेरा दर्द तो मेज से चोट लगने पर शुरू हुआ है।'

- 'भाई आप इसे ऐसे समझिये। चोट आपको लगी पर इस चोट से जो तकलीफ हुई वह तो लक्षणों के रूप में प्रकट हुई है। जैसे पेट का दर्द एक लक्षण है। अब होमियोपैथी में ऐसी भी दवायें हैं जो बिना चोट के भी ऐसा लक्षण पैदा कर सकती हैं। ऐसी ही दवा देकर हम आपके लक्षणों को दवा के लक्षणों से काट देंगे।'

राय साहब कन्फ्यूज होते हुए बोले- 'और ऐसा कब तक हो सकेगा?'

डॉक्टर ने बड़ी ही दया भरी दृष्टि से राय साहब को देखते हुए कहा- 'अभी तो शुरू कर रहे हैं। हो सकता है पहली ही बार में सही दवा लग जाये, हो सकता है महीना भर लग जाये या और अधिक।'

राय साहब अपने शरीर पर प्रयोग करते हुए सही दवा लगने का इंतजार करने लगे।

इस महीने का दूसरा पक्ष राय साहब का मेडिकल ज्ञान बढ़ाने वाला साबित हुआ। उन्होंने बेरियम मील, ऑप्टिक फाइबर एण्डोस्कोपी, कोलनोस्कोपी, एब्डॉमिनल स्कैन, आई0 वी0 पी0 वगैरह पता नहीं कितने मेडिकल टेस्ट अलग-अलग डॉक्टरों की सलाह पर करा डाले पर दर्द बना ही रहा।

***

राय साहब के ड्राइंग रूम को नया टच मिले एक महीना पूरा हो गया पर उनके दर्द ने किसी को यह नया टच महसूस ही नहीं होने दिया। दर्द अब पहले से काफी बढ़ गया था जिसके इलाज के लिये वे दिल्ली, मुम्बई, चेन्नई के बड़े अस्पतालों तक हो आये थे। सभी जगह से लौट आने के बाद अब वे खुद को बड़ा असहाय महसूस कर रहे थे। उन्हें यह एहसास होने लगा था कि जीवन भर चोर सिपाही का खेल खेलते और दूसरों को बेवकूफ फँसाते आज इस मुकाम पर आ गये हैं जब वे ऐसे परमानेन्ट चोर बन चुके हैं जिसके अब सिपाही बनने की कोई गुंजाइश बाकी नहीं है।

उन्हें देखने आने वालों की संख्या भी धीरे-धीरे बहुत कम हो गयी थी। उनका हाल-चाल लेने लेने वाला उनका अफसर दफ्तर में उनकी सीट पर दूसरे आदमी को लगा चुका था। श्रीमती राय अब और अधिक चिड़चिड़ी हो गयीं थीं। उनकी बीमारी का कारण वे खुद को ही मानती थीं। बच्चे भी अब ज्यादा गुमसुम रहने लगे थे।

ऐसे में अपने कमरे में अकेले पड़े राय साहब की नजर पहली बार खुली खिड़की से आसमान में उड़ रहे आवारा बादलों तथा पक्षियों की ओर गयी। उनकी

उन्मुक्त उड़ान ने उनके अपने भीतर एक सर्वथा नया एहसास जगाया। खुली खिड़की से आती बारिश की नम हवा और इस हवा में झूमते दरख्तों ने उनके भीतर ही भीतर उनके अहं को पिघलाना शुरू किया जो उनकी आँखों के रास्ते बाहर तक बह आया। प्रकृति के करीब ले जाने वाली उस खुली खिड़की का मन ही मन आभार मानते हुए उन्होंने स्वयं को बार-बार धिक्कारा कि इस पूरे जीवन में वे चोर सिपाही ही खेलते रह गये। उन्हें कभी अपने मन की खिड़की खोलने की न फुर्सत मिली और न ही जरूरत महसूस हुई।

इस प्रकार वे अपने जीवन के एक अहम हिस्से, प्रकृति से, सदा दूर ही रहे। आँख बंद करके चिड़ियों का संगीत सुनते तथा आँख खोलकर प्रकृति का साक्षात्कार करते समय उनका दर्द उतना तेज नहीं महसूस होता था और उन्हें एक तरह का सुकून मिल रहा था।

* * *

झाड़ फूंक तथा तंत्र मंत्र वाले भी अक्सर ही बुलाये जाते थे जो अपनी पूरी कला दिखाने तथा भैरव आदि की पूजा के लिये दक्षिणा पाने के बाद भी कुछ नहीं कर पाये थे। श्रीमती राय ने विभिन्न मन्दिरों तथा पहुँचे हुए सिद्ध बाबाओं के अधिक चक्कर लगाने शुरू कर दिये थे। राय साहब अत्यन्त ही चिड़चिड़े हो गये थे और अकेले पड़े रह कर दर्द को बर्दाश्त करना अधिक पसंद करते थे। अब तो अच्छी से अच्छी दर्दनाशक दवा और इंजेक्शन भी दर्द से ज्यादा देर राहत नहीं दिला पाते थे। उनके कुछ अभी तक डटे शुभेच्छु अच्छे से अच्छा डॉक्टर खोज कर लाते थे और राय साहब डाइग्नोसिस के तरीकों पर उन डॉक्टरों की बहस और तकरार ही सुनते रह जाते थे।

अकेले पड़े-पड़े खुली खिड़की से बाहर देखते राय साहब को अब जिंदगी के कुछ गूढ़ और उलझे हुए प्रश्न भी परेशान करने लगे थे। उनके मन में बार-बार आता था कि यह सब क्यों है। जीवन क्यों है? क्या जिंदगी केवल चोर सिपाही खेल कर ही बिता देने के लिये है? क्या जिंदगी केवल भोजन, कपड़े, मकान और सुख सुविधा की तलाश में भटकने के लिये ही मिली है? फिर यह सब कुछ मिल जाने के बाद भी यह तलाश पूरी क्यों नहीं होती? मन हमेशा ही अतृप्त क्यों रहता है? जिंदगी का एक बड़ा हिस्सा हम जिस चीज की तमन्ना और उसे पाने के प्रयासों में बिता देते हैं वह मिल जाने के बाद इतनी जल्दी इतना बेमानी क्यों हो जाती है? मन फिर से किसी दूसरी चीज की तमन्ना में लग जाता है। यह चक्र चलता ही रहता है। राय साहब ने भी जो चाहा, जिंदगी में पाया पर उन्हें सुकून क्यों नहीं मिलता है। जीवन की अन्धी भागदौड़ में वे कहाँ पहुँच पाये हैं? उन्हें बार-बार लगता था कि उन्हें बड़ी देर हो गयी। इस समय यह सब कुछ समझ में आ रहा है जब उनके पास

समय नहीं है। काश, यह पहले समझ में आया होता।

पहले उन्हें लगता था कि अगर मुझे कुछ हो गया तो मेरी पत्नी और बच्चों का क्या होगा? वे कहाँ जायेंगे? उनके बिना वे क्या कर पायेंगे? पर अब उन्हें अपने जीवन भर किये गये कार्य पूरी तरह निरर्थक लगने लगे थे। सृष्टि का चक्र तो किसी और के चलाये ही चल रहा है। इसी में उनके जैसे लोग भाग-दौड़ करते खुद ही श्रेय लेने की अन्धी दौड़ में शामिल रहते हैं। उनकी हालत तो उस मुसाफिर जैसी है जो ट्रेन में बैठ कर अपना बक्सा इसलिए अपने सर पर रखे रहता है कि उसे खुद पर अपना काम खुद करने का गुमान है और वह ट्रेन पर बक्से का बोझ नहीं डालना चाहता है।

***

आज सवेरे से ही राय साहब की आवाज बंद हो गयी थी। पिछले दो महीनों से उनकी सेवा सुश्रुषा में लगे लोग उनके पास पहुँच रहे थे। उनके कमरे में फिर भीड़ थी पर सभी शान्त थे। कभी-कभी बलपूर्वक दबाँयीं जा रही सिसकियों की आवाज भी सुनायी पड़ जाती थी। माहौल भारी था। लोग दबी आवाज में एक-दूसरे से बातें कर रहे थे। एक डॉक्टर राय साहब को अभी भी ठीक करने के प्रयास में था।

अपनी अधखुली आँखों से उन्होंने इस माहौल को बड़ी ही बेजारी से देखा। उन्हें लगा कि इस माहौल से वे परिचित्त हैं और कई बार इससे गुजर चुके हैं। दबी घुटी सिसकियों की आवाज उनके अंदर भय का संचार कर रही थी। इस माहौल को बदलने या लोगों को यहाँ से दूर करने की ताकत उनमें नहीं थी। अपनी बेजारी और बेचैनी दूर करने की नीयत से उन्होंने अपने पेट का दर्द महसूस करना चाहा। आखिर यह नामुराद दर्द हो कहाँ रहा है? धीरे-धीरे वे अपने पेट तक पहुँचे और हाथ पाँव मारते, भटकते पेट के भीतर उस दर्द को खोजने लगे। यह रहा दर्द। आखिर यह आज पकड़ में आ ही गया। कितने इत्मिनान से यहाँ टिका हुआ है। पड़ा ही रहने दो इसे। क्या कर रहा है यह। चुपचाप पड़ा ही तो है।

- 'भाड़ में जाये यह सब।' उन्होंने उसी तन्द्रा में बड़बड़ाने की कोशिश की और एक लम्बी साँस खींची जो बीच में ही टूट गयी।

विभागीय व्यंग

वर्ष 1983 में मेरा चयन उ0 प्र0 राज्य वन सेवा में हुआ। वानिकी अनुसन्धान संस्थान, देहरादून में दो वर्ष का प्रशिक्षण पूरा करने के बाद पहली तैनाती बलिया हुई। वहाँ से उन्नाव, और पीलीभीत होकर लखनऊ आते-आते अपने वन विभाग की आन्तरिक विसंगतियाँ खुलकर दिखने लगी। दैवयोग से लखनऊ में मेरी तैनाती 'प्रसार और जनसम्पर्क' शाखा में हुई जहाँ छोटे-मोटे पम्पलेट से लेकर किताबों तक का प्रकाशन होता था। वहीं से यह विचार उठा कि अपनी अब तक की लिखी कहानियों के लिये मैं विभिन्न पत्र-पत्रिकाओं पर निर्भर न रहकर अपना कथा संग्रह सीधे छपवा सकता हूँ। समस्या एक ही थी कि मेरे पास अधिकांश कहानियाँ विभागीय विसंगतियों पर व्यंग के रूप में थी और ऐसी चीजें प्रकाशित होना मेरे विरुद्ध जा सकता था। इससे पार पाने के तरीके के रूप में मैंने कहानी नाम और स्थान के बिना रखने की कोशिश की। इसमें पात्रों का विवरण ऐसा रहता था कि सभी लोग खुद को या अपने साथी पात्रों को पहचान तो लेते थे पर उन्हें सीधे-सीधे कहानी से जोड़ने का कोई जरिया नहीं होता था।

हिम्मत बटोरते-बटोरते मैं अगले स्थानान्तरण पर वाराणसी पहुँच गया। यहीं से प्रयोग के तौर पर पहला कथा संग्रह 'जंगल की ओर' प्रकाशित हुआ। विभागीय साथियों के लिये नयी चीज थी क्योंकि इसके पहले विभाग में जो भी स्थापित लेखक थे उन्होंने विभाग के पक्ष में ही लिखा था। इस किताब का ठीक-ठाक रिस्पॉन्स मिला और दूसरा कथा संग्रह 'नौकरशाही' छपने में भी कोई रुकावट नहीं आयी। विभाग में भी इन किताबों का सर्कुलेशन हुआ और लोग मुझसे सतर्क रहने लगे कि पता नहीं यह आदमी क्या लिख मारेगा। कुछ लोग दूरी बनाकर भी रखते थे।

तीसरी पुस्तक 'बड़ी मछली छोटी मछली' वाराणसी से गोरखपुर स्थानान्तरण के बाद गोरखपुर के वनों की पृष्ठभूमि पर एक लघु उपन्यास के रूप में लिखी गयी थी। इसमें छुट-पुट कहानियों की जगह पूरे विभाग को एक साथ, बिना किसी विशिष्ट नाम के, पात्रों के रूप में लिया गया था। इसे सीधे प्रकाशित करवाने की मेरी हिम्मत नहीं हो रही थी अतः मैंने अपने मित्र राधाकृष्ण दुबे को, जो उस समय लखनऊ में 'पर्यावरण ज्ञान यज्ञ समिति' गठित करके इसके माध्यम से वानिकी से सम्बन्धित पुस्तकों के प्रकाशन के महत्वपूर्ण कार्य से जुड़े हुए थे, इसका ड्राफ्ट दिया। हमलोगों ने यह सोचा कि अगर एक स्वस्थ मन से इस व्यंग को सकारात्मक रूप में लेते हुए विभाग के अध्यक्ष इस पर एक टिप्पणी लिख दें तो यह छप सकती

है। लेकिन यह नहीं हो पाया।

इसी बीच वर्ष 2001 में मेरा स्थानान्तरण प्रतिनियुक्ति पर उत्तरांचल राज्य के लिये हो गया। वहाँ पहुँचकर तो मैं शेर हो गया क्योंकि गोरखपुर की पृष्ठभूमि पर लिखी किसी व्यंग कथा से उत्तरांचल को कुछ लेना-देना नहीं था और पैरेन्टल विभागीय राइवलरी के तहत उत्तरांचल वालों को यह अच्छा भी लग रहा था कि यू0 पी0 की बखिया उधेड़ी जा रही थी। यह किताब एक बहुत भारी सफलता बनकर आयी। उत्तरांचल में तो यह बहुत बड़ी हिट थी ही, मेरे 2005 में यू0 पी0 वापस आने के पहले ही यह साथियों द्वारा यहाँ पहुँचकर, यहाँ भी हिट हो गयी थी और लोग इस कथा में खुद के परिचित्त पात्र खोज भी लिये थे। लगभग सभी लोगों को इसमें अपने परिचित्त पात्र मिल ही जाते थे क्योंकि यह एक जनरलाइज्ड कथा थी। आज भी चाहे यू0 पी0 हो या उत्तरांचल, लोग इसी किताब के लिये मुझे याद करते हैं। मैं एक बात की ओर विशेष रूप से भी आपका ध्यान आकर्षित करना चाहता हूँ। यह व्यंग कथा है जिसने बहुत लोगों को आईना दिखाया है पर यह एक ऐसी भी कथा है जो वन विभाग के पुराने कल्चर की एक झलक भी दिखाती है। विभाग के ये स्थापित तौर-तरीके मेरे सेवा निवृत होने तक खुद भी समाप्त हो चले थे। बड़े साहब का बॉर्डर पर जाकर चीफ का इंतजार, या चीफ के दौरे के तौर-तरीके अब वो रह ही नहीं गये हैं। ऐसे अर्दली और स्टेनो जैसे बाबुओं की प्रजाति भी विलुप्त हो गयी है।

इस संग्रह में कुछ कहानियों और 'बड़ी मछली छोटी मछली' लघु उपन्यास को शामिल किया गया है।

जंगल की ओर

जीवन की व्यर्थता और नश्वरता का खयाल जब तेजी पकड़ने लगा और मन में गूँजने लगा कि संसार माया है और मायाभोगी अपना जन्म वृथा कर रहे हैं, बचपन, जवानी और बुढ़ापा सब भजन के बिना ही बीत गये हैं और अब मैली चादर लेकर तेरी शरण कैसे आऊँ, और जब हर काम में रिपीटिटिव बोरडम नजर आने लगी तो अपने देश की पुरानी महान परम्पराओं के क्रम में ऋषि-मुनियों की तरह ही मैंने वानप्रस्थ ग्रहण करने का स्टीली इरादा कर लिया और सब कुछ बीवी-बच्चों के हवाले करके जंगल का रुख किया। कुछ ही देर में पत्नी की प्रसन्नता पर तुषारापात हुआ जब उसने मुझे लौटते देखा। इसके पहले कि वह मायूस हो मैंने जल्दी से उसे बताया कि मैं अपने तमाम बैंक एकाउण्ट और शेयर आदि के संचालन के लिये उसको नामांकित करने के लिये सिर्फ दस्तखत करने लौटा हूँ तो उसकी तबियत कुछ ठीक हुई। बहरहाल इन झंझटों से मुक्ति पाकर मैंने जंगल का रास्ता पकड़ा और पत्नी ने बाल-बच्चों सहित मैके का रास्ता पकड़ा।

अब आजकल वो पौराणिक काल के जंगल तो रहे नहीं कि गाँव से निकले और जंगल चालू। नजदीकी जंगल तक जाने के लिये पहले बस से अठारह किलोमीटर जाना था और बस में तो सवारियों की वह हालत थी कि तौबा! कई लोगों के बीच दबे, भयानक झटके खाते मुझे केवल एक बात का संतोष था कि अब ये सब मैं छोड़कर जा रहा हूँ।

जंगल जहाँ शुरू होता था, वहाँ बस ने उतार दिया और मैं मतिमंद वहाँ खड़ा यही सोचता रह गया कि जंगल कहाँ था? यहाँ तो बंजर जमीन और उस पर कहीं-कहीं उगे कुछ बबूल के पेड़ ही नजर आ रहे थे। जब मैंने आस-पास पूछा तो एक ग्रामीण ने बताया- 'भैया, सीधे यही बबूल में चले जाओ। जब ई पलान्टेशन पार कइ लेहिहौ तब तीन मील और चलै के बाद जंगल शुरू होइहै।'

मैंने चौंककर फिर पूछा- 'क्या बताये आप? ये बबूल क्या है?'

- 'ई जंगल विभाग के करवावा पलान्टेशन है।'

उस पलान्टेशन में अपनी जिंदगी धन्य करता हुआ मैं काँटों, गड्ढों और नालियों से बचता बचाता चलता ही गया। कई बार मुझे संदेह हुआ कि इन गड्ढों और नालियों को वह ग्रामीण झूठ ही प्लान्टेशन कह रहा होगा पर मेरे ज्ञान चक्षु खोलने के लिये आगे एक लाल हरा बोर्ड लगा हुआ था जिस पर बड़े-बड़े अक्षरों में दर्ज था-

मैंने संभ्रम पूरे उजाड़ बंजर क्षेत्र में नजर दौड़ाई और वहाँ कुछ सौ पौधे भी नहीं पाये। फिर भी सरकारी बोर्ड तो झूठ बोलता नहीं इसलिए अपनी आँखों का

ही दोष मानकर मैं आगे बढ़ गया। रास्ते भर इस वृक्षारोपण में सैकड़ों मवेशियों से बचता हुआ मैं इसे पार कर ही गया। लेकिन किनारे पहुँचते ही एक अजीब मंजर नजर आया। एक दुबला पतला मरियल सा आदमी हाथ में एक छोटा सा डंडा लिये चार अच्छे तगड़े व्यक्तियों को रोके हुए था और डंडा हिला-हिला कर गरज रहा था- 'क्या समझ रहे हो तुमलोग, एक-एक को देख लूँगा, छोड़ूँगा नहीं, तुम सबको पहचान रहा हूँ। प्लान्टेशन में मवेशी चरा रहे हो। अभी केस कटवा दूँगा। मवेशी और तुम्हें दोनो को बंद करा दूँगा।'

तभी बगल में बैठे आदमियों में से एक बड़े निर्विकार भाव से सुर्ती थूकता हुआ बोला- 'का रे काशीरमवा, आज का होइ गवा। कुछ मिला नहीं है का आज?'

'कहाँ कुछ मिला है। कुछ देते तो सालों की जान निकलती है और जानवर चराने को सरकारी जगह ही चाहिए।'

'अच्छा इधर आओ।' कहता हुआ वह आदमी उसे बाकियों के पास ले गया और वहाँ से कुछ धान, दारू, गुड़ आदि शब्द इधर आते रहे। जरा सी देर में सुलह हो गयी और डंडे वाला वहीं पेड़ की छाया में बैठ कर बीड़ी पीते हुए कहने लगा- 'चराओ सालों। सरकार की जमीन है। अपने बाप का क्या जा रहा है।'

इतना शीघ्र समाधान महान आश्चर्य था। जब उस डंडे वाले के विषय में पूछताछ की तो लोगों ने बताया कि वह वन विभाग का वाचर है और इसी पलान्टेशन की देख-रेख के लिये रखा गया है।

बहरहाल ये सब दुनियादारियाँ और मोह-माया ईश्वर को समर्पित करके, यह सब कुछ मन से निकाल कर मैं आगे बढ़ा और नहर के किनारे की पगडंडी पर जाते कुछ ग्रामीणों के साथ-साथ चलने लगा। अब सृष्टि का विधान है कि जब दो आदमी साथ चलें तो बातें भी करें। इसी नियम के तहत एक आदमी ने मुझसे पूछा- 'कहाँ जा रहे हो बाबूसाहब?'

'मैं तो जंगल जा रहा हूँ।' मैंने बताया।

'क्या जलौनी लाने?'

'नहीं।'

'घास लाने?'

'नहीं भाई।'

'कुछ और बड़ा चक्कर है क्या?'

'नहीं कोई चक्कर नहीं है।'

'तब काहे जा रहे हो?' कहते हुए उसने कुछ भ्रम और कुछ रहस्यमय अंदाज में अपने साथियों की ओर देखा।'

वानप्रस्थ के बारे में उसे कुछ बताना मूर्खता समझकर मैं चुप ही रहा।

एक दूसरा आदमी बोला- 'किसी से मिलने जा रहे होंगे।'

मैं फिर भी चुप रहा।

यह रहस्यमयता उन लोगों पर काफी भारी पड़ी और वे सभी तनावग्रस्त होने लगे। इस तनाव को थोड़ा हल्का करने की नीयत से मैंने हँसकर कहा- 'अरे भाई, मैं जंगल घूमने-फिरने जा रहा हूँ।'

'जंगल में घूमने-फिरने लायक क्या है?' वे अभी भी तनाव में थे।

'असल में मैं शहर की भीड़-भाड़ और भागम-भाग से उकताकर कुछ दिन जंगल की शान्ति में रहना चाहता हूँ। इसीलिए जंगल जा रहा हूँ।'

उन्हें अब भी विश्वास नहीं था पर मेरा मन रखने की खातिर वे इसे मान गये। एक बोला- 'अब जंगल में शान्ति कहाँ रह गयी है।'

इसके बाद हमलोग काफी दूर तक साथ चले पर सभी लोग चुप थे। अब वे लोग मुझसे कुछ दूर-दूर चल रहे थे। गाँव आने पर वे नहर पार कर गाँव चले गये और मैं दूर दिख रहे हरे-भरे लुभावने जंगल की मरीचिका की ओर चलता रहा। दूर से यह जंगल पास दिख रहा था पर पास आने पर वह दूर होता जा रहा था। इक्का-दुक्का बड़े पेड़, कुछ झाड़ियाँ और घासें तो कब की शुरू हो गयी थीं पर घना मनोरम जंगल आगे और आगे ही नजर आ रहा था। घड़ी जैसी सांसारिक माया-मोह की चीज तो मैं संसार में ही छोड़ आया था अतः सही वक्त का अंदाजा तो मुझे नहीं था पर जब सूरज ढलने लगा तो मुझे एहसास हुआ कि मैं करीब पाँच-छह घंटे से चल रहा था और दसियों मील चले आने पर भी अभी मनोरम जंगल शुरू नहीं हुआ था और अब तो वह आगे दिख भी नहीं रहा था। हिम्मत करके मैं आगे बढ़ा तो कुछ ही दूर पर एक गाँव दिखा और उस गाँव के पार एक पक्की सड़क पर बस आते हुए साफ दिख रही थी।

अचानक मुझे बड़ी तेज थकान लगने लगी। मेरी समझ में आ गया था कि दूर से घना दिखने वाले पूरे जंगल की हालत अंदर से वही थी जहाँ से मैं गुजर आया था। थके कदमों से मैं रात बिताने गाँव की ओर बढ़ा।

***

'अहा! ग्राम्य जीवन भी क्या है।' की तर्ज पर कविवर मैथिली शरण गुप्त को याद करते हुए तब रास्तों पर काटी गयी नालियों के कीचड़ से गुजरता, जगह-जगह रास्तों पर गाड़े गये खूँटों से उलझता, सान्ध्य विसर्जन हेतु खेतों में स्थान-स्थान पर बैठी महिलाओं से गार्ड ऑफ ऑनर लेता और बिगड़ैल मवेशियों से बचता हुआ जब मैं गाँव के भीतर पहुँचा तो मेरे पीछे कुछ श्वान बन्धु भी एक ही स्वर कॉम्बिनेशन को

दोहराते हुए पहुँचे जिन्हें कुछ दयावानों ने दुर-दुर कह कर कुछ सन्देशा देना चाहा पर वे निर्विकार भाव में भूँकते ही रहे। किस्से-कहानियाँ सुन-सुनकर मेरे हृदय के किसी कोने में यह विचार पक्की तौर पर स्थापित था कि भारत की वास्तविक संस्कृति तो सिर्फ गाँवों में ही है जहाँ अभी तक 'अतिथि देवो भवः' का नारा ग्रामवासियों के हृदय में विद्यमान था लेकिन मेरा आत्मविश्वास तब डगमगाने लगा जब कई उदार हृदयों ने मुझे संदेह की दृष्टि से देखते हुए आश्रय खोजने के लिये आगे जाने की सलाह दी। कुछ महाउदार हृदयों ने मुझे प्राइमरी स्कूल और मास्टर जी का पता भी बता दिया और मैं वहाँ पहुँच गया।

मास्टर जी ने बड़ी आत्मीयता से बातचीत की। देश की दशा से लेकर जब वे गाँव की दशा पर उतरे तो अचानक ही उन्हें याद आया कि मेरा कोई परिचय तो उन्होंने पूछा ही नहीं। अचानक अपनी विशद चर्चा को रोक कर उन्होंने मुझसे पूछा - 'और आपका इधर कैसे आना हुआ?'

मैंने बताया- 'मैं जंगल में शान्ति की तलाश में आया हूँ। वानप्रस्थ होने का विचार है।'

मास्टर जी उतनी ही आत्मीयता से हँसे- 'अच्छा, अच्छा। आप सन्यासी हैं। किस आश्रम से आना हुआ प्रभु?'

'मेरा कोई आश्रम नहीं है। मैं निराश्रम ही रहूँगा।'

'अच्छा, अच्छा।' फिर उसी टोन में उन्होंने कहा- 'फिर भी कहीं तो जमेंगे महाराज। भक्तों को कहाँ दर्शन देंगे?'

'मैं कहीं नहीं जमूँगा। यह नीली छतरी ही मेरे मकान की छत होगी। चारों दिशायें दीवारें तथा पृथ्वी फर्श होगी। मेरा कोई भक्त नहीं है।'

'वाह! क्या विचार है महाराज! फिर आज वह नीली छतरी छोड़कर यहाँ गाँव में क्यों भटक रहे हैं?' मास्टर जी के स्वर में व्यंग छलक आया था।

मैंने सन्यासियों वाले धैर्य से कहा- 'पहला कारण तो यह है कि यह मेरे सन्यासी जीवन की पूर्व सन्ध्या है और दूसरा कारण यह है कि मुझे जंगल ही नहीं मिला।'

'जंगल ही नहीं मिला?' मास्टर जी का आश्चर्य उभरा- 'ये सब जंगल ही तो है।'

'ये जंगल है? अरे ये तो गाँव और गाँव के बाग-बगीचों सा लगता है। मुझे तो घना और मनोरम जंगल चाहिए जहाँ आदमी मीलों न दिखे। बस शान्ति ही शान्ति हो।'

मास्टर जी अबकी खुलकर हँसे। हँसते-हँसते ही उन्होंने कहा- 'महाराज। अब तो जंगल कहीं है ही नहीं। ज्यादातर जंगल काट के बाँध वगैरह बने, उद्योग

धन्धे लगे, आबादी बढ़ी तो जंगल काट के खेती होने लगी और वर्ल्ड बैंक का पैसा मिला तो जंगल काट कर यूकेलिप्टस लगा दिये गये। न जंगल रहा और न यूकेलिप्टस हुआ। बचा-खुचा सत्यानाश कर दी ये जंगल के बीच, जंगल काट के बनायी गयीं सड़कें। जिसका हाथ लगा वही ट्रक लाया और पेड़ काट कर निकाल ले गया।'

'और वन विभाग के लोग, पुलिस के लोग, रोकते पकड़ते नहीं?'

'कितना रोकें, कितना पकड़ें? इतना बड़ा एरिया और एक फॉरेस्ट गार्ड साइकिल पर। कभी बदकिस्मती से मामला पकड़ा भी गया तो भेंटपूजा की व्यवस्था है। अब तो पकड़-धकड़ की बात रह ही नहीं गयी है। अपनी असहायता जानकर स्टाफ भेंटपूजा की लाइफ स्टाइल में ही चला गया है।'

'मैं नहीं मान सकता मास्टर जी। आखिर वन विभाग के पास जीपें हैं, मोटर साइकिलें हैं, बंदूकें हैं। ये सब......'

'जीपें तो हैं जरूर लेकिन उनका काम क्या है? बड़े साहब लोगों को घर से दफ्तर, दफ्तर से मीटिंग, मेम साहबों को बाजार और नाते-रिश्तेदारों की पिकनिक। यही तो करती हैं। जंगल तो तभी आ पाती हैं जब साहब लोगों का पिकनिक का प्रोग्राम जंगल में बनता है।'

'मैंने अविश्वास से पूछा- 'आपको ये सब कहाँ से मालूम है मास्टर साहब?'

वह कुछ गम्भीर हो गये- 'यह सब बात मैं कहीं पढ़ी सुनी नहीं बता रहा हूँ। जंगल के किनारे गाँव है हमारा। यह सब हम देखते आ रहे हैं। यह सब तो जिया है हमने। लेकिन तुम्हें तो सीधी बात बताते हैं। हमारा लड़का यहीं फॉरेस्टर है।'

मेरे सांसारिक ज्ञानचक्षु इतना अधिक खुले जा रहे थे कि उन्हें ढकने के लिये मुझे धूप के चश्मे की जरूरत महसूस होने लगी। फिर भी इन बातों को माया-मोह के असार संसार की ओर प्रेषित करके पुनः मैं अपनी आध्यात्मिक तल्लीनता को टटोलने लगा। तभी किसी ने बाहर से मास्टर जी को आवाज लगायी।

मास्टर जी वहीं से बोले- 'कौन? राम प्रसाद! चले आओ भइया, यहीं चले आओ।'

राम प्रसाद एक अधेड़ आदमी था। मुझे देखते हुए वह अंदर आया फिर तख्त पर बैठकर मास्टर जी की ओर मुखतिब हुआ- 'आज जा के मामला तय हुआ मास्टर जी।'

'अच्छा। क्या रहा?'

'पंद्रह सौ रुपये पर बात तय हो गयी है। केस कम्पौण्ड होइ जाई। कोर्ट-कचहरी का चक्कर बची।'

‘रुपया दे दिये?’

‘हाँ। आज रुपया दे दिये। रसीद भी मिल गयी।’ कहते हुए राम प्रसाद ने जेब से रसीद निकालकर दिखायी। मास्टर साहब तो रसीद में उत्सुक नहीं थे पर शायद इस रहस्यमय मामले को जानने की भीतरी जिज्ञासा के कारण मैंने अनायास ही वह रसीद पकड़ ली। उसे खोलकर देखा तो पाया कि वह राम प्रसाद वल्द फलाने निवासी फलाने के नाम जुर्माना वसूल किये जाने की पाँच सौ रुपये की रसीद थी।

‘यह तो पाँच सौ की रसीद है। आप तो पंद्रह सौ बता रहे थे।’ मैंने आश्चर्य से पूछा।

‘हाँ भइया।’ उन्होंने निश्वास भर कर कहा- ‘यही होता है। वह सब तो ढाई हजार माँग रहे थे। मास्टर जी के बबुआ ने पैसा कम कराया। पाँच सौ जुर्माना सरकारी खजाने में जमा होइ जाई और बाकी ई लोग बाँटि लेइहैं।’

‘किया क्या थ आपने?’

‘जंगल से एक सूखा पड़ा बोटा उठाइ लाये थे जलौनी वास्ते।’

‘एक सूखे बोटे के लिये पंद्रह सौ तो बहुत ज्यादा है। आपका तो नुकसान हो गया।’

‘हाँ। नुकसान तो होइ गवा पर ई नुकसान जंगल और जंगल वाले ही पूरा करिहैं। मौका लगै पर फिर तीन-चार बोटा उठाइ लायेंगे। नहीं तो पेड़ काटि लायेंगे। आखिर पंद्रह सौ कहाँ से मिलेगा। खेती में तो कोई दम है नहीं।’

पता नहीं क्यों मास्टर जी मुझे देखकर मुस्करा रहे थे।

***

उसके बाद भी मैंने जंगल की बहुत तलाश की पर कहीं जंगल नहीं मिला। लाचार और बेबस होकर मैं फिर से उसी योगमाया रूपी नश्वर संसार में क्षणिक और तुच्छ भोगों को भोगने के लिये लौट आया।

पत्नी के आगे मैं शर्मसार था पर इसके पहले कि मैं अपनी सफाई में कुछ कहूँ, उसने यह कह कर मुझे शर्म की गहरी खाई से उबार लिया- ‘मैं जानती हूँ, मैं पक्का जानती हूँ कि इस जन्म में तो तुमसे मेरा पीछा छूट ही नहीं सकता।

लालमनी की कहानी

लालमनी एक सीधा-सादा किसान था। उसके पास थोड़ा उपजाऊ खेत और एक बाग था जिससे उसके पूरे परिवार का गुजर बसर होता था। हम दो हमारे दो के सरकारी नारे पर पूरी आस्था रखने के कारण उसके दो ही बच्चे थे एक लड़का और एक लड़की। लालमनी ने सुन रखा था कि अगर किसी तरह उसका लड़का बी0 ए0 पास कर ले तो उसे सरकारी आरक्षण का लाभ मिलकर नौकरी पक्की है पर उसका लड़का तो कनकौआ उड़ाने व गिल्ली डंडा खेलने का इतना शौकीन था कि स्कूल छोड़कर यही सब करता था और कभी-कभी खेतों पर अपने पिता की मदद भी करता था। सब कुछ वैसे ही चल रहा था जैसा कि गाँव के किसी आम आदमी के यहाँ चलता है।

समस्या की शुरूआत वहाँ से हुई जब प्रधान जी ने बताया कि 'उजड़ही वन पौधशाला' पर वन विभाग के कोई बड़े अधिकारी प्रशिक्षण देने आ रहे हैं और वे सभी ग्रामीण भाइयों को बतायेंगे कि पेड़ लगाकर धनवान कैसे बना जा सकता है और इससे पर्यावरण की रक्षा भी होती है। किस्मत के मारे लालमनी भी इस प्रशिक्षण में चले गये और यही नहीं, आम किसानों की तरह प्रशिक्षण को चाय, तम्बाकू के साथ गटक या थूककर उससे छुटकारा पाने के बजाय उन्होंने बड़े ध्यान से सूट-बूट धारी इन आला अफसर का भाषण सुना और उस पर अमल करने की ठान ली। अफसर महोदय जो एक सफेद बड़ी सी कार पर वहाँ पहुँचे थे और बार-बार रूमाल से चेहरे का पसीना पोंछते हुए हाथ में पकड़ी फाइल से हवा कर रहे थे, वहाँ उपस्थित पन्द्रह बीस किसानों को, जिमें आधे से ज्यादा वन विभाग के माली और वाचर थे, भाषण दे रहे थे- 'मेरे प्यारे ग्रामीण भाइयों! सरकार ने तय कर लिया है कि वह अब आपको गरीब नहीं रहने देगी। ऐसा तभी संभव है जब आप खेती छोड़कर पेड़ लगायें या कम से कम खेती के साथ ही पेड़ भी लगायें। अगर आपके पास जमीन नहीं है तो अपने घर के आगे पीछे, अहाते में और खेतों की मेड़ों पर पेड़ तो जरूर ही लगायें।'

फिर उन्होंने अपने साथ आये चार व्यक्तियों के अमले में से एक से पानी लेकर पिया और दूसरे से एक डायरी हासिल की। उस डायरी में से पढ़कर उन्होंने बड़े-बड़े आँकड़ों की मदद से बताया कि फसल से उतना लाभ नहीं होता है जितना पेड़ लगाने से होता है। आँकड़े तो अंग्रेजी में होने के कारण लालमनी की समझ में नहीं आये पर उसने तय कर लिया कि पेड़ तो वह जरूर ही लगायेगा।

फिर वहाँ रंग-बिरंगे परचे बँटे और जनरेटर चलाकर एक फिल्म भी दिखायी

गयी जिसकी आवाज जनरेटर की आवाज में एकदम दब गयी थी पर उससे किसी को कोई नुकसान नहीं था क्योंकि परदे पर लहलहाते जंगलों और उछलते-कूदते शेर-चीतों के पीछे से जो आवाज आ रही थी वह अंग्रेजी में थी। दो-तीन बार फिल्म की रील कटने व जनरेटर बंद होने के कारण व्यवधान तो हुआ पर किसी तरह फिल्म पूरी हो ही गयी। लालमनी ने भी राहत की साँस ली। आस-पास इकट्ठा हुए बच्चों ने रंगीन कागज व फोल्डर लूटे। समारोह खत्म हुआ और हाकिम अपने अमले के साथ प्रधान जी द्वारा भेंट किया गया पाँच किलो गाय का घी अपनी गाड़ी में रखवा कर चले गये। सब कुछ फिर पहले जैसा ही हो गया सिवाय लालमनी के, जिसके मन में अब पेड़ लगाने का जज्बा पैदा हो गया था।

अगले ही दिन वह उजड़ही वन पौधशाला पर पहुँच गये जहाँ एक आदमी सो रहा था। उसे जगाकर जब लालमनी ने उससे लिप्टस के पौधे माँगे तो वह बिगड़ खड़ा हुआ- 'यहाँ धर्मखाता खुला है? पौधा लेने चले आये मुँह उठाये। अरे गाँठ में कुछ पैसा कौड़ी है?'

लालमनी बोले- 'लेकिन कल तो साहब कह गये थे कि छोटे किसानों को पौधा मुफ्त मिलेगा।'

'तो चले जाओ भैया, चले जाओ उन्हीं साहब के यहाँ और ले आओ पौधा मुफ्त में।'

'यह बात तो ठीक नहीं है भैया। तुम्हारे साहब कुछ कहते हैं और तुम कुछ और कहते हो।'

'चलो-चलो फूटो यहाँ से। सोने दो।' कह कर वह फिर से लेट गया।

लालमनी कुछ देर नर्वस से खड़े रहे फिर कुछ सोचकर बोले- 'अच्छा भैया, दे दो पौधा। हम पैसा देंगे।'

'कितना पौधा चाहिए?'

'पचास पेड़ लिप्टस का।'

'निकालो पचास रुपया।'

लालमनी को फिर झटका लगा। कल हाकिम बताये थे केवल तीस पैसा प्रति पौधा तो फिर...'

उस आदमी को फिर से लेटते देखकर वह जल्दी से अपनी अंटी से नोट निकाल कर गिनने लगे। गिन कर बोले- 'बाईस रुपया है भैया। अब इसमें जितना पौधा दे दो।'

'पौधा तो हम दे दें पर बाईस पौधा ले कैसे जाओगे साइकिल पर? जाओ, भागो बैलगाड़ी ले आओ।'

'बैलगाड़ी तो नहीं है। भैया तुम पौधा दे दो। हम चार-पाँच चक्कर लगाकर साइकिल से ढो लेंगे।'

'ठीक है, हमें क्या। ले जाओ।' कहते हुए उसने छोटे-छोटे, सूखे मरियल से पौधे निकाल कर लालमनी के सामने रख दिये।

लालमनी फिर परेशान हुए। बड़े-बड़े हरे-भरे लहराते पौधों की ओर देखते हुए उन्होंने फरियाद की- 'हमें उसमें से अच्छे पौधे दे दो भैया।'

उस आदमी ने बड़े हिकारत से उन्हें देखा- 'उसमें से कैसे दे दें। वह तो वन विभाग खुद लगवाने के लिये रखे है। अभी ट्रैक्टर आयेगा उन्हें लादने।'

'तब भी दस पौधा तो दे दो उसमें से।'

वह रहस्यमय ढंग से मुस्कराया- 'ठीक है। बाईस रुपये में दस पौधा लेने को तैयार हो तो ले जाओ। हम रेंजर साहब को समझा लेंगे।'

इतनी सारी बाधाओं को पार करते हुए लालमनी आखिरकार पंद्रह यूकेलिप्टस के पौधे लेकर अपने गाँव शाम को पहुँचे फिर भी उन्हें राहत थी क्योंकि उनका पड़ोसी राधेलाल अब तक चार बार बैलगाड़ी लेकर नर्सरी तक हो आया था पर वहीं उसे कोई आदमी पौधे बेचने वाला मिला ही नहीं था।

लालमनी और उनके पुत्र ने मिलकर शाम को ही मेड़ों पर पौधे लगाये और उनकी सिंचाई की। अगले कई वर्ष लालमनी के लिये बहुत तनाव भरे वर्ष थे। जो पौधे मर जाते थे उन्हें बदलने के लिये फिर उजड़ही वन पौधशाला के तमाम चक्कर, पड़ोस के खेत वालों द्वारा उनके पौधों से दतुअन तोड़ने पर होने वाले युद्ध, खाली खेत होने पर घूमने वाले मवेशियों से दब कर मर जाने वाले पौधे और गर्मियों में इन पौधों की कुएँ से पानी लाकर कठिन सिंचाई के काम आदि ऐसी चीजें थीं जिन्होंने सीधे-सादे लालमनी को परेशान कर दिया।

फिर जैसे-जैसे पौधे बड़े होने लगे मेड़ के पास खेत की पैदावार भी कम होते-होते पाँचवें छठवें साल से खत्म ही हो गयी लेकिन नर्सरी पर आने वाले अफसर अभी भी डंके की चोट पर कह रहे थे कि एफ0 आर0 आई0 में हुई रिसर्च से एकदम पक्का हो गया है कि यूकेलिप्टस से न तो पैदावार घटती है और न ही जमीन बंजर होती है। एक बार लालमनी शहर गये तो वन विभाग के आला हाकिम से भी मिले पर वहाँ भी उनको यही सुनने को मिला और साथ ही हाकिम ने बड़ी दरियादिली से उन्हें कई रंगीन कागज और फोल्डर भी पकड़ा दिये जिसमें से एक था-सेटिंग एसाइड द आइडिया दैट यूकेलिप्टस आर बैड। खैर लालमनी को कुछ पक्का समझ में नहीं आया और वे अपने यूकेलिप्टस सींचते रहे।

लालमनी के खेत की पैदावार घटी तो क्या हुआ, इधर उनके यूकेलिप्टस बढ़ते

रहे और उधर उनकी बिटिया बढ़ती रही। एक समय ऐसा आ गया कि थोड़ी दौड़ धूप के बाद उन्होंने बिटिया की शादी पक्की कर दी। लड़का और घर बार सब बहुत अच्छा था। शादी में एक छोटी सी समस्या थी- केवल पचास हजार रुपया इकट्ठा करने की, क्योंकि हमारा समाज चाहे कितना ही विकसित हो गया हो पर लड़की की शादी तो बिना दहेज के होती ही नहीं। पैसे के इन्तजाम के लिये लालमनी ने पहले यूकेलिप्टस को देखा जो बारह वर्ष के हो गये थे और 'आला हाकिम' के शब्दों में सौ गुना रिटर्न देने वाले थे। उन्होंने हिसाब लगाया कि अब तक इन पेड़ों की खरीद, सिंचाई आदि पर उनके चार सौ रुपये खर्च हुए थे जिसकी एवज में उनके पास तीस यूकेलिप्टस के पेड़ थे।

उन्होंने इन पेड़ों को बेचने के लिये पड़ोसी गाँव के ठेकेदार बाबू खाँ से बात की। उसने पेड़ देखे फिर निराशा से सिर हिलाते हुए बोला- 'बढ़त अच्छी नहीं है। फी पेड़ बीस रुपये से ज्यादा में नहीं बिकेगा।'

लालमनी पसीने-पसीने हो गये। वे तो सोच रहे थे कि दो सौ रुपये में भी एक पेड़ बिक जाता तो उनके पास छह हजार रुपये होते।

उनके उड़े हुए चेहरे को देखता बाबू खाँ बोला- 'तुम तो घर के आदमी हो। फिर बिटिया की शादी भी है। मैं एक पेड़ का तीस रुपया दे दूँगा और बाकी ट्रांजिट वगैरह बनवाने में जो खर्चा होगा वह भी मैं करूँगा। बोलो क्या कहते हो?'

लालमनी कुछ नहीं बोल पायें लगे हाथों उन्होंने अपने बाप दादाओं के जमाने के लगे आम व शीशम के पाँच पुराने पेड़ भी बाबू खाँ को दिखाये। उसने नौ हजार रुपये में इन पेड़ों को खरीदने की बात कही। लालमनी को कुछ समझ में नहीं आया। बाजार के हिसाब से तो इन पेड़ों की कीमत पच्चीस हजार के आस-पास थी।

उन्होंने यह बात ठेकेदार से कही तो उसने बड़े खुले दिल से समझाया- 'भैया, पहली बात तो यह है कि इन पेड़ों को काटने का परमिट लेना पड़ता है और परमिट का खर्च नीचे से ऊपर मिलाकर फी पेड़ लगभग पाँच सौ रुपया बैठता है। फिर ट्रांजिट लेना पड़ेगा और उसमें भी खर्चा है। थाने को भी चढ़ावा देना पड़ेगा। ये सब झंझट तुम कर पाओगे नहीं। मैं सब कर लूँगा क्योंकि मेरा धंधा ही यही है। फिर दो पैसा मुझको भी तो मिलना चाहिए। आखिर इनको कटवाने, बोटा बनवाने व ढुलाने का खर्चा तो मुझे ही देना पड़ेगा।'

लालमनी एकदम से जमीन पर आ गये। उनका सुना पढ़ा सब झूठ हो गया। फिर भी उन्होंने एक चक्कर शहर का लगाया। बड़े दफ्तर में परमिट की अर्जी लगायी जो तुरन्त उन्हें वापस कर दी गयी क्योंकि उसके साथ खसरा खतौनी की नकल नहीं थी। नकल के लिये उन्होंने लगातार दस दिन तक सुबह शाम लेखपाल

को खोजा और उसे पचास रुपये भेंट करके नकल हासिल की और फिर अर्जी लगायी। एक हफ्ता बाद पता चला कि उनकी अर्जी खो गयी है। उन्होंने दूसरी अर्जी लगायी और बड़े हाकिम ने बड़ी दरियादिली से यह अर्जी रेंजर साहब के पास जाँच के लिये भेज दी। फिर वो रेंजर साहब के चक्कर लगाने लगे। इसी बीच उन्हें पता लगा कि किसानों को बिचौलियों के शोषण से बचाने के लिये वन निगम ने एक योजना शुरू की है जिसमें वह किसानों से मौके पर पेड़ खरीद कर किसानों को अच्छा मूल्य देता है। अब लालमनी का चक्कर वन निगम के दफ्तर तक भी होने लगा। वहाँ भी उन्होंने अर्जी लगायी पर केवल तीस पेड़ होने के कारण कोई सुपरवाइजर उनके यहाँ जाता ही नहीं था। इसी प्रकार दो महीने बीते।

उस दिन लालमनी बहुत प्रसन्न हुए जब एक फॉरेस्ट गार्ड उनके बाग के पेड़ों की जाँच के लिये और एक सुपरवाइजर उनके यूकेलिप्टस को देखने आ पहुँचे। फॉरेस्ट गार्ड तो पेड़ों की गोलाई नापकर और दही की लस्सी पीकर चला गया। वन निगम कें सुपरवाइजर ने पेड़ों को नापा और एक कागज पर जोड़ घटाना करके सभी यूकेलिप्टस के पेड़ों का मूल्य रु0 885 ठहराया। लालमनी ने उसको भी खिला-पिला कर बार-बार तकलीफ के लिये माफी माँगते हुए विदा किया।

अगले ही हफ्ते लालमनी को पता चला कि उनके बाग के पुराने पेड़ों को काटने के परमिट की उनकी अर्जी इसलिए खारिज हो गयी है कि सब पेड़ हरे हैं।

अपने ढाई तीन महीनों की भाग-दौड़ का नतीजा शून्य पाने पर अचानक ही लालमनी की तबियत एकदम भारी हो गयी। बेचारे तीन दिन बिस्तर पर पड़े काढ़ा पी-पीकर हिसाब-किताब लगाते रहे और चौथे दिन ठीक होते ही उन्होंने बाबू खाँ के घर का रास्ता पकड़ा।

***

आप क्या सोच रहे हैं? लालमनी की लड़की की शादी हुई कि नहीं? अरे साहब, यह कोई हिन्दी फिल्म तो थी नहीं कि शादी दहेज की विकराल समस्या के कारण रुक जाती। लड़की की शादी हो गयी। खूब धूमधाम से हुई। बाबू खाँ तीसरे ही दिन परमिट ले आया और बेटी की शादी के नाम पर उसने निहायत दरियादिली से लालमनी को कुल पच्चीस हजार रुपये दिये।

सह अलग बात है कि उसने बाग के सभी बारह पेड़ उन्हीं पाँच पेड़ों के परमिट पर काट लिये और एक एच-2 केस कटवा कर एक हजार का जुर्माना भी अदा कर दिया जिससे बारहों पेड़ उसके हो गये।

लड़की की शादी हो जाने के बाद की खुशी में उसने लालमनी के साथ छक कर दारू पी और दारू के नशे में ही बताया कि लालमनियाँ ने उसे लूट लिया है। ऐसे

सौदों में जहाँ उसे बीस बाईस हजार का फायदा होता है इस बार केवल दस हजार बचे। खैर, बिटिया की शादी के लिये सब कुछ कुर्बान है।

आप यह भी सोच रहे होंगे कि पच्चीस हजार में ही शादी कैसे हो गयी? बिलकुल नहीं हुई। बाकी का पच्चीस लालमनी ने वहीं से इकट्ठा किया जहाँ से गाँव के सभी आदमी करते हैं यानी अपनी जमीन गिरवी रखकर, और इस प्रकार वह एक कभी न चुकता होने वाले कर्ज की गिरफ्त में फँस गया।

'उजड़ही वन पौधशाला' पर एक नये 'आला हाकिम' का रुटीन भाषण चल रहा था कि किसान भाई जहाँ भी जगह मिले वहाँ पेड़ लगायें, खुद समृद्ध बनें और पर्यावरण को भी समृद्ध बनायें।

नौकरशाही

घर से दफ्तर तक के रास्ते में ट्रैफिक को कोसते तथा अलग-अलग वाहन चालकों के लिये 'पता नहीं किसने लाइसेंस दे दिया है।', 'आजकल के लोगों को ट्रैफिक के नियमों से कोई मतलब ही नहीं रह गया है।' आदि जुमले दोहराते हुए जब शर्मा जी दफ्तर पहुँचे तो उन्हें यह देखकर बड़ी झल्लाहट हुई कि ग्यारह बजे तक भी स्वीपर ने झाड़-पोंछ का काम पूरा नहीं किया था। 'किसी को काम-धाम से कोई मतलब ही नहीं है' अपना चिर परिचित्त वाक्य भुनभुनाते हुए वे बाहर आकर खड़े हुए और सहकर्मियों से गप्पें लगाने लगे। भगत जी वहाँ कुछ गुप्त बातों का रहस्योद्घाटन करते हुए कह रहे थे- 'इस ऑफिस का अब भगवान ही मालिक है। कोई कागज यहाँ आने के बाद आगे बढ़ता ही नहीं।'

'बढ़ेगा कैसे? एक से एक नकारा आदमी यहीं इकट्ठा हो गये हैं। काम करना ही नहीं चाहते। वर्क कल्चर तो एकदम गायब हो गयी है।' शर्मा जी बोले 'ऐसी बात नहीं है। दास बाबू तो सवेरे दस बजे से ही अपनी सीट खुद ही झाड़-पोंछ कर बैठे अपना काम कर रहे हैं।'

'दास बाबू बेवकूफ हैं। अरे जब बड़े-बड़े लोगों को काम की फिक्र नहीं है तो वही अकेले क्या कर लेंगे। अपने साहब को देखिए। ग्यारह बज गया है पर दफ्तर से कोई मतलब ही नहीं है। तीन-चार दिन तक फाइलें दबाकर रखे रहना तो उनके लिये मामूली बात है।' शर्मा जी तैश में कह रहे थे।

'बात सही है।' अब बड़े बाबू भी अपने दुख उद्घाटित करने लगे थे- 'मर-मर कर पूरी फाइल और चिट्ठी हम तैयार करते हैं लेकिन दस्तखत वाली चिड़ियाँ बैठाने के लिये तीन-चार दिन साहब के चक्कर लगाने पड़ते हैं। काम तो रुकेगा ही।'

'लेकिन साहब आज हैं कहाँ?' भगत जी ने पूछा।

'सर्किट हाउस में किसी वी0आई0पी0 की ड्यूटी में गये हैं। अब तो वी0आई0पी0 भी थोक के भाव पैदा हो गये हैं और जो भी आता है बड़े साहब को ही पूछता है।'

'इसी से तो पूरा देश ही रसातल में चला जा रहा है। अब उनसे कोई पूछे कि महीने में बीस दिन वी0आई0पी0 ड्यूटी ही होगी तो काम-धाम कब होगा?'

'बड़े साहब भी वही हैं। काम-धाम सब छोटे साहब को दे दें तो काम तो न रुका करे।' शर्मा जी बोले।

'हाँ, हाँ।' भगत जी ने व्यंगपूर्ण स्वर में कहा- 'और सारा कमीशन भी छोटे

साहब को दे दें। खुद भजन करें।'

भगत जी भी बाबू थे और स्टोर का काम-काज देखते थे। उनके पिछले दस-बारह वर्षों के कार्यकाल में एक रहस्यमय कार्यप्रणली का अविष्कार हुआ था। वह यह था कि स्टोर के सारे सामान केवल कागजों में ही दर्ज होते थे। उनका भौतिक आस्तित्व इस असार संसार में नहीं था। इस कार्यप्रणाली के बाद भी अपनी इज्जत और गरिमा बनाये रखने के लिये वे गली-गली में फल-फूल रहे एक धार्मिक संगठन के सदस्य हो गये थे और लम्बा कुर्ता पहन कर ऑफिस में भगत जी कहलाने लगे थे। अपने विराट सांसारिक एवं धार्मिक अनुभवों को वे दूसरों के समक्ष बिन माँगी राय के रूप में प्रकट करते थे जिसे कोई भी गम्भीरता से नहीं लेता था।

बात बतकही के इस सुहाने माहौल में अचानक वहाँ हलचल हो गयी।

बड़े साहब की कार बा-अदब, बा-मुलाहिजा के अंदाज में हॉर्न बजाती हुई वहाँ आकर रुकी। शायद साहब को भीतर बैठकर गेट खोलना नहीं आता था या शायद गेट लॉक भीतर से खराब था, तुर्रेदार अर्दली ने जल्दी से उतर कर साहब की तरफ वाला गेट खोला। अपनी गर्दन को एक अफसरी खम से सजाते हुए साहब गाड़ी से उतर आये पर तुरन्त ही मैनेजमेन्ट के सिद्धांत नम्बर दो को याद करके वहाँ बचे रह गये एक-दो बाबुओं की ओर देखकर मुस्कराये और बोले- 'क्या हो रहा है।'

उन लोगों ने लगभग दण्डवत की मुद्रा में झुककर साहब को सलाम मारते हुए कहा- 'सब आपकी दया है सरकार।'

लेकिन यह सुनने के लिये सरकार वहाँ थे ही कहाँ। वह तो अर्दली द्वारा उठाकर पकड़े हुए कीमती पर्दे को पार करके अपने चैम्बर में घुस रहे थे।

साहब की कार पहुँचने से पहले ही उसे दूर से ही देखकर शर्मा जी बाहर से खिसक कर ऑफिस के अंदर अपनी सीट पर आ चुके थे और भुनभुना रहे थे- 'इस वाहियात आदमी को तो नमस्ते करना भी खलता है। अच्छा हुआ मैं सामने पड़ा ही नहीं।'

बड़े बाबू ने आकर हाजिरी रजिस्टर उठाया और बोले- 'सभी का दस्तखत हो गया है इस पर?'

सभी ने सहमति जतायी।

भगत जी ने कहा- 'मैडम नहीं आयी हैं अभी।'

'ओह।' बड़े बाबू असहाय से बोले- 'अब इनका क्या करूँ। सोच रहा था कि आज साहब समय से दफ्तर आ गये हैं तो एक दिन इस रजिस्टर को उनसे भी चेक करा लेता। मैडम आयी क्यों नहीं अभी?'

मानो उनके इस सवाल के जवाब स्वरूप नितान्त फिल्मी स्टाइल में बालों को नये फैशन में बाँधे, गहरी लिपिस्टिक लगाये, सस्ते सेन्ट की खुशबू हवा में बिखेरते मैडम रूपी बहार ने ऑफिस में प्रवेश किया जिससे सभी मुरझाये मन हरे-भरे हो गये और दिल रूपी कलियाँ चटक-चटककर खिल उठीं।

सर्वप्रथम उन्होंने हाजिरी रजिस्टर पर दस्तखत करके बड़े बाबू को प्रसन्न किया क्योंकि आज बड़े बाबू पिछले कई दिनों की अफवाहें, सहकर्मियों की शिकायतें तथा अपनी कुछ तारीफ साहब से कर ही लेना चाहते थे। हाजिरी रजिस्टर तो साहब के कमरे में घुसने का बहाना मात्र था। वे प्रसन्न मन साहब के कमरे में घुसे और ऑफिस की बाहर सीट पर बैठकर अपने पर्स से एक छोटा सा शीशा निकाल कर अपना मेकअप ठीक करने लगीं।

मैडम इस ऑफिस में पिछले ही साल 'महिलाओं की पोस्टिंग उनके पति के साथ' वाली नीति के तहत आयी थीं। ऑफिस के सभी लोग जानते थे कि उन्हें कोई भी काम नहीं आता है पर सब लोग खुश थे। मैडम को पता था कि उन्हें सबकाम आता है इसलिए वे खुश थीं, उनकी प्रचारित परेशानी यह थी कि इस ऑफिस के सारे ही आदमी चरित्रहीन हैं क्योंकि वे सभी उन पर तथाकथित बुरी नजर रखते हैं। शायद इसी बुरी नजर को परावर्तित करने के लिये वे रोज एक नयी सज-धज के साथ ऑफिस आती थीं। कुछ लोगों का कहना था कि वह यंग छोटे साहब को रिझाने के लिये ऐसा करती हैं पर खुद मैडम के अनुसार- 'वह तो बकलोल हैं। आँख उठाकर देखता भी नहीं है और जल्दी से जल्दी मुझे अपने कमरे से भगाने के चक्कर में रहता है।'

दास बाबू मैडम को कुछ फाइलें समझाने के लिये उनके पास जा बैठे। भगत जी पूरे टाइम बड़ी बेचैनी से अपनी सीट पर कसमसा रहे थे क्योंकि वे भी साहब को अपने कीमती विचारों, जानकारियों तथा सलाहों से अवगत कराना चाहते थे पर यह नामुराद बड़ा बाबू साहब के पास से हट ही नहीं रहा था। उनका मन इसलिए सशंकित भी था कि वह साहब से पता नहीं क्या जोड़-तोड़ कर रहा है। इसी स्थिति में कसमसाते जब उन्होंने बड़े बाबू को प्रसन्न व तृप्त मन से साहब के कमरे से बाहर निकलते देखा तो फौरन ही एक फाइल दबाये वे भी साहब के कमरे में प्रवेश कर गये।

सक्सेना इस दफ्तर में एकाउण्ट्स क्लर्क थे। उनके हिसाब से उन्हें अपने काम में इतनी महारत हासिल थी कि साहब से लेकर चौकादार तक सब उनके सामने कीड़े-मकोड़ों की तरह थे। उनको यह जॉइंट साइज खास तौर पर तब स्वतः ही उपलब्ध हो गया था जब नये बड़े साहब ने पुरानों को छोड़कर उन्हें अपने कमीशनों के लिये अपना गुप्त दलाल नियुक्त किया था। धीरे-धीरे उनका स्वरूप विराट होता

गया और तमाम तरह के घाल-मेल में शामिल होने के बाद बड़े साहब भी उनसे डरने लगे थे कि पता नहीं कब ये सारी पोल-पट्टी खोलकर शहर की जनता और विभाग के अधिकारियों को टाइम पास के लिये गर्म-गर्म चर्चाओं का एक नया मसाला दे दें, जिसके प्रचार प्रसार में आजकल अखबार वाले भी जी जान से जुटे हुए थे। साहब के लिये राहत की बस एक ही किरण 'साथ तैरने और साथ डूबने' वाले सिद्धांत के रूप में थी।

यही कारण था कि सक्सेना बाबू बड़े साहब के चारों ओर बड़े यत्न से बनाये गये तेजपुंज रूपी तहजीब को नहीं मानते थे। वे जब चाहते थे उनके कमरे में घुस जाते थे भले ही साहब मैडम से ही क्यों न गुफ्तगू कर रहे हों या सरकारी गाड़ी से स्कूल से लौट रहे अपने बेटे को एक मिनट ऑफिस में रोक कर कोल्डड्रिंक पिला रहे हो। आज भी यही हुआ। भगत जी की परवाह किये बगैर सक्सेना बाबू साहब के कमरे में घुस गये जहाँ भगत जी खड़े हुए साहब से कह रहे थे- 'अब यही चिट्ठी देख लीजिए साहब! काम राजस्व शाखा का है और इसके लिये चेतावनी आपने मुझे दे दी है।'

'अरे!' साहब अपनी रिवाल्विंग चेयर की पुश्त से पीठ टिका कर अंगड़ाई लेते हुए बोले- 'ये सब लोग ऐसी गलत-सलत चिट्ठियों पर मुझसे दस्तखत करा लेते हैं। मैं तो इस ऑफिस से ऊब गया हूँ।'

'अब इसमें क्या करूँ साहब?' भगत जी ने पूछा।

'लिखकर दे दीजिए, मैं ठीक कर दूँगा।' कहते-कहते साहब सक्सेना बाबू की ओर मुखातिब हो गये।

सक्सेना के प्रति नफरत और गुस्से की एक तेज लहर भगत जी के मन में उठी क्योंकि उसके आ टपकने के कारण वे अपने टी0ए0 बिल की बात साहब से नहीं कर पा रहे थे।

उन्होंने टिकने की एक और कोशिश की- 'पिछले हफ्ते आपने बीजों की सप्लाई का ऑर्डर बनाने को कहा था....'

सक्सेना ने बीच में ही उनकी बात काट दी- 'बजट है ही नहीं। बीज की सप्लाई का सवाल ही नहीं है।'

बिगड़े हुए से भगत जी बोले- 'मैं तुमसे नहीं साहब से बात कर रहा हूँ।'

झगड़ा शुरू होने से पहले ही उसे निबटा देने वाले पंच की तरह साहब ने बड़े ऊबे से स्वर में कहा- 'स्टोर बाबू, मैं आपसे बाद में बात करूँगा।'

'स्टोर बाबू' के नाम से पुकारे जाने पर अपमानित सा महसूस करते हुए भगत जी सक्सेना तथा बड़े साहब को सैकड़ों गालियाँ भुनभुनाते हुए कमरे से बाहर

प्रस्थान कर गये।

सक्सेना ने डेल कार्नेगी का नाम तक न सुना होने के बावजूद बातचीत तथा दूसरों को प्रभावित करके काम निकालने के अपने नुस्खे, कार्नेगी की तर्ज पर ही बना रखे थे जिनमें पहला गोल्डन प्रिंसिपल यह था कि पहले सामने वाले के फायदे की बात करो और जब उसको मजा आने लगे तो अपने फायदे की बात कर डालो।

इसी नियम के तहत भगत जी के ओझल हो जाने के बाद वह कुर्सी की पुश्त पकड़ कर साहब से बोले- 'ऊसरतोड़ वाला आया था। आपसे मिलने को बहुत बेचैन था।'

साहब की आँखों में चमक आ गयी- 'क्या कह रहा था?'

'जैसा आप कहें वह तैयार है।'

'मैं तो पहले ही कह चुका हूँ। उस समय तो बड़ी-बड़ी बातें बनाकर गया था।'

'अब समझ गया है कि कल्याण आपके ही हाथों होना है।'

'कुछ बात हुई है उससे?'

'हाँ। वह पच्चीस पर तैयार है।'

'नहीं।' साहब ने सिर हिलाते हुए कहा- 'तीस से कम पर कोई बात नहीं होगी।'

'ठीक है। मैं तीस पर उसे तैयार कर लूँगा। लेकिन आप कुछ हम गरीबों का भी तो खयाल करिए।' सक्सेना गोल्डन रूल नम्बर एक के भाग दो पर आते हुए बोले और कुर्सी खींच कर धीरे से बैठ गये।

साहब का लहजा तीस परसेंट के कारण काफी खुश और खुशामदाना हो गया था। बोले- 'कमाल करते हैं आप। खयाल मैं भला आपका क्या रखूँगा? खयाल तो आपको ही मेरा रखना है। तीस के ऊपर जो भी खींच सकें वह सब आपका।'

'बात इसकी नहीं है।' सक्सेना थोड़ा आगे झुकते हुए तथा अपने टोन को परम गोपनीय स्वरूप देते हुए धीरे से बोले- 'एलाइड वालों का तथा केबिल वालों का बिल आपने रोक रखा है। वह आपको तो पूरा दे चुका है। बिल पास होगा तभी तो हमें कुछ मिलेगा।'

'अच्छा। यह बात है।' साहब कुछ असमंजस में बोले- 'उस पर तो जाँच होने वाली है। सीधे लखनऊ से पता चला है। इसीलिए उनके बिल रोके हैं। यह मामला टल जाये तो पास कर दूँगा।'

'अरे। जाँच वगैरह सब हमलोग देख लेंगे। एलाइड वाला लखनऊ गया है। वह सब ठीक करा लायेगा। आप तो बिल बे-खटके पास कर दीजिए।'

‘थोड़ा रुक कर देख ही लेने में क्या हर्ज है?’

‘साहब।’ सक्सेना के टोन से हमेशा ही यह आभास होता था कि वह केवल औपचारिक तौर पर बिना किसी सम्मान के ‘साहब’ शब्द बोलते हैं- ‘मेरे यहाँ ऊपरी मंजिल पर काम लगा है। छत पड़नी है। कुछ दिनों में बरसात शुरू हो जायेगी। उसके बाद बिल पास होकर भी क्या होगा? मेरा काम तो रुक जायेगा न?’

‘ऐसी क्या बात है? आपके पास पैसे की कमी कब से पड़ने लगी?’ साहब ने फिर प्रकरण टालना चाहा।

‘जब से यह मकान बनवाने का टिटिम्भा पाल लिया है। सच कहता हूँ, आदमी चाहे जो करे पर मकान कभी न बनवाये।’

‘लेकिन बनवाते सभी हैं और आप तो पूरा महल ही खड़ा कर रहे हैं।’ साहब बोले।

‘मैं क्या महल खड़ा करूँगा? फील्ड वालों के मकान देखिए तब पता चलता है कि महल क्या होता है।’

‘हाँ। यह बात तो है.....’ साहब अभी विषय को और दूर ले जाने की तरकीब सोच ही रहे थे कि सक्सेना ने एकदम निर्णायक स्वर में कहा- ‘तो मैं ये दोनों बिल भेज रहा हूँ। पास कर लीजियेगा।’

विवश से साहब ने खिड़की के पार देखते हुए कहा- ‘ठीक है। लेकिन ऊसरतोड़ वाले से आज ही बात तय हो जानी चाहिए।’

‘हो जायेगी।’ कह कर सक्सेना उठ गये।

डनकी पीठ को लक्ष्य करके साहब ने कहा- ‘एक बात और है सक्सेना। मैं क्वालिटी में कोई भी कमी बर्दाश्त नहीं करूँगा, यह ऊसरतोड़ वाले को जरूर बता लीजियेगा।’

‘बता देंगे।’ मक्खी उड़ाने वाले अंदाज में सक्सेना ने कहा फिर बाहर निकल कर भुनभुनाये- ‘तीस परसेंट कमीशन लेकर क्वालिटी भी लेंगे ससुर के नाती। इसी क्वालिटी पर तो पूरा देश ही टिका है।’

इसके बाद अगले कुछ मिनटों में साहब ने दूर-दराज से अपनी सम्स्याएँ लेकर आयी, उनसे मिलने के इंतजार में सवेरे से बैठी ‘बेचारी जनता’ को- आज ही दिखवाता हूँ, काम जरूर होगा, जाँच कराऊँगा आदि स्थापित जुमलों द्वारा निबटाया और लंच के लिये उठ गये। अर्दली तक को मालूम नहीं था कि साहब लंच के बाद कितने बजे दफ्तर आयेंगे? आयेंगे भी या नहीं।

पैरॉडी

जहाँ भी हास्य-व्यंग की विधाओं की बात होती है, पैरॉडी की चर्चा भी आ ही जाती है। यह मूलतः अंग्रेजी का शब्द प्रतीत होता है जो हिन्दी में भी पॉपुलर हो गया है। इसका हिन्दी अनुवाद 'हास्यानुकृति' किया जाता है। इसका मोटा-मोटा मतलब है-कॉमिक प्रभाव के लिये जानबूझ कर अतिशयोक्ति के साथ एक विशेष लेखक, कलाकार या शैली की नकल। यह सबसे सरल भी है क्योंकि आपके पास एक बना बनाया फॉर्मेट उपलब्ध होता है। आपको मूल से हटकर उसमें कुछ हास्य पैदा करने वाला अलग रंग भरना होता है। फिल्मी गानों की तर्ज पर भजन आपने सुने होंगे। कहीं-कहीं फिल्मों में भी पुराने गानों की तर्ज पर शब्द बदल कर नया गाना तैयार कर दिया जाता है। पर साहित्य में यह साहित्यिक रचनाओं तक ही सीमित होता है। प्रसिद्ध कविताओं की पैरॉडी जल्दी ही ध्यान आकर्षित करती है। मैं छोटे-छोटे उदाहरण देना चाहता हूँ-

रहीम का दोहा हमने स्कूल में पढ़ा है।

एकहि साधे सब सधे सब साधे सब जाय।
रहिमन सींचै मूल को फूलहिं फलहिं अघाय।

अब अगर इसे पैरॉडी में बदलना हो तो कह सकते हैं-

एकहि साधे सब सधे सब साधे सब जाय।
दूध-दही फल अन्न सब छोड़ पीजिये चाय।

प्रसंगवश अपनी लिखी एक पैरॉडी को यहाँ आपसे शेयर करने का लोभ छोड़ नहीं पा रहा हूँ यद्यपि यह पुस्तक, कहानियों का प्लेटफॉर्म है। यह पैरॉडी अपने समय में काफी सराही गयी थीं। जयशंकर प्रसाद की 'कामायनी' के 'श्रद्धा सर्ग' की इस पैरॉडी को सुनकर इलाहाबाद विश्वविद्यालय के हिन्दी विभाग के विभागाध्यक्ष इतना प्रसन्न हुए थे कि उन्होंने मुझे अपने विभाग में सहायक अनुवादक के रूप में कार्य करने का ऑफर दिया था। वस्तुतः यह कविता मेरे इंटरमीडियट कॉलेज की हिन्दी की पुस्तक में कोर्स के रूप में पढ़ाई जाती थी। हमारे हिन्दी के टीचर इतने बोरियत भरे ढंग से पढ़ाते थे कि हम कुछ बैक बेंचर्स उनका पीरियड किल करने के

लिये क्लास में यही सब खुराफात करते रहते थे। असली कविता इस प्रकार थी-

कौन तुम संसृति जलनिधि तीर तरंगों से फेंकी मणि एक।
कर रहे निर्जन का चुपचाप प्रभा की धारा से अभिषेक।
मधुर विश्रान्त और एकान्त जगत का सुलझा हुआ रहस्य।
एक करुणामय सुंदर मौन और चंचल मन का आलस्य।
सुना यह मनु ने मधुर गुंजार मधुकरी का सा जब सानन्द।
किये मुख नीचा कमल समान प्रथम कवि का ज्यों सुंदर छन्द।
एक झटका सा लगा सहर्ष निरखने लगा लुटा सा कौन।
गा रहा यह सुंदर संगीत कुतूहल रह न सका फिर मौन।
और देखा वह सुंदर दृश्य नयन का इन्द्रजाल अभिराम।
कुसुम वैभव में लता समान चन्द्रिका से लिपटा घनश्याम।
हृदय की अनुकृति वाह्य उदार एक लम्बी काया उन्मुक्त।
मधु पवन क्रीड़ित ज्यों शिशु साल सुशोभित हो सौरभ संयुक्त।
कहा मनु ने नभ धरणी बीच बना जीवन रहस्य निरुपाय।
एक उल्का सा जलता भ्रान्त शून्य में फिरता हूँ असहाय।
कौन हो तुम वसन्त के दूत विरस पतझाड़ में अति सुकुमार।
घन-तिमिर में चपला की रेख तपन में शीतल मंद बयार।

अब पैरॉडी पर नजर डालिये-

कौन तुम कवि सम्मेलन से बाहर फेंके कवि एक।
फाँक रहे मिट्टी चुपचाप धरा पर कुहनी टेक।
मधुर साज और आवाज कविता के दो ही रहस्य।
क्यों न उठ रहे जोर करके छोड़कर आलस्य।
सुना कवि ने यह फटा बाँस मेघ गर्जन सा जब दुरन्त।
काँप उठा करके सिर नीचा हो गया बेचारा भयाक्लान्त।
और देखा वह दृश्य भयंकर जो था बिलकुल नयनफोड़।
लुंगी पहने खड़ा हुआ था एक व्यक्ति चादर को ओढ़।

श्वेत मिर्जापुर जिले की, खुरदुरी गंजी मैली।
ढक रही थी कांधा उसका रूमाल कंधे पर फैली।
घिर रहे लम्बी कलम के बाल पान युक्त मुँह के पास।
फटा जूता पैर में था होंठो पर प्रबल परिहास।
कहा कवि ने मिर्जापुर में अब काव्य बना निरुपाय।
मूर्ख श्रोताओं के मध्य फिर रहा हूँ मैं अब असहाय।
कौन हो तुम श्रोता सुंदर नीरस सम्मेलन में सुकुमार।
जी कर रहा सुना दूँ तुमको कवितायें एक हजार।

इतनी भूमिका का तात्पर्य यही है कि मैं आपको साहित्यिक पैरॉडी से परिचित्त कराते हुए यह स्पष्ट कर सकूँ कि कविताओं की पैरॉडी लिखना अपेक्षाकृत आसान होता है क्योंकि एक तो उनमें कंटेंट कम होता है और वे पॉपुलर भी होती हैं। जब मेरे मन में किसी हिन्दी कहानी की पैरॉडी लिखने का विचार आया तो पंडित चन्द्रधर शर्मा 'गुलेरी' की माइलस्टोन कहानी 'उसने कहा था' के आगे और कुछ सूझा ही नहीं। यह कोर्स की पुस्तक में पढ़ाई जाती थी और उस जमाने में बहुत ही प्रसिद्ध कहानी थी। कंटेंट भले ही कुछ अधिक था पर मैनेज हो सकता था।

सबसे पहले इसकी हस्तलिखित प्रति मैंने एक स्थानीय अखबार के अपने परिचित्त संपादक को भेजी। पहले तो उनकी समझ में नहीं आया कि यह है क्या? लेकिन जब समझ में आया तो मारे उत्साह के वे खुद चल कर मेरे पास आये, कहानी अपने पत्र में छापी और मेरा काफी उत्साह बढ़ाया। उस समय की मशहूर साहित्यिक पत्रिका 'सारिका' में भी इसे भेजा पर यह इसलिए नहीं छप सकी क्योंकि इसमें अतिशयोक्ति, सीमा से अधिक हो गयी थी। संपादक ने अपनी टिप्पणी में यह भी लिखा था कि इस तरह का प्रयोग उन्होंने पहले कहीं नहीं देखा है।

यह पैरॉडिकल कहानी आपके लिये प्रस्तुत है। लेकिन यह भी निवेदन करना चाहूँगा कि इसका असली आनंद तभी आ सकता है जब आपने मूल कहानी पढ़ी हो।

उसने कहा था

बड़े-बड़े शहरों में फैशनपरस्त लोगों को कार, मोटर साइकिल अदि में गर्दन अकड़ाये हुए चलते देखकर जिनकी आँखें ऊब गई हैं और दिमाग खराब हो गया है उनसे हमारी प्रार्थना है कि प्रतापगढ़ के साइकिल सवार स्टूडेन्टों की बोली का शर्बत पियें। जब बड़े-बड़े शहरों में अजीबोगरीब हेयर स्टाइल, लटकी फटही जीन्स धारण किये, मुँह पर शुष्कता का भाव लिये हुए स्टूडेंट कभी कार वाले की नानी से अपना निकट का संबंध स्थिर करते हैं, कभी भयानक ट्रैफिक जाम में घण्टों फँसे रह कर चिल्लाते हैं और कभी संसार भर की निराशा, ग्लानि और क्षोभ के अवतार बने नाक की सीध में पैदल ही चले जा रहे होते हैं तब प्रतापगढ़ में उनकी बिरादरी वाले सिनेमा रोड पर साइकिल चलाते हुए अपने मुख पर प्रेममयी मुस्कान लिये 'नमस्ते भाईजान, क्या हाल है भाईजी, कैसे हो गुरु, आओ लाला चाय पिलायें, अच्छा! अभी आते हैं' कहते हुए चाय और पान की दुकानों पर ठहर कर सुशोभित होते हैं। क्या मजाल है कि भाईजान और गुरु आदि कहे बिना कोई बात कर ले। यह बात नहीं है कि उनकी जीभ चलती ही नहीं। चलती है पर मीठी छुरी की तरह तड़पा तड़पाकर वार करती हुई। यदि कोई लड़का नमस्ते का जवाब नहीं देता तो उनकी वचनावली के नमूने हैं – 'वाह रे भाईजान, लग रहा है दुश्मनों की तबीयत कुछ खराब है या मेरी आँखें ही खराब हैं। इतनी देर से नमस्ते कर रहा हूँ पर कोई जवाब ही नहीं। आज घर पर झगड़ा तो नहीं हो गया'?

डिटेल में इसके अर्थ है कि तुमने मेरे नमस्ते का उत्तर नहीं दिया तो तुम्हारी आँखें खराब हो जायेंगी, तबीयत खराब होगी और घर पर झगड़ा भी हो सकता है इसलिए मेरे नमस्ते का उत्तर दे।

ऐसे शालीन महारथियों के बीच में होकर एक लड़के और एक लड़की की साइकिलें आपस में टकरा गयीं और दोनों ही भू-पतित हो गये। उनके जीन्स, प्रिन्टेड शर्ट और सूखे चेहरों से जान पड़ता था कि दोनों स्टूडेंट हैं। वह पान की दुकान से स्पेशल सिगरेट खरीदने जा रहा था और यह किसी दुकान से लिपिस्टिक। कुछ देर दोनों अपनी साइकिलों से गुँथे रहे फिर कपड़े झाड़ते हुए उठ खड़े हुए। लड़की के चेहरे पर क्रोध की छाया देख्ते ही लड़का हाथ जोड़ कर नरम स्वरों में बोल उठा- 'माफ कीजिए। गलती मेरी ही थी। मैं बहुत शर्मिन्दा हूँ।'

लड़की के चेहरे का तनाव कुछ कम हुआ तो लड़के ने बात आगे बढ़ाई- 'आप पढ़ती हैं?'

'हाँ। बी0 ए0 में। और आप?'

‘बी0 एससी0 में। यहाँ कहाँ रहती हैं?’

‘चौक में। मेरे मामा का घर है।’

‘मेरे मामा भी चौक में रहते हैं।’

इतने में आस-पास कुछ भीड़ इकट्ठा होने लगी। दूसरों की घूरती आँखें देखकर दोनों वहाँ से चल दिये। कुछ दूर आगे जाकर लड़के ने शरमाते हुए पूछा- ‘आपकी शादी हो गयी?’

इस पर लड़की ने कुछ हाथ उठाकर एक जन्नाटेदार थप्पड़ रसीद किया जिससे लड़के की आँखों के आगे दिन में ही चाँद सितारे नाचने लगे और वह गाल सहलाता रह गया।

इसके बाद वे दोनों कभी चौक पर, कभी बेल्हादेवी के मन्दिर में और कभी डिग्री कॉलेज के सामने मिलते रहे। महीना भर यही हाल रहा। दो-तीन बार लड़के ने फिर पूछा – ‘आपकी शादी हो गयी और उत्तर में वही भयानक हड्डीमय उँगलियों का झापड़ मिला।’ एक दिन जब फिर लड़के ने वैसे ही हँसी में चिढ़ाने के लिये पूछा तो लड़की, गाल पर हाथ रखे लड़के की संभावना के विपरीत बोली- ‘हाँ। होने वाली है।’

‘कब?’ लड़के ने गाल से हाथ हटाकर हैरत से पूछा।

‘अगले महीने। देखते नहीं यह इन्गेजमेन्ट रिंग?’

लड़की चली गयी। लड़के ने पान की दुकान की राह ली। रास्ते में एक लड़के पर साइकिल से बरसात का पानी उछाला (जिसने उसकी अच्छी मरम्मत की), एक भैंस की पूँछ पकड़ कर देर तक रोता रहा, एक दूधवाले के दूध में पानी उड़ेल दिया (दूधवाला खुश हुआ होगा), एक कुत्ते को आँख मारी और पढ़ाकर आते हुए अपने एक मास्टर से साइकिल टकरा कर ‘गधे’ की उपाधि पायी, तब कहीं पान की दुकान तक पहुँचा।

***

‘राम-राम। यह भी कोई कवि सम्मेलन है। चार घंटे से मंच पर बैठे-बैठे हड्डियाँ अकड़ गयीं। ऊपर से धूप भी सीधी पड़ रही है। गनीमत कहीं दिखती नहीं। पेट में चूहे अलग मार्च कर रहे हैं। ये प्रबन्धक न मालूम कहाँ छिपे बैठे हैं। पता नहीं भोजन भी तैयार करवा रहे हैं कि नहीं। प्रतापगढ़ में तो एक ही टाइम भूखा रहना पड़ता था और यहाँ कल शाम से कुछ नहीं मिला।’

‘लहंगासिंह। दो घंटे और धीरज रखो। फिर ये प्रबन्धक खाना तो खिलायेंगे ही। अगर नहीं तो मेरी ये भीमसेन वाली बॉडी किस दिन काम आयेगी? इन लोगों से पैसे वसूल कर होटल में खायेंगे, फिर उसी कवियत्री के बरामदे में सो रहेंगे। लाख

कहते हैं कहीं और जाने नहीं देती। कहती है तुम कवि हो। तुमने ही मुझे कविता लिखना सिखाया है।'

'चार दिन से कोई कविता नहीं सुनाई। बिना लड़े सिपाही बिगड़ता है और बिना कविता पढ़े कवि। मेरी तो कविता पढ़ने की बारी आ जाये फिर सात घंटे तक अगर माइक से हटूँ तो कवियत्री जी की देहली पर मत्था टेकना नसीब न हो। पाजी कहीं के, ये श्रोता तो एक घंटे में ही बोर होकर भागने लगते हैं। हाँ, पीठ पीछे तमाम आलोचना छपवा देते हैं। उस दिन कविता पढ़ी थी। चार घंटे में एक भी श्रोता हाल में नहीं बचा था। वो तो अध्यक्ष महोदय ने लौटकर आने को कह दिया वरना......'

'वरना दरी और कुर्सियाँ भी बोर होकर हाल से निकल भागती। क्यों?' अध्यक्ष भैंसासिंह ने ताव खाकर कहा- 'कवियों के अकल नहीं होती। अध्यक्ष दूर की सोचते हैं। अगर हाल में दरी कुर्सियाँ भी न रह जाती तो बाकी लोग अपनी कवितायें किसे सुनाते?'

'अध्यक्ष जी। सच है।' लहंगासिंह बोला- 'पर करें क्या? हड्डियों में तो भूख धँस गयी है। खाना मिल नहीं रहा है और धूप सीधी पड़ रही है। एक बार खाना मिल जाये तो गर्मी निकल जाय।'

'उदमी। उठ। कविताओं की कॉपी सँभाल। कनखजूरा, तुम चार आदमी ईंटें लेकर मंच पीटना शुरू करो। अभी सारे प्रबन्धक दौड़े आयेंगे और हम उन्हें परेशान कर देंगे जब तक कि वे खाना नहीं देते।' यह कहते हुए अध्यक्ष मंच के चारो ओर चक्कर लगाने लगे।

कनखजूरा कवियों का कमेडियन था। एक ईंटा उठाकर मंच के पाये को ठोंकता हुआ बोला- 'मैं मंच की टाँग तोड़ता हूँ।'

इस पर सब खिलखिला उठे और उदासी के बादल फट गये।

लहंगासिंह ने दूसरा ईंटा उठाकर कहा- 'पथराव के समय पुलिस वालों पर ऐसे नम्बरी फेंको। एक भी मुकाबले पर नहीं रहेगा।'

'हाँ। ईंटा क्या है तोप का गोला है। मैं तो कविता पढ़ने के बाद यहीं ईंटें उठाकर उस दूसरे मंच की ओर फेकूँगा। उनकी सारी पब्लिक यहाँ आ जायेगी।'

'कहीं उस पर भी अपने आदमी हुए तो........ या वही बाग वाली कवियत्री।'

'चुप कर। यहाँ तो कुछ शरम नहीं।'

'अपनी-अपनी बात है। अब देखो यहाँ तीन मंच एक साथ लगे हैं। तीनों एक-दूसरे को मात करने की कोशिश करेंगे। सभी चाहेंगे कि दूसरे का मंच गिर जाये और केवल वही जमा रहे। कहीं ऐसा न हो जाये कि हम लोगों का मंच फेल हो जाय।'

'अच्छा, अब गैंडासिंह कैसा है?'

'अच्छा है।'

'जैसे मैं जानता न होऊँ। अपनी कवितायें तुम उसे दे देते हो और आप दिन-रात एक करके नई कवितायें लिखते हो। उसके नाम पर अपनी कविता छपवा देते हो और जो पैसा तुम्हें मिलता है उससे उसे भी हेमा मालिनी की पिक्चर दिखते हो। इतनी मेहनत करके कहीं माँदे न पड़ जाना। कविता क्या है पागलपन है और पागल होने वालों को कवि सम्मेलनों में नहीं बुलाया जाता।'

'मेरा डर मत करो। मैं तो सौ साल के बाद पागल होऊँगा। आगरा में मेरा घर होगा और मेरे चारो तरफ पागलखाने की सुंदर नर्सें होंगी।'

कनखजूरा सिंह ने त्यौरी चढ़ा कर कहा- 'क्या पागल होने की बात लगायी है। पागल हो दूसरी मंच वाले।'

***

दो घंटे बीत गये हैं। मंच पर सन्नाटा छाया हुआ है क्योंकि भूख के मारे कवियों के मुँह से आवाज नहीं निकल रही है। ईंटों से मंच को पीट-पीट कर सबकाफी थक भी गये हैं और अब हिलने-डुलने की भी हिम्मत नहीं हो रही है। लहंगासिंह मरे उल्लू की तरह चुपचाप पड़ा था। उसकी एक आँख दूसरे मंच पर व्याकुल बैठे कवियों पर थी और दूसरी गैंडासिंह के चेहरे पर। गैंडासिंह कराहा।

'क्यों गैंडा भाई। क्या है?'

'बीड़ी पिला दो।'

लहंगासिंह ने जेब से बीड़ी का बंडल निकाला और सुलगाकर उसके मुँह से लगाते हुए पूछा - 'कहो, कैसे हो?'

बीड़ी का एक कश लगाकर गैंडा बोला- 'पेट में चूहे कूद रहे हैं। रोम-रोम अशक्त हो गया है। दाँत बैठे जा रहे हैं।'

'अच्छा लो, यह च्यूइंगम खा लो।'

'और तुम?'

'मुझे भूख नहीं लगी। मुँह में पानी आ रहा है।'

'ना, मैं नहीं खाता। कल शाम से तुम मेरे लिये........'

'हाँ। याद आया। मेरे पास दूसरा च्यूइंगम है। आज सवेरे ही खरीदा है। यहाँ च्यूइंगम सस्ता है। भगवान यहाँ के दुकानदारों का भला करे।' यों कह कर लहंगासिंह जेब से च्यूइंगम निकालने लगा।

'सच कहते हो?'

‘और नहीं झूठ?’ यों कह कर ना हीं करते गैंडा के मुँह में उसने जबरदस्ती च्यूइंगम डाल दिया और आप खाली बीड़ी पीता बैठा रहा। च्यूइंगम की कथा केवल कथा थी।

कुछ मिनट और बीते। इतने में मंच के पीछे से आवाज आयी- ‘कविगण महोदयों।’

‘कौन? प्रबन्धक साहब। कहिए, कहिए।’ कहते भैंसासिंह उधर झपटे।

‘भोजन तैयार है। आपलोग आइये।’

इतना सुनते ही तमाम कवि उठकर एक साथ एक-दूसरे को धकियाते पाँत की ओर दौड़ पड़े। जल्दी-जल्दी हाथ पर पानी डालकर कविगण अपने-अपने स्थानों पर बैठ गये और बेसब्री से भोजन का इंतजार करने लगे। गैंडासिंह बीच में ही लुढ़क गया था। लहंगासिंह ने उसे संभाला और दोनों सबसे बाद में आकर पाँत के आखिर में बैठ गये।

भोजन आते ही सारे कवि उस पर इस भाँति टूट पड़े जैसे गिद्ध मरे जानवर पर टूटता है और जब उन सबकी आँख व नाक से गंगा-जमुना बह चली तब उन्हें ज्ञात हुआ कि खाने में लाल मिर्चें भरी थी। सभी कवि सी-सी करते इधर से उधर नाचने लगे क्योंकि पानी अभी आया नहीं था।

जब सारे कवि वापस मंच पर पहुँचे तब सभी की आँखें व नाक लाल हो रहे थे। पेट और मुँह में आग लगी हुई थी और सभी के मुखारविन्दों से सी-सी की मधुरतम ध्वनि निकल रही थी। सभी मंच पर बैठे रूमाल से बार-बार आँसू पोंछ रहे थे। इतने में वहाँ संयोजक साहब ने प्रवेश किया।

‘अध्यक्ष भैंसासिंह।’

‘अरे संयोजक साहब! हुकुम हुजूर।’ भैंसासिंह ने खड़े होकर कहा।

‘देखो, यही मौका है। सामने जो मंच है उस पर अपने विरोधी छायावादी कवि बैठे हैं और वह मंच जिस ईंटे पर सधा है उसका मैंने पता लगा लिया है। तुमलोग वहाँ जाकर मंच के नीचे से वह ईंटा निकाल लो जिससे मंच गिर जायेगा। फिर उस पर अधिकार करके डटे रहना। हमलोग अपने मंच की रक्षा करेंगे।’

‘जो हुक्म।’ कह कर भैंसासिंह अपने तमाम साथियों के साथ छन्दशास्त्र पर चर्चा करते हुए उस मंच की ओर चले और इधर संयोजक साहब ने अपनी कॉपी निकालते हुए लहंगासिंह से कहा - ‘लो, अब तुम मेरी नयी कविता सुनो।’

आँख मारते-मारते लहंगासिंह सब समझ गया। मुँह का भाव छिपाकर बोला- ‘सुनाओ साहब।’ कॉपी खोलते ही उसने झुककर संयोजक साहब की राइटिंग देखी तो उसका माथा ठनका। अपने संयोजक साहब की स्याही में भीगे चींटे वाली

राइटिंग कहाँ उड़ गयी? उसकी जगह यह लोचदार राइटिंग कहाँ से आ गयी? शायद साहब टाइप करा लाये हैं। लहंगासिंह ने जाँचना चाहा। संयोजक साहब दो महीने से उसके ग्रुप में थे।

'क्यों साहब, हमलोग प्रतापगढ़ कब जायेंगे?'

'कवि सम्मेलन खत्म होने पर। क्यों, क्या ये जगह पसंद नहीं?'

'नहीं साहब। कविता के वे मजे यहाँ कहाँ? याद है, पिछले महीने आपने जो लम्बी कविता सुनाई थी उसे सुनकर कनखजूरा सिंह बेहोश होते-होते बचा था। बेशक पाजी कहीं का। और आपने जब अगली कविता सुनाने की तैयारी की तो कमबख्त उठकर भाग गया। ऐसे कवि के साथ रियाज करने में मजा है।'

'हाँ। पर मेरी वह कविता खो गयी।'

'ऐसी बड़ी कविता? दो घंटे की तो होगी।'

'हाँ लहंगासिंह। दो घंटे चालीस मिनट की थी। तुमने कविता नहीं सुनी?'

'सुनता हूँ साहब। जरा कानों में रुई ठूँस आऊँ।' कहकर लहंगासिंह मंच के दूसरे भाग में घुसा। वहाँ वह आँख का पानी पोंछते कनखजूरा से टकराया।

'कौन? कनखजूरा सिंह?'

'हाँ। क्यों लहंगा, क्या ससुराल वाली आ गयी? जरा तो आँख पोंछने दी होती।'

'होश में आओ। ससुराल वाली नहीं कयामत आ गयी है और वो भी संयोजक साहब के भेष में।'

'क्या?'

'संयोजक साहब या तो हमें छोड़कर भाग गये हैं या फिर रुपये लेकर दूसरे मंच वालों से मिल गये हैं। उनके भेष में यह कोई विरोधी मंच वाला आया है। सोहरा मुझे कविता सुनाने लगा।'

'तो अब?'

'अब मारे गये। धोखा है। हमारा मंच गिर जायेगा। उठो, एक काम करो। अध्यक्ष साहब के पीछे दौड़ जाओ। कहो कि एकदम लौट आवें। उस मंच पर अपने ही आदमी हैं। दूसरी तरफ से निकल जाओ। जल्दी करो।'

'लेकिन....'

'लेकिन-वेकिन कुछ नहीं। फौरन जाओ। यह मेरा हुक्म है। देर मत करो।'

लौट कर लहंगासिंह ने पर्दे के पीछे से छिपकर देखा। संयोजक साहब ने अपनी कॉपी जेब में रखी और इधर-उधर नजरें दौड़ाई। एक कोने में भैंसासिंह की

कविताओं वाली कॉपी रखी थी। संयोजक साहब ने उसमें से कुछ पन्ने फाड़े और उन्हें अपनी जेब में रखने....

बिजली की तेजी से लहंगासिंह ने उन पन्नों को छीन लिया और साहब को ढकेल दिया। संयोजक साहब 'हाय मरा' कहते हुए मंच के नीचे जा गिरे। लहंगासिंह ने उन पन्नों को झोले में रखा।

तब तक संयोजक साहब फिर से मंच पर चढ़ आये और ताल ठोंक कर लहंगासिंह से भिड़ गये। लहंगासिंह ने उन्हें फिर से मंच के नीचे ढकेल दिया और मुस्करा कर बोला - 'क्यों संयोजक साहब! मिजाज कैसा है? आज मैंने बहुत सी नयी बातें सीखी। यह सीखा कि संयोजक कविता लिखते हैं। यह सीखा कि एक कविता दो घंटे चालीस मिनट की होती है। यह सीखा कि कनखजूरा सिंह कविता से डरता है। अरे, वह तो चौबीस घंटे लगातार कविता सुनकर भी मजे में रहता है।'

संयोजक साहब ने ईंटा चलाकर मारा जो लहंगासिंह की पीठ में लगा। इस पर क्रोध से गुर्राकर लहंगासिंह उन पर झपट पड़ा और उन्हें पटक कर रगड़ने लगा। उनकी यह दयनीय दशा देखकर आस-पास छिपे उनके साथी छायावादी कवि निकल कर लहंगासिंह पर झपट पड़े। लहंगासिंह फ्री स्टाइल लड़ता रहा मगर कब तक? थोड़े ही मिनटों में वह.......

अचानक भैंसा चिल्लाने की आवाज के साथ भैंसासिंह पीछे से आकर झपट पड़े। एक तो उनकी विकराल बॉडी देखकर ही कवियों की जान सूख गयी और उस पर से जब उन्होंने एक-एक को उठाकर मंच के नीचे फेंकना शुरू किया तो सभी छायावादी चिल्लाते हुए भागने लगे। पूरे मंच पर कोहराम मच गया। इसी चक्कर में वह मंच भी उलट गया और तमाम कवि उसके नीचे दब गये।

थोड़ी ही देर बाद वहाँ शान्ति छा गयी क्योंकि सारे छायावादी भाग चुके थे। भैंसासिंह व गैंडासिंह को कुछ चोटें आ गयी थीं। लहंगासिंह ने अपने झोले से मलहम की एक डिबिया निकाली और सारा मलहम उन दोनों को लगा दिया। कोई यह न जान सका कि लहंगासिंह को भी कई खरोंचें लग गयी हैं और उनमें से दो बूँद खून भी निकल गया है।

भैंसासिंह लहंगासिंह की बुद्धि को सराह रहे थे और उसकी बहादुरी की प्रशंसा कर रहे थे। आज लहंगासिंह के कारण उनकी नयी और अमूल्य कविताएँ बच गयी थी।

इस लड़ाई के कारण (और मंच उलट जाने के कारण) कवि सम्मेलन स्थगित हो गया और सभी कवि बड़े प्रसन्न हुए क्योंकि बिना कविता सुनाये ही उन्होंने पारिश्रमिक दबा लिया था। प्रबन्धकों के चेहरों पर साढ़े बारह बज रहे थे। सभी

कवि स्टेशन पर पहुँचे और टिकट खिड़की के सामने लगी लम्बी लाइन में टिकट खरीदने के लिये खड़े हो गये।

इसी समय किसी बात पर भैंसासिंह की एक आदमी से लड़ाई हो गयी। वह आदमी अपने दस-बारह साथियों को लेकर भैंसासिंह पर झपटा और स्थिति नाजुक हो गयी। तुरन्त लहंगासिंह ने बुद्धि से काम लिया और अपनी नयी कविता सुनाने लगा।

आक्रमणकारी पहले तो आश्चर्य से ठिठके पर जब लहंगासिंह कविता सुनाता ही चला गया तो वे बोर होकर कान बंद करके भागे। लेकिन उसने कविता सुनानी बंद नहीं की। यहाँ तक कि लाइन लगाये हुए सारे व्यक्ति और टिकट बनाने वाले भी भाग खड़े हुए तब कहीं जाकर लहंगासिंह की कविता बंद हुई। उन्होंने खुद ही अपने टिकट बना लिये। तब तक गाड़ी भी आ गयी।

सारे कवि दौड़े और गाड़ी में चढ़ने के लिये जोर करने लगे। लगभग दस-बारह मिनट के अथक परिश्रम के बाद भैंसासिंह व लहंगासिंह तो उसमें चढ़ गये और अपनी जगह पर डट गये पर गैंडासिंह और कनखजूरा दोनों बर्राते हुए इधर से उधर दौड़ते रहे पर गाड़ी में नहीं चढ़ पाये। जहाँ भी वे जोर करते वहीं से ढकेल दिये जाते। आखिर गाड़ी छूटने का समय आ गया। लहंगासिंह ने गैंडा को अपने पास बुलाया और अपनी जगह उसे देकर खुद प्लेटफॉर्म पर उतर आया। भैंसासिंह लहंगा को छोड़कर जाने को तैयार नहीं थे। यह देखकर लहंगासिंह ने कहा - 'तुम्हें गैंडा की कसम और कवियत्री जी का सौगन्ध है जो इस गाड़ी में न जाओ।'

'और तुम?'

'मैं अगली पैसेन्जर से आ जाऊँगा। कनखजूरा सिंह मेरे साथ है ही।'

'अच्छा। पर........'

'गाड़ी छूट रही है। आप डंडा कसकर पकड़ लो और हाँ, कवियत्री जी को मेरी तरफ से नमस्ते कहना और कह देना कि मुझसे जो उसने कहा था वह मैंने कर दिया।'

'गाड़ी सरकने लगी और भैंसासिंह हाथ हिलाते चले गये। लहंगासिंह प्लेटफॉर्म पर पड़ी एक बेंच पर लेट गया। दिन भर की मेहनत के बाद उसे नींद आ रही थी।

'कनखजूरा कविता सुना दे।' उसने कहा था।

***

रात को जब आदमी सोने लगता है तब दिन भर की और बीते दिनों की महत्वपूर्ण घटनाएँ इस तरह याद आने लगती है मानो सपने में घट रही हों। खासकर से 'प्रेम' के मामले तो और जल्दी याद आते हैं।

***

लहंगासिंह कॉलेज का स्टूडेंट हैं। प्रतापगढ़ में मामा के यहाँ आया हुआ है। सिनेमा रोड पर एक लड़की की साइकिल से उसकी टक्कर हो जाती है। बाद में वह कई बार उससे मिलता है। वह उससे पूछता है कि आपकी शादी हो गयी तो........ अचानक नींद में ही लहंगासिंह का हाथ अपने गाल पर चला गया मानों वह किसी झापड़ से बच रहा हो। एक दिन उसने वैसे ही पूछा तो उसने कहा 'हाँ, होने वाली है। यह इंगेजमेंट रिंग नहीं देखते?'

सुनते ही लहंगासिंह को दुख हुआ। क्यों हुआ?

'कनखजूरा। कविता सुना दे।' उसने कहा था।

* * *

पच्चीस वर्ष बीत गये। अब लहंगासिंह कवि था। उस कॉलेज की कन्या का ध्यान ही न रहा। न मालूम वो कभी मिली थी या नहीं।

अचानक ही उसे कवि सम्मेलन में शामिल होने का निमन्त्रण मिला। साथ ही भैंसासिंह का पत्र कि मैं अध्यक्ष बनाया गया हूँ। साथ ही चलेंगे। मेरे घर आ जाना। लहंगासिंह उनके यहाँ पहुँचा।

जब चलने लगे तब भैंसासिंह बाड़े में से निकलकर आये और बोले- 'लहंगा। कवियत्री तुझे जानती है। बुलाती है। जा मिल आ।'

लहंगासिंह भीतर पहुँचा। कवियत्री मुझे जानती है? कब से? आज के पहले तो कभी कवियत्री जी को देखा नहीं। दरवाजे पर जाकर नमस्ते किया। जवाब सुना।

लहंगासिंह चुप।

'मुझे पहचाना?'

'नहीं।'

इतना कहते ही उसके गालों पर वही जन्नाटेदार थप्पड़ पड़ा और लहंगासिंह को सब कुछ याद आ गया। (न भी याद आता तो झापड़ के डर के मारे वह यही कहता) सपने में झापड़ पड़ते ही लहंगासिंह नींद में चीख उठा।

कनखजूरा ने पूछा- 'क्या हुआ?'

लहंगासिंह ने करवट बदली।

'कनखजूरा। कविता सुना दे।' उसने कहा था।

* * *

स्वप्न चल रहा है। कविती कह रही है- 'मैंने तेरे को फौरन पहचान लिया (क्योंकि तुमसे ही काम पड़ा है)। एक काम कहती हूँ। कवि सम्मेलन का अध्यक्ष

पहली बार बनने जा रहे हैं। सुना है वहाँ बड़ा दंगा होता है। इन्हें सड़े अण्डे और टमाटरों से बचाना। बड़ी बरसात होती है। अगर पब्लिक हूटिंग कर दे तो गैंडासिंह का साहस बढ़ाना। याद है, एक बार तुमने मुझे भी हूटिंग से बचाया था। मेरा दोष अपने सर ले लिया था। इसी तरह इन दोनों को बचाना। यही मेरी भिक्षा। तुम्हारे आगे मैं आँचल पसारती हूँ।'

इतना कह कर कवियत्री और अधिक आँसू बहाने के लिये प्याज काटने लगी।

प्याज कटने से लहंगासिंह की आँखों में भी आँसू आ गये थे अतः वह उन्हें पोंछता बाहर आया।

'कनखजूरा, कविता सुना।' उसने कहा था।

***

लहंगासिंह सो रहा था। कनखजूरा भी झपकी ले रहा था। ऐसे ही समय सरकता जा रहा था। अचानक कनखजूरा सिंह की झपकी टूटी तो उसने सामने खड़ी गाड़ी को देखा जो चलने के लिये सीटी दे रही थी।

उसने झंझोड़ कर लहंगासिंह को जगाया और दोनों लपक कर गाड़ी में चढ़ गये। सौभाग्य से खाली बर्थ भी मिल गयी और दोनों आराम से सो गये।

जब उनकी नींद खुली तो उन्होंने पाया कि नींद के झोंक में गलत गाड़ी में चढ़ जाने के कारण वे प्रतापगढ़ के बजाय कानपुर पहुँच गये हैं।

***

कुछ दिन पीछे लोगों ने अखबारों में पढ़ा।

प्रसिद्ध कवि लहंगासिंह को बिना टिकट यात्रा करने के जुर्म में रेलवे मजिस्ट्रेट द्वारा एक महीने की जेल की सजा दी गयी। कवि लहंगासिंह.........।

बड़ी मछली छोटी मछली

व्यंग दर्पण है

हमारी वर्तमान सामाजिक, राजनैतिक, आर्थिक, नैतिक व्यवस्था में कुछ ऐसे मोड़ आ गये हैं कि इसमें परिवर्तन की चाह निर्विवाद हो गयी है। शायद ही कोई बिरला ऐसा व्यक्ति मिले जो सबकुछ इसी तरह बनाये रखने का पक्षधर हो। परिवर्तन आज की माँग है पर यह कहाँ-कहाँ और कैसे होगा यह तय हो पाना जरा कठिन है। व्यंग इन्हीं बिन्दुओं को उभारता है। इसके पीछे यह भावना होती है कि यदि जाने-अनजाने में, व्यक्ति द्वारा स्वयं किये जा रहे अवांछित व्यवहार को एक पाठक या श्रोता के रूप में तटस्थ भाव से देखता है तो उसके अपने भीतर स्वाभाविक रूप से सकारात्मक परिवर्तन होने लगते हैं। उसका किया हुआ गोपनीय न रह कर सार्वजनिक हो जाता है और अभी भी समाज के एक बड़े हिस्से में गलत कामों को सार्वजनिक रूप से करने का नैतिक साहस नहीं है। व्यंग एक दर्पण की तरह समाज के सामने उसकी यथार्थ तस्वीर प्रस्तुत करने का प्रयास करता है।

व्यंग पर यह आरोप लगाये जाते रहे हैं कि यह सदैव नकारात्मक पक्ष को ही देखता है, सकारात्मक की उपेक्षा करता है। यह बिल्कुल सच है। जो ठीक है, शुभ है वह तो है ही। उसमें परिवर्तन की आवश्यकता ही नहीं है। जब हम अपने चेहरे पर लगे किसी घाव को दर्पण में देखते हैं तो उस घाव पर ही केन्द्रित होती है क्योंकि दवा वहीं लगानी होती है। शेष चेहरा चाहे कितना सुंदर हो हम उस पर ध्यान नहीं देते। व्यंग का दर्पण भी इसीलिए नकारात्मक को ही उभारता है।

थोड़ी सी बातें इस कथा के संबंध में। कथायें उसी परिवेश से जन्म लेती हैं जिसमें हम रहते हैं। यह शून्य से नहीं उत्पन्न हो सकती है। अतः यह कथा समाज के एक वर्ग विशेष- नौकरशाहों के इर्द-गिर्द विकसित होती है जिसका एक हिस्सा मैं भी हूँ। कथा पूरी तरह काल्पनिक है। घटनाएँ पूरी तरह काल्पनिक हैं। नामों के प्रयोग का भी सामान्यीकरण किया गया है। 'चीफ साहब' कोई विशेष पद न होकर इस व्यवस्था की उपरी सीढ़ी का प्रतीक मात्र है। 'टाँगिया' शब्द भी एक प्रतीक मात्र है जिसका प्रयोग 'शोषितों' के लिये किया गया है। किसी भी पदनाम अथवा किसी वर्ग विशेष को चोट पहुँचाना इसका उद्देश्य नहीं है। यह कथा अपने परिवेश में विकसित होते-होते सामाजिक व्यवस्था के जिन मूल सिद्धांतों तक पहुँचाती है उनके प्रति आपके विचारों को आंमत्रित करता हूँ। आपकी प्रतिक्रिया के लिये आभारी रहूँगा।

धन्यवाद,

बड़े साहब

बड़े साहब आज बड़ी उलझन में थे।

बड़े साहब की मुख्य समस्या यह थी कि पिछले दस-पंद्रह वर्षों में विकसित नव धनाढ्य वर्ग से आयी उनकी पत्नी और उन लोगों के संयोग से उत्पन्न उनका 'नील दुलारा' पुत्र दोनों मिलकर साहब को सरकारी काम करने का मौका ही नहीं देते थे। अब साहब चाहें या न चाहें पर एक-दो घंटे के दफ्तर को छोड़कर शेष सारा समय उन्हें घर पर रह कर विश्व सुंदरी से भी बीस अपनी पत्नी के हुस्न तथा उसके कपड़ों वगैरह की तरीफ करनी पड़ती थी, उनके सुपर ह्यूमन मैके वालों की तारीफें सुन-सुनकर खुश होना पड़ता था या फिर नील दुलारे पर कुर्बान रहना होता था। ऐसा न होने पर पारिवारिक तनाव अवश्यंभावी था। कभी मीटिंग या दौरे में घर से ज्यादा देर बाहर रहने की संभावना ही उनकी पत्नी का रक्तचाप व बच्चे की मायूसी बढ़ा देते थे अतः वे बाहर रह कर भी तनाव में रहते थे। उनकी पत्नी व बच्चे का उन पर यही एक बड़ा एहसान था कि वे उन्हें एक-दो घंटे ऑफिस जाने का या सरकारी महल के ही एक कमरे को 'कैम्प कार्यालय' में बदल कर वहाँ कुछ देर डाक वगैरह पर चिड़ियाँ बैठाने का मौका दे देते थे भले ही उस दौरान वे भी आस-पास मँडराते रहें। लेकिन बड़े साहब की उलझन यह नहीं थी।

उनकी इस समस्या का समाधान सरकार ने पहले ही उनके अधीन दो-तीन छोटे साहबों, दस-बारह फील्ड के अधिकारियों और चालीस-पचास कर्मचारियों की तैनाती करके कर दिया था। उनके दफ्तर के बीस-पच्चीस बाबू इसके अतिरिक्त थे जो चिट्ठियाँ पढ़ते थे और उनका जबाव टाइप करा कर उनकी चिड़ियाँ बैठवा कर भेजते थे। इस तरह बड़े साहब के हिसाब से उनके पास कोई काम नहीं था और कोई जिम्मेदारी नहीं थी। उनको एक मोटी तनख्वाह सरकारी कागजों पर अपना दस्तखत घसीटने के लिये ही मिलती थी और कुछ विशेष कागजों पर दस्तखत घसीटने के लिये वे अपना कमीशन अलग से लेते थे जिसे आजकल भ्रष्टाचार, दस्तूरी, सुविधा शुल्क, घूसखोरी आदि नामों से दुष्प्रचारित किया जाता है। पर इससे क्या? जिन लोगों के पास कोई धाम नहीं होता या जिन्हें ऊपरी कमाई नहीं होती वे लोग ये सब कहते चिल्लाते ही रहते हैं। बड़े साहब के लिये तो यह जीवन का एक हिस्सा था और ससुर द्वारा दिये गये दहेज के इधर-उधर होने के बाद बीबी-बच्चों की फरमाइशें पूरी करने का जरिया था जो कभी समाप्त होने वाली नहीं थी। नहीं! उनकी कोई नयी और मँहगी फरमाइश, जो उनके हिसाब से बहुत ही जरूरी काम था, बड़े साहब की उलझन नहीं थी।

बड़े साहब को सरकार की ओर से टाइप-4 के संकेत शब्द से परिभाषित एक बड़ा सा मकान मिला हुआ था जिसमें समय-समय पर सर्वेंट क्वार्टर, भैंस क्वार्टर, जनरेटर रूम आदि के नाम पर नये-नये कमरे बनवाने, हर साल इनकी मरम्मत और रंग-रोगन के नाम पर हजारों रुपये खर्च करने (जिसमें बड़े साहब खुद तीस परसेन्ट कमीशन भी लेते थे) तथा इसके आगे पीछे लॉन, फूल-पत्ती, साग-सब्जी तथा अधिक अन्न उपजाओ आन्दोलन में सहभागिता के लिये जमीन तथा उसमें काम करने के लिये दो-तीन मजदूर, जिन्हें शोभा के लिये डेली वेजेज वाले कहा जाता है, का इंतजाम करने का दायित्व उन्होंने सरकार पर डाल रखा था। यही सरकार उनके बाथरूम के लिये हार्पिक व झाड़ू से लेकर मच्छर मारने वाली दवा और पिचकारी तक देती रहती थी। रही बात माँस-मछली, मेवा और कुत्तों के खाने की, तो उसका उत्तरदायित्व परंपरा से फील्ड के अधिकारियों पर चला आ रहा था। कभी-कभी तो इनमें से कुछ उत्साही अधिकारी मेम साहब को भी बाजार करा लाते थे और बड़े साहब का कुछ भार हल्का कर देते थे। बड़े साहब के पास दो जीपें थी। नयी वाली उन्होंने अपने पद नाम से आंबटित कर रखी थी तथा दूसरी जीप छोटे साहब के नाम की थी। उसे भी उन्होंने अपने दोस्तों-मित्रों, नाते-रिश्तेदारों तथा कभी-कभी मेमसाहब के सोलो इस्तेमाल के लिये अपने कब्जे में रखा हुआ था। छोटे साहब को यदा-कदा उनके छोटे होने का एहसास दिलाते रहने के लिये वे उनसे कहा करते थे - ''छोटे साहब लोग तो बिना गाड़ी के भी काम करते हैं। गाड़ी न मिलने का यह मतलब थोड़े ही है कि आप जिम्मेदारी से मुक्त हो गये। मुझे तो काम चाहिए ही चाहिए।"

इन दो गाड़ियों के बावजूद भी कभी-कभी बड़े साहब को सरकारी काम से टैक्सी 'हायर' करने की जरूरत पड़ती थी जिसका दो हजार रुपया प्रतिदिन के हिसाब से खर्च भी सरकार को ही वहन करना था। ''साहब कभी फील्ड में जाते ही नहीं" नामक वाक्य को सौगंधों के साथ दोहराने वाले उनके दोनों ड्राइवर इसका कारण बड़े ही सहज ढंग से बताते हैं कि यह टैक्सी हायर का पैसा तो साहब को दहेज में मिली 'मर्सिडीज' में पेट्रोल भराने में खर्च होता है जिससे कभी-कभी साहब अपने नौकरीपेशा रकीबों को जलाने के लिये उनके घर जाते हैं। ये इकलौते दामाद वाली खातिर सरकार उनकी क्यों करती है? जानने वाले जानते हैं कि बड़े साहब में पासंग भर भी योग्यता नहीं है। वो तो भर्ती के समय उन्होनें इतिहास, भूगोल, सामान्य ज्ञान आदि विषयों के उत्तर अच्छे लिखे इसी का जिंदगी भर का ईनाम है। थोड़ा आध्यात्मिक टच वाले कहते हैं कि यही होती है किस्मत और किस्मत का खेल। उनसे हजारों गुना अधिक योग्यता रखने वाले फुटपाथ पर टहल रहे हैं पर चूँकि वे 'करमहीन नर' हैं अतः सकल पदारथ इसी जग में रहते हुए भी वे

इन्हें नहीं पाते। बड़े साहब करमहीन नर थोड़े ही हैं। वे तो बड़े साहब हैं और अपने बारे में की जा रही टीका-टिप्पणियों को गांधी जी के बंदर नम्बर दो की प्रेरणा से 'बुरा मत सुनो' की तर्ज पर नकार देते हैं। कुछ सुनते ही नहीं। यहाँ तक कि अपने ही लॉन में काम करने वाले मजदूर की साल भर से मजदूरी न मिलने के कारण उसके भूखे बच्चों की आहें-कराहें भी नहीं सुनते। उनके पास सधा-सधाया जबाब होता है- ''इस हेड में सरकार ने पैसा दिया ही नहीं है तो मजदूरी कहाँ से दूँ।'' और वह मजदूर 'इस हेड में' पैसा आने के इंतजार में इस आशा से काम करता रहता है कि एक बार उसका हिसाब मिल जाये तो वह यहाँ काम छोड़कर कहीं और चला जाय पर पिछले दस-पंद्रह सालों से कभी उसका पूरा हिसाब करने भर का पैसा सरकार ने दिया ही नहीं। एक-एक या दो-दो महीने का पैसा साल-दो साल बाद मिल जाता है और कभी-कभी मिलता है मेम साहब से बचा खुचा सड़ा-गला खाना जो उनके कुत्ते भी नहीं खाते हैं। लेकिन बड़े साहब के मन में अपराध बोध का एक कण भी नहीं था और यह उनकी उलझन भी नहीं थी।

जैसे सधे हुए शिकारी कुत्ते अपने मालिक के लिये शिकार मार कर लाते समय रास्ते में ही शिकार की एक-दो बोटी पार कर लेते हैं और शिकार मालिक के हवाले करके अपनी स्वामिभक्ति पर ठप्पा लगाते हुए मालिक के लिये चिन्तित रहते हैं उसी तरह बड़े साहब के कुछ स्वामिभक्त पालतू भी उनके उलझन में होने के कारण चिन्तित थे और उनकी उलझन का कारण जानने के लिये अटकलें लगा रहे थे पर कुछ समझ में नहीं आ रहा था। उनसे सीधे पूछने की हिम्मत उन स्वामिभक्तों में नहीं थी। भला कहीं कुत्ते आदमी की भाषा जानते हैं? आदमी भले ही अपने अहं की तुष्टि के लिये कुत्तों की भाषा समझने का दावा कर ले। इसी प्रकार के दावों की पुष्टि के क्रम में साहब ने कहा- ''अब इन चीफ साहब को भी अभी यहाँ आ मरने की क्या सूझी है?''

इस संकेत वाक्य के बाद स्वामिभक्तों ने पहेली के कुछ और अंतरे सुनने की आशा में साहब की ओर देखा पर साहब तो पुनः अपनी उलझन रूपी समाधि में खो गये थे। संकेत ने उन लोगों को सोचने की एक निश्चित दिशा तो दे ही दी थी। उसी दिशा में चलते हुए उन्होंने फिर से अटकलें लगाना प्रारंभ कर दिया।

साहब के ऊपर जो साहब थे वे भी छोटे-मोटे चीफों की श्रेणी में ही आते थे पर उनके बारें में जो सामान्य धारणा प्रचलित थी वह उनके सामने 'साहब आप बहुत सीधे हैं' और पीठ पीछे ''मारो! साला बज्र बेवकूफ है।'' वाक्यों से प्रकट की जाती थी। ये दोनों वाक्य पर्यायवाची माने जाते थे। इन साहब के भीतर अध्यापक होने के कीटाणु भारी मात्रा में थे पर जीविका के लिये संघर्ष करते-करते उन्हें इस विभाग में भर्ती मिल गयी और वे अध्यापक या प्रोफेसर होने के बजाय साहब हो

गये। इस अध्यापकीय वृत्ति के कारण कभी-कभी वे अपने से बड़े साहबों को भी समझाने लगते थे। चूँकि जो बड़ा अफसर हो जाता है वह सर्वज्ञ भी हो जाता है अतः कोई छोटा-मोटा साहब अगर उन्हें कुछ समझाने की भीषण अनुशासनहींनता करता है तो वे बहुत अधिक नाराज हो जाते हैं। नाराज होकर वे और तो कुछ करें या न करें पर ''चरित्र पंजिका में प्रविष्टि'' रूपी अस्त्र का पूरा प्रयोग जरूर करते हैं। हमारे छोटे चीफ साहब के भी तीन-चार सालों के कैरेक्टर रोल इसी वजह से गोड़ दिये गये और उनका प्रमोशन रूक गया। सुपरसीड हाने का गम उन्होंने दो वर्ष तक झेला। हालाँकि इस गम में कुछ तो सीधे होने के कारण और कुछ बीवी के डर से उन्होंने अन्य साहबों के विपरीत शराबबंदी कानून को बिल्कुल नहीं तोड़ा। दो वर्ष बाद उन्हीं की बिरादरी के एक मंत्री ने जब इस धर्मनिरपेक्ष राज्य में सत्ता संभाली तो उनका प्रमोशन कराया। उनके भीतर मौजूद अध्यापकीय कीटाणु आज भी जोर मारते रहते थे। कुर्सी और सरकारी अमला उनकी मदद के लिये था ही अतः अक्सर वे अपने क्षेत्र में आने वाले जिलों के अपने विभागीय अधिकारियों को 'चरित्र निर्माण तथा लोक व्यवहार की कला' जैसे विषयों पर अपना व्याख्यान सुनाने के लिये बुलाते रहते थे। उनके ये कीटाणु और उनकी यह वृत्ति ही उनका सबसे बड़ा शौक तथा विभाग को उनके हिसाब से बहुत बड़ी देन थी, भले ही आने वाले अधिकारियों की गाड़ियों के डीजल-पेट्रोल, उनके तथा उनके साथ आने वाले ड्राइवर-अर्दली-बाबू रूपी अमले की भोजन-पानी की व्यवस्था तथा टी0 ए0, डी0 ए0 के रूप में सरकार का जितना खर्च उनके एक व्याख्यान में आता था उतने में तो वह यूनिवर्स्टी में होते तो तीन महीने तक पढ़ाते। उनके इस बैक ग्राउण्ड की वजह से यदा कदा उन्हें होने वाले हाई ब्लड प्रेशर की स्थितिओं को छोड़कर, उनसे कोई उलझन होने वाली बात ही नहीं थी अतः बड़े साहब की उलझन की वजह ये छोटे चीफ नहीं हो सकते थे।

इनके बाद जो इनसे बड़े चीफ थे उन्हें सरकार ने देश में ग्रामीण-उत्थान के लिये महानगरों में रहने की छूट दे रखी थी। उनके मुखयालय, बड़े-बड़े सुविधायुक्त महानगरों में होने के कारण वे छोटे-मोटे, सड़े-गले शहरों व गाँवों में दौरा करना पसंद नहीं करते थे। अगर कभी उन्हें याद दिलाया जाता कि साहब आपने इन्हीं छोटे-मोटे शहरों से तथा जिंदगी एक गाँव से ही शुरू की थी तो वे अपने अथाह ज्ञान की एक झलक दिखलाते हुए कहते थे - ''डारविन के हिसाब से आदमी का विकास बंदरों से हुआ है जो पेड़ पर रहते हैं और सड़ा-गला खाते हैं, तो क्या आदमी होने के बाद कोई फिर से पेड़ पर रहने जाता है?'' यह अलग बात थी कि सड़ा-गला खाने की इच्छा अभी भी इन चीफ में बरकार थी और वे इन पेड़ों के पास से प्रशासन रूपी लग्गी लेकर फल तोड़ने के लिये गुजरते रहते थे। केवल वे ही पेड़ उनसे बचते

थे जहाँ के बंदर उनके ठिकाने पर ही फल-मूल पहुँचा आते थे। चूँकि यहाँ के फील्ड अधिकारी लिफाफे में रखकर फल-मूल पिछले हफ्ते ही पहुँचा चुके थे अतः ये चीफ भी साहब की उलझन नहीं हो सकते थे।

इनके बाद राजधानी में रहने वाले चीफों का नम्बर आता था। जिंदगी भर उँगली पकड़ कर पहुचा पकड़ने का अभ्यास रखने वाले स्वामिभक्त जब स्टेप बाई स्टेप ऊपर उठते हुए राजधानी पहुँचे तो उन्हें 'ब्लैक होल' की तरह हर चीज को खाने-निगलने वाले महाखोर चीफ की याद आयी जिनका पेट कभी भरता ही नहीं था। उनका खयाल आते ही मन में आप से आप उत्पन्न होने वाले आतंक को आँखों के रास्ते व्यक्त करते हुए उन्होंने जब बड़े साहब की ओर देखा तो मानों उनके मन के भावों को कम्प्यूटर-स्क्रीन की तरह पढ़ते हुए बड़े साहब ने स्वीकारात्मक ढंग से सिर हिलाया।

सभी की रीढ़ की हड्डी में सिहरन दौड़ गयी। अभी वे माथे पर आये ठंडे पसीने को पोंछने के लिये रूमाल की तलाश ही कर रहे थे कि बड़े साहब का खास अर्दली कमरे में घुसा जिसके चेहरे पर हवाइयाँ उड़ रही थी। उसकी रामसे ब्रदर्स वाली एन्ट्री ने माहौल को थोड़ा और डरावना और तनावपूर्ण बना दिया। बड़े साहब ने बड़ी खोखली सी आवाज में पूछा - ''क्या बात है? क्या हो गया?''

उसने बड़े उत्तेजित स्वर में कहा- ''साहब वायरलेस पर खबर आयी है कि टाँगिया वालों ने फील्ड अधिकारी की जीप छीनकर बड़े ताल में फेंक दिया है और उन्हें उनके स्टाफ सहित मारते-पीटते घेर कर टाँगिया में ले गये हैं।''

वहाँ उपस्थित सभी लोगों ने चैन की साँस खींची।

साहब ने रिलैक्स होकर कहा- ''वहाँ वालो ने पुलिस में खबर की है या नहीं?''

''खबर की थी साहब! पर पुलिस टाँगिया में नहीं जा रही है।''

''क्यों नहीं जा रही है? उनकी ड्यूटी है यह।'' साहब बोले।

''वे कुछ नहीं करेंगे साहब! आप ही कुछ करके उन्हें बचाइयें साहब।''

''मैं क्या करूँ? वे सब गये ही क्यों थे वहाँ?

''टाँगिया वाले सागौन के पाँच पेड़ काट ले गये थे साहब! वे लोग बरामदगी में गये थे।''

''अरे तो पुलिस को साथ लेकर जाना चाहिए था। ये सारे निकम्मे लोग यहीं...

''अभी साहब कह ही रहे थे कि अर्दली ने उनकी बात काटते हुए कहा- ''वे पुलिस लेकर ही गये थे। टाँगिया वाले जब पत्थर मारने लगे तो पुलिस वाले भाग गये।''

कुछ तो महाखोर चीफ के प्रस्तावित दौरे के तनाव में और कुछ अर्दली द्वारा

बात काटे जाने से साहब गुस्से में आ गये और गरज कर बोले- ''पुलिस वाले भाग गये तो ये लोग वहाँ खड़े रह कर कौन सा तमगा ले रहे थे। ये भी क्यों नहीं भाग आये। और तुम काहे इतना पिटिर-पिटिर किये जा रहे हो। पकड़ लिया है टाँगिया वालों ने तो मारपीट कर छोड़ देंगे।"

साहब की गरज सुनकर अर्दली चुप हो गया। उसकी यह भी कहने की हिम्मत नहीं हुई कि पकड़े गये स्टाफ के लोगों में उसका अपना लड़का भी था जिसे बड़े साहब ने पिछले ही साल अपने खास अर्दली का लड़का होने के कारण चालू रेट का आधा पैसा लेकर ही गार्ड भर्ती किया था। उसने बडी निरीह आँखों से स्टेनो बाबू की ओर देखा। लम्बे समय तक साथ रहने पर लोग एक-दूसरे की बात केवल आँखों से ही समझ जाते हैं, इस बात को सिद्ध करते हुए स्टेनो बाबू ने धीरे से पूछा- ''सुरेसवा भी साथ गया था क्या?"

अर्दली ने भरी आँखों से देखते हुए स्वीकार में सिर हिलाया। स्टेनो ने साहब की ओर देखा। साहब ने बड़े बाबू की ओर देखा। बड़े बाबू ने अर्दली की ओर देखा। अर्दली बड़े ही निरीह भाव में सभी को देख रहा था।

साहब ने उसे बाहर जाने का इशारा करते हुए कहा- ''बाहर जाकर बैठो। हम देखते हैं कि क्या हो सकता है?"

अर्दली वहीं खड़ा रहा। बड़े हिचकिचाते स्वर में बोला- ''साहब! अगर छुट्टी मिल जाय तो मैं टाँगिया में चला जाऊँ। हाथ-पैर जोड़कर सबको छुड़ा लूँगा।"

यह सुनकर साहब फिर से गुस्से में हो गये। तेज स्वर में बोले- ''और यहाँ का काम कौन करेगा? बड़े साहब का अर्दली होकर इन साले टाँगिया वालों के पैर पड़ेगा। बेवकूफ कहीं का! जा के चुपचाप बाहर बैठो।"

वह चुपचाप सिर झुकाकर बाहर चला गया।

बड़े साहब ने टाँगिया वालों को दो-चार गालियाँ देते हुए कहा- ''ये साले सबसे बड़ी समस्या हो गये हैं। हिम्मत कितनी बढ़ गयी है इनकी? पहले ये अकेले गार्ड से डरते थे। अब अधिकारियों से भी बदतमीजी पर उतर आये हैं। ये फील्ड वाले अधिकारी भी ऐसे ही आ गये हैं सबकायर! दो-चार को गोली से उड़ा देते तो इतनी हिम्मत बढ़ती टाँगिया वालों की?"

स्टेनो बोला- ''उड़ाये तो थे सात-आठ साल पहले। केवल एक टाँगिया वाला मरा था और नौ स्टाफ को आजीवन कारावास की सजा हुई थी। विभाग कुछ मदद करता ही नहीं!"

बड़े साहब ने वितृष्णा से भरकर कहा- ''एक से एक वाहियात अफसर यहाँ रहे हैं तो और क्या होगा? वो तो जब से मैं आया हूँ तब से यहाँ कुछ जान आयी है

और काम भी हो रहा है।"

स्वामिभक्तों से एक साथ तेजी से सहमति में सिर हिलाया जैसा कि वे पिछले बड़े साहबों के सामने भी हिलाते रहे थे।

इसी समय नेपथ्य में चले गये महखोर चीफ के दौरा कार्यक्रम वाला कागज बड़े साहब की टेबिल पर पेपरवेट के नीचे दबा फड़फड़ाने लगा जिससे एक बार फिर चीफ मुख्यधारा में आ गये।

बड़े साहब बोले- ''चीफ के दौरे की तैयारी भी करनी पड़ेगी। वे परसों ही आ रहे हैं।

बड़े बाबू ने कहा- ''मैं सारी सूचनाएँ बनवा देता हूँ। एक बार आप भी उन्हें देख लीजियेगा। पता नहीं क्या पूछ बैठें वह?

''हाँ!" बड़े साहब बोले- ''आज शाम तक सारी सूचनाएँ तैयार करवा लीजिए और कल उन्हें कम्प्यूटर से टाइप करा के स्पाइरल बाइंडिंग करा लीजिए। इम्प्रेशन अच्छा पड़ेगा।"

जाने के लिये खड़े होते बड़े बाबू को देखते हुए साहब जल्दी से बोले- "उनके रुकने का इन्तजाम कहाँ ठीक रहेगा?'

बड़े बाबू खड़े-खड़े बोले - ''वनकटी रेस्ट हाउस में करा दीजिए, ठीक रहेगा। इंतजाम मुख्यालय के फील्ड अधिकारी कर लेंगे।"

''हाँ। ठीक रहेगा।" सहमति में सिर हिलाते हुए बड़े साहब ने अर्दली को बुलाने वाली घंटी बजायी और उसके आने पर बड़े मशीनी अंदाज में कहा- ''मुखयालय वाले फील्ड अधिकारी को बुला लाओ।"

''जी साहब!" मरी सी आवाज में अर्दली बोला फिर थोड़ा हिचकते हुए हाथ जोड़कर कहने लगा- ''अगर साहब बड़े कप्तान साहब को फोन कर देते तो वह पुलिस भेज कर सबको टाँगिया वालों से छुड़ा लेते। बड़ी कृपा होती साहब!"

साहब की तरेरती नजरों की ताव न लाते हुए वह तुरंत कमरे के बाहर हो गया पर बड़े बाबू कमरे के बाहर जाते-जाते रूक गये और बोले- ''ठीक तो है। स्टाफ को छुड़ाने के लिये कुछ तो करना चाहिए। एस. एस. पी. साहब को कह दीजिए। लगाऊँ फोन?"

'नहीं। मेरा बात करना ठीक नहीं होगा। जबसे उसके कैम्पस से सागौन की लकड़ी बरामद की गयी है तब से वह मुझसे खार खाये हुए हैं।' साहब ने सरासर झूठ बोला।

''तब क्या किया जाय?"

एस. एस. पी. से सीधे बात करने में एक अनजाना पर गहरा भय महसूस करते

बड़े साहब को इस विषम स्थिति को टालने के लिये हमेशा की तरह छोटे साहब की याद आयी। वे बोले- ''मुखयालय वाले छोटे साहब को भेज देता हूँ।''

''वे तो आपकी तरफ से मीटिंग में भाग लेने डी.आर.डी.ए. गये हुए हैं।'' स्टेनो ने बताया।

''मीटिंग से लौटकर चले जायेंगे।''

''उनके पास जीप भी तो नहीं है। अगर जीप खाली हो तो........''

''नहीं! जीप खाली नहीं है।'' बड़े साहब रोब से बोले- ''अरे इन फील्ड वाले अधिकारियो के पास अपनी जीपें हैं। छोटे साहब किसी से माँग लेंगे।''

कोई कुछ नहीं बोला।

बड़े साहब ने स्टेनो से कहा- ''अभी एक आदेश टाइप कर दीजिए कि छोटे साहब तत्काल जाकर टाँगिया वालों के खिलाफ कार्यवाही करें। पुलिस की भी सहायता ले लें।''

तभी फोन का बजर बोल उठा। साहब जान गये कि उनके गृह मंत्रालय से उन्हें ऑफिस के लिये दिया गया समय समाप्त हो गया है और उन्हें अब शीघ्र घर पहुँच जाना चाहिए।

फोन उठाकर 'हैलो' आदि की औपचारिकता के बाद उन्होंने 'अभी आता हूँ' कहते हुए स्वामिभक्तों की ओर देखा। वे सभी सिर हिलाते हुए कमरे के बाहर हुए।

उस दिन महाखोर चीफ के दौरे की चिन्ता और टाँगिया वालों से अपने स्टाफ को न छुड़ा पाने की नपुंसकता को मन ही मन थोथे तर्कों से ढकने का प्रयास करते हुए जब बड़े साहब घर पहुँचे तो उन्हें बीबी से भी डाँट पड़ी क्योंकि उनके घरेलू कार्यों के लिये सरकारी खर्च पर इंतजाम किये गये तीन आदमियों में से एक अपनी बीमार माँ को, जिसे डॉक्टर लोग 'सीरियस' बताते थे, देखने के लिये कल शाम से छुट्टी पर गया था जो अभी तक लौटा नहीं था और साहब तथा नील दुलारे के कपड़ों के साथ-साथ मेम साहब का सलवार, कुर्ता, साड़ी, पेटीकोट, चड्ढी, अंगिया आदि बिना धुले और बिना प्रेस हुए वैसे ही पड़े रह गये थे।

छोटे साहब

छोटे साहब ने इस विभाग में भर्ती होने के दो-चार सालों के भीतर ही अन्य छोटे साहबों की तरह 'हमेशा असंतुष्ट' रहने की कला सीख ली थी। उनके हिसाब से उनके पद के साथ सरकार बड़ा ही अन्याय कर रही थी। उनके लिये सरकारी घर या तो बने ही नहीं थे या अगर बने भी थे तो बड़ी ही टूटी-फूटी हालत में थे। घरों की मरम्मत के लिये सरकार जो थोड़ा बहुत बजट देती थी वह बड़े साहब के घर के लिये ही पूरा नहीं पड़ता था, और छोटे साहबों के घर के बाहर लॉन, साग-सब्जी आदि के लिये बहुत जुगाड़ और सिफारिश के बाद एकाध आदमी मिलता था इसीलिए छोटे साहबों के घर बड़ी खराब हालत में रहते थे। उनके पास सरकारी जीप नहीं थी। कहीं-कहीं छोटे साहबों के पास जीप थी भी तो बहुत पुरानी और खटारा जिसकी मरम्मत के लिये जो बजट आता था वह बड़े साहब की गाड़ियों तथा स्टेनो व ड्राइवरों के कमीशन के लिये भी कम पड़ता था अतः खटारा जीप बहुत कुछ जुगाड़ू काम से और भगवान-भरोसे ही चल पाती थी। उनके पास स्टाफ नहीं था। कहीं-कहीं अगर था भी तो बेकार था क्योंकि बड़े साहब लोग सबसे नकारा स्टाफ को ही छोटे साहबों के लिये छोड़ते थे। इन सबके ऊपर सबसे बड़ी परेशानी यह थी कि छोटे साहब को काम भी करना पड़ता था।

इन सबकारणों से सदा खिन्न रहने वाले छोटे साहब आज और खिन्न थे क्योंकि आज की मीटिंग में जिले के तमाम अधिकारियों के सामने उन्हें डाँट पड़ी थी और यह डाँट उनकी अपनी गलती के कारण नहीं थी। डाँट पड़ने का पहला कारण यह था कि वही क्यों बार-बार मीटिंग में चले आते हैं जब उनके पास अपने विभाग सम्बन्धी नीतियों पर निर्णय लेने का अधिकार नहीं है। हर मसले को वे 'बड़े साहब' को बता दूँगा कर टरकाते रहते हैं और ये 'बड़े साहब' क्या हमेशा पैर में मेंहदी लगाकर बैठे रहते हैं जो मीटिंग में खुद नहीं आते। दूसरा कारण यह था कि उनके विभाग को विकास कार्यों के लिये जो पैसा सरकार ने दिया हुआ है वह खर्च क्यों नहीं हो रहा है। विभागीय अनुशासन और कुछ अपने निजी हित की बेड़ियों में जकड़े छोटे साहब यह नहीं कह पाते हैं कि बड़े साहब को अभी पूरा कमीशन नहीं मिल पाया है इसलिए बिल पास नहीं कर रहे हैं जिसके कारण खर्चों की रिपोर्टिंग नहीं हो पा रही है। चुपचाप डाँट सुनकर और "अगली मीटिंग तक प्रोग्रेस अच्छी हो जायेगी" नामक मंत्र को दोहराने के बाद जब मीटिंग से उनकी छुट्टी हुई तो वह बड़े साहब के पास अपना आक्रोश निकालने के इरादे से चलने को तैयार हुए। इसी समय उन्हें पता लगा कि उनकी स्कूटर का पिछला पहिया पंचर है। मीटिंग स्थल से अन्य अधिकारियों की सरसराती, दहाड़ती, गुर्राती गाड़ियों के बीच अपना पंचर

स्कूटर ढकेल कर दुकान तक ले जाने के हीनता बोध से बचने के लिये वे अपने एक 'दुआ सलामी' परिचित्त अधिकारी की जीप पर लिफ्ट लेकर ऑफिस आये और अगले आधे घंटे तक कोई ऐसा आदमी खोजते रहे जो वहाँ से स्कूटर बनवा कर ले आये।

इस दौरान उत्पन्न तनाव और घुटन को मन में दबाये जब वे अपने दड़बेनुमा ऑफिस में पहुँचे तो पाया कि बिजली नहीं थी और वहाँ अँधेरा था। फिर भी लस्त-पस्त वे कमर सीधी करने के इरादे से अपनी कुर्सी पर बैठे और एक अंगड़ाई लेते हुए बड़बड़ाये - ''साला, आज का दिन ही खराब है।" और उनके इस खराब दिन को और अधिक खराब करने के लिये उसी समय उन्हें उस अँधेरे में भी अपनी मेज पर रखा वह कागज दिखाई पड़ा जिसमें उनके लिये टाँगिया में जाकर कार्यवाही करने का फरमान था।

गुस्सा, झुंझलाहट और परेशानी के मिले-जुले भावों से ग्रसित होकर उन्होंने अर्दली को बुलाने वाली घंटी जोर से बजायी पर बिजली न होने के कारण वह बजी ही नहीं। हाथ वाली घंटी महीनों से खराब थी और उसे बदलने के लिये स्टोरकीपर के पास पैसा नहीं था अतः कमर सीधी करने का खयाल छोड़कर वे उठे और बाहर जाकर अदृश्य को लक्ष्य करके आवाज लगायी- ''अरे! कोई है यहाँ?"

पर वहाँ कोई नहीं था।

थोड़ा आगे बढ़ने पर उन्हें एक डेली वेजेज वाले के दर्शन हुए। उसके सलाम को हाथ के इशारे से उड़ाते हुए छोटे साहब बोले- ''ये अर्दली कहाँ मर गया?"

"साहब! वो तो सवेरे से ही टुन्न है।"

"कहाँ पा गया सवेरे-सवेरे?"

"कल वो ठेकेदार आये थे अपना रवन्ना बनवाने। उन्हीं से माँग लिया था।

"फिर वही बात!" अपना प्रसिद्ध जुमला दोहराते हुए छोटे साहब बोले- "यह तो हाल है सबका!"

फिर कुछ देर चुप रहने के बाद वह बोले- "जरा स्टेनो बाबू को मेरे कमरे में भेजो और तुम भी आकर वहीं रहो।"

"जी साहब! लेकिन मुझे बड़े साहब ने अभी तुरंत बंगले पर बुलाया है।"

"क्या हो गया! उनके यहाँ लगे छह आदमी मिलकर कौन सा काम नहीं कर पा रहे हैं जो सातवें की भी जरूरत पड़ गयी।"

"ये तो मालूम नहीं साहब!" वह बोला।

"अच्छा, स्टेनो को तो बुला दो फिर जाओ उन..... के पास।" इस डैश वाले खाली स्थान में कई गालियाँ थी जो अपने तनाव का विमोचन करने के लिये छोटे

साहब निकाल रहे थे।

"जी साहब!" वह भ्रमित स्वर में बोला और चला गया। छोटे साहब ने चारों तरफ देखा पर उन्हें ऐसा कोई भी नजर नहीं आया जिससे बातचीत करके बातचीत के दौरान बड़े साहब और विभाग के लिये आठ-दस गालियाँ और निकाली जा सके लिहाजा वे वापस अपने अँधेरे दड़बे में आ बैठे और कमर सीधी करते हुए स्टेनो के आने का इंतजार करने लगे।

बड़े साहब का बाबू वर्ग छोटे साहब को जूनियर बाबुओं से भी तुच्छ समझता था पर लम्बे समय के अभ्यास वश वे लोग उनके बुलाने पर आ जाते थे हालाँकि इस प्रक्रिया में अपने इगो को बचाये रखने के लिये वे लोग बुलाने पर पंद्रह-बीस मिनट या आधा घंटा देर से आते थे। जब छोटे साहब की कमर पूरी तरह सीधी हो गयी और दिमाग पंचर होने के कगार पर पहुँच गया तब एक हाथ में एक फाइल सहित दो-तीन कागज और एक हाथ में खुली हुई कलम पकड़े स्टेनो बाबू ने प्रवेश किया।

कुछ क्षण दोनों ने एक-दूसरे को चुपचाप देखा। छोटे साहब अपने गुस्से को कंट्रोल कर रहे थे और स्टेनो बाबू भोलेपन का मुखौटा चढ़ाये उनकी तिलमिलाहट पर भीतर ही भीतर नीरो की तरह आनन्दित हो रहे थे। कुछ ही क्षणों में छोटे साहब के गुस्से पर उनकी असहायता हावी हो गयी और नजरें झुकाते हुए फरमान वाले कागज की ओर इशारा करके वे बोले- "यह क्या है?"

"क्या है साहब?" स्टेनो बाबू थोड़ा आगे झुकते हुए एकदम अनजान बन कर बोले।

"फिर वही बात! देखिए क्या है?" छोटे साहब ने वह कागज स्टेनो को पकड़ाते हुए कहा।

स्टेनो ने थोड़ी देर वह कागज पढ़ने का अभिनय किया फिर बोला- "ये तो टाँगिया के खिलाफ कार्यवाही करने के लिये चिट्ठी है साहब!"

"वो तो मैं भी देख रहा हूँ पर यह चिट्ठी मुझे ही क्यों लिखी गयी है? टाँगिया वालों के बीच जाकर मरने के लिये मैं ही रह गया हूँ।" छोटे साहब के स्वर में आक्रोश था।

"वह तो बड़े साहब ने कहा कि छोटे साहब के सिवाय इस कठिन काम को कोई कर ही नहीं सकता। आप ही चाहेंगे तो यह मामला सुलझेगा। और किसी के बस का तो है नहीं।" स्टेनो ने छोटे साहब को चने के पेड़ पर चढ़ाने का प्रयास किया।

छोटे साहब इस मक्खनबाजी से थोड़ा सा सॉफ्ट हो गये। बोले- "कोई गाड़ी-

वाड़ी है वहाँ जाने के लिये?"

"गाड़ी तो नहीं है साहब! फिर आपके लिये गाड़ियों की कहाँ कमी है साहब। आपके एक इशारे पर तमाम गाड़ियाँ यहाँ आ जायेंगी।" स्टेनो बाबू ने एक और दहला जड़ने की कोशिश की पर इस बार छोटे साहब नहीं पिघले। तेज स्वर में बोले- "खाक खड़ी हो जायेंगी? इस वाहियात और झंझटी सरकारी काम के लिये गाड़ी माँगने मैं कहाँ हाथ जोड़ता फिरूँगा। आप सरकारी गाड़ी और फोर्स को बुलवाइये।"

"मैंने तो पहले ही बड़े साहब से गाड़ी के लिये कहा था पर उन्होनें कहा कि गाड़ी खाली नहीं है।"

"फिर वही बात! कह दीजिए साहब से कि मैं इस तरह से काम नहीं कर पाऊँगा।"

"आप साहब से बात कर लीजिए।"

"फिर वही बात!" तैश में आने पर छोटे साहब अपना जुमला जल्दी-जल्दी दोहराने लगते थे- "काम सरकारी है। मेरे घर का थोड़े ही है कि गाड़ी माँगने के लिये में घर-घर दौड़ता फिरूँ।"

"अब क्या किया जाय साहब! व्यवस्था ही बड़ी खराब है।"

अगले पाँच-सात मिनटों में छोटे साहब यह समझ गये कि उनके अपने पद नाम से आंबटित सरकारी गाड़ी को आज यदि बड़े साहब के चंगुल से प्राप्त करना है तो उन्हें खुद ही जाकर बात करनी होगी। उनका कोई मददगार यहाँ नहीं है।

बड़े साहब का घर यों तो उसी कैम्पस के भीतर ही था पर उनके यहाँ जाने में जो सबसे बड़ी उलझन थी वह यह थी कि अपने आये होने की सूचना भीतर भिजवाने के बाद छोटे साहब लोगों को बाहर बैठ कर आधा-पौन घंटा साहब के दर्शनों का इंतजार करना पड़ता था। इस बीच वहाँ अपना खून पी रहे दो-चार मच्छर मारने, बाहर रखी गयी कुर्सियों की डिजाइन देखने तथा साहब के इम्पोर्टेड झाड़-झंखाड़ के बीच से खुले आसमान को देखने के अलावा कोई काम नहीं होता था। आनंदनगर से आने वाले छोटे साहब तो अपने साथ हमेशा एक उपन्यास लाते थे जो वहाँ बैठकर पढ़ने के काम आता था। वैसे भी वे अधिक नहीं आते थे। उनकी बेबाकी तथा निर्भयता से बड़े साहब भीतर ही भीतर डरते भी थे। पता नहीं, वे कब, कहाँ, क्या मुद्दा लेकर किससे उलझ जाये। छोटे साहब को वहाँ बैठकर इंतजार करने में उतनी दिक्कत नहीं होती थी जितनी इस बात से होती थी कि उनके भी नीचे काम करने वाले फील्ड के अधिकारियों को बड़े साहब सीधे अपने बेड रूम में बुलाकर बात करते थे। माया में वाकई बड़ी शक्ति होती है।

बड़े साहब से रूबरू होने से पहले उनसे होने वाली वार्ता में कहे जाने वाले शब्दों और वाक्यों का मन ही मन पूर्वाभ्यास करते-करते, तमाम 'बोल्ड सेन्टेन्सेज' बनाते बिगाड़ते जब छोटे साहब के मन में सब कुछ गड्ड-मड्ड होकर बिखर गया, और अधीरता ने बेचैनी का रूप ले लिया तब नौकर द्वारा वहाँ आधे घंटे पहले से रखे हुए पानी के गिलास को उठाने के लिये उन्होंने हाथ बढ़ाया। उसी समय चीं-चीं की आवाज करते हुए दरवाजे को खोलकर बड़े साहब ने बाहर कदम रखा। उन्हें देखते ही वे कुर्सी छोड़कर खड़े हो गये और अपनी गरज याद करके उन्होंने एक प्रगाढ़ अभिवादन में हाथ जोड़े। बड़े साहब एक बड़ी खींची हुई मुस्कराहट पहने हुए एक कुर्सी पर सिर हिलाते हुए शोभायमान हुए और हल्के से अपना हाथ लहराया जो छोटे साहब के लिये बैठने का संकेत था। छोटे साहब के बैठते ही उन्होंने मुस्कराहट को थोड़ा छोटा करते हुए कहा- "कहिए! क्या हाल है?"

इसके पहले कि छोटे साहब कुछ जबाब दे पाते या मुस्कराते हुए एक 'ठीक है' सूचक सिर हिला पाते, बड़े साहब अपने लॉन के माली की ओर मुखातिब हो गये- "अरे गजानन! गुलाब में पानी नहीं डाला? दिन भर मटरगश्ती ही करते रहते हो? सारे गुलाब खराब हो रहे हैं। इस साल अगर ये नहीं खिले तो तुम्हें यहाँ से भगा दूँगा।" फिर छोटे साहब की ओर मुखातिब होकर बोले- "देखिए! ये सब साले कामचोर है।"

छोटे साहब ने भी हाँ में हाँ मिलाते हुए कहा- "सही बात है! काम तो ये सब करना ही नहीं चाहते।"

बड़े साहब ने बात आगे बढ़ायी - "ये गुलाब मैक्सिको से मँगाये हैं लेकिन यहाँ के उजड्ड माली इनकी कदर क्या जानेंगे..... बड़-बड़-बड़-बड़....."

बड़े साहब के इस लम्बे व्याख्यान के बीच जरा सा अंतराल पाते ही छोटे साहब ने काम की बात पर आने की कोशिश की। बोले- "आज मीटिंग में तो काफी गरमा-गरमी रही।"

"अच्छा! कौन सी मीटिंग?" बड़े साहब ने एकदम अनजान भाव में पूछा।

"वही डी. आर. डी. ए. वाली। आज इस बात पर सब बिगड़ रहे थे कि बड़े साहब....."

छोटे साहब की इस वार्ता के दौरान लान की तरफ अपने तथा कथित विलायती फूलों की ओर देखते बड़े साहब बीच में बोल उठे- "अरे गजानन! देखो गाय खुली हुई है। उसे तुरंत बाँध दो नहीं तो ये फूल खराब कर देगी।"

फिर अचानक उन्हें खयाल आया कि छोटे साहब भी एक साहब ही हैं और उनके घर आये हैं अतः आतिथ्य के लिये आगे बोले- "और भीतर रमेश से कहना

कि जल्दी से चाय ले आये। जरा जल्दी करेगा।"

इस बात में छोटे साहब के लिये यह संकेत भी छिपा था कि आप भी जल्दी ही करिए। जल्दी करने के लिये ही उन्होंने बात को फिर लाइन पर लाने की कोशिश की- "वो आज मीटिंग में बजट कम खर्च होने पर काफी नाराजगी रही। वे सब कह रहे थे कि प्रोग्रेस बहुत ही कम है।"

"हाँ क्या? बड़े साहब अनमने से बोले- "क्या प्रोग्रेस कम है?"

"बजट यूटिलाइजेशन की।" छोटे साहब ने अंग्रेजी में समझाने की कोशिश की।

"अच्छा! वह तो इस महीने का एकाउण्ट जाने के बाद ठीक हो जायेगी। और क्या रहा?"

"वे सब कह रहे थे कि बड़े साहब को खुद मीटिंग में आना चाहिए।"

"वाह ! हम तो मशहूर हो गये।" बड़े साहब ने अपनी समझ से एक शालीन मुस्कराहट के साथ मजाक किया और छोटे साहब की जबरदस्ती वाली हँसी रूकने के पहले ही संजीदा होकर बोले- "उन सब की तरह मेरे पास पाँच घंटा मीटिंग करने की फुरसत ही कहाँ है। इतना काम है यहाँ?"

"फिर भी एकाध मीटिंग में टाइम निकाल कर आप चले जाते तो ठीक रहता।" छोटे साहब ने कहा। हालाँकि उन्हें पता नहीं था कि साहब ऐसा क्या काम करते रहते हैं कि उन्हें फुरसत नहीं रहती।

"ठीक है ! देखा जायेगा। और क्या रहा?" बड़े साहब ने कहा।

"और आपने मुझे टाँगिया में जाने को आदेशित किया है लेकिन गाड़ी नहीं है।"

"कहाँ गयी गाड़ी?" साहब फिर अनजान बन गये।

"ये तो मुझे नहीं पता।"

"देख लीजिए। जहाँ भी हो बुलवा लीजिए।" फिर घर से निकलते गजानन को देखकर बोले- "गजानन! छोटे साहब वाली गाड़ी कहाँ है?"

गजानन सधा सधाया था। - "ऑफिस पर होगी साहब!"

"ऑफिस पर नहीं है।" छोटे साहब बोले।

"यहाँ तो आज आयी नहीं साहब!" गजानन ने कहा और लॉन की ओर बढ़ गया।

"दिखवा लीजियेगा। कहींइधर-उधर ही होगी। सबकामचोर हैं।" बड़े साहब बोले।

"और फोर्स वालों का क्या करूँ? अभी दिखवाया था। छह में से केवल एक आदमी ऑफिस पर है। बाकियों का कोई पता नहीं है कि वे कहाँ है?"

"यही तो गड़बड़ी है। मैं तो बहुत पहले से कह रहा हूँ कि इनके ऊपर कंट्रोल ठीक से रहना चाहिए। इनका जवाब-तलब कीजिए कि ये कहाँ गायब थे? सबकामचोर हैं। इस महीने इनकी तनख्वाह रोकने के लिये लिखिए तो मैं रोक दूँगा। सबके होश ठिकाने आ जायेंगे।" बड़े साहब थोड़ा गुस्से में हो गये।

छोटे साहब अभी अपनी लाइन पर अड़े थे- "वो सब तो ठीक है पर आज का काम कैसे होगा? न गाड़ी है और न ही फोर्स है।"

बड़े साहब एकदम चिन्तामुक्त और तनावरहित दिख रहे थे- "गाड़ी तो अभी आ ही जायेगी। एक फोर्स वाला ऑफिस पर है ही। अपने अर्दली को भी ले लीजिए।"

"मेरा अर्दली तो पी-पाकर बेहोश पड़ा है।"

"ओह! इतना इन लोगों का मन बढ़ने ही क्यों देते हैं? अपने स्टाफ को जरा टाइट करिए।"

"ये सब मेरे बस की नहीं है। पंद्रह-बीस साल से यहाँ ऐसे ही चलता रहा है। फोर्थ क्लास के स्टाफ में तो खून की जगह दारू ही बहता होगा।"

साहब थोड़ा सा हँसे जिससे यह आभास हुआ कि छोटे साहब की यह बात एक मजाक थी। तभी रमेश चाय लेकर भी आ गया और सधे ढंग से उसे मेज पर रखने लगा। दो कप चाय देखकर बड़े साहब बोले- "अरे ! मेरे लिये भी चाय ले आये। मैंने अभी तो पी है। अच्छा, रखो।"

उसके मुँह फेरते ही साहब ने बड़ी शालीन शिष्टता से कहा- "चाय लीजिए, छोटे साहब।"

"आप लें साहब!" बड़े साहब की इस अदा पर पानी-पानी होते हुए छोटे साहब ने लखनवी नवाबों के 'पहले आप' वाले अंदाज में कहा।

"मैंने अभी-अभी ही चाय पी है। और मन नहीं कर रहा है। आप लीजिए।" बड़े साहब बोले।

और अधिक औपचारिकता की स्थिति से बचने के लिये छोटे साहब ने चाय का कप उठाकर मुँह से लगाया जिस पर उन्हें एक अजीब सी गंध व स्वाद का एहसास हुआ जो चाय का तो कहीं से नहीं था। फिर भी फिल्म 'बाजीगर' में 'बड़े आदमियों के यहाँ ऐसी ही चाय बनती है' वाला सीन याद करके उन्होंने एक घूँट लिया और कप वापस रखा।

"तो फिर इसमें क्या करूँ?" मीठे-कसैलै स्वाद की तरह उनकी आवाज भी

निकली।

"देख लीजिए। जैसा आप ठीक समझें।" साहब फिर से निर्विकार हो गये फिर अचानक चौंक कर बोले- "अरे एक बात तो मैं आपको बताना ही भूल गया। परसों महाखोर चीफ साहब दौरे पर यहाँ आ रहे हैं। तीन दिन रूकेंगे।"

छोटे साहब को ऐसा लगा जैसे चाय का अभी-अभी गया मीठा-कसैला घूँट उनके गले से बाहर आ जायेगा। जोर से थूक निगल कर बोले- "क्या? महाखोर चीफ? पूरे तीन दिन?"

"हाँ ! पूरे क्षेत्र का काम देखेंगे।" कहते हुए बड़े साहब ने अपनी उलझन का एक भारी हिस्सा छोटे साहब पर डाल दिया- "जरा वनकटी रेस्ट हाउस देख लीजियेगा। वहाँ के फील्ड के अधिकारी को पकड़ कर उसके कमरे और कैम्पस साफ करा लीजियेगा। बाथरूम खास तौर से बहुत कायदे से साफ होना चाहिए।"

छोटे साहब अभी इस अचानक लगे धक्के से उबर नहीं पाये थे। वे अभी भी ट्रांस की अवस्था में थे- "परसों ही आ रहे हैं तो टाइम तो है ही नहीं तैयारी के लिये।" फिर उन्होनें पूछा- "कब आया उनका प्रोग्राम?"

इस प्रश्न में छिपे इल्जाम कि कहीं बड़े साहब इस जानकारी को दबाये तो नहीं रहे हैं, को पहचानते हुए साहब बोले- "आज सवेरे ही फैक्स आया है। बड़े बाबू को मैंने सारी सूचनाएँ बनाने पर लगा दिया है। जरा एक बार टाइप होने से पहले इन सूचनाओं को भी देख लीजियेगा और सभी फील्ड के अधिकारियों को भी खबर भिजवा लीजियेगा कि वे पूरी तैयारी कर लें। एक राउंड लगाकर उनका काम भी देखना होगा।"

साँस लेने के लिये थोड़ा रूके बड़े साहब ने छोटे साहब की ओर देखा, फिर मेज की ओर देखा और बोले- "चाय लीजिए छोटे साहब !"

छोटे साहब के लिये चाय, मीटिंग और टाँगिया कहीं बहुत दूर हो गये थे। यह जुमला सुनते ही उन्होंने उस पेय का, जिसे बार-बार चाय कहा जा रहा था, जी कड़ा करके दो-तीन घूँट और लगा लिया। इसके बाद वे कुछ कहने ही जा रहे थे कि रमेश नामक डेली वेजेज वाला बाहर आ गया और बड़े साहब की ओर झुक कर कुछ बोला। इस सारे सिलसिले को अचानक एकदम समाप्त करते हुए बड़े साहब उठ खड़े हुए और छोटे साहब की ओर अपना हाथ मिलाने के लिए बढ़ाते हुए बोले- "अच्छा फिर ! जरा ये सब देख लीजियेगा। यहाँ अधिकारियों में आप ही सबसे अनुभवी हैं। चीफ साहब के प्रोग्राम को तो सँभालना ही है।"

उनसे हाथ मिलाकर धन्य हुए छोटे साहब अभी स्थिति को समझने की कोशिश ही कर रहे थे कि चीं-चीं करते दरवाजे को खोलकर साहब अंदर हो गये।

एक क्षण को हतप्रभ खड़े छोटे साहब यह नहीं समझ पा रहे थे कि साहब से हुई इस बातचीत का नतीजा क्या रहा? एक झंझटी सरकारी काम के लिये उन्हें न तो गाड़ी ही मिल पायी और न ही फोर्स। आगे की कोई अच्छी व्यवस्था होने की संभावना भी नहीं थी। सरकारी ड्यूटी अंजाम देने के लिये सरकार ने जो कुछ भी साधन दिये थे उन पर तो अकेले बड़े साहब कुण्डली मारे बैठे थे और उनका व्यक्तिगत प्रयोग कर रहे थे क्योंकि उन्हें सरकारी काम करने की न तो जरूरत थी और न ही इच्छा। उनके ऊपर कमीशन रूपी मक्खन से मुलायम हुई जीभ से कोई कुछ पूछने वाला भी नहीं था। लेकिन सरकारी चिट्ठी रूपी जो बाण बड़े साहब के तरकश में सरकार ने भरे हुए थे वे बड़े साहब के शिकारगाह में डाले गये किसी को भी बींध सकते थे। अभी इस कुंठा, घुटन और बेबसी को झेलने की ताकत छोटे साहब जुटा ही रहे थे कि 'महाखोर' चीफ का प्रोग्राम रूपी बवंडर भी आ गया।

टूटे मन और थके कदमों से वापस लौटते हुए छोटे साहब ने अपने मन को सदा की तरह समझाने की कोशिश की। यह सब ऐसे ही चलता रहा है और ऐसे ही चलता रहेगा। उनकी किस्मत ही खराब थी जो भर्ती में वे 'छोटे साहब' भर्ती हुए। फिर उनका ध्यान चीफ के प्रोग्राम की ओर चला गया। कायदन चीफ के प्रोग्राम से डरने की कोई बात नहीं थी पर इस व्यवस्था में विभागीय काम सुचारू रूप से होने संभव ही नहीं थे और चीफों को व्यवस्था की खामियाँ जानने से कोई मतलब नहीं होता। वे तो शिकार पर निकलते हैं। महाखोर चीफ का तो कोई सिद्धांत और शिकार की कोई विशेष पसंद नहीं थी। वे जिधर भी निगाह करते दो-एक शिकार मार ही लेते थे। अब शिकारों की किस्मत थी, चाहे बच जाये या मारे जाये।

जहाँ तक बड़े साहब का सवाल था यद्यपि वह एकदम अभयदान प्राप्त नहीं थे फिर भी उनके शिकार होने की संभावना कम थी क्योंकि हर महीने के बिल-बाउचर पास करते समय चीफों को देने के नाम पर बड़े साहब जो पाँच परसेंट कमीशन लेते थे उसका थोड़ा-मोड़ा हिस्सा वह महाखोर चीफ को कभी-कभी दे भी आते थे। छोटे साहब को और बाबुओं को ऐसा कोई प्रोटेक्शन प्राप्त नहीं था हालाँकि बाबू वर्ग अपनी तगड़ी यूनियन के भरोसे

निश्चिंत था। फील्ड के अधिकारी किसी विपत्ति के समय भारी मात्रा में पैसा खर्च कर सकते थे अतः वे भी इतने अधिक परेशान नहीं थे। उनके भी नीचे काम करने वाले लोग तो निरीह शिकारों की तरह थे जिनका आखेट आये दिन होता रहता था यद्यपि इधर कुछ समय से वे भी यूनियन को मजबूत बनाने में जुटे थे।

उन्हें इस बात से कोई फर्क नहीं पड़ता था कि उन्हें जो गोली लगी है वह चीफ के बंदूक की है या बड़े साहब की है। वे गोली खाकर पड़े रहते थे और इंतजार करते थे चार्जशीट, कारण बताओ नोटिस, प्रारंम्भिक जाँच और अन्तिम जाँच रूपी

दवाइयों के असर करने का जो एक लम्बा समय और कुछ अतिरिक्त खर्चा लेकर प्रायः उन्हें ठीक भी कर देती थी। इस दौरान खाने-पीने के लिये अच्छे सीजन में सामग्रियाँ इकट्ठा करके वे पहले से रख लेते थे। अतः उन्हें भी चीफ से कोई खास परेशानी नहीं थी।

ये सारे तर्क गढ़ चुकने के बाद उन्हें यह महसूस हुआ कि सबसे आसान शिकार वे खुद ही हैं। इसकी पहली प्रतिक्रिया पलायनवादी थी। आदमी सदा परेशानियों से भागकर बचना चाहता है। उन्होंने भी सोचा कि वे छुट्टी ले लें। इस प्रोग्राम के समय सामान्यता तो कोई छुट्टी देगा नहीं पर ऐसे ही खास मौकों के लिये 'मेडिकल लीव' काम आती है। भले ही ऊपर के साहबों में उनकी छवि धूमिल हो जायेगी पर इससे क्या? उनकी विचारधारा ने दूसरी करवट ली। उनकी अनुपस्थिति में बड़े साहब हर गलत और खराब काम की जिम्मेदारी उन्हीं पर डालेंगे। उनकी तरफ से बोलने वाला कोई नहीं होगा। फिर उनके मौके पर न रहने पर उन्हें महाखोर चीफ के रूख का पता भी नहीं लगेगा और उनकी हाजिरी भी नहीं दर्ज होगी। नहीं ! पलायनवाद नहीं काम करेगा। उन्हें सब कुछ झेलना ही होगा।

इसके बाद अर्दली व डेली वेजेज वालों की ऑफिस में गैरमौजूदगी की पूर्व जानकारी होने के कारण छोटे साहब सीधे स्टेनो के कमरे में पहुँचे जो एक छोटा सा कागज टाइप मशीन में फँसाये टाइप करने में इतना व्यस्त था कि उसने आँख उठाकर देखा भी नहीं। अलबत्ता वहाँ बैठे दो-एक ठेकेदार छोटे साहब को सलाम का इशारा मारते हुए खड़े हो गये। उनके द्वारा खाली की गयी कुर्सियों में से एक को कब्जाते हुए छोटे साहब ने धन्यवाद स्वरूप उनसे घनिष्टता दर्शाने वाला एक वाक्य कहा- "कहिए। क्या हाल है?"

"आपकी इनायत है साहब!" जवाब में एक और अधिक औपचारिक वाक्य बोलकर वे कुछ क्षण को ठिठके रहे फिर साहब को स्टेनो बाबू की ओर मुखातिब होते देखकर कमरे के बाहर हो गये।

कुछ देर कमरे में टाइप मशीन की खट-खट और किर्रर-किर्रर के सिवा कुछ नहीं हुआ फिर छोटे साहब ने बम फोड़ने वाले अंदाज में कहा- "पता है? महाखोर चीफ का प्रोग्राम है परसों से।"

"जी साहब!" स्टेनो ने उतने ही ज्यादा ठंडे स्वर में कहा। छोटे साहब को फिर झुंझलाहट हुई कि ऑफिस के बाबुओं को उनसे ज्यादा मालूम रहता है। फिर इस हीनता को ढकने की कोशिश करते हुए उन्होंने कहा- "उनका सारा इंतजाम बड़े साहब ने मेरे सिर पर डाल दिया है।"

"जी साहब!" स्टेनो ने टाइप जारी रखते हुए उसी तरह कहा।

"अब मैं इन चीफ साहब को देखूँ कि टाँगिया वालों को?"

स्टेनो केवल थोड़ा सा मुस्कराया।

"स्टेनो बाबू!" अबके छोटे साहब ने उसे बड़े तवज्जो से संबोधित किया- "जीप कहाँ है? साहब ने कहा है कि जीप जहाँ भी हो उसे तुरंत मँगवा लूँ।"

"कौन वाली जीप, साहब?"

"कोई सी भी!"

"साहब वाली जीप तो मेमसाहब के भाई ले गये हैं। उन्हें कानपुर से कुछ मार्केटिंग करनी थी।"

"और पुरानी वाली?"

"वो भैया को लेकर स्टेडियम गयी है।"

"वह स्टेडियम कब से जाने लगा?" छोटे साहब को हैरानी हुई कि सात-आठ साल का 'नील दुलारा' स्टेडियम क्यों जाता है।

"यह तो पता नहीं साहब!" स्टेनो फिर से न्यूट्रल हो गये। छोटे साहब के सिर में सनसनाहट होने लगी। अभी पाँच मिनट पहले ही बड़े साहब कितने सहज भाव में कह रहे थे कि जीप यहीं कहीं होगी। क्या साहब को जीप के बारे में पता नहीं था? यह कैसे हो सकता है? बिना उनसे पूछे ड्राइवर कानी उँगली खड़ी करके झाड़ियों की तरफ भी नहीं जाता। अब यह तो तय था कि दोनों में से कोई जीप के उन्हें मिलने वाली नहीं थी। लेकिन काम तो करना ही था। जीप के साथ-साथ बड़े साहब के हाथ में तीर भी थे और कैरेक्टर रोल रँगने के लिये कलम भी।

उन्होंने स्टेनो से कहा- "ठीक है! मैं जीप का इंतजाम कर रहा हूँ। टाँगिया में जाने के लिये फोर्स के दो-तीन आदमियों को बुलवा दीजिए।" उनके मन में उस ठेकेदार की जीप इस्तेमाल करने का विचार आया जो परमिट के लिये उनकी रिपोर्ट लगवाने आया हुआ था।

इस बार स्टेनो ने टाइप करना समाप्त करके कागज बाहर निकाला और उसमें से कार्बन अलग करता हुआ बोला- "फोर्स वाले यहाँ हैं ही कहाँ साहब? दो लोग तो मेमसाहब के भाई के साथ कानपुर गये हैं। दो भैया की देख-रेख के लिये स्टेडियम गये हैं। एक छुट्टी पर है। एक पगलवा ही ऑफिस में है। चाहे तो उसे ले जाइये।"

छोटे साहब के मन में एक ऐसा बवंडर उठा जैसा जय प्रकाश नारायण के मन में 'सपूंर्ण क्रान्ति' का विचार पैदा होने के समय उठा रहा होगा। उनकी बड़ी तेज इच्छा हुई कि अभी जाकर बड़े साहब को दो-चार गालियाँ सुनायें और उनके सफेद झूठ बोलने वाले मुँह को जूते मार-मार कर काला कर दें। कुर्सी का हत्था आवेश में बहुत तेजी से दबाये हुए उनके हाथ में उभरी नसों में जब तेज दर्द उठा तो हाथ

को ढीला करते हुए वे इस दुनिया में वापस आ गये। यह हो ही नहीं सकता। उन्हें नौकरी करनी है। बाल-बच्चों को किसी लायक बनाना है। उनके बाप दादा इतना कुछ छोड़कर तो गये नहीं हैं कि वे 'संपूर्ण क्रान्ति' करके भी जीवन-यापन कर सकें। उन्होनें एक ठंडी साँस खींची।

उनके चेहरे पर आते-जाते भावों को एक खुली किताब की तरह पढ़ते हुए अपने कर्म-स्वभाव के विपरीत स्टेनो बाबू ने सहानुभूति भरे स्वर में कहा- "क्या किया जाय साहब। यह व्यवस्था ही ऐसी है।"

"अरे व्यवस्था क्या है?" छोटे साहब कैथार्सिस की प्राकृतिक प्रक्रिया के तहत बोले- "जहाँ ऐसे हरामखोर, बेईमान और नीच अफसर रहेंगे वहाँ व्यवस्था ऐसी ही रहेगी। इन मा..... से कोई कुछ पूछने वाला भी नहीं है।" कहते-कहते वह निढाल हो गये।

"चाय मँगवाऊँ साहब?" स्टेनो ने पूछा।

चाय के नाम-मात्र से ही भीतर कहीं से एक वितृष्णा की तीव्र लहर छोटे साहब के मन में उठी और नफरत के भावों को मन ही मन दबाते हुए वे 'नहीं' कहकर उठे और भीतर ही भीतर सुलगते हुए अपने कमरे में आकर बैठ गये जहाँ अभी तक रोशनी नहीं थी। उन्हें तेज प्यास लग रही थी पर वहाँ कोई अर्दली टाइप का आदमी नहीं था और खुद पानी लाकर पीना साहबी तहजीब में वर्जित था अतः वे वैसे ही बैठे-बैठे बड़बड़ाये- "साला! आज का दिन ही खराब है।"

उनकी इस हताशा और छटपटाहट की स्थिति में उन्हें अकेलेपन से उबारने के लिये देवदूत की तरह एक ठेकेदार उनके कमरे में परदा हटाकर प्रकट हुआ। तभी अचानक बिजली भी आ गयी और कमरे में रोशनी हो गयी। उनके चेहरे के भावों के देखकर ठेकेदार ने उन्हें सलाम करने के साथ ही कहा- "क्या हो गया साहब?"

बिजली और ठेकेदार के एक साथ आने पर छोटे साहब ने ऐसे मौकों पर कहा जाने वाला जुमला कहा- "थोड़ा पहले आ गये होते भाई।"

इस जमाने में बिजली आना भी एक खुशी की बात होती है भले ही वह दोपहर का समय हो। छोटे साहब की मायूसी भी बिजली आने से थोड़ा कम हुई। उन्होनें एक नकली मुस्कराहट भी झलकायी।

"क्या हो गया साहब?" ठेकेदार ने अपना मूल प्रश्न नहीं छोड़ा। धीरे से कुर्सी सरकाकर बैठते हुए बोला- "परेशान दिख रहे हैं?"

"कुछ नहीं! यहाँ यह सब लगा ही रहता है।"

"क्या बड़े साहब फिर कोई पैंतरा खेल गये?" इस कार्यालय का दसियों साल का तजुर्बा रखने वाले ठेकेदार ने तत्काल ही समस्या की नब्ज पकड़ ली।

"उस वाहियात आदमी का नाम न लो। सवेरे-सवेरे अगर उसका नाम जबान पर आ जाय तो दिन भर पानी को तरस जायें।" कहते-कहते छोटे साहब को याद आया कि उन्हें प्यास लगी है और बिजली आ चुकी है। अतः उन्होंने अर्दली को बुलाने वाली बिजली की घंटी बजायी और देर तक बजाते रहे। फिर उन्हें याद आया कि अर्दली तो यहाँ है ही नहीं। वे ठेकेदार से बोले- "इस बब्बनवा को कल क्या पैसा पकड़ा गये थे? लगाकर मदहोश पड़ा है कितनी परेशानी हो रही है यहाँ?"

"अब क्या करें साहब! पीछा ही नहीं छोड़ रहा था। पचास रुपया दिया तो पाँच और माँगने लगा। बोला पाउच पचपन रुपये की हो गयी है। मैंने सोचा रात में पी-पाकर सवेरे तक ठीक हो जायेगा।" ठेकेदार ने सफाई पेश की।

"वो तो पीकर मस्त हो गया है। मुझे तो सवेरे से पानी पिलाने वाला भी यहाँ कोई नहीं है।"

"ऐसी क्या बात है साहब?" कहते हुए ठेकेदार ने उठकर परदा हटाते हुए बाहर झाँक कर आवाज लगायी- "अरे रमेसरा! इधर आ।"

रमेसरा के हाजिर होते ही उसने कहा- "जल्दी से जाकर कोई बढ़िया मिठाई और समोसा ले आओ।" फिर वह छोटे साहब की ओर मुड़कर बोला- "चाय भी लेंगे साहब?"

"नहीं!" चाय के नाम पर बिदकते हुए छोटे साहब बोले- "बिल्कुल नहीं।"

उनके गले में वही मीठा-कसैला स्वाद फिर से उभर आया।

"अच्छा! कोई ठंडा ले आना।"

रमेसरा के जाते ही ठेकेदार छोटे साहब की ओर मुखातिब होकर बोला- "कुछ हम लोगों का भी भला कर दें साहब!"

छोटे साहब को बखूबी याद था कि वह परमिट वाले कागज पर उनकी माफिक रिपोर्ट लगवाने आया था पर साहबों की तरह ही वह अनजान बनकर बोले- "क्या भला कर दें भाई?"

"अरे सरकार!" वह परिहास की मुद्रा में हाथ जोड़कर बोला- "मेरे कागज को अपने दस्तखत से धन्य कर देते।"

"अच्छा, वो परमिट वाला?" फिर इस काम को थोड़ा और लटकाने का तुरत-फुरत बहाना खोजकर बोले- "आज हरिहर बाबू भी तो सवेरे से गायब हैं। कागज उन्हीं के पास होगा। आ जाने दो उनको।"

मानो ठेकेदार की गंध सूँघ कर सवेरे से गायब हरिहर बाबू जो छोटे साहब के पेशकार थे, उसी क्षण परदा हटाकर कमरे में घुसते हुए बोले- "नमस्कार साहब।"

उनकी इस फिल्मी एन्ट्री से चमत्कृत छोटे साहब उनसे कुछ पूछते, इसके

पहले ही वे कुर्सी की पुश्त पकड़कर बोले- "दो दिन से बच्चे को बुखार आ रहा था साहब। आप भी सवेरे थे नहीं, इसलिए जरा दवा लेने चला गया था। वो तो रमेसरा ने अभी-अभी बताया कि साहब बैठे हुए हैं। सीधा यहीं आ रहा हूँ।" यह कहते हुए उन्होंने यह स्पष्ट कर दिया कि उन्हें मिठाई व समोसे के प्रोग्राम का पता चल चुका है।

"कुछ डाक-वाक तो नहीं है?" छोटे साहब ने पूछा।

"नहीं! कुछ विशेष नहीं है।"

"अरे महाराज! हमार कगजवा करवाइ दिहल जाय!" ठेकेदार ने उनसे नजदीकी दिखाने वाली भाषा का प्रयोग किया।

"साहब का जैसा हुक्म हो।" हरिहर बाबू ने बात छोटे साहब पर टाल दी।

"अरे बैठिये कुछ देर।" छोटे साहब बोले- "सवेरे से उस पाजी के काम से दौड़ते-दौड़ते जान निकल गयी। पंचर स्कूटर भी ठेलना पड़ा। अब ये ठेकेदार साहब भी खाली चाय-पानी पर ही रिपोर्ट लगवा लेना चाह रहे हैं तो कम से कम वही इत्मिनान से कर लिया जाय।"

"ऐसी बात तो नहीं है साहब।" ठेकेदार ने कुछ आहत भाव का प्रदर्शन करते हुए कहा- "कभी आपसे बाहर गया हूँ मैं?"

कुछ देर सन्नाटा रहा। हरिहर बाबू भी बैठ गये। बाहर सड़क पर प्रदूषण फैलाती गाड़ियों की घर्रर-घर्रर और पीं-पीं की आवाजें आती रही। अचानक कुछ याद करके हरिहर बाबू ने कहा- "स्कूटर कहाँ पंचर हो गयी?"

छोटे साहब ने पूर्ववत छत पर टँगे पंखे को देखते हुए कहा- "वहीं मीटिंग से निकलने पर। क्या बतायें, ऐसे मौकों पर बड़ी बेइज्जती महसूस होती है।"

"आप वाली जीप क्या हो गयी?"

"उसे तो वो भडुवा..... वही! आपका बड़ा साहब अपनी..... में डाले बैठा है।" छोटे साहब ने मानव शरीर के एक ऐसे अंग का नाम लिया जिसका नाम सभ्य समाज में लेना एकदम मना है और जहाँ जीप तो क्या एनिमा की टोंटी डालते हुए भी साहब को तकलीफ होती थी।

छोटे साहब इतनी गालियों और कच्ची भाषा का प्रयोग कम ही करते थे। इसीलिए वे दोनों ही लोग समझ गये कि आज उनकी परेशानी सीमा पार कर रही है। इस तल्ख हो चुके माहौल में कोई कुछ नहीं बोला। छोटे साहब भी छत और दीवार को देखते रहे। उनकी सारी परेशानियों में एक तनाव यह भी बढ़ गया था कि यह ठेकेदार कुछ देगा या वैसे ही रिपोर्ट लगवाने के लिये सिर पर बैठा हुआ है।

रमेसरा ने सभी साजो-सामान के साथ प्रवेश किया। डिब्बे में रखी मिठाई

को उसने डब्बा खोलकर डिब्बे सहित छोटे साहब के सामने रखा। फिर प्लेट की तलाश में इधर-उधर निगाह दौड़ाने और प्लेट न दिखाई पड़ने पर उसने समोसे का ठोंगा भी वहीं मेज पर रख दिया और पानी लेने चला गया। छोटे साहब यह सब देखने के बाद दीवार पर टँगे कई साल पुराने कैलेण्डर में पता नहीं क्या देखने लगे जब ठेकेदार ने मिठाई का डिब्बा उठाकर उनकी ओर बढ़ाते हुए कहा- "लीजिए साहब।"

साहब ने लिया।

उसी समय परदा हिला और उसमें से बड़े बाबू का सिर झाँकता हुआ नजर आया जो कह रहे थे- "कुछ खास प्रोग्राम चल रहा है क्या, साहब के यहाँ?

"अरे बाबू जी! आइये!" ठेकेदार बोला

"नहीं भाई! मैं तो लंच करके लौट रहा हूँ" बड़े बाबू ने अंदर आते हुए कहा।

"लंच से क्या होता है। मिठाई की जगह तो पेट में रहती ही है। लीजिए!" हरिहर बाबू बोले।

एक मिठाई उठाते हुए बड़े बाबू ने कहा- "छोटे साहब कुछ नाराज दिख रहे हैं।"

"यहाँ खुश होने के लिये क्या रखा है?" छोटे साहब सदा के असंतुष्ट स्वर में बोले। फिर रमेसरा द्वारा बढ़ाये गये पानी के गिलास को खाली करते हुए बोले- "एक गिलास और देना।"

इस खान-पान कार्यक्रम, जिसके दौरान एक-दो लोग और झाँक कर भीतर वालों के अतिशय आग्रह पर इसमें शामिल हो चुके थे, के समाप्त होने के बाद ठेकेदार के आँख का इशारा पाकर हरिहर बाबू भी उठकर उसका कागज लेने चले गये। वहाँ साहब के साथ अकेले रह गये ठेकेदार ने जेब से एक छोटा सा लिफाफा निकाल कर जल्दी से साहब की ओर बढ़ाया जिसे साहब ने इधर-उधर देखते हुए बड़े निर्विकार भाव से जेब के हवाले करते हुए कहा- "कितना है?"

"जो आपने कहा था।"

"दो?"

"एक है साहब। एक सौदे में जरा भी फायदा नहीं है साहब! केवल खाने-पीने का खर्चा भर है! अभी बाबूजी को भी देना है।" ठेकेदार ने एक साँस में कई सफाइयाँ देते हुए कहा।

"हाँ! हाँ! मुझे देते समय हर सौदा ही बेकार हो जाता है। वही बड़े साहब को एक का पाँच बड़ी खुशी से थमा कर आओगे।"

"नहीं साहब! बड़े साहब इसमें नहीं लेते हैं।"

"मैं मान ही नहीं सकता! वह तो मुर्दे से भी कफन खींचे बिना नहीं रह सकता।"

ठेकेदार चुप रहा। हरिहर बाबू कागज ले आये और छोटे साहब ने ठेकेदार की ओर एहसान करने वाली निगाह से देखते हुए उस कागज पर अपने दस्तखत खींचे। हरिहर बाबू कागज लेकर चले गये। ठेकेदार भी उठने के लिये कसमसाने लगा। उसी क्षण छोटे साहब की निगाह टाँगिया वाले फरमान पर फिर पड़ी। मूड फिर से ऑफ होने के बावजूद भी उन्होंने ठेकेदार से कहा- "गुप्ता जी! जरा जीप चाहिए थी आपकी।"

इतना सम्मानसूचक स्वर सुनकर ठेकेदार घबरा गया। बोला - "जीप तो आपकी ही है साहब! कहाँ जाना है?"

छोटे साहब ने हिचकते हुए कहा- "जरा टाँगिया में जाना है? सुना है उन लोगों ने स्टाफ को पकड़ लिया है। उन्हें छुड़ाने के लिये जाना होगा।"

ठेकेदार ने और भी ज्यादा हिचकते हुए कहा- "वहाँ तो उन लोगों ने फील्ड के अधिकारी की जीप भी पुल पर से नाले में ढकेल दिया है। वे सब बड़े खतरनाक हो रहे हैं साहब! वहाँ जाना खतरनाक है।"

"मैं नहीं जाऊँगा तो वे सब उन्हें छोड़ेगें नहीं। कोई और तो जायेगा नहीं।" फिर उन्होनें खुद को ही झूठा आश्वासन देते हुए कहा- "मैं पुलिस वालों से भी बात करके उन्हें साथ ले जाऊँगा। आखिर नौकरी तो करनी ही है।"

"सोच लीजिए साहब ! नौकरी जान देने के लिये तो नहीं न कर रहे हैं? जान रहेगी तभी तो नौकरी काम आयेगी।"

छोटे साहब जान गये कि अपनी जीप वह टाँगिया में नहीं भेजना चाहता है। वह भी जीप की सुरक्षा की गारंटी नहीं ले सकते थे। वे यह भी नहीं जानते थे कि वे वहाँ जाकर क्या करेंगे। अनमने भाव से उन्होंने कहा- "अच्छा, जाओ।"

वह सलाम करके गधे के सिर से सींग की तरह गायब हुआ और उसी समय बड़े साहब के खास अर्दली ने उनके कमरे में कदम रखा। उस को देखते ही आशंकित और क्रोधित छोटे साहब तब चकित रह गये जब उसने उनका पैर पकड़ लिया और किसी तोते की तरह रटने लगा- "आप ही उन लोगों को छुड़ा सकते हैं साहब! उन्हें छुड़ा लीजिए। सुरेश भी उन्हीं में है।"

अगला पूरा घंटा अर्दली की अनुनय विनय, छोटे साहब द्वारा अपनी मजबूरी का रोना तथा फिर दोनों द्वारा सम्मिलित रूप से बड़े साहब को गालियाँ देने में गुजरा जिनमें वे लोग भी शरीक हुए जो इस बीच छोटे साहब के कमरे में विभिन्न कामों से आये।

फोर्थ इस्टेट

बड़े साहब के टाइप-4 में तीन बरामदे थे, एक भीतर तथा दो बाहर। बाहर वाला एक बरामदा आगान्तुकों के लिये रखी गयी टूटी-फूटी कुर्सियों सहित उन्हीं लोगों के लिए रिजर्व था जहाँ बैठकर वे बड़े साहब का इंतजार करते थे जो उस समय प्रायः भीतर वाले बरामदे में बैठकर ''नील दुलारे'' को खिलाते या फिर कम्प्यूटर वाले कमरे में 'गृह मंत्रालय' की नजर बचाकर गेम खेलते होते थे। दूसरा बाहरी बरामदा पीछे की ओर था जहाँ से दस पन्द्रह मीटर दूर बनी एक बाउंड्री उनकी टेरीटरी की समाप्ति का ऐलान करती थी। हमारी सभ्यता और संस्कृति में चूँकि पिछवाड़े को गंदा ही रखने की अटूट परम्परा है अतः टाइप -4 में भी वहाँ कुछ पेड़ों तथा नेटिव झाड़ियों को छोड़कर और कुछ भी नहीं था। यहीं पर एक तरफ भैंस और गाय का क्वार्टर बना हुआ था जिसे उपले और गोबर रूपी चिन्हों से दूर से ही पहचाना जा सकता था। जब कभी 'बड़े साहब' को अपने गाँव या अपने बचपन की याद सताती थी तो वे इसी बरामदे में बैठते थे। यहाँ बैठने के कुछ और भी कारण थे। एक तो यह था कि बाहरी बरामदा न0 1 में आने वाले आगान्तुकों को 'बड़े साहब' का वहाँ पहले से बैठे दिख जाना साहबी परम्परा के बिल्कुल प्रतिकूल था और उनकी इज्जत घटाने वाला था अतः बाहरी हवा खाने के लिये एक मात्र विकल्प पिछवाड़े वाला बरामदा ही था। इन सब के अतिरिक्त एक और भी बहुत बड़ा कारण था जिसे 'बड़े साहब' के अतिरिक्त कोई नहीं जानता था। यह उनका परम गोपनीय रहस्य था।

पिछवाड़े वाली बाउन्ड्री एक जगह से थोड़ा टूटी हुयी थी जिसे हजारों रूपयों का बजट इस्तेमाल होने के बाद भी नहीं बनाया जा सका था। यह भी कहा जा सकता था कि पिछवाड़े की ओर साहब लोगों का ध्यान नहीं गया होगा। इसी टूटी जगह के पास सड़क के किनारे कुछ झुग्गी-झोपड़ियाँ थीं जो इस बात की बड़ी एहसानमंद थी कि बड़े साहब के सिपाहियों ने 'बंगले की शोभा खराब कर रही' इन गंदगियों को उखाड़ कर फेंका नहीं था। वहाँ रहने वाले मानव रूपी जीव-जन्तु बड़े साहब के यहाँ यही एहसान चुकाने के लिए यदा-कदा बेगारी भी करते थे और उनके पिछवाड़े में लगे पेड़ों और झाड़ियों से गिरी सूखी टहनियाँ और पत्तियाँ अपने खाना बनाने के ईंधन के रूप में प्राप्त करते थे। पत्तियों को खरहरा लगा बटोरने का कार्य दो-तीन छोटी-छोटी लड़कियाँ करती थीं जिनकी उम्र दो वर्ष से चौदह वर्ष तक थी। पहले तो बड़े साहब का ध्यान उन कीड़े-मकोड़ियों पर कभी गया ही नहीं था पर एक दिन उस बरामदे में बैठे साहब को जब बड़ी वाली लड़की ने वहाँ झाड़ू लगाते समय 'नील दुलारे के लियोगन' की एक गोली लाकर दी तब अनायास ही उनका

ध्यान उस पर चला गया। मैली कुचैली फ्राक में भी चमकती उस लड़की पर उनकी आँख चिपक कर रह गयी। जब वह भी कुछ अजीब सा अनुभव करके मुड़कर वहाँ से भागी तब उसके अंगों की हलचल से साहब के भी दिल में हलचल मच गयी। उसी दिन से बड़े साहब स्वयं को 'ब्लादीमीर नेबोकेव' की स्थिति में पाने लगे और वह उनके खयालों की 'लोलिता' बन गयी।

बड़े साहब की अपनी तकलीफें थी। सदाबहार बिजली विभाग ने सदा की तरह अचानक दिन में चौथी बार बिजली काट दी थी जिसके आने का कोई ठिकाना नहीं होता था। सरकारी जनरेटर घर्र-घर्र करके बंद हो गया था। जनरेटर इन्चार्ज डेली वेजेज वाला साहब की डाँट खाकर मिस्त्री को बुलाने चला गया था। विश्व सुंदरी अपने भाई सहित कानपुर में थीं। कुछ तो निर्बाध चल रहे 'विडियो गेम' के बाधित होने से (जिसे उनकी पत्नी पता नहीं क्यों पसंद नहीं करती थी) और कुछ गर्मी से बैचैन साहब सोच ही रहे थे कि अब क्या किया जाय, कि उन्हें पिछवाड़े 'खरहरा' चलने की आवाज आयी। एक गिलास पानी पीकर अपनी बेचैनी दबाते हुए साहब मन में एक गुदगुदी सी लिये पिछले बरामदे में आकर बैठ गये और उन छोटी-छोटी लड़कियों के झाड़ू लगाते समय होने वाले अंग संचालन को निहारते हुए कल्पना में तरह-तरह की 'ब्लू ग्रेड' की कहानियाँ गढ़ने लगे। लगभग उसी समय उन्हें फोन की घंटी सुनायी पड़ी और गजानन फोन लेकर हाजिर हो गया। इधर उन्होंने फोन पकड़ कर हैलो कहा और उधर गजानन उन्हें अखबार से पंखा झलने लगा।

''कहिए जनाब क्या हो रहा है?'' इस बेतकल्लुफ आवाज ने साहब के तन-बदन में आग लगा दी क्योंकि वे पहचान गये कि यह पत्रकार गोस्वामी बोल रहा है।

''कुछ नहीं! आप सुनाइये।'' साहब ने बोरे में पत्ता भरने को झुकी लड़की की उठी हुइ फ्राक के नीचे देखते हुए कहा।

''सुना हैं टाँगिया वालों ने फिर कुछ वारदात की है।''

''कहाँ से सुना है?'' साहब सतर्क हो गये।

''अरे सरकार! हमलोग इसी का तो खाते हैं। कुछ सुना और फिर सोचा कि आपसे बात कर ली जाय।''

''बड़े साहब एक क्षण में समझ गये कि इसको उनके ऑफिस से ही खबर मिली होगी और उतनी ही मिली होगी जितनी खबर ऑफिस को मालूम है।

उन्होंने कहा - ''हाँ! तो फिर करिए बात।'' कहकर वे थोड़ा हँसे।

'' उन लोगों को छुड़ाने की कोई कार्यवाही----- ''

‘‘ हाँ! छोटे साहब फोर्स लेकर गये हैं। मैं भी निकल रहा हूँ।’’

बोरे को कंधे पर लादकर पकड़ने में कुछ अधिक ही उभर आये उभारों को हसरत भरी नजरों से देखते हुए साहब ने कहा।

‘‘छोटे साहब तो यहीं हैं अभी। मैं ऑफिस से ही बोल रहा हूँ।’’

‘‘अरे! ये तो गजब की इनडिसिप्लिन है? मैं छोडूगा नहीं इन्हें। ऐसी बातें मुझे बर्दाश्त नहीं होती हैं।’’ गुस्से में साहब जाती हुई लड़कियों को देखना भी भूल गये।

उधर से खामोशी रही। साहब ने कहा ‘‘बहरहाल! मैं तो जा रहा हूँ टाँगिया में। बाद में फोन करिएगा।’’

और उन्होंने तुरन्त फोन काट दिया।

पंखा झलते गजानन से उन्होंने कहा- ‘‘अब कोई भी फोन आये तो कह देना कि साहब टाँगिया में गये हैं।’’

उसने ‘‘जी साहब’’ कहते हुए फोन ले लिया और पूर्ववत् पंखा करता रहा।

लड़कियों के चले जाने के बाद साहब का मन वहाँ वैसे ही नहीं लग रहा था। फिर उन्हें यह भी खयाल आया कि वह पत्रकार ऑफिस में बैठकर उन्हीं के फोन से उन्हीं को तनाव में डाल रहा है। इस स्टेनो को भी सही करना पड़ेगा। यह भी ध्यान में आया कि वहाँ बैठे होने के कारण उसे यह तो पता चल ही जाएगा कि वे अभी तक घर में ही हैं और टाँगिया नहीं गये हैं। अजीब हालत है! अब उन्हें घर छोड़ना ही पड़ेगा वरना कल के अखबार मैं यह सब नमक-मिर्च सहित छप जाएगा!

उन्होनें गजानन से पूछा- ‘‘कोई गाड़ी है बाहर?’’

‘‘नहीं साहब, अपनी गाड़ियाँ तो नहीं हैं। स्टेडियम फोन करके मँगा लूँ?’’

‘‘नहीं।’’ समय से पहले खेल अधूरा छोड़कर घर लाये गये नील दुलारे के भयानक बवंडर मचाने की स्थिति ना आने देने के लिए उन्होंनें कहा ‘‘देखो। बाहर और किसी की गाड़ी है?’’

‘‘एक तो गुप्ता ठेकेदार की खटारा ऑफिस पर खड़ी है।’’

कुछ देर सोचकर साहब ने कहा ‘‘वही ले आओ।’’

गजानन के जाते ही उन्होंने दौरे की तैयारी में जूते पहने, खलासी को पानी की बोतल भरने को कहा और बालों में कंघी करके अपना नया चश्मा धारण किया।

दस मिनट बीते।

उन्होंने पानी पिया और अपने सफारी ब्रीफकेस को चेक किया। दस मिनट और बीते।

अब उन्हें यह चिन्ता होने लगी कि कहीं गुप्ता अपनी गाड़ी भेजने से इंकार

तो नहीं कर रहा है।

इसके खयाल मात्र से गुप्ता के ऊपर गुस्से की एक तेज लहर उनके मन में दौड़ गयी। फिर उन्हें लगा कि टाँगिया में जाने की बात सुनकर उसका हिचकना स्वाभाविक है। अब साहब उसे कैसे बतायें कि वे टाँगिया की ओर निकलने का बहाना करके अपने उस प्रिय "फील्ड अधिकारी" के यहाँ जाने वाले हैं जो वहाँ के लोकल स्टेशन से मँगाकर बहुत बढिया चाट खिलाता है। पर साहब इसे कैसे बतायें?

दस मिनट और बीत गये।

बेचैनी में साहबी एटीकेट के विपरीत वे घर के बाहर निकल आये। उसी समय उन्हें गाड़ी की आवाज सुनायी पड़ी और उन्होंने देखा कि उनकी अपनी गाड़ी कानपुर से उनकी पत्नी और अपने साले सहित मार्केटिंग के सामानों से लदी-फंदी आ पहुँची है।

उसके ठीक पीछे गुप्ता की खटारा भी थी।

अभी कोई उनसे कुछ पूछता उसके पहले ही उन्होंने गजानन से पूछा ‘‘कहाँ मर गये थे इतनी देर?"

‘‘वो गुप्ता ने गाड़ी में डीजल भरवाने भेजा था साहब।"

‘‘क्या हो गया?" उनकी पत्नी ने पूछा।

‘‘कुछ नहीं। ये टाँगिया वाले कुछ न कुछ बवाल करते रहते हैं। जीना हराम कर रखा है सालों ने।"

‘‘जीजाजी मुझको टाँगिया वाला बता रहे हैं?" उनके साले ने मजाक करने की कोशिश की पर साहब के तनावग्रस्त चेहरे पर कोई शिथिलता नहीं दिखी।

‘‘क्या हो गया?" उनकी पत्नी ने फिर पूछा।

‘‘कुछ नहीं! जरा टाँगिया तक जाना था। इसे गुप्ता की गाड़ी लेने भेजा था पर ये घंटे भर से वहीं ठेकेदार के आगे पीछे घूम रहा था।" साहब बोले।

‘‘आप जायेंगे टाँगिया में? बाकी लोग कहाँ मर गये?"

‘‘अरे, ये नेता पत्रकार सब मेरे ही पीछे पड़े हैं कि मैं क्यों नहीं जाकर कुछ करता। सोच रहा हूँ वहाँ हो ही आऊँ।"

‘‘नहीं! टाँगिया में तो आपको नहीं जाना हैं।" गृह मंत्रालय ने निर्णय सुनाया।

‘‘जाना ही पड़ेगा। मामला हाइलाइट हो गया है। ऊपर से महाखोर चीफ भी आने वाले हैं। उनके आगे अगर इन सबों ने कह दिया कि मैं वहाँ गया ही नहीं तो नौकरी खतरे में समझो।

‘‘तब मैं भी साथ चलूँगी।’’सत्यवान की सावित्री बोलीं।

बड़े साहब पर चिड़चिड़ाहट सवार हो गयी। अगर उन्हें पत्नी सहित निकलते देखा गया तो बच्चा भी यह जान जायेगा कि वे टाँगिया नहीं बल्कि कहीं और जा रहे हैं। यहाँ सबके सामने वे पत्नी को यह भी नहीं बता सकते थे कि उनका प्रोगाम टाँगिया के बहाने कहीं और जाने का है। देर भी काफी हो रही थी अतः पत्नी का हाथ पकड़ कर एक तरफ ले जाते हुए उन्होंने उसे दबी आवाज में समझाना शुरू किया कि उनका प्रोग्राम क्या है? पर उनकी पत्नी अड़ी रही-- ‘‘मैं भी चाट खाने चलूँगी।’’ उधर उनका साला जोर-जोर से उनकी पत्नी को बुला रहा था- “रानी! रानी! इधर आकर यह सूट का कपड़ा देखो। रानी! रानी!”

बड़े साहब अपना बाल नोचते हुए गाड़ी में आ बैठे। उनकी पत्नी अपने भैया के पास सूट का कपड़ा देखने जा पहुँची और भाई-बहन पता नहीं क्या बहस करने लगे। साहब ने गाड़ी का हार्न बजाया। उनकी पत्नी गाड़ी तक आ गयीं।

‘‘अब क्या हो गया?’’ साहब ने पूछा।

‘‘सूट के कपड़े में एक जगह ‘छीर’ है। इसे बदलना होगा।’’

‘‘वहाँ नहीं दिखाई पड़ा था तुम लोगों को?’’ साहब परेशान थे।

‘‘नहीं! इसे आज ही बदलना पड़ेगा। भैया जाकर बदल लायेगा। आप अपना प्रोग्राम कल क्यों नहीं रखते?’’

‘‘हे भगवान! तुम्हारे समझ में कैसे आयेगा कि मेरा आज ही जाना जरूरी है।’’

‘‘तो आप जाइये। मैं इसे बदलने दूसरी वाली गाड़ी से चली जाऊँगी। आखिर हजार रुपये का नुकसान है।’’

‘‘रानी! यहाँ आओ! रानी!’’ उनका साला फिर चिल्लाने लगा था। रानी के भागने से पहले ही साहब ने उनसे “अच्छा फिर मैं जा रहा हूँ” कहते हुए ड्राइवर को इशारा किया। इसी समय फोन की घंटी बजी। साहब ने घबराकर गजानन से कहा ‘‘कह दो मैं टाँगिया में गया हूँ।’’

गजानन भीतर गया और ड्राइवर ने गाड़ी स्टार्ट की। उनकी पत्नी अभी भी असमंजस की स्थिति में थीं। उधर उनका भाई रानी! रानी! चिल्लाता ही जा रहा था। वे बोलीं- ‘‘बस एक मिनट और रूक जाइये।’’

साहब एक मिनट और रूक गये। थोड़ी ही देर बाद उनकी पत्नी फिर वापस हुई। उनके पीछे-पीछे गजानन हाथ में ‘कार्डलेस’ लिये चला आ रहा था। साहब को इतना गुस्सा लगा कि उनके माथे पर पसीना आ गया। यह बेवकूफ फोन लिये चला आ रहा है। फिर वो क्या कहेंगे कि एक घंटे से वे क्यों नहीं निकले हैं? बड़े

गुस्से में वे गजानन से बोले- ''कहा था कि कह दो साहब टाँगिया में गये हैं। क्या इसे लिये चले आ रहे हो?''

गजानन सहम कर बोला- ''उन्हीं फील्ड अधिकारी का फोन है साहब, जिन्हें टाँगिया वालों ने पकड़ लिया था।''

जैसे अंधड़-तूफान में बिजली कौंध जाये उसी तरह इस सीधी-सादी सूचना ने साहब को इतना चमत्कृत कर दिया कि वे एक क्षण को सुन्न पड़ गये। न उनके मुँह से आवाज निकल रही थी और न ही दिमाग काम कर रहा था। यंत्रवत् उन्होंने गजानन द्वारा बढ़ाया गया फोन पकड़ लिया और उसे बड़ी ही अपरिचित निगाह से देखने लगे। कुछ क्षणों के बाद उन्होंने उसे कान से लगाया और बड़ी खोखली आवाज में 'हैलो' बोले।

''मैं फील्ड अधिकारी बोल रहा हूँ साहब !'' उधर से आवाज आयी।

''कहाँ से बोल रहे हैं?''

''अपने ऑफिस से सर!''

''टाँगिया वालों ने सबको छोड़ दिया?'' साहब ने बेकरारी से पूछा।

''उन्होंने पकड़ा ही नहीं था—''

''क्या?'' साहब आश्चर्य से बोले- ''क्या कह रहे हैं? पकड़ा ही नहीं था? फिर ये वायरलेस सूचना -- ''

''ये सब गार्ड की बदमाशी है साहब। असल में उसे भी गलतफहमी हो गयी थी।''

''क्या हुआ था?'' अभी भी साहब एक सुखद आश्चर्य में थे। सुखद इसलिए कि उन्हें कहीं जाना नहीं पड़ा था। उधर से फील्ड अधिकारी ने जल्दी-जल्दी बताया- ''मैं जीप से जंगल में गश्त पर था सर। ये मेरा ड्राईवर जंगलिया कुछ ज्यादा ही पीकर गाडी़ चला रहा था। बड़े ताल के किनारे गाड़ी गड्ढे में गिर गयी। गार्ड को मैंने ट्रैक्टर लाने के लिए भेज दिया। तब तक वहाँ कुछ टाँगिया वाले आ गये। सबने मिलकर गाड़ी निकालने की बड़ी कोशिश की पर गाड़ी ताल में और ज्यादा धँस गयी। टाँगिया वाले हम लोगों को बारिश से बचाने के लिए अपनी झोपड़ी में ले गये। वहाँ से चाय वगैरह पीकर जब बारिश रूकने पर हमलोग वापस आये तो पता चला कि गार्ड ने वापस आने पर गलतफहमी में पुलिस को खबर कर दी है और आपके यहाँ भी वायरलेस कर दिया है।''

साहब को अब क्रोध भी आने लगा था। थोड़ा गुस्से में बोले- ''और वो पाँच पेड़ कटने या पुलिस वालों के भागने की बात क्या है?''

“ये सब तो गार्ड की स्टोरी थी सर!”

‘‘और आप अब फोन कर रहे हैं। कुछ पता है कि यहाँ मैं कितना परेशान हुआ। कितनी भाग-दौड़ की गयी।”

‘‘पता है साहब।” फील्ड अधिकारी ने बड़े ठंडे स्वर में कहा। उनको वास्तव में पता भी था कि बड़े साहब किस प्रकार की भाग-दौड़ करते थे। कोई दाई से थोड़े ही पेट छिपा सकता है।

‘‘मजाक बना रखा है आप लोगों ने विभाग को।” साहब पूर्ववत् तैश में बोले।

उधर तो खामोशी रही पर इधर उनके साले ने अपनी बहन को बरामदे से ही फिर जोर-जोर से पुकारना शुरू किया और बहन जी यह देखकर कि साहब फोन में उलझे हैं फिर बरामदे में चली गयीं।

‘‘जीप का क्या हुआ?” साहब ने पूछा।

‘‘ट्रैक्टर से निकाल कर ले आये हैं !”

‘‘बड़े साहब इस समय बड़ी अजीब सी स्थिति में थे। एक तरफ तो वे रिलैक्स हो गये थे, दूसरी तरफ अपनी कुछ देर पहले कि परेशानी याद करके उन्हें फील्ड अधिकारी पर बहुत गुस्सा भी आ रहा था।

उन्हें चुप देखकर उधर से पूछा गया - “अब क्या आदेश है सर।”

अचानक साहब के उर्वरा दिमाग वाला कीड़ा कुलबुलाने लगा। इस मौके का फायदा उठाने की एक स्कीम, एक धुंधली सी स्कीम उनके दिमाग में उभरने लगी। आखिर इसी उर्वरा दिमाग के बल पर ही तो वह बड़े साहब थे।

उन्होंने फोन पर कहा- “इस बात की चर्चा कहीं किसी से नहीं करनी है। किसी से भी नहीं। समझ गये?”

“जी साहब।” फील्ड अधिकारी की उलझन भरी आवाज आयी।

“और एक घंटे में सीधे यहाँ मेरे पास पहुँचिए। ऑफिस भी नहीं रूकना है। सीधे घर पर आइये। और इस घटना की चर्चा किसी से नहीं करनी है।” कह कर साहब ने फोन काट दिया और जीप से उतर कर अर्दली से बोले- “जरा ऑफिस में देखकर आओ कि वह हरामजादा गोस्वामी पत्रकार अभी वहाँ है या नहीं? बस चुपचाप देखकर चले आना। उससे कोई बात नहीं करनी है।”

फिर बड़े साहब बरामदा नं. 1 में आकर अपनी पत्नी और साले के साथ सूट का ‘छीर’ देखने लगे।

“क्या हो गया?” उनकी पत्नी ने तीसरी बार पूछा पर वे इसे टाल गये।

पंद्रह-बीस मिनट के बाद जब अर्दली वापस आया तो उसके हाथ में कुछ कागज थे। उसने बताया- “पत्रकार साहब तो बहुत पहले ही ऑफिस से चले गये

थे।”

“और छोटे साहब?”

“वे ऑफिस में ही है। उन्हें कोई गाड़ी नहीं मिली। गुप्ता जी की गाड़ी सेट कर रहे थे पर वह यहाँ आ गयी।”

पता नहीं क्यों साहब ने चैन की साँस ली फिर कागजों की ओर देखते हुए बोले- “क्या है?”

“गुप्ता जी का परमिट वाला कागज है साहब।”

“लाओ।” कहते हुए साहब ने उस कागज पर अपने दस्तखत घसीट दिये। अर्दली आश्चर्य और अविश्वास से मुँह बाये देखता ही रह गया। साहब इतना जल्दी किसी परमिट वाले कागज पर चिड़ियाँ बैठा देंगे यह विश्वास करने वाली बात ही नहीं थी। पर उसकी आँखों के आगे ही यह हुआ था। भीतर ही भीतर वह खुश भी हुआ कि जल्दी काम कराने के एवज में आज वह गुप्ता ठेकेदार से पूरा सौ रुपया वसूलेगा।

“ये गुप्ता वाली गाड़ी का क्या करना है साहब?” उसने पूछा।

“गाड़ी अभी रहेगी।” साहब ने उसे जाने का इशारा करते हुए कहा। इसी समय उनकी पत्नी भी उठकर भीतर चली गयीं जिससे उन्हें पता नहीं क्यों बड़ा सुकून मिला।

दरअसल साहब के मन में अपने महानायकत्व से सुसज्जित एक वीरगाथा का जन्म हो गया था। टाँगिया वालों के बीच से बड़े साहब द्वारा अकेले अपने बूते सभी पकड़े गये स्टाफ को खुद जाकर छुड़ा लाना जबकि पुलिस भाग चुकी थी और यह ‘कामचोर छोटा साहब’ डर के मारे मौके तक गया ही नहीं था, इसका कथानक था। यह गाथा कल के अखबार में छपने का जुगाड़ भर करना था। लेकिन पहले इस कहानी के ‘लूपहोल्स’ और ‘लीकेजेज’ पर विचार करना था वरना महाखोर चीफ पर इसका अच्छा प्रभाव पड़ने की जगह उल्टा भी हो सकता था। उनकी सक्रिय विचारधारा में उनके साले के बार-बार ‘रानी! रानी!’ चिल्लाने से बाधा पड़ रही थी और कुछ तो वे उससे भीतर ही भीतर चिढ़ते भी थे। इसीलिए बड़े तल्ख लहजे में मगर धीमे से उन्होंने उससे कहा- “तुम भीतर नहीं जा सकते हो? यहीं सर पर सवार होकर चिल्लाने के सिवा कोई और काम नहीं है।”

उनका साला चुपचाप अपनी दीदी को भीतर यह कहने चला गया कि आज जीजा जी का दिमाग फिर बौराया हुआ है। सावधान रहना!

साहब ने अर्दली को बुलाकर बरामदे में रखे मार्केटिंग के सारे ताम-झाम को भीतर ले जाने को कहा। आखिर ड्रामे के लिये स्टेज भी तो सही होना चाहिए।

वे फिर अपनी स्टोरी पर लौटे। लीकेज कहाँ है? ऑफिस या घर में लोग जानते हैं कि वे कहीं नहीं गये। लेकिन किसी की हिम्मत नहीं है कि उनकी स्टोरी के खिलाफ बोले। लोगों के चरित्र पर टिप्पणी करने से लेकर तनख्वाह रोकने तक का अधिकार उनके पास था, अतः यहाँ सब भीतर-भीतर भले ही चर्चा कर लें, उनको दो-चार गालियाँ गुनगुना लें पर सामने बोलने की हिम्मत किसी में नहीं है। फील्ड अधिकारी को भी एडवांस का चेक लेना था अतः वह भी कुछ नहीं बोलेगा। रहा ये नामुराद पत्रकार! इसे मालूम हो सकता है कि वे घर ही थे। लेकिन वह ऑफिस से जल्दी चला गया था। अगर टाइमिंग सही सेट की जाय तो 'स्टोरी' चल सकती थी और 'महाखोर चीफ' प्रभावित हो सकते थे। टाइम अधिक था भी नहीं क्योंकि शाम हो चली थी और कल सवेरे के अखबार में छपने के लिये 'न्यूज' जल्दी जाना भी आवश्यक था।

सारी टाइमिंग को कैलकुलेट करते हुए उन्होंने अर्दली से कॉर्डलेस मँगवा कर राजधानी स्थित अपने परिचित्त पत्रकार के यहाँ स्वयं फोन मिलाने की कोशिश की पर बार-बार "...... इस रूट की सभी लाइनें ..... कृपया कुछ देर बाद .... आल लाइन्स ऑफ दिस रूट आर बिजी, प्लीज डायल आफ्टर .... प्लीज चेक द नम्बर यू हैव डायल्ड... टूं टूं टूं टूं टूं" वगैरह सुनते-सुनते जब उनका दिमाग पंचर होने लगा तो सदा की तरह अपने स्टेनो को नम्बर मिलाकर बात कराने की हिदायत देने वे जा ही रहे थे कि उनकी समझ में आया कि यह काम तो उन्हें खुद ही करना होगा। शुरू-शुरू में तो इसकी भनक स्टेनो को भी नहीं लगनी चाहिए। छप जाने के बाद बात दूसरी थी। बार-बार रीडायल का बटन दबाकर फोन कान से लगाकर कम्प्यूटरी आवाज सुनने में वे इतने मगन हो गये थे कि उन्हें 'धर्मपत्नी' के बरामदे में आने, कुर्सी खींचकर बैठने और उनके द्वारा कुछ कहने की आहट तक नहीं मिली और जब मिली तब तक देर हो चुकी थी। पारा ऊपर जा चुका था।

बड़े ही गुस्से से उन्होंने साहब से पूछा- "आखिर आज आपको हो क्या गया है?"

"क्या हो गया है? कुछ तो नहीं है!" साहब हड़बड़ाये।

"कुछ क्या नहीं है?" वे और भी बिगड़ गयीं- "बिना बात राजू पर गरज बरस रहे हैं। पता नहीं कान में फोन लगाकर किस दुनिया में विचर रहे हैं। कोई दिक्कत है तो बताइये? "

"कोई दिक्कत नहीं है!" साहब अब उनसे क्या बताते?

"नहीं! कुछ तो बात जरूर है।" धर्मपत्नी का मुँह अधिक गुस्से में एक किनारे से टेढ़ा हो गया और बाँयीं आँख के नीचे लटका माँस फड़कने लगा।

"वो जरा चीफ का दौरा है न? उसी का इंतजाम करने में लगा हूँ।" साहब ने बात टालनी चाही। वे चाह रहे थे कि ये इस समय यहाँ से चली जाती तो वे अपना काम आगे बढ़ाते।

"आप क्या लगे हैं? बाकी के लोग कहाँ मर गये? और ये चीफ इतने जरूरी हो गये हैं कि आप घर पर कुछ ध्यान ही न रखें और जिसे जो चाहे बोलते रहें।"

अपने साले को कुछ बोलने के बाद इस स्थिति के आदी बड़े साहब यह नहीं समझ पा रहे थे कि घर पर ध्यान देने का क्या मतलब था। इसी समय अचानक फोन लग गया। तीन-चार बार की लम्बी घंटी के बाद उधर से फोन उठाया गया और एक जनानी आवाज बोली- "हैलो।"

"हाँ! हरीश जी के घर से?" साहब ने पूछा।

"हाँ।"

"कौन? भाभी जी बोल रही हैं क्या?"

"हाँ! कौन?"

"मैं बड़ा साहब बोल रहा हूँ। पहचाना? पिछले महीने हरीश जी के साथ आया था आपके घर।"

"हाँ! अच्छा, पर......" जनानी आवाज में अभी भी परिचय की खनक नहीं थी।

"लग रहा है आपको याद नहीं आया। हमलोग प्रीमियम फर्नीचर वाले के यहाँ लाल वाला सोफा खरीदने गये थे।" साहब ने याद दिलाने की कोशिश की।

''अरे हाँ। याद आया। क्या बताऊँ मैं फोन पर आवाज पहचान नहीं पाती।" उधर से चहकती आवाज आयी।

"हरीश हैं?" साहब ने पूछा।

"वे तो प्रेस गये हैं। अभी आ जायेंगे आधे घंटे में।"

"अच्छा तो फिर मैं आधा घंटा बाद फोन करूँगा। उनसे कहिएगा कि मुझसे बात जरूर कर लें।" अपनी सहधर्मिणी के गुस्से से काले पड़ते चेहरे को देखकर साहब जल्दी से बात खत्म करना चाहते थे पर उधर से आवाज आयी- "ठीक है! फिर आप यहाँ कब आ रहे हैं भाई साहब?"

"आऊँगा ....." अभी साहब अपनी मधुर मलाई वाली आवाज में आगे बोलने जा ही रहे थे कि वह हुआ जो आज तक कभी नहीं हुआ था। गुस्से से काँपती उनकी अर्धांगिनी ने अचानक उनके हाथ से फोन छीन लिया और पूरी ताकत से सामने की दीवार पर दे मारा। फिर वे वहाँ रखी कुर्सियाँ और गमले फेंकने लगीं। साथ-साथ

वे चिल्लाती भी जा रही थीं- "अपने घर में ध्यान देने की फुर्सत नहीं है चीफ की औलाद को और बाहर की जनानियों से फोन मिला-मिलाकर बात करेंगे। उन्हें सोफा दिलवायेंगे। अपना चार महीने पुराना सोफा बदलने की याद नहीं है .....।"

इसी समय उनके द्वारा फेंके गये एक 'इम्पोर्टेड' पौधे वाले गमले के टुकड़ों के पीछे ठिठके से 'फील्ड अधिकारी' ने वहाँ प्रवेश किया और इसी समय बड़े साहब ने पहली बार मेम साहब द्वारा पहनी हुई नयी ड्रेस देखी जिसे शायद वह आज ही खरीद कर लायी थीं और सदा ही तरह तुरंत नयी ड्रेस पहन कर साहब को दिखाने और प्रशंसा के लम्बे-लम्बे वाक्य सुनने यहाँ आयी थीं पर साहब चूक गये। उनका ध्यान नयी ड्रेस पर गया ही नहीं। यह भयानक और अक्षम्य गलती थी। इसका खामियाजा अब साहब को भुगतना ही था।

पैर पटकते हुए मेम साहब के भीतर जाने तक न तो साहब कुछ बोले और न ही फील्ड अधिकारी। उनके जाने के बाद बड़े खट्टे मन से साहब ने फील्ड अधिकारी से कहा- "बैठिये।"

एक उल्टी हुई कुर्सी को सीधा करके फील्ड अधिकारी बैठ गये। साहब की स्टोरी धुआँ-धुआँ होने लगी थी।

"एक मिनट में आता हूँ।" कहकर साहब अर्द्धांगिनी के पीछे घर के भीतर गये और ऐसी स्थितियों के अभ्यस्त फील्ड अधिकारी चाय-वाय पीने तथा कुछ गप्प लड़ाने के लिये ऑफिस चले गये। जाते-जाते अर्दली को पचास का एक नोट पकड़ा कर कहते गये- "जब साहब खाली हो जायें, मुझे बुला लेना।"

उधर साहब को खाली होने में एक घंटे से अधिक लग गया जिसमें से पंद्रह-बीस मिनट तो बेडरूम रूपी कोप-भवन को खुलवाने में ही लग गया जिसमें उनकी - 'कैकेई' अंदर से दरवाजे खिड़कियाँ बंद करके अपने गुस्से को आँसुओं और सिसकियों के रूप में निकालते हुए उस सन्नाटा खीचें घर में 'पता नहीं क्या कर गुजरेगी' की आशंका फैला रही थीं। मिनट-मिनट पर रानी-रानी चिल्लाने वाला उनका भाई भी मुँह बनाये एक कोने में चुप बैठा हुआ कॉमिक्स पढ़ने का बहाना कर रहा था। अपनी वीरगाथा वाली स्टोरी और उसे सेट करने वाली टाइमिंग भूलकर बड़े साहब बेडरूम का दरवाजा खुलवाने का हर संभव प्रयास पता नहीं कब तक करते रहते अगर इसी बीच उनका 'नील दुलारा' न आ गया होता। वह तो उछलता कूदता स्टेडियम के अपने खेल अनुभवों को सुनाने की तेजी में था पर उसके पापा ने काम पर लगा दिया। तरकीब काम कर गयी। दरवाजा खुल गया पर पापा ने उसे मम्मी को भी कुछ सुनाने नहीं दिया और अपनी बात मामा को सुनाने और उनसे खेलने के लिये मामा के पास भेज दिया। इसके बाद भीतर से बंद बेडरूम रूपी कोप-भवन में राजा दशरथ ने अपनी रूठी कैकेई को कैसे मनाया, उसे

क्या-क्या वरदान दिये यह तत्काल किसी को नहीं पता लगा। घर के नौकर-चाकरों तथा उनके साले ने इतना ही देखा कि दरवाजा खुलने के बाद सुलह हो चुकी थी। मेम-साहब के चेहरे पर यद्यपि अभी भी गुजरे तूफान के चिन्ह व तनाव थे पर वह शान्त लग रही थीं हालाँकि उनकी नयी ड्रेस पहले ही दिन 'मनहूस' घोषित हो गयी थी। साहब भीतरी बरामदे में बैठकर रिलैक्स होने के लिये नौकर से पानी मँगा कर उसका इंतजार ही कर रहे थे कि गजानन ने उन्हें सूचना दी- "वे पत्रकार साहब आपसे मिलने आये हुए हैं।"

"कौन? गोस्वामी?" साहब चौंके।

"जी साहब।"

"कितनी देर हुई?"

"दस-पंद्रह मिनट हुआ होगा!"

"क्या कहे हो उससे?"

"हम तो कह दिये हैं कि साहब बाथरूम में हैं।"

"गधे कहीं के! इतनी देर कोई बाथरूम में रहता है?" साहब बिगड़े।

गधा चुप रहा।

अपनी स्टोरी की प्रारंभिक दुर्गति का तनाव लिये हुए बड़े साहब पानी पिये बिना ही बाहर के बरामदा नं०-1 में चले गये जहाँ गोस्वामी ने मानो बड़ी अनिच्छा से उठकर खड़े होते हुए उनसे मिलाने के लिये हाथ बढ़ाते हुए कहा- "आजकल बाथरूम में बड़ी देर लगाने लगे हैं। कब्ज-वब्ज की शिकायत हो गयी है क्या? यहाँ का पानी बड़ा खराब है।"

"नहीं!" साहब आँखें चुराते हुए बोले- "इस बेहूदे ने मुझे देर में बताया कि आप आये हो।" कहते-कहते उन्होंने चारों ओर नजर दौड़ाई और यह देखकर राहत की साँस ली कि उनके स्वामिभक्त 'डेलीवेजेज' वालों ने जिन्हें डेढ़ साल से वेजेज नहीं मिला था, वहाँ के टूटे-फूटे गमले, मिट्टी आदि साफ कर दिया था, कुर्सियाँ ठीक ढंग से लग गयी थीं और वहाँ पर गुजरे तूफान के कोई चिन्ह बाकी नहीं थे। वरना इन पत्रकारों की निगाह से तो भगवान ही बचाये।

"और सुनाइये क्या हो रहा है?" उसने कहा।

"सब ऐसे ही चल रहा है।" औपचारिक प्रश्न का औपचारिक उत्तर देते हुए साहब बोले।

अचानक पत्रकार ने साहब की वीरगाथा वाली स्टोरी पर सीधा प्रहार किया- "क्या हुआ टाँगिया में?"

पहले से ही इस सवाल के खड़े होने का अनुमान तो साहब को था ही पर उन्हें यह नहीं पता था कि यह पत्रकार ऑफिस से या उस फील्ड अधिकारी से मिल चुका है या नहीं। इसको कितनी जानकारी हो चुकी है? यह उनकी कहानी के झूठ को पकड़ पायेगा या नहीं? बात को थोड़ा और टालने के लिये उन्होंने उसे दूसरी दिशा में मोड़ने की कोशिश की- "छोड़िये टाँगिया-फाँगिया तो लगा ही रहता है। अपनी सुनाइये आप दिन में ऑफिस से कहाँ गायब हो गये थे?"

"जब सुना कि आप टाँगिया में तुरंत जा रहे हैं तो क्या करता? बातचीत के लिये आप खानी ही कहाँ थे?" उसने कहा लेकिन अपनी दिशा पर अड़ा ही रहा- "क्या हुआ? गये थे आप? वे लोग छूटे या अभी वहीं है?"

असमंजस और तनाव में साहब ने अपनी वीर गाथा वाला आइडिया ड्रॉप करने का विचार बना लिया। राजधानी वाला पत्रकार काम आ सकता था पर अगर यहाँ भेद खुल जाता तो अगले दिन महाखोर चीफ की मौजूदगी में दूसरे अखबारों में बड़ी छीछालेदर मचती। या तो लोकल पत्रकार उन्हें बहुत अधिक ब्लैकमेल करते या फिर 'लोकतंत्र का चौथा स्तम्भ' बनकर उनके पीछे पड़ जाते। उन्होंने तय किया कि वे साफ-साफ बता ही दें कि उनके पहुँचने से पहले ही टाँगिया वालों ने सबको छोड़ दिया था या यह कहें कि पकड़ा ही नहीं था। यह ठीक नहीं रहेगा क्योंकि तब टाँगिया वालों के आंतक की आड़ में छिपे हुए तमाम विभागीय गलत कामों को छिपाया नहीं जा सकेगा। टाँगिया का आतंक तो बनाये ही रखना होगा।

तभी टेलीफोन की घंटी बजी और गजानन ने बाहर आकर बताया कि राजधानी से टेलीफोन है। कॉर्डलेस का अंजाम याद करके साहब भीतर फोन सुनने चले गये और 'हैलो' कहने के बाद उधर से आवाज सुनायी पड़ी उस पर साहब को तुरंत विश्वास ही नहीं हुआ कि यह राजधानी के पत्रकार हरीश का ही फोन है। पत्रकारों का भाव तो इस कदर बढ़ा हुआ है कि वे खुद एस.टी.डी. फोन करेंगे इसकी कोई उम्मीद नहीं थी।

"कैसे याद किया आपने भाई साहब?" उधर से हरीश ने पूछा।

"बहुत दिनों से बातचीत नहीं हुई थी। सोचा जरा हाल-चाल ही मालूम करें।" साहब मुँह से तो यह औपचारिक शुरूआती बात कह रहे थे पर दिमाग उनका बड़ी तेजी से शटल कर रहा था।

"कृपा है आपकी जो आपने याद किया। सेवा बताइये।"

"अरे भाई! बिना काम के मैं फोन नहीं कर सकता हूँ क्या?" साहब ने कहा।

"अरे साहब! आपका ही घर है। दर्शन भी दीजिए कभी।"

"हाँ आऊँगा, जल्दी ही।" कहते-कहते कनखियों से उन्होंने मेम साहब की

ओर देखा पर वे बरामदे से जा चुकी थीं।

"और सुनाइये क्या हो रहा है?" बात बढ़ाने वाला चालू प्रश्न।

"सब ऐसे ही चल रहा है।" चालू उत्तर के बाद साहब ने थोड़ा बात और बढ़ाई- "यहाँ टाँगिया वालों ने परेशान कर रखा है।"

"क्या हो गया? वे तो बेचारे वैसे ही दीन-हीन हैं। क्या कर दिया उन्होंने?"

"वे दीन-वीन कुछ नहीं हैं, गुण्डे, ब्लैकमेलर और माफिया हैं साले। आज सवेरे ही फील्ड अधिकारी और तीन-चार स्टाफ को पकड़ ले गये। पुलिस वालों को पत्थर मार-मार कर भगा दिया। स्टाफ को भी मारा-पीटा उनकी जीप बड़े ताल में फेंक दी।"

"फिर क्या हुआ?" अब हरीश की आवाज में पत्रकारों वाली वह जिज्ञासा पैदा हो गयी जो 'सेनसेशनल न्यूज' हासिल होने की आशा में होती है।

"फिर क्या? किसी की हिम्मत ही नहीं पड़ रही थी। वायरलेस पर खबर आने के बाद मैंने अपनी फोर्स लेकर धावा किया और सबको छुड़ाया।"

"गोली-वोली भी चली?"

"हाँ! बीस राउंड हवाई फायर करने पड़े।" लगे हाथ साहब को अपने साले द्वारा सरकारी राइफल और कारतूस से अपना निशाना सही करने की प्रैक्टिस में खर्च हुए कारतूसों को भी एडजस्ट करने का खयाल आ गया।

"और उधर से?"

"कट्टा और बम था पर हमलोग हावी हो गये।"

"कुछ बरामदगी भी हुई क्या?

"हाँ! जंगल से कटी कीमती लकड़ी और कुछ शराब के पीपे मिले।"

"अच्छी 'न्यूज' है? जरा एक बार फिर से सिलसिलेवार जगहों के नाम सहित बताइये।"

साहब ने फिर बताया।

हरीश ने कहा- "ठीक है। मैं ये खबर लोकल करेस्पांडेन्ट को भेजकर कन्फर्म कराऊँगा। फिर देखते हैं कि यह छप पायेगी या नहीं।"

"लेकिन इसे कल के अखबार में ही छपना जरूरी है।"

"क्यों?"

"अरे भाई। परसों मेरे यहाँ 'महाखोर चीफ' का दौरा है। अगर कल यह खबर छप गयी तो इंप्रेशन अच्छा पड़ेगा।"

"कल मुश्किल है। बल्कि असंभव है।" उधर हरीश को अब सही लाइन मिल

गयी थी।

"कुछ तो करिए भाई! आप नहीं करेगें तो कौन करेगा?"

"बहुत मुश्किल है। अभी न्यूज कंपोज करना होगा। फिर उसे सेट करना पड़ेगा। काफी देर हो चुकी है। अगर आप पहले बता देते......"

"इसे किसी भी तरह कराना ही है और वो भी फ्रन्ट पेज पर।" साहब रिक्वेस्ट वाले टोन में बोले।

"देखिए ! कोशिश करता हूँ।"

"कोशिश से काम नहीं चलेगा भाई साहब! आज ही तो मेरे और आपके सम्बन्धों की परीक्षा है।"

"देखता हूँ।" उधर से हरीश ने अपनी लाइन बढ़ाई- "एक बात और है। यहाँ आपकी भाभी जी को फर्नीचर वाले के यहाँ एक डबल बेड बहुत पसंद आ गया है। थोड़ा मँहगा है। मैं सोच ही रहा था कि कहाँ से जुगाड करूँ कि तब तक आपका फोन आ गया। अब आपसे बेहतर कौन होगा?"

मन ही मन साहब ने सोचा कि आखिर अपनी औकात पर आ ही गया, यह हरामजादा पत्रकार पर ऊपर से वे बोले- "उसकी व्यवस्था मैं कर दूँगा। पर यह न्यूज कल फ्रंट पेज पर होनी चाहिए।"

"पक्की बात है? तो फिर कल अपने किसी चेले को भेजिये।"

"अरे भाई! चीफ का दौरा तो हो जाने दो! दौरे के बीच वे किसी को भी तलब कर सकते हैं। ऐसी हालत में किसे भेजूँ?"

"चीफ का दौरा तो आप परसों से बता रहे हैं। आपका आदमी कल सवेरे आकर शाम तक लौट सकता है।"

साहब के पास जब कोई हथियार नहीं बचा तो निःश्वास भरकर बोले- "ठीक है! कल भेज दूँगा पर यह खबर कल फ्रंट पेज पर जरूर हो ! और भैया, जरा मेरी तारीफ भी बढ़ा-चढ़ा कर छाप देना।"

"आप चिंता मत करिए। इन कामों में तो हमलोग माहिर होते हैं। अच्छा नमस्कार।" कह कर हरीश ने फोन काट दिया।

साहब अपना तुरूप का पत्ता खेल गये थे पर अभी बाहर बैठे गोस्वामी और शायद ऑफिस में बैठे फील्ड अधिकारी को सँभालना बाकी था। उधर गृहमंत्रालय से भी बार-बार संकेत हो रहे थे कि आज वे बहुत ज्यादा ही सरकारी काम में लगे हुए हैं। कुछ देर की मोहलत और लेकर वे बाहर गये जहाँ गोस्वामी बैठा था। अब वहीं फील्ड अधिकारी भी बैठे नजर आ रहे थे जो साहब को देखकर एकदम से हाथ जोड़कर खड़े हो गये।

साहब ने चौंक कर पूछा- "आप कब आये?"

"मैं तो शाम....."

बात काटते हुए साहब बोले- "अरे! अभी की बात कर रहा हूँ।"

"बस तुरंत ही आया हूँ।"

"एक मिनट जरा इधर सुनियेगा" कहते हुए साहब उन्हें बरामदे के दूसरे कोने में ले गये और धीमी आवाज में बोले- "कुछ बातचीत हो गयी है इस पत्रकार से?"

"कुछ नहीं! पर किस मामले में बात करनी थी साहब?"

"कोई नहीं! इस समय बस इतना याद रखिये कि आप लोगों को मैनें टाँगिया से छुड़ाया है। वहाँ जाकर। बाकी बात बाद में होगी।"

"जी साहब!" भ्रमित से फील्ड अधिकारी बोले।

फिर साहब वापस आ गये।

गोस्वामी धूर्तता से बोला- "बड़ी कनबतिया हो रही है साहब की आजकल। मुझसे कोई परेशानी हो तो मैं जाता हूँ। बाद में दोष मत लीजियेगा कि गोस्वामी ने कुछ कहा नहीं।"

"नहीं। नहीं" साहब हड़बड़ा कर बोले- "कोई खास-बात नहीं है।"

''बैठिये!" फिर उन्होनें गजानन को आवाज लगाकर चाय लाने को कहा जो इस बात की पक्की मुहर थी कि अब साहब कम से कम दस-पंद्रह मिनट उन लोगों के साथ जरूर बैठेंगे।

अबके गोस्वामी ने सीधे फील्ड अधिकारी से पूछा- "आप ही के यहाँ टाँगिया वालों ने सबको पकड़ा था।"

"हाँ। "फील्ड अधिकारी ने बहुत संक्षिप्त और उपेक्षित स्वर में जवाब दिया और आसमान में उग रहे तारों को देखने लगे।

साहब ने बात आगे बढ़ाई- "दिन में जब आपसे बात हुई उसी के तुरंत बाद मैं फोर्स लेकर गया। तब कहीं जाकर उन लोगों ने छोड़ा।"

"आपको देखकर सब डर गये होगें।" पत्रकार ने चुटकी उड़ाई।

"डर तो गये ही होंगे। अगर मेरे विभाग से छेड़-छाड़ उन्होनें आगे कभी की तो सालों को तहस-नहस कर दूँगा।" सारी गोटियाँ अपने पक्ष में सेट होते देखकर साहब जोश में आ गये थे।

"और जीप का क्या हुआ?"

"उसे ट्रैक्टर लगाकर निकलवाया गया।" साहब क्रेन कहते-कहते अचानक रूक गये थे और ट्रैक्टर तक ही मान गये थे।

"बड़े ताल में गिराये जाने के बाद तो वह एकदम खराब हो गयी होगी साहब?" पत्रकार ने पूछा।

"हाँ!" साहब ने कहते-कहते फील्ड अधिकारी की ओर देखा।

फील्ड अधिकारी ने कहा- "कुछ खास नहीं। थोड़ा-मोड़ा डेंट पड़ गया है।"

पत्रकार ने सीधे उनकी आँखों में देखते हुए कहा- "वही जीप है न जो ऑफिस पर खड़ी है एकदम सर्विस स्टेशन से आयी मालूम होती है।"

साहब ने मन ही मन उस फील्ड अधिकारी को कोसा जो वही जीप लेकर यहाँ पहुँच गया था। उनकी स्टोरी फिर खतरे में आ गयी थी। माहौल में तनाव भर गया था। अभी वे इसका कोई बढ़िया काट सोच ही रहे थे कि गोस्वामी ने सीधे उनकी तरफ देखकर कहा- "और श्रीमान! मैं जानता हूँ कि आप टाँगिया तक गये ही नहीं थे। आपकी एक जीप कानपुर में थी और दूसरी स्टेडियम में। फोर्स वाले सब इन जीपों में आपके परिवार के साथ थे। साढ़े तीन बजे आपसे मेरी बात हुई है और पाँच बजे ये फील्ड अधिकारी यहाँ आ गये थे। इस दौरान कोई गाड़ी इस कैम्पस से बाहर नहीं निकली।"

अचानक माहौल एकदम से तल्ख हो गया। फील्ड अधिकारी पहले ही बोरियत से भरे चुपचाप बैठे थे। साहब को कुछ सूझ नहीं रहा था।

उनके ऊपर अचानक हुए इस हमले ने उन्हें एकदम सुन्न कर दिया था।

गोस्वामी आगे बोला- "मुझे पता नहीं है कि यह स्टोरी आपने महाखोर चीफ को सुनाने के लिये बनायी है या किसी और वजह से, पर यह पक्का पता है कि यह गलत है और इसे मैं साबित भी कर दूँगा।"

फिर काफी देर तक खामोशी रही। इसी बीच नौकर वहाँ चाय रख गया था।

साहब ने चाय के सहारे ही पुनः बातचीत का सूत्र पकड़ा।

बोले- "चाय लीजिए! आप भी लीजिए।" आखिरी जुमला उन्होंने फील्ड अधिकारी की ओर देखकर कहा फिर खुद एक कप उठाते हुए गोस्वामी से बोले- "आपको किसने बताया कि यहाँ से मैं गया ही नहीं था?"

गोस्वामी ने चाय की ओर देखा तक नहीं। बड़े साहब के इतने महत्वपूर्ण प्रश्न का सही जवाब देकर इस ऑफिस में अपने भेदिये से सदा के लिये हाथ धो लेने का उसका इरादा भी नहीं था। इसलिए उसने झूठ बोला- "किसी के बताने या न बताने का प्रश्न ही नहीं है। मैं खुद यहीं बाहर चाय की दुकान पर मौजूद था।"

"इतनी जासूसी सिर्फ मेरे लिये? ठीक है! आप नहीं मान रहे तो मैं नहीं गया था। लेकिन मुझसे नाराजगी क्या है?" साहब ने हथियार डाल दिये थे।

"इसमें नाराजगी की क्या बात है? आप सीधा झूठ बोल रहे हैं और मैं उसे नहीं

मान रहा हूँ। मेरा अखबार उसे नहीं मान रहा है। हम तो सच का ही साथ देंगे।"

"आप बिल्कुल सच का साथ दीजिए। पर सच यही है कि मैं गया था। ठीक है मेरी गाड़ियाँ नहीं थीं पर मैं गुप्ता ठेकेदार की गाड़ी से गया था।"

पत्रकार हँसा। बोला- "वह तो कैम्पस से बाहर केवल डीजल भराने के लिये ही निकली थी और तुरंत वापस आ गयी थी। गुप्ता भी अपनी गाड़ी छूटने के इंतजार में अभी बैठा ही हुआ है और गाड़ी यहाँ सामने खड़ी है।"

कहते-कहते वह बड़े सहज भाव से हँसता हुआ उठा और बोला - "मैं चल रहा हूँ श्रीमान। अपने झूठ और टाँगिया की खबर कल अखबार में पढ़ लीजियेगा।"

और वह सही में चला गया। बड़े साहब को उसे रोकने का उपाय नहीं सूझा तो उन्होंने फील्ड अधिकारी को कहा- "उसे रोको! उसे सही करो। किसी भी कीमत पर। किसी भी कीमत पर।"

फील्ड अधिकारी ने चाय का कप बिना एक भी घूँट चाय पिये वापस टेबिल पर रख दिया और उठकर बड़े बोरियत भरे कदमों से अनिच्छापूर्वक धीरे-धीरे पत्रकार के पीछे गये। साहब काफी देर वहीं बैठे रहे फिर थके क़दमों से भीतर गये जहाँ 'नील दुलारे' की ममतामयी माँ उसके नाखून पर चोट लग जाने के कारण हैरान परेशान थीं और उसे "चाइल्ड स्पेशलिस्ट" के यहाँ ले जाने के लिये साहब का इंतजार कर रही थीं। किसी तरह उन्हें समझा-बुझाकर और उसकी चोट पर दवा लगाकर साहब ने उन्हें रोका और इंतजार करते रहे। वे उस नामुराद घड़ी को कोस भी रहे थे जब उन्हें इस 'वीर गाथा' का आइडिया आया था। न होता यह सब कुछ। तो क्या हो जाता? कुछ नहीं। जरा सी अपनी तारीफ अखबार में छपवाने के चक्कर में पड़ कर उन्होंने यह गजब की मुसीबत मोल ले लिया था। चटपटी न्यूज की तलाश में पुलिस के थानों और राजस्व विभाग के अधिकारियों के यहाँ चप्पलें घिसते ये टटपुँजिये पत्रकार उनके जैसे बड़े साहब को इस हाल में ला देंगे, यह उन्होंने कभी सोचा ही नहीं था। पहली बार उन्हें लग रहा था कि एक-एक मिनट एक घंटे के बराबर कैसे बीतता है।

आधे घंटे बाद दोनों लोग फिर हाजिर हुए।

फील्ड अधिकारी ने बताया- "ये पचास हजार माँग रहे थे। कहते-सुनते चालीस पर तैयार हुए हैं।"

इतनी देर के आत्म-मंथन ने साहब को हिम्मती बना दिया था। उन्होंने सीधे पत्रकार से कहा- "देखो गोस्वामी! यहाँ के लोग तो मुझे अच्छी तरह जानते ही हैं। वे सभी जानते हैं कि मैं टाँगिया में नहीं गया था। चीफ भी ये बात जान लेंगे तो मेरे ऊपर कोई फर्क नहीं पड़ेगा। मैं जो हूँ वही रहूँगा। इसलिए जो भी बात होनी

है वह ढंग से होनी चाहिए। इस स्टोरी को सपोर्ट करने के लिये मैं पच्चीस हजार से अधिक नहीं जाऊँगा।"

"और आपकी सरकारी गाड़ी कानपुर जाने की स्टोरी का क्या होगा?" उसने अभी भी अपनी लाइन छोड़ी नहीं थी।

"उसकी क्या स्टोरी है? सरकार हर महीने वेतन से चार सौ रुपया गाड़ी के 'पर्सनल यूज' के लिये काटती है। सो गाड़ी कहीं भी जा सकती है।"

पत्रकार इस बार थोड़ा आहत तो हुआ पर वह जिद छोड़ने को तैयार नहीं था। उसने कहा- "ठीक है। पच्चीस हजार मुझे मंजूर नहीं है। आप अखबार ही पढ़ियेगा।"

"अधिक से अधिक मैं तीस दे सकता हूँ।"

गोस्वामी ने कुछ देर सोचा फिर बोला- "ठीक है! अभी दिलवाइये।"

"अभी कहाँ से मिलेगा। कल जब बैंक खुलेगा तभी चेक कैश होगा।" फील्ड अधिकारी बोले।

इस गतिरोध को दूर करते हुए साहब ने कहा- "मैंने आज ही मुख्यालय वाले फील्ड अधिकारी को चेक दिया है। उनसे कहिए कि तीस हजार दे दें। दिलवाकर मेरे पास आइये। और जरा ऑफिस से स्टोर कीपर को भेजियेगा।"

फिर उन्होंने पत्रकार से पूछा- "अब तो बता दो कि किसने वह सब खबर दी है।"

गोस्वामी मुस्कराया और फील्ड अधिकारी के साथ चला गया। थका-थका महसूस करते साहब ने ड्राइवर से गुप्ता की गाड़ी वापस ले जाने को कहा।

उस रात जब बड़े साहब अपने गुदगुदे बिस्तर पर लेटे तो उनके मन में हिसाब-किताब उमड़ रहे थे।

तीस हजार गोस्वामी को और चालिस-पचास हजार तो राजधानी में हरीश का डबल बेड खरीदने में चला जायेगा। इसमें कुछ फील्ड अधिकारी भी गोता मार लेंगे। इस तरह अस्सी हजार तो खर्च हो ही रहे हैं। खबर भी पता नहीं छपेगी या नहीं?

लेकिन खबर छपी। अगले दिन लोगो ने फ्रंट पेज पर ही बड़े साहब की वीरगाथा पढ़ी। कुछ लोग हँसे, कुछ नाराज हुए, कुछ ने इसे कोई खास महत्व नहीं दिया पर किसी को भी यह नहीं मालूम था कि इस खबर को छपवाने में सरकार के अस्सी हजार और अगर टूटे हुए कॉर्डलेस फोन को भी इसी में माने तो नब्बे हजार रुपये खर्च हुए थे जो साहब के ऐश आराम वाले खर्चो की तरह ही गरीब जनता के खून-पसीने से ही आये थे।

लोकल चीफ

प्रोफेसर टाइप लोकल चीफ अभी हाल ही में प्रमोशन पाकर चीफों में शुमार हुए थे और यह उनकी पहली ही पोस्टिंग थी। इसीलिए जहाँ उनसे जूनियर लोग दो साल पहले ही चीफ होकर अब तक चीफों वाले चाल पैंतरों में माहिर हो चुके थे, वहीं लोकल चीफ अपने सुपरसीड होने के गम तथा खराब पोस्टिंग के कारण पिछले दो वर्षों में केवल कुंठायें ही पालते रहे थे। ये कुंठायें उन्हें प्रायः भीतर ही भीतर नोचती-कचोटती थी और वे अपने मातहतों पर इन्हें निकालते रहने के कारण 'सैडिस्ट' कहे जाने लगे थे, हालाँकि देर सवेर लोग उन्हें हड़का कर या जोर दबाव देकर अपना काम करा ही लेते थे क्योंकि ताजा-ताजा चीफ हुए होने के कारण अभी उनके भीतर 'चीफीय कल्चर' पूरी तरह विकसित नहीं हो पायी थी। मानसिक रूप से वे अभी अपने पुराने ही पद पर थे और अब अपने समकक्ष हो गये अपने व अन्य विभागों के अधिकारियों से भी वे पहले ही की तरह डरते थे। 'महाखोर चीफ' के दौरे के प्रोग्राम ने उनकी जान बड़े साहब से ज्यादा ही सुखायी क्योंकि उनका कार्यक्षेत्र बड़ा था और काम-धाम राम भरोसे ही था। उनकी एक मुश्किल यह भी थी कि सबसे बड़े अफसर होने के कारण यहाँ उनकी कोई ऐसी कंपनी भी नहीं थी जहाँ वे अपने तनाव बाँट सकते। ले-देकर वे अपने स्टेनो से ही थोड़ा फ्री होकर बात कर पाते थे। आज भी उन्हें उसी की याद आयी। चौबीसों घंटे उनकी सेवा में समर्पित 'स्टेनो बाबू' हाजिर हो गये।

"ये देखिए।" चीफ साहब ने कागज बढ़ाया।

पुराने बाबुओं की खास अदा से स्टेनो बाबू ने झुक कर दोनो हाथों से कागज पकड़ने में नाक पर सरक आये चश्मे को पुनः आँखों पर सरकाते हुए कागज की ओर देखा। कागज पर नजर पड़ते ही उनका चश्मा नाक पर और नीचे सरक आया। हड़बड़ाये हुए वे बड़े ही अविश्वसनीय स्वर में बुदबुदाये- "महाखोर चीफ?" एक नजर चीफ साहब के सफेद पड़े चेहरे पर डालते हुए उन्होंने जल्दी-जल्दी कागज पढ़ा फिर और अधिक हड़बडाते हुए बोले- "उनका दौरा! वो भी कल ही!"

"हाँ ! अब क्या होगा?" चीफ बोले।

"अब क्या होगा?" स्टेनो बोले।

फिर दो मिनट का मौन रखा गया।

स्टेनो बाबू कुछ ही क्षणों में अपने पैरों पर अपने शरीर का भार साधने में खुद को असमर्थ पाने लगे अतः पहले तो उन्होंने अपने बगल में रखी कुर्सी की पुश्त पकड़ी फिर इस कार्यालय के इतिहास में पहली बार वे चीफ साहब के कहे बिना

कुर्सी पर बैठ गये। चीफ साहब के अत्यन्त ही नजदीकी बाबू होने के कारण उन्होंने जो दंद-फंद फैला रखा था उसी में फँस जाने के भय से वे कुछ बोल भी नहीं पा रहे थे।

चीफ ने कहा- "पिछले महीने पश्चिमी क्षेत्र के दौरे में उन्होंने ग्यारह अधिकारियों को सस्पेंड किया।"

"उनमें से एक वहाँ के चीफ का स्टेनो भी था।" स्टेनो बाबू बोले।

"चीफ को ही कहाँ छोड़ दिया? शासन से जवाब-तलबी करवा कर 'एडवर्स' ठोंक दिया। बेचारे राजधानी में अटैच पड़े हैं।" चीफ ने कहा।

अपनी-अपनी चिंता में मग्न दोनों ही लोग कुछ देर, कुछ नहीं बोले।

फिर चीफ साहब बड़बडाये - "यहाँ वाला बड़ा साहब मरवायेगा। कितना कहता हूँ कि काम-धाम थोड़ा ठीक करा लो पर सुनता ही नहीं। अपने तो थैली भेंट करके फिर बच जायेगा पर और लोगों का क्या होगा?"

"बड़ी गंदगी है यहाँ साहब !" अपने गंदगियों को सरासर नजर-अंदाज करते हुए स्टेनो ने कहा।

चीफ साहब की सरकारी हवेली के सामने वाले लान में बने गोलम्बर में रंगीन छतरी के नीचे बैठे दोनों व्यक्तियों को प्रातःकाल की ठंडी हवा ने गुदगुदाने की कोशिश की पर कुछ नहीं हुआ। वहाँ लगे रंग-बिरंगे और खुशबूदार फूलों ने अपनी सुंदरता और खुशबू से उन्हें ताजादम करने की कोशिश की पर कुछ नहीं हुआ। कल का पूरा दिन अपने 'सढुवान' में बिताने के बाद चाय के साथ 'डाक निबटाने' का रसास्वादन करने के लिये वे डाक पैड रखवा कर बैठे ही थे कि एक कागज ने उनका सारा सौंदर्य बोध ही चौपट कर दिया। रही बात स्टेनो बाबू की, तो उनका ध्यान तो अपने चश्मे पर भी नहीं था जो नाक पर बहुत अधिक सरक कर उनके नथुनों पर दवाब डाल रहा था, जिसके कारण साँस बाधित होने पर वे अपना मुँह खोलकर उससे साँस ले रहे थे।

जैसे किसी अचानक वार से चित्त हुआ आदमी फिर धीरे-धीरे खुद पर काबू पाकर खड़ा होता है उसी प्रकार चीफ साहब पहले संभले। उन्होंने कहा- "समय कम है। हमें तैयारियाँ तो करनी ही है। इस एरिया के सभी बड़े साहबों को फोन करके कह दीजिए कि वे अपने यहाँ दौरे की तैयारी करके शाम को हमें फोन पर बतायें और कल यहाँ पहुँच जायें।

स्टेनो को झटका थोड़ा देर में मिला था अतः अभी वे संभलने की प्रक्रिया से गुजर ही रहे थे। बड़ी ही निराशा से बोले- "उनके दौरे की तैयारी कोई क्या कर लेगा?"

चीफ साहब दर्शन शास्त्र में घुस गये- "अरे भाई! जो अपने बस में है वह किया जाये। आगे ऊपर वाले की मर्जी।"

'ऊपर वाले की मर्जी' वाला जुमला साहब को बड़ा शान्तिदायी और तनाव कम करने वाला लगा। अनायास ही मुँह से निकले इस जुमले ने उन्हें अभिभूत कर लिया। बड़ी आशा के साथ उन्होंने ऊपर रंगीन छतरी के परे नीले आसमान की ओर देखा जहाँ ऊँचे उड़ती दो सफेद चिड़ियाँओं ने उन्हें एक अलौकिक स्वतंत्रता का एहसास कराया और साथ ही अपने बँधनों और बेबसी का भी। उन्हें चिड़ियों से ईर्ष्या हुयी।

प्रायः स्नान के बाद एक अगरबत्ती जलाकर या केवल फोटो के आगे हाथ जोड़कर पूजा की रस्म निबटा देने वाले चीफ साहब के बीबी-बच्चे आज उनकी लम्बी पूजा से हैरान-परेशान थे। उनकी बीबी कई बार नाश्ते की मेज पर क्रॉकरी खनखना चुकी थीं, कई बार इधर से उधर करते हुए पूजा घर के सामने से गुजर चुकी थीं और कई बार अपने बच्चों से 'पापा को बुलाओ' वाला मंत्र भी बोल चुकी थीं पर पापा को महाखोर चीफ की जो काट 'ऊपर वाले' में नजर आयी थी उसे पक्का करने के लिये वे बड़ी ही भक्ति-भावना से उसे पूजा रूपी रिश्वत पिलाये जा रहे थे हालाँकि जब भी वे आँखें बंद करके 'ऊपर वाले' का ध्यान करना चाहते उनकी कल्पना में महाखोर चीफ और उनके संभावित खतरे ही नजर आते थे।

उनकी यह लम्बी पूजा बाहर से आने वाले फोन की लम्बी घंटी की आवाज से बाधित हुयी। पता नहीं क्यों इम्पोर्टेड फोन की मधुर घंटी की आवाज हमेशा उनके दिल पर चोट करती थी। उन्हें लगता था कि सरकारी फोन की यह घंटी हर बार उनके लिये कोई न कोई समस्या लेकर आती थी जिसे सुलझाने की अपनी क्षमता पर उन्हें कभी बहुत भरोसा नहीं रहा। बाहर से आने वाले फोन तो और भी खतरनाक लगते थे। इस घंटी से विचलित वे एक प्रगाढ़ नमस्कार के साथ 'ऊपर वाले' से विदा लेकर उठे और बाहर आने पर उन्होंने सदा की तरह फोन की घंटी से आकर्षित होकर पहले फोन उठाने के लिये दौड़कर, फोन उठाते हुए अपने छोटे बेटे को देखा। दौड़कर एकाध सामान गिराते हुए या तेजी से बिस्तर पर कूद कर उसे पार करते हुए हर फोन को उठाने की उसकी प्रवृति पर उन्हें कई बार खीझ और झुंझलाहट होती थी पर अपनी गरिमा बनाये रखने के लिये वे ज्यादा कुछ बोलते नहीं थे। आज भी उसे दौड़कर फोन उठाते देखकर उन्होंने सहज भाव से नाश्ते की टेबिल पर आने का नाटक किया पर उनके कान फोन की ओर ही लगे थे, जहाँ वह "हैलो, हैलो कौन?" और फिर माथे पर बल डालकर "कौन चीफ?" पूछ रहा था।

आतंकित से चीफ साहब तेजी से उठे और उनकी ठोकर से नाश्ते की मेज पर छलक गये चाय और पानी की परवाह किये बगैर वे फोन की तरफ झपटे जहाँ उनके

पुत्र अभी जवाब सवाल कर ही रहे थे। एक झटके के साथ उससे फोन छीनते तथा उसे एक तरफ ढकेलते हुए उन्होंने फोन पर कहा- "हाँ सर नमस्कार! मैं लोकल चीफ बोल रहा हूँ सर!"

"नमस्कार! नमस्कार! कहाँ गायब हैं भाई?" उधर से बेतकल्लुफाना आवाज आयी।

यह आवाज महाखोर चीफ की तो कतई नहीं थी। उनके चेहरे का तनाव तथा पैरों की कंपकंपी कुछ थम गयी। बोलने वाले को पहचानने का प्रयास करते हुए उन्होंने कहा- "कहीं तो नहीं। यहीं तो हूँ।" आवाज न पहचान पाने पर उन्हें अपने बेटे पर बहुत क्रोध आ रहा था। कमबख्त हर फोन दौड़ कर उठाता है और इतनी भी तमीज अभी नहीं आयी है कि फोन करने वाले का नाम ही पूछ ले।

उधर से कहा गया- "भाई! कल से तुम्हें फोन कर रहा हूँ। पता लग रहा है कि साहब दौरे पर गये हैं। तुम्हारे 'बड़े साहब' के यहाँ फोन कर रहा हूँ तो कोई कह रहा है कि टाँगिया में गये हैं और कोई कह रहा है कि बाथरूम में हैं। क्या हो रहा है भाई?"

इतना तो चीफ साहब जान ही गये कि कोई समकक्ष सीनियर चीफ ही हैं। बोले- "हाँ! कल जरा फील्ड में चला गया था।"

"महाखोर चीफ का प्रोग्राम कन्फर्म हुआ?"

"अभी तो प्रोग्राम आया ही है।"

"अरे तो टेलीफोन करके कन्फर्म कर लो न? यह भी जरा पूछ लेना कि उधर ही रहेंगे या इधर मेरे यहाँ भी फैलेंगे?" अब चीफ साहब बोलने वाले को पहचान गये। यह उनके बगल के क्षेत्रों के लोकल चीफ थे। विभागीय एक्सपैंशन की प्रक्रिया ने यह हालत कर दी थी कि जहाँ पहले पूरे प्रदेश में तीन चीफ होते थे वहाँ अब बावन होने लगे थे। कहीं-कहीं तो एक ही जिले में दो-दो चीफ थे। इस तरह साहबों का प्रमोशन होकर भले ही उन्हें चीफ नाम मिल गया था पर उनकी औकात पहले के छोटे साहबों से भी कम रह गयी थी। एक-दूसरे को पहचानना ओर याद रख पाना मुश्किल हो गया था।

इस बार उन्होंने चहक कर कहा- "हाँ! कन्फर्म कर लूँगा। वैसे पक्का ही जानिये। यहाँ तक आयेंगे तो एक चक्कर आपकी ओर भी लगेगा ही।" अपनी चिंता को उन्होंने छूत की बीमारी की तरह पड़ोस में भी फैलाने की कोशिश की।

उधर के चीफ पर क्या प्रतिक्रिया हुयी यह पता नहीं चला पर उधर से सामान्य आवाज ही आयी- "तो जरा इधर भी बता देना भाई।"

"जरूर! और क्या हाल-चाल है?"

"यहाँ तो सब कुछ वैसे ही है। पर तुम्हारे यहाँ वाले बड़े साहब को तो 'राजधानी टाइम्स' ने हीरो बना दिया है। वो चुडुक ये सब कैसे कर गया? या केवल हवाई ही है?"

"क्या कर दिया है? मुझे तो मालूम ही नहीं!"

"सवेरे अखबार नहीं देखा क्या?"

"नहीं आज नहीं देख पाया।"

"भाई वाह! चिराग तले ही अँधेरा। तुम्हारे क्षेत्र का नाम राजधानी तक गूँज रहा है। टाँगिया वालों को ऐसी करारी मात तो आज तक सुनी ही नहीं गयी।"

"अभी देखता हूँ अखबार! क्या कर दिया इसने?"

"अच्छा फिर!" कह कर उधर से फोन रखा गया। लोकल चीफ आश्चर्य में थे। केवल एक दिन वे अपने सढ्वान क्या गये, यहाँ पर पता नहीं क्या-क्या हो गया। आज अखबार न पढ़ने की झल्लाहट भी हुई। उनके अपने यहाँ की महत्वपूर्ण खबरें बाहर से सुनने को मिल रही है। यह झल्लाहट फिर वहाँ के बड़े-छोटे साहबों की ओर मुड़ गयी। इन कमबख्तों को इतना शिष्टाचार भी नहीं है कि उन्हें यह सब बता पाते। यहाँ तो महाखोर चीफ के प्रोग्राम के लिये तैयारियों को डिस्कस करने भी अभी तक कोई नहीं आया था। उन्हें लगने लगा कि यहाँ सबने उन्हें भंगी बनाकर रख दिया था।

भीतर उठ रही गुस्से की लहर को कंट्रोल करते तथा बेमन से नाश्ते की रस्म निबटाते हुए उन्होंने बड़े ही अविश्वास से अखबार में छपी खबर पढ़ी। पूरे खबर की उन पर पहली प्रतिक्रिया यह हुई कि जिस जुगाड़ से यह खबर छपवाई गयी थी उसी जुगाड़ से अगर उनका भी थोड़ा जिक्र खबर में आ गया होता तो वे बड़े साहब की पिछली सब गलतियों को माफ कर देते। लेकिन अब! जरा यह चीफ का दौरा निबट जाय तो वे पहला काम इस बड़े साहब को ठीक करने का करेंगे। उन्हें अपनी उदारता और दयालुता पर क्रोध भी बहुत आ रहा था। पिछले ही साल वे इसको 'एडवर्स एन्ट्री' देने जा रहे थे लेकिन स्टेनो द्वारा एन्ट्री के कागजात सही करके उनके सामने लगाने के एक दिन पहले ही यह कमबख्त पता नहीं कैसे शहद में घुली जुबान और तीस हजार रुपये से भरा लिफाफा उनकी सेवा में हाजिर करते हुए उनका सदा ताबेदार रहने के इतने वादेकर गया कि उनकी उदारता जाग गयी और एडवर्स के बजाय वे 'आउटस्टैण्डिंग' कर गये।

मशीनी ढंग से तैयार होकर पत्नी के बाजार की फरमाइशों को झिड़कते हुए उन्हें अकेले बाजार जाने को कहकर लोकल चीफ रोज की आदत की तरह ठीक दस बजे दफ्तर पहुँच गये और रोज की तरह ही हाजिरी रजिस्टर मँगवा कर उसके

खाली खानों में लाल कलम से बड़ा-बड़ा 'ए' गोदते हुए उन्होंने उस पर 'चेक्ड' लिखकर चिड़ियाँ बैठायी तथा काम आगे शुरू किया। घर पर छूट गयी डाक को उन्होंने यहाँ निबटाया फिर स्टेनो को बुलाकर कुछ मंत्र देने के बाद वे खाली हुए। इसी समय उनके दर्शनों का इंतजार कर रहे मुलाकातियों को भी उन्होनें घंटी बजा-बजाकर बारी-बारी बुलाया तथा आश्वासन रूपी घुट्टी पिलाकर उन्हें निबटाते रहे। साथ ही उनका दिमाग भी तेजी से काम कर रहा था। टाँगिया वाले किस्से की सच्चाई जानने के लिये उन्हें 'छोटे साहब' सबसे ठीक आदमी लगे जो बड़े साहब से सदा खार खाये रहने के कारण तथा बड़े साहब द्वारा की गयी खिलाफ कार्यवाहियों के खिलाफ उनकी मदद की उम्मीद में उनके सामने सच्ची तस्वीर रख सकते थे।

उन्होंने छोटे साहब को याद किया। पता चला कि वे वनकटी रेस्ट हाउस में महाखोर चीफ की व्यवस्था देखने के लिये गये हुए थे। उन्होंने बड़े साहब को याद किया। पता चला कि वे अभी आये नहीं थे और वे घर पर भी नहीं थे।

बड़ी देर तक ऑफिस के उस कमरे में महाखोर चीफ के प्रोग्राम रूपी दहशत तथा उस रोज अनुपस्थित लगाये कर्मचारियों की गिड़गिड़ाहट के साथ लोकल चीफ अकेले बैठे रहे। उन्हें समझ में नहीं आ रहा था कि वो क्या करें। सदा साथ देने वाला स्टेनो भी आज बड़ा गंभीर और उखड़ा-उखड़ा दिख रहा था। अपना गुस्सा उतारने के लिये उनके पास अपने ऑफिस के थर्ड और फोर्थ क्लास कर्मचारियों के अलावा और कोई था नहीं इसलिए उस रोज प्रातः दस बजे जिन कर्मचारियों के नाम के आगे उन्होंने 'ए' गोदा था उन्हें बहुत बुरी तरह डाँटते-झिड़कते हुए उनकी एक दिन की तनख्वाह काटने का आदेश जारी किया। दोपहर तक जलते-सुलगते जब उन्होंने लंच के लिये उठने का इरादा बनाया तभी भोलेपन सच्चाई और अनुशासन की प्रतिमूर्ति बने बड़े साहब ने कमरे में प्रवेश किया और एक प्रगाढ़ अभिवादन उनकी ओर भेजा।

लोकल चीफ उन्हें देखते ही रह गये। अपने गुस्से और उनके पाखण्ड की मिश्रित प्रतिक्रिया ने उनकी ज़ुबान से कुछ निकलने ही नहीं दिया। बड़े साहब उनके सामने वाली कुर्सी पर बैठते हुए बड़ी मधुर मलाई वाली आवाज में बोले- "चीफ साहब की सारी व्यवस्था ठीक करके आ रहा हूँ सर।"

आँखों से झलकती नाराजगी के साथ उन्होंने पूछा- "क्या व्यवस्था?"

"रेस्ट हाउस को उनके हिसाब से साफ-सुथरा करा दिया है। सभी सूचनाएँ तैयार हो गयी है। उन्हें कम्प्यूटर से टाइप कराने भेजा है।"

"तब तो अच्छा है। आपलोग खुद ही बहुत काबिल है। मेरी कोई जरूरत ही नहीं है।"

"ऐसी बात नहीं है सर! कुछ काम कर लेते तभी तो आपके पास आते? आपकी राय, आपके निर्देशन के बिना तो कुछ हो ही नहीं सकता। यह तो संकट की घड़ी है सर!"

"छोड़िये फालतू बातें! इतना जरूरी मेरी राय थी तो मुझे कुछ बताया क्यों नहीं गया? और यह टाँगिया वाला क्या मामला है?"

बड़े साहब ने विनम्रता की मूर्ति बनते हुए कहा- "वो कुछ नहीं सर! अखबार वालों की शरारत है।"

"हुआ क्या था?"

"वही टाँगिया वालों की बदमाशी थी। मेरे पहुँचने पर हम लोगों का कड़ा रूख देखकर उन्होंने सारे स्टाफ को छोड़ दिया। उनकी अकल भी ठिकाने आ गयी है।"

चीफ साहब ने बड़े ही अविश्वास से बड़े साहब को देखा। उसकी कोई परवाह किये बगैर बड़े साहब उसी प्रकार कहते रहे- "एक और बात भी कहना चाहता हूँ सर! छोटे साहब ने इस घटना पर जो काम किया है वह बड़ा ही शर्मनाक है। एक तो वे आदेशों के बावजूद भी टाँगिया तक नहीं गये और जब उनके खिलाफ कार्यवाही की बात कही जाती है तो बाहरी लोगों से भी उल-जलूल बातें कह रहे हैं। इतनी अनुशासनहीनता तो बर्दाश्त नहीं की जानी चाहिए सर!"

बड़े साहब ने इस कमेंट के साथ छोटे साहब की तरफ से होने वाले खतरे को दूर कर दिया।

लोकल चीफ पर महाखोर चीफ के दौरे का भूत अधिक सवार था। बोले- "पहले चीफ साहब का दौरा तो मेल-जोल से निपटा लीजिए! वैसे आपके छोटे साहब हैं कहाँ?"

"चीफ साहब को दिखाने के लिये रोड साइड पर हुए कुछ अच्छे कामों की लिस्ट बनायी थी। उन्हीं को एक बार देखकर ठीक-ठाक कराने भेजा है।"

"चीफ साहब केवल रोड साइड ही देखेंगे?"

"अब बहुत अधिक इन्टीरियर में तो जा नहीं पायेंगे। वहाँ तो पाँच-दस किलोमीटर पैदल चलना होगा।"

"ठीक है।" अचानक लोकल चीफ को बगल के क्षेत्र के लोकल चीफ के फोन की याद आयी। उन्होंने पूछा- "महाखोर चीफ का प्रोग्राम उनके ऑफिस से कन्फर्म किया या नहीं?"

"वो तो अभी नहीं हुआ सर! एक घंटा पहले फोन किया था पर चीफ साहब थे नहीं।" बड़े साहब ने सफेद झूठ बोला।

"इसे फिर कर लीजियेगा। हमलोग चार बजे फिर प्रोग्राम डिस्कस करने

बैठेंगे।” कहते हुए वे लंच के लिये उठ गये।

लेकिल चार बजे से यह बैठक नहीं हो पायी।

तीन बजे ही ऑफिस कैम्पस में हलचल मच गयी। पहले वहाँ ताजा कटे सागौन की लकड़ियों से लदे एक ट्रक ने प्रवेश किया जिस पर दो पुलिस वाले भी सवार थे। पीछे-पीछे पुलिसियों से लदी एक जीप आयी। ऑफिस में कोई भी साहब मौजूद नहीं थे अतः उन लोगों ने बाबू वर्ग से सम्पर्क किया। बाबू वर्ग ने अर्दली वर्ग से सम्पर्क किया। अर्दली वर्ग ने अपने-अपने साहबों को तलाश करके यह सूचना पहुँचायी कि बार्डर पुलिस के डी0आई0जी0 ने गश्त के दौरान यह ताजा लकड़ियों से लदी ट्रक पकड़ी है और प्रारंभिक जाँच से यह पता चला है कि वहाँ के फील्ड अधिकारी ने यह लकड़ी कटवा कर एक मशहूर ठेकेदार की आरा-मशीन पर भेजा है। ट्रक के साथ लकड़ी से सम्बन्धित कोई कागज-पत्तर नहीं था। इस मामले में तुरंत विभागीय कार्यवाही होनी थी।

पुलिस की गाड़ी के दस मिनट पीछे-पीछे पत्रकार भी मामले को सूँघते-सूँघते पहुँच गये।

मामले की नजाकत को समझते हुए लोकल चीफ और बड़े साहब साढ़े तीन बजे चीफ के कमरे में आ बैठे और बार्डर पुलिस के उप-कप्तान उनके सामने पेश हुए।

उन्होंने कहा- “हमारे पास ड्राइवर का हल्फिया बयान है कि यह लकड़ी जंगल से कटवा कर वहीं ट्रक पर लादी गयी। वहाँ के कर्मचारी मौके पर मौजूद थे। हमने फील्ड में भी पूछताछ की। वहाँ बताया गया कि फील्ड अधिकारी के कहने से ही दस पेड़ काटे गये। पाँच पेड़ों की लकड़ी वहीं ऑफिस पर रखी गयी तथा शेष पाँच पेड़ ट्रक पर लदवाये गये। फील्ड अधिकारी वहाँ मौजूद नहीं थे अतः उनका बयान नहीं हो पाया है। वह यहाँ आपके ऑफिस में मौजूद हैं। आप उनसे पूछताछ कर सकते हैं। इस मामले की रिपोर्ट मुझे पाँच बजे तक डी0 आई0 जी0 साहब को दे देनी है।”

ट्रक के ड्राइवर को बुलाया गया। उसने इन बातों की तस्दीक की। चीफ साहब ने फील्ड अधिकारी को तलब किया।

बड़े साहब का चेहरा पता नहीं क्यों काला पड़ गया था। उन्होंने खोखली सी आवाज में कहा- “यह हमारा विभागीय मामला है और इसे गोपनीय होना चाहिए। मैं कप्तान साहब से रिक्वेस्ट करूँगा कि आप मेरे कमरे में बैठ जाइये। हम जाँच पूरी करके आपको बताते हैं।”

लोकल चीफ भड़के - “इसमें क्या गोपनीयता है? यह खुली जाँच है। सबको

सफाई का पूरा मौका है।"

"फिर भी सर! हमारी प्रक्रिया......."

उपकप्तान ने बड़े साहब की बातबीच में ही काटते हुए कहा, "मुझे भी आपके विभागीय जाँच की प्रक्रिया से कुछ लेना-देना नहीं है। लेकिन यह अनुरोध है कि इसे सालों-साल चलने वाली लम्बी कागजी जाँच मत बनाइयेगा। डी0 आई0 जी0 पाँच बजे के बाद शासन को इसकी रिपोर्ट कर देंगे।"

यह कहते हुए वे उठे और कमरे से बाहर हो गये।

अर्दली ने लौटकर बताया कि फील्ड अधिकारी बाहर नहीं हैं। शायद चाय पीने गये हैं। उन्हें खोजा जा रहा है।

बड़े साहब का तना हुआ चेहरा थोड़ा ढीला पड़ा। वे भी चीफ साहब से "दस मिनट में आता हूँ।" कह कर उठे और कमरे के बाहर हो गये। कमरे के बाहर लगी बेंचों पर बैठे वर्दीधारी चतुर्थ श्रेणी के कर्मचारियों के तुरंत बेंच छोड़कर खड़े होने और सलाम मारने को अनदेखा करते हुए उनकी आँखें कुछ और ही तलाश रही थीं हालाँकि इस तलाश में उनकी साहबी चाल में कोई फर्क नहीं आया था। गलियारा पार करते-करते उनकी तलाश सफल हुयी। उनका विश्वासपात्र अर्दली डिटेक्टिव फिल्मों की तरह कहीं से प्रकट होकर उनके पीछे-पीछे चलने लगा। इसी चाल के दौरान ही वह बुदबुदाया- "फील्ड अधिकारी बंगले पर हैं, साहब! आपसे मिलना चाह रहे हैं।"

बिना इधर-उधर देखे बिना चेहरे पर कोई भाव लाये बड़े साहब गलियारे के सिरे पर लगी जिप्सी में बैठ गये। ड्राइवर ने गाड़ी स्टार्ट की। अर्दली कूद कर पीछे बैठ गया। गलियारे में धुआँ भरती गुर्राती गाड़ी वहाँ से सरक गयी।

बंगले पर पहुँचे साहब को फील्ड अधिकारी कहीं नहीं दिखे। वे कैम्प कार्यालय के नाम से सुशोभित कमरे के अंदर जा बैठे। अर्दली को इशारा ही काफी था। पता नहीं कहाँ से एक मिनट के अंदर वह फील्ड अधिकारी को खोज लाया। साहब ने फील्ड अधिकारी को गहरी खोजी निगाहों से देखते हुए कहा- "क्या हुआ?"

फील्ड अधिकारी ने आँखें चुराते हुए हाथ बाँधकर कहा- "समझ में नहीं आ रहा है साहब! ये बार्डर पुलिस कहाँ से पहुँच गयी?"

"ये तो पहुँच गयी पर ये मामला क्या है? जरा जल्दी बताइये! टाइम नहीं है मेरे पास!"

"साहब! ये वही पाँच पेड़ों वाला मामला है जो आपने कल शाम कटवाकर टाँगिया से बरामदगी दिखाने के लिये कहा था जिससे अखबार में छपी स्टोरी का प्रमाण भी रहे।"

"मैनें तो पाँच ही कहा था और वो भी फील्ड ऑफिस कैम्पस में ही रखवाने थे। वहीं हाई टेक नर्सरी भी है। महाखोर चीफ को हाईटेक नर्सरी दिखाते हुए ये बरामदगी भी दिखायी जाती तो यहाँ का कितना अच्छा इम्प्रेशन पड़ता। फिर ये दस पेड़ कैसे हो गये? और यह वहाँ से बीस किलोमीटर दूर ट्रक में कैसे पहुँचे?"

"मुझे भी आश्चर्य है साहब! मैंने तो गार्ड को पाँच ही पेड़ कटवाने को कहा था।"

अबके बड़े साहब ने फील्ड अधिकारी को घूरते हुए कहा- "गार्ड की अब इतनी हिम्मत हो गयी है कि आपकी बात नहीं मानता। फिर आपका कंट्रोल क्या रहा? अगर आप सच नहीं बोलेंगे तो सीधी सी बात है मैं आपको बचा नहीं पाऊँगा। पुलिस वाले आपको गिरफ्तार करके ले जायेंगे, फिर आप जानिये और आप का काम।"

"नहीं साहब! "फील्ड अधिकारी गिड़गिड़ाये - "मुझे बचा लिया जाय। मैं सच कह रहा हूँ यह गार्ड की बदमाशी है।"

साहब ने सीधे फील्ड अधिकारी की आँखों में देखा। फील्ड अधिकारी ने निगाहें झुका लीं। दबे स्वर में धीरे से बोले- "पाँच पेड़ और कटवाने के लिये मैंने गार्ड से कहा था। मुझे अपने मकान के लिये लकड़ी की जरूरत थी।"

"फिर झूठ!" बड़े साहब बिगड़े - "मकान आपका कई साल पहले ही पूरा हो चुका है जो अब किराये पर उठा हुआ है। कबूल करिए कि ये पेड़ आपने उस ठेकेदार को बेचे थे।"

फील्ड अधिकारी ने सर झुका लिया- "आप तो सब जान ही रहे हैं साहब! आप से क्या छिपा है।"

"सौदा कितने में हुआ है?"

"एक लाख में।"

"एडवांस कितना मिला।" इस तरह के कामों की नस-नस से वाकिफ बड़े साहब ने पूछा।

"अभी कुछ भी नहीं साहब!"

साहब की घूरती नजरों को देखकर उन्होंने अपने गले पर एक हाथ रखते हुए कहा- "कसम से साहब! अभी कुछ नहीं मिला है। बाद में ही मिलना था।"

समय की कमी के तनाव के कारण साहब बिगड़ गये। गुर्रा कर बोले- "ठीक है तब! पुलिस वालों को ही बयान दीजिए। मुझसे ही झूठ बोलकर"

घड़ी देखकर उठते साहब का पैर पकड़ कर फील्ड अधिकारी गिड़गिड़ाये - "मुझे बचा लीजिए साहब! मैं अब कोई झूठ नहीं बोल रहा हूँ।"

साहब के उर्वरा दिमाग में दूसरी बिजली कौंधी- "आज सवेरे आपको एक लाख का चेक दिया था। कैश हुआ?"

"जी साहब"

"कहाँ है कैश?"

"यहीं है।" फील्ड अधिकारी ने अपने फटे-पुराने-उजड़े पजड़े बैग की ओर इशारा किया।

"निकालिए!"

फील्ड अधिकारी ने कैश निकाल कर मेज पर रखा। साहब ने उसे भीतर अलमारी में रखकर ताला लगाया। लौटकर बोले- "यह आपके बचने की कीमत है! मुझे लोकल चीफ और पुलिस वालों को भी तो देना होगा। इसके वाउचर मुझे इसी महीने के एकाउंट में मिल जाने चाहिए।"

"जी साहब!" अगर शरीर से आत्मा निकल जाने के बाद भी आवाज निकल सकती तो वह इसी तरह की होती जैसी फील्ड अधिकारी की थी।

"और याद रखिये!" साहब ने कड़क कर कहा- "आप इस मामले में कुछ नहीं जानते। सारी गड़बड़ी गार्ड की है।"

"जी साहब!" अपनी जान साँसत में देखकर उन्हें उस निर्दोष निरीह ओर सेवक गार्ड को बचाने का ध्यान तक नहीं आया।

"मैं चीफ के कमरे में जा रहा हूँ। आप दस मिनट के बाद बाहर वाले रास्ते से आइये। किसी को हमारी इस मुलाकात का पता नहीं लगना चाहिए।"

"जी साहब!" उतनी ही मरी आवाज में फील्ड अधिकारी ने फिर कहा।

इस बार साहब जब चीफ साहब के कमरे में घुसे तो वहाँ छोटे साहब मौजूद थे। उनकी कुर्सी छोड़कर उठने के सांकेतिक हिल-डुल के प्रयास को इशारे से वहीं दबाते बड़े साहब ने उनके बगल की कुर्सी पर बैठते हुए धीमी आवाज में पूछा- "क्या हाल है फील्ड का?"

"बहुत खराब है सर!" वे भी बुदबुदाये और चीफ साहब की ओर देखा।

चीफ साहब सवेरे से अपना टेम्पर कंट्रोल करते-करते अब पस्त हो चुके थे। अब उन्होंने हालात के सामने आत्म-समर्पण कर दिया था और कुछ भी झेलने की मनः स्थिति में आ गये थे। उसी पस्त अवाज में बोले- "अब तो सब कुछ भगवान भरोसे ही है।"

"हुआ क्या है?" बड़े साहब ने पूछा।

अबके छोटे साहब क्लियर आवाज में बोले- "रोड साइड के काम भी आधे-

तिहाई ही हुए हैं। कहीं-कहीं तो बिल्कुल नहीं हुए हैं। हर साइट पर जाते ही वहाँ के मजदूर सामने आ जाते हैं जिन्हें पिछले एक साल में पैसा नहीं मिला है। बिना मजदूरी के काम कर रहे इन सभी मजदूरों को इस बात की भनक लग गयी है कि कल कोई बड़े साहब लखनऊ से आ रहे हैं। वे उनके सामने प्रदर्शन करेंगे।"

बड़े साहब के मन में छोटे साहब के प्रति गुस्से की एक तेज लहर उठी। यह दुष्ट जहाँ भी जाता है वहीं काम बिगाड़ देता है। इसकी अपनी तो कोई जिम्मेदारी है ही नहीं। सदा यह समस्याएँ खड़ी करता रहा है और आज के नाजुक मौके पर भी यही कर रहा है। इसका पत्ता तो पहली फुर्सत में ही साफ करना है।

प्रकट में वे रोषपूर्वक बोले- "यह तो बड़ी अजीब सी बात है। फील्ड के कामों के देखने की जिम्मेदारी तो इन्हीं की है।" उन्होंने छोटे साहब की ओर इंगित करते हुए कहा- "अगर साल भर मटरगश्ती ही करते रहे तो ये सब तो होगा ही। आज जब परेशानी का समय है तो हाथ झाड़ कर अलग कैसे हो सकते हैं। ये बातें मुझे पहले क्यों नहीं बतायी गयीं?"

अबके छोटे साहब ने भी रोषपूर्वक कहा- "कभी गाड़ी मिली मुझे जो फील्ड में जा पाता। आपकी तरफ से मीटिंगों में भाग लेता रहता हूँ। थोड़ा-मोड़ा फील्ड देखा भी तो आपको सैकड़ों बार बताया है। आपने ही कुछ नहीं किया।"

"गाड़ी आपके नाम है। आप उसकी लागबुक भरते हैं। अचानक आज गाड़ी की समस्या कहाँ से खड़ी हो गयी। और जरा बताइये कि फील्ड के बारे में कब-कब आपने मुझे रिपोर्ट की है।"

"सैकड़ों रिर्पोट हैं और गाड़ी मेरे नाम होने से क्या है? रहती तो वह आपके कब्जे में ही है।"

इतनी अवज्ञापूर्ण बातें और खुद पर सीधे लग रहे आक्षेप से तिलमिलाये बड़े साहब ने चीफ की प्रतिक्रिया जानने के लिये उनकी तरफ देखा पर उन्हें एकदम पस्त पाकर कुछ कहने ही जा रहे थे कि अर्दली ने प्रवेश कर फील्ड अधिकारी के आने की सूचना दी और लम्बी वाली फोन की घंटी भी उसी समय बजी जिसने चीफ साहब के दिल पर फिर चोट की।

ऑफिस में चीफ साहब खुद फोन नहीं उठाते थे बल्कि स्टेनो के बजर का इंतजार करते थे। बजर हुआ और इंटरकाम पर आवाज आयी- "महाखोर चीफ के यहाँ से फोन है सर।"

पस्त पड़े चीफ साहब ने तेजी से फोन उठाया और 'हैलो' के जवाब में उधर से आवाज आते ही अपनी कुर्सी पर एकदम आगे सरक कर झुकते हुए अपना सारा अस्तिव फोन में समर्पित करते हुए बोले- "नमस्कार सर! मैं लोकल चीफ......"

कमरे में पिन ड्रॉप साइलेंस छा गया। साहब लोग साँस भी सावधानी-पूर्वक धीरे-धीरे लेने लगे।

उधर से आवाज आयी- "कैसे हैं सर? मैं पी.ए. बोल रहा हूँ।"

चीफ साहब थोड़ा रिलैक्स हुए। पी.ए. भी उन्हीं के समकक्ष चीफ थे। बोले- "ठीक हूँ। आप सुनाइये वहाँ क्या हो रहा है?"

"यहाँ तो सदा की तरह नरक है।"

चीफ थोड़ा हँसे जिससे कमरे का माहौल थोड़ा नरम हुआ। पूछा- "और चीफ साहब कहाँ है?"

"अभी वे शासन से लौटे ही नहीं। वहाँ कोई हाई लेविल मीटिंग चल रही है।"

लोकल चीफ थोड़ा और रिलैक्स हो गये। अब यह तय था कि उन्हें महाखोर चीफ से अभी बात नहीं करनी थी।

"क्या प्रोग्राम है उनका?"

"आपके यहाँ का ही प्रोग्राम है। वैसे कल महामहिम के साथ मीटिंग है पर महामहिम अभी दिल्ली से लौटे नहीं हैं। अगर लौट आये तो मीटिंग होगी और नहीं तो आपके यहाँ प्रोग्राम होगा।"

"कन्फर्म कब हो पायेगा?"

"कल सवेरे हो पायेगा। आप घर पर ही फोन कर लीजियेगा।"

"ठीक है। और क्या समाचार है?" औपचारिक वाक्य प्रायः वार्ता की समाप्ति का संकेत है पर उधर से कहा गया- "आपके यहाँ से कई बार फोन आया। इसीलिए मैंने सोचा कि फोन करके पूछ ही लूँ कि क्या बात है?"

"वही प्रोग्राम ही कन्फर्म करना था।"

"अच्छा! मुझे लगा कि शायद टाँगिया वाली घटना के बारे में कुछ बात करना चाहते हों।"

"हाँ! नहीं! वो तो......." चीफ की समझ में ही नहीं आ रहा था कि क्या कहें।

"वैसे काम जोरदार किया है लड़के ने। साहब भी कह रहे थे कि यंग है अभी! उसका एन्थो हाई है। ऐसे उत्साही लोगों को प्रोत्साहित किया जाना चाहिए। ब्रेव ब्वाय!"

"हाँ!" चीफ साहब ने सपाट स्वर में कहा।

"अच्छा फिर रखता हूँ। कल सवेरे प्रोग्राम कन्फर्म कर लीजियेगा।"

"अच्छा! नमस्कार।"

फोन रख दिया गया। चीफ साहब ने चिढ़कर 'ब्रेव ब्वाय' की ओर देखा जो

छोटे साहब को अछूत मानकर कुर्सी पर उनके विपरीत दिशा में खिंचा हुआ बैठा था। "ब्रेव ब्वाय ! कमीना है साला।" वे होठों में ही बुदबुदाये।

अगले पंद्रह मिनटों में फील्ड अधिकारी पेश हुए। जाँच की निष्पक्षता को बनाये रखने के लिये उप-कप्तान की उपस्थिति में उनके बयान हुए। फिर बड़े साहब और लोकल चीफ ने इस मामले में निर्णय लिया। गार्ड तथा उसके सेक्शन इंचार्ज को तत्काल 'सस्पेंड' करके उन्हें चार्जशीट किया गया तथा यह तय किया गया कि इस मामले को 'एक्जेम्प्लेरी' बनाने के लिये इसमें बहुत ही कठोर कार्यवाही की जाय जिसमें गार्ड से कटे पेड़ों का मूल्य तथा क्षति का जुर्माना वसूलने तथा उसकी सेवायें समाप्त करना शामिल था। उस क्षेत्र में काम कर रहे दो डेली वेजेज वालों को निकाल दिया गया और उनके पिछले दो वर्ष के बकाये वेजेज को शासन के हित में जब्त कर लिया गया।

टाँगिया

बीसवीं शताब्दी की शुरूआत में जब अंग्रेज हमारे देश की हर प्रकार की संपदा शोषण कर रहे थे तभी उन्होंने जंगलों की वैज्ञानिक प्रबँध पद्धति के नाम पर यहाँ के जंगलों को कटवा कर कभी सूर्य न अस्त होने वाले साम्राज्य की प्रमुख शक्ति नौ-सेना को मजबूत करने के लिये अपनी सुविधाओं का विकास कार्य प्रारंभ किया। विकसित कौम होने के कारण उनकी समझ में जल्दी आ गया कि यहाँ की मजबूत लकड़ियों वाले जंगल एकतरफा विदोहन से जल्दी खत्म हो जायेंगे अतः इन्हें फिर से उगना भी चाहिए। इन्हें फिर से उगाने के लिये उन्हें यहीं उत्तर-पूर्व के प्रान्तों में चल रही झूम खेती से प्रेरणा मिली क्योंकि यहाँ सस्ते मजदूर बहुतायत में उपलब्ध थे। इसमें जंगलों का एक हिस्सा काट कर वहाँ की जमीन समतल करके उस उपजाऊ जमीन में खेती की जाती थी। चार-पाँच सालों में जब जमीन की उर्वरा शक्ति समाप्त हो जाती थी तब उसे छोड़कर आगे का जंगल साफ करने का काम शुरू कर दिया जाता था। उस समय मनुष्यों तथा मवेशियों की आबादी कम होने के कारण यह प्रथा चल जाती थी। छोड़ी गयी जमीन पर प्रकृति हजार-पाँच सौ सालों में फिर जंगल उगा लेती थी। इस हजार पाँच-सौ सालों की अवधि को कम करके सौ-पचास सालों तक लाने के लिये यह तय किया गया कि तराई क्षेत्रों में खेती के साथ-साथ ऐसी जमीन पर नालियों में बीज बोवाई की पद्धति से साखू के पौधे उगाये जायें जिससे पाँच सालों के बाद जब यह जमीन छोड़कर आगे बढ़ा जाय तब तक ये पौधे पर्याप्त बड़े हो चुके रहें। इस काम के लिये खेती का लालच देकर भारी मात्रा में मजदूर इकट्ठे किये गये जो जंगल में ही झोपड़ियाँ बनाकर अस्थायी गाँवों की तरह रहते थे और बिना मजदूरी के ही जंगलों को साफ करने तथा जंगल लगाने का काम करते थे। उनकी मजदूरी उनको जंगल में खेती की रियायत भर थी। गरीबी और भुखमरी वाले क्षेत्रों में यह योजना काफी सफल हुई और यहाँ के अधिकांश प्राकृतिक जंगल अपना प्राकृतिक रूप खोकर महज बगीचे रह गये जिन्हें एक भारी सा टेक्नीकल नाम- "मोनोकल्चर" देकर इनकी शोभा बढ़ाई गयी। इन मजदूरों को भी एक संगीतमय नाम- 'टाँगिया' देकर उनकी भी शोभा बढ़ायी गयी और देश-विदेश में 'टाँगिया-कल्टीवेशन' की धूम मच गयी।

इतना कह कर नेता जी एक क्षण के लिये रूके और उन्होंने शासन के सबसे आला अफसर, इस मीटिंग के अध्यक्ष, की ओर देखा जैसे कोई अध्यापक क्लास में कोई कठिन विषय पढ़ाते समय रूक-रूक कर छात्रों की ओर यह थाह लेने के लिये देखता है कि वे इसे समझ रहे हैं या नहीं। आला अफसर ने वहाँ उपस्थित दूसरे आला अफसरों और चीफों की ओर देखते हुए पूछा- "हाँ! आप लोगों का

क्या खयाल है?"

चीफों ने आला चीफ की ओर देखा क्योंकि प्रचलित अनुशासन के तहत उन्हीं को बोलने का हक था पर वे चुप रहे। उनका ध्यान ताश के पत्तों में था। इनके जीवन का प्रमुख मनोरंजन जो उनका जीवन ही बन गया था दारू पीकर ताश खेलना था। पुराने जमाने में जब मनोरंजन के साधन बहुत कम थे तब जंगलों में बने रेस्ट हाउस दारू और ताश के केन्द्र थे और इसके लिये कंपनी भी बहुतयात में थी। धीरे-धीरे टी.वी., वीडियो, सैटेलाइट चैनल, इंटरनेट, मोबाइल, वाइ-फाइ आदि ने नये खून से ताश-कल्चर को लगभग समाप्त कर दिया और वे बेसहारा हो गये। वो तो भला हो सरकार का जिसने चीफों के कमरों में कम्प्यूटर लगवा दिये। कम्प्यूटर में अधिकांश चीफों की कोई रूचि नहीं थी और उसे सीखने की दम-खम भी नहीं थी पर आला चीफ ने अपने कम्प्यूटर असिस्टेंट से इसमें 'गेम्स' लगाना और खेलना सीख लिया था। इन्हीं खेलों में एक ताश का भी खेल थ जिसे 'सॉलीटेयर' कहा जाता था। इस मीटिंग में बुलाये जाने के पूर्व आला चीफ कम्प्यूटर में सॉलीटेयर खेल रहे थे जिसके बाधित होने के गुस्से के कारण तथा कुछ न बोलने से मीटिंग जल्दी खत्म होगी इस विचार से वे कुछ बोलने के इच्छुक नहीं थे।

उनके मौन को देखते हुए एक लोकल चीफ, जो खुद को टाँगिया के मामलों का सबसे बड़ा एक्सपर्ट समझते थे, बोले- "इस विवरण में टाँगिया वालों के प्रति झलकते पक्षपात के लिये इसे थोड़ा तोड़ा-मरोड़ा गया है। टाँगिया एक मैनेजमेंट सिस्टम के रूप में अपनाया गया था जिसमें वे स्वेच्छा से आये थे और दौड़कर आये थे। उनके खिलाफ कोई अन्याय नहीं हुआ था।"

सबसे आला अफसर ने कहा- "नेताजी की बात पूरी होने पर आपको भी पूरा मौका दिया जायेगा।"

नेता जी बोले- "वैसे भी चीफ साहब विभागीय विचारधारा को ही प्रकट कर रहे हैं!"

पीछे की तरफ बैठे एक चीफ ने बगल वाले से फुसफुसा कर पूछा- "ये नेता जी हैं कौन?"

बगल वाले ने फुसफुसाकर ही बताया- "शासन ने टाँगिया समस्या के समाधान के लिये एन.जी.ओ. की सहायता लेने का निर्णय किया है। ये एक स्थानीय एन.जी.ओ. के अध्यक्ष हैं जो बीस साल से टाँगिया और जंगलों में काम कर रहे हैं।"

सबसे आला अफसर से इशारा पाकर नेताजी ने आगे कहा- "यह सब कुछ अंग्रेजों के जमाने तक तो बहुत अच्छा चला क्योंकि तब हमें सब कुछ चुपचाप सहने की आदत थी। अंग्रेजों का तथा उनके प्रतिनिधि के रूप में अपने ही भाई-बन्धु का

हर अत्याचार चुपचाप बर्दाश्त होता रहता था। आजादी के बाद, जैसे अंग्रेजों की तमाम व्यवस्थाओं को वैसे ही, या थोड़ा बहुत नाम बदलकर अपना लिया गया उसी प्रकार टाँगिया भी जारी रहा। सब कुछ ठीक-ठाक चलता रहा। टाँगिया वाले उसी प्रकार अत्याचार बर्दाश्त करते रहे जैसे अंग्रेजों के समय में करते थे। उनके लिये तो तब और अब में कोई फर्क नहीं था।"

"इतना अत्याचार सहने की जरूरत ही क्या थी? वे इसे छोड़कर जा भी तो सकते थे। कुछ दूसरा काम-धंधा कर सकते थे।" एक आला अफसर ने पूछा।

"यह कहना आसान है।" नेताजी ने कहा- "जहाँ एक-दो पीढ़ियाँ यही काम करते बीत गयी, बच्चा इसी माहौल में बड़ा हुआ, यही काम देखता-सीखता रहा, जंगल में पढ़ने-लिखने तथा बाहरी दुनिया से जुड़ने के कोई साधन नहीं थे, वहाँ वे इसे छोड़कर दूसरा काम कैसे खोजते? फिर हर काम का अपना एक नशा सा होता है। रिक्शा चलाने वाला, कपड़ा बुनने वाला, राजगीर चाहे जो भी हो भले ही उसे अपने काम से खर्चा पूरा न पड़ता हो पर वह इसे छोड़कर दूसरा काम आसानी से नहीं कर पाता। यह मनोवैज्ञानिक समस्या भी है। यही टाँगिया वालों के साथ भी रहा।"

"फिर क्या हुआ?" एक कथा-श्रोता की उत्सुकता से सबसे आला अफसर ने कहा।

"धीरे-धीरे टाँगिया और बाहरी दुनिया में संपर्क बढ़ने लगा। वे बेगार के लिये जंगल के बाहर भी लाये जाने लगे। उधर जंगलों का कानूनी स्वरूप भी बदलने लगा। संरक्षणवादी इस सदी के उत्तरार्ध में हावी होने लगे। जनसंख्या लगातार बढ़ने के कारण जंगलों के आस-पास के गाँवों में भी खेती के रोजगार अपर्याप्त होने के कारण नयी पीढ़ी जंगलों की ओर घूम गयी। जंगलों में अवैध कटान होना शुरू हो गया जो एक लचर व्यवस्था में गैरकानूनी जरूर था पर रोजगार का जरिया था। टाँगिया में भी नये लड़के इसी व्यवस्था में गैरकानूनी काम करने लगे। जंगल के बीच में बसे टाँगिया सेन्टर अवैध लकड़ी छिपाने के अड्डे बन गये जहाँ से वह सुविधानुसार निकाली जा सकती थी।"

"आप शायद 'सामाजिक पहलू' की बात कर रहे हैं?" चीफ ने पूछा।

"नहीं! मैं शुद्ध अर्थशास्त्र में ही हूँ। अगर समय मिला तो सामाजिक पहलू की भी चर्चा हो सकती है पर इस समय मैं इसके राजनैतिक पहलू पर आ रहा हूँ। यही उथल-पुथल का समय था जब देश में राजनैतिक एकाधिकार टूटने के कगार पर था। सत्ता के लिये संघर्षरत कुछ राजनैतिक दलों का ध्यान टाँगिया वालों की ओर गया जो भले ही राजस्व गाँवों का दर्जा प्राप्त नहीं थे पर उनके पास वोट थे। कम्यूनिस्ट ऐसे कामों में एक्सपर्ट थे जो उनके बीच रहकर उन्हें भड़काने में, उन्हें

अपने अधिकारों के प्रति सजग करने में और उन्हें जमीन दिलाने का लालच देकर उनका वोट ऐंठने में सफल रहे। नतीजा यह हुआ कि कम्यूनिस्ट पार्टी के आदमी इन क्षेत्रों से सांसद, विधायक बन गये। विभाग को यह सब नजर ही नहीं आ रहा था। एकाध अधिकारियों ने इसकी ओर ध्यान खींचना चाहा तो वे नौकरशाही व लालफीताशाही में उलझकर रह गये। विभाग को यह सब तब पता चला जब टाँगिया केन्द्रों में विद्रोह प्रारंभ हो गया और उन्होंने अपने अस्थायी गाँवों में जंगल साफ करके खेती की जमीन पर कब्जा कर लिया।

कुछ अफसरों और चीफों को जमुहाई लेते देखकर नेताजी ने अपने भाषण को एक पल के लिये रोका, सबकी ओर देखकर मुस्कराये फिर बोले- "मैं अपनी बात संक्षेप में ही खत्म करने की कोशिश करता हूँ। विद्रोह के बाद विभाग ने इन पर काबू पाने का आधा-अधूरा प्रयास किया तो जरूर, मगर राजनैतिक हस्तक्षेप के कारण कुछ नहीं हो पाया। धीरे-धीरे लगभग सारे ही टाँगिया केन्द्र विद्रोही हो गये और जंगलों में अवैध कटान के केन्द्र बन कर रह गये। उनकी कब्जा की हुई जमीन इतनी नहीं थी कि उस पर की गयी खेती उनके बढ़ते परिवार के लिये काफी होती। उनके पास खेती के कोई भी आधुनिक साधन और सुविधायें नहीं है। उन्हें राजस्व ग्राम नहीं माना जाता है अतः उन्हें लोन आदि कोई सुविधायें नहीं है। विभाग उन्हें आज भी अतिक्रमणकारी मानता है। भूमि की उर्वरा बहुत कम हो गयी है। उनकी संख्या बढ़ गयी है। जंगल के भीतर बसे उनके गाँवों में शराब ही मनोरंजन और उत्तेजना का साधन है तथा मुर्गा-गोश्त ही उनकी दावत है। इसी के लिये वे बाहरी लकड़ी के ठेकेदारों से सौदा करते हैं और जंगलों से पेड़ काट कर लकड़ी सप्लाई करते हैं। उनके लिये यह सब सुविधाजनक है। आज उनकी एकता के कारण उनके गाँव पर छापा मारकर अवैध कटी लकड़ियों या शिकार किये गये जंगली जानवरों की बरामदगी कठिन ही नहीं बल्कि असंभव है।

इतना कहने के बाद नेता जी चुप होकर बैठ गये।

सबसे आला अफसर ने एक्सपर्ट चीफ की ओर देखा। इशारा पाकर उन्होंने कहा- "इस कथा में टाँगिया वालों को असहाय और पीड़ित का जो दर्जा देने की कोशिश की गयी है उससे मैं बिल्कुल भी सहमत नहीं हूँ। टाँगिया वाले शुरू से ही बदमाश थे और अब भी हैं। विभाग ने इन पर कोई भी अत्याचार नहीं किया है बल्कि इन्हें हर तरह की सुरक्षा सुविधायें दी हैं।"

आला अफसर ने आश्चर्य से पूछा- "इन्हें कुछ सुख सुविधायें भी दी गयी हैं? वे क्या है?"

एक्सपर्ट चीफ ने थूनी-थान, सरपत, झोपड़ी, हैण्डपम्प, टाँगिया टीचर जंगल की जमीन का किराया आदि जोड़ते हुए निकाला कि हर टाँगिया परिवार पर विभाग

का अठारह हजार रुपया खर्च होता था।

आला अफसर भ्रमित से बोले "मेरी समझ में तो कुछ नहीं आया। अगर आप उन्हें जंगल में रखकर काम कराने जा रहे थे तो झोंपड़ी तो वे वहीं बनायेंगे और उसका समान भी वहीं से लेंगे। फिर जमीन के किराये और कीमत की बात कहाँ से आयी। टाँगिया टीचर पर क्या खर्च आता होगा?"

"वो भी तब जबकि टाँगिया टीचर विभाग की ही सेवा में ज्यादातर रह जाता था। टाँगिया पहुँच ही नहीं पाता था।" नेता जी ने कहा।

एक्सपर्ट चीफ ने थोड़ा रोष से कहा- "ये सब बेकार की बातें है। टाँगिया टीचर टाँगिया में ही रहता था। उन पर होने वाले खर्चो की गणना यह मानकर की गयी है कि अगर वे जंगल के बजाय कहीं और रहते तो यह सब खर्च उन्हें करना पड़ता जो जंगल में हम उन्हें मुफ्त दे रहे हैं।"

"मेरी समझ में यह फिर भी नहीं आया।" आला अफसर ने कहा- "फिर आप करोड़ो रूपयों के उस जंगल को भी खर्चे में शामिल करिए जो टाँगिया वालों के लगाये हुए हैं और अभी मौजूद हैं।"

"मैं यह कहना चाहता हूँ सर, कि अगर हम टाँगिया वालों के बजाय मजदूर लगाकर वृक्षारोपण कराते तो वह हमें सस्ता पड़ता।" चीफ बोले।

"फिर क्यों नहीं किया गया ऐसा? क्यों टाँगिया पद्धति लायी गयी? मुझे तो लगता है कि मजदूरों से कराये गये वृक्षारोपण की हालत देखकर ही टाँगिया पद्धति लायी गयी। यह जब तक रही सफल तो रही। जब से ये विद्रोही हुए तब से वृक्षारोपण का भगवान ही मालिक है।"

"ऐसी बात बिल्कुल नहीं है सर! हमारे वृक्षारोपण भी सफल है।" एक्सपर्ट चीफ ने सहारे के लिये आला चीफ की ओर देखा। उन्होंने भी सिर हिलाते हुए कहा- "हाँ! सफल है।"

एक्सपर्ट चीफ थोड़ा जोश में बोले- "नेताजी की तरह के लोगों ने ही टाँगिया में भी यह प्रचारित कर रखा है कि ये जंगल उन्हीं के लगाये हुए हैं अतः ये उनके ही है। इससे अवैध कटान बढ़ रही है और हमारे लिये समस्या बढ़ रही है। इन्हें बहुत कड़ाई से नहीं रोका गया तो उस क्षेत्र के सारे जंगल समाप्त हो जायेंगे।"

"भाई! इसीलिए तो यह बैठक हो रही है। हम सब इस बात पर तो सहमत हैं ही कि इन केन्द्रों से जंगलों को नुकसान है। पर समस्या हल करने के लिये इसका विश्लेषण तो करना ही होगा।"

"एक और भी बहुत महत्वपूर्ण प्रश्न है।" नेता जी ने कहा- "आप वास्तव में टाँगिया की समस्या का समाधान चाहते भी हैं या नहीं?"

"क्या मतलब?" सबसे आला अफसर ने पूछा।

"मतलब साफ है। राजनीति के लिये आज भी वोट बैंक है। इनके विरूद्ध जबरदस्ती किया जाना और बड़ी-बड़ी समस्याओं को जन्म देगा। जो भी पार्टी इनके खिलाफ जबरदस्ती करेगी न केवल टाँगिया वाले उसके खिलाफ होंगे बल्कि गरीबों का उत्पीड़न मानते हुए क्षेत्र का सामान्य जनमत भी उस पार्टी के खिलाफ होगा।"

"जबरदस्ती करने की जरूरत ही क्या है?"

"मैं ये मानकर चल रहा हूँ कि अभी तक तो इस समस्या का केवल एक ही समाधान सामने आया है कि इन्हें जंगल से बाहर कर दिया जाय।" नेता जी ने कहा।

"इसके अलावा कोई उपाय ही नहीं है।" एक्सपर्ट चीफ बोले।

"आपको क्या लगता है? एक जिले में उनकी आबादी कितनी होगी?" आला अफसर ने पूछा।

"हमारे अभिलेखों के हिसाब से चार हजार परिवार।"

नेता जी जोर से हँसे। बोले- "ये आँकड़े किस सन् के है?"

1982 के। जब से वे विद्रोही हुए।"

"तब से अब तक क्या उनकी आबादी स्थिर है?" पूछा गया।

"सवाल ही नहीं है। पर उनकी अब की आबादी से हमें क्या लेना-देना। विद्रोह के समय जितने परिवार विभाग से मान्यता प्राप्त थे हमारी जिम्मेदारी सिर्फ उतने की है। बाद में इन केन्द्रों में तमाम कटेरे-फटेरे आकर बस गये। उनसे हमें कोई मतलब नहीं।" चीफ ने कहा।

"लेकिन अगर आज उनके प्रतिस्थापन की बात उठती है तो आप उन परिवारों को कैसे अलग करेंगें? फिर उन्हीं परिवारों से टूटकर उनके बाल-बच्चों के अलग परिवार बने होगें। उन्हें क्या दर्जा देंगे?"

"हमारे लिये तो विद्रोह के समय से ही इनका अस्तित्व एक वैध प्रबँध प्रणाली से समाप्त होकर अवैध अतिक्रमणकारी का रह गया है। हमारे लिये 1982 की स्थिति ही मान्य है। कानूनी तौर पर मुजरिमों की हम कोई जिम्मेदारी नहीं ले सकते।"

इस गतिरोध को दूर करते हुए सबसे आला अफसर ने कहा- "मान लीजिए, केवल सैद्धांतिक रूप से मान लीजिए कि हमें चार हजार या चालीस हजार परिवारों को जंगल से बाहर लाकर कहीं और बसाना है। क्या चार हजार परिवारों को देने के लिये कहीं कोई खाली कृषि योग्य भूमि उपलब्ध है?"

"नहीं है। मैं यह भी बताना चाहता हूँ कि पहले कई बार यह निर्णय लिया जा

चुका है कि जिलाधिकारी कहीं जमीन उपलब्ध करायें। पर जमीन कहीं नहीं है। यह स्थिति तब और कठिन हो जाती है जब पूरा गाँव एक साथ रहना चाहता है।"

"यह स्थिति देखते हुए यह भी प्रस्ताव था कि जंगल के कुछ छोटे-छोटे टुकड़े दूर दराज बिखरे हुए हैं। इन्हें साफ करके टाँगिया को वहीं बसाया जाय जिससे ये मुख्य जंगल से निकल जायें। एक तरह से यह इन बिखरे जंगलों की कीमत पर मुख्य जंगल को बचाने की बात थी।"

"लेकिन यह सब व्यवहारिक नहीं पाया गया। समस्या को टालते रहने से स्वतः तो समाधान आने से रहा?" एक चीफ बोले!

"मैं एक और तथ्य की ओर आपका ध्यान आकर्षित करना चाहता हूँ।" नेता जी बोले- "मान लीजिए उन्हें बाहर कहीं बसने की जगह मिल भी जाती है तो क्या जंगल छोड़कर वहाँ जाने को तैयार होंगे?"

"होगें कैसे नहीं?" एक्सपर्ट चीफ बोले- "पुलिस लगाकर उन्हें जबरदस्ती वहाँ भेज दिया जायेगा।"

"इसी जबरदस्ती वाले बिंदु पर ही मैं प्रारंभ में कह रहा था। क्या हमारे पास इतनी राजनैतिक इच्छा शक्ति है कि हम जबरदस्ती कर सकेंगे?"

"हम परसुएशन से भी काम ले सकते हैं!" चीफ बोले।

"ये सब तो बाद की बातें हैं। पहले तो जगह और जमीन की उपलब्धता चाहिए।" आला अफसर बोले।

"और दृढ़ इच्छा शक्ति चाहिए। खास तौर पर विभाग में इसके लिये इच्छा शक्ति चाहिए।" नेता जी बोले- "आप लोगों से क्षमा याचना सहित मैं यह भी कहना चाहता हूँ कि बहुत से विभागीय अधिकारी भी नहीं चाहते कि टाँगिया जंगल से हटें। टाँगिया जंगल के प्रति उनकी अकर्मण्यता और अवैध धंधों के लिये एक ढाल की तरह है।"

इस सीधे आरोप से वहाँ एक क्षण के लिये सन्नाटा छा गया। फिर आला चीफ बोले- "हो सकता है इक्का-दुक्का भ्रष्ट अधिकारियों के लिये यह बात सच हो पर यह नियम नहीं केवल अपवाद है। इस स्तर की बैठकों में हमे सीधे आरोपों-प्रत्यारोपों का सहारा नहीं लेना चाहिए।"

"मैं एक बार फिर क्षमा चाहता हूँ। किसी पर आरोप लगाना नहीं चाहता लेकिन आप सबका ध्यान आज के 'राजधानी टाइम्स' में छपे उस समाचार की ओर दिलाना चाहता हूँ जिसमें एक बड़े साहब द्वारा बड़ी बहादुरी से एक टाँगिया केन्द्र में घुसकर अपने स्टाफ को छुड़ाने तथा पाँच सागौन के पेड़ों की कटी लकड़ी बरामद करने की खबर छपी है। मेरा घर इसी क्षेत्र में है। मैं आज सुबह तक वहीं

मौजूद था। मैं आपसे यह बहुत पक्की तौर पर कह सकता हूँ कि यह खबर एकदम झूठ है। मैं टाँगिया में भी गया था। उन्होंने फील्ड अधिकारी की मदद ही की थी पर इस खबर में ऐसा क्यों कहा गया है यह रहस्य है। यही सब घटनाएँ संदेहों को जन्म देती है।"

प्रायः सभी चीफों ने यह खबर पढ़ी थी और प्रसन्न भी हुए थे। यह रहस्योद्घाटन उनके लिये चमत्कार जैसा था।

आला चीफ ने कहा- "इसकी तो जाँच करायी जा सकती है। हमारे चीफ साहब कल से उसी क्षेत्र में दौरे पर जाने वाले हैं। वे जाँच कर सकते हैं। फिर उन अखबार वालों का भी तो कोई भरोसा नहीं। पता नहीं क्या का क्या छाप देते हैं।"

सबसे आला अफसर यानी बैठक के अध्यक्ष का समय सदा की तरह काफी मूल्यवान था। इस टुच्ची सी समस्या पर वे काफी समय दे भी चुके थे अतः लाइन से भटक रहे मामले को उन्होंने फिर से खींच कर लाइन पर लाते हुए समापन वक्तव्य दिया- "इस बैठक में आप सभी जानकार और विद्वानों से बातचीत करके यह अनुभव हुआ कि यह समस्या काफी जटिल है अतः इस पर सुव्यवस्थित विचार करके इसके बारे में एक स्पष्ट रिपोर्ट देने के लिये आला चीफ की अध्यक्षता में एक समिति गठित की जाती है जो तीन महीने के अंदर रिपोर्ट देगी। फिर हम आगे की कार्यवाही करेंगे। आप सब लोगों का विशेषकर 'नेता जी' का बहुत धन्यवाद जो आपने अपना अमूल्य समय यहाँ दिया।"

कहकर वे उठ गये। बैठक बर्खास्त हो गयी। चीफ साहब को ठीक से याद तो नहीं था पर इस समस्या पर यह शायद अठाइसवीं समिति थी जो अब नीचे से रिपोर्ट मँगाने, उन्हें संकलित करने तथा उन पर विभागीय बैठकों में बहस करने में समाप्त हो जानी थी। तीन महीने पता नहीं कितने आये और बीत गये। किसने देखे हैं तीन महीने? पिछली कमेटियों की रिपोर्ट तो तीन साल बाद भी नहीं आयी थी। फिर तीन महीने बाद पता नहीं कौन कहाँ रहेगा? इस अस्थिरता के युग में कुछ भी नहीं कहा जा सकता था। एक हाई लेविल की मीटिंग का वही हाई लेविल अन्त हुआ जो सदा होता रहा है।

बैठक समाप्त होने के बाद रिलैक्स सा महसूस करते हुए सभी चीफ और सभी अफसर अपने-अपने गोल बनाकर कमरे से बाहर हुए और गलियारे में चलने लगे। असली विद्वता इसी दौरान प्रकट होती है, यह सिद्ध करते हुए एक चीफ अपने बगल में चलते चीफ से कह रहे थे- "इस तरह की मीटिंगें टाइम की बरबादी है। हम लोगों को बेइज्जत करने के लिये पता नहीं कहाँ से इस दो कौड़ी के नेता को पकड़ लाये और इसे कितनी अहमियत दी गयी। पूरी मीटिंग यही बोलता रहा! फिर हम लोगों की जरूरत ही क्या थी?"

“सही बात है।” बगल वाले बोले- “मैं तो अपनी बात कहने वाला था पर दन्न से धन्यवाद और विशेषकर नेता को धन्यवाद करके मीटिंग समाप्त हो गयी। हमलोग बेवकूफ हैं जो आकर इन उल-जलूल लोगों का भाषण सुनें। उसी नेता को ही बुलाकर मीटिंग कर लेनी चाहिए थी। क्या-क्या आरोप लगा गया है? विभाग की इज्जत उतार गया।”

“इस समस्या को बेवजह ही इतना उछाला जा रहा है। मैंने तो चार साल पहले ही लिख दिया था कि जंगलों से होने वाली आमदनी में टाँगिया को भी भागीदारी दी जाय। जब इन सब के पास पैसा हो जायेगा तो खुद ही जंगल छोड़कर भाग जायेंगे।”

“क्या बात कर रहे हैं?” सरकार के पास अपने अमले को तनख्वाह देने भर का तो पैसा इकट्ठा हो नहीं पाता है। आमदनी में भागीदारी करके स्थिति और खराब करेंगे?”

“स्थिति ठीक हो जायेगी। कुछ दिन की समस्या है।”

“मुझे तो लगता है कि अगर एक-एक परिवार को अलग-अलग टेकअप करके इन्हें बाहर सेटिल किया जाय तो चार-पाँच सालों में पूरा गाँव बाहर हो जायेगा।”

“जितने परिवार बाहर जायेंगे उतने वहाँ और आकर बस जायेंगे।” इन चीफ ने भी बात काटी।

जहाँ इस गोल में लोग एक-दूसरे की बातें व सुझाव काटने में लगे थे वहीं दूसरे गोल में ज्यादा ही रसभरी बातें चल रही थी।

एक चीफ कह रहे थे- “मेरे टाइम में तो टाँगिया वरदान था। एक बार जंगल की कुछ जमीन रेलवे विभाग को जा रही थी। उस पर कब्जा बनाये रखने के लिये रातों-रात टाँगिया में खबर की गयी। पूरे टाँगिया वाले आकर इकट्ठा हो गये और रातों-रात वहाँ एक तालाब खुद गया। रेलवे वालों के काम की वह जगह रह ही नहीं गयी और उसे छोड़ना पड़ा।”

“आपने रातों-रात और भी कमाल किये हैं टाँगिया वालों के साथ।” दूसरे चीफ ने टहोका लगाते हुए बड़ी अर्थपूर्ण निगाहों से उन्हें देखा।

“क्या हुआ था जी?” एक और रसिक ने पूछा।

पहले वाले चीफ शरमाते हुए चमकती आँखों से बोले- “अब क्या रह गया है? उन दिनों की बात ही और थी।”

“क्या बात थी भाई?”

“अरे बात क्या थी। अपने चीफ साहब ‘मसालेदार भोजन’ के बड़े शौकीन

थे।”

“ये क्या बात हुई?”

“बता दूँ साहब?”दूसरे चीफ ने पहले से पूछा।

“अब उसमें बताने लायक क्या है?

“फिर भी! बात क्या थी?” रसिक चीफ की उत्सुकता पहाड़ बनती जा रही थी।

उस समय तो यह बात आगे नहीं बढ़ी पर बाद में रसिक चीफ को पता लगा कि वे चीफ साहब जब छोटे साहब थे तब टाँगिया वाले उनके कैम्पस में बेगार करते थे। महीने में एक-दो बार वे जंगल कैम्प के दौरान टाँगिया महिलाओं की लोक कला का लुत्फ लेते थे जिसमें अजीब सी भाषा और लय में वे सामूहिक ‘एक्शन साँग’ गाती थीं। उन्हें गाना तो समझ में नहीं आता था पर इसके दौरान वे उनमें से अपनी रात्रि संगिनी चुनकर अपने खास फील्ड अधिकारी को बता देते थे। सौ में से नब्बे मामलों में वह रात उनके कमरे में पहुँचा दी जाती थी। यह टाँगिया पर थोपा गया कल्चर था।

लेकिन इसे मसालेदार भोजन क्यों कहते हैं के जबाव में यह बताया गया कि जंगलों में शायद मच्छर तथा कीड़े-मकोड़ों से बचाव के लिये प्रकृति द्वारा उत्पन्न या फिर गंदगी से रहने के कारण खुद ही उत्पन्न एक अजीब सी महक इन महिलाओं के शरीर से आती थी जिसके कारण पूरे होशो हवास में उस शरीर को पास रखना संभव नहीं था। काफी दारू पीने के बाद ही उनका साथ किया जा सकता था। इसी महक के कारण टाँगिया वालियों को ‘मसालेदार’ भोजन कहा जाता था।

रसिक चीफ ने सोचा - “वो सब भी क्या जमाने थे। ये सब सीनियर लोग खूब ऐश कर चुके हैं। अब तो कुछ हो ही नहीं पाता। जुगाड़ लगा भी तो यह एड्स कुछ करने की हिम्मत ही नहीं छोड़ता। यह कमबख्त एड्स।

चीफ साहब का दौरा

लोकल चीफ, बड़े साहब, छोटे साहब, फील्ड के साहब, बाबू साहब, किसी को भी रात ठीक से नींद नहीं आयी थी। रात ही 'महाखोर चीफ' के दौरे का प्रोग्राम पक्का हो गया था। यह तय हो गया था कि वे सवेरे कार द्वारा राजधानी से नौ बजे प्रस्थान करेंगे। रास्ते में वनसफा डिवीजन के रेस्ट हाउस में रूक कर चाय-पानी करेंगे (ये सब घर से ही चाय-पानी करके क्यों नहीं चलते? बकौल अमीर खुसरो- हे सखी! ये इस प्रकार अपनी थकान दूर करने के लिये जर्नी ब्रेक करते हैं तथा वहाँ के लोकल अधिकारियों को एक्टिव करते हैं। वहाँ से चलकर सीधे यहाँ पहुँचेंगे। वनकटी रेस्ट हाउस में लंच के बाद रेस्ट हाउस के आस-पास के क्षेत्रों का निरीक्षण करेंगे। शेष कार्यक्रम यहाँ आने के बाद तय होगा।

(अनआफीशियल-उनके बेटी तथा दामाद भी साथ होंगे जिन्हें यहाँ से लगे नेपाल बॉर्डर के पार वाले बाजार में घुमाना है।)

रात पता नहीं कितने बजे नींद खुल जाने के बाद करवटें बदलते लोकल चीफ अन्ततः बिस्तर छोड़कर उठ खड़े हुए। पूरी रात यहाँ के खराब काम उनकी निगाहों के सामने घूमते रहे जिन्हें ठीक करवाने के लिये न तो समय था और न ही पैसा। वे सुनहरे दिन तो कब के बीत चुके थे जब इस प्रकार के दौरों के पहले रातों-रात होशियार फील्ड अधिकारी पेड़ों की टहनियाँ गड़वा कर उन्हें प्लांटेशन का रूप दे देते थे। पहले के चीफ भी तो राजा होते थे। गाड़ी में बैठे-बैठे ही निरीक्षण कर लेते थे और निरीक्षण नोट लिखने का काम भी लोकल साहबों पर छोड़ देते थे। अब के चीफ तो पौधा उखाड़-उखाड़ कर देखते हैं। लोकल चीफ को रात भर महाखोर चीफ की गुस्से से भरी दो आँखें नजर आती रही थी और उनके पास बारह हाथ भी नहीं थे। अब क्या होगा की हूक रह-रह कर उनके दिल में उठती रही थी जो हर बार यहाँ के बड़े और छोटे साहबों के प्रति उनके गुस्से के पैमाने को भरते-भरते अब छलकाने भी लगी थी। उन्होंने सोचा कि वे साफ-साफ कह देंगे कि इन लोगों पर उनका कोई कंट्रोल नहीं रह गया है। ये सब कुछ भी सुनते ही नहीं हैं। कोई काम-धाम करते नहीं और आपस में टुच्चों की तरह लड़ते हैं। लेकिन इससे होगा क्या? क्या यह बात मान ली जायेगी? कतई नहीं। फिर उन्हें लगा कि अकेले वही तो नहीं हैं। इसमें बड़े साहब, छोटे साहब, फील्ड अधिकारी, और नीचे के तमाम कर्मचारी भी शामिल है। इस तरह जिम्मेदारी बहुत से कंधों पर बँट जाती है। 'मनुष्य' के सामाजिक प्राणी होने को सिद्ध करते हुए उन्होंने भीड़ में खो जाने की कोशिश की पर ये काँटा बराबर उन्हें चुभता रहा कि यहाँ के सबसे बड़े अधिकारी होने के कारण उनकी जिम्मेदारी सबसे ज्यादा है। उनके 'लोक व्यवहार' की कला पर दिये गये

तमाम भाषणों में से कोई भी नुस्खा आज काम का नहीं लग रहा था। इस समय मन का सुकून केवल 'ऊपर वाले' के भरोसे ही था जिस पर आज उनकी श्रद्धा कल से भी सैकड़ों गुना ज्यादा प्रगाढ़ हो गयी थी और वे हर साँस के साथ उसका ही नाम ले रहे थे। प्रातः भ्रमण के लिये बाथरूम आदि से निवृत होकर तैयार होते तथा भ्रमण के समय भी ठंडी हवा, सुंदर दृश्य, सूर्योदय, चिड़ियों की चहचहाहट आदि से पूरी तरह उदासीन उनके मन में यही सब विचार उमड़ते-घुमड़ते रहे। इस भयानक तनाव में कल से ही उन्हें अपने पत्नी बच्चों की तमाम हरकतों से चिड़चिड़ाहट होने लगी थी और उन लोगों को इतनी झिड़कियाँ खानी पड़ी थी कि वे सब अब चीफ साहब से दूर-दूर ही रह रहे थे।

बड़े साहब भी कम तनाव में नहीं थे लेकिन उनकी पत्नी और नीलदुलारे को इससे कोई फर्क नहीं पड़ता था। उनका कार्य अनवरत पहले की ही तरह था और झिड़कियाँ खाने वाले यहाँ बड़े साहब थे जो "पता नहीं किस दुनिया में खोये थे और पत्नी बच्चों पर पूरा ध्यान नहीं दे रहे थे।" बड़े साहब ने बड़ी अनुनय-विनय करके पत्नी को अपने भाई के साथ सरकारी गाड़ी से कानपुर जाने से रोका हुआ था जहाँ जाना उनके लिये आज चीफ-फीफ के प्रोग्राम की अपेक्षा सैकड़ों गुना ज्यादा जरूरी था। एक तो 'छीर' वाला सूट का कपड़ा अभी बदला नहीं गया था और कुछ जरूरी चीजों की खरीदारी भूल भी गयी थी। पता नहीं क्यों कल एक जीप उस नामुराद छोटे साहब को दे दिये और एक से खुद ही घूमते रह गये थे ये बड़े साहब? सुबह से कई बार वे यह भी पूछ चुकी थीं कि चीफ के प्रोग्राम से वे कब खाली हो रहे हैं। घर में उठने वाले बवंडर को बचाने के लिये साहब मन में उठने वाले बवंडर को दबाये हुए ऊपर से एक शालीन और शांत मुखौटा चढ़ाये पत्नी बच्चों की हर बात का बड़ा संयत और माकूल जवाब दे रहे थे। केवल उनकी आँखें ही शून्य थीं पर उन्हें देखने की फुर्सत विश्व सुंदरी के पास कहाँ थी। ज्यादातर समय वह अपने भाई से पता नहीं कहाँ-कहाँ की बातें करने में मगन थीं। चाय, पानी, दूध, नाश्ता, झाडू, पोंछा आदि तमाम कार्य डेली वेजेज वालों के कमजोर कंधों पर थे जो उन्हें सँभाल न पाने के कारण रोज की तरह मेम साहब की डाँट और फेंका-फेंकी का शिकार हो रहे थे।

छोटे साहब को रात भर नींद आयी ही नहीं। बीच-बीच में नींद खुलने पर उनकी पत्नी के 'क्या बात है?' वाले प्रश्न का जवाब 'कुछ नहीं! सो जाओ।' देते-देते सवेरे के समय उनकी थोड़ी आँख लगी भी तो 'सालेम स्ट्रीट के नाइटमेयर' से भी अधिक डरावना सपना देखकर वे पसीने-पसीने हुए उठ बैठे और बेचैनी में टहलने लगे।

नौ बजे बड़े साहब ने लोकल चीफ के घर पर विजिट मारा। बिना किसी इंतजार के उनकी चीफ से फौरन मुलाकात हो गयी क्योंकि चीफ बराबर अंदर से

बाहर और बाहर से अंदर की धरती को रौंद रहे थे। चीफ ने उन्हें नफरत की निगाह से देखा पर बड़े साहब ने जवाब में अवज्ञा वाली निगाह नहीं दिखायी। वे विनम्रता से बोले- 'सर! सारे वायरलेस खुले हुए हैं। टेलीफोन पर आदमी तैनात हैं। रेस्ट हाउस ठीक-ठाक हो गया है। आप कितने बजे चलेंगे?"

सारी तैयारियों के बावजूद भी चीफ को कोई भरोसा नहीं था। अविश्वास भरे स्वर में बोले- "आप कह रहे हैं तो ठीक ही होगा। चीफ साहब को बार्डर पर रिसीव करने का क्या प्रोग्राम है?"

"छोटे साहब को कह दिया है सर! वे बार्डर के लिये निकलने ही वाले होंगे।"

"दिमाग खराब हो गया है आपका?" लोकल चीफ ने टेंशन उन्हीं पर उतारते हुए कहा- "इतने बड़े चीफ का प्रोग्राम है। आप खुद ही जाइये बार्डर पर।"

"जी हाँ!" आशा के विपरीत बड़े साहब ने कोई विरोध किये बगैर कहा।

साढ़े नौ तक अलग-बगल के क्षेत्रों के दो लोकल चीफ और पहुँच गये। कुछ बड़े साहब लोग भी आ गये। सबका आसन गोलम्बर में लगा। बाहर वाले अपेक्षाकृत निश्चिंत थे। उन्हें केवल सलाम भर मारना था तथा एक अनौपचारिक बैठक में हाजिरी लगानी थी। उनके क्षेत्रों में महाखोर चीफ के जाने की उम्मीद बहुत कम थी। वे यहाँ के लोकल चीफ की घबराहट का शालीन मजाक बनाने तथा तरह-तरह के किस्से सुनाने के साथ चाय की चुस्कियाँ लगा रहे थे। उनके लिये पिकनिक का सा माहौल लग रहा था जबकि लोकल चीफ को गले की फाँस अभी भी गड़ रही थी। बगल वाले लोकल चीफ सीनियर थे। वे बड़ा चीफ होने के कगार पर थे। अपने अफसरों से पटरी न बैठने के कारण उनका ट्रांसफर बड़ी जल्दी-जल्दी और अजीब-अजीब सी जगहों पर होने की वजह से उनके पास किस्सों का एक बड़ा भंडार था हालाँकि उनके करीबी लोग कहते थे कि उनके पास कुछ पंद्रह-बीस किस्सों से ज्यादा नहीं है जिन्हें वे अलग-अलग जगहों पर अलग-अलग ढंग से सुनाते थे। ज्यादातर किस्सों की बेसिक थीम यही होती थी कि उन्होंने बड़ी समझदारी और ईमानदारी से काम किया पर उनके अलावा बाकी अफसर बड़े ही बेईमान, गैर जानकार और कामचोर हैं। आज भी उन्होंने "जब मैं फलाने जगह था......." कह कर अपना लम्बा किस्सा छेड़ दिया था और "क्या नाम था उसका......." पर अटके हुए अपनी तीक्ष्ण याददाश्त में किसी का नाम खोज रहे थे जब लम्बी वाली फोन की घंटी बजी।

दिल लरजने के बावजूद भी लोकल चीफ फोन उठाने नहीं जा पा रहे थे क्योंकि किस्सा वाले चीफ काफी सीनियर थे और उनके किस्से को ध्यान से न सुनना या बीच में छोड़कर जाना अशिष्टता के साथ-साथ अनुशासनहीनता के दायरे में भी आता था। राजधानी से खबर थी महाखोर चीफ वहाँ से चल दिये है।

इसके बाद 'किस्सा चीफ' के लम्बे किस्से का एक भी शब्द लोकल चीफ को सुनायी नहीं पड़ा। उनके सामने किस्से पर आँख गड़ाये पूरा ध्यान देने की नौटंकी करते, बीच-बीच में सर हिलाते तथा जबरदस्ती की हँसी हँसने वाले अन्य लोगों की आवाजें उन्हें बहुत दूर से आती महसूस हो रही थी।

बगल वाले दूसरे चीफ ऐसे वर्ग से ताल्लुक रखते थे जो चार्वाकों की परम्परा में जिंदगी भर हर संभव ऐश कर लेने का कायल था। उनके ऐश का क ख ग किस्म-किस्म की देशी विदेशी शराबों ओर उनके कॉकटेल में एक्सपर्टाइज था जबकि इसका क्ष त्र ज्ञ भिन्न-भिन्न किस्मों की लड़कियाँ और महिलायें थीं। उनके अपने घर में विदेशी मदिरा का एक 'बार' था जिसके बारे में जानकार लोगों का कहना था कि यह क्षेत्र के दौरों से लाया गया था। दरअसल क्षेत्र में नाइट हाल्ट का टारगेट पूरा करने के प्रयास में जो भी रातें वह फील्ड में बिताते थे, हर रात के लिये दारू की नयी बोतल और नया ब्रांड मँगवाते थे जिसकी व्यवस्था फील्ड अधिकारियों को करनी होती थी। किसी बोतल से दो पैग तथा किसी से बिना कुछ पिये भी वे इन बोतलों को घर ले आते थे जो उनके 'बार' की शोभा बनती थी। किसी के घर या किसी छोटी-मोटी पार्टी में चाय के नाम से मुँह सिकोड़ कर 'चाय कौन पीने की चीज है' कहकर चाय पिलाने वाले पर एहसान करते हुए बेमन से चाय पीना उनका ट्रेडमार्क था। आज भी गोलंबर पर वे 'किस्सा चीफ' के किस्सों के बीच गैप पाते ही 'दारू की चर्चा' और उसके 'ब्लेंड्स' पर अपने विचार प्रकट कर रहे थे और साथ बैठे साहब लोग उन्हें भी बड़े ध्यान से सुनने का नाटक करते वाह! वाह! के उद्गार निकाल रहे थे। दारू के साथ दारू के सहायक के तौर पर मुर्गा, मछली, गोश्त आदि भी अपने विभिन्न रूपों मुसल्लम, करी, कीमा, दो प्याजा, फ्राई आदि चर्चा में शामिल थे जिनके जिक्र मात्र से उनके होठों के किनारे से मुँह में भरा पानी छलक रहा था। 'सिगरेट पीना स्वास्थ्य के लिये हानिकारक नहीं है' की जीती जागती मिसााल के रूप में वे छह डिब्बी रोज के औसत से सिगरेट पी रहे थे। अपने अन्य शौकों के विपरीत इस मामलें में वे पिछले सालों से एक ही ब्रांड पर चिपके हुए थे।

औरतों के मामले में उनकी रेंज 'फिफ्टीन टु फिफ्टी' वाले मुहावरे से प्रकट की जाती थी। उनके लिये औरत का शरीर मात्र कुछ भोग्य अंगों से अधिक नहीं था। दुनिया की हर औरत को वे उन अंगों के रूप में ही देखते थे और उसी में विविधता खोजते रहते थे। वर्तमान महाखोर चीफ जब लोकल चीफ हुआ करते थे तो ये उनके अण्डर में बड़े साहब थे। इनकी पोस्टिंग का वो गोल्डेन पीरियड था क्योंकि यह पोस्टिंग ऐसी जगह थी जहाँ विदेशी टूरिस्टों का आना-जाना बहुत होता था। विदेशी महिलाओं के पीछे लार टपकाते उनकी सेवा में सारी विभागीय सुविधाओं का मुँह खोल देने और उनकी भरपूर सेवा करने के बदले प्रायः वे उनसे

कभी छोटा तो कभी बड़ा ईनाम वसूल ही लेते थे जो बाद में उनके गंदे किस्सों का अंग बन जाता था। चूँकि उनके बॉस महाखोर चीफ को अपने ही दंद-फंद से फुर्सत नहीं मिलती थी अतः वे इनकी इस प्रकार की छोटी-मोटी शिकायतों पर ध्यान नहीं दे पाते थे।

हमारे लोकल चीफ को महाखोर चीफ को 'साफ्ट' करने के लिये उनकी मदद की काफी आशा थी और इसीलिए वे उनकी बेहूदा बातों को भी तवज्जो दे रहे थे।

दो घंटे का समय इसी प्रकार धीरे-धीरे सरका। इस दौरान सारे सरकारी काम तथा मुलाकातें बंद रही। किसी बहाने छुट्टी लेकर गोलंबर से बाहर निकल आये साहब लोग गोलंबर की निगाह बचा कर अपने चकराते हुए सिर दबाते हुए बातें कर रह थे।

"मारो साला! सिर चटक गया सुनते-सुनते!"

"मैंने तो यह किस्से पाँचवीं बार सुने हैं।"

"तुम तो दूर हो लाला। मुझे तो इन चीफ की शक्ल देखते ही ये किस्से दिमाग में गूँजने लगते हैं। लेकिन ये फिर भी सुनाते रहते हैं।

"और ये दूसरा वाला कितना दरिद्र है। किस्सा सुनाते ही इसके मुँह से निकले थूक के फव्वारे टेबिल गीला कर देते हैं।"

"मरेगा साला! बुढापे में भी अपनी आदतों से बाज नहीं आया तो एड्स हो जायेगा।"

"हो सकता है हो भी गया हो।"

"इसके साथ खाना-पीना भी रिस्की है तब तो।"

"छोड़ो इन दरिद्रों की बातें! और सुनाओ क्या हो रहा है?"

"होगा क्या? होना-हवाना तो इन बाबू साहब के यहाँ है। आठ करोड़ का बजट दबाये बैठे हैं।"

"आपके यहाँ ही क्या कम है?"

" मेरे यहाँ तो ढाई करोड़ ही है।"

"बकिया साढ़े तीन सौ वसूली सेंटर कहाँ जायेगें? वो तो बिना हल्दी-फिटकरी के ही करोड़ो देते हैं।"

"देखिए! इस बार तो ये चीफ मेरे ऐसा पड़ गया है कि सँभालना मुश्किल हो रहा है।"

तभी गाड़ी में लगा वायरलेस बोलने लगा जिससे ये सब बातें तो बाधित हुई ही गोलबंर में चीफों द्वारा एक-दूसरे को किस्से सुनाने के प्रयास भी बाधित हो गये।

सभी लोगों ने साँस रोक कर सुना। काफी देर अलाने टु फलाने, हियर टु देयर, सूं सूं घर्रर घर्रर टीं टीं के बाद पता चला कि अभी महाखोर चीफ बार्डर पर नहीं पहुँचे हैं। बड़े साहब और छोटे साहब अपने अमले के साथ वहीं डटे हुए हैं।

***

दिन के दो बजे तक बार्डर पर बड़े साहब की वाटर बॉटल में पानी खत्म हो चुका था। हजारों बार उनकी निगाह एक तरफ 'कष्ट के लिये क्षमा-धन्यवाद' तथा दूसरी तरफ 'स्वागत' लिखे हुए बोर्ड के उस पार दूर तक लहराती गयी सड़क पर लाल बत्ती वाली सफेद कार की तलाश में घूम कर वापस लौट आयी थी। उस निर्जन में उन लोगों को इस तरह बेकार खड़े देखकर वहाँ से गुजरने वाले स्थानीय लोग तरह-तरह के अनुमान लगाते हुए उन लोगों को विचित्र सी निगाहों से देखते गुजर रहे थे। ढाई-तीन घंटे लगातार निर्जन में रहना वैसे भी जीवट का काम होता है। यहाँ तो इसके साथ दौरे का तनाव, छोटे साहब-बड़े साहब के बीच तनाव, काम पूरे न होने का तनाव, वहाँ बेकार खड़े रहने का तनाव ये सब भी साथ जुड़े थे। शुरू के एक घंटा तो साहबी ऐंठ अपनी जगह पर कायम रही पर बाद के दो घंटो ने वहाँ समाजवाद ला दिया। अब वे छोटे साहब, फील्ड अधिकारी, तथा अन्य कर्मचारियों से भी बातें करने लगे थे।

एक घंटा और बीता।

बड़े साहब के पेट में हल्का हल्का दर्द शुरू हो गया था जो शायद भूख लगने पर वहाँ से दो किलोमीटर दूर की एक स्थानीय दूकान से आये अजीब से तेल में तले समोसे खाने की वजह से था या फिर प्यास लगने पर वहीं ट्यूबवेल का पानी पीने के कारण था। यह दर्द वहीं सड़क के किनारे बार-बार लघुशंका निवारण तथा वायु विमोचन के बाद भी बना हुआ था। इतना एक्जर्शन पड़ने के कारण सिर भी दर्द होने लगा था। वे पस्त से जिप्सी की सीट पर आँख बंद करके स्टेयरिंग पर सिर टिका कर बैठ गये। छोटे साहब की भी यही दशा थी। वे पीछे की तरफ से जिप्सी में आकर वहाँ उसी मुद्रा में बैठ गये। छोटे-मोटे कर्मचारी तिनके की ओट लेकर वहीं सड़क के किनारे उकडू बैठे हुए थे। फील्ड अधिकारी घंटों वायरलेस पर चिल्लाने के बाद भी कोई जवाब न मिलने पर खामोश होकर अपनी जीप में घुसकर बैठ गये थे।

एक घंटा और बीत गया।

अब साहब खुलेआम इस नौकरी पर लानतें भेजने लगे थे जिसकी वजह से ही उनका अस्तित्व और ऐशो-आराम थे। फील्ड अधिकारी ने एक ट्रक को रोक लिया था और ट्रक वाले से वे इस विवाद में उलझे थे कि उस पर लदी गिट्टी पर जुर्माना बनता है या नहीं। कई कर्मचारी भी इसमें साथ थे। साहब सूनी-सूनी आँखों

से उन्हें देख रहे थे जब किसी कर्मचारी की उत्तेजित सी आवाज आयी- "वे आ रहे हैं।"

इस आवाज ने सारा माहौल चैतन्य कर दिया। बड़े साहब ने गाड़ी से कूदकर पीछे देखा जहाँ लहराती सड़क पर चिर प्रतीक्षित सफेद कार अपने पीछे दो-तीन गाड़ियाँ और लगाये हुए तेजी से चली आ रही थी। छोटे साहब जीप के पीछे से कूदे। फील्ड अधिकारी ट्रक वाले को भाग जाने का इशारा करते हुए सर पर अपनी कैप जमाते सड़क की ओर भागे। अन्य लोग भी खड़े हो गये।

चीं-चीं सीं-सीं करती हुयी गाड़ियाँ बार्डर पर रुकी। पीछे वाली कार से निकल कर वनसफा के बड़े साहब आये। यहाँ के बड़े साहब ने महाखोर चीफ को गाड़ी की खिड़की के रास्ते एक प्रगाढ़ अभिवादन भेजा जिसके जवाब में बिना मुस्कुराये 'महाखोर चीफ' ने सर हिलाया। छोटे साहब के अभिवादन तथा फील्ड अधिकारी के जोरदार सैल्यूट को नजर अंदाज करते हुए वे वनसफा के बड़े साहब से मुखातिब हो गये और उनसे मुस्करा कर खिड़की के बाहर हाथ निकाल कर मिलाते हुए बोले- "अच्छा! ठीक है फिर!" उन बड़े साहब के साथ आये कई लोगों ने सफेद गाड़ी को जल्दी-जल्दी सलाम किया और सभी लोग छुटकारे की साँस लेते हुए वहाँ से रूखसत हुए।

"तुम्हारे लोकल चीफ कहाँ हैं?" महाखोर चीफ ने नाराजगी के स्वर में पूछा।

"जी! रेस्ट हाउस पर आपका इंतजार कर रहे हैं।" बड़े साहब ने खिड़की पर थोड़ा झुकते हुए बताया फिर पूछा- "मैं रास्ता बताने के लिये आगे चलूँ सर?"

"रास्ता मुझे पता है।" कह कर उन्होंने ड्राइवर को चलने का इशारा किया।

बड़े और छोटे साहब भागकर अपनी गाड़ियों में पहुँचे। अभ्यस्त ड्राइवर ने तेजी से ले जाकर अपनी गाड़ी आगे जा रही दोनों गाड़ियों के पीछे लगाया। छोटे साहब तथा फील्ड अधिकारी की गाड़ियाँ उनके पीछे लगी। कारवाँ चल पड़ा। पीछे की तीनों गाड़ियों में बैठे लोगों को समझ में ही नहीं आ रहा था कि इतने सब तामझाम के साथ मुख्यालय से सत्तर किलोमीटर दूर बार्डर पर आने की जरूरत ही क्या थी?

वनकटी रेस्ट हाउस में भी आज मेले का सा माहौल था। सदा वीरानी का लुत्फ देने वाला यह रेस्ट हाउस झाड़ झंखाड़ से भरा जंगल ही था जहाँ साँप, बिच्छू होने की बात भी इसलिए प्रचारित थी कि वहाँ कोई जल्दी ठहरने की हिम्मत न करे। यह बात केवल फील्ड अधिकारी तथा बड़े साहब जानते थे कि इसके रखरखाव के लिये इस वर्ष प्राप्त एक लाख चालीस हजार रुपये कहाँ गये। आज इसकी भरपूर साफ-सफाई करके, रास्तों पर चूना डालकर, क्यारी के किनारे वाले ईटों पर गेरू पोतकर,

किराये पर थ्री पीस सोफा तथा डबलबेड लाकर तथा बड़े साहब के ऑफिस व घर में जमीन पर बिछे कारपेट से इसे दुल्हन की तरह सजाया गया था। इमरजेंसी के लिये यहाँ दो जनरेटर भी लाये गये थे और यहाँ इमरजेन्सी की हालत सदा ही रहने के कारण एक जनरेटर चल भी रहा था। इस दुल्हन की तरह सजे रेस्ट हाउस में आपसी किस्सों से बोर होकर इंतजार में थक कर पस्त बैठे चीफों व बड़े साहबों के मुँह से अब कोई आवाज भी नहीं निकल रही थी। दूर दराज से आये चीफ और साहब लोग रात हो जाने के भय से घबरा रहे थे क्योंकि उन्हें वापस भी जाना था। वायरलेस व टेलीफोन अब बेकार हो चुके थे हालाँकि हर घरघराहट पर वे लोग चौंक उठते थे। नतीजा शून्य था।

शाम साढ़े सात बजे गाड़ियों की रोशनी बिखेरते कारवाँ की झलक दिखने पर यहाँ भी उसी प्रकार की भागमभाग और हलचल हुई जैसी बार्डर पर हुई थी। उन्हीं सब प्रक्रियाओं से गुजरते 'महाखोर चीफ' अपने सूट में घुस गये। उनके बिटिया-दामाद दूसरे सूट में घुसे। अर्दलियों ने बड़े सधे तरीके से सामान निकाल-निकाल कर सूट में पहुँचाया। खाली गाड़ी ड्राइवर लेकर पार्क करने चला गया।

चीफ लोग वहाँ एक सधी हुई खामोशी के साथ बैठ गये। वे आपस में फुसफुसा कर बातचीत कर रहे थे। अब उन्हें यह प्रसन्नता भी थी कि दिन भर के थके चीफ जल्दी ही उन लोगों को छुट्टी देकर आराम करेंगे। इसी बीच वहाँ के बड़े साहब को छोटे साहब की मार्फत पता लगा कि वनसफा में देर होने का कारण वहाँ 'महाखोर चीफ' के अनन्य भक्त छोटे साहब थे जो हर हाल में बेटी-दामाद की दुहाई देते उन्हें एक फाइव स्टार होटल में लंच खिलाने ले गये थे। उस दौरान बार्डर पर अपनी दुर्दशा की याद करके बड़े साहब के मुँह तक एक वजनी गाली आयी पर वह बाहर नहीं निकली।

लगभग पौन घंटे के बाद 'महाखोर चीफ' कीमती कुर्ता-पायजामा तथा स्लीपर पहने कंधों पर एक रेशमी दुशाला सा डाले एकदम नयी सजधज के साथ बैठक में आये और वहाँ पर चौक कर तेजी से खड़े होते अधिकारियों को बैठने का इशारा करते, मुस्कुराते खुद भी बैठ गये। फिर उन्होंने बारी-बारी से सबको देखते हुए, जब तक सबका नाम जाति या पदनाम बोला या पूछा तब तक चाय-पानी भी टेबिल पर करीने से सजा दिया गया। इसी बीच उनके बेटी-दामाद भी वहाँ आ गये थे। पीछे बैठे एक नये चेहरे की ओर इशारा करते हुए उन्होंने परिचय पूछा तो उन्हें बताया गया कि ये आनंदनगर वाले छोटे साहब हैं और विभाग में नये भर्ती हुए हैं।

लोकल चीफ ने घनिष्टता बढ़ाने के अंदाज में उनके दामाद की ओर देखकर पूछा- "कैसा लगा आपको यहाँ?"

"बहुत गंदा है।" उनके स्थान पर राजधानी की आधुनिका महाखोर चीफ की

बेटी ने संक्षिप्त सा जवाब दिया।

इसके बाद चाय-नाश्ते का लीजिए-दीजिए वाला दौर चला। इस दौर के बीच में ही अचानक महाखोर चीफ एकदम संजीदा होकर थोड़ा बेरूखी वाले भाव में बोले - "आप सभी लोगों को एक बात मैं बहुत साफ-साफ बता देना चाहता हूँ। मैं काम चाहता हूँ, काम पूरी ईमानदारी व निष्ठा से होता हुआ चाहता हूँ। और भ्रष्टाचार........" एक क्षण उन्होंने सामने बैठे लोगों की आँखों में सीधे देखा- "भ्रष्टाचार को बढ़ते हुए मैं कतई नहीं देख सकता।"

"जी सर!" सभी ने समवेत स्वर में कहा।

"हमारे देश-प्रदेश और हमारे विभाग की बड़ी स्पष्ट नीति है कि हम भ्रष्टाचार को कम करेंगे। हमारे नेता भी कहते हैं कि भ्रष्टाचार की जड़ें इतनी गहरी हैं कि इसे भले ही समाप्त नहीं किया जा सकता पर इसे कम किया जा सकता है। हमारा विभाग इसे कम करने को कटिबद्ध है।"

"जी सर!" फिर वही कोरस।

इसी समय के आसपास बिटिया-दामाद की आँखें मिली। कुछ आँखों ही आँखों में बात हुई और दोनों बारी-बारी से उठकर अंदर चले गये। उनकी ओर ध्यान दिये बगैर ही चीफ साहब ने आगे कहा- "इस काम में मैं आप सबका सहयोग चाहता हूँ।"

"जी सर!" समवेत स्वर। इस बार उनके साथ पहले भी रह चुके चीफ ने कहा - "लेकिन सर! भ्रष्टाचार पहले होना तो चाहिए।"

एकाध लोग हल्का-फुल्का मुस्कुराये पर महाखोर चीफ संजीदा रहे। उन्होंने गंभीरता से ही कहा- "हम इसे हल्के-फुल्के ढंग से नहीं ले सकते। इस समय सभी मुख्य विभागों की तरह हमारा विभाग भी भ्रष्ट लोगों को चिन्हित करने का काम कर रहा है। इसके लिये राजधानी में समिति भी गठित की जा चुकी है जिसका अध्यक्ष मैं हूँ। हमें पंद्रह दिनों के अंदर सबसे भ्रष्ट दस अधिकारियों के नाम दे देने हैं। मैं चाहूँगा कि आप लोगों में से किसी का नाम इस लिस्ट में न हो।"

उनकी गंभीरता तथा इस सूचना से वहाँ बैठे सभी लोगो की रीढ़ हड्डी में एक ठंडी सिहरन दौड़ गयी। नाम तो किसी का भी हो सकता है पर इससे बचने का उपाय भी तो होगा। महाखोर चीफ से उपाय जानने का काम दारू वाले चीफ ही कर सकते थे। कोई कुछ नहीं बोला।

तभी पीछे से एक अपरिचित सी आवाज आयी- "लेकिन सर! भ्रष्टाचार हम किसे कहेगें? इसकी सीमायें क्या होंगी? हम इसे परिभाषित कैसे करेंगे?"

महाखेार चीफ सहित सभी ने चौंक कर उधर देखा। यह आनंदनगर वाले छोटे

साहब थे। छोटा मुँह बड़ी बात वाली भावना भी सभी के मन में उठी। महाखोर चीफ ने उन्हें बड़ी हिकारत से घूरते हुए कहा- "अभी तक इतनी सी बात अगर आपकी समझ में नहीं आयी है तो आपका भगवान ही मालिक है। आपके तमाम सीनियर यहाँ है। उनसे जानकारी कर लीजिए।"

"मैं उनसे जानकारी कर चुका हूँ और मुझे उनकी बात समझ में नहीं आयी है। इसीलिए आज मौका मिलने पर आपसे पूछने की गुस्ताखी कर रहा हूँ।" उनकी आवाज विनम्र, धीमी पर निर्भय और दृढ़ थी।

"क्या बताया है उन्होंने?"

"यही कि सौंपे गये दायित्व को ईमानदारी से पूरा न करके उसमें निजी स्वार्थ मिलाने और निजी लाभ लेने को भ्रष्टाचार कहते हैं।"

"तो?"

"बात इतनी ही नहीं है। परमिट देने के लिये मैं पैसा लूँ, मजदूरों के पैसे से अपना कमीशन लूँ, काम न करवा के सारा पैसा खुद रख लूँ और फर्जी बिल बना दूँ, यह सब तो भ्रष्टाचार कहा ही जाता है पर एक मजदूर से दो साल काम लेकर उसे पैसा न दिया जाय यह क्या है? एक निर्दोष गार्ड को सस्पेन्ड करके उससे वसूली की जाय, यह क्या है?"

"यह भी भ्रष्टाचार है।" एक चीफ ने कहा।

"और जंगल में टाँगिया वालों तथा जलौनी, पत्ता, दातौन वालों से बेगार कराना क्या है।?"

कोई कुछ नहीं बोला।

"सरकारी गाड़ियों का दुरूपयोग क्या है? ऑफिस में काम न करना क्या है? अपने स्वार्थ के लिये गरीब मजलूमों पर किये जाने वाला अत्याचार क्या है?"

सभी को मानो साँप सूँघ गया था। यह तो तय था कि यह लड़का अब गया। महाखोर चीफ के मुँह लगने का अंजाम और हो भी क्या सकता था?

महाखोर चीफ ने उन्हें घूरते हुए गुस्से से तेज आवाज में पूछा- "टाँगिया वालों से बड़ी हमदर्दी है आपको?"

"मुझे हर उस आदमी से हमदर्दी है जो इस व्यवस्था में निर्दोष चूसा जा रहा है, अन्याय और अत्याचार सहने को मजबूर है और वो भी हमारे ही हाथों। टाँगिया तो एक नाम है। मेरे हिसाब से तो जंगल के आस-पास के गाँवों के बेरोजगार नौजवान जो रोजगार के लिये जंगल पर निर्भर हैं, विभाग में काम करने वाले डेली वेजेज वाले, गार्ड, दातौन वाले, पत्ता दोना वाले, जलौनी वाले सभी टाँगिया है। सभी की मजबूरियों ने उन्हें जगंल पर निर्भर बना दिया है। और हमने उन्हें कटेरा और

माफिया नाम दे रखा है। हमारे पास उनके लिये कोई नीति नहीं है। उन्हें मुख्यधारा में लाने की कोई योजना नहीं है। हम शोषक हैं वे शोषित।"

"आपने कोई कम्यूनिस्ट क्लब ज्वॉइन कर लिया है क्या?"

एक चीफ ने माहौल हल्का करना चाहा लेकिन महाखोर चीफ की घूरती निगाहों की परवाह न करते हुए आनंदनगर वाले छोटे साहब ने सन्नाटे में भी अपनी बात जारी रखी- "इस व्यवस्था में जहाँ शोषक और शोषित दो ही ग्रुप है, हम भ्रष्टाचार की बात ही क्या कर सकते हैं? क्या इससे हमारे विभाग के उस मजदूर की हालत सुधरेगी जिसके घर में एक समय ही चूल्हा जलता है? क्या इससे दारू में ही तनाव डुबोकर अपना स्वास्थ्य व परिवार चौपट करने वाले कर्मचारियों को कोई राहत होगी जिन्हें दो-तीन सालों से वेजेज नहीं मिले हैं? क्या हम अपनी कुछ सुख-सुविधा की कुर्बानी उनके नाम पर दे सकेंगे? तभी तो भ्रष्टाचार कम होने की बात की जा सकती है। नहीं तो उन्हें छोटे-मोटे भ्रष्टाचार वाले धंधों से कैसे रोका जा सकता है?"

इसके बाद वहाँ मुकम्मल सन्नाटा छा गया। लोगों को अपनी साँसों की आवाज भर सुनायी दे रही थी।

आवेश कम होने पर कुछ स्थिर धीमी आवाज में आनंदनगर वाले छोटे साहब ने अपनी बात समाप्त की- "आज इस जगह ये सब बातें कहने के लिये मैं आप सबसे माफी चाहता हूँ लेकिन मैं इन मुद्दों पर विभाग के सबसे बड़े अफसर से विभाग का रूख जानना चाहता हूँ। अगर आप कुछ बताते हैं तो आपका आभार मानूँगा।"

महाखोर चीफ ने 'आप' वाला टोन छोड़कर इस बार स्वाभविक आवाज में कुछ सोचते हुए कहा- "मैं तुम्हारी भावनाओं को समझ रहा हूँ। लेकिन इस तंत्र में भावनाओं से काम नहीं चलता। यहाँ के अपने नियम-कायदे, अपनी व्यवस्थायें और अपने पूर्वाग्रह है। हमें उसी में बँधकर रहना है और काम करना है। हमारी सीमायें हैं। हम नीतियाँ बनाने वाले नहीं है। उन्हें केवल लागू करने वाले हैं। इसलिए हमें अपनी सीमाओं में ही काम करना चाहिए।"

"ठीक है सर! लेकिन नौकरशाही एक बहुत ही ताकतवर तंत्र है और यह एक ओर समाज पर तथा दूसरी ओर नीति निर्माताओं पर भी प्रभाव डालने में सक्षम है। पहल करने के लिये यह तंत्र सबसे अधिक उचित और सशक्त प्लेटफार्म है। पहल तो हमें ही करनी है।"

"नहीं ! हम नहीं कर सकते। हमारे हाथ बँधे हैं।"

"तो क्या हम सब जानते समझते हुए अभी इस अन्याय के मूक दर्शक ही

बने रहेंगे?"

"हाँ! मैं तुम्हें इस सिक्के का एक दूसरा पहलू भी दिखाना चाहता हूँ। समाज को शोषक और शोषित के वर्गो में बाँटना केवल राजनीतिज्ञों की चाल है जिससे वे तथाकथित शोषित वर्ग की सहानुभूति व उन का वोट खींच सकते हैं। असल व्यवस्था बड़ी मछली, छोटी मछली की है। दोनों ही समाज रूपी दरिया में हैं। बड़ी मछली, छोटी मछली को खा जाती है। खा डाले जाना छोटी मछली की नियति है। हम चाहे जितना शोषक और शोषित के अन्तर समाप्त कर दें हम छोटी मछली को खाये जाने से रोक नहीं सकते। उदाहरण के लिये किसी भी साम्यवादी व्यवस्था को देख लो। उनकी सामाजिक समानता कितने दिन टिकी? क्या वहाँ भी बड़ी और छोटी मछलियों वाली व्यवस्था नहीं रही। शोषक शोषित का विभाजन सबसे बड़ा झूठ है। सामाजिक, बौद्धिक व शारीरिक असमानता सबसे बड़ा सत्य है। जो कमजोर होगा वह खाया जायेगा। उसका शोषण होगा। उसे कोई नहीं बचा सकता। यह उसकी नियति है।" इतना कहकर चीफ साहब ने अपना दुशाला ठीक किया।

"तो यह मानकर हम अपनी क्रूरता और शोषण के प्रति उदासीनता को सही ठहरा लें? उनके सुधार के लिये कोई प्रयास न करें?"

"ये मानवीय भावना होगी। मेरा मतलब है कि जब हम अपनी क्रूरता और अन्याय के प्रति सजग होते हैं या जब हम दूसरों पर अत्याचार होता देखकर द्रवित होते हैं तो यह मानवीय भावनायें होती हैं। समाज में बड़े गिने चुने लोगों में ही ये भावनायें जन्म ले पाती है। शेष समाज तो आदिम समाज है।" महाखोर चीफ ने समझाया। अब उन्हें भी इस प्रकारण में अपनी बौद्धिकता की तुष्टि का तथा दूसरे को समझाकर अपने अनुकूल बनाने का रस आने लगा था।

अबके किस्सा चीफ ने भी वार्तालाप में हिस्सा लेते हुए पूछा- "ऐसा क्यों होता है सर? क्यों कुछ ही लोगों में मानवीय भावनायें पनपती हैं? आखिर सभी मनुष्य ही हैं। सभी में इन्हें होना चाहिए।" उनके स्वर में जिज्ञासा थी।

"यह बड़ा ही गूढ़ प्रश्न है जिसका जवाब हजारों वर्षो से अलग-अलग लोगों ने अपने हिसाब से दिया है। यह प्रश्न सभी विचारकों के लिये समस्या रहा है। मेरे विचार से यह विकास की प्रक्रिया है। विकास लगातार दो तलों पर हो रहा है-एक शारीरिक तल पर और दूसरा विचारों के तल पर। इन दोनों की ही चरम परिणति इस समय मनुष्य ही है। इन दोनों की गति में अंतर है।"

वे एक क्षण को रूके। सबकी ओर देखा। उनके चेहरों पर समझ में न आने का भाव देखकर उन्होंने धैर्य से अपनी बात का और विस्तार किया।

"आप सभी जानते ही हैं कि हमारा विकास जानवरों से हुआ है। डारविन ने

कहा था कि मनुष्य के पूर्वज बंदर थे। मेरा कहने का मतलब है कि बहुत से लोगों को शारीरिक विकास की प्रक्रिया में मुनष्य का शरीर पहले मिल गया पर वैचारिक विकास की गति थोड़ा धीमी होने के कारण उनके मानसिक धरातल पर पशुवृति की ही प्रधानता रह गयी। धीरे-धीरे उनमें भी मानवीय भावनायें विकसित होती हैं। मानवीय भावनाओं का यह विकास एक पल में भी हो सकता है और हजार साल भी ले सकता है।"

आनंदनगर वाले छोटे साहब ने स्वीकार में सिर हिलाते हुए पूछा- "तो क्या मानवीय भावनाओं वाले लोग ही समाज के लिये कुछ कर सकते हैं?"

"वे करते हैं। वे करते रहे हैं। मैं इसे दूसरे ढंग से कहूँ तो हमारा समाज एक जंगल है, एक इकोसिस्टम है जहाँ खाना बनाने का अर्थात् उत्पादन का काम कोई करता है और उसे छीन-झपट कर खाता कोई और है। पेड़-पौधे सूर्य की रोशनी से खाना बनाते हैं। वे शाकाहारी जानवरों द्वारा खा लिये जाते हैं। शाकाहारी जानवर दूसरे माँसाहारी जानवरों द्वारा खाये जाते हैं। यह एक प्रकृति जन्य व्यवस्था है। इसमें अन्याय, अत्याचार का विचार तक नहीं है। कहीं गहरे में हमारा समाज भी यही है। शरीर सबके पास मनुष्य का है पर दिमाग में अभी भी आदिम पशु प्रवृत्तियाँ मौजूद हैं जो अपने से कमजोर को खाने के लिये प्रेरित करती है। ये पशु प्रवृत्तियाँ जब मनुष्य की बुद्धि के साथ मिल जाती है तो क्रूरता और अन्याय का रूप और अधिक विकृत हो जाता है। मानवीय भावनाओं वाले अपने सशक्त मानवीय बल से इन पशु वृतियों पर मानवीय भावनाओं के विकास में तेजी ला सकते हैं।

"हाँ !" आनंदनगर वाले साहब बोले- "बहुत से विचारकों ने यही किया है। उनके असर से पूरा का पूरा समाज भी बदल गया है।"

"लेकिन इसके लिये उतना बड़ा विचारक भी तो होना चाहिए।" लोकल चीफ ने कहा।

"नहीं!" महाखोर चीफ ने दृढ़ आवाज में कहा- "मानवीय भावनाओं की छोटी सी लहर भी काफी कुछ बदल सकती है बशर्ते वह एक्टिंग न होकर भीतरी सच्चाई हो। वह आस-पास के समाज पर सीधा प्रभाव डालती है। ऐसी भावनाओं के सम्पर्क में आये मनुष्यों में बहुत कुछ बदल जाता है। मानवीय भावनाओं वाले व्यक्ति समाज के लिये वरदान है।"

"लेकिन गिने-चुने मानवीय भावनाओं वाले लोगों के प्रयास के बावजूद भी यह प्रक्रिया बहुत धीमी होगी। इनके बड़े समाज के सुधार के संदर्भ में यह महत्वहीन होगी।" आनंदनगर वाले बोले।

"हाँ! तेजी लाने का एक दूसरा रास्ता है और वह है कमजोरों में एकता।

एकता मजबूत बनाती है। एकता से चींटियाँ तक हाथी को खा सकती है। एकता के बूते ही नन्हें कीटाणु बड़े-बड़े जानवरों व मनुष्य तक का सफाया कर सकते हैं। कुछ विचारकों ने इस तरकीब का भी प्रयोग किया है जिसे आप 'सर्वहारा की क्रान्ति' के रूप में जानते हैं। पर यह व्यवस्था स्थायी नहीं होती। एक बार लगता तो है कि शोषक वर्ग समाप्त हो गया मगर फिर सर्वहारा में ही शोषक वर्ग उभरने लगता है।"

इस निरर्थक से लगने वाले बौद्धिक विचार-विमर्श में वहाँ मौजूद अधिकांश व्यक्ति बोर होकर जमुहाइयाँ ले रहे थे पर उन्हीं के बीच आनंदनगर वाले छोटे साहब इस तर्क जाल से भ्रमित अपनी जगह से उठे। वे महाखोर चीफ से बोले- "आपकी विद्वता और आपके तर्कों का अभी मेरे पास कोई जवाब नहीं है। मैं तर्क और सिद्धांत नहीं प्रस्तुत कर सकता पर यह एकदम तय है कि लाचार और शोषित निर्दोष व्यक्ति मेरे हृदय में इस व्यवस्था के प्रति एक आक्रोश जगाता है। मैं न तो 'सर्वहारा की क्रान्ति' में विश्वास रखता हूँ, न छोटी मछली बड़ी मछली के सिद्धांत में और न ही शोषक और शोषित वर्ग की समाजिक मान्यता में। मैं इतना जानता हूँ कि हम बेबस मजदूरों की मजदूरी नहीं छीन सकते हैं, हम निर्दोष लोगों को बड़े लोगों के हितों पर बलि नहीं चढ़ा सकते हैं। यह हमारा दायित्व है। अगर हम इसे नहीं समझ सकते तो हमें समाज में बने रहने का कोई अधिकार नहीं है। हमारे तंत्र की सामंतशाही इसे खोखला कर रही है। केवल तर्कों से इसे ढका नहीं जा सकता।"

इतना कहकर उन्होंने महाखोर चीफ को नमस्कार किया तथा बाहर चले गये।

उनके जाने के बाद काफी देर तक वातावरण बोझिल सा रहा। चीफों ने एक-दूसरे की ओर देखा फिर अपनी विद्वता से अभिभूत हुए महाखोर चीफ को उन्होंने शून्य में घूरते हुए देखा। कोई कुछ नहीं बोला।

कुछ देर इंतजार के बाद महाखोर चीफ ने सभी से सम्बोधित होकर कहा - "ठीक है फिर! आपलोग अभी कुछ देर बाहर रुकियेगा। मैं इन चीफ साहब से कुछ बातें तय कर लूँ।" उन्होंने दारू वाले चीफ की ओर इशारा किया। सभी लोग उन्हें सलाम करके बाहर हो गये। बाहर कई लोगों ने आनंदनगर वाले छोटे साहब को झिड़कने और समझाने की कोशिश की पर उन्होंने कहा- "चीफ साहब की विद्वता तथा उनके तर्क बहुत गहरे हैं। मुझे अभी इस पर विचार का समय चाहिए।" आनंदनगर वाले तो इतना कह कर सदा की तरह चुप हो गये पर वहाँ चर्चाओं का बाजार तब तक गर्म रहा जब तक कि दारू वाले चीफ बाहर नहीं आ गये। वे काफी बुझे-बुझे से थे। उन्होंने वहाँ के लोकल चीफ तथा बड़े साहब को भीतर जाने का संदेश दिया।

आशंकित से इन दोनों अधिकारियों के भीतर जाने पर चीफ साहब ने उन्हें मुस्कुरा कर बैठने का इशारा किया और काम-धाम की सामान्य बातें करते-करते

चर्चा के दौरान बड़े साहब से सामान्य रूप से कहने लगे- "टाँगिया वाला काम तो तुमने बड़ी बहादुरी से किया।"

"जी सर! वो तो........ वैसे ही......." इस स्टोरी के प्रणेता बड़े साहब ने इस प्रश्न के उत्तर का काफी रिहर्सल किये होने के बावजूद अटक-अटक कर कहा।

"हुआ क्या था?" उन्होंने मधुर आवाज में पूछा।

बड़े साहब ने अपनी स्टोरी दोहरायी।

स्टोरी का अन्त आते-आते महाखोर चीफ काफी गंभीर चुके थे। उन्होंने पूछा- "और इस स्टोरी को अखबार में छपवाने का जुगाड़ कैसे किया?"

बड़े साहब मानों आसमान से गिरे। लोकल चीफ भी सकते में आ गये। एक क्षण को तो उन्हें समझ में ही नहीं आया कि चीफ साहब क्या कह रहे हैं। उनके मुँह से बोल न फूटा। महाखोर चीफ ने कहा- "मैं छोटा साहब, बड़ा साहब, लोकल चीफ सब रह कर यहाँ तक पहुँचा हूँ। हम लोगों के जमाने में केवल पैसा ही नहीं बल्कि आदमी भी कमाये जाते थे। मेरे भर्ती किये हुए आदमी हर जगह हैं। हाई लेविल मीटिंग में जब 'नेता जी' ने बताया कि यह खबर झूठ है तो इसकी सच्चाई जानने में मुझे दस मिनट ही लगा। केवल यह नहीं समझ में आया था कि यह अखबार वालों की शरारत है या तुम्हारी। वो पता चल गया। तुम्हारे यहाँ दौरा करने के पहले मैंने यहाँ की जानकारी पहले ही हासिल की हुई है। कल का दौरा तो केवल खानापूरी ही है।"

बड़े साहब का दिमाग सनसनाने लगा था। मदद के लिये उन्होंने लोकल चीफ की ओर देखा पर वे तो खुद ही सनसना रहे थे।

बड़ी मुश्किल से उनके मुँह से निकला - "सर? इस बार माफ कर दीजिए।"

"गुड नाइट जेन्टिलमेन" कह कर महाखोर चीफ उठ गये। उनके भर्ती किये हुए आदमी उनसे मिलने के इंतजार में बड़ी देर से प्रतीक्षा कर रहे थे। कुछ समय उनके लिये भी था।

उपसंहार

महाखोर चीफ का दौरा अगले दिन ही समाप्त हो गया तथा वे दिल्ली से लौटे महामहिम के साथ बैठक करने के लिसे वापस राजधानी चले गये। दारू वाले चीफ से भ्रष्टाचार का कुछ हिस्सा कम करने का मतलब समझ कर सभी साहब लोग अपने-अपने भ्रष्टाचार का कुछ हिस्सा राजधानी जाकर उन्हें भेंट कर आये और अपना भ्रष्टाचार कम कर लिया।

लोकल चीफ अपनी जिम्मेदारियों के प्रति लापरवाही बरतने के कारण मुखयालय से अटैच कर दिये गये।

बड़े साहब तथा चार फील्ड अधिकारी अलग-अलग आरोपों में निलंबित होकर राजधानी अटैच हुए और उन्हें चार्जशीट भी किया गया। दुर्दिन में बड़े साहब का साथ छोड़कर 'विश्व सुंदरी' पहले तो अपने भाई के साथ रहीं पर छह महीने तक वहाँ की दशा-दुर्दशा झेलकर पुनः बड़े साहब को सुख देने उनके पास वापस आ गयीं। अपना मामला ठीक कराने में साहब की अधिकांश जमापूँजी समाप्त हो गयी और मेम साहब के ऐशो-आराम भी समाप्त हो गये।

छोटे साहब का ट्रांसफर पहाड़ पर कर दिया गया। आश्चर्यजनक रूप से आनंदनगर वाले छोटे साहब का कुछ नहीं हुआ। पूछे जाने पर उन्होंने कहा- "मछलियों को नियंत्रित करने वाली कोई और भी अदृश्य शक्ति अवश्य होती है क्योंकि तमाम छोटी मछलियाँ बड़ी मछलियों द्वारा खाये जाने से बच जाती हैं और अपना जीवन सामान्य रूप से पूरा करती हैं। मैं भी ऐसी ही मछली था जो बच गया। शायद मेरे सर पर उसी अदृश्य शक्ति का हाथ रहा होगा।"

अनैतिक (ग्यारह कहानियाँ)

दो शब्द

हमारे आस-पास बिखरी कहानियों का एक छोटा सा संग्रह है। इन सब में एक चीज कॉमन है। ये सभी अपने भीतर उस तत्व को समाहित किये हुए हैं जिन्हें हमारे समाज में स्त्री-पुरुष के आपसी सम्बन्धों के लिये अनैतिक माना जाता है पर मेरी नजर में यह अनैतिक नहीं है। यह सब कुछ हमारी सामाजिकता के साइड इफेक्ट है। कहीं-कहीं ये तथाकथित अनैतिक घटनाएँ भुक्त-भोगियों के लिये बहुत लाभदायक भी सिद्ध हुई है।

बाकी सब कुछ सामान्य है। कहानियाँ हमारे आस-पास की सच्ची घटनाओं से ही जन्म लेती है पर उन्हें कहानी बनाने के लिये, उनमें कुछ रोचकता डालने के लिये थोड़ा नमक-मिर्च लगाना होता है। कुछ नाटकीयता पैदा करनी होती है। कोशिश तो की है कि यह सब इन कहानियों में कम रहे लेकिन ज्यादा सपाट तौर पर कहानी सुनाने से वह कहानी कम और रिपोर्टिंग ज्यादा लगने लगती है। अब यह तो आपको तय करना है ये कहानियाँ कितनी कहानियाँ हैं। जहाँ तक मेरी बात है मैं तो वैसा ही लिखने की कोशिश करता हूँ जैसा मैं खुद पढ़ना चाहता हूँ। बहुत रोना-पीटना, सामाजिक अन्याय व शोषण वगैरह मेरे विषय नहीं है। मैं कहानियों को मनोरंजक और हल्का-फुल्का रखने का पक्षधर हूँ।

पढ़ना शुरू कीजिए। इस भयानक समय में ये हल्की-फुल्की कहानियाँ जरूर ही पसंद आयेंगी, यह मेरा विश्वास है।

निशीथ रंजन तिवारी

एक शाम जिंदगी जिंदगी

एक बारगी तो चर्बी के उस बोरे को मैं बिलकुल ही नहीं पहचान पाया।

यह दिल्ली का एक मॉल था जिसके टॉप फ्लोर पर फूड कोर्ट में कीवी शेक के सिप लेते हुए मैं अपनी पत्नी का इंतजार कर रहा था जो अपने लिये कुछ सूट वगैरह खरीदने आयी थी। काफी देर मैं उसके साथ सैकड़ों सूटों के रंगो-डिजाइन देख-देखकर बोर होता रहा। आखिरकार मुझ पर तरस खाकर उसने मुझे इजाजत दे दी कि मैं ऊपर फूड कोर्ट में आराम से खाते-पीते उसका इंतजार कर लूँ क्योंकि उसे सूट पसंद करने में टाइम लगेगा। अब जल्दी-जल्दी करके सड़े-गले सूट तो उठाकर चलना नहीं है। यह कोई रोज-रोज की खरीदारी तो है नहीं? महीने में दो-चार बार ही हो पाती है। सड़े-गले और फ्रेश कपड़ों का अन्तर समझने में नाकाम और डिजाइनों के बारे में शादी के चौंतिस सालों के बाद भी एकदम अनाड़ी मैं खुशी-खुशी यहाँ चला आया और कुछ देर बाद ही अपना मनपसंद शेक लेकर एक अलग-थलग कोने की टेबिल पर बैठ कर सिप के साथ सोशल साइट्स का मजा लेने के लिये अभी मोबाइल निकाल ही रहा था कि बगल से वह जनानी आवाज आयी, 'आप विमल कुमार हैं न? लखनऊ वाले।'

आटोमैटिकली आवाज की दिशा में घूमे हुए सर के कारण मैंने उन गोरे-चिट्टे शरीर वाली, पचास-पचपन के पेटे में पहुँची, चर्बी के बोरे जैसी हसीना के दर्शन किये जिनके प्लाक भरे दाँत स्माइल देने की मुद्रा में नजर आ रहे थे। मैं उन्हें न पहचान पाने की वजह से असमंजस भरे स्वर में बोला, 'हाँ। हूँ तो।'

वे स्माइल को और चौड़ा करते हुए टेबिल का छोटा सा चक्कर लगाकर जब मेरे सामने वाली कुर्सी पर अपनी कुहनी टिकाते हुए मेरी ओर झुक कर बैठीं तो उनकी लयबद्ध चाल और बैठने की स्टाइल ने मेरे दिमाग के मेमोरी वाले हिस्से को थोड़ा एक्टिव करते हुए करीब तीस साल पुराने पन्ने को खोल दिया। बड़ी हैरत में मेरे मुँह से अपने आप ही निकला, 'पूजा सक्सेना'?

चश्मे के भीतर उसकी चमकती आँखों की स्वीकृति पर नजर जाते ही आगे भी अपने आप ही आवाज निकलती गयी, 'ये क्या हाल बना लिया है? कुछ लेती क्यों....' फिर मैंने खुद पर कंट्रोल किया और वह हँसने लगी।

इंट्रो और सरप्राइज के झटके के बाद सेकेन्डों में सब कुछ नार्मल हो जाता है और दुनियादारी चल निकलती है। मैंने पूछा, 'यहाँ कैसे? दिल्ली ही रहने लगी हो क्या?'

'हाँ। गाजियाबाद। तुम्हारे बंदरमुख का रिटायरमेंट एक साल के अंदर ही

है। तो यहीं पोस्टिंग मिल गयी है। कुछ साल पहले शिप्रा सन सिटी में एक फ्लैट ले लिया था। वहीं रह रहे हैं।'

'बहुत बढ़िया है। तुम्हारी दिल्ली रहने की पुरानी तमन्ना भी थी। बंदरमुख अभी कहाँ है?' मैंने खुशी-खुशी उन पुराने लम्हों को फिर से याद करते हुए कहा जब मैं उसे चिढ़ाते हुए कभी भविष्य में उसके होने वाले पति को बंदरमुख कहता था और वह गुस्सा होती थी।

'यहीं आये हैं। रिटायरमेंट के बाद इसी मॉल में कुछ काम-धाम के जुगाड़ में हैं। जब मॉल शुरू हुआ था तो इन्होंने काफी मदद की थी, इसीलिए ये लोग इन्हें ऑफर कर रहे हैं। ये मैनेजर से मिलने गये हैं और मुझे यहाँ इंतजार करने को कहा है।'

'बहुत खूब रहा यह भी।' फिर मैंने सर्व करने वाले लड़के को आने का इशारा करते हुए पूछा, 'क्या लेना है?'

'प्लेन कॉफी....... और चिप्स।'

लड़के के जाने के बाद मैंने यों ही कहा, 'अच्छा है। शायद आज मेरी भी मुलाकात बंदरमुख से हो जाये।'

'हो ही जायेगी।' फिर मेरी ओर सीधे देखते हुए उसने पूछा, 'भाभी जी कहाँ हैं?'

'वह भी यहीं हैं। नीचे कुछ कपड़ा-सपड़ा खरीद रही हैं। मुझे यहाँ इंतजार करने को कहा है।'

'वाह भाई वाह। क्या संयोग है। आज मुलाकातों का ही दिन है।'

'तुमने मुझे पहचाना कैसे? बुढ़ापे में तो सूरतें बदल ही जाती हैं।'

'अब इतनी भी नहीं बदल गयी है जितनी मेरी। तुम तो मुझे एक झटके में नहीं ही पहचान पाये थे।'

'पर पहचान तो लिया तुरन्त ही।'

'हाँ.... हाँ...। और बच्चे लोग कहाँ हैं?'

'एक तो यहीं है। उसी के यहाँ हमलोग आये हैं। दूसरा यूरोप में है।'

'क्या बढ़िया बात है। मेरी तो दोनों ही बेटियाँ शादी के बाद यू0 एस0 ए0 चली गयी हैं। साल दो साल में एकाध बार ही मुलाकात हो पाती है।'

'बहुत जल्दी शादी निबटा दी?'

'पढ़ी-लिखी थीं। देखने में अच्छी थीं तो लोग ही ऑफर करके ले गये।'

'अच्छी तो जरूर ही होंगी। तुम्हीं को पड़ी थीं क्या?'

वह मुस्करायी, 'अब मस्का किस लिये?'

मैं भी उसकी आँखों में देखते हुए मुस्कराया, 'मस्के की बात ही नहीं है। तुम तो तीस साल पहले कयामत ही थी। तभी तो मैं दीवाना हुआ फिरता था।'

'कुछ दीवाना-फीवाना नहीं। तुम बदमाश बहुत ही ज्यादा थे। इतना बदमाश मैंने जिंदगी में कोई दूसरा नहीं देखा। दीवानगी तुम्हारी फितरत में है ही नहीं।'

'तारीफ का बहुत-बहुत शुक्रिया। जर्रानवाजी।' मैंने थोड़ा गर्दन झुकाकर कहा, 'लेकिन यह पूरा सच नहीं है। मेरे साथ भी बहुत बदमाशियाँ हुई हैं।'

'किसने कीं?' उसने माथे से कलर्ड बालों को झटकते हुए बाल झटकने की पुरानी अदा से शोख नजर आने की कोशिश की।

'मसलन तुम्हारे भैया-भाभी ने।'

'वे सीधे-सादे लोग किस बदमाशी के लायक थे? तुम्हीं ने भाभी को अपनी स्टाइल में पटाया होगा। वे बेचारी सरेंडर कर गयी होंगी।'

'बड़े सीधे-सादे लोग थे कि....'

'अपने एक बच्चे की निहायत ज्यादा जरूरत ने उन्हें कमजोर बना दिया था वरना सीधे तो लोग हैं ही।' उसने बीच में ही कहा।

'अपनी जरूरत से उन्होंने एक शादीशुदा बाल-बच्चेदार आदमी की जिंदगी की खुशहाली को खतरे में नहीं डाल दिया था? अगर तुम्हारी भाभी यानी मेरी पत्नी इतनी समझदार न होती तो हम तो गये थे काम से।'

'वाह-वाह। और मुझ पर क्या? मैं कौन सा तुम्हारी खुशहाली खतरे में डाल रही थी। चौथी पप्पी का झाँसा मैंने चलाया था क्या?'

'नहीं।' मैं गंभीर हो गया, 'मानता हूँ कि वह मेरी बदमाशी थी लेकिन मेरी नीयत खराब नहीं थी। तुम सेक्सुअली इतना अट्रैक्टिव थी कि मैं खुद पर कंट्रोल खोने के खतरे में आ गया था और इस गलती को दोहराना नहीं चाहता था। तुम्हें दूर रखने के और सब उपाय फेल होने पर ही ऐसी गंदी बातें शुरू की जिससे तुम मेरे पास आना छोड़ दो।'

'और मैंने छोड़ दिया?'

'कुछ दिन तो छोड़ ही दिया था।'

'मैं सोचती रह गयी थी। जिसकी छवि मेरे मन में मर्यादा पुरुषोत्तम की थी उसके मुँह से इतनी ओछी बात सुनकर मुझे एकदम से भारी झटका लगा था। मैं दुनिया के सभी आदमियों को ऐसा ही घटिया समझने लगी थी जो ऊपर से कुछ दिखते हैं पर लड़कियों के मामले में अंदर से एक समान गंदे होते हैं।'

'फिर आयी क्यों?'

'शुरूआती झटके के बाद यह समझ में आया कि जिस आदमी की वजह से मेरे भाई की जिंदगी खुशहाल हुई, जिसकी वजह से मैं मैथ में इतने अच्छे नम्बरों से पास हो पायी, जिसका पूरा परिवार हम सभी लोगों का इतना ध्यान रखता है उसकी एक इतनी छोटी सी इच्छा मैं क्यों नहीं पूरी कर सकती?'

'सौदेबाजी या दयानतदारी?'

उसने आँखें तरेर कर मेरी तरफ देखा। फिर उसकी आँखों में कुछ शर्म जैसे भाव आये और वे नीचे झुकती चली गयी। कुछ देर की खमोशी के बाद वह बोली, 'दोनों ही नहीं। मैंने ऐसा सोचा। अपने पक्ष में तर्क जुटाये। असली वजह वो एक्साइटमेंट था जो चौथी पप्पी की कल्पना से मेरी पूरी फीजियोलोजी बदल कर रख देता था।'

'फीजियोलोजी?'

'हाँ। शुरू के दो दिन तो गुस्से और नफरत में निकल गये लेकिन पता नहीं क्या हुआ कि उसके बाद जब भी मुझे तुम्हारी वो गंदी बात याद आती थी तो उसकी कल्पना भर से पूरे शरीर में खुशनुमा बुलबुले से उठने लगते थे और नीचे एकदम गीला होने लगता था।' उसने नीचे ही देखते हुए कहा।

'कल्पना खरी उतरी?' मैंने पूरी बेहयाई से पूछा।

'हाँ।' उसने बिना किसी लाग-लपेट के कहा, 'जितना सोचा था उससे कहीं बहुत ही ज्यादा। वह समय मेरी पूरी जिंदगी पर भारी है। वह क्षण दुबारा कभी नहीं मिला।'

'मेरे लिये वह मेरी जिंदगी का एकमात्र अपराधबोध है। किसी भी तर्क से मैं उसे जस्टीफाई नहीं कर पाया। यह एकमात्र ऐसी बात है जो मैंने घर पर नहीं बतायी है। कौन जिम्मेदार है इसका?'

' हैं, जिंदगी है, प्रकृति है।' उसने दार्शनिकों की तरह कहा, 'जानते हो, उसके बाद मैं कल्पना करती थी कि तुमसे मेरी भी शादी हो जाये तो मैं भाभीजी की जिंदगी भर पूजा करूँ। मैं उनसे वैसा ही प्रेम करने लगी। वो ये सब जाने बगैर मुझे भी बहुत मानने लगी।'

'और इस सब के जिम्मेदार तुम्हारे सीधे-सादे भैया-भाभी।'

वह गम्भीर हो गयी, 'तुम उन्हें अभी तक माफ नहीं कर पाये। हम सब के उस घर में इकट्ठा होने से हम सभी को कितनी खुशियाँ मिलीं तुम्हें पता ही है। भैया-भाभी तुम्हारी वजह से ही आज जिंदगी को जिंदगी की तरह जी रहे हैं। तुम ही तो हो जो उनकी जिंदगी में रचे बसे हो। तुम्हें अच्छा नहीं लगता?'

'सीरियस होने की जरूरत नहीं है यार। मैं हँसी की बात को हँसी का तरह ही कह रहा था। मैं खुद भी तो इन्वाल्व था। लाख सफाई और तर्क से खुद को ढकने की कोशिश करूँ पर सच यही है कि मैं भी पूरी तरह इस सबका जिम्मेदार था। ऐसा कहने का मेरा कोई हक नहीं है।'

'उसने चिप्स के आखिरी टुकड़े को कॉफी के आखिरी घूँट के साथ खत्म करते हुए कहा, 'यही बात मेरे साथ भी थी। इसीलिए जो कुछ भी गलत सही हुआ, हमने उसे जमकर एन्जॉय किया। गिल्टी फीलिंग की कोई बात ही नहीं है।' थोड़ा रुक कर उसने मेरी तरफ देखते हुए कहा, 'एक बात हमेशा से तुमसे पूछना चाहती थी पर पूछ नहीं पायी। जी कर रहा है आज पूछ ही लूँ।'

'क्यों नहीं। अब क्या बाकी रह गया है हमारे बीच?'

'ये कैसे हो पाया था? मेरा मतलब है तुम्हारे और मेरी भाभी के बीच.......'

तभी एक गंजे होने की कगार पर पहुँचे, कुछ काले सफेद बालों के तार लहराते, स्टील फ्रेम का चश्मा लगाये, ओबीज शरीर पर कीमती कपड़े और जूता धारण किये रोबीले चेहरे वाले सज्जन ने एक टेबिल पहले से ही आवाज लगायी, 'पूजा चलो।'

पूजा ने एक बार उधर देखा, फिर मेरी ओर देखा और आँख का इशारा करती हुई बोली, 'यही हैं तुम्हारे जीजाजी।'

'जीजाजी? वो कबसे हो गया यह बंदरमुख?' मैं कह रहा था पर अनसुना करते हुए उसने हाथ के इशारे से उसे बुलाते हुए कहा, 'आइये, देखिए कौन मिल गया है आज?'

उसके टेबिल के पास आने पर मैं खड़ा हो गया और उसे कुर्सी ऑफर की।

पूजा ने बैठे-बैठे ही कहा, 'ये विमल हैं लखनऊ वाले।'

'विमल?' एक क्षण को उसने दिमाग पर जोर डाला फिर अचानक ही बड़ी गर्मजोशी से बोला, 'विमल, तुम्हारे भैया के दोस्त?'

उतनी ही गर्मजोशी से मुझसे हाथ मिलाते हुए उसने कहा, 'खूब मुलाकात हुई सर। मैं बी0 एम0 सहाय। बाकी तो आप जानते ही हैं।' उसने बड़े गौर से मेरे चेहरे को देखा।

मुझे अचानक बड़ी तेज हँसी आने लगी और मैं मुँह दबाकर उसे कंट्रोल करने की कोशिश करने लगा। वे दोनों ही मुझे इस तरह देखने लगे मानों मुझ पर पागलपन का दौरा पड़ रहा हो।

किसी तरह खुद को काबू में करके लाल हुए चेहरे को हाथों में दबाते हुए मैंने कहा, 'प्लीज बैठिये सहाय साहब। माफी चाहता हूँ इस बेसमय की हँसी के लिये।

कभी-कभी कुछ पुरानी बातें ऐसी लिंक हो जाती है कि हँसी आ जाती है।'

'हमें बताते तो हम भी हँस लेते। जमाना हो जाता है खुलकर हँसे हुए साहब।' सहाय साहब बैठते हुए बोले।

'आज अचानक हुई इस मुलाकात से बहुत ही अच्छा लग रहा है।' मुझे फिर हँसी आने लगी थी पर उसे दबाने में कामयाब रहा।

'मैं भी आपसे बहुत मिलना चाहता था।'

'मेरे बारे में आपको इन लोगों ने पहले बताया था क्या?'

'हाँ। हमलोग घर में आपकी बातें करते हैं।'

'जहेनसीब। मैं किस लायक हूँ? मेरे बारे में क्या बातें हो सकती है?' मैंने थोड़ा आशंकित होकर पूजा की ओर देखा पर उसका ध्यान कहीं और था।

'एक तो यही साहब, कि मेरे साले और सरहज आपके व्यक्तित्व से इतना अधिक प्रभावित थे कि उनका बच्चा आपकी ही पर्सनालिटी पा गया है।'

'मैंने भी सुना है। लेकिन उसे देख नहीं पाया हूँ। उसके पैदा होने के कुछ दिनों के बाद ही सक्सेना जी अपनी पोस्टिंग आसाम करा कर स्पेशल ड्यूटी पर चले गये थे। मैं कभी आसाम नहीं गया।'

'मैं तो देख रहा हूँ। आज आपको देखकर एकदम यकीन हो गया। लड़का एकदम आपकी तरह ही है।'

'ईश्वर की अद्भुत लीला है।'

'वो तो है ही। ये पूजा भी आपकी फैन है। मुझे तो सदा आपकी किस्मत से रस्क रहा है। जिसको देखो वही फैन है। क्या जादू है साहब?'

'पूजा फैन है?' आश्चर्य से मैंने कहा।

'हाँ भाई। मैथ्स में हमेशा फेल होने वाली लड़की आपकी गाइडेंस से हाई स्कूल में डिस्टिंक्शन पा जाये तो क्यों नहीं फैन होगी?'

सर्विस वाला लड़का आकर टेबिल साफ करने लगा। कॉफी और स्नैक्स का आर्डर फिर किया गया। सहाय साहब वाशरूम चले गये।

'ये क्या-क्या बता डाला है इन्हें?' मैंने पूजा की ओर देखते हुए पूछा।

'मैंने क्या बताया? भैया का बेटा आशीष तो तुम्हारी तरह ही है, ये हम घर वाले तो जानते ही हैं॥ मैथ वाली स्टोरी साथ में कभी यों ही बातों-बातों में आ गयी। लेकिन इनके आते ही तुम्हारी हँसी इस कदर क्यों फूट पड़ी?'

'अरे वो कुछ नहीं। अचानक मेरे मन में बी0 एम0 का मतलब बंदरमुख गूँजने लगा था।'

वह भी हँसने लगी, 'ये ब्रज मोहन सहाय हैं।'

'बिलकुल, बिलकुल। बंदरमुख सहाय होने का कोई मतलब ही नहीं है।' मैंने अपनी देर से रोकी हुई हँसी को पूरा करते हुए कहा, 'इन्हें आशीष की असलियत मालूम है?'

'शायद नहीं। मुझसे कभी और कुछ तो नहीं कहा। ये बात भी केवल एक बार उठी थी जब हम हनीमून पर आसाम गये थे। इन्होंने कहा कि बच्चा तो अपने माँ-बाप की तरह लगता ही नहीं। किस पर गया है? तो भैया ने तुम्हारे बारे में बताया था। फिर आगे जब भी पुराने दोस्तों की बातें होती थीं तुम्हारा जिक्र आ ही जाता था।'

'देवी जी। मैंने भी जिंदगी से बहुत कुछ सीखा है। सहाय साहब की बातचीत और इनकी बॉडी लैंग्वेज से एकदम क्लियर है कि ये आशीष की असलियत तो जानते ही हैं, मेरे तुम्हारे ट्यूशन की असलियत भी जानते हैं। ये अलग बात है कि वह अफेयर वगैरह से आगे सोच नहीं सकते हैं जब तक कि बताया न जाये। आखिर वे सीनियर प्रशासनिक अधिकारी रहे हैं।'

'माई गॉड।' वह डरे और परेशान स्वर में बोली, 'सच कह रहे हो?'

'हाँ।'

'लेकिन इन्होंने कभी ऐसा जाहिर नहीं किया।'

'वे छोटी बुद्धि और सोच वाले आदमी नहीं हैं। ये सब छोटी-मोटी चीजें औरतें ही माइंड कर सकती हैं। जिंदगी बहुत व्यापक और खूबसूरत है।' मैंने कहा, 'लेकिन तुमने अपना क्या हाल बना लिया है। अच्छी खासी सुंदर लड़की थी।'

'उम्र का असर नहीं होगा क्या?'

'उम्र का असर होता है पर खण्डहर को बताना जरूर चाहिए कि इमारत कितनी बुलन्द थी। ये सब लापरवाही का नतीजा है। उम्र का नहीं।'

वह सर झुकाकर बोली, 'सही कह रहे हो। बच्चे होने के बाद मैं इस मामले में लापरवाह होती ही चली गयी। छोटी बेटी मुझे टोकती रहती थी और जबरदस्ती डाइटिंग और एक्सरसाइज कराती रहती थी। उसके अमेरिका जाने के बाद सब बंद ही हो गया।'

'जिंदगी बहुत खूबसूरत है। तुम्हें तो जिंदगी ने भर-भर प्याले दिये हैं। इसे सेलिब्रेट करो। और यह पक्का है कि इस मोटापे और गंदगी से यह होने वाला नहीं है। असली मजा ऊल-जलूल खाने में नहीं बल्कि लम्बे समय तक अच्छा खाने और भीतर से खुश रहने में है।'

'अच्छी बात है सरकार। जो कहोगे करूँगी। रिटायर होने के बाद सभी लोगो

को लम्बी-लम्बी नसीहतें देने की आदत पड़ जाती है क्या?'

सहाय साहब ने आकर चलने की बात उठाई तो पूजा बोली, 'अरे भाभीजी भी आयी हैं, नीचे हैं कुछ शॉपिंग में। वे आ जायें तो उनसे भी मिलते चलें। फिर कहाँ मुलाकात होती है?'

सहाय साहब बैठे तो मैंने फोन निकालते हुए कहा, 'बुला ही लेता हूँ।'

सहाय साहब पूजा से कह रहे थे, 'अब मुलाकात न होने का क्या मतलब है। जब मिल गये हैं तो मिलते ही रहेंगे। अभी तो मैं प्लेनेटेरियम रेस्ट में चलने की बात कर रहा था। भाभी जी आ जाती हैं तो हम सभी चलते हैं।'

'अरे वो तो बहुत ही मँहगा है। कोई खजाना हाथ लग गया है क्या?'

'यही समझो। मुझे ये लोग वहीं रखना चाहते हैं। मैं भी खुशी-खुशी मान गया। जिंदगी में एक-दो बार ही गया हूँ उसमें। रियली सच ए फैंटास्टिक प्लेस।'

'क्या है वहाँ?' मैंने फोन रखते हुए पूछा।

'एक हाई-फाई रेस्त्रां है जिसमें छत एक प्लेनेटेरियम की तरह है। वहाँ रात में सितारों की छाँव में बैठने का एहसास होता है। वे कुछ प्लेनेटरी मूवमेंट भी दिखाते हैं जो बहुत एक्साइटिंग लगता है।' सहाय ने बताया, 'साथ ही वे होलोग्राफिक प्रोजेक्शन का भी प्रयोग करते हैं।

'रियली एक्साइटिंग। मैंने सुना नहीं था इसके बारे में।' मैं बोला, 'कहाँ है ये?'

'यहीं बगल में ही। वो इस मॉल का ही एक्सटेंशन है।'

'आपको वहाँ कुछ लोगों से बात करनी होगी।'

'नहीं बस शक्ल दिखानी है। उनका ऑफर लेटर लेना है और उनकी हॉस्पिटेलिटी स्वीकार करनी है।'

पत्नी पूजा को देखकर बहुत ही खुश हुईं। उसे लगभग गले लगाते हुए उन्होंने कहा, 'मेरी छोटी सी प्यारी सी गुड़िया कैसी हो गयी है। कितने लम्बे समय के बाद देख रही हूँ तुमको। इतनी मोटी क्यों हो गयी हो?'

'मैं भी बहुत कहता हूँ भाभी जी पर ये सुनती ही नहीं हैं। कुछ प्रेरणा लेती भाभी जी से ही।' सहाय साहब बोले।

पत्नी हाथ जोड़े सहाय साहब की ओर मुखातिब हुईं जिन्होंने खड़े होकर अपना सम्मान प्रदर्शित किया।

पूजा बोली, 'सच है। आप तो इतना मेन्टेन हैं कि आपसे जलन होती है।'

'जलने की क्या बात है गुड़िया? अपने इन गुरु से टिप्स ले ले। तू भी मेन्टेन हो जायेगी।' पत्नी ने मेरी ओर इशारा करते हुए कहा।

'गुरुजी तो पहले से ही बहुत भाषण दिये जा रहे हैं।'

प्लेनेटेरियम रेस्ट वाकई कल्पना से परे की चीज थी। उसकी लाइटिंग इतनी अच्छी थी कि टेबिल के पास तो सब दिखता था पर खुले गहरे काले सितारों और ग्रहों से भरे आसमान पर उसका कोई असर नहीं था। लगता था कि शहर की चकाचौंध से बहुत दूर कहीं अकेले विल्डरनेस में खुले आसमान के नीचे बैठे हो। टेबिलें भी थोड़ा दूर-दूर थी और उनमें साउंड एब्जार्बर का भी प्रयोग किया गया था जिससे बगल की टेबिल से भी बातचीत की आवाज एक मामूली भनभनाहट से ज्यादा नहीं आती थी। जब हम अंदर आये तो क्षितिज से चाँद निकलता दिख रहा था और एक क्लासिकल पेन्टिंग की तरह हवा में झूमते दरख्त की काली छाया उस पर नजर आ रही थी।

'हमें अफसोस है सर।' अटेण्डेंट प्रोफेशनल लहजे में कह रहा था, 'अभी कोई फोर सीटर खाली नहीं है। दो टू सीटर्स पर एडजस्ट कर लेंगे क्या?'

'कर लेंगे।' पत्नी ने कहा फिर मेरी ओर मुड़कर बोली, 'गुड़िया इतने दिनों के बाद मिली है। हमें ढेर सारी बातें करनी हैं।'

वह अपनी गुड़िया के साथ एक टू सीटर पर चली गयी। उससे थोड़ी दूर मैं और सहाय दूसरे टू सीटर पर बैठे। क्या आरामदेह सीटें थीं। पता नहीं कैसे हल्की-हल्की ठंडी प्राकृतिक जैसी हवा भी लग रही थी।

'स्टार्टर क्या लेंगे विमल साहब?'

'मेनू आयेगा तो देखा जायेगा।'

'मेनू टेबिल में ही है। देखिए।' उन्होंने टेबिल के कोने में लगा चमकता बटन दबाया और टेबिल का एक हिस्सा ई-पेपर की तरह दिखने लगा जिसे वे टच से स्क्रोल करने लगे।

'फैंटास्टिक।' कहते हुए मैंने अपनी तरफ वाला बटन दबाया और मेनू खुल गया। किसी ई रीडर की तरह अच्छे कन्ट्रास्ट में और पूरी तरह क्लासीफाइड।

'जो ऑर्डर करना हो उस आइटम को डबल टच करिए। उसका पेज खुल जायेगा। उस पर क्वांटिटी और सर्विंग टाइम वगैरह डाल दीजिए और सबमिट का बटन टच करिए। हो गया ऑर्डर।'

'गजब है सर। नेवर सीन बिफोर। ऑर्डर की सर्विस कैसे होगी?'

'देख लीजियेगा।'

'क्यूरियासिटी कुछ ज्यादा ही हो रही है सर।'

'ये ड्रोन्स का प्रयोग करते हैं। ये बगल में प्लेटफॉर्म जैसा दिख रहा है न? इसी पर बिना आवाज ड्रोन लैण्ड करेगा जिस पर आपका ऑर्डर लोड होगा। आप उतार

लीजिए और उस पर लगा बटन दबा दीजिए। वह चला जायेगा।'

'गजब की टेक्नोलोजी है।' मुझे और कुछ कहना सूझा ही नहीं।

'सब केवल इसलिए कि आपको रात के अँधेरे और अकेलेपन का एहसास कराया जा सके।'

'भाभी जी वाली टेबिल पर कैसे होगा।'

'पूजा जानती है। वह आ चुकी है यहाँ।'

सहाय की ही पसंद से मैंने भी ब्लडी मैरी एक्स्ट्रा लार्ज विद रम अलमण्ड क्यूब्स चुना। जो ड्रोन सर्व करने आया वो प्लेनेट के ही शेप में था।

बड़ा सा चाँद क्षितिज पर नजर आने लगा था। वह इतना बड़ा और साफ था कि उसके अंदर की सारी संरचनायें स्पष्ट दिख रही थीं। एक टूटा तारा दूर तक चमकती लाइन बनाता गया।

'कितना ताज्जुब सा नहीं लग रहा है कि हम पहली बार अभी एक घंटे पहले ही मिले और लगता है कि जीवन भर से एक-दूसरे को जानते हैं। आपकी तो इतनी बात पूजा और इसके भाई करते रहते हैं कि मैं आपके बारे में पहले ही सब जान गया था।' पहली घूँट के साथ ही सहाय ने कहा।

'उनकी मेहरबानी है जो मुझे इतना महत्व दिया। असल में हमलोग लखनऊ में एक ही घर के दो अलग-अलग हिस्सों में किराये पर रहते थे। बड़ा घर था। उस जमाने में एक ही परिवार किराया अफोर्ड नहीं कर पाता इसीलिए मकान मालिक ने घर के दो पार्ट कर दिये थे।'

'आप पहले से थे?'

'नहीं मैं बाद में आया। सक्सेना जी पहले से रह रहे थे। हमलोग जब वहाँ पहुँचे तो सामान वगैरह खुलने और सेट होने से पहले ही सक्सेना जी के परिवार ने चाय, खाना वगैरह का इंतजाम इतने आग्रह से किया कि हम सभी उनके व्यवहार के मुरीद हो गये। धीरे-धीरे हमारे परिवारों में घनिष्टता बढ़ती गयी। कुछ महीनों के बाद पूरा घर एक जैसा हो गया और दोनों परिवार एक परिवार जैसे ही रहने लगे।'

'पूजा भी वहाँ आती-जाती रहती थी?'

पहली बार मुझे लगा कि इस फैंटेसी लैण्ड में सहाय मुझसे कुछ ज्यादा ही इंटीमेट बातें कर रहे हैं। शायद पूजा की इधर-उधर की बातों से इन्होंने जो निष्कर्ष निकाले हैं उनकी पुष्टि मुझसे कर लेना चाहते हैं। मैंने ब्लडी मैरी को बीच से हटाते हुए सीधे उनकी आँखों में देखा, 'सहाय साहब, क्या आपको इस सिलसिले में कुछ गलत नजर आता है। मैं अभी भी स्ट्रेट आदमी हूँ। जो भी पूछना हो सीधे पूछ लीजिए। मैं झूठ नहीं बोलूँगा।'

इस मामले में सहाय मुझसे बहुत आगे थे, 'विमल सर, मैं जानता हूँ। ये तो सिर्फ बातचीत है। पोलिटिक्स पर बात करना मुझे खास अच्छा नहीं लगता। समाज की दशा-दुर्दशा का रोना लेकर बातचीत करना केवल सैद्धान्तिक ही होता है। मुझे लगा कि आप भी रियल लाइफ की रियल बातें एन्जॉय करते होंगे। आपको नहीं अच्छा लग रहा है तो जाने दीजिए। हम टेक्नोलोजी की बातें करते हैं। जैसे ऊपर जा रहा जगमगाती लाइट वाला यह ऐरोप्लेन एक होलोग्राफिक इमेज है।'

प्लेन की ओर देखे बगैर मैंने ब्लडी मैरी का एक लम्बा घूँट लिया और टेबिल की ओर ही देखते हुए कहा, 'कभी-कभी जब सक्सेना जी को लम्बे टूर पर जाना होता था तब अपनी माँ के साथ आती थी क्योंकि उस समय मिसेज सक्सेना को अकेले रहना पड़ता था और वह अकेले रहने से डरती थीं। बाद में जब हमलोग आ गये तो यह समस्या खुद ही हल हो गयी और उसका आना कम हो गया। साल भर बाद सक्सेना जी आसाम चले गये। अगले साल हमलोग भी देहरादून ट्रांसफर हो गये।'

'कोई और किरायेदार नहीं आया?'

'नहीं। इस दौरान मैं ही पूरा रेन्ट पे करता रहा।'

तभी अँधेरे आसमान में शनि ग्रह और उसका छल्ला चौथाई आसमान घेरते हुए दिखने लगा। मैं अभिभूत सा उसकी संरचना को देखता ही रह गया। सहाय भी उसे देखते रहे फिर बोले, 'सक्सेना जी का बच्चा देखने में आपकी तरह था। कहीं उन्हें शक तो नहीं हुआ कि यह बच्चा आपका ही है।'

'शक सुबहे की कोई बात ही नहीं थी। वो अच्छी तरह जानते थे कि यह बच्चा मेरा था।'

इस बार आसमान से गिरने की बारी सहाय की थी। वह भौंचक मुझे देखता ही रह गया। कुछ देर उसके मुँह से कोई आवाज ही नहीं निकली। अपनी ग्लास से एक बड़ा घूँट मार कर हैरत से बोला, 'कैसे हुआ?'

'क्या कैसे हुआ?' अब मुझे मजा आने लगा था।

'मेरा मतलब....... मेरा.. यह कि वे लोग स्ट्रांग कैरेक्टर वाले थे। ये जानते हुए भी कि बच्चा तुम्हारा है वे लोग तुम्हारे इतने मुरीद हैं। आज भी तुम्हारी तारीफ करते थकते नहीं हैं।'

'ये उनकी महानता है।'

'क्या हुआ था।'

'सक्सेना जी की शादी को तीन साल पूरा होने को आ रहा था और उन्हें कोई बच्चा नहीं था। दोनो लोगों ने अपना टेस्ट भी कराया जिससे पता चला कि सक्सेना

जी कभी बाप नहीं बन सकते थे। समाज परिवार से परेशान वे टेस्ट टयूब बेबी आदि तकनीकों के बारे में सोच रहे थे पर इन पर उनका भरोसा बन नहीं रहा था। सब कुछ होते हुए भी वे अंदर ही अंदर परेशान रहते थे। समाज, परिवार का ही डर था जो वे बच्चा गोद नहीं ले सकते थे। कुल मिलाकर बच्चा उन्हें अपने लिये नहीं बल्कि परिवार के लिये, अपनी मर्दानगी के सबूत के तौर पर चाहिए था।'

'सही है। और कोई नहीं जानता पर मैं जानता हूँ कि सक्सेना जी रिसेसिव होमो थे।'

'तो क्या? बहुत से ऐसे रिसेसिव होमो हैं जिनके अपने बाल बच्चे भी हैं। इससे क्या फर्क पड़ता है? असल बात यह थी कि तत्कालीन समाज में उनकी इज्जत एक बच्चा होने पर ही थी वरना वे घर समाज में नामर्द थे।'

'आपकी शादी के दो ढाई सालों में ही आपके दो बच्चे हो गये थे जिससे आपका पोटेन्शियल साबित था। उन्होंने कहा और आपने उन्हें बच्चा दे दिया। कैसे हो सकता था यह?'

'नहीं हो सकता था। मैंने हमेशा मिसेज सक्सेना को भाभी के रूप में ही देखा। औरत के रूप में नहीं।'

'फिर?'

'पोर्नोग्राफिक डिटेल्स में इन्टरेस्टेड हैं क्या?'

'क्या बुरा है?'

'मैं नहीं हूँ सहाय जी। एक अनचाही दुर्घटना हो गयी जिसका असर अच्छा हुआ। अब उसका जिक्र क्यों? क्यों बदनाम करना किसी को। इसी डर के मारे कि लोग उनकी औलाद को मेरी औलाद कहेंगे, सक्सेना जी भी यहाँ से दूर चले गये। लेकिन वो सफल हैं। उनके घर वालों ने मुझे देखा भी नहीं है। इसलिए ये औलाद उनकी अपनी है। उनकी विरासत है। उनकी मर्दानगी का सबूत है। अब मुझे उस घटना से कुछ लेना-देना नहीं है। रियल लाइफ की बातों की अपनी सीमायें हैं और मैं सीमा के बाहर नहीं जाता।'

'माफी चाहता हूँ विमल जी। मेरा इरादा खराब नहीं है। आपसे मुलाकात हो गयी, बातचीत का मौका मिल गया तो लगा कि आपके बारे में जो कुछ भी मुझे बताया गया है और उससे जो मैं समझा हूँ उसकी पुष्टि हो सकती है। केवल उत्सुकता, और कुछ भी नहीं। बच्चे के बारे में आपने खुद ही बता दिया। मैं जानता था कि किसी से प्रभावित होकर किसी का बच्चा हूबहू उसकी तरह नहीं हो सकता। मेरा सोचना आपने ही सही साबित कर दिया। दूसरी बात यह है कि पूजा ने जब-जब भी आपके बारे में बातचीत की तो उसकी आवाज और बॉडी लैंग्वेज से हमेशा

ही मुझे लगा कि कि वह आपके प्रति किसी न किसी रूप में समर्पित है। अब चाहे ये अफेयर हो या कुछ और?'

'जब पूजा से पहली मुलाकात हुई तो मैं दो बच्चों का बाप था और अपने परिवार के लिये समर्पित था। वह उम्र में मुझसे दसियों साल छोटी थी और मेरे दोस्त की बहन थी। कैसा अफेयर सोचते हैं आप? और अगर अफेयर रहा भी हो तो शादी के तीस सालों के बाद उसका क्या मतलब है?'

'कुछ भी नहीं। बस क्यूरियासिटी। अपनी सोच की असलियत जानने की उत्सुकता। आपने भी महसूस किया होगा उस खुशी को जो अपनी बात सही साबित होने पर महसूस होती है।'

'शान्त हो गयी उत्सुकता, या अभी कुछ और सवाल है?'

'सवाल तो अपनी जगह है ही और बने भी रहेंगे। पर आपसे बातें करके आज काफी कुछ सीखा है। जिंदगी को एक नये नजरिये से देखने की अक्ल मिली है। नतमस्तक हूँ विमल जी।' उसने बड़े अच्छे-अच्छे डाइलॉग बोले पर उसकी आँखों में इत्मिनान नहीं था।

उसके बाद काफी देर तक हमलोग चुपचाप खामोश रात और प्लेनेटेरियम के साथ अपने-अपने ड्रिंक का आनंद लेते रहे।

कहानी का अन्त करने के लिये मोबाइल की घंटी बजी और पत्नी की तरफ से अब यहाँ से चलने का आदेश हुआ। बनावटी रात को भीतर ही छोड़कर हम बाहर प्राकृतिक गहराती खुशनुमा शाम में वापस आ गये।

प्रेम पत्र

व्हाट्सएप, ई मेल, मेसेज वगैरह के जमाने में अभी भी कुछ पुराने लोग हाथ की लिखी चिट्ठियों का आनंद उठाते हैं। मैं भी उनमें से एक हूँ। इन चिट्ठियों का कागज, हाथ की लिखावट, स्याही का गाढ़ा-फीका रंग, आटोकरेक्ट की सुविधा न होने के कारण वर्तनी की गलतियाँ आदि बहुत सी ऐसी चीजें हैं जो चिट्ठी में लिखी गयी बातों के अतिरिक्त भी बहुत कुछ बता देते हैं। कई दिनों के बाद घर लौटे होने के कारण आज पत्र पेटिका में कई चिट्ठियाँ दिख रही थीं और आज का आश्चर्य यह था कि उनमें सफेद क्रीम भूरे लिफाफों के साथ एक लाल रंग का खुशबूदार लिफाफा भी था जो हम रिटायर्ड लोगों के बचपन में प्रेम पत्रों का आदर्श रूप माना जाता था।

'मुँह धो रखो बुढ़ऊ। इस उम्र में कोई प्रेम पत्र नहीं आने वाला है।' अपने आप से कहते हुए मैंने गुदगुदाती उत्सुकता से जल्दी-जल्दी लिफाफा खोलकर पत्र बाहर निकाला तो पाया कि वह वास्तव में प्रेम पत्र ही था और मुझे ही लिखा गया था। लेकिन पुराने प्रेम पत्रों के विपरीत वह काफी लम्बा न होकरकेवल चार लाइनों का था। एक नजर दरवाजे की तरफ देखते हुए किसी की घूरती निगाहों का खतरा न पाकर मैंने उसे जल्दी-जल्दी पढ़ डाला। चार लाइनों का सारांश यही था कि वह महिला काफी दिनों से मुझे देख रही है और अब धीरे-धीरे उसे मुझसे एकतरफा प्रेम हो गया है। लोक-लाज की वजह से वह अभी अपना परिचय नहीं लिख रही है पर अगर मैं चाहूँगा तो सही समय पर वह जरूर सामने आयेगी।

मैंने अविश्वास से पत्र को उलट-पलट कर देखा। उस पर सुंदर लिखावट में इस घर का पता सही-सही लिखा हुआ था और किसी डाकखाने वगैरह की कोई मुहर नहीं थी जिससे यह स्पष्ट था कि यह पत्र किसी ने सीधे ही मेरे बॉक्स में डाला है। इसका यह भी एक खतरनाक मतलब था कि पत्र लेखिका इसी इलाके में ही कहीं थी। फिलहाल मैंने घर पर इस पत्र का जिक्र किसी से नहीं किया पर उत्तेजना और जोश में बचपन के मित्र राय साहब से नहीं छिपा पाया।

उन्होंने चश्मा उतार कर मुझे घूरते हुए कहा, 'कोई न कोई तुम्हारे साथ भद्दा मजाक कर रहा है बाबू। एक बार अपनी शकल आइने में फिर से देख लो। क्या है तुम्हारे अंदर कि कोई औरत तुम्हें प्रेम करने लगेगी? जब से रिटायर क्या हुए दुपहरिया में सो के उठते हो। कई कई दिन हो जाता है नहाये हुए। गंधाते घूमते रहते हो। भौजाई बाल वगैरह जबरदस्ती पकड़ के रंग देती हैं तो जवानी थोड़े ही चढ़ जायेगी? हफ्ता-हफ्ता भर खिचड़ी दाढ़ी भौजाई की सब मेहनत चौपट कर

देती है। इतना सम्पत्ति-जायदाद पैसा भी नहीं रखे हो कि उसी की लालच में यह प्रेम-वेम हो रहा हो।'

'अरे रिटायर होने के बाद रोज दस बजे तैयार होने की जरूरत क्या है। अभी तो थोड़ा आराम मिल रहा है जिंदगी में।'

राय साहब को समझाना आसान नहीं था। वे बोले, 'आराम करना है तो ये फेसबुक और व्हाट्सएप पर इधर की पोस्ट उधर करना क्यों नहीं छोड़ देते। और ये वाहियात गेम, क्या कहते हो उसे.... कैण्डी क्रैश। दिन भर मोबाइल में ही आँख गड़ाये रहोगे तो अंधरा जाओगे और कुछ दिनों में प्रेम पत्र पढ़ने लायक भी नहीं रह जाओगे।'

'राय, क्या बेकार की बात कर रहे हो? जिंदगी तो घर परिवार के लिये खटते ही गुजर गयी न? अब कुछ अपनी पसंद के काम भी कर ले रहा हूँ और थोड़ा आराम ले रहा हूँ तो सभी लोग मेरे पीछे पड़ गये हैं कि एक्टिव रहो।'

'कौन-कौन कह रहा है कि एक्टिव रहो? बच्चे, भौजाई और मैं। और किसी को तुमसे क्या मतलब है? हमलोग तुम्हारा भला सोचते हैं। एक्टिव रहोगे तो थोड़ा लम्बा चलोगे। नहीं तो पड़े-पड़े जल्दी ही निबट जाओगे। इतनी सी बात तुम्हारी समझ में आ नहीं रही है।'

'निबटने का क्या है? समय आने पर सब निबट ही जाते हैं चाहे जैसे रहते हो।' मैं अपने तर्क पर अड़ा था।

'लेकिन जै दिन रहो ठीक-ठाक रहो। अपने हाथ-पैर पर रहो। खुशी-खुशी रहो। जिंदगी का मजा लो। जिम्मेदारियों से स्वतंत्र होने का मजा लो। ये प्रेम पत्र जैसे खटकार न पालो। फाड़ि के फेंक देओ एका और मस्त रहो।' समझाने की रौ में वे अपनी ओरिजिनल अवधी बोलने लगे।

मेरा ध्यान फिर प्रेम पत्र की ओर चला गया, 'लेकिन कौन कर सकता है ऐसा मजाक और वो भी मेरे साथ? मेरा तो ऐसा कोई दोस्ताना या रिश्ता भी यहाँ नहीं है।'

राय साहब पत्थर की तरह अटल थे, 'ई सब सोचि के दिमाग न खराब करो बाबू। चिट्ठिया फाड़ि के फेंक देओ और भौजाई पर पूरा ध्यान लगाओ। बाबा-नाना बनि गये हो। दुसरी औरत से प्रेम-फरेम इस उमर में कुछ नहीं होता है।'

इस मामले में भले ही राय साहब अपनी लाइन नहीं छोड़ रहे थे पर जिंदगी का पहला प्रेम पत्र पाकर मेरे भीतर की गुदगुदी खत्म नहीं हो रही थी। अपनी जवानी के दिनों में इसकी नौबत आने के पहले ही शादी हो गयी थी और उस जमाने में पत्नी से प्रेम पत्र का रिवाज अभी चालू नहीं हुआ था। बाकी की जिंदगी कोल्हू के

बैल की तरह गुजर गयी जिसमें अपने लिये कोई टाइम नहीं होता था। कभी कदा दोस्तों की महफिल में घर आने में देर होने पर घर में इतने सवाल खड़े हो जाते थे कि यह आदत ही छूट गयी। लेकिन इस उम्र में यह प्रेम पत्र? राय साहब का यह कहना एकदम सच था कि मेरे अंदर इस समय कोई ऐसी बात तो रह नहीं गयी थी कि कोई महिला प्रेम करने लगे लेकिन मजाक वाली बात भी गले नहीं उतर रही थी।

आज काफी दिनों के बाद रगड़कर दाढ़ी बनायी और शीशे में चेहरा देखते हुए लगता रहा कि इतनी कोई बुरी हालत भी नहीं हुई थी। आँखों के नीचे की सूजन थोड़ा चेहरे का भूगोल बिगाड़ रही थी और बालों का कलर धीरे-धीरे छूट कर बालों में सफेद और भूरे रंग के चकत्ते पैदा कर रहा था। मैंने जाने-जहान से बालों में कलर लगाने को कहा तो पहले तो उन्हें समझ में ही नहीं आया कि मैं कह क्या रहा हूँ और समझ में आने के बाद बड़ी हैरानी से बोलीं, 'हो क्या गया है आपको? तबियत ठीक है न?'

'हाँ भाई, एकदम ठीक है। देख नहीं रही हो कि बाल कैसे बदरंग लग रहे हैं? कलर लगाना है तो नियमित लगाये या फिर न लगाये।' मैंने अपनी मस्ती में कहा।

'आज बड़ा ज्ञान आ गया है अचानक। क्या हो गया?'

मैंने घूरते हुए कहा, 'लगाना है तो लगा दो, नहीं तो फिर मत कहना। फिर मैं कलर का टिटिम्भा छोड़ ही दूँगा।'

कलर सूखने के बाद खूब शैम्पू-साबुन लगाकर नहाते हुए मैंने बाथरूम के शीशे में देखा कि एक समय की कसी हुई बॉडी अब थुलथुल होती जा रही थी। तोंद भी काफी बढ़ी जा रही थी और टाँगें पतली लग रही थी।

'ऐसे तो नहीं चलेगा।' मैंने खुद से ही कहा, 'कल से सवेरे जल्दी उठकर एक्सरसाइज और सुबह की सैर फिर से चालू करनी ही होगी।'

नहाने के बाद आलमारी से छाँटकर बहुत दिनों से अपनी किस्मत पर रो रहे बढ़िया चटक कपड़े निकाल कर पहन ही रहा था कि पत्नी की हँसती हुई आवाज आयी, 'मुझे मार्केटिंग कराने के लिये इतना सज-धज रहे हैं क्या?'

सामान्यतया मेरे लिये पत्नी को मार्केटिंग कराना दुनिया का सबसे बोरिंग काम था पर आज मैंने तपाक से कहा, 'हाँ-हाँ क्यों नहीं? तुम भी तैयार हो जाओ। चलते हैं।'

'ये आज सूरज किधर से निकला था। तबियत तो ठीक-ठाक है न?' वह जाते-जाते बोली।

मैं अपनी ही दुनिया में मगन था। लग रहा था कि अगर वह महिला इसी

इलाके की है तो वह मुझे जरूर ही देखेगी और मैं भी अंदाज लगाने की कोशिश कर सकता हूँ कि वह है कौन? इसके लिये बाहर निकलना जरूरी है और बाहर जाने का यह सुनहरा मौका है।

अगले एक-दो घंटे बीबी को जबरदस्ती इधर से उधर बाजार घुमाते हुए मैं भी औरतों को ताड़ते हुए कॉलेज लाइफ का मजा लेता रहा पर कुछ अंदाज नहीं लग पाया। एक तो आज-कल की लड़कियों को पता नहीं क्या हो गया है? कोई एनोरेक्जिया से पीड़ित डेढ़ हड्डी के आगे बढ़ ही नहीं रही है और कोई मोटी होते-होते गेहूँ के बोरे की तरह हो गयी है। ऊपर से लिबास तो माशा अल्लाह। हम लोगों के जमाने में ऐसे लिबास केवल अंग्रेजी फिल्मों में ही नजर आते थे जिन्हें देखना सामाजिक रूप से बुरा माना जाता था। फिर वे अंग्रेजी हीरोइनें अपनी फिगर मेनटेन रखती थीं। आजकल तो गेहूँ के बोरे पर टाइट लिबास एक वितृष्णा को जन्म देता है। हमारे जमाने में तो लड़कियाँ सोबर कपड़े पहनती थीं और ग्रेसफुल तरीके से रहती थीं। यही वजह थी कि दिन में गर्ल्स हॉस्टल के सामने की चाय की दुकान हमेशा फुल रहती थी और शाम को सिविल लाइन्स का सॉफ्टी कॉर्नर। मूड फ्रेश हो जाता था। इन्हीं सब के लिये किसी शायर ने कहा थाः-

इलाही कैसी-कैसी सूरतें तूने बनायी हैं,
हर सूरत कलेजे से लगा लेने के काबिल है।

लेकिन पत्नी का कहना था कि लड़कियाँ हर जमाने में एक सी ही होती हैं। अब तुम बूढ़े हो गये हो। तुम्हें यही सब उलटा-पुलटा नजर आयेगा। आज के लड़कों को देखो, इन्हीं सब पर मरे मिटे रहते हैं। तुम तो अपने जमाने में भी कुछ चक्कर नहीं चला पाये। अब क्या देख रहे हो यह सब?

रात देर तक मोबाइल पर गेम और सोशल साइट्स का मजा लेने के बाद जब नींद आयी तो सवेरे की सैर वगैरह सब भूल गयी और दो चायें ठंडी करने के बाद सुबह दस बजे के करीब नींद खुली। लोग सवेरे उठकर बाथरूम का रुख करते हैं पर मेरी दीवानगी मुझे लेटर बॉक्स के पास ले गयी। धड़कते दिल से मैंने देखा कि उसमें एकमात्र लिफाफा फ्लोरिसेन्ट ग्रीन कलर का पड़ा हुआ था जिसकी खुशबू दूर से ही महसूस हो रही थी। जल्दी से उसे निकालते हुए मैं अभी खोल ही रहा था कि पत्नी की आवाज आयी, 'क्या हो गया। कौन आ गया है जो उठते ही गेट पर आ खड़े हुए?'

'क...कुछ नहीं।' मैंने लिफाफे को छिपाने की कोशिश करते हुए कहा, 'यों ही बाहर आ गया था।'

'आ के ब्रश वगैरह करिए। चाय बन रही है।'

'हाँ-हाँ आ रहा हूँ।' मेरा दिल इतनी जोर से धड़क रहा था जैसे जवानी में मस्तराम की कहानियाँ पढ़ते हुए पकड़े जाने पर धड़कता था।

मस्तराम वाले अंदाज में ही यह दूसरा प्रेम पत्र मैंने बाथरूम में ही पढ़ा। शुरूआती औपचारिकताओं और बहुत-बहुत प्यार के इजहार के बाद जो असली बात लिखी थी वह ये थी कि कल मैं अपनी स्पोर्ट्स टीशर्ट में बहुत जम रहा था पर मुझे अपनी बढ़ती तोंद के लिये कुछ जरूर करना चाहिए। यह भी लिखा था कि अगर मैं भी उससे कुछ कहना चाहता हूँ तो पोस्ट बैग नम्बर 861, प्रधान डाकघर में चिट्ठी भेज सकता हूँ। वह उसे मिल जायेगी।

आज राय साहब को हड़काने की मेरी बारी थी। यह पत्र उनके सामने पटकते हुए मैंने कहा, 'अब बताओ राय, क्या यह मजाक है?'

राय ने मुझे ऐसी दया दृष्टि से देखा जैसे कोई कैंसर के मरीज को देखता है। फिर उन्होंने पत्र की ओर देखा और बोले, 'एक से एक स्मार्ट और स्वस्थ बुड्ढे इसी कालोनी में टहल रहे हैं। नेगी, सक्सेना, पाराशरी कौन किसी से कम है? किसी की तोंद नहीं है। सब फिट हैं। अच्छी रसूख वाले हैं। लेकिन उनके लगभग बराबर उम्र वाली औरतें भी उन्हें अंकल कहते हुए निकल जाती हैं। तुम्हारे कोई सुर्खाब का पर लगा है? बाबू, तुम चूतिया बन रहे हो और कसके बन रहे हो।'

'तुमको आज तक किसी ने पूछा नहीं राय, तभी जल रहे हो।'

'पूछा भी गया तो हममें से कोई चूतिया बनने को तैयार नहीं हुआ। जरा सोच के बताओ कि अगर ये सिलसिला चल भी गया तो क्या करोगे? भौजाई को तलाक दे के उसको ले आओगे? बाल-बच्चों को कैसे मुँह दिखाओगे?'

'राय। मैं ऐसा कुछ भी नहीं करूँगा। कर नहीं सकता।' मैंने गंभीरता से कहा, 'पता नहीं तुमने कभी महसूस किया है या नहीं। यह एहसास ही अजीब होता है कि कोई औरत तुममें रुचि ले रही है। तुमको चाहती है। तुम्हें अच्छे से अच्छा देखना चाहती है।'

'भौजाई भी तो यही सब करती हैं। उसका कोई एहसास नहीं होता है?'

'वह तो लाइसेंस शुदा है। उसकी आदत पड़ चुकी है। बात तो उसकी है जो आपसे सम्बन्धित नहीं है फिर भी अपने मन से स्वतंत्र रूप से आपको चाहती है।'

'उससे होगा क्या?' राय साहब मुँह बनाकर बोले।

'कुछ नहीं होगा। कुछ होने की संभावना नहीं है। हिम्मत भी नहीं है। लेकिन एहसास है। मन में गुदगुदी सी है। क्यूरियासिटी भी है। अचानक जिंदगी में आ गयी इस तरह की भद्र महिला कौन है। वह मुझमें क्या देख रही है और क्यों?'

पहली बार राय साहब थोड़ा सॉफ्ट दिखे लेकिन अपनी लाइन पर ही रहे, 'मुझे

तो आज के जमाने में ये पोस्ट बॉक्स वाली बात समझ में नहीं आती। पता नहीं डाकखाने वाले ये स्कीम अभी चला भी रहे हैं कि नहीं लेकिन तुम तो सबसे पहिले इसी पोस्ट बॉक्स में चिट्ठी डालके उससे सामने आने को कहो या फिर कम से कम फोटो या व्हाट्सएप का नम्बर तो माँग ही लो। देखो तो कि वह है कैसी? अगर डायन जैसी होगी तो तुम्हारे एहसास की तो ऐसी-तैसी हो जायेगी।'

मन ही मन राय साहब पर ताव खाते हुए मैं डाकखाने गया और काफी जद्दो-जहद और पाँच सौ रु0 खर्च करके उनकी गोपनीयता को काटते हुए यह पता लगाने में सफल हो गया कि यह बॉक्स किसी सोनी सारस्वत के नाम है जो सिविल लाइन्स में रहती है। यह म्यूजिकल नाम गुनगुनाते हुए मैं घर वापस आया। अभी आज उस बॉक्स में कुछ लिखने की हिम्मत नहीं थी पर मन में सोनी नाम का नशा सा तो छा ही गया था।

अगले दिन से मेरी सवेरे की सैर नियमित हो गयी और व्हाट्सएप, फेसबुक की झपासपंथी भी कम हो गयी। अगले कुछ हफ्तों तक दिनचर्या और खानपान नियमित होने से दिन भर छायी रहने वाली सुस्ती और यदा-कदा आने वाले डिप्रेशन के दौरे भी कम हो गये। साथ ही वे प्रेम पत्र भी आने बंद हो गये। एक बार मैंने उस पोस्ट बॉक्स में भी चिट्ठी डाली पर कोई रिस्पॉन्स नहीं आया। सोनी नाम से दिल में जो घंटी जोर-जोर से बजती थी उसकी आवाज धीरे-धीरे धीमी पड़ने लगी थी। राय साहब भी व्यंग भरी नजरों से मुझे देखने लगे थे।

लेकिन आया...। हरा लिफाफा फिर आया। फिर से घंटी बजी। बड़े ही इजहार इसरार के साथ बड़ी-बड़ी माफियाँ माँगी गयी थी और मेरे बदल रहे रूप की बहुत-बहुत तारीफ की गयी थी। लिखा था कि इधर कुछ जरूरी काम से उसे बाहर जाना पड़ गया था इसीलिए पत्र नहीं लिख पायी थी। लेकिन उसकी भावना बरकरार थी।

अब मुझे भी कुछ आत्मविश्वास हो चला था। मैंने भी एक चिट्ठी टाइप की जिसमें लिखा कि ऐसे एकतरफा बातचीत नहीं चल सकती। वह अपना परिचय स्पष्ट करे या फिर व्हाट्सएप पर आये जिससे सीधे बात हो सके। पत्र मैंने पोस्ट बॉक्स नं0 861 में भेज दिया।

रिस्पॉन्स अगले हफ्ते आया। मेरे व्हाट्सएप बॉक्स में ऊपर ही एक नम्बर से मुझे तीन मेसेज भेजे गये थे जिसमें से पहला तो दिल रूपी पंचर गुब्बारा था और दो मेरा पता लिखे हुए हरे गुलाबी लिफाफों की फोटो थी। मैंने तुरन्त ही बड़ा सा मुँह फाड़े खुशी के प्रतीक कई स्माइली पोस्ट किये, कुछ फूल भी उसी में डाले और लगे हाथ एक ताजमहल की फोटो भी पोस्ट कर दी। उधर से भी मुँह फाड़े स्माइली आ गया जो मुझे दुनिया का सबसे सुंदर स्माइली लगा। खुशी से बाग-बाग होते हुए

मैंने संदेशों के आदान-प्रदान की अपनी सारी कला लगानी शुरू कर दी। साथ ही मैंने उस नम्बर पर कॉल लगाने की धृष्टता भी कई बार की पर फोन नहीं उठा। हाँ, चैटिंग रुक-रुक कर, कभी-कभी काफी गैप करके चलती रही।

अब राय साहब को झूठा साबित करने और उन्हें नीचा दिखाने की मेरी बारी थी। अब न तो यह मजाक रह गया था और न ही कोई मुझे बेवकूफ ही बना रहा था। समस्या केवल एक ही रह गयी थी कि ये तथाकथित सोनी नाम की महिला काफी फिलॉसफर साबित हो रही थी क्योंकि कई दिनों के आग्रह के बाद भी उसने अपनी कोई फोटो अभी तक नहीं भेजी थी और मेरे हर आग्रह पर फिलॉसफी के ब्लॉक डाल देती थी वरना राय साहब को पानी-पानी करने में कोई कसर बाकी नहीं रह गयी थी। अब कमो बेस मैं हीरो तो हो ही गया था।

फिर भी राय साहब पानी-पानी लगते हुए शुरू से ही उससे हुई चैटिंग को गौर से पढ़ रहे थे। नयी कल्चर की अंग्रेजी हिंदी की खिचड़ी में मिक्स संख्याओं और संकेत चिन्हों को अगर सीधी भाषा में कहा जाये तो वह कुछ इस तरह था।

ताजमहल की फोटो के बाद की स्माइली के बाद- 'ताज आपको बहुत पसंद है क्या?'

'हाँ। बहुत।'

'क्यों?'

'क्योंकि यह मुहब्बत की निशानी है। प्रेम का प्रतीक है।' मैंने एक और नये एंगिल की ताज की खूबसूरत फोटो पोस्ट की जिसके नीचे शायरी थी-

एक शहंशाह ने बनवा के हसीन ताजमहल,
सारी दुनिया को मोहब्बत की निशानी दी है।

उधर से हैरत दिखाते स्माइली और ताली पोस्ट हुए। जिसके नीचे लिखा आया- 'मतलब कि आप अपनी पत्नी को बहुत प्रेम करते हैं।'

'पत्नी ही को क्यों?'

'शाहजहाँ ने पत्नी के प्रेम में ही तो ताज बनवाया था।'

क्लीन बोल्ड होते हुए मुझे और कुछ नहीं सूझा तो मैंने लिखा- 'प्रेम तो प्रेम है। किसी से भी हो सकता है।'

उधर से भैंस की कार्टून फोटो पोस्ट हुई।

मैंने हिम्मत करके लिखा, 'अपनी भी तो एक फोटो पोस्ट कर दो।'

सन्नाटा। फिर अगले दिन कुछ रुटीन चुटकुले उधर से आये। उन चुटकुलों के नीचे संदेश भी था- 'कल जो पहने थे वो लाल टी शर्ट अब जमती नहीं।'

‘तुमको क्या पसंद है?’

‘कोई भी सोबर कलर ठीक रहेगा। निकला हुआ पेट छिपाने के लिये डार्क कलर हो तो बेहतर है।’

‘जो हुक्म। कल फोटो भेजने के लिये लिखा था तो नाराज हो गयी क्या?’

‘आपसे नाराजगी का कोई सवाल ही नहीं है।’

‘तो भेज दो न, एक सेल्फी ही सही।’

उधर से हाथ में बेलन पकड़े एक मोटी औरत की कार्टून फोटो आयी जिसके नीचे लिखा था- ‘मेरी तस्वीर ले के क्या करोगे तुम मेरी तस्वीर ले के।’

रुटीन जोक आगे बढ़ाते हुए मैंने लिखा- ‘बच्चों को डराने के लिये।’

हँसते हुए दो स्माइली आये जिससे मुझे लगा कि इसमें सेंस ऑफ ह्यूमर अच्छा है जो अक्सर महिलाओं में नहीं होता। नीचे लिखा गया- ‘आपके बच्चे अब डरने की हद के बहुत बाहर हो चुके हैं।’

मुझे आश्चर्य हुआ- ‘तुम मेरे घर में सबको जानती हो?’

‘हाँ।’

‘कैसे?’

हँसता हुआ स्माइली।

‘मेरे घर में भी सब तुमको जानते हैं?’

फिर हँसता हुआ स्माइली।

‘बस मैं ही नहीं जानता?’

इस बार हँसते हुए कई स्माइली।

‘अरे कुछ साफ बताओ न?’

अजीब सा कोई एनीमेटेड चिन्ह पोस्ट हुआ जिसका मतलब मैं समझ नहीं पाया। उसके बाद सन्नाटा।

राय साहब ने एक बार मेरी तरफ देखा फिर मोबाइल में कुछ टाइप करने लगे। जब तक मैं कुछ समझ पाता या उन्हें रोकने की सोचता तब तक उन्होंने संदेश टाइप करके पोस्ट भी कर दिया था। घबराहट में मैंने जल्दी से लगभग उनसे छीनते हुए मोबाइल लेकर देखा। लिखा था- ‘ड्रामेबाजी बंद करो।’

लगभग तुरन्त ही उधर से आश्चर्य दिखाने वाले दो स्माइली के साथ पोस्ट आयी- ‘जिंदगी ही ड्रामा है जनाब। क्या कैसे बंद कर दें।’

यह वो समय था जब राय साहब वास्तव में परास्त होकर अपना सर पकड़

कर बैठ गये। मुझे दिली खुशी हुई। उन्हें एकदम ही जमीन्दोज करने के लिये शेर बनते हुए मैंने उन्हें मोबाइल पकड़ा दिया। कुछ देर सोचकर उन्होंने लिखा- 'मुझमें ऐसा क्या दिखा जो यह सिलसिला शुरू हुआ।'

-'वो सब कुछ जो एक भले आदमी में होता है।'

-'कुछ पता है कि इसका अंजाम क्या है।'

-'प्रेम का अंजाम केवल प्रेम ही होता है।'

-'तुम इनका पूरा घर उजाड़ने पर आमादा हो।'

राय साहब से 'इनका' लिखने की हुई यह छोटी सी गलती तुरन्त पकड़ी गयी।

-'मेरा काम इनका घर उजाड़ना नहीं बल्कि बनाना है राय साहब।'

राय साहब लगभग बेहोश होने की स्थिति में आ गये। उनके मुँह से अपने आप ही निकला, 'बाप रे, ये मुझे भी जानती है और यह भी जानती है कि तुम मेरे साथ हो और यह पोस्ट मैं भेज रहा हूँ। कैसे? कैसे जानती है?' उन्होंने मेरी ओर देखा। मैं पहले ही सुपर ईडियट की तरह नकारात्मक में सिर हिला रहा था। उसके इस वार ने राय साहब को ही नहीं मुझे भी सनसना दिया था।

आखिरी वार के रूप में राय साहब ने लिखा –'डाइलॉग न भेजो। अपना परिचय व फोटो भेजो।'

उधर से एक ग्रुप फोटो आ गयी जिसमें मेरी पत्नी अपनी चार सहेलियों के साथ थी। राय साहब मोबाइल मुझे पकड़ाते हुए आँखें बंद करके कुर्सी की पुश्त से सर टिकाकर बैठ गये। मैं फोटो को ध्यान से देखकर पहचानने की कोशिश कर रहा था कि यह कब और कहाँ की फोटो थी। पत्नी का चेहरा देखकर लग रहा था कि यह ज्यादा पुरानी फोटो तो नहीं थी। मुश्किल से साल दो साल पुरानी रही होगी। लेकिन कहाँ की थी? बुढ़ापे में याददाश्त भी पूरा साथ नहीं देती है। मैंने दूसरी महिलाओं पर भी ध्यान दिया लेकिन किसी को पहचान नहीं पाया।

तभी पोस्ट आ गयी।

-'इनमें से राय साहब को जो सबसे अच्छी लगे वही मैं हूँ।'

राय साहब को इतना महत्व दिये जाने के कारण जलते-भुनते हुए मैंने मोबाइल उनकी ओर बढ़ा दिया। वे थोड़ा चैतन्य होकर थोड़ी देर तक ब्यूटी कॉन्टेस्ट के बेशर्म जज की तरह उन महिलाओं की फोटो को अपनी उँगलियों से बड़ा कर-करके देखते रहे फिर मोबाइल वापस करके पूर्ववत कुर्सी की पुश्त के हवाले हो गये।

'जजमेंट रिजर्व कर लिया है क्या? फैसला बाद में आयेगा?' मैंने कुढ़ते हुए पूछा।

'मुझे तो अपनी भौजाई ही सबसे अच्छी लग रही है।' उन्होंने बिना आँख खोले कहा।

मैं तो चकरघिन्नी हो गया। भ्रम और अविश्वाश से मेरा दिमाग सनसनाने लगा। राय तो पागल है ही, वो प्रेम पत्र वाली भी कम पागल नहीं है। सीधे-सीधे अपनी फोटो न भेज कर ग्रुप फोटो का क्विज भेज रही है और राय जैसे पागल से इस क्विज को साल्व करके खुद को पहचनवाने चली है। और सबसे बड़ा पागल तो मैं ही हूँ जो इन सब वाहियात चक्करों में घूम रहा हूँ।

'पागल हो क्या? मेरी बीबी क्यों मुझे प्रेम पत्र लिखेगी?' मैंने तेज आवाज में कहा।

राय साहब अपनी उसी गश खायी हुई मुद्रा में बोले, 'वो सब मैं नहीं जानता पर इस ग्रुप फोटो में भौजाई ही सबसे अच्छी है।'

'क्या अच्छा है इसमें? इनसे अच्छी तो हरे दुपट्टे वाली ही है। भरे-भरे होंठ और बड़ी-बड़ी नशीली आँखें।'

'कै दिन चलेंगी ये नशीली आँखें? कुछ ही दिन में इनसे बोर हो जाओगे। हम-तुम दोनों ही लोग बुढ़ापा देख रहे हैं। कितने ही होठों और आँखों को उम्र के साथ लटक जाते देखा है। कितने ही कमसिनों को चर्बी का गोदाम बनते देखा है। ये सब असलियत नहीं है बाबू।'

'तो फिर असलियत क्या है?'

'असली सुंदरता है एक्ज्यूबरेंस, ग्रेस, आंतरिक ऊर्जा जो न केवल चेहरे से बल्कि पूरे शरीर से, पूरे आस्तित्व से छलकती है। यह आन्तरिक सुंदरता होती है जो उम्र के साथ खराब नहीं होती बल्कि और बढ़ती है।'

'लेकिन लोग तो काम्प्लेक्शन, फिगर, आँखों वगैरह पर ही जाते हैं।'

'इसीलिए भटकते रहते हैं। आपसी झगड़ों, एडल्टरी और तलाक जैसी समस्याओं का सामना करते हैं। जिसके पास ग्रेस को देखने की आँखें हैं वह शुरू से ही इसे देख लेता है और अन्त तक देखता है।'

'और यह आता कहाँ से है?' मैं कन्फ्यूज होकर बोला।

'सरल और सात्विक सकारात्मक जीवन जीने से आता है। सकारात्मक ऊर्जा आपके भीतर इकट्ठी होकर ग्रेस को जन्म देती है। तामसिक और अनैतिक जीवन नकारात्मक ऊर्जा इकट्ठा करता है। ऐसे लोग ग्रेसविहीन होते हैं।'

'आज बड़ा ज्ञान छिटक रहा है राय साहब।'

'ज्ञान तो सभी के पास रहता ही है। ये तो जिंदगी में कदम-कदम पर तरह-तरह के नशे बिखरे पड़े हैं जो आदमी को ऐसा उलझाये रखते हैं कि ज्ञान पर नजर

जाने का मौका ही नहीं आता। आजकल तुम भी ऐसे ही नशे की गिरफ्त में आ गये हो बाबू।'

तभी फिर से पोस्ट आ गयी जिसका सरल हिन्दी में मतलब कुछ यों था।

-'जिस डर से मैंने अपना परिचय छिपाया था वह आज सही साबित हुआ। आपने भरोसा तोड़ा है इसलिए अब हमारे बीच चैटिंग नहीं होगी। मैं यह नम्बर बंद कर रही हूँ।'

इसके पहले कि मैं घबराहट में कुछ माफी-वाफी जैसी चीज लिखूँ उधर से फिर लिख-कर आ गया।

-'मेरा प्रेम ज्यों का त्यों बरकरार है और रहेगा। आप खुद को शारीरिक व मानसिक रूप से पहले जैसा फिट कर लीजिए तो मैं खुद आपके सामने आ जाऊँगी। मेरा वादा है।

मैंने अपनी बात पोस्ट करने की कोशिश की पर दो मिनट के अंदर ही वह नम्बर निष्क्रिय हो गया। बुरी तरह धड़-धड़ करते कलेजे के साथ मैं नम्बर एक के अहमकों की तरह मोबाइल की स्क्रीन ही देखता रह गया। जिंदगी में सब कुछ होते हुए भी मुझे लग रहा था कि मेरा सब कुछ लुट चुका है और अब जीने में कोई चार्म नहीं है। कुछ देर सनाका खाने के बाद मुझे राय पर बहुत तेज क्रोध भी आने लगा। इस बेवकूफ को क्या पड़ी थी जो यह खुद उल्टे सीधे मेसेज भेजने लग गया। इसको कोई पूछने वाला नहीं है इसीलिए मुझसे जलनवश ही यह सब किया होगा। आँखें बंद किये कुर्सी की पुश्त से सिर टिकाये राय की ओर देखकर मैंने कहा, 'देख लो अपनी करतूत का नतीजा। उसने मेरा नम्बर ब्लॉक कर दिया।'

राय साहब अपनी मुद्रा से हिले तक नहीं।

'अब तो तुम्हें और तुम्हारे ज्ञान को कलेजे की ठण्डक मिल जायेगी।' मैंने मोबाइल के स्क्रीन लॉक को खोलते हुए कहा।

अचानक राय के शरीर में जुम्बिश हुई। गश खाये हुए इंसान की जगह उसकी आँखें सफलता की एनर्जी से चमकने लगी। सीलिंग फैन से नजरें हटाकर मेरी ओर देखते हुए वह बोले, 'वह भौजाई ही हैं।'

मैंने उन पर तरस खाते हुए कहा, 'हाँ। मालूम है। सबसे अच्छी और ग्रेसफुल।'

'नहीं गोबरदास। मेरे कहने का मतलब है कि तुम्हें प्रेम पत्र भेजने वाली और चैट करने वाली कोई और नहीं बल्कि अपनी भौजाई ही है।'

मैं राय को अजीब से भाव के साथ देखता ही रह गया। ये आदमी पागल हो गया है या फिर मैं ही पागल हो गया हूँ। घोर अविश्वाश और उपेक्षा से मैंने कहा, 'तुम्हारा दिमाग खराब हो गया है। शादी के पैंतीस साल के बाद मेरी बीवी मुझे क्यों

प्रेम पत्र लिखेगी? मेरे साथ चैट करेगी?'

'कूल डाउन हॉट ओल्ड ब्वाय।' राय साहब ने उठकर फ्रिज से एक प्लेट में रखे गुलाबजामुन और ठंडा पानी निकाल कर टेबिल पर रखा और एक गुलाबजामुन खुद खाते हुए बोले, 'खा लो। ठंडा पानी पीने के बाद बुद्धि खुल जाती है।'

'हाँ। इस समय तुमको अपनी बुद्धि खोलने की काफी जरूरत है। कुछ ज्यादा ही बहक रही है।' मैंने भी गुलाबजामुन उठाते हुए कहा।

थोड़ी देर कोई कुछ नहीं बोला। राय साहब शर्ट पर गिर गये शीरे की बूँदों को पानी से साफ करते रहे और मैं अपने जलते कलेजे को ठंडा करने के लिये पानी पीने के साथ-साथ अपने चेहरे पर उसके छींटे भी मारता रहा।

'अब बताओ, किसको यह जानकारी हो सकती थी कि तुम इस समय मेरे साथ हो? भौजाई को या फिर किसी दूर बैठी छम्मक-छल्लो को?'

'मैं उससे बताकर तो यहाँ नहीं आया हूँ। उसे भी कैसे पता होगा?'

'ठीक है। तुम्हारे पास प्रेम पत्र आ रहे हैं, प्रेम बतियों की चैटिंग चल रही है। तुम घर पर हो नहीं तो कहाँ हो सकते हो? ये सब बातें तुम किससे कर सकते हो? अपने बचपन के दोस्त राय से या और किसी से?'

'उसे कहाँ मालूम है कि मेरा यह सब चक्कर चल रहा है।'

'अरे एक बार कम से कम सिद्धांत रूप में यह मानकर चलो कि यह सब वही कर रही है।'

'अगर ऐसा है तो हाँ। उसके पास ही बेस्ट गेस है कि मैं यहाँ तुम्हारे पास हो सकता हूँ।'

'जब मैंने फोटो माँगी तो कौन सहूलियत से तुरन्त अपनी और अपने सहेलियों की फोटो भेज सकता था?'

'अपनी फोटो भेजने की जरूरत ही क्या थी? इससे तो रहस्य खुलने का ही डर था।'

'तुम अपने मोबाइल की गैलरी खोलकर देखो। कितनी ऐसी फोटो हैं जिसमें केवल तुम्हारे दोस्त ही हैं, तुम नहीं हो। असल में हमारी प्रवृत्ति है कि हम वही ग्रुप फोटो रखते हैं जिनमें हम हों या हमारे प्रियजन हों। तुम्हारे लिये अपरिचित्त किसी महिला की फोटो उनके पास नहीं रही होगी इसलिए भौजाई ने ऐसी एक फोटो छाँटकर भेजी जिसमें उनके अलावा बाकी औरतें तुम्हारे लिये अपरिचत हों। इससे ध्यान फोटो में दिख रही दूसरी औरतों पर ही जाने की पूरी संभावना बनती है। अपनी मुर्गी कौन देखता है? वह तो साग बराबर होती ही है।'

मैं बेवकूफों की तरह राय साहब को देख रहा था जिनका लेक्चर धाराप्रवाह

चल रहा था।

'दूसरी बात यह भी है कि ऐसी परिस्थिति में किसी दूसरी महिला का फोटो भेजना खतरे से खाली नहीं था। वह चेहरा कभी भी सामने आ सकता था और तब ज्यादा बड़ी समस्या खड़ी होती। अपनी भी फोटो होने से खेल सुरक्षित है। वाह रे भौजाई वाह। हम सब के कान काट कर रख दिये।'

'तुम्हारे दिमाग में कीड़ा कुलबुलाया और तुम एक काल्पनिक थियरी लेकर उसे सही साबित करने पर तुल गये हो।' मैं झुंझला रहा था क्योंकि इस बात को सही मानने से मेरे दिल में उठते प्रेम बगूले तो तड़ा-तड़ फूट ही जाने थे, साथ ही मैं अपने इस करम पर पत्नी को मुँह दिखाने लायक भी नहीं बच रहा था।

'सोचो, किसके पास मौका था मनचाहे ढंग से तुम्हारे लेटर बॉक्स में प्रेम पत्र डालने का? कौन है वो जो तुम्हारे घर में सब को जानता है। ऐसी कोई औरत अचानक आसमान से तो नहीं टपक कर आयेगी न? सारा खेल भौजाई का है। उन्होंने तुम्हें अच्छा नापा है बाबू।'

'लेकिन क्यों? क्यों करना था यह सब?'

'यह तो वही बतायेंगी। मेरा अंदाज है कि रिटायर होने के बाद तुम इतने काहिल और खुद के प्रति बेपरवाह हो गये थे और ठीक-ठाक ढंग से रहने की उनकी बात सुन नहीं रहे थे इसीलिए उन्होंने मर्दों की दूसरी औरतों पर लार टपकाने की बेसिक कमजोरी का फायदा उठाया। देख लो, प्रेम पत्रों और चैटिंग ने फिर से तुम्हें कितना फिट और चुस्त-दुरुस्त बनाना शुरू कर दिया है।'

मैं चक्कर खा रहा था। मुझे आखिरी मेसेज याद आया- 'मेरा प्रेम ज्यों का त्यों बरकरार है और रहेगा। आप खुद को शारीरिक व मानसिक रूप से पहले जैसा फिट कर लीजिए तो मैं खुद आपके सामने आ जाऊँगी। मेरा वादा है।'

इस बार जब मैंने राय साहब की ओर देखा तो मेरी आँखों से उनकी इस थियरी का विरोध खत्म हो चला था।

'खुद को इतना काबिल समझने वाले मुझको इस बात की जरा सी आहट भी नहीं लगी। मैं सोच-सोचकर हवा में उड़ता रहा कि अभी भी मुझमें कुछ खास है जो कोई दूसरी औरत मुझसे प्रेम करने लगी है।'

'यही होता है बाबू। पति-पत्नी एक-दूसरे को घर की मुर्गी ही समझते रह जाते हैं। एक-दूसरे की अच्छाइयों और गुणों पर ध्यान जाता ही नहीं जबकि इतना लम्बा सुख-दुख का साथ दोनों को एक-दूसरे के प्रति पूरी तरह खोल देता है। लेकिन उलझे तो कहीं और ही रहते हैं हमलोग। इन हालातों में भौजाई का यह काम....... लाखों सलाम के लायक है।'

'तस्दीक कैसे होगी राय साहब?'

'अरे तुम्हारे घर में ताला-वाला तो लगा नहीं रहता हरदम। एक मोबाइल ही तो खोजना है जिसमें नया सिम डालकर वो तुमसे चैटिंग करती थीं। आलमारी में कहीं उनकी साड़ियों के बीच या ऐसी ही किसी जगह पर मिल जायेगा। खोज लो।'

और उसी दिन उसी जगह मोबाइल मिल गया।

क्लेश

मीटिंग बहुत ही महत्वपूर्ण थी और इस पर ही हमारे स्टार्टअप का भविष्य निर्भर करता था। मेरे पार्टनर राकेश पर प्रेजेन्टेशन का पूरा भार था पर उसका कहीं अता-पता ही नहीं था। आठवीं बार मोबाइल न लगने पर नेटवर्क को गाली देते हुए मैंने गाड़ी निकाली और रास्ते में सड़कों पर बेहिसाब बढ़ रही गाड़ियों और ट्रैफिक को और अधिक गालियाँ देते हुए किसी तरह उसके घर पहुँचा। पता नहीं यह क्या राज है कि मेरे बचपन से लेकर अभी तक 'तेल की एक-एक बूँद कीमती है, तेल के भण्डार सीमित है, तेल बचाइये का नारा देने वाली हमारी सरकार दुनियाभर के गाड़ी निर्माताओं के लिये अपना बाजार खोले बैठी है जिसके नतीजे में जहाँ दस-पंद्रह साल पहले मेरी कॉलोनी में तीन-चार गाड़ियाँ ही थीं, आज पचास से ऊपर हैं और वे भी एक से बढ़कर एक तेल पीने वाली। अब पता नहीं तेल बचाने वाले नारों का क्या मतलब होता है।

बैठक में ही राकेश की माता जी जमी हुई थीं। उनसे ही यह गुड न्यूज मिली कि राकेश अपनी टीम के साथ जा चुका था। लगभग उसी समय राकेश का फोन भी आ गया।

'कहाँ हो?'

'अरे मैं तुम्हारे घर आया हुआ हूँ। मोबाइल लग ही नहीं रहा था। मुझे कुछ पता ही नहीं चल पा रहा था।'

'ओह। ये साला कोई मंत्री शहर के बीच से गुजर रहा था। उस भड़ुए की सुरक्षा में एक घंटे से ट्रैफिक रोका हुआ था और उस एरिया में नेटवर्क स्क्रैम्बल कर दिया गया था।'

'अभी कहाँ हो?'

'मैं पहुँच गया हूँ मीटिंग हॉल में। प्रेजेन्टेशन की सारी सेटिंग भी हो गयी है। पार्टी का इंतजार है।'

'पार्टी अभी नहीं पहुँची?'

'वे भी फँसे होंगे।'

'आता हूँ मैं भी।'

'तुम भी उसी जाम में फँस जाओगे। तुम्हारे आते-आते यहाँ का काम पूरा हो जायेगा। तुम कुछ देर वहीं रुक जाओ। आज माताजी काफी हाई हो रही हैं। हेल्पर भी आज छुट्टी पर है।'

‘ठीक है।’ मैंने माताजी की ओर देखते हुए कहा, ‘कोई मामला हो तो फोन कर लेना।’

‘जरूर। बाय-बाय।’ उसने फोन रखा।

मेरा राकेश से सम्पर्क होने के पहले ही उसके पिताजी यू0 एस0 ए0 चले गये थे। इन लोगों को साथ क्यों नहीं ले गये यह न मैंने कभी पूछा और न उन लोगों ने बताया। सुना था कि पहले वे साल में एक-दो बार आते थे पर मैंने तो कभी नहीं देखा। राकेश का कोई भाई बहन न होने के कारण और नाते रिश्ते में माताजी की कहीं पटरी न बैठने के कारण ये माँ बेटे ही यहाँ रहते थे।

मुझे बैठा देखकर माताजी ने पूछा, ‘कुछ चाय-वाय पियोगे?’

‘नहीं-नहीं। आप आराम से बैठिये।’

उन्होंने बुरा सा मुँह बनाकर कहा, ‘मेरी लाइफ में तो आराम ही आराम रह गया है। इसके सिवा और कुछ भी तो नहीं है। थक गयी हूँ मैं आराम करते-करते।’

जैसा मैं साल दो साल से उन को जानता था मेरा यही कहने का मन हुआ कि आराम के अलावा वे कुछ और कर भी तो नहीं सकती पर मैं चुप ही रहा।

‘मुझे तो चिढ़ हो गयी है सबसे। सब बेकार है। मेरा कोई भी तो नहीं है।’ वो अपनी लाइन पर जारी रही।

शायद आज फिर से इन्हें डिप्रेशन का फिट आ रहा था। राकेश के इनको ‘हाई’ कहने का शायद यही मतलब था। मैंने थोड़ा सँभालने की नियत से कहा, ‘आपका बेटा तो आपका पूरा खयाल रखता है।’

‘बेटे को फुर्सत ही कहाँ मिलती है। हमेशा इधर से उधर दौड़ता ही रहता है। लगता है सारी दुनिया का काम उसी के सर आया हुआ है। वो तो पुष्पा न होती तो मैं कब की मर खप गयी होती।’

मुझे पता था कि पुष्पा हेल्पर का नाम था और तरह-तरह के बहाने बनाकर माताजी से लगातार पैसे झटकना उसकी स्पेशियलिटी थी। वह जितना तनख्वाह नहीं पाती थी उससे ज्यादा तो माताजी से झटक लेती थी।

‘एक वही है जो मेरा पूरा खयाल रखती है। मेरा हर काम करती है। किसी भी काम के लिये नाक मुँह नहीं सिकोड़ती।’

‘अच्छा।’ फॉरमेलिटी वश ही मैंने कहा।

‘लेकिन अब वह भी हरामी हो गयी है। अपने बहन की शादी में जाना उसे इतना जरूरी हो गया कि वह मुझे छोड़कर चली गयी। मुझसे पैसा भी ली थी कि पैसा भेज दूँगी और खुद नहीं जाऊँगी पर चली ही गयी। कोई भी अपना नहीं होता चाहे उसके लिये कुछ भी कर दो।’

मुझे समझ नहीं आया कि ऐसे मौकों पर क्या कहना चाहिए इसलिए चुप ही रहा और मोबाइल देखने लगा।

'ये तुमलोग हरदम मोबाइल में क्या देखते रहते हो?'

'क........ कुछ नहीं। कुछ नहीं।' मैंने मोबाइल टेबिल पर रख दिया।

'तुम कुछ परेशान से लग रहे हो। क्या हुआ है?' किसी काल्पनिक नफरत से भरे उनके चेहरे पर क्षणिक चिन्ता के भाव प्रकट हुए।

'कुछ नहीं आंटी। आज प्रमोटर्स के साथ मीटिंग चल रही है जिसमें राकेश गया हुआ है। उसी के बारे में सोच रहा था।'

'तुम नहीं गये?'

'जाना तो था पर राकेश ने कहा कि आज शहर में जाम लगा है। जब तक मैं पहुँचूँगा तब तक मीटिंग खतम हो जायेगी। उसने यहीं इंतजार करने को कहा है।'

'अच्छा-अच्छा। बहुत अच्छा है। लेकिन ये मीटिंग बहुत झंझटी है क्या?'

'नहीं रुटीन ही है पर हम शुरूआती लोगों को थोड़ी चिन्ता लगती ही है।'

'सब ठीक होगा। तुमलोग बहुत तरक्की करोगे। परेशान न हो।' उनके मुँह से इस तरह का आशीर्वाद पहली बार सुनकर मैं इसके झटके से अभी उबरने की कोशिश कर ही रहा था कि वे उठकर क्लोजेट की ओर गयीं और वोडका की एक तीन चौथाई भरी हुई बोतल निकालते हुए बोली, 'चाय तुम बनाने नहीं दोगे तो इसी से रिफ्रेश होते हैं।'

'लेकिन आंटी.... मैं.....'

'चुप रहो। मुझे पता है राकेश के साथ तुम लोगों की रात-रात की मीटिंगों में क्या होता है।'

'लेकिन इस समय... आपके साथ.....' मैं हड़बड़ा रहा था।

कुछ ही मिनटों में दो खूबसूरत गिलासों में सोडा लाइम और टॉप के स्नैक्स के साथ उन्होंने चियर्स बोलते हुए कहा, 'जरा दरवाजा लॉक कर दोगे। ये पड़ोसी वैसे चाहे कभी न साथ दें पर इन सब बातों को हवा देने के लिये जरूर घुस आयेंगे।'

अपने टेंशन में मुझे भी वोडका का आइडिया सही लग रहा था। मैंने चुपचाप दरवाजा लॉक कर दिया और चियर्स बोला।

ये दारू भी अजीब चीज है। हर स्थिति में फिट बैठती है और यह जैसे-जैसे अंदर जाती है, वैसे-वैसे बहुत सी चीजों को बाहर निकालने लगती है। हम लौण्डों में तो दारू के दौरान कहा-सुनी या मारा-मारी होकर बात निबट जाती है पर आज का माहौल कुछ अलग ही था। मैंने तय किया कि ऐसे में एक पैग से ज्यादा नहीं ही

पीना है और न ही राकेश की माताजी को पीने देना है।

लेकिन दारू इन सब विचारों से बहुत ज्यादा ताकतवर होती है।

'जानते हो।' माताजी ने थोड़ा थरथराती आवाज में कहा, 'कॉलेज लाइफ का मजा....... जिंदगी में दुबारा नहीं.... कभी नहीं आता।'

'सच है।'

'कॉलेज में हम राजा होते हैं। अपने मालिक खुद होते हैं। अपने डिसीजन खुद लेते हैं।'

'कैरियर की चिन्ता भी तो होती है।' मैंने कहा।

'वो तुम लोगों को होती है। लड़कियों को तो नहीं ही होती है। सुंदर लड़कियों को तो और भी नहीं होती। उन्हें तो किसी कैरियर की बहुत चिन्ता करके सफल हुए लड़के को थोड़ी लाइन भर देनी होती है और उनके जिंदगी भर के ऐशो आराम का जुगाड़ पक्का हो जाता है।'

'क्या कह रही हैं आप। ऐसा थोड़े ही होता है। तमाम लड़कियाँ भी कैरियर में आगे जाती हैं। शादी भी आपसी प्रेम से ही होती है।'

'तुम अभी बच्चे ही तो हो। दुनिया कहाँ देखी है। फिल्मों और प्रेम की कहानियों, कविताओं से प्रभावित हो। ये सब आदमियों की ही लिखी बनाई कहानियाँ हैं जिन से प्रेम-प्यार का प्रचार होता है। किसी औरत लेखिका ने आज तक प्रेम-प्यार की कोई कहानी-कविता नहीं लिखी। आदमी तो कर लेते हैं प्रेम, पर लड़कियाँ..... उन्होंने मेरी आँखों में देखते हुए कहा, 'हम तो वीनस से आते हैं। वीनस की तरह एकदम कूल।'

मैं चाहकर भी कुछ नहीं कह पा रहा था। अपने दोस्त और पार्टनर की माँ के साथ अकेले बैठकर दारू पीना वैसे ही मेरे पुराने संस्कारों पर बहुत भारी पड़ रहा था, फिर इस तरह की बातें एक अन्तहीन निरर्थक बहस को जन्म देने वाली होती हैं।

फिर भी मैंने न जाने क्यों विरोध किया, 'सब की शादियाँ अपने कॉलेज के दोस्तों से ही थोड़े ही होती हैं।'

'कॉलेज में नहीं तो जॉब में, वहाँ भी नहीं तो कहीं भी और। कहीं भी नहीं तो माँ-बाप किसी कमासुत को ढूँढ़ ही लाते हैं। लेकिन खुद के खोजने में अपनी च्वॉइस रहती है।'

थोड़ा गुस्से में मैंने कहा, 'आपने यही किया था क्या?'

'हाँ।' उतने ही ठंडे स्वर में उन्होंने मेरा गुस्सा झाग की तरह वापस बैठा दिया, 'मैंने यही किया था। मेरे सब जानने वाली लड़कियों ने भी यही किया था। उस करमजली डायन नलिनी ने भी यही किया था।'

मेरे लिये यह नया कैरेक्टर था पर इसके जिक्र से गुस्से के मारे उनका चेहरा लाल भभूका होकर ऐसा विकृत हो गया था कि इस बारे में पूछने की मेरी हिम्मत नहीं पड़ी।

उन्होंने एक बार में ही अपना गिलास खाली कर दिया और कुछ देर उसके कड़वेपन को बर्दाश्त करने के बाद बड़े हिंसक भाव से काजू चबाने लगी। धीरे-धीरे करके जब उनका चेहरा नार्मल हुआ तो जैसे पुराने दिनों में खोये हुए कहने लगी, 'मैं सबसे सुंदर थी। कॉलेज की ब्यूटीक्वीन कही जाती थी। सच कहूँ तो कितने ही लड़के मेरी एक निगाह के लिये, मुझसे एक लाइन बात करने के लिये तरसते थे। कितने ही लड़कों का दिन मेरी एक मुस्कराहट से बन जाता था। दूसरे कालेजों से केवल मुझे देखने के लिये लड़के आते थे। एक-दो नहीं मैंने पूरे चार साल बेदाग राज किया।'

मैंने एक सिप लेकर अपने मोबाइल की ओर हाथ बढ़ाया पर उनकी निगाहें देखते ही हाथ हटा लिया।

'लेकिन कब तक ऐसा चलता। समय आ रहा था कि मुझे कुछ निर्णय लेना ही था। मेरी लिस्ट में सबसे ऊपर मेरा साथी, मेरी एक निगाह पर जान लुटाने का जज्बा रखने वाला, मुझे पाने के लिये ही रात-दिन मेहनत करके तीन बार आई0 ए0 एस0 क्वालीफाई करने वाला अपने आखिरी अटेम्प्ट में भी इन्टरव्यू नहीं निकाल पाया और एक पिछड़े जिले से आये एक बेनाम से लड़के ने आई0 आई0 टी0 निकाल लिया।'

मुझे उनके इतिहास में कोई रुचि नहीं थी लेकिन जिस परिस्थिति में मैं फँस गया था उसमें और कोई चारा भी नहीं था। मेरी जमुहाई की कोई परवाह किये बगैर वह कहती रही, 'आई0 ए0 एस0 कहाँ गुम हो गया पता ही नहीं चला। आई0 आई0 टी0 पर निगाह गयी तो देखा कि उसकी एक गर्लफ्रेंड थी।'

'फिर?' यों ही कहते हुए मैंने भी गिलास खाली करके टेबिल के नीचे के प्लेटफॉर्म पर रख दिया जो इस बात का संकेत था कि मैं अब और नहीं लेने वाला था।

'गिलास ऊपर करो।' उन्होंने इतनी तेज आवाज में कहा कि मैं सकपका गया।

'अब बस आंटी....' मेरी आवाज रिरियाने जैसी लग रही थी।

'भगवान का प्रसाद है क्या जो जरा सा ले लेना है। टॉनिक है। पूरी डोज लेनी होती है।' उन्होंने खुद ही झुक कर मेरा गिलास नीचे से उठाया और उस नजारे से बचने के लिये मैं दूसरी तरफ देखने लगा।

दोनों ग्लासों को फिर से लार्ज पैग का रूप देते-देते वो गम्भीरता से कहने

लगी, 'ये सब बातें मैं राकेश या किसी और से नहीं कह सकती। आज तुम्हारे साथ थोड़ा सा खाली समय मिला है। सुन लो। मेरा भी जी हल्का हो जायेगा।'

'लेकिन यह सब बातें मुझसे क्यों कर रही हैं आप?'

'क्योंकि आज तुम्हारे पास मेरे साथ रहने का समय है।' उन्होंने धैर्य से कहा, 'तुम्हें कुछ देर यहाँ रहना ही है। इतनी देर तुम मोबाइल और मैं टी० वी० की वर्चुअल रियलिटी में खोए रहे तो भी समय बीत जायेगा। लेकिन क्या ये अच्छा नहीं है कि हमलोग यह समय असल जिंदगी के रूबरू बितायें। किसी की भी असल जिंदगी के अनुभव हमें वो बहुत कुछ दे सकते हैं जो मोबाइल या टी० वी० नहीं दे सकता।'

'हाँ हाँ क्यों नहीं।' निरुत्तर होते हुए मैंने कहा।

'शॉर्ट में बताती हूँ।' उन्होंने बहुत तृप्ति का एक घूँट लगाते हुए कहा, 'मैंने आई0 आई0 टी0 वाले पर लाइन लगायी तो मेरी अपेक्षा से कहीं बहुत अधिक आसानी से वह अपनी गर्लफ्रेंड को छोड़कर मेरे चक्कर में आ गया। तकरीबन साल भर के अफेयर के बाद मुझे लगा कि इसके साथ जिंदगी खूब मौज और मनमाने ढंग से गुजारना आसान होगा क्योंकि पिछड़े जिले से होने के कारण वह लड़कियों के मामले में अधिक चालू पुर्जा नहीं था पर पैसा कमाने की ड्राइव उसमें बहुत ही तेज थी। क्यों ठीक सोचा था मैंने या नहीं?' एक आदर्श कथाकार की तरह उन्होंने श्रोता की हाँ, हूँ सुनते रहने के लिये आखिरी लाइन वाला सवाल पूछा जिससे पता लगता रहता है कि अगला इन बातों को ध्यान से सुन रहा है या नहीं।

'जिस नजरिये से आप जिंदगी को देख रही थीं उसमें यही होना ही था।' अच्छे श्रोता की तरह मैंने कमेंट दिया।

'मेरे रास्ते में दो भारी बाधायें थीं। एक तो उसकी पुरानी गर्लफ्रेंड जो समय-समय पर मुझे बहुत गालियाँ देती थी और हर तरह से मुझे बरबाद करने की कोशिश में लगी थी। मैं उसका दुख समझ सकती थी। भगवान ने उसे मुझसे थोड़ा कम आकर्षक बनाया था, केवल इसीलिए वह अपनी जिंदगी के फूलप्रूफ इन्तजाम से हाथ धो बैठी थी। उसकी ज्यादा परवाह मुझे नहीं थी।'

वे अपने आधे हो गये गिलास में सोडा लाइम डालने लगी।

आदर्श श्रोता की इमेज बनाये रखते हुए मैंने पूछा, 'और दूसरी बाधा क्या थी?'

'आई0 आई0 टी0 के घर परिवार वाले। उसने आई0 आई0 टी0 क्या निकाला शादी के मार्केट में उसका रेट बढ़ता ही चला गया। कुछ पार्टियाँ पचास लाख तक पहुँच गयी थीं और अभी उन लोगों को आगे भी उम्मीद थी। मेरे घरवालों

के पास तो पासंग भी नहीं.....'

मेरे फोन की घंटी बजी और स्क्रीन पर राकेश की फोटो चमकने लगी। एक नजर उनकी तरफ देखते हुए मैंने फोन उठाया।

'हाँ भाई।'

'आ गये हैं वो लोग। ये बताओ हम अपने सप्लायरों में हरीभाई को जोड़ सकते हैं?'

'उस फ्राड को? तुम जानते ही हो उसे।'

'इन लोगों का यकीन उसी पर ज्यादा है।'

'हमलोग तो जानते ही हैं कि उसको शामिलकरने पर हम कमजोर हो जायेंगे। वह बिलकुल भी भरोसे मंद नहीं है।'

'भाई अभी तो डालो उसको। ये स्टेज तो पार हो जाये पहले। फिर देखेंगे।'

'ठीक है।' बेमन से मेरी आवाज निकली।

'उससे कान्टैक्ट कर लो और उसे बता दो कि वह 'इन' है। ये लोग उससे तस्दीक जरूर करेंगे।'

'ठीक है। अभी बता देता हूँ और उसे मेल भी कर दूँगा। पूरा हरामी है। बिना मेल पाये नहीं मानेगा।'

जब तक मैंने हरीभाई को फोन और मेल किया तब तक बिना एक भी शब्द बोले वे इंतजार करती रहीं। जैसे ही मैंने फोन वापस टेबिल पर रखा उन्होंने कथा के सूत्र को फिर वहीं से पकड़ लिया।

'मुहब्बत जीत गयी और दहेज का दानव हार गया। हमलोग सभी विरोध करने वालों को छोड़-छाड़ कर अपने कुछ दोस्तों और मेरे मम्मी-पापा की मदद से शादी करके दिल्ली रहने आ गये जहाँ इनकी पोस्टिंग थी।'

मेरे लिये बोरियत भरे किस्से के इस मुकाम पर मैं अपनी कल्चर के प्रति नतमस्तक हो गया जहाँ किस्से में भी शादी होते ही वह आई0 आई0 टी0 'इससे' से 'इनके' हो गया था। व्हाट्सएपिये जान जाते तो इस मुद्दे पर बीसों पोस्टें बना डालते। लेकिन प्रकट में कुछ कहने को था ही नहीं। केवल सुनना था और वोदका अंदर करनी थी।

'अब मेरी अपनी पर्सनल समस्या खड़ी हुई। मेरे पति की लाइफ स्टाइल में गँवारपना था। देखने-सुनने में भी ये ठीक नहीं थे। इन सब वजहों से बेडरूम में इनको झेल पाना मुझे भारी लग रहा था। शादी के बाद कुछ दिन घूमने-फिरने में निकल गये। कुछ दिन मैं अपने मायके चली गयी। लेकिन कब तक? समय आ

गया जब हमें अकेले साथ रहना था और इनको अपने शरीर पर झेलना था।'

'खुदा की मार। आप हर तरफ से उनको बरबाद करने के बाद उन्हें वह सुख भी नहीं देना चाहती थीं जिसके लिये उन्होंने अपना घर परिवार, समाज, संस्कार सब छोड़ दिया।' मेरे भीतर से वोदका बोल ही पड़ी।

लेकिन दूसरी तरफ की वोदका ने कुछ उल्टा नहीं फील किया। वे अपनी रौ में कहती ही रही, 'अभी तक तो मैंने उन्हें जलवे दिखाये भर थे या कभी किन्हीं नाजुक क्षणों में टच करने दिया हो पर अब तो वे पूरी डुबकी मारना चाहते थे।'

ये मेरे दोस्त की माँ थीं जो अपने बेटे के समान ही बेटे के दोस्त से इस तरह की बातें कर रही थीं। ठीक है दारू हमारे बीच थी पर उनकी बातचीत की सहजता यह इंगित कर रही थी कि यह दारू का असर तो नहीं ही था। यह इक्कीसवीं शताब्दी की माँ थीं।

मैं पुरातनपंथी विचार वाला, अभी कल का लड़का शर्मसार हुआ सिर झुकाये सुनता रहा।

'कुछ दिन परिवार नियोजन के बहाने से निकले। कैरियर के शुरूआत में ही बच्चा न होने के लिये वे भी राजी हो गये। मैं इसलिए बच्चा नहीं चाहती थी कि कहीं वह इन्हीं की तरह बदसूरत न निकले।'

'लेकिन राकेश तो कद-काठी शक्ल सूरत में बहुत अच्छा है और आपको तो नहीं ही पड़ा है। आपकी तरह नहीं दिखता है तो अपने पापा की तरह ही होगा न?' न चाहते हुए भी मेरे मुँह से निकला।

'हाँ। वह बहुत अच्छा निकला है।' कह कर वे हमारे खाली गिलासों को फिर भरने के जुगाड़ में लग गयी। अब तक मेरे भीतर इतनी दारू जा ही चुकी थी कि अब मना करने का कोई मतलब ही नहीं था। अंदर की दारू का बाहर वाली से इतना भाईचारा होता है कि वह बाहर वाली को खींचती ही रहती है और खुद प्रॉसेस होकर बाहर वाली के लिये जगह बनाती रहती है। इसी प्रक्रिया के तहत जब मैं खड़ा हुआ तो तो उनकी नाराज और सवालिया निगाहों के जवाब में एक ही शब्द कह पाया, 'वाशरूम।'

इसी के साथ उन्हें रिलैक्स और बिजी छोड़कर मैं अपनी सर्वाधिक रिलैक्सिंग जगह में आ गया।

वाशरूम में जब हम हल्के होते हैं तो दारू के बोझ तले दबा हमारा दिमाग भी थोड़ा-थोड़ा हल्का हो जाता है। इस दौरान मैं यही सोचता रहा कि मैं यह सब क्यों कर रहा हूँ? ठीक है राकेश ने मुझे यहाँ रुकने को कहा जिससे उसकी माँ की तबीयत को थोड़ा सपोर्ट मिल जाये। वह हमारे काम में ही फँसा हुआ है इसलिए

मेरा दायित्व भी बनता है कि मैं उसकी बात रखूँ। लेकिन यह सब होने क्या लगा? मैंने कल्पना भी नहीं की थी कि कभी ऐसी स्थिति में फँस जाऊँगा। थोड़ा दारू पीना हम लोगों में सामान्य बात थी पर ये किस्से असामान्य थे। निकलने का कोई रास्ता सूझ नहीं रहा था इसलिए चुपचाप वापस आ गया।

'तुम्हारे मोबाइल में कोई मेसेज आया है।' माता जी ने बताया।

अपने पूरे भरे छलकने को तैयार ग्लास को देखते हुए मैंने मोबाइल उठाया। राकेश का मेसेज था-गुड न्यूज एहेड। कीप प्रिपेयर्ड फॉर एक्साइटमेंट। सी यू एट माइ होम टु सेलिब्रेट।

अचानक जैसे मन से सारा बोझ उतर गया। माहौल खुशनुमा हो गया। माता जी व उनके किस्सों से होने वाली झल्लाहट बेमानी लगने लगी। मन कुछ गुनगुनाने को करने लगा। जब मैंने सर उठाया तो माता जी की मुस्कराती आँखों के दर्शन हुए।

'सो यू हैव गुड न्यूज।'

'हाँ।' मैंने बिना उनके डाँटे खुद से अपना ग्लास उठाते हुए कहा, 'राकेश हैज डन इट।'

'गुड ब्वाय ऑफ ए गुड मम्मा।'

'श्योर।' मम्मा के लिये मन में विरोध होने के बावजूद भी खुशी को न बिगाड़ने के लिये कहा।

'ए न्यू चियर्स फॅार ए न्यू काज।' उन्होंने भी ग्लास लहराते हुए कहा।

कुछ देर जब वे कुछ नहीं बोलीं तो वोदका की मेहमान-नवाजी का शुक्रिया अदा करने के लिये उनके किस्से को आगे बढ़ाने की नीयत से मैंने पूछा, 'फिर क्या हुआ?'

'कहाँ क्या हुआ?

'आप अपने और राकेश के पापा के बारे में बता रही थीं।'

'ओह वो, हाँ, उनकी कंपनी ने उन्हें यू0एस0ए0 का प्रपोजल दिया जो उन्होंने हम लोगों के भविष्य के हित के लिये स्वीकार कर लिया। राकेश अभी छोटा था और मेरी माँ भी बहुत बीमार रहने लगी थी इसलिए हमलोग यहीं रह गये।'

किसी कहानी में इतना एब्रप्ट मोड़ सुनने वाले के लिये घबराहट पैदा कर देता है। अगर आप कहानी से थोड़ा भी जुड़ गये हैं तो उसके क्रमवार आगे बढ़ने के साथ-साथ क्यूरियासिटी भी बढ़ती जाती है। कहानी जो ताना-बाना बुनती है उसे बिना समेटे ही ढेर हो जाये तो उसे उठाकर पटक देने का दिल करता है। लेकिन मैं थोड़ा और कुरेदने के अलावा और कुछ भी नहीं कर सकता था।

कुरेदने की कोशिश की, 'लेकिन अब तो आपलोग जा सकते हैं।'

'अब वहाँ जाने का मन ही नहीं होता। अपना देश सबसे अच्छा।'

क्या गजब था कि जब तक मैं कहानी सुनना नहीं चाहता था तब तक वह एक प्रवाह के साथ बढ़ रही थी और जब सुनना चाह रहा हूँ तो वह गायब हो चुकी है। मुझे क्या लेना-देना था कि राकेश के पापा इन लोगों को साथ क्यों नहीं ले गये। इतने किस्से के बाद यह तो स्पष्ट ही था कि माता जी को तो वे अन्त-पन्त बिलकुल भी नहीं पसंद करते होंगे। लेकिन अपना बच्चा.... उसका तो आकर्षण होता ही है। उसे क्यों इस तरह छोड़ गये? वही जालिम क्यूरियासिटी......

'मेरा तो कोटा हो गया। तुम और लोगे क्या?' माता जी ने बोतल का ढक्कन उठाते हुए पूछा।

'नहीं आंटी। मैं पहले ही ओवर हूँ।'

उन्होंने एक दक्ष गृहणी की तरह सब ताम-झाम हटाकर टेबिल साफ कर दी और मुझे मोबाइल खेलने का पूरा मौका देते हुए भीतर चली गयीं। उनके व्यवहार में आये इस अचानक परिवर्तन से मैं हतप्रभ तो था पर मैंने भी दरवाजा खोल दिया और सोफे पर अधलेटा होकर वोदका की लहरों को मोबाइल की लहरियों से मिलाने लगा।

डिनर पर राकेश ने सारी बातें बड़ी ही सहजता से बता दीं, 'ये सब कुछ यों ही है। माँ की जिंदगी में पुराना प्रेमी आई0 ए0 एस0 वाला कहीं से फिर आ गया जिसका सेलेक्शन वेटिंग लिस्ट से एलाइड सर्विसेज में हो गया था। मैं उसी का सन्तान हूँ। पापा को पता लगा तो उन्होंने डाइवोर्स के पेपर भेज दिये। कुछ खींच तान के बाद डाइवोर्स हो गया। पापा ने अपनी पहली वाली गर्लफ्रेंड नलिनी से शादी कर ली और यू0एस0ए0 ही बस गये। आई0ए0एस0 वाला वादे तो बहुत करता रहा पर शादी कहीं और ही की। बस हमलोग इसी तरह हैं।'

इतने सहज ढंग से ऐसी बात, जिस पर बॉलीवुड में दो-तीन हिट पिक्चरें बन सकती हैं, कहने वाले राकेश को मैं मुग्ध भाव से देखता ही रह गया। मुझे अपने दोस्त पर नाज हो आया।

उसने कहा, 'जहाँ भी जिंदगी प्रेम पर आधारित न होकर गणित पर आधारित होती है वहाँ यही होता है। तुम तो जानते ही हो गणित का वह बड़ा सा शून्य। उसमें कुछ जोड़ लो तो जोड़ लो वरना तो वह सब कुछ खा जाता है और शून्य ही रहता है।'

न ही कहें

गाड़ी में बैठते-बैठते मेरे साले ने मजाक करने की कोशिश की, 'देखिएगा, नन्दोई, सरहज आज अकेले घर में रहेंगे। कुछ ऊँच-नीच न हो जाये?'

'जब तीस-पैंतीस साल से सरहज ने कोई लिफ्ट नहीं मारी तो अब बुढ़ापे में क्या हो जायेगा? निश्चिन्त जाकर शादी अटेंड करिए।' मैंने हमेशा की तरह कहा।

'माताजी तो घर में हैं ही।' सरहज ने अपना डिफेंस प्रस्तुत किया जिस पर मेरी पत्नी सहित सभी लोग हँसने लगे।

'लग रहा है भाभी जी आज सीरियस हो गयी हैं।' पत्नी ने कहा।

'ये क्या सीरियस होंगी? इनको सीरियस होने का मतलब ही नहीं पता होगा।' साले ने गाड़ी स्टार्ट करते हुए बहुत ही अवज्ञापूर्ण टोन में कहा और बिना इधर-उधर देखे गाड़ी आगे बढ़ा दी।

उन लोगों के जाने के बाद मेरी सरहज बोलीं, 'देख रहे हैं कैसी उल्टी-सीधी बातें ये इस बुढ़ापे में भी कर रहे हैं।'

'छोड़िये भी, यह रिश्ता ही ऐसे मजाक का है। कोई पहली बार तो है नहीं। हमेशा ही यह सब बातें होती रहती है।'

'अरे अब तो उम्र हो गयी।'

मैंने मेन गेट के अंदर रुख करते हुए सहज ही कहा, 'उम्र क्या हो गयी है? पचपन साठ में तो दिल असल में जवान होता है। ये सब सोचना बंद करिए कि उम्र हो गयी है। कहते हैं कि पुराने चावल, पुरानी शराब और पुराने रिश्ते ज्यादा शानदार और असर वाले होते हैं।'

'कीड़े लग जाते हैं पुरानी चीजों में। उससे बचायेंगे तभी तो असर वाला होगा।' वे भी अंदर आते हुए बोलीं।

'बचायेंगे साहब, जरूर ही बचायेंगे। कम से कम आपका जादू तो बरकरार ही रखेंगे।' क्योंकि ऐसा कहना चाहिए, इसलिए मैंने कहा।

'मुझे पता है। मेरा कोई जादू-फादू न कभी था और न है। केवल कहने की बातें हैं।'

मेरी सरहज कोई खास खूबसूरत नहीं हैं। ऐसी तो बिलकुल ही नहीं है कि उन पर किसी दिलफेंक का भी दिल आ सके। बस औरत हैं, और मेरे साथ इस नाजुक रिश्ते में हैं जिसमें इस तरह के मजाक और कमेंट सामाजिक रूप से स्वीकृत है। मैंने भी कभी होली वगैरह में उनके साथ इधर-उधर हाथ लगाने की कुछ लिबर्टी

भले ही ले ली हो पर सामान्यतः बात मजाक से शुरू होकर मजाक तक ही रहती है।

लेकिन आज कुछ गड़बड़ जरूर थी। हमेशा की तरह जब मैंने अंदर आकर अपने लैपटॉप से खेलना शुरू किया तो हमेशा की तरह वे अपने कमरे में जाकर सोयी नहीं बल्कि मेरे पास ही आकर बैठ गयी।

'आप हर समय इस लैपटॉप में क्या करते रहते हैं?'

'बहुत कुछ। इसमें बहुत कुछ किया जा सकता है। टाइम पास करने के लिये तो बेजोड़ है।'

'जब ये नहीं था तब कैसे टाइम पास होता था?'

'कठिन सवाल है।' मैंने उनकी ओर देखते हुए कहा, 'शायद लोग आपस में बातचीत करते थे।'

'तो आज इसे बंद कर दीजिए और पुराने ढंग से आपस में बातचीत करते हुए टाइम बिताया जाय।'

'इरादे खतरनाक लग रहे हैं आपके।' मैंने मुस्कराते हुए मजाक करने की कोशिश की लेकिन मेरी सिट्टी-पिट्टी तब गुम होने लगी जब उन्होंने मेरे घुटनों पर हाथ रखते हुए कहा, 'कुछ खतरनाक-वतरनाक नहीं है। माता जी सो रही हैं और घर में हम दो ही लोग हैं। क्या जरूरी है कि मनहूस की तरह दोनों लोग अपने-अपने कमरों में पड़े रहें। कुछ बात-वात होगी तभी तो पता लगेगा कि पिछले तीस-पैंतीस सालों में क्या नहीं हो पाया।'

'बाप रे। आप तो सीरियस हो गयीं। मैं केवल मजाक कर रहा था।'

'मजाक की ओट में छिपने की कोशिश मत करिए। मर्द को मर्द होना चाहिए। आँचल और मजाक की ओट में औरतें छिपती हैं। ऐसा मर्द भी किस काम का जिसके मजाक की ओट को हटाने के लिये औरत को पहल करनी पड़े।' उनका हाथ मेरे घुटने के कुछ ऊपर तक सरका।

हमेशा ही हँसी-मजाक के बीच भी एक डीसेंट दूरी बनाकर रखने वाली अपनी पुरानी सरहज के इस नये रूप ने मुझे हतप्रभ कर दिया था। अचानक सामने आ खड़ी हुई इस परिस्थिति के लिये मैं पहले से तैयार नहीं था इसीलिए मुझे कुछ सूझ ही नहीं रहा था। वे मुझे तो इतनी एग्रेसिव कभी भी नहीं दिखी थीं और कभी उनके ऐसे रूप के बारे में सुनने में भी नहीं आया था।

मैंने खुद को सँभालने की कोशिश करते हुए कहा, 'ऐसा मत सोचिये भाभी जी। मजाक कोई छिपने की ओट नहीं है। एक सामाजिक रीति है जो स्वभाववश चलती रहती है। उसका कोई ऐसा मतलब नहीं होता है। आपके पतिदेव भी तो हम लोगों के रिश्ते को लेकर छेड़-छाड़ करते रहते हैं। तो क्या हुआ।'

उन्होंने सीधे मेरी आँखों में देखते हुए कहा, 'मेरे पति क्यों छेड़-छाड़ करते रहते हैं यह मुझे मालूम है। उसकी तो आप बात ही मत करिए। आप तो यह बताइये कि सामाजिक रीति में मजाक वगैरह की कोई सीमा भी होती है या नहीं? अगर होती है तो वह क्या है? कब यह कहा जायेगा कि यह मजाक नहीं वल्गेरिटी है?'

तत्काल कुछ सोच न पाने की स्थिति में इस धमाके वाली क्वेरी का कुछ जवाब निकालने के लिये अभी मैं दिमाग के घोड़े इधर-उधर दौड़ा ही रहा था कि उनका डबल धमाका सवाल आ गया।

'जब आप मेरे ब्लाउज और ब्रा के अंदर हाथ डालकर होली में रंग लगाते हैं या जब आप मेरी कमर के रास्ते साड़ी में हाथ डालकर रंग के बहाने मेरे पूरे हिप को दबाते और रगड़ते हैं तब तक यह मजाक ही रहता है। फिर कब मजाक से आगे जाकर अनैतिक आचरण बनता है?'

उनके इस खुलेपन ने मानो मुझे आसमान से जमीन पर ला पटका। अचानक ये क्या हो गया है इन्हें? शर्म लिहाज सब गायब हो गयी है। मेरे घुटने से लेकर जाँघों तक रेंगती उनकी उँगलियाँ जितनी उत्तेजना नहीं पैदा कर रही थीं, उससे ज्यादा इरीटेट कर रही थीं।

फिर भी खुद को सँभाल कर उनके इल्जामों का जवाब देते हुए मैंने कहा, 'आपकी ये बातें तो सच है। मुझे नहीं पता था कि ये अभी तक आपके मन में अटकी हुई है। लेकिन ईमानदारी से याद करिए ये सब बातें मेरी शादी के बाद के कुछ सालों की ही बातें हैं। उस समय जवानी का जोश रहता है। साली या सरहज के साथ होली खेलने की बात जब भी चलती है लोग क्यों मजा लेते हैं? सामान्य रूप से होली खेलने में ये थोड़ा-मोड़ा टच वगैरह शामिल ही होता है। फिर होली की मस्ती में आदमी किसी न किसी रूप में नशा भी कर ही लेता है। रंग का अपना नशा भी चढ़ जाता है। नशे में कभी-कभी ऐसी गलत हरकतें हो जाती हैं। इन्हें मन में नहीं रखना चाहिए।'

'इसका मतलब यह है कि जवानी के जोश या नशे के बहाने आप अपने साली या सरहज के या और आगे कह लीजिए तो भाभी के साथ जो भी कर लें उसे मन में नहीं रखना चाहिए। आप रेप भी कर लें तो मन में नहीं रखना चाहिए।'

'अब कैसे समझाऊँ?' मेरी समझ में खुद ही नहीं आ रहा था, 'ये सब हँसी-मजाक की बातें खुलेआम होती है। चोरी-छिपे नहीं। पाप वह होता है जो दुनिया समाज की नजरों से छिपकर किया जाता है। आप जो भी घटनाएँ बता रही हैं वह सब खुले में सामूहिक होली का हिस्सा थी। मैंने कहीं कभी अकेले में तो आपके साथ ऐसा कुछ भी नहीं किया।'

'बढ़िया बता रहे हैं आप। खुले में दस लोगों के सामने किसी का रेप कर लीजिए तो भले ही वह महिला समाज में अपने इस तरह बेइज्जत होने के कारण आत्महत्या कर ले पर करने वाले को पाप नहीं होगा।'

मैं लाजवाब था। मुझे कोई उत्तर सूझ नहीं रहा था। अगर ईमानदारी से कहूँ तो होली के बहाने की गयी यह सब हरकतें जायज तो नहीं ही थी क्योंकि इनके बिना भी होली सभ्य तरीके से खेली जा सकती थी। लेकिन यह भी सच था कि इन सब हरकतों के पीछे केवल शरारत की ही भावना होती थी। कोई गंदे विचार नहीं थे।

'क्या हुआ? कुछ और तर्क नहीं दे रहे हैं?'

'मैं सच कह रहा हूँ। मेरे मन में कोई खराब भावना नहीं थी।'

'अच्छा।' उन्होंने अच्छा शब्द को अपनी स्टाइल में लम्बा खींचते हुए कहा, 'यही बता दीजिए कि खराब भावना होने पर क्या करते हैं?'

मैं पूरी तरह सरेंडर हो चला था। यहाँ तक कि उनका हाथ अपनी जाँघों से हटाने की हिम्मत भी नहीं कर पा रहा था। इस बार निरीह भाव से उन्हें देखते हुए बोला, 'यही सब करते हैं।'

उनकी खिलखिलाहट इतनी तेज और अचानक आयी कि बगल के कमरे में सोयी माता जी ने भी आवाज लगाकर पूछा, 'क्या हुआ?'

वे उठकर माता जी के कमरे में 'कुछ नहीं माँ जी' कहते हुए गयी और मैंने थोड़ी राहत की साँस ली। लेकिन आज माहौल तो अलग था ही। अपने-अपने में मस्त रहने का तौर तो आज बदल ही गया था। मैं उनके इस आक्रामक रूप को पहली बार देखकर सकपका रहा था वरना मैं अब तक उन्हें एक बहुत ही सीधी-सादी प्रतिबद्ध महिला ही समझता था जो केवल अपने काम से काम रखती थी और महिलाओं वाली पंचायतों के सिवा और कुछ नहीं जानती थी। उम्र के साथ महिलाओं की उग्रता बढ़ती तो जरूर है पर जो हो रहा था वह चमत्कारिक था।

थोड़ा गैप मिलने पर शुरूआती झटके के असर में कमी आने लगी और खुराफाती दिमाग भी चलने लगा। वे माता जी से पानी वगैरह पूछ रही थीं और मैं अचानक हुए अटैक से बच जाने पर राहत महसूस कर रहा था। लेकिन क्या मैं सच में बच गया था? क्या वो अब फिर नहीं आने वाली थीं। क्या मैं बचना चाहता था? अगर वो फिर आ ही गयीं तो मुझे क्या करना था? मैं उनका हाथ अभी भी अपने घुटने के ऊपर महसूस कर रहा था और ऊपर तक उसकी उत्तेजना भी महसूस कर रहा था। मन के किसी कोने में यह लग रहा था कि वह जरूर ही आयेंगी। हमारी बात अभी पूरी हुई भी नहीं थी। मेरे कान उनकी आहट पर लगे थे लेकिन वह नहीं

आयीं। आहटों से लगा कि वह अपने कमरे में चली गयी थीं।

कुछ देर मैं ठगा सा बैठा रहा और उस उत्तेजना को महसूस करता रहा जो किसी दूसरी औरत के सानिध्य में होती है। ठीक है हमलोग दुनियादारी के लिहाज से बूढ़े हो रहे थे लेकिन आजकल का रहन-सहन ऐसा है कि सेंसिटिविटी जल्दी मरती नहीं है। मेरी धड़कन तेज हो गयी थी और खून का बहाव भी तेज हो रहा था। अपनी यह हालत देखकर जीवन में पहली बार यह क्लियर हो गया था कि इन मामलों में मैं वैसा कोई आदर्श पुरुष या देवता नहीं था जैसा खुद को अभी तक समझता रहा था। होली आदि के बहाने जो कुछ भी किया था वह मेरी लम्पटता ज्यादा थी सामाजिकता कम। खुद को फेस करने की हिम्मत धीरे-धीरे आ रही थी और यह सब चीजें स्पष्ट हो रही थीं कि वास्तव में अभी तक मैं अपनी प्राकृतिक भावनाओं को एक बनावटी आदर्श छवि के पीछे छिपाने में ही लगा हुआ था। औरतें कितना सटीक सब कुछ पकड़ती और जानती हैं। जो बातें अपने बारे में मैं खुद नहीं जानता था, वह सब ये जानती थीं। पर कभी और पहले ये ऐसा कुछ क्यों नहीं बोलीं?

दस-पंद्रह मिनट की उधेड़बुन के बाद मुझे यह पूरी तरह स्पष्ट हो गया कि मेरी झूठी छवि का मोल एक कौड़ी का भी नहीं था। जिंदगी इन छवियों से कहीं बहुत आगे होती है। जब कोई बनावट नहीं होती तभी फूल खिलते हैं। अब बचाने या छुपने-छुपाने जैसा कुछ भी नहीं था इसलिए औरत की पहल पर आश्रित न रह कर मैं उठकर सीधे उनके कमरे में चला गया जहाँ वह लेटी हुई थीं।

मुझे अपने कमरे में ऐसे समय, जबकि घर में और कोई नहीं था, आया देखकर भी उनमें कोई प्रतिक्रिया नहीं हुई। आहट पाकर मेरी ओर मुड़ते हुए मुझे खाली निगाहों से देखा और देखती ही रहीं। उनके होठों पर बहुत हल्की सी मुस्कराहट झलकी या फिर यह मेरा भ्रम था।

मैं चुपचाप बिस्तर पर उनके बगल बैठ गया और बोला, 'आप सही कह रही हैं। मैंने सोचा, बार-बार सोचा, फिर यह पक्का हो गया कि आपकी बात सही है। आप मुझे मुझसे भी ज्यादा जानती हैं।'

वे केवल देखती रहीं।

मैं आगे बोला, 'सच तो यह है कि आज के पहले मैं अपने बारे में इतना स्पष्ट खुद भी नहीं जानता था। मुझे सही में लगता था कि मैं सामाजिकता ही निभा रहा हूँ। इससे आपको कोई ठेस लगी हो तो माफी लीजियेगा।'

इस बार वह खुलकर मुस्करायीं, 'माफी-वाफी बच्चों के खेल है। हम तो बूढ़े हो चले हैं न?' फिर तिरछी निगाहों से देखते बोलीं, 'भले ही दिल जवान हो।'

‘आपने पहले कुछ क्यों नहीं कहा?’

‘पहले इतना बढ़िया मौका कब मिला था? मैं आपकी पुरानी फैन हूँ। आपको बहुत मानती हूँ क्योंकि आपकी लाइफ स्टाइल बिंदास है। मैं आपके लिये कुछ भी कर सकती थी लेकिन मेरे लिये....... मेरे लिये सबसे बड़ी समस्या आपके साले महोदय हैं।’ लगा कि आखिरी लाइन उन्होंने बहुत हिचकिचाहट के साथ बहुत हिम्मत करके कही है।

‘वो तो होंगे ही। कौन चाहता है कि उसकी पत्नी का संबंध किसी और से हो।’

उन्होंने मुझे घूर कर देखा, ‘ये नहीं कह रही हूँ। मेरी समस्या यह है कि वे मुझे हमेशा आपके साथ जोड़ कर बहुत आफत मचाते रहते हैं।’

‘क्यों?’ मुझे आश्चर्य हुआ, ‘क्या मेरी होली वाली हरकतों की वजह से?’

‘नहीं।’ वह उठकर बैठ गयीं और काफी देर तक दीवार की ओर देखती रहीं मानो किसी उधेड़बुन में हों फिर बोलीं, ‘मेरे साथ बेडरूम में उनका व्यवहार शुरू से ही अजीब सा था। शादी के बाद जब सब कुछ नार्मल हो जाता है तो पति-पत्नी के बीच सेक्स भी नार्मल हो जाता है। लेकिन ये कभी नार्मल हुए ही नहीं।’

मैं कुछ बोल नहीं पा रहा था इसलिए चुप रहा। मन के किसी कोने में यह भी था कि यह सब बातें ये मुझसे क्यों कर रही हैं। कोई महिला अपने पति की नपुन्सकता की चर्चा हमारे समाज में सामान्यतया नहीं ही करती है।

‘इम्पोटेन्सी?’ मैंने पूछा

‘नहीं। होता यह था कि ये किसी किसी दिन चोरों की तरह काफी रात में मेरे पास आते थे जब मैं गहरी नींद में होती थी। जब तक मैं जागूँ और समझ पाऊँ कि यह सब हो क्या रहा है ये एक आक्रामक जानवर की तरह सेक्स जैसी नाजुक चीज को जल्दी-जल्दी किसी तरह निबटा कर ऐसा भागते थे जैसे चोरी कर रहे हों।’

‘यह गाँव की पुरानी कल्चर की तरह है।’ मैंने कहा।

‘मैं भी यही समझती थी। लगता था घर में चार लोगों के सामने शर्म की वजह से ऐसा हो रहा है। लेकिन बाद में जब हमको काफी दिनों तक घर में एकदम अकेले रहने का मौका मिला तो भी इनका यही हाल था। मेरी समस्या यह थी कि जब तक मैं इसके लिये तैयार होती ये जैसे-तैसे काम निबटा कर जा चुके होते थे। मैं हमेशा खाली की खाली ही रह जाती थी।’

‘गाँव की कल्चर।’ मेरे पास कहने के लिये और कुछ था भी नहीं।

‘सच कहूँ तो मुझे कुछ पता भी नहीं था। लगता था ऐसे ही होता होगा। इसी में बच्चे भी हो गये। मैं उनमें व्यस्त हो गयी।’

मैं चुप ही रहा।

'फिर जीजी की शादी आपसे हो गयी। सब कुछ यों ही चलता रहा लेकिन एक दिन जब मैं बच्चों को सुला कर खुद सोने की कोशिश कर रही थी और आपके साले कोई गंदी सी किताब पढ़ कर उत्तेजना लाने की कोशिश कर रहे थे तब बगल के कमरे से जीजी और आपकी दबी-दबी आवाजें आने लगी।'

पता नहीं क्यों मैं घबराने लगा, 'मेरी आवाज?'

उन्होंने सांत्वना भरे स्वर में कहा, 'क्या हो गया? आप काफी दिनों के बाद यहाँ जीजी के पास आये थे। नयी-नयी शादी थी, बच्चे अभी थे नहीं तो और क्या करते? भजन?'

'लेकिन........'

'कुछ नहीं। आप लोगों की आवाज कोई बहुत बुलन्द नहीं थी लेकिन उस दिन कमरे का दरवाजा अधखुला रह गया था और किसी का ध्यान इस पर गया नहीं। इसीलिए हमें आवाजें सुनाई पड़ी।'

'फिर?'

'फिर क्या?' वो हँसते हुए बोली, 'हमलोग आधे-पौन घंटे तक आप लोगों की आवाजें सुनते रहे। फिर जब आपलोग तृप्त होकर सो गये तो हमलोग भी सो गये।'

'फिर?'

'फिर रात में एक बार आप लोगों की नींद खुली तो रिपीट आवाजें सुनकर मेरी भी नींद खुल गयी।'

'माइ गॉड। इस सबका मतलब क्या हुआ?'

'इसका मतलब यह हुआ कि मेरी समझ में आ गया कि सेक्स वैसा पाँच मिनट वाला नहीं होता है जैसा मेरे हसबैंड बताते थे और मुझे मँझधार में छोड़ जाते थे।'

'फिर?'

'फिर क्या? मैंने उनको साफ बता दिया कि अगर कायदे से कुछ कर सकते हैं तो करें वरना मैं उनको पास नहीं फटकने दूँगी।'

'फिर?'

'एकाध बार उनकी कोशिश तो हुई पर अन्त-पन्त हम लोगों के बीच काफी झिक-झिक की कीमत पर यह पाँच मिनट वाला सेक्स बंद ही हो गया।'

'आपने काफी अन्याय किया। जो कुछ भी था जैसा भी था, पति-पत्नी के बीच एक इन्टीमेसी तो थी ही। इसको खत्म करने का क्या मतलब था।'

‘न्याय-अन्याय तो वही जान सकता है जिसे हमेशा मँझधार में छोड़ दिया जाता रहा हो। जो मँझधार की पीड़ा को जानता हो। इससे कहीं बहुत अच्छा तो यही है कि इसकी नौबत ही न आये।’

‘चलिये, ठीक है। पर मैं इसमें कहाँ से आ गया।’

‘उन्हें लगता है कि आपके ही वजह से यह सब हुआ है। उस दिन आपकी आवाजें न सुनी होती तो सब कुछ पहले जैसा चलता रहता।’

‘मेरी क्या गलती है? मुझे तो आज और अभी तक यह सब पता भी नहीं था।’

‘आपकी गलती की कोई बात ही नहीं है। बात तो मेरी है। मैंने ही तो रोक-टोक लगायी लेकिन बहाना अपने आप, आप ही बन गये। इनके दिमाग में यही बैठ गया। इसीलिए हमेशा बहुत ही गंदे तरीके से मुझ पर टांट कसते रहते हैं कि बड़ी आग लगी है तो जाकर उन्हीं से करवा लो। मैं थक गयी हूँ, ऊब गयी हूँ। वे सबके सामने तो मजाक की ओट लेते हैं पर मैं जानती हूँ कि बाद में क्या होना है। कई बार जब भी ऐसा मौका आया है कि मैं और आप उनके बगैर कहीं साथ रहे हों तो बाद में मेरी जिंदगी कई दिनों तक नर्क रहती है। हर वक्त यही टांट, यही गंदी बातें, फिर इनमें से फूटने वाली शाखायें प्रशाखायें चैन से नहीं रहने देती है।’

‘ओह।’ अब मुझे कुछ-कुछ स्थिति समझ में आने लगी थी। यही बात थी जो अपने मूल स्वभाव के विपरीत आज भाभी जी ने विद्रोह कर ही लिया था और यही वजह थी जो आज इतना कुछ घटित हुआ। आज फिर हमलोग अकेले थे और फिर वही गन्दगी इनको झेलनी थी। मजा यह कि जिसके साथ नाम जोड़ कर यह गन्दगी फैलायी जानी थी उसे कुछ भी मालूम नहीं था। लेकिन मालूम होना तो चाहिए था। यही मालूम कराने के लिये भाभी जी ने यह आक्रामक रूप लिया।

‘भाभी जी, एक बात कहने की इजाजत दे दीजिए। अब दिल चाहे जितना जवान हो पर सच यही है कि हम सभी की उम्र हो चली है। सेक्स शायद अब उतना मायने नहीं रखता। अब तो उनको, जैसे भी वह कर सकते हैं, उसकी इजाजत दे दीजिए। हर आदमी का सेक्स व्यवहार अलग-अलग ही होता है।’

‘आपकी बात सही है। उस समय कम अक्ल होने के कारण या जिद में मैंने ये कदम उठाया जरूर था पर इसे बहुत लम्बा नहीं खींचा। मैं तो राजी हो गयी थी पर शायद अपनी इस मर्दानगी वाली कमी पर अपराधबोध से उन्होंने ही ये सब छोड़ दिया। अब तो मेरे पहल करने पर भी वो यही कहते हैं कि बड़ा मन हो रहा है तो जाकर अपने नन्दोई से करवा लो।’

‘आपको कभी गुस्सा नहीं आया?’

‘आया। पहले मैं स्त्रियोचित्त व्यवहार के चलते सब कुछ सँभाल कर रखना

चाहती थी। मन में कहीं यह भी था कि धीरे-धीरे ये सब ठीक हो जायेगा। लेकिन एक ही गलत और गंदी बात को कितने समय तक बर्दाश्त किया जा सकता है? गुस्सा उस दिन आया जिस दिन मेरी तबियत खराब होने के कारण मैं दवा खाकर लेटी थी और नींद आ गयी थी। कहीं बाहर से दोस्तों के साथ मटरगश्ती करने के बाद जब ये आये तो मैं इन्हें खाना देने के लिये उठ नहीं पायी। बेदर्दी से मुझे झिंझोड़ कर जगाते हुए ये चिल्लाने लगे और एक मिनट के अंदर ही बात वहीं की वहीं आ गयी यानी कि मेरा बदन बड़ा सुस्त पड़ रहा है तो मैं नन्दोई के यहाँ क्यों नहीं चली जाती।'

'नर्क है।' मैंने कहा।

कुछ देर मेरी समझ में कुछ नहीं आया पर जब आया तो मेरा आपा खो गया। मैंने अपनी पूरी ताकत से चिल्ला कर उन्हें चुप रहने को कहा जिस पर वह मुझे मारने को चढ़ आये और माता जी की भी कोई परवाह किये बगैर गंदी-गंदी बातें चिल्लाते रहे। मेरे चेहरे पर उनका तमाचा पड़ा तो अब तक सहेज कर रखी हुई सारी मर्यादा समाप्त हो गयी। शायद मेरा दिमागी संतुलन बिगड़ गया। इधर-उधर देखते मेरा भारी भरकम बेलन मेरे हाथ आ गया और मैंने उसी से उनकी अच्छी कुटाई कर डाली।'

'बाप रे। आप तो सच में खतरनाक हैं।'

'थी तो नहीं पर परिस्थितियाँ काफी कुछ बना देती है।'

'फिर?'

'फिर वो हल्दी-चूना लगवाते रहे और मैंने भी उनके खिलाफ चरित्र हनन का अभियान शुरू कर दिया।'

'वो कैसे?'

'उनका नाजायज संबंध कामवाली, जमादारिन, चपरासी की बीबी आदि से जोड़ते हुए इसके किस्से घर, समाज, परिवार, रिश्तेदारी सभी जगह फैलाना शुरू कर दिया।'

'लोग बिना किसी प्रमाण के ये सब कैसे मान लेंगे?'

'यही तो खूबसूरती है समाज की। इन सब गलत बातों को तुरन्त मान लिया जाता है और इनका प्रचार अपने आप आगे भी बढ़ता रहता है। मायने केवल एक चीज रखती है कि कहने वाला कौन है।'

'फिर इसका अन्त क्या है?'

'इसका कोई अन्त नहीं है। यह शीत युद्ध है। यह प्रचार बच्चों तक भी पहुँच चुका है। लोगों को तमाम परिस्थितिजन्य सबूत भी मिल चुके हैं। कभी-कभी तो

मुझे भी लगने लगता है कि यह सच ही तो नहीं है।'

'भगवान तेरे खेल भी क्या निराले हैं। कहाँ की गोट कहाँ ले जाकर फँसाता है।' मेरे पास समस्या का कोई हल नहीं था। केवल एक चीज मैं कर सकता था कि यहाँ कभी न आऊँ जिससे हम दोनों को एक साथ अकेले रहने का कोई मौका न हो। लेकिन अब इसका भी कोई खास महत्व लगता नहीं था। मैंने भाभी जी की ओर देखा तो लगा कि किसी बिलकुल ही अलग औरत की ओर देख रहा हूँ।

वे फिर लेट गयीं, बहुत ही अस्त-व्यस्त। काफी देर हममें से कोई कुछ नहीं बोला।

मैंने जैसे अपने आप से ही कहा, 'कौन जान सकता है कि एक सहज से लगने वाले मजाक के पीछे इतना कुछ छिपा हो सकता है।'

'शायद मैंने गलत किया।' थकी सी आवाज में वे बोलीं, 'जो जैसे चल रहा था उसे अपनी नियति मानकर चुप रहती तो सब सामान्य ही था। लेकिन उस समय समझ में ही नहीं आया कि ऐसा भी हो सकता है।'

'मेरा ही देख लीजिए। मजाक के पीछे दूसरी औरत को गलत ढंग से छूने की कुत्सित मानसिकता आज जाकर मेरी समझ में आयी है। आप इसे पहले से ही जानती थीं।'

'हाँ। जानती थी। सच कहूँ तो इतने झंझटों के बीच भी कभी-कभी मेरा मन होता था कि जिसके बहाने मेरी जिंदगी इस कदर नर्क हो रही है एक बार उसके साथ यह सब हो ही जाये। मैं भी तो जानूँ कि इसमें थकने-टूटने और बेहाल होने का मजा क्या है। कभी ऐसा भी तो लगे कि मैं 'अब बस' करने को कहूँ। अंग-अंग ऐसा टूट जाये कि चलना फिरना मुहाल हो जाये।'

फिर उन्होंने ही थकी-थकी आवाज में कहा, 'इसीलिए आज उन लोगों के जाने के बाद मैं थोड़ी देर के लिये आपके सामने उल्टी-सीधी हरकतें और बातें करने लगी थी। आप कहते हैं कि मैंने आपको तीस-पैंतीस साल से कोई लिफ्ट नहीं दी है। मैंने भले ही ऐसी-वैसी लिफ्ट के बारे में न सोचा हो पर मेरी जिंदगी आप से अपने आप ही लिफ्ट हो गयी है।'

मैंने बिना उनकी तरफ देखे कहा, 'कभी नहीं कहूँगा। आज आपने मुझे जो आइना दिखाया है उस के लिये जिंदगी भर आपका शुक्रगुजार भी रहूँगा। लिफ्ट क्या है, आज आपने उससे कहीं ज्यादा बेशकीमती अपनी जिंदगी ही दिखा दी है।'

फिर मैंने उठते हुए कहा, 'जहाँ तक मेरे आपके बीच सेक्स का सवाल है हम थोड़ी देर इसका मजा ले सकते हैं लेकिन फिर क्या होगा? अच्छा है कि जो तूफान सो गया है उसे जगाया न जाये। वह जाग गया तो हम दोनों की जिंदगी में हर कुछ

उलट-पलट होने के अलावा और कुछ नहीं होगा।'

'आपकी साफगोई की इज्जत मैं जिंदगी भर करता रहूँगा। दिल में आपका सम्मान हमेशा बना रहेगा।' कहते हुए मैं कमरे के बाहर आ गया।

अपने-अपने पाप

मेरे पड़ोस में हाल ही में रहने आये सक्सेना जी निहायत ही सीधे-सादे और मन के भले इंसान लगते थे। पड़ोस की औपचारिकताओं के नाते मुझे उनसे ही यह पता चला था कि वे 'अल्ट्रा टेक सीमेंट' में काम करते थे और इस कंपनी में नयी भर्ती के रूप में आये होने के कारण छह महीने के प्रोबेशन का पीरियड काफी सिंसियरली करना था। पत्नी साथ ही रहेंगी।

'अभी कहाँ हैं भाभी जी?' बातचीत का हिस्सा बनने के लिये मैंने यों ही पूछा।

'यहीं हैं। लोगों ने बताया कि आप अकेले ही रहते हैं तो मैं आपसे मिलने अकेले ही आ गया।'

'ओह। अच्छा, अच्छा।'

'लेकिन आप अकेले ही क्यों रहते हैं? भाभी जी को लाते क्यों नहीं?'

इस व्यक्तिगत प्रश्न का मैंने कोई बुरा नहीं माना क्योंकि उन्होंने बड़े निरीह भाव से पूछा था। बोला, 'उनकी भी सर्विस है। वे डी0पी0एस0 में प्रिंसिपल हैं। यहाँ डी0पी0एस0 की कोई ब्रांच नहीं है इसलिए....... छुट्टियों में मैं चला जाता हूँ या वो यहाँ आ जाती हैं।'

'बच्चे?'

'हाँ। बेटा है। वहीं डी0पी0एस0 में सेकेण्ड में पढ़ता है। और आपके बच्चे सक्सेना जी?'

'अभी नहीं हैं। अभी हम लोगों को जल्दी भी नहीं है। पहले कैरियर जरा सम्भल जाये।'

मैं अच्छा पड़ोसी पाकर खुश था। दो-तीन दिन बाद यह खुशी और कई गुना बढ़ गयी जब ऑफिस से लौटते समय सक्सेना जी से नीचे ही मुलाकात हो गयी और वह चाय पिलाने मुझे अपने घर ले गये। उनकी पत्नी से यह मेरी पहली मुलाकात थी और पहली मुलाकात से ही मेरी जिंदगी उथल-पुथल होने की शुरूआत हुई। ऐसा नहीं था कि मैंने पहले सुंदर लड़कियाँ नहीं देखी थीं लेकिन इनमें पता नहीं क्या बात थी जो आदमी को पागल करने को काफी थी। शृंगार कालीन कवियों की तरह या रोमाँटिक उपन्यासों के लेखकों की तरह मुझमें नायिका के रूप वैभव का वर्णन करने की कोई क्षमता नहीं थी। इतना ही कह सकता था कि उनका गठा हुआ शरीर, एक सुंदर कविता की तरह उनकी चाल और शुभ्र आसमान सी

फैली मुस्कराहट कभी, कहीं और नहीं दिखे थे।

'दीपाली, ये हमारे निकटतम पड़ोसी हैं। कभी किसी जरूरत पर इनका ही दरवाजा खटखटाना होगा।'

उन्होंने मेरी ओर देखा तो लगा कि उनकी अथाह गहरी निगाहें मुझे अंदर कलेजे तक पूरा ही भेद गयी हो और मेरे मन के सारे पाप उनके सामने खुलकर बिखर गये हो। उनकी मुस्कराहट भी यही बताती लग रही थी।

'चाय बनाती हूँ।'

बहुत-बहुत कोशिशों से मैं सक्सेना जी से उनकी पत्नी के प्रति अपनी कुत्सित भावना को छिपाता रहा और चोर नजरों से उनकी पत्नी की ओर देखता रहा। हम बातें कर रहे थे पर मुझे बिलकुल भी नहीं याद था कि हम क्या बात कर रहे थे। एक अलौकिक खुशबू वहाँ बिखरी हुई थी जिसके नशे ने मेरी विवेक बुद्धि को एकदम ही समाप्त कर दिया था।

इतना याद है कि चाय पीने के बाद मैंने भाभी जी को इतनी अच्छी चाय के लिये शुक्रिया कहते हुए सक्सेना जी को दुनिया की सबसे सुंदर और सलीके वाली लड़की को पत्नी के रूप में प्राप्त करने की बधाई दी।

अगले कुछ दिनों में यह पक्का हो गया कि यह आकर्षण केवल पहला झटका भर नहीं था। दीपाली की गरिमामय बॉडी लैंग्वेज, उसकी मुस्कराहट, पोर-पोर से छलकती आन्तरिक ऊर्जा और ड्रेस सेंस सब लगातार पागल बना रहे थे। कभी-कभी आत्मा धिक्कारती जरूर थी लेकिन नशा इतना तेज था कि अपने पत्नी बच्चों से विश्वासघात, सक्सेना जी की सरलता से विश्वासघात और सामाजिकता की ऐसी-तैसी, कुछ भी नजर नहीं आ रहा था। ऐसा नहीं था कि मैं इस नशे से उबरने के लिये खुद से संघर्ष नहीं कर रहा था लेकिन सब फेल था।

शाम सक्सेना जी के आने के पहले ही मैंने उनका दरवाजा खटखटाया। बड़े सहज भाव से उन्होंने दरवाजा खोला और मुझे अंदर बैठाया।

'सक्सेना जी नहीं आये अभी?'

'आ ही रहे होंगे।'

'माफ कीजिएगा। मेरा दूध खराब हो गया है। मैंने सोचा आज सक्सेना जी के साथ आपके हाथों की चाय नसीब हो जाये..... ठीक है मैं कुछ देर में आता हूँ। तब तक सक्सेना जी भी आ जायेंगे।' मैंने उठने का कोई उपक्रम किये बगैर कहा।

जैसा कि अपेक्षित ही था, उन्होंने कहा, 'बैठिये। आ ही रहे होंगे। मैं चाय चढ़ाती हूँ।'

'आ ही जाने दीजिए।' मैंने टेबिल पर रखा अखबार उठाते हुए कहा, 'भाभी

जी आप दिन भर अकेले घर में पड़े-पड़े बोर नहीं होती हैं?'

'नहीं।' उन्होंने बालकनी पर फैले कपड़े हटाते हुए कहा, 'घर में ही इतना काम रहता है। और फिर टी0वी0 इन्टरनेट आजकल बोर होने का टाइम ही कहाँ देते हैं?'

'अरे वाह। आप इन्टरनेट वगैरह करती हैं। तब तो सोशल मीडिया पर भी होंगी?'

'हाँ।' उन्होंने इतना संक्षिप्त उत्तर दिया कि साइट का नाम पता माँगने की मेरी हिम्मत नहीं हुई।

कुछ देर मैं चुपचाप दुनिया की सबसे सुंदर पीठ और उससे नीचे के हिस्से का मूवमेंट देखता रहा। जैसे ही लगा कि वह मुड़ने वाली हैं मैंने अखबार में आँखें गड़ा दी। फ्रण्ट पेज पर ही कात्या गैंग के चारों खूँखार गुण्डे हत्यारों की मौत की खबर थी जो अभी पिछले ही हफ्ते अशोकनगर रेप व हत्या के मामले में सबूत न मिलने की वजह से हाई कोर्ट से बरी होकर नयी वारदात की तैयारी में रहे होंगे। खबर में कहा गया था कि यद्यपि इनकी मौत जहरीली शराब पीने के कारण हुई है पर इनके कत्ल की संभावना से भी इंकार नहीं किया जा सकता। पता नहीं क्यों मुझे दिली खुशी हुई। शहर की जनता को भी बहुत खुशी हुई होगी। इस गैंग से हर आदमी परेशान और डरा हुआ था। सब जानते थे कि ये दुर्दान्त अपराधी और हत्यारे थे पर पुलिस और कोर्ट को इनके खिलाफ कोई सबूत ही नहीं मिलता था। मन में उस आदमी या गैंग के प्रति बहुत-बहुत आशीर्वाद निकला जिसने इन हत्यारों को ऐसे अन्जाम तक पहुँचाया जहाँ उन्हें बहुत पहले ही पहुँच जाना चाहिए था।

इतना अच्छा कौन कातिल शहर की गन्दगी साफ करने को आ गया है, मैं सोच ही रहा था कि दीपाली की आवाज आयी, 'भाभी जी कब आने वाली हैं?'

'इधर तो मुश्किल ही है। कुछ छुट्टियाँ हैं तो, पर वहाँ एक्जाम होने वाले हैं।'

'ओह-ओह। जिंदगी कितनी मुश्किल है आजकल?'

कुछ तो औपचारिकता में और कुछ इस इन्टरेस्ट में कि हम दोनों के बीच की बातचीत नार्मल लगे मैंने अपना मोबाइल उनकी ओर बढ़ाते हुए कहा, 'ये है फोटो।'

उन्होंने पास आकर मोबाइल में सख्त चेहरे वाली टीचर की फोटो देखते हुए फार्मली कहा, 'सुंदर हैं। यू आर लकी।'

'हैं, लेकिन आपके आगे तो पासंग भर भी नहीं हैं।' अनचाहे ही मेरे मुँह से निकला।

'क्या बात करते हैं।'

'मेरे ईमान या दुनिया में जो कुछ भी मुझे सबसे प्रिय हो उसकी कसम खाकर कहता हूँ आप दुनिया की सबसे सुंदर महिला हैं। आपके लिये कोई भी जान देने को तैयार हो जायेगा।' मैंने खुद पर से कंट्रोल खोते हुए बहुत ही भावुक स्वर में कहा।

'अच्छा।' उन्होंने इतने ठंडे स्वर में कहा कि मेरी सारी भावुकता हवा हो गयी।

चाय के बाद उस दिन सक्सेना जी ने बड़े संकोच के साथ डिनर भी साथ ही करने का अनुरोध किया पर पता नहीं क्यों उनके ऑफर को विनम्रता से मना करते हुए मैं अपने कमरे में आ गया। वह रात तकिया दबाये उसमें दीपाली की कल्पना और हस्तमैथुन के सहारे कटी। इसके बाद की भी कई रातें ऐसे ही गुजरीं।

अगले कुछ दिनों में मुझे यह स्पष्ट हो गया कि मैं दीवानगी की सारी हदें पार करने लग गया हूँ। अपने काम में, परिवार में, दोस्तों में, फिल्मों या टी0वी0 में, कहीं भी मेरा मन नहीं लग रहा था। सारे शौक भूल गये थे। दोस्त मित्र भी टोकने लगे थे। अंदर कहीं यह जानते हुए भी कि यह बहुत गलत है, मैं इसे कंट्रोल नहीं कर पा रहा था। जुनून इस कदर चढ़ गया था कि अपनी जान देने की इच्छा होने लगी थी। इतने दिनों में उनके यहाँ आते-जाते यह तो पता चल ही गया था कि वे दोनों लोग अपने आपसी सम्बन्धों में पूरी तरह कमिटेड थे और एडल्टरी की कोई गुंजाइश नहीं थी। दीपाली को कोई लालच भी नहीं दिया जा सकता था। उसकी हर इच्छा सक्सेना जी तुरन्त ही पूरी करते थे। अगर मुझे कुछ करना था तो वह जबरदस्ती ही करना था। सक्सेना जैसे सीधे-सादे आदमी से कोई डर भी नहीं लग रहा था।

***

सुबह सक्सेना के ऑफिस जाने के बाद मैंने उनका दरवाजा खटखटाया। बिखरे-उलझे बाल और पसीने से अस्त-व्यस्त दीपाली ने दरवाजा खोला और मुझे देखकर आश्चर्य से बोली, 'अरे आप! इस समय! ये तो ऑफिस चले गये हैं।'

'हाँ। जानता हूँ। मैं आपसे ही मिलने आया हूँ।'

'आइये।' कहते हुए उन्होंने रास्ता छोड़ दिया और मेरे भीतर आने के बाद फिर से बिना किसी डर के कुण्डी बंद कर ली।

मुझे अपराध बोध फिर से जकड़ने लगा। जो आप पर पूरा भरोसा करता हो उसे किसी भी तरह का नुकसान पहुँचाना कितना कठिन होता है। मैंने देखा वह रोज शाम की तरह इस समय उतनी खूबसूरत भी नहीं लग रही थी पर मेरे पास टाइम तो यही था।

'हाँ भाई साहब।' फिर वह अचानक किचन की ओर मुड़ते हुए बोली, 'एक मिनट....... दूध उबल गया है। हटाकर आती हूँ।'

मैं रेपिस्ट नहीं था। सच यही है कि पूरी लाइफ किसी से रेप के बारे में सोचा

तक नहीं था। इसीलिए अपने काँपते पैरों और कलेजे में धाड़ें मारते दिल को कंट्रोल करने के लिये अनायास ही टाइम मिल जाने से बड़ा ही सुकून मिला। मैं चुपचाप सोफे पर बैठ गया।

किचन से ही दीपाली की आवाज आयी, 'चाय बना रही हूँ भाई साहब। दो मिनट....'

'क्यों परेशान हो रही हैं?' मुझे अपनी ही आवाज बड़ी खोखली लग रही थी।

'मैं भी पी लूँगी आपके बहाने।'

चाय के साथ ही वह भी सामने बैठ गयी, 'अब आराम से बताइये।'

मेरे मुँह से आवाज नहीं निकली। मैं उनकी ओर देखता ही रह गया। अस्त-व्यस्त चेहरा, मुड़ी-तुड़ी साड़ी, पसीने से भीगे ब्लाउज में दबा वक्षस्थल और ब्लाउज के नीचे थोड़ा खुले पेट पर लाल चकत्तों के रूप में रैशेज.......

'चाय के साथ कुछ लेंगे?' पैटीज या फ्रेंच फ्राइज।'

'नहीं।' अब मेरी नीची निगाह उनके पैरों की ओर थी। ऐसी परिस्थिति में सेक्सुअल फैंटेसी वाले उपन्यासों की तरह उन पर सीधा अटैक करने की या सीधे यह कहने की कि 'मैं आपका रेप करना चाहता हूँ' की जरा भी हिम्मत न होने के कारण मैंने कहा, 'मैं बहुत परेशान हूँ।'

'क्या हो गया? कल तक तो ऐसा कुछ आपने बताया नहीं।'

'मैं सक्सेना जी के सामने नहीं कह सकता।'

चाय का कप टेबिल पर रखते हुए आश्चर्य से उन्होंने कहा, 'ऐसा क्या है?'

आँखें न मिला पाने की स्थिति में नीचे की ओर देखते हुए ही मैंने कहा, 'मैं आपके लिये साइकोसिस हो जाने की हद तक पागल हो गया हूँ। मैं डूब रहा हूँ। लगता है कि कभी भी मर सकता हूँ। आप चाहें तो मुझे बचा सकती हैं।'

पहली बार वह सीरियस दिखीं, 'कैसे?'

'एक बार मुझे आपसे प्यार करने का मौका देकर।'

यह कहते-कहते मैं स्वयं अपने आपसे शर्म खाते हुए जमीन पर देखने लगा। निगाहें उठाने की हिम्मत ही नहीं हो रही थी पर इस गंदे प्रस्ताव की प्रक्रिया स्वरूप दीपाली के हतप्रभ होने, उठकर भाग जाने या चिल्लाकर मुझे बाहर जाने को कहने जैसी किसी भी हरकत का आभास मुझे नहीं हुआ।

वह चुप रहीं। कुछ देर बाद उन्होंने कहा, 'ये कैसे हो सकता है?'

'करना ही पड़ेगा दीपाली जी। यह मेरी जिंदगी और मौत का सवाल है। आप अपनी वजह से किसी को इस तरह मरता कैसे देख सकती हैं? जबकि इससे आप

का कुछ भी नुकसान नहीं होने वाला है।'

अपने इस प्रलाप की कमियाँ मैं जानता था। अपने जीने मरने की स्थिति मैं साबित नहीं कर सकता था जिसकी वजह से इसकी हैसियत डाइलॉगबाजी से ज्यादा नहीं थी। अपनी जिंदगी का बहाना लेकर मैं किसी शरीफ महिला की डिग्निटी भंग करने का अधिकार नहीं रखता था। इस प्रलाप के रिएक्शन में मुझे गुस्से और नफरत से भरी निगाह और यहाँ से निकल जाने को कहती तेज आवाज की उम्मीद थी पर इसके विपरीत मुझे बड़ी ही ठंडी आवाज सुनाई दी, 'रेप करेंगे?'

'हाँ। जरूरत पड़ी तो।'

'अभी?'

मैं थूक घोंट कर रह गया। कुछ आवाज नहीं निकली।

'कभी किया है रेप किसी से?'

आवाज तो मुँह से नहीं ही निकली। केवल इंकार में सिर ही हिला सका।

'मुझे कुछ ऐसा ही लग रहा था।' उन्होंने इस बार बड़ी स्थिर आवाज में कहा, 'अभी पाँच-दस मिनट के अंदर कभी भी क्लीनिंग मेड आने वाली है। उसके आने के बाद ही मैं नहाने जाती हूँ। आप देख ही रहे हैं कि घर में सवेरे से कितना काम रहता है। मैं पसीने की गन्दगी और बदबू लिये घूम रही हूँ। ग्यारह बजे मुझे इंजेक्शन लगाने कम्पाउण्डर आयेगा। आपको क्या लगता है कब आपको टाइम मिल पायेगा?'

इस रिएक्शन की तो मुझे दूर-दूर तक कल्पना नहीं थी। मेरा दिमाग सनसनाने लगा। कितना गलत वक्त चुन लिया था मैंने?

फिर भी अविश्वास में मैंने कहा, 'झूठ बोल रही हैं आप।'

इसी समय दरवाजे की घंटी बजी और मेरा कलेजा बुरी तरह दहल गया। क्लीनिंग मेड आ गयी थी। मैं वहाँ से जाने के लिये उठकर खड़ा हो गया। पता नहीं क्यों सारा का सारा इश्क का बुखार, जो अभी सवेरे तक जानलेवा लग रहा था अब उतर कर कहाँ चला गया था। अब समझ में आ रहा था कि मेरी कितनी जलालत होने वाली थी। पत्नी और घर वाले यह सब जानने के बाद मेरे बारे में क्या सोचेंगे? घर समाज में मेरी क्या बेइज्जती होगी? इस जलालत में अब मेरे पास आत्महत्या के सिवा दूसरा कोई चारा बचता नहीं था।

'कहाँ?' उन्होंने बड़े ही सरल स्वर में पूछा।

'चलता हूँ। मेरी बद्तमीजी को हो सके तो माफ करिएगा।'

'अभी आपकी चाय ज्यों की त्यों पड़ी है। यकीन कीजिए मैं चाय अच्छा बनाती हूँ। आप चाय खत्म कीजिए। मैं मेड की थोड़ी हेल्प करके और नहा कर

आती हूँ। फिर आगे बात करेंगे।'

मैं इस तरह फिर से बैठा मानों मेरे पैरों में कोई जान ही नहीं रह गयी हो। इस समय मुझे अपने किये पर, अपनी कमजोरी पर भारी पछतावा हो रहा था। मैं क्यों ऐसा बह गया? वास्तव में मैं ऐसा नहीं था। किस बात ने इतना कमजोर बना दिया। अगर परिवार साथ रहता तो क्या मैं इतना कमजोर होता? पत्नी बहकने ही न देती।

चाय के साथ विचारधारा फिर गलत दिशा भी लेने लगी। जब सब कुछ समाप्त ही हो गया था तो उन्होंने मुझे रोका क्यों? कहीं ऐसा तो नहीं है कि वह भी यह सब करना चाहती हैं? मेरे प्रपोजल पर कोई गुस्सा तो दिखाया नहीं था। बाद में भी मुझे इस बात से सावधान ही तो किया कि मेड आने वाली थी और वे नहा धोकर खुद को सजा-सँवार कर ही पेश होना चाहती थीं।

इसी उधेड़-बुन में कब समय बीता पता ही नहीं चला। वो नहा धोकर क्रीम और ब्राउनके कॉम्बिनेशन ड्रेस में तरोताजा जब सामने आकर बैठ गयीं तब मुझे होश हुआ। उनकी मुस्कराहट फिर पहले की तरह दिलकश हो गयी थी पर मेरी घबराहट जहाँ की तहाँ थी। मेड अंदर के कमरों में काम कर ही रही थी।

'ये मेरे साथ पहली बार नहीं है। कई लोग पहले भी ऐसा कर चुके हैं।'

'क्या? रेप?' मैं अचकचा कर बोला।

'नहीं। आशिकी। ऐसी आशिकी जो मुझे रौंदने पर ही उन्हें तृप्त करने वाली थी। भगवान ने मुझे कुछ इस तरह बनाया कि लोग अट्रैक्ट हो जाते थे। इसमें मेरी क्या गलती थी। मैंने कभी किसी से कोई मतलब नहीं रखा फिर भी......'

मेरे पास कहने को कुछ भी नहीं था। वही कहती रहीं, 'आपको क्या लगता है? बगीचे में कोई सुंदर नायाब फूल खिला दिखे तो आपको क्या लगेगा? आप उसकी खूबसूरती के लिये, उसके द्वारा इस कायनात को खूबसूरती देने के लिये उसे और उसके बनाने वाले को याद करके उसके शुक्रगुजार होंगे या सीधे उसे तोड़ कर अपने ड्राइंग रूम में सजाने के लिये लाना चाहेंगे।'

'सामान्य रूप से तो उसे तोड़ कर लाना ही चाहूँगा।'

'यही हमारी सबसे बड़ी समस्या है। हम मालिकाने के आगे कुछ और सोच ही नहीं पाते हैं। अब अगर किसी को मुझसे बड़ा प्यार हो गया तो मुझे उससे क्या लेना-देना है। लेकिन वह जब तक मुझको नंगा करके रौंद नहीं लेगा तब तक उसको लगेगा ही नहीं कि उसने कुछ किया। वह अपना मालिकाना मुझ पर आरोपित करना चाहता है। नाम उसे कुछ भी दे दे। प्यार, रेप, शारीरिक संबंध....... कुछ और भी.... पर मतलब एक ही है।'

'मैं पहले ही शर्मिन्दा हूँ।' मुझे सच में कुछ भी सूझ नहीं रहा था।

'आप कह सकते हैं कि सैकड़ों लोगों ने प्यार में जानें गवाँ दी हैं। लैला मजनू, शीरीं फरहाद जैसे कुछ और मॉडर्न उदाहरण भी दे सकते हैं लेकिन क्या है इनमें? अव्वल तो ये सब कहानियाँ भर हैं और अगर सच भी हैं तो लड़की भी बराबर से प्यार करती थी। मेरे जैसे लोगों का क्या? मुझे आप से कोई भी मतलब नहीं है पर आपको मुझसे प्यार हो गया तो मुझे मार डालिये। मेरी क्या गलती है?'

'दीपाली जी..... मैं...'

'इतना ही नहीं। प्यार-व्यार छोड़ दीजिए। आपको मेरे पति या किसी मेरे घर वाले से अदावत हो गयी तो उसको सजा देने के लिये क्या करेंगे। सबकी पहली च्वॉइस यही होती है कि मुझे रौंद डाले। मार न पाये तो जीने लायक भी न छोड़े....... आप समझ रहे हैं न? मैं अपने इस प्यारे समाज में लड़कियों की स्थिति के बारे में बात कर रही हूँ। विशेषतः सुंदर लड़कियों की जिन पर सभी की लार टपकती रहती है और वे उन्हें रौंदने का बहाना खोजते रहते हैं।'

'दीपाली जी, मैं अपनी गलती कबूल कर रहा हूँ। बार-बार माफी भी माँग रहा हूँ। जो भी मेरी सजा है उसे कबूल कर रहा हूँ। सच में मेरा दिमाग खराब हो गया था........'

'आपकी तो बात ही नहीं है भाईसाहब। कौन रेपिस्ट इतनी शराफत से कहता है कि मैं आपकी वजह से परेशान हूँ, जान जा रही है, मुझे कर लेने दीजिए..... जरूरत पड़ी तो....अरे वह तो अंदर आते ही मुझ पर टूट पड़ता और मार-मार कर बेदम कर देता। इसके बाद जो चाहता, बिना किसी के आने-जाने की परवाह किये, करके आराम से निकलता। मेड-वेड खड़ी घंटी ही बजाती रह जातीं।'

'माई गॉड। आपको ये सब कैसे पता है? फिल्मों से?'

'अपनी जिंदगी की फिल्म से। यही तो मेरा टर्निंग प्वाइन्ट था।'

मेड अपना काम खत्म करके आ गयी थी। उसके जाने के बाद दीपाली ने दरवाजा लॉक किया और फिर से सामने आ बैठी। लेकिन अब इस अकेलेपन में जरा भी एक्साइटमेंट नहीं था।

'मेरे शुरूआती दिन तो धक्का-मुक्की करते या मेरे शरीर के कुछ खास उभारों को दबाकर भागते हुए लड़कों को गाली वगैरह देने में गुजर गये पर वास्तविक हादसा सक्सेना जी से शादी के कुछ समय बाद हुआ। पता नहीं उन गुण्डों को क्या दुश्मनी थी या वे विकृत मानसिकता वाले मनोरोगी थे....... हमने उन्हें पहले कभी देखा भी नहीं था.... अचानक ही वे तीन हमारे घर में घुस आये और सक्सेना जी पर डण्डों, गन की बट वगैरह से अटैक कर दिया। मैं चिल्लाती ही रह गयी पर वे सक्सेना जी को लगभग मृत हालत में करने के बाद भी उन्हें बाँधकर बाहर वाले

कमरे में डाल आये और मेरी ओर लपके। उस रात मैंने जाना कि इस दुनिया का असली नर्क क्या होता है। मेरी चोटों और दर्द की बात तो दूर, उन्हें यह भी परवाह नहीं थी कि मैं इतने सब कुछ के बाद जिंदा भी रह पाऊँगी या नहीं...... या अगर जिंदा बच गयी तो अंदर बाहर दोनों रूप से अपाहिज होकर इस नर्क बना दी गयी जिंदगी को कैसे पार करूँगी? उनके एक टाइम का मजा कई जिन्दगियाँ बरबाद कर देने वाला था। मेरा साँस लेना भी मुश्किल हो गया था। पूरे कमरे में इधर से उधर घसीटी और उलटी-पलटी जा रही थी।'

साँस रोक कर सुनते हुए मैं उनकी इस खुली बयानी पर मन ही मन दाद दे रहा था। उस क्षण को जीते हुए मेरे मन में वितृष्णा भर गयी और पता नहीं क्यों बहुत शर्मिन्दगी होने लगी।

इस दर्दनाक घड़ी को दोहराने में वे जो दुबारा इसे जी रही थीं उससे उनका सौम्य चेहरा विकृत हो गया था, 'असल जिंदगी में रेप फिल्मों के आर्टिस्टिक रेप से कहीं बहुत ही ज्यादा वीभत्स होता है।'

'फिर।' काफी देर बाद मैंने पूछा।

उन्होंने सीधे मेरी ओर देखा, 'इसके पाँचवें दिन जब अस्पताल में मौत से लड़ते हुए मुझे होश आया तो उस समय भी पूरा शरीर अंदर-बाहर दोनों ही दर्द का गोला बना हुआ था। सच कहती हूँ कि मुझे इस तकलीफ को सहने की अपेक्षा मर जाना ज्यादा अच्छा लग रहा था और मैं बार-बार यही भगवान से मना रही थी। लेकिन शायद अभी मेरी और दुर्दशा होनी थी इसीलिये भगवान भी नहीं सुन रहे थे।'

मैंने अपने हाथों में अपना चेहरा छिपा लिया था। वे किसी अदृश्य को लक्ष्य करके कहती रहीं, 'एक महीने बाद जब मेरी अस्पताल से छुट्टी हुई तो मैं ठीक से चल भी नहीं पा रही थी।'

'और सक्सेना जी?'

'वे तो पत्थर हो गये थे। चोटें तो उन्हें भी बहुत आयी थीं पर एक संतोष ने उनकी रिकवरी थोड़ा तेज कर दी थी।'

'संतोष? ऐसी हालत में।'

'हाँ। लोग बताते हैं कि उस रात या तो किसी पड़ोसी के फोन करने पर या वैसे ही गश्त के दौरान वहाँ पुलिस आ गयी थी।'

'पुलिस?'

'हाँ। इन्चार्ज ने ही सक्सेना जी को खोला। इन्चार्ज ने ही सक्सेना जी को बताया कि वह इन तीनों को पहचानता है। एक कैबिनेट मंत्री का लड़का है, दूसरा दरोगा से डी0आई0जी0 हुए एक जुगाड़ू पुलिस वाले का लड़का है और तीसरा

इनका चमचा है पर पूरा हत्यारा है। इन्चार्ज ने यह भी कहा कि वह इनको अरेस्ट तो अभी कर लेगा पर हमेशा की तरह इनका होगा कुछ भी नहीं। कुछ साल केस चलेगा और ये छूट जायेंगे। पहले भी ये कई रेप व मर्डर कर चुके हैं और हमेशा छूट जाते हैं।

'फिर?' सक्सेना जी ने मेरी चीखें सुनते हुए अधीर होकर कहा।

'फिर क्या? मेरे हाथ बँधे हैं पर तुम्हारे तो खुले हैं। तुम पर जानलेवा हमला हुआ है, तुम्हारी पत्नी पर जानलेवा हमला हुआ है। तुम्हें खुद की सुरक्षा का अधिकार है। खत्म करो इनको।'

'कैसे?'

'मुझसे पूछते हो? तुम्हारा खून नहीं खौल रहा है?' कह कर पुलिस इन्चार्ज ने मुँह फेर लिया और बोला, 'करना कुछ ऐसा जो आत्मरक्षा जैसा ही लगे।'

अगले कुछ मिनटों में वे तीनों वहाँ मरे पड़े थे और मुझे अस्पताल पहुँचाया जा रहा था।

'फिर क्या हुआ?' मैंने भी अधीर होकर पूछा।

'केस चला। आप थोड़े भी ठीक-ठाक स्थिति में हों तो अपने देश में केस तो हार ही नहीं सकते। राइट टु प्राइवेट डिफेन्स पक्का था ही। मंत्री की पार्टी की सरकार गिरने और उस करप्ट डी0आई0जी0 का ट्रांसफर होने तक हम केस जीत गये।'

'गॉड ऑलमाइटी।' पता नहीं क्यों मैंने राहत की साँस छोड़ते हुए कहा, 'इतने सीधे-सादे सक्सेना जी कैसे उन दरिन्दों को मार पाये होंगे?'

'जब खुद पर पड़ती है तब हिम्मत और ताकत आ ही जाती है। समस्या यह नहीं होती। असली समस्या तब होती है जब आप और आपका परिवार अकारण रोज मौत का डर झेलते हो।'

'ये क्यों?'

उस मंत्री और पुलिसिये ने हम लोगों को कभी चैन से नहीं रहने दिया। अक्सर ही हमें मारने या मुझे उठा ले जाने को गुण्डे जगह-जगह हम पर अटैक करते ही रहते थे। केस की वजह से हम कहीं दूर जा भी नहीं सकते थे। कुछ दिन जाते भी थे तो तारीखों पर आना ही पड़ता था। कितने ही साल हम भागते-छिपते रहे। केस जीतने के बाद कम से कम हम वह जगह छोड़ सकते थे। हमने छोड़ भी दिया पर उन लोगों की पहुँच हर जगह थी।'

'फिर क्या...'

'सक्सेना जी को मुम्बई में काम मिल गया था। हमलोग अपना सामान वगैरह

समेटने के लिये केवल एक दिन को घर आये थे पर उन सब को पता नहीं कैसे मालूम पड़ गया और हथियारों से लैस सात-आठ गुण्डे आ पहुँचे। भरे पूरे मुहल्ले के आगे बिना किसी डर भय के उन्होंने हम पर अटैक कर दिया।'

उनकी यह भयानक आपबीती थी लेकिन किसी दुखद रोमाँचक कहानी से कम नहीं थी। कहानी में डूबे हुए इसके उतार चढ़ाव को खुद महसूस करते, अपने धड़कते कलेजे को सँभालते मेरे मुँह से अपने आप ही निकला, 'फिर क्या हुआ?'

'वे सक्सेना जी को बुरी तरह मारते-पीटते सड़क पर ले गये और मेरे साथ वही सब कुछ शुरू हो गया जो औरतों के साथ होता है। मैं बहुत चिल्लायी, हाथ-पैर चलाये पर उठाकर पटक दी गयी। तभी पता नहीं कैसे सब कुछ शान्त हो गया। अंदर वाले ये गुण्डे बाहर भागे। सक्सेना जी के किसी अनिष्ट से चिन्तित मैं भी खुद को थोड़ा सँभालती बाहर की ओर भागी। पुलिस आ गयी थी।'

मेरी तेज चलती साँस भी नार्मल होने लगी, 'पुलिस भी ऐसे मौकों पर आ जाती है क्या?'

उन्होंने सीधे मेरी आँखों में देखते हुए कहा, 'आती तो नहीं है पर हम लोगों की किस्मत अच्छी थी जो उस दिन आ गयी वरना आज यह कहानी कहने-सुनने की नौबत नहीं होती।'

'ऊपर वाला है। जो करे कराये। फिर आपलोग मुम्बई गये?' मैंने कहानी खत्म होने की आशा में पूछा।

'नहीं।' उन्होंने कुछ देर बात का वह सिरा पकड़ने की कोशिश की जिससे यह आगे बढ़ायी जा सके, 'गुण्डों को थाने भेज दिया गया। बगल के एक झोला छाप डॉक्टर ने सक्सेना जी की मरहम-पट्टी कर दी और उनके साथ ही पुलिस इन्चार्ज हमारा बयान वगैरह दर्ज करने के लिये घर पर आ गये।'

मैंने उनके अतीत में गुम हुए तनाव से विकृत चेहरे की ओर देखा।

'सक्सेना जी ने मेरा परिचय कराया, 'ये वही हैं जिन्होंने उस रात मुझे आत्मरक्षा के लिये उन दरिन्दों को खत्म करने को कहा था।'

मेरा मन उस पुलिस वाले के प्रति श्रद्धा से भर गया। इन्हीं की वजह से हमलोग आज जिंदा थे।

वे कह रहे थे, 'इन गुण्डों को मैं चौबीस घण्टों से ज्यादा डिटेन नहीं कर पाऊँगा इसलिए यह जगह छोड़ने में आपलोग जल्दी करिएगा।'

'और भी तो गुण्डे होंगे इनके पास?' मैंने भयवश कहा।

उन्होंने मेरी ओर देखा, 'भाभीजी, अभी आप बिलकुल परेशान न हों। अभी चौबीस घण्टों तक पुलिस यहाँ रहेगी। तब तक आपलोग सामान वगैरह समेट

लीजिए।'

कुछ क्षण पहले हुई उठा-पटक, मार-पीट के हादसे को भुलाने की कोशिश करते हुए मैं उनके लिये चाय वगैरह बनाने चली गयी।

जिस समय मैं चाय लेकर आयी, वे सक्सेना जी से कह रहे थे, 'कब तक भागते रहोगे, कितना भागोगे, किस्सा यहीं खत्म नहीं होता है। इनके जैसे तमाम हैं। कभी न कभी तो पकड़े ही जाओगे।'

'मैं क्या करूँ? मेरी क्या गलती है। मेरे ही साथ यह सब क्यों हुआ है?'

'तुम्हारे ही साथ यह सब नहीं हुआ है। बहुत से निर्दोषों के साथ यही सब होता है लेकिन वे कुछ कर नहीं पाते और इन बातों को दुर्घटना मानकर जीते रहते हैं।'

'मैं तो दुर्घटना मानने को तैयार हूँ पर ये लोग मुझे तब भी नहीं छोड़ रहे हैं।'

'तो क्या? क्या कर लेंगे ये लोग? मार ही तो डालेंगे तुम लोगों को? मर जाओ। तुम्हारे घर वाले या समाज इसे दुर्घटना मानकर जीते रहेंगे।'

'हम क्या करें भाईसाहब?' इस बार मैंने पूछा।

उन्होंने मुझे भी बैठने का इशारा करते हुए कहा, 'पहले तो भागना छोड़ो। भागना हमें कमजोर बनाता है और अगले को मजबूत।'

'हम भी लगातार भागते-भागते थक गये हैं और जान बचाने के तनाव ने हमें बीमार भी कर दिया है। लेकिन भागें नहीं तो क्या करें। हम क्या कर सकते हैं?' सक्सेना जी ने हताश भाव से कहा।

इंचार्ज ने पहले मुझे फिर सक्सेना जी की ओर देखते हुए कहा, 'पहले मैं आपके पहले सवाल का जवाब देने की कोशिश करता हूँ कि यह सब आपके साथ ही क्यों हुआ। इसलिए बिलकुल भी नहीं कि आपकी किस्मत खराब है बल्कि इसलिए कि प्रकृति ने आपको एक बेहतर काम के लिये चुना है। इसीलिए आप यह दर्दनाक विषम परिस्थिति झेल रहे हैं। उस काम के लिये आपको तैयार करने के लिये ही आप प्रकृति द्वारा तपाये जा रहे हैं।'

सक्सेना जी के कान खड़े हो गये। उलझन भरी निगाहों से देखते हुए बोले, 'क्या काम?'

'सर्जरी.... सर्जन का काम। समाज के सर्जन का काम।'

मुझे भी कुछ समझ में नहीं आया। मैंने सवालिया निगाह से पहले इंचार्ज की ओर फिर सक्सेना जी की तरफ देखा।

इंचार्ज ने चाय का कप टेबिल पर रखते हुए कहा, 'अगर आपको कैंसर हो जाये तो आप क्या करते हैं? एक ही उपाय है। उस अंग को काट कर हटा दिया

जाये वरना यह पूरे शरीर में फैल जायेगा या फिर कैंसर कोशिकाओं को रेडियेशन या कीमोथिरेपी से समाप्त कर दिया जाय।'

'हाँ।' उलझन भरी आवाज में सक्सेना जी बोले।

'ये लोग समाज के कैंसर ही तो हैं जो धीरे-धीरे फैलकर समाज को सड़ा रहे हैं। इनकी सर्जरी तो होनी ही चाहिए।'

हम दोनों ही सन्नाटे में आ गये, 'आपका मतलब है इन्हें खत्म कर देना है। ये कैसे हो सकता है? हम कानून अपने हाथ में कैसे ले सकते हैं। इन्हें सजा देने के लिये पुलिस है, कानून है, ईश्वरीय न्याय है।'

'है! लेकिन क्या अभी तक आपको समझ में नहीं आया कि पुलिस और कानून खुद बीमार है, आउटडेटेड है। सामान्य बीमारियों के लिये तो पुराने इलाज कामयाब हैं पर कैंसर...... नयी बीमारी है, आउटडेटेड इलाज काम नहीं कर पायेगा। नये इलाज चाहिए।'

'सर! किसी को जान से मारने के लिये बहुत कलेजा चाहिए, बहुत हिम्मत चाहिए। हम कैसे कर सकते हैं?'

'आप कर सकते हैं? ये दरिन्दे किसी शैतान की नगरी से नहीं आते हैं। हमारे बीच से ही पैदा होते हैं, कैंसर जैसी आटो इम्यून बीमारियों की तरह। कैंसर भी कहीं बाहरी इन्फेक्शन से नहीं आता है, शरीर में ही पैदा होता है। और ये दरिन्दे बहुत कमजोर होते हैं। हमेशा कुत्तों की तरह झुण्ड में अटैक करते हैं। हम आप तो इनसे कहीं बहुत अधिक मजबूत हैं, समझदार हैं। जब हम आक्रमण पर आ जायेंगे तो इन्हें भागने की जगह नहीं होगी।'

'और इनके गॉडफादर लोग?'

'वे ही तो कैंसर पैदा करने वाले कारक हैं। उनकी सफाई तो पहले ही होनी जरूरी है।'

सक्सेना जी ने काफी सोचकर कहा, 'नहीं.... नहीं हो सकेगा हमसे, हम..... नहीं। इतनी हिम्मत और कलेजा नहीं है हममें।'

चाय पीकर इंचार्ज चले गये और हम भी जल्दी-जल्दी सामान समेट कर वहाँ से निकल लिये। मुम्बई से दिल्ली और दिल्ली से अब यहाँ।'

ये सारा सिलसिला इतना फास्ट और तरतीबवार था और मैं खुद को गिल्टी फील कर रहा था इसलिए इसमें कुछ भी पूछने या कहने का गैप ही नहीं था लेकिन इस समय एक सवाल उठ ही गया, 'उन मंत्री वगैरह ने आप लोगों का पीछा छोड़ दिया।'

इस बार दीपाली ने सीधे मुझे भर आँख देखा फिर दीवार की ओर देखते हुए

कुछ देर बाद बोली, 'हमारे वहाँ से भागने के कुछ ही दिनों के बाद मंत्री की मौत जहरीली शराब पीने से हो गयी थी और वो डी0 आई0 जी0 एक सड़क दुर्घटना में मारा गया। उसके बाद ही हमारा डरना भागना.....'

तभी डोर बेल की आवाज ने मुझे और अपने पुराने क्षणों में तल्लीन दीपाली को बुरी तरह चौंका दिया। वह उठकर दरवाजा खोलने चली गयी। मैंने भी दरवाजे की तरफ देखा। शायद कम्पाउण्डर था। इंजेक्शन लगाने आया था। मुझसे निगाह मिलते ही मुस्कराया और दुआ सलाम के बाद दीपाली द्वारा फ्रिज से निकाले गये इंजेक्शन और सिरिन्ज को तैयार करने लगा। मैं इसे अच्छी तरह जानता था। अगली स्ट्रीट में डॉक्टर बजाज के यहाँ काम करता था और अपने खराब कैरेक्टर की वजह से कई बार झमेला खड़ा कर चुका था। एक बार महिला मरीज से रेप की कोशिश में जेल भी हो आया था।

फिर मेरा दिमाग मेरी अपनी स्थिति के इर्द-गिर्द घूमने लगा। क्या पागलपन मेरे ऊपर सवार हो गया था। और क्या भयानक इतिहास है इस सुंदरता के पीछे? सच कहूँ तो मुझे जिंदगी के नये मायने समझ में आने लगे थे। दीपाली के प्रति प्यार वगैरह तो हवा हो गये थे। उसकी जिंदगी के हादसों ने उसके प्रति एक सहानुभूति को जन्म दिया था और मैं उसके लिये दिल से कुछ भला करना चाहता था। उसने तो सब अत्याचार झेल लिये पर आगे दूसरों को ऐसी दर्दनाक स्थितियों से बचाया जा सकता था। कैसे? जैसा पुलिस इंचार्ज ने कहा वैसी सर्जरी? कह नहीं सकता...। फिर मुझे कात्या गैंग के हत्यारों का खयाल आया। किसने की होगी यह सर्जरी। सक्सेना? उसके जैसा निरीह और बेवकूफ आदमी तो यह सब कर ही नहीं सकता। मंत्री और वो पुलिसिया अपनी मौत मरे या मारे गये? क्या वो भी सर्जरी थी? कैसे?

इन्हीं खयालों में डूबते उतराते मैं खाली निगाहों से कम्पाउण्डर को सुई लगाते हुए देखता रहा। उसके जाने के बाद मैंने दीपाली से पूछा, 'आप जानती हैं इसे?'

'कम्पाउण्डर है। सुई अच्छी लगाता है। और क्या जानना है?'

'इसकी रेपुटेशन बहुत खराब है। अच्छे चरित्र का नहीं है।'

'किसी के भी चरित्र के बारे में क्या कहा जा सकता है?' उन्होंने सीधे मेरी आँखों में देखते हुए कहा।

यह कटाक्ष था तो मेरे ही लिये पर मैंने सरासर नजरअंदाज करते हुए पूछा, 'इसने कभी आपको अकेला पाकर बद्तमीजी की कोशिश नहीं की?'

दीपाली ने नजर झुकाकर कहा, 'नहीं कर सकता। क्योंकि वह जानता है और आप नहीं जानते।'

'क्या?'

'मुझे एड्स है। रेप की उस घटना के बाकी घाव तो भर गये पर सात-आठ महीने बाद रेप विक्टिम्स के लिये रुटीन में प्रेस्क्राइब्ड एच0 आइ0 वी0 टेस्ट से मेरी जिंदगी को जो घाव मिला है वह.......' उन्होंने मेरी ओर जिस निगाह से देखा उसकी दयनीयता और मजबूरी मेरे कलेजे में तपते बरछे की तरह पैबस्त होती चली गयी और आँखों से आँसू उबलने लगे........ 'वह मेरे साथ ही जायेगा।'

अचानक सब कुछ सन्नाटों में डूब गया। सड़क पर गाड़ियों के लगातार बजते हॉर्न की आवाज भी सुनाई नहीं दे रही थी। न जाने क्यों मैं खुद को उन दरिन्दे बलात्कारियों की कतार में खड़ा पाने लगा। मेरे मन में बड़ी तेज यह इच्छा जगी कि मैं यहीं से इस सन्नाटे के समंदर में छलांग लगा दूँ और कभी वापस न लौटूँ।

हिपमैन

सुबह की धूप चमकीली थी और साथ में चम्पा की खुशबू उड़ाती ठंडी-ठंडी हवा ने पार्क के मौसम को बहुत सुहाना बना दिया था।

'ये जगह तो जबरदस्त है राय साहब। बहुत-बहुत शहरों में तमाम पार्क देखे पर इतना बड़ा और खूबसूरती से बनाया गया पार्क दूसरा नहीं दिखा। मेंटेनेंस भी अच्छा है। इस शहर की शान है ये। कहें तो शहर का फेफड़ा है।'

'पार्क तो अच्छा है पर शहर के लोगों को क्या कहिएगा? देखिए, इस झुण्ड को, पूरे ट्रैक पर खरामा-खरामा ऐसा फैलकर चल रहे हैं कि कोई दूसरा इनको पार ही न कर पाये। सुबह की सैर के बजाय ये सब सुबह की पंचायत के लिये यहाँ पहुँच जाते हैं। कुछ कहो तो मारा मारी के लिये तैयार।'

'छोड़िये इनको। पेड़-पौधों की हरियाली और ठंडी-ठंडी हवा का मजा लीजिए। ये झील कितनी सुंदर है और इसमें से पानी के सड़ने की बदबू भी नहीं आ रही है।'

'आप नये आये हैं न यहाँ। अभी दो दिन पहले ही नगर विकास के प्रमुख सचिव का दौरा था। तभी की सब साफ-सफाई है। चार दिन देख लीजिए, फिर से कूड़ा-करकट बजबजाने लगेगा। देखिए कितने डस्टबिन जगह-जगह लगाये गये हैं पर ये साले मार्निंग वाकर और पिकनिकिये खा-खाकर कूड़ा बाहर ही फेंकते हैं। दस बीस लोग घर से पोलीथीन लेकर आते हैं और फूल तोड़ने में ही जुटे रहते हैं। पूजा के नाम पर कोई कुछ बोल भी नहीं पाता। बड़ी ही खराब पब्लिक है।'

राय साहब की निराशा को काटने की कोई कोशिश मैंने नहीं की। करने का कोई फायदा भी नहीं था। ट्रैक पर टहलते तरह-तरह के लोगों को देखते हुए चलता रहा। सुबह की सैर के अपने ही मजे हैं। स्वास्थ्य के लिये तो यह वरदान है ही, आपका मनोरंजन भी खूब होता है। अलग-अलग लोगों के तेज धीरे चलने का अंदाज, उनकी आपसी बहसें, पार्क में टहल रही महिलाओं की घर गृहस्थी की बातें वगैरह अपको कुछ देर के लिये अपनी बोर जिंदगी से थोड़ा दूर ले जाते हैं।

'ये देखिए। घर से बच्चों को बताकर आये हैं कि टहलने जा रहे हैं और यहाँ बेंच पर सो रहे हैं।'

'फिर भी राय साहब, घर पर पड़े रहने से तो अच्छा ही है न, कि यहाँ पार्क की खुली हवा में बैठा या सोया ही जाये।'

एक तरफ कुछ बेंच पर बैठे लोग 'लाफिंग थिरेपी' के तहत जबरदस्ती

आऽऽऽ....... करके जोर-जोर से हँसने की कोशिश कर रहे थे। उनकी घरघराती कोशिश देखकर मुझे भी हँसी आने लगी लेकिन राय साहब बुरा सा मुँह बनाये चुप ही रहे।

'इस मोटे को देखिए.....' कुछ देर बाद वे बोले, 'पिछले चार साल से रोज सवेरे टहलता दिखता है पर और मोटा होता चला जा रहा है।'

'ये चार साल से टहल रहा है.......' मुझे वाकई ताज्जुब हुआ, 'इसने तो सभी हेल्थ गुरुओं को फेल कर दिया है।'

'टहल के जाता है तो नाश्ते में दस-पंद्रह रोटी और पूरा चिकन अकेले खींच लेता है। हेल्थ गुरु क्या करें?'

'हाँ। सवेरे टहलने से भूख तो खुलकर लगती ही है।'

'यही हाल ज्यादातर औरतों का भी है। टहलने के नाम पर सवेरे एक घंटा यहाँ बैठ कर पंचायत करती हैं। बाकी टाइम घर पर बैठे-बैठे खायेंगी। देखिए एक से एक दारा सिंह नजर आती हैं।'

'लेकिन बहुत सी महिलायें तो ठीक-ठाक भी हैं।'

'क्या ठीक-ठाक हैं। सवेरे-सवेरे इतना तैयार होकर लिपिस्टिक वगैरह पोतकर ऐसा चलती हैं मानो टहलने नहीं फैशन शो में जा रही हों। और मॉर्निंग वाक के बहाने ऐसे ऊल-जलूल कपड़े कि तौबा...'

'राय साहब। लड़कियाँ सज-धज कर नहीं रहेंगी तो क्या आप और हम इस उम्र में सजेंगे। लड़कियों की तो फितरत ही भगवान ने सज-धज कर रहने और सुंदर दिखने की बनायी है।' मैंने फिर राय साहब की बात काटी।

लेकिन राय साहब को बात कटने की कोई चिन्ता नहीं थी। वे अपनी सारी भड़ास निकाल कर ही दम लेने वाले थे, 'और ये सारे के सारे अपने कान में जो मोबाइल के तार खोंस कर चलते हैं उससे तो इतना जी जलता है कि क्या बतायें? भालुओं की तरह हाथ दोनों ओर फैला कर हिलाते हुए कछुए की चाल से चलेंगे और आप चाहे जितना 'एक्सक्यूज मी' कह लें वे सुनेंगे ही नहीं। बिना उनके हाथ से लड़े आप उन्हें पार कर ही नहीं सकते। पता नहीं कितने म्यूजिक लवर हो गये हैं ये दरिद्र।'

वे जारी ही रहे, 'कुछ तो मोबाइल ही कान से लगाये ऐसा बातचीत में लगे रहते हैं मानो दुनिया समाप्त होने वाली हो और यहीं पार्क में ही सारी बातें, सारी बिजनेस डील, खाना, पहनना सब अभी यहीं पार्क में मुकम्मल कर लेना है।'

मैं चुप ही रहा। राय साहब भी चुप थे। हमलोग कुछ देर अपनी साँसों को व्यवस्थित करते रहे। मैं सामने से आ रहे बिना तोंद वाले, अच्छी क्वालिटी की ट्रैक

पैण्ट व काम्प्रेशन शर्ट पहने लगभग अपनी ही उम्र के एक स्मार्ट से आदमी को देख रहा था। इस पार्क में ऐसे आदमी को देखकर मुझे यह तो पक्का ही हो गया कि पार्क के अपने फायदे जरूर हैं, भले ही राय साहब इससे बहुत निराश हों। पास आते-आते उसकी नजर राय साहब पर पड़ी जो अपने में ही मगन पता नहीं कहाँ गुम थे।

'अरे राय साहब। कहाँ गुम गये हो?' वह जोर से बोला।

राय साहब चौंक कर उसे देखने लगे।

'लगता है आपके दोस्त आ गये। ज्वॉइन कर लिया ऑफिस?' आखिरी जुमला उसने मुझसे मुखातिब होकर कहा।

'हाँ। ज्वॉइन कर लिया। टहलने के शौकीन हैं तो आज से ही शुरू भी कर दिया।' जवाब राय साहब ने ही दिया।

'बढ़िया है। बहुत बढ़िया है। अब तो मुलाकात होती रहेगी।' कहते हुए उसने मुझसे हाथ मिलाया और आगे बढ़ गया।

'ये कौन हैं?'

'क्लाकर्स होटल के मैनेजर हैं। मेरे पड़ोसी हैं।'

'बहुत स्मार्ट आदमी हैं। खुद को अच्छा मेन्टेन किया हुआ है।'

राय साहब की आँखों में बहुत नफरत का भाव छलका और वे साइड वाली झाड़ियों में थूकते हुए बोले, 'अभी तक मैंने जितने और जैसे लोगों के बारे में कहा है उन सबसे गंदा और नीच टाइप का आदमी है यह।'

'अरे!' राय की इस हद डिग्री की नफरत देखकर मुझे आश्चर्य हुआ, 'ऐसा भी क्या है इसमें? हमारी उम्र में तो कोई अपनी बीबी के यार से भी इतनी नफरत नहीं करता।'

'यह फितरत का गंदा है।'

'अरे आगे भी कुछ फूटोगे या गंदा-गंदा ही भजते रहोगे।'

'जानते हो इसे लोग क्या कहते हैं?'

'मैं कैसे जानूँगा? मैंने तो इसे आज पहली बार देखा है।'

'इसे हिपमैन कहा जाता है।'

'हिपमैन यानी क्या?'

'यह लड़कियों के हिप देखता है। इसीलिए पार्क में टहलने भी आता है। यहाँ तो इसके लिये जन्नत है। लड़कियाँ तरह-तरह के ऊटपटाँग कपड़े पहन कर टहलने आती हैं और यह जनाब उनके पीछे-पीछे अपनी आँखें सेंकते चलते हैं।'

मेरे समझ में कुछ नहीं आया, 'छेड़-छाड़, धक्का-मुक्की, राह चलते जानबूझ

कर बेख्याली दिखाते हुए लड़कियों को छूना, ये सब तो सुना है राय। लेकिन खाली हिप देखने का क्या मतलब है?'

'अजीब आदमी हो। यह गंदा काम नहीं है?'

'खाली देखना भर है तो क्या गंदा काम है? कुछ और ओछी हरकत करता हो तो बताओ। क्या लड़कियों को इससे कोई उलझन होती है?'

'उनको पता ही कहाँ होता है। ये महाशय तो चुपचाप आँख गड़ाये देखते चले जाते हैं। मेरे कहने का मतलब है कि किसी लड़की के हिप को घूरना क्या तुम्हें गंदा काम नहीं लगता?'

'उसके चेहरे, स्तन, हाथ, पैर, पेट वगैरह के बारे में क्या खयाल है राय? लोग नहीं घूरते हैं?

राय ने कुछ देर सोचकर कहा, 'चेहरे को या स्तनों को तो लोग चोर निगाहों से देखते ही हैं। लेकिन हिप्स? डिस्गास्टिंग।'

'क्यों भाई? अंग-अंग में इतना भेद क्यों?'

'तुम इसकी बड़ी वकालत कर रहे हो। इसी लाइन के आदमी हो क्या?'

'मैं इस लाइन का हूँ या नहीं यह अलग बात है। लेकिन लॉजिक अलग चीज है। अब तक तुमने इस आदमी के बारे में जो भी बताया है उसके आधार पर तो उसे गलत नहीं ठहराया जा सकता। मैं उसे नहीं जानता। उसका फेवर लेने का मेरे पास कोई कारण नहीं है। लेकिन विवेक बुद्धि जो कहती है वही मैं कह रहा हूँ।' मेरी आवाज थोड़ा तेज हो गयी थी।

'छोड़ो, जाने दो। हमें क्या लेना-देना इससे। लड़कियाँ खुद को उभार कर दिखाने को तैयार हैं और लोग देखने को। हमें क्या?'

'इतना सज-सँवर कर आने के बाद अगर कोई इन्हें देखे ही नहीं, तो भी इनकी ही बेइज्जती है। अंग्रेजी में कहते ही हैं, ब्यूटी इज टु सी नॉट टु टच।'

'अरे अपने भी शायर कम नहीं हैं.....' राय साहब हँसते हुए बोले, 'कहते हैं, जेरे दीवार खड़े हैं तेरा क्या लेते हैं, देख लेते हैं तपिश दिल की बुझा लेते हैं।'

कुछ दूर तक हम बिना किसी विवाद के टहलते चले गये। फिर जकराण्डा के एक पेड़ के नीचे लगी बेंच पर बैठ कर मैं अपने जूते का फीता कस रहा था जब अपना राउंड पूरा करके हिपमैन भी वहीं आ गया।

'कहिए, कैसा लगा हमारा पार्क।' उसने भी बेंच पर बैठकर अपना जूता निकाला और उसे कई बार जमीन पर ठोंक कर उसमें से कोई काल्पनिक कंकर निकालते हुए सीधे मुझसे ही पूछा।

मैंने उसे भर नजर देखकर कहा, 'बहुत ही बढ़िया।'

'हो गयी पूरी वॉक?'

'नहीं। अभी तो शुरू ही हुई है। आज तो छुट्टी भी है। अकेले घर जाकर क्या करूँगा? यहाँ अच्छा लग रहा है।'

'सही है।' वह जूता वापस पहनते हुए बोला, 'क्यों राय साहब?'

राय साहब अपने दोनों हाथों को कंधे की सीध में रखकर दायें-बायें घूमते हुए डाइनामिक स्ट्रेचिंग का भ्रम पैदा कर रहे थे। सम्बोधन सुनकर बोले, 'हाँ हाँ, क्यों नहीं। आप तो वैसे भी पार्क तभी छोड़ोगे जब सारी लड़कियाँ यहाँ से चली जायेंगी।'

'अब ऐसा भी नहीं है। मेरी ड्यूटी दस बजे से रहती है। मेरी तो छुट्टी भी नहीं है। रही लड़कियों की बात, तो वे मेरे होटल में भी बहुत हैं। आती-जाती भी रहती हैं।'

'काफी रसिक आदमी लगते हैं आप?' मैंने बैठे-बैठे ही कहा।

'अरे नहीं सर। राय साहब पुराने दोस्त हैं। कुछ भी कह सकते हैं। हम लोगों में यह सब मजाकबाजी चलती रहती है।'

'ये भी गजब ही है। पुराने दोस्त मजाक के नाम पर हमेशा उल्टी बात ही क्यों बोलते हैं। जब तक एक-दो गाली न निकाल लें, लगता ही नहीं है कि पुरानी दोस्ती है।' मैंने आराम से बैठते हुए कहा।

उसने बेंच की पुश्त पर हाथ टिका लिया और पैर फैला कर आराम से बैठ गया।

राय साहब हाफ चकरघिन्नी की मुद्रा में डोलते रहे।

ठंडी हवा में जकरण्डा के फूल थोड़ा-थोड़ा करके धीरे-धीरे नीचे गिर रहे थे। आसमान साफ होकर गहरा नीला होने लगा था। इक्का-दुक्का सफेद बादल हंसों की तरह उड़ते नजर आ रहे थे। सामने ट्रैक पर कुछ भागते, कुछ आराम से गप्प लगाते और कुछ चहलकदमी करते लोगों का रेला चल रहा था। हम जब भी भीड़ से थोड़ा अलग होकर स्थिर होते हैं तो यह रेला अजीब लगता है। जैसे अपनी-अपनी दुनिया में खोये हुए लोग अकारण ही भाग रहे हों। इस लगातार दौड़ का न तो कोई अर्थ मतलब समझ में आता है और न कोई अन्त दिखता है।

सामान्य लोगों से अलग हटकर एक यूनीक कैरेक्टर मेरे बगल में बैठा था। मैं उससे बात भी करना चाहता था पर समझ में नहीं आ रहा था कि कहाँ से शुरू करूँ कि वह अफेन्डेड न महसूस करे।

मैंने यों ही पूछा, 'राय साहब से आपकी पुरानी दोस्ती है?'

'हाँ! पाँच-सात साल तो हो ही गये होंगे। हम कई दोस्तों का एक ग्रुप है। हमलोग हर इतवार की शाम को सिविल लाइंस में इकट्ठा होते हैं। खाते-पीते घूमते और मौज मस्ती करते हैं। इस इतवार को राय साहब ने आपका जिक्र किया था। बता रहे थे कि आपलोग सेम बैच के हैं। वे रिटायर हो चुके हैं और आप अगले साल होंगे। आप भी आइये इस ग्रुप में। अच्छा लगता है।'

'ये तो बहुत ही अच्छा आइडिया है। मैं जरूर ही आना चाहूँगा।'

'वेलकम सर। आपको जरूर ही अच्छा लगेगा। इसमें हर तरह के लोग हैं। बाकी लोगों से भी परिचय हो जायेगा।'

राय साहब अचानक स्ट्रेचिंग छोड़कर बोले, 'इन्हें भी हिप मेडीटेशन करवाइयेगा क्या?'

'मैंने तो कभी किसी को यह सब करने को नहीं कहा।'

'लेकिन बताते तो हैं इसके बारे में।'

'एक मिनट।' मैंने टोका, 'ये कोड वर्ड में क्या बातें हो रही हैं? जरा मुझे भी बतायेंगे।'

'कुछ नहीं सर। मेरा एक सीक्रेट है जिसे सबसे शेयर नहीं किया जा सकता पर दोस्तों में कहाँ कोई बात छिप पाती है। किन्हीं भावुक क्षणों में मैंने अपने दोस्तों को ये बता दिया। बाकी लोग तो कुछ दिन हँसी मजाक के बाद सामान्य हो गये लेकिन राय साहब अभी इसे हजम नहीं कर पाये हैं।'

मैं चुप रहा पर उत्सुकता से उसकी ओर देखता ही रहा।

कुछ देर सोचकर वह आगे बोला, 'बिना किसी भूमिका के कहूँ तो मुझे लड़कियों के पूरे शरीर में उनके नितम्ब, या बोल चाल की भाषा में कहें तो हिप्स सबसे ज्यादा अच्छे लगते हैं। इसकी बनावट और इनका मूवमेंट..... मैं क्या कहूँ.... बस संक्षेप में कहना हो तो यही कह सकता हूँ कि अच्छा लगता है। मुझे सियाह घटा वाली जुल्फें, झील सी गहरी आँखें, पंखुड़ियों जैसे होंठ, चाँद सा चेहरा वगैरह इतना अच्छा नहीं लगता जितना........'

'उनका पिछवाड़ा।' राय साहब बात को काटते हुए भद्दे तरीके से बोले।

'ऐसा क्यों?' राय की बात पर ध्यान न देते हुए मैंने पूछा।

'पता नहीं। मुझे क्यों अच्छा लगता है यह तो नहीं जानता पर यह जानता हूँ कि और बहुत से लोगों को भी यह अच्छा लगता है। हाँ, इस हद तक नहीं लगता होगा जितना मुझे। मुझे इनका मूवमेंन्ट एक लयबद्ध कविता जैसा लगता है। खुले नीले आसमान में उड़ते सफेद बादलों जैसा लगता है। हवा में लहराते फूलों जैसा लगता है।

'गंदा नहीं लगता है?' राय ने पूछा।

'क्यों गंदा लगेगा? ईश्वर की रचना है। परफेक्ट इंजीनियरिंग है। कमर से 45 डिग्री का उठान लेती माँसपेशियाँ कितनी खूबसूरती से बैठने में आराम के लिये परफेक्ट लचीला स्पंजी पैड बनाती हैं जिसके बीच की दरार उसे एक्स्ट्रा स्पेस और फ्लेक्सिबिलिटी देती है। यह संरचना स्वस्थ वसा के स्टोरेज में भी काम आती है जो गर्भधारण के समय वरदान स्वरूप है।

'और दरार के बीच बना........' राय ने कहने की कोशिश की पर मैंने उसकी बात काटते हुए कहा, 'चुप रहो राय। शालीनता की सीमा न पार करो।'

'मैं पूछना चाह रहा हूँ यहाँ से बदबू नहीं आती?'

'क्या बेसिर पैर की बात कर रहे हो राय।' हिपमैन अपने स्वभाव के विपरीत थोड़ा नाराजगी से बोला, 'अव्वल तो मैं इतने करीब जाने की सोचता ही नहीं। तुम जानते हो मैं दूर से देखता भर हूँ। दूसरी बात यह है कि अगर सफाई न रखी जाये तो शरीर का हर अंग बदबू देगा क्योंकि हर अंग ही शरीर के वेस्ट पदार्थों को बाहर निकालने का काम करता है। आँख, नाक, कान, मुँह पूरे शरीर की स्किन, कहाँ वेस्ट उत्सर्जित मल नहीं है? कहाँ बदबू नहीं है?' हाँ। अगर नियमित सफाई रखी जाये तो कहीं कोई बदबू नहीं है।'

राय साहब हिपमैन के इस तेवर पर हैरान होकर चुप ही रहे।

वह आगे बोलता रहा, 'वैसे भी खुशबू और बदबू है क्या? केवल कन्सेप्ट भर है। आज हम जिसे बदबू समझते हैं कल वही खुशबू बन सकती है। तुम जहाँ की बदबू की बात कर रहे हैं वह भी क्या है? नाइट्रोजन व सल्फर की कुछ गैसें। हमारी कोशिकाओं में पावर प्लांट कहे जाने वाले माइटोकॉन्ड्रिया की सिन्थेसिस और एक्टीवेशन हाइड्रोजन सल्फाइड जैसी बदबूदार गैस से ही होता है जो यहाँ भी होती है। यह गैस न हो तो हम समाप्त हैं।'

'मान लेता हूँ लेकिन कोशिकाओं की नाक तो नहीं होती है। उन्हें क्या पता लगता है।' राय ने तर्क लगाया।

'भैया अभी आज कोई डॉक्टर बता दे कि तुम्हें एक जानलेवा बीमारी हो गयी है जो केवल यही गैस सूँघने से ठीक होगी तो क्या करोगे। सूँघोगे या जान जाने दोगे?'

'छोड़ो भी ये सब बातें।' मैंने टोका, 'केवल हिप देख-देखकर बोरियत नहीं होती है?'

'सर। हजारों साल से लड़कियों के चेहरे पर कवितायें लिखी जा रही हैं। कोई बोर नहीं होता। न लिखने वाले और न ही पढ़ने वाले। फिर......'

‘चेहरे में तो विविधतायें हैं, भाव हैं।’

‘हर अंग की अपनी विविधतायें हैं। हर अंग के अपने भाव हैं सर। बस देखने की नजर सबके पास नहीं है। आप ध्यान दीजिए सामने जो छोटे कद की लड़की जा रही है उसके हिप कमर से अचानक उठकर पीछे की ओर उभरे हुए हैं और उसके शॉर्ट व तेज स्टेप्स हिप्स का कैसा मूवमेंट पैदा कर रहे हैं। दूसरी ओर जीन्स वाली को देखिए जिसके हिप का उठान ग्रेजुअल और स्मूथ है। इसके लम्बे स्टेप्स और इत्मिनान वाली चाल फुल स्विंग दे रही है। किसी का हिप छोटा है, किसी का शरीर के अनुपात में भारी है। इनके गठन और इनकी गति में जितनी वैराइटी है उतनी चेहरे में क्या होगी?’

‘इन्टरेस्टिंग....’ मैंने सोचा फिर अनजाने में ही अलग-अलग लड़कियों के हिप मूवमेंट देखने लगा और देखता ही रह गया।

कई मिनटों के बाद राय मुझे घूरते हुए बोले, ‘ए महाराज। आप भी खो गये क्या गुफाओं में?’

‘मैं इनकी बात टेस्ट कर रहा था।’ मैं झेंपते हुए बोला।

‘जितना ही आप इस पर ध्यान देंगे उतनी ही विविधता पायेंगे। लम्बे समय का अभ्यास आपको इतना अनुभवी बना देता है कि केवल हिप की बनावट और मूवमेंट को देखकर आप लड़की के बारे में बहुत कुछ जान सकते हैं।’

‘फेस रीडिंग की तरह हिप रीडिंग?’

‘हाँ। मैं अनुभव से कह सकता हूँ इससे आप उसका फ्यूचर भी प्रेडिक्ट कर सकते हैं। हस्त रेखाओं की तरह।’

‘हिप ज्योतिष।’ मैंने भी व्यंग काटते हुए कहा।

‘अनुमान। राय साहब की तरह इस अंग को गंदा मानकर इसकी चर्चा से दूर रहने वाले लोग बहुत हैं। इसीलिये ‘हिप ज्योतिष’ का विकास नहीं हो पाया। अपने सिवा मैं किसी और को नहीं जानता हूँ जो इस विधा में रुचि रखता हो। लेकिन यह है। यह किया जा सकता है।’

‘आपको सही में यह गंदा नहीं लगता?’ मैंने पूछा।

‘नहीं जनाब। क्यों गंदा लगेगा? यह मनुष्य मात्र की जिंदगी से इस कदर चिपका हुआ है कि हम जाने-अनजाने इससे प्रभावित ही रहते हैं। लोग नाटक करते हैं कि उन्हें यह अच्छा नहीं लगता पर आदमी का विकास ही कुछ यों हुआ है कि वह इससे अट्रैक्ट होता है। देखिए मंदिरों में होने के लिये विकसित हमारे शास्त्रीय नृत्य तक कमर की गति प्रधान है। फैशन की दुनिया में कैटवाक क्या है? केवल हिप को फुल स्विंग देने का तरीका।’

‘यह सब तो इसलिए है कि यह शरीर का ही एक अंग है और हर कलात्मक गति में यह भी शामिल रहेगा ही।’ मैंने तर्क निकाला।

‘बिलकुल सही बात कह रहे हैं आप। मैं भी तो यही कह रहा हूँ कि यह शरीर का ही एक अंग है और इससे नफरत नहीं की जानी चाहिए। इसे प्रकृति द्वारा जो रोल मिला है वह बखूबी कर रहा है। और यह कि हर अंग की तरह इसका अपना भी एक कैरेक्टर है जो हमें किसी के व्यक्तित्व को जानने में सहायता करता है।’

राय साहब उकता कर बोले, ‘जितनी चर्चा आपलोग पिछवाड़े का कर रहे हैं उसका अंश भी भगवान की चर्चा में लगाते तो कल्याण हो जाता। चलिये अगला राउंड लगाते हैं।’

हमलोग उठकर राय साहब के पीछे-पीछे चल दिये। अनजाने में ही मेरी निगाह आगे जा रही महिलाओं के हिप मूवमेंट को जाँचने लग गयी। पहली बार मैंने जाना कि हिपमैन की यह बात तो एकदम सही है कि इसमें विविधता बहुत है।

मैंने पूछा, ‘कुछ बताइये कि कैसे इससे महिलाओं का स्वभाव जाना जा सकता है।’

‘सर, इसके कोई नियम तो नहीं है। अनुभव ही है। अब देखिए हमारे बायीं ओर नारंगी कुर्ते वाली जो महिला शायद अपने पति के साथ चल रही हैं उनके हिप्स पर गौर करिए। दाहिनी तरफ उनके पति चल रहे हैं। पत्नी के हिप्स का मूवमेंट बायीं तरफ ज्यादा हो रहा है। अभी दोनों लोग चुपचाप मुस्कराते हुए चल रहे हैं पर मैं कह सकता हूँ कि कुछ देर पहले ही इनमें कस के झगड़ा हुआ है।’

राय साहब को मजा आ गया। मेरी ओर देखकर बोले, ‘आज अच्छा मौका हाथ आया है। अभी इनका भण्डाफोड़ करता हूँ।’

फिर वे नारंगी कुर्तेवाली के पति से बोले, ‘अरे सक्सेना जी, बड़े दिन बाद नजर आ रहे हो। कहीं बाहर-वाहर निकल लिये थे क्या?’

‘नहीं राय साहब, हमलोग तो रोज ही आ रहे हैं। आप ही नहीं दिखे।’

‘देखोगे तब न दिखेंगे? भौजाई से झगड़ा करके टहलने आओगे तो अपने में ही गुनते-धुनते रहोगे। कोई क्या खाक नजर आयेगा?’

राय साहब की बात से एक तरफ हट कर खड़ी भौजाई के चेहरे पर रौनक आ गयी। थोड़ा आगे आकर बोलीं, ‘अब देखिए न भाईसाहब, इन्हें कौन समझाये। सवेरे-सवेरे दिमाग खराब करके रख देते हैं। इतने सुंदर पार्क में भी झगड़ने के बाद आने में मजा नहीं आता।’

पराजय के एहसास से राय साहब की आवाज थोड़ा डाउन हो गयी, ‘ये लड़ाई-झगड़े से अब तो बाज आ जाओ सक्सेना जी। बच्चे बड़े हो रहे हैं। क्या

असर पड़ेगा उन पर?'

'लेकिन राय साहब आपको पता कैसे चला कि हम लोगों में झगड़ा हुआ है।' नारंगी कुर्ते वाली द्वारा आगे पीछे सोचे बिना, झगड़े की घटना वेरीफाई कर दिये जाने के बाद उनके पति को यह पूछने का होश आया।

'चेहरे पर लिखा है। चलिये, खयाल रखिये।' कहते हुए वे हम लोगों के पास आ गये और बोले, 'मुहावरा बदलना पड़ेगा। चेहरे पर नहीं हिप पर लिखा है।'

राय साहब तो चमत्कृत थे ही, मैं भी यह देखकर दंग था। जो प्रत्यक्ष था वही प्रमाण था। हिपमैन चुपचाप चल रहा था।

'ये हिप मेडिटेशन क्या है?' मैंने पूछा।

'अरे सर वो कुछ नहीं। कभी-कभी इसकी सुंदरता मुझे इतना अभिभूत कर देती है कि मैं खुद को एक ट्रांस की स्थिति में पाता हूँ जैसे कभी-कभी मेडीटेशन सेन्टर में होता था। उस समय एक दिव्य आनंद मेरे मन में उतर आता है। लगता है कि मैं इस दुनिया में हूँ ही नहीं। उसी समय समझ में आता है कि हमारे ऋषि-मुनियों ने जिस चीज को माया-मोह कहा है, वह वास्तव में क्या है। लगता ही नहीं कि इस दुनिया में मुझे किसी चीज की जरूरत है।'

'हिप्स देखने की भी नहीं?'

'नहीं। फिर वो भी नहीं।' हिपमैन को देखकर लगता था कि यह सब कहते-कहते वह सच में किसी और दुनिया में पहुँच गया है।'

मैंने आगे जाती हुई जीन्सधारी लड़की के परफेक्ट हिप्स और उनकी गति पर ध्यान केन्द्रित करने की कोशिश की। राय साहब भी कुछ बोल नहीं रहे थे।

हिपमैन ने अपना सर झटक कर खुद को फिर से इस माहौल में वापस लाने की कोशिश की। राय साहब को छेड़ते हुए बोला, 'क्या हुआ राय साहब? आप भी पिछवाड़े के शौकीन हो रहे हैं क्या?'

आशा के विपरीत राय साहब कुछ नहीं बोले।

'ये सब अद्भुत है। खुद के सामने न हुआ होता तो कभी विश्वास न होता।'

'अभ्यास है सर। मेरा बहुत लम्बा समय इसमें गुजर चुका है इसलिए एक्सपर्टाइज जैसी हो गयी है। लेकिन इसमें आकर्षण तो बहुत ही है। इसीलिए कभी बोरियत नहीं हुई।'

'आप सच कह रहे हो। यह आकर्षण हमारे आदिम इंस्टिंक्ट्स का वजह से भी तो है। मिशनरी सेक्स के पहले......' मैं कह ही रहा था कि हिपमैन अचानक चौंक कर बोला।

'अरे, अरे, ये देखिए जरा। उस नीले टीशर्ट वाली लड़की को। यह तो अभी यंग है। ये कैसे हो सकता है?' वह घबराया सा नजर आ रहा था।

'क्या हुआ?' हमलोग भी घबरा गये थे।

'ये नहीं हो सकता? अभी तो इसने दुनिया भी ठीक से नहीं देखी है। टाइम तो है ही नहीं इसके पास।'

'क्या बकर-बकर लगाये हो। साफ-साफ बोल काहे नहीं रहे हो। ज्यादा जगलरी न दिखाओ। एक बार बात धुप्पल में सही हो गयी तो ज्यादा भाव न लो।' राय साहब तनाव में बोले।

लेकिन उसने कुछ नहीं सुना। वह सीधे उस लड़की के साथ चल रहे बूढ़े के पास पहुँचा और बोला, 'देखिए मैं क्लार्क्स होटल का मैनेजर हूँ।'

'अच्छा।' वो हिपमैन को ध्यान से देखते हुए बोले, 'हाँ। मैं पहचान रहा हूँ। हम अपने विभाग की वर्कशॉप आपके यहाँ ही कराते थे। कहिए क्या बात है?'

'ये आपकी बेटी हैं?'

'नहीं। पोती है।'

'इनकी कोई मेडिकल हिस्ट्री है क्या?'

'नहीं तो। इसको कोई भी दिक्कत नहीं है। मुझे है हार्ट की तकलीफ। डॉक्टर ने मुझे धीरे-धीरे टहलना रिकमेंड किया है। ये तो मुझे लेकर आती है।'

'अगर मैं कहूँ कि इन्हें अभी हॉस्पिटल लेकर चलिये तो आप बुरा मानेंगे?'

'पर क्यों? इसे क्या हुआ है? क्यों ले जाना है इसे हॉस्पिटल? आपको क्या पता है इस बारे में? आप कोई डॉक्टर हैं?' वो घबरा गये थे।

'देखिए, मैं......फेस रीडर हूँ। ये मेरे दोस्त लोग फॉरेस्ट डिपार्टमेंट के बड़े ऑफिसर हैं। मैं चाहता हूँ कि आपलोग हम लोगों के साथ, चाहे हम लोगों की ही गाड़ी में अपने हॉस्पिटल चल चलें। चेकअप के बाद जैसी स्थिति होगी वैसा किया जायेगा।'

'लेकिन क्यों? मुझे नहीं पता फेस रीडर क्या होता है। जबरदस्ती हॉस्पिटल जाने का भी कोई शौक नहीं है हम लोगों को। आपलोग अपना काम कीजिए और हमें परेशान मत करिए।'

'हुआ क्या है अंकल?' लड़की ने पूछा।

'मैं कैसे बताऊँ बेटा। तुम्हें जल्दी ही स्ट्रोक पड़ने वाला है।'

'ये क्या होता है?'

'खराब बीमारी है।'

'ठीक है। मैं घर जाकर पापा से कहती हूँ। वो मुझे डॉक्टर को दिखा लेंगे।'

'काश इतना टाइम होता। तुम तो समझो बेटा। इस बात में हर्ज ही क्या है। हम हॉस्पिटल चलते हैं। तुम पापा को फोन कर दो।'

'हमलोग भी तो साथ रहेंगे।' मैंने कहा, 'फिर सबको घर छोड़ देंगे।'

'नहीं।' बुजुर्गवार ने सख्ती से मना किया, 'आपलोग हटिये यहाँ से।'

हिपमैन ने बेबसी से इधर-उधर देखा।

'क्या बात है सोनी जी? अरे मैनेजर साहब ! क्या हो गया है भाई?'

राय ने मुझे बताया कि ये होटल गेलार्ड के मैनेजर थे जो सौभाग्य से इन दोनों ही लोगों को जानते थे।

'सोनी जी को कहिए कि बिटिया को अभी हॉस्पिटल लेकर चलें। टाइम कम है। इसके औचित्य पर हम बाद में भी बहस कर सकते हैं। अगर मैं गलत हुआ तो जो जो चाहे सजा दे दें पर अभी तो यह बात मान लें।'

'ठीक है। मैं भी चलता हूँ। चलिये सोनी जी।'

इस हाई टेंशन ड्रामे के बाद हॉस्पिटल पहुँचने में दस मिनट लगे। लड़की का प्रारंभिक परीक्षण हुआ और तुरन्त ही उसे आई0 सी0 यू० में भर्ती कर लिया गया और इमरजेन्सी जाँच शुरू हो गयी। लड़की के बाकी घरवालों को भी सूचना कर दी गयी। लगभग एक घंटे के बाद डॉक्टर ने हम लोगों को ब्रीफ किया।

'बस इस बच्ची की उम्र बाकी थी जो आपलोग इसे समय से हॉस्पिटल ले आये। एकाध घंटे की देर होने पर कुछ कह पाना असम्भव सा होता। फिलहाल तो खतरे से बाहर लग रही है पर इसे कम से कम एक हफ्ता यहाँ रखना होगा।'

'इसको अचानक हो क्या गया डॉक्टर साहब। यह तो अच्छी भली थी। कोई बीमारी भी नहीं थी। अभी उम्र भी कम है।' लड़की के पापा ने पूछा।

'पिछले कुछ दिनों से इसको बेचैनी, अचानक सरदर्द, धुंधला दिखना, चेहरे का कुछ हिस्सा सुन्न हो जाना, बोलने में लड़बड़ाने जैसी दिक्कतें थीं पर इसने ज्यादा ध्यान नहीं दिया। शायद आप लोगों को भी नहीं बताया और सोचती रही कि ठीक हो जायेगा। दरअसल ये सब स्ट्रोक के प्रारम्भिक लक्षण हैं।'

'स्ट्रोक यानी लकवा?' सोनी जी के मुँह से आतंक भरा स्वर निकला, 'और हम लोगों को पता तक नहीं चल पाया।'

डॉक्टर ने अपनी बात जारी रखी, 'स्ट्रोक दो तरह का होता है। पहले को हमलोग इस्कीमिक स्ट्रोक कहते हैं जो मस्तिष्क को खून पहुँचाने वाली महीन नसों में खून का माइक्रोस्कोपिक क्लॉट बनने से होता है। चूँकि खून की सप्लाई

रूक-रूक कर जारी रह सकती है अतः लक्षण आते-जाते रहते हैं। लेकिन नसों में दबाव बढ़ते रहने से एक स्थिति यह भी आ सकती है कि नस फट जाये। इसे हमलोग हीमोरेजिक स्ट्रोक कहते हैं। यह ज्यादा गम्भीर होता है। बिटिया के नसों में लगातार तनाव बढ़ते रहने से नस फटने की सम्भावना बनने लगी थी।'

'तो अब क्या?'

'क्लॉट गलाने और खून की नसों को फैलाने की दवा शुरू कर दी गयी है। मॉनिटर पर लगातार देखा जा रहा है। दवा का रिस्पॉन्स तो ठीक दिख रहा है।'

डॉक्टर के जाने के बाद सोनी जी व उनका पूरा परिवार हिपमैन के आगे हाथ बाँधे खड़े थे। सोनी जी कह रहे थे, 'आप तो हम लोगों के लिये भगवान बन कर आ गये। और मैं आपसे कितना बहस कर रहा था।'

हिपमैन ने भी हाथ जोड़ कर सीलिंग की ओर देखते हुए कहा, 'सब ऊपर वाले का ही खेल है। आप तो गेलार्ड के मैनेजर साहब को ही धन्यवाद दीजिए। वे न मिल गये होते तो.......'

वापस घर लौटते समय आश्चर्यचकित, अभिभूत और शर्मिन्दा राय साहब ने हिपमैन से पूछा, 'इतनी एक्यूरेट मेडिकल पकड़ आपको कैसे हो गयी? आप तो कभी मेडिकल लाइन में रहे नहीं?'

'राय साहब, मैं ज्यादा कुछ नहीं जानता। मुझे लड़की के हिप का मूवमेंट अजीब सा लगा। कोई हारमोनी ही नहीं थी। हिप के दोनों भाग अलग-अलग भाग रहे थे। उसकी चाल में लड़खड़ाहट थी। इससे मेरे दिमाग में खतरे की घंटी बजने लगी। कई मिनटों के बाद याद आया कि मेरे एक-दोस्त की पत्नी को स्ट्रोक का पहला अटैक आया था और हम उसे लेकर हॉस्पिटल भागे थे। उस समय उसके हिप का ठीक यही मूवमेंट था।'

'ओह। ओह। अमेजिंग। आपने जल्दी ही कनेक्ट कर लिया वरना यह लड़की तो झेल जाती। लेकिन आप तो जानते ही हो कि हर व्यक्ति में लक्षणों का अभिव्यक्तिकरण अलग-अलग होता है। अगर इतनी गम्भीरता और जहानत से की गयी डाइग्नोसिस गलत हो जाती तो?' मैंने कहा।

'तो क्या सर। मेरी थोड़ी बेइज्जती होती। चार बातें सुनता। कुछ दोस्त जिंदगी भर ताना देते....' उसने राय साहब की ओर चोर निगाहों से देखते हुए कहा, 'लेकिन ये सब छोटे-मोटे रिस्क एक जिंदगी बचाने की तुलना में कुछ भी तो नहीं हैं।'

अगले दिन सुबह राय साहब के साथ टहलते हुए मैंने कहा, 'कुछ तुमको भी लग रहा है राय, मैं भी हिपमैन हुआ जा रहा हूँ। टहलते समय निगाह बार-बार महिलाओं के हिप की तरफ ही लौट आ रही है और इनका मूवमेंट अच्छा भी लग

रहा है।'

'क्या बताऊँ मैं? मुझे तो शुरू से ही अच्छा लगता है। पर सामाजिक नैतिकता ओढ़े हुए मैं ऊपर ऊपर हमेशा इसका विरोध करने का ही पोज देता रहा। लेकिन यार ये तो मैंने कभी भी नहीं सोचा था कि इस गंदी सी लगने वाली घटना में भी इतनी गहराई हो सकती है।'

आज की सैर बहुत खूबसूरत लग रही थी।

काम वाली बाई

यह सब था तो बहुत ही अजीब और मेरा मन इसके लिये बिलकुल भी तैयार नहीं था पर जैसा मुझे कहा गया था उसको ध्यान में रखते हुए मैंने मोबाइल में उलझी अपनी काम वाली से कहा, 'देखो शान्ता बाई, मैं हफ्ते में एक-दो बार एक औरत के यहाँ जाता हूँ। हर विजिट का वह दो हजार रुपये लेती है।'

पहले तो लगा कि उसने सुना ही नहीं है लेकिन फिर रिएक्शन हुआ, 'ये मेरे को क्यों सुना रहे हो साहब?' उसने मोबाइल रखकर सिंक में पड़े जूठे बर्तनों की ओर मुँह फेरते हुए कहा, 'मेरे कू इससे क्या लेना-देना?'

'एक बार सुन लो। मेरी बात न पसंद आये तो हम दोनों लोग इसे भूल जायेंगे और सब कुछ ऐसे ही चलता रहेगा। प्रस्ताव है मेरा। तुम्हें लगे कि इससे तुमको फायदा है तो आगे बात करेंगे नहीं तो बात खत्म।'

मेरी कामवाली बाई का नाम शान्ताबाई नहीं बल्कि 'स्वीटी' था लेकिन मुझे पता नहीं क्यों घरेलू काम-धाम करने वाली बाइयों का नाम शान्ताबाई अच्छा लगता था इसीलिए मैं उसे शान्ताबाई बुलाता था और उसे कोई एतराज भी नहीं था। वह अच्छे खासे सुडौल शरीर वाली, थोड़ा कम उम्र की लगती थी और दिखने में सामान्य कामवालियों से ज्यादा ठीक-ठाक थी।

वह कुछ नहीं बोली।

'मैं आगे कहूँ?'

'आप भाभीजी को यहाँ क्यों नहीं ले आता साहब?' उसने बर्तन जोर से रगड़ते हुए कहा। इससे मुझे स्पष्ट हो गया कि वह अच्छे से समझ रही थी कि मैं किस लाइन पर बात कर रहा था।

'ले आया था। लेकिन वह छोटे शहर की कल्चर में रहने की आदी है, जहाँ मोहल्ले की औरतें जुटकर आपस में दुनिया भर की शिकायत करते हुए टाइम पास करती है। दूसरे वह अपने मायके से दूर नहीं रह सकती है। इसलिए कुछ ही दिनों में यहाँ की कूलनेस से बोर हो गयी। तुम जान ही रही हो कि इन बड़े शहरों में करीबी पड़ोसी भी एक-दूसरे से बात बहुत कम ही करते हैं।'

'हाँ।' पूर्ववत जोर-जोर से बर्तन रगड़ते हुए वो बोली।

'दो महीने में ही उसकी तबियत खराब होने लगी और तीसरे महीने में उसे घर पहुँचाना पड़ा।'

'अच्छा।' उसकी ठंडी आवाज में बड़े शहरों की कूलनेस दिख रही थी। मुझे

लगा कि यहाँ की बाइयों में भी उतनी ही कूलनेस है जितना यहाँ के लोगों में होती है। वैसे भी कई महीने के काम के दौरान आज मैं उससे पहली ही बार इतनी बात करने की कोशिश कर रहा था। मेरा मन तो उससे ऐसी बातें करने का बिलकुल भी नहीं हो रहा था पर अपने कुछ लंगोटिया कहे जाने वाले यारों की शह पर करने की कोशिश कर रहा था।

'फिर वो अपने मायके चली गयी और वहीं रहने लगी। एक बेटा है। उसका नाम भी वहीं के स्कूल में लिखा दिया है।'

'फिर वो यहाँ नहीं आयी?' पहली बार उसने कुछ पूछा।

'नहीं। एक-दो बार कोशिश हुई पर यहाँ के लोग उसको इतना गँवार समझते हैं कि उससे बातचीत नहीं करते। अगर कभी बात हो भी तो उसका मजाक ही बनाते थे। मैं भी सवेरे आठ बजे से शाम सात बजे तक ऑफिस रहता था। अकेलेपन में फिर से उसकी तबियत खराब होने लगी। लाचार होकर फिर उसे वापस घर पहुँचाना पड़ा। अब तो वह यहाँ आना भी नहीं चाहती। यहाँ आने के नाम से ही उसकी तबियत खराब होने लगती है। मैं भी अपने काम की वजह से ज्यादा नहीं जा पाता। वह वहाँ खुश है। मैं पैसे भेजता रहता हूँ।'

'कोई औरत अपना आदमी को छोड़कर ऐसा कैसे रह सकती है? ऐसा तो अपुन लोगों में भी नहीं होता है।'

'रह ही रही है। अब तो बहुत टाइम बीत गया है ऐसे ही। आदत हो गयी है।'

अब शायद उसको मेरी कहानी में इन्टरेस्ट आने लगा था। इसीलिए उसने खुद ही पूछा, 'ऐसा तो आपका बेटा भी आपको भूल जायेगा। देखेगा तो भी पहचानेगा नहीं।'

'हाँ। वह मुझे लगभग भूल ही गया है। तीन-चार महीने पहले जब मैं गया था तो वह मेरे पास आया ही नहीं। मुझे अजनबी ही समझता रहा।'

वह फिर से बर्तनों में उलझ गयी।

'देखो जवान शरीर की अपनी जरूरतें होती हैं। बहुत दिनों तक तो मैं खुद को संभाले रहा। फिर यहाँ की उस औरत से मुलाकात हो गयी और मैं रेगुलर उसके पास जाने लगा।'

'उससे लव हो गया क्या?'

'अरे नहीं। प्रोफेशनल संबंध है। उसे पैसों की जरूरत है और मुझे औरत की।'

वह चुप रही। चेहरे से लग रहा था कि ये बातें उसे नागवार लग रही थी। लेकिन मेरे दोस्तों ने कहा था कि अपनी बात तो पूरी कर ही लेना, रिस्पॉन्स चाहे जो हो। और यह रिस्पॉन्स पहली बार में तो पॉजिटिव नहीं ही होने वाला था।

इसीलिए मैंने जबरदस्ती कहा, 'तुम्हारा आदमी भी तुमको छोड़ चुका है। अपने बच्चे को पढ़ाने लिखाने के लिये ही तुम दिन-रात की मेहनत कर रही हो। ऐसे मे अगर तुम्हारे पास कुछ एक्स्ट्रा पैसा हो जाये तो क्या बुरा है।'

वह तमतमा सी उठी, 'हम इज्जत से मेहनत का कमाई खाता है। चाहे जितना मेहनत करने का हो करेंगा पर कोई गलत काम नहीं करेंगा। कल से मैं काम पर नहीं आयेगी।'

'मेरे कहने का मतलब ये बिलकुल नहीं है कि मेरी बात नहीं मानी तो काम पर मत आओ। तुम अपना काम करती रहो। समझ लो ये बात हममें हुई ही नहीं।'

राहत की साँस लेते मैं कमरे में लैपटॉप पर चला गया। मैंने पहले ही कहा था कि हर औरत इस तरह की नहीं होती है पर वे लोग माने ही नहीं थे। सबका यही कहना था कि यह बाई दिखने में ठीक-ठाक थी इसलिए इससे सेटिंग होने पर मेरी बीस पच्चीस किलोमीटर जाने-आने की भाग-दौड़ नहीं होगी। यह भी डर था इन सब ऊल-जलूल बातों से चिढ़कर अगर इसने मेरे यहाँ काम पर आना छोड़ दिया या चार जगह ये सब बातें फैलाने लगी तो बिना बात की समस्याएँ खड़ी होने लगेंगी।

लेकिन वह आती रही। उसने काम छोड़ा नहीं और मैंने भी कभी ये बात दुबारा नहीं उठायी। करीब एक महीने बाद यह बात दूसरे रूप में उभरी। दो दिन वह काम पर नहीं आयी थी और मैं फूड एप्स की मदद से खाना मँगाता रहा। तीसरे दिन उसके आने पर पता लगा कि उसके बच्चे की तबियत काफी खराब हो गयी थी और वह हॉस्पिटलाइज था। उसके इलाज के लिये उसे कुछ एडवांस चाहिए था।

मैंने बिना किसी तर्क-वितर्क या आशंका के स्वाभाविक तौर पर उसे दो हजार एडवांस दे दिया।

तीन-चार दिनों के बाद फिर यही बात सामने आयी। बच्चा अभी ठीक नहीं हो रहा था और इलाज का खर्च बढ़ता जा रहा था। उसे दस हजार रूपयों की जरूरत थी।

'देखो शान्ताबाई, अभी तो मेरे पास इतने पैसे स्पेयर में नहीं है।'

'साहब, मेरे बच्चे पर दया कर दो। मैं आपका पूरा पैसा लौटा देगा। मैं सभी से कह कर देख लिया। केवल आप ही मदद कर सकता है। मेरे बच्चे को कुछ हो गया तो मैं जिंदा नहीं रहेगा।'

'मैं सच कह रहा हूँ। अभी तो पैसा है ही नहीं। महीने का लास्ट चल रहा है। चार पाँच दिन में मेरी सेलेरी आ जायेगी तब ले लेना।'

'साहब, मैं उस दिन आपकी बात नहीं माना। इसी से आप मेरे से गुस्सा है।'

'ऐसा बिलकुल भी नहीं है शान्ताबाई। वह बात वहीं खत्म है। अभी कुछ ही

दिनो पहले तुम्हें जरूरत थी और मेरे पास उस समय पैसे थे। मैंने एक बार भी मना किया?'

'नहीं किया साहब, लेकिन अभी मैं क्या करे? मेरे पास और कुछ भी नहीं है। बस यही बच्चा भर है, मेरे जीने का सहारा।'

थोड़ा सोचकर मैंने कहा, 'अपने अस्पताल में पूछ लेना कि वे क्रैडिट कार्ड से पेमेंट ले लेंगे क्या? अगर लेंगे तो मैं अस्पताल आकर पेमेन्ट कर दूँगा।'

'साहब, केवल एक ही जगह पेमेंट का बात नहीं है। दवायें बाहर से लेनी पड़ती हैं। बच्चे के खाने-पीने का पैसा कैंटीन में देना पड़ता है। और भी दस अलग-अलग जगहों के खर्चे हैं। कोई बड़ा अस्पताल तो है नहीं।'

'तब तो इंतजार ही करना पड़ेगा।'

'बुरा न मानें तो एक बात कहूँ साहब।'

'कहो।'

उसने सिर नीचे झुकाकर कहा, 'अगर इस हफ्ते उस औरत के पास न जाये तो वो पैसा बच जायेगा। किसी की जिंदगी का सवाल है साहब। एक नहीं दो जिंदगियों का सवाल है। मैं हाथ जोड़ कर कह रही है।'

'शान्ताबाई, मैं महीने के लास्ट में उसके पास कभी नहीं जा पाता क्योंकि मेरे पास उस समय तक कोई पैसा नहीं बचा रहता है। वो भी जानती है इसलिए इन दिनों अपने काम-धाम में मन लगाती है।'

'ऐसी औरत कुछ काम भी करता है क्या?' उसने हैरानी से कहा, 'मैं समझती थी उन्हें कोई काम-धाम करने का जरूरत ही नहीं है।'

'आजकल सब लोग काम करते हैं। असल लाइफ तो काम-धाम से ही चलती है। बाकी यह सब तो ऊपरी खर्चों के लिये कुछ हो जाता है और हमारे समाज में यह आसान भी नहीं है। सभी की निगाहें इसी पर लगी रहती हैं कि अगला क्या कर रहा है।'

'वो क्या काम करती है साहब?'

मैंने उसे घूर कर देखा। वो हकबका कर बोली, 'नहीं, मैंने तो बस ऐसा ही पूछ लिया। बताने का नहीं है तो कोई बात नहीं।'

'ऐसी कोई गोपनीयता की बात नहीं है। वह काम वाली बाई है।'

'काम वाली बाई?' जैसे वह आसमान से गिरी, 'ये भी मेहनत छोड़कर ये सब करने लगी है।'

'मेहनत छोड़कर का क्या मतलब? उस काम में कोई कम मेहनत है क्या?

तुम्हारे बर्तन रगड़ने, झाड़ू मारने और आलू काटने से कहीं दस गुना ज्यादा मेहनत का काम है वह। इसके लिये हिम्मत भी बहुत चाहिए। यह सब कमजोरों और कायरों के बस का नहीं है।'

थोड़ी देर वह चुप रही फिर धीरे से बोली, 'उसका नाम क्या है साहब?'

'बाइयों के नाम कौन जानता है? तुम्हारा ही 'स्वीटी' कोई असली नाम है क्या? असली नाम तो सोसाइटी वालों को ही पता होगा जो तुम्हारी आई0 डी0 रखते हैं। बाकी लोग तो वही नाम जानते हैं जो तुमलोग उन्हें बताते हो। उसका नाम कुछ भी होगा, मैं तो उसे भी शान्ता बाई बुलाता हूँ।'

'देवा।' कह कर वह कुछ देर चुप रही फिर अपना काम करने चली गयी। लेकिन बात यहीं खत्म नहीं थी।

अपना काम-धाम पूरा करने के बाद वह फिर से सिर पर सवार हो गयी, 'साहब कहीं से कुछ मदद करा दो। जो भी कहोगे मैं सब करने के लिये तैयार हूँ। जो उस दिन कहा था मैं उसके लिये भी तैयार हूँ।'

'देखो, अभी मेरे पास पैसे नहीं हैं। मैं अपना खुद का काम भी क्रेडिट कार्ड से चला रहा हूँ। क्या हो सकता है क्या नहीं, यह सब अगले महीने सोचेंगे। अभी तुम जाओ।'

अब मुझे पता नहीं क्यों गुस्सा आने लगा था। बच्चे की तबीयत का मामला अपनी जगह जायज था पर उसका कोई सीधा उपाय मेरे पास नहीं था और उसके लिये कर्ज लेने या अपनी कोई सेविंग स्कीम तुड़वाने के लिये मैं मानसिक रूप से तैयार नहीं था।

दो दिन नागा करने के बाद तीसरे दिन वह फिर काम पर प्रकट हुई। मैंने देखा आज वह काफी सजी-धजी हुई थी। बार-बार काम का नागा करने से, खासतौर पर महीने के अन्तिम दिनों में होने वाली परेशानियों से मुझे गुस्सा तो बहुत था लेकिन पहले मैंने उसके बच्चे का हाल पूछा।

'भगवान की मेहरबानी से अब ठीक हो रहा है साहब। जब कहीं से कोई मदद नहीं मिला तो मैं बाजार से भारी सूद पर पैसा उठाया है और उसका इलाज करा रही है। पगार मिलने पर आप मदद कर देगा न साहब?'

'हाँ, ठीक है। कर दूँगा। लेकिन महीने के आखिर में नागा तो मत करो। बाहर से खाना मँगाना मुझे इस समय भारी पड़ता है।'

'मैं भी कहाँ नागा करती है साहब। अभी तो बड़ी ही परेशानी में है। कोई आगे पीछे नहीं है। सब कुछ खुद ही करना पड़ता है। आप साहब लोग न मदद करे तो मर ही जायेगी।' कहते-कहते वह मेरे कमरे में ही जमीन पर बैठ गयी।

ऐसा पहले कभी नहीं हुआ था कि वह मेरे रहते हुए मेरे कमरे में ही बैठ जाये। कभी कुछ पूछना या कहना होता था तो खड़े-खड़े ही कह कर वापस हो जाती थी। उसके वहाँ होने से मुझे उलझन होने लगी इसलिए मैंने उसे सवालिया निगाह से देखा।

'आज 303 से छुट्टी है साहब। आज अपने को फुल टाइम है।' वह सर झुकाकर शरमाने की कोशिश करते हुए बोली।

'तो?'

'आप कहे तो काम के बाद मैं रुक जाये।'

अब मुझे समझ में आया कि मामला क्या था लेकिन इसे पूरी तरह क्लियर करने के लिये पूछा, 'क्यों?'

'महीना के लास्ट में उस औरत का कमी पूरा करने के वास्ते।' इस बार क्रियेट की हुई शर्म असलियत के थोड़ा और करीब जा रही थी।

'क्यों? अब क्या हो गया? तुम अपनी मेहनत और इज्जत की कमाई छोड़कर इन सबकामों में क्यों पड़ना चाहती हो? साफ-साफ बता दूँ कि मैं किसी की मजबूरी का फायदा बिलकुल नहीं उठाना चाहता। तुम्हारे बच्चे के इलाज के लिये जितना मेरे बस में है, मैं वैसे भी मदद करूँगा। उसके लिये यह करने की कोई जरूरत नहीं है।'

'मैं समझती है साहब। आप बहुत ही अच्छे हो। बहुत ही सरल स्वभाव के हो। मैं मूरख है। समय से बात समझ नहीं पाती है। मुझे देर में समझ आया। मुझे आपका उस दिन का बात मंजूर है। तो आज काम के बाद मैं रुक जाये साहब?'

'अरे, यह सब ऐसे अचानक नहीं होता है शान्ताबाई। तुम दो-चार दिन और सोच समझ लो। अगर तुम्हें सच में लगता है कि तुम ऐसा करना चाहती हो तो पहले हम दोनों अपना अपना एच0आइ0वी0 और एस0टी0डी0 टेस्ट करायेंगे। उसके सही होने पर अपने वकील के यहाँ जाकर लीगल नोटराइज्ड एफीडेविट बनवायेंगे और हम दोनों तीन महीने के लिये इसका कॉन्ट्रैक्ट साइन.......'

इतने भारी-भरकम शब्द शायद उसके सर के ऊपर से गुजर जा रहे थे। वह हैरानी से बोली, 'इतना सब लफड़ा करने की जरूरत क्या है साहब? मैं तैयार है। तुम तैयार है। तो इस सबकी क्या जरूरत है?'

'भारी जरूरत है शान्ताबाई। आपस में कोई लफड़ा होने से रोकने के लिये जरूरत है। कल को मैंने काम के बाद पैसा देने से इंकार कर दिया तो क्या करोगी? कल को तुम मेरे पर रेप का केस डाल दो तो मैं क्या करूँगा? हममें से किसी को एड्स जैसी बीमारी हो तो अगला तो वैसे ही मर जायेगा न?'

'पिछली वाली बाई के साथ भी यह सब टेस्ट कॉन्ट्रैक्ट हुआ था क्या?' उसने

हैरानी से पूछा।

'बिलकुल। सभी के साथ होता है। बिना ये सब किये हम कोई लफड़ा नहीं लेते। यह मेरे भले के लिये है तो तुम्हारे भले के लिये भी है। पिछली बाई से इस महीने कॉन्ट्रैक्ट खत्म होने की वजह से ही मैं नयी बाई तलाश रहा हूँ।'

'देवा! इतना जहमत लेकर कॉन्ट्रैक्ट बस तीन महीने का? इसको बढ़ा नहीं सकते?'

'बढ़ा सकते हैं लेकिन कभी वह बाई नहीं बढ़ाना चाहती है और कभी आदमी नहीं बढ़ाते हैं। इस सिस्टम में एक ही आदमी औरत को चिपके रहने का क्या मतलब है? पैसे का लेन-देन है तो हर बार नया मामला ही अच्छा रहता है।'

'मैं हैरान है कि इस गैर कानूनी काम को कानूनी तरीके से कैसे किया जा सकता है? कभी कोई लफड़ा होने पर कानून की मदद मिलती है क्या?'

'मिलती ही है। तभी तो यह फूलप्रूफ सिस्टम चल रहा है। वकील लोग इसे ऐसा बना देते हैं कि काम हो जाये और कानून भी न टूटे।'

'इसमें ज्यादा लफड़ा किस बात पर होता है साहब?' शायद उसकी उत्सुकता इस व्यवस्था की बात सुनकर बढ़ने लगी थी।

'जाहिर है पैसे के लेन-देन पर। हमारे समाज में करीब-करीब सारे लफड़े ही इसीलिए होते हैं।'

'आदमी लोग सब करने के बाद पैसा भी मार लेते हैं?'

'आदमी ही क्यों औरतें भी यह सब करती हैं।'

'औरत कैसे करेगी। जब इस काम का इतना कानूनी लफड़ा है तो औरत से पावती लिये बिना तो पैसा दिया ही नहीं जाता होगा?'

'सही है। लेकिन जो औरतें आदमी रखती हैं वे कभी-कभी आदमियों का पैसा मार लेती हैं।'

'बप्पा रे। यह भी होता है क्या?'

'क्यों नहीं? जिन औरतों के पास पैसा है और जिन्हें आदमी की जरूरत होती है वह करती ही हैं।'

कुछ देर वह वर्चुअली मुँह बाये बैठी रही फिर बोली, 'ऐसी कोई औरत तुमेरे को मिल जाये साहब, तो मजा ही आ जाये। तुमेरा काम भी हो जायेगा और पैसा भी मिलेगा।

'इतना आसान नहीं है। हर आदमी और हर औरत का मिजाज अलग होता है। जो पैसा देता है उसका अपर हैण्ड रहता है। अगला उसे कितना बर्दाश्त कर

सकता है इस बात पर ही ये रिलेशन बनते बिगड़ते हैं। मैं पक्का जानता हूँ कि मैं ऐसी औरतों को बर्दाश्त नहीं कर पाऊँगा। इसलिए कोशिश भी नहीं करता।'

'मर्दानगी चटकने लगती है।'

'हाँ। मैं मूल रूप से पिछड़े इलाके से आया हूँ। मुझे पैसा देना मंजूर है, लेना नहीं। मैं किसी का कुत्ता नहीं बन सकता।'

'लेकिन औरत को कुतिया बनाने से कोई परेशानी नहीं है।'

'मैं ऐसा नहीं करता। बिना औरत की मंजूरी के उसके साथ कोई उलटा-पुलटा काम नहीं करता।'

'जब आप पैसा देने वाले हो तो किसी भी उल्टे-पुल्टे काम के लिये मंजूरी ले लेना क्या कठिन काम है। औरत ज्यादा नखरा दिखाये तो थोड़ा पैसा बढ़ा दो।'

बातचीत के इस मोड़ पर आकर मुझे उसकी बातों से घुटन सी होने लगी। सीधी-सादी सी लगने वाली यह बाई इतना स्मार्ट प्ले करने लगी थी कि मुझे गुस्सा भी आने लगा। शायद वह मेरी कमजोरियाँ ही थीं।

'अब जाकर काम करो।' कह कर मैं उसकी ऊल-जलूल बातों से बचने के लिये बाहर निकल कर पार्क में घूमने चला गया।

अकेले रहने वालों के लिये ऊँचे-ऊँचे मल्टीस्टोरी अपार्टमेंट्स के साथ बनाये गये पार्क बड़ी नियामत होते हैं। यहाँ आप टहलते और हरियाली का आनंद तो उठाते ही हैं, साथ में अलग-अलग परिवारों की भीड़ और उनके साथ आये बच्चों की किलकारियों का भी मजा ले सकते हैं। रहते-रहते काफी लोग परिचित्त हो जाते हैं और कुछ देर के लिये आपको एक वृहद परिवार में रहने का मानसिक सुकून मिलता है। थोड़ा दोस्ती हो जाने के बाद आप बच्चों के साथ खेल भी सकते हैं जो अकेलेपन के अवसाद से मुक्त रखता है। पार्क में टहलते समय ही अक्सर मेरे दिमाग में अपनी जिंदगी चलती रहती है। पारिवारिक जीवन हर महीने बीवी-बच्चे के नाम पर खर्चा भेजने से ज्यादा कुछ रह नहीं गया था। नौकरी ऐसी मिली थी कि परिवार से मिलने जल्दी-जल्दी जाना हो नहीं सकता था। मंदी के इस जमाने में दूसरी नौकरी संभव नहीं हो पा रही थी। दिन भर के काम-धाम के बाद शाम को घर जाने का कोई आकर्षण भी नहीं था। जवान शरीर की कुछ अपनी जरूरतें भी यदा-कदा सर उठाती रहती है और आप चाहे जितने शरीफ बन लें ये आपको पटक ही देती हैं। शुरू-शुरू में तो पोर्न और हस्तमैथुन का ही सहारा होता है, फिर पता लगता है कि इन बड़े शहरों की यह खूबी है कि यहाँ सब कुछ मिल जाता है। बस आप पैसा खर्च करने को तैयार रहिये। दोस्तों के सुझाये कई औरतों के पास मैं जाता रहा। इस बार उस औरत से कॉन्ट्रैक्ट खत्म होने पर दोस्तों ने ही सुझाया कि मैं इस

बार अपने काम वाली बाई को ट्राई कर सकता था। मेरी ही दौड़ भाग कम होगी। आखिर इजी मनी की जरूरत सभी को होती है। लेकिन यह तो सीधी-सादी बाई कहीं से लग नहीं रही थी। पहले सीधा इंकार और नैतिकता की बातें, बाद में बच्चे की बीमारी के समय अचानक इसके लिये तैयार हो जाना संदेहजनक लग रहा था।

'कहाँ गुम हैं जनाब?'

'अरे सक्सेना जी।' उनकी ओर देखते हुए मैंने कहा, 'आप कब आये?'

'बस अभी ही आया हूँ। एक चक्कर लगाया है।'

'अरे, आप तो हमेशा जल्दी आते हैं।'

'हाँ जी। इधर कई दिनों से मेरी काम वाली बाई आ ही नहीं रही है। तो वाइफ की मदद करने को रुक जाता हूँ।'

'अरे। भाभी जी पर तो बड़ा ही लोड पड़ जाता होगा। वो भी तो अपने जॉब से छह सात बजे ही लौटती हैं।'

'हाँ भाई, इसी सब से तो इन काम वालियों के नखरे बढ़े-चढे रहते हैं। मैं तो मना ही कर रहा था पर आपकी भाभी जी ने इसी डर से काम वाली को दस हजार रुपये एडवांस दिला दिये कि वह काम पर आती रहे। अब पाँच छह दिन हो गये हैं। पैसा लेकर वह गधे के सर से सींग की तरह गायब हो गयी।'

'सोसाइटी में कम्प्लेंट की है क्या?'

'हाँ। वे लोग भी उसे तलाश कर रहे हैं। जो लोकल पता वहाँ वेरीफाई हुआ था उस पर वह अब रहती ही नहीं है। उसके आधार कार्ड पर लिखे स्थायी पते पर सम्पर्क करने की कोशिश कर रहे हैं। कल एफ0 आई0 आर0 करायेंगे।'

'एफ0 आई0 आर0? क्यों?' मुझे आश्चर्य हुआ।

'वह जालसाज है। आज एक बात तो क्लियर हो गयी कि अपने जिस बच्चे के इलाज के नाम पर वह पैसा लेती गयी वैसा कोई बच्चा है ही नहीं। उसका हसबैण्ड बहुत पहले ही मर चुका है। वह एकदम अकेले ही मूव करती है। कई जगह से इसी तरह बीसों घरों से पैसा लेकर वह पहले भी गायब हो चुकी है। इस बार भी मेरे ही सोसाइटी से चार घरों से दस-दस हजार रुपये ले चुकी है।'

'माई गॉड! क्या नाम है उसका?' मैंने एलर्ट होते हुए सशंकित भाव से पूछा।

'पुष्पा नाम बता रखा है उसने।'

'कैसी है वह? मतलब हुलिया क्या है?' बच्चे के इलाज वाले बहाने से मुझे लग रहा था कि वह स्वीटी भी हो सकती है।

'कैसी क्या? सभी बाइयाँ तो एक ही जैसी दिखती हैं। यह थोड़ा सा साफ

रंगत लिये गठे शरीर वाली बाई है। कुछ नेपालिन जैसी दिखती है।'

'ओह!' मुझे थोड़ी उत्तेजना हुई, 'यह हुलिया तो मेरी काम वाली का लगता है। वह मेरे यहाँ अभी भी काम कर रही है। आप चलकर अभी उसे पहचान सकते हैं।'

'माई गॉड!' सक्सेना जी भी उत्साह में बोले, 'यह तो गजब है। शहर में ढिंढोरा गली में निहोरा। चलिये देखा जाये।'

फिर कुछ ठिठक कर बोले, 'सोसाइटी वाले को भी बुला लूँ क्या?'

'अरे, पहले देख तो लीजिए कि वही है या नहीं।'

'हाँ।' वह साथ चलते हुए बोले।

कुछ मिनटों में ही हम घर पहुँच गये और सक्सेना जी ने उसे देखकर तस्दीक भी कर दी कि यह उनकी वाली बाई पुष्पा ही है। उन्होंने उससे पूछा, 'क्या हो गया है पुष्पा, तुम काम पर क्यों नहीं आ रही हो। और तुमने कुछ बताया भी नहीं।'

उसने पलट कर सक्सेना जी को ऊपर से नीचे तक देखा फिर मुझे घूरती हुई बोली, 'ये कौन हैं साहब? मैं तो इन्हें जानती भी नहीं और ये पुष्पा कौन है?'

'दिमाग खराब है तुम्हारा।' सक्सेना जी स्वाभाविक गुस्से के तहत बोले, 'चार महीने से मेरे घर में काम कर रही हो। अभी चार पाँच दिन पहले तुमने हमसे दस हजार रुपये एडवांस लिये हैं और नाटक कर रही हो कि मैं कौन हूँ और पुष्पा कौन है।'

'आपको कोई गलतफहमी हुई है साहब। मैं तो आपको जानती भी नहीं। आपके घर में काम कैसे कर सकती हूँ?'

'तुम गुलमोहर सोसाइटी के 502 में काम नहीं करती हो?'

'नहीं साहब। मैंने यह जगह देखी ही नहीं है। इसे जानती भी नहीं हूँ।'

'तुम खूब जानती हो। खाली दस हजार रुपये हड़पने के लिये नाटक कर रही हो। मैं अभी पुलिस बुलाता हूँ। तुम उन्हीं लोगों की भाषा समझोगी।'

उसने मेरी ओर मुड़कर कहा, 'ये आप किसे लेकर आये हैं साहब। मैं इन्हें जानती नहीं हूँ और ये मेरे सिर पर चढ़े जा रहे हैं। पुलिस की धमकी दे रहे हैं। समझाइये इन्हें।'

किसी सस्पेन्स फिल्म का ओपनिंग सीन देखने का मजा लेते हुए मैंने सक्सेना जी से पूछा, 'आपको श्योर है कि यह आपके यहाँ काम करने वाली बाई पुष्पा ही है?'

'अरे बिलकुल यह वही है। इससे कहिए कि मेरा पैसा लौटा दे। इससे काम

करवाने का अब कोई मतलब ही नहीं है।'

वह बड़े हिकारत भरी नजरों से कभी मुझे कभी सक्सेना जी को देखते हुए अपना काम निबटाती रही।

'मैं पुलिस को फोन कर ही देता हूँ।' सक्सेना जी मोबाइल निकालते हुए बोले।

'पहले इत्मिनान तो कर लीजिए। नहीं तो बाद में लेने के देने पड़ सकते हैं।' मैंने सुझाया।

'क्या इत्मिनान कर लूँ?'

'आप भाभी जी को बुला लीजिए। वह ज्यादा अच्छे से तस्दीक कर सकती हैं। हम आदमी लोग बाइयों को ठीक से देखते ही कहाँ हैं?'

'ठीक से देखते नहीं हैं आदमी लोग।' वह नफरत भरे स्वर में बोली, 'पर बाइयों पर सवार होने के लिये हमेशा तैयार रहते हैं।'

'दिमाग खराब है तुम्हारा।' मैंने गुस्से में कहा, 'तुम पुष्पा नहीं हो तो तस्दीक होने में क्या हर्ज है? बेवकूफी की बातें क्यों कर रही हो?'

वह कुछ नहीं बोली। अपना काम करती रही।

सक्सेना जी ने कहा, 'मैं बुलाता हूँ वाइफ को।'

अचानक वह हम लोगों की ओर मुड़कर तेज आवाज में बोली, 'जरूर बुलाइये, लेकिन जल्दी करिए। मेरे पास टैम नहीं है। अगले घर भी काम पर जाना है। पुलिस बुलाना है तो वो भी जल्दी करिए। आप लोगों के लफड़े में मैं सारी रात यहीं बैठी नहीं रहने वाली। और आप....' उसने सक्सेना जी की ओर इशारा करते हुए कहा, 'पहले अपना व्हाट्सएप देख लीजिए।'

'व्हाट्सएप!' मुझे आश्चर्य का झटका लगा। ऐसे मौके पर व्हाट्सएप का क्या मतलब है?'

सक्सेना जी ने यंत्रवत अपना मोबाइल खुटुर-खुटुर किया। दो मिनट बाद ही उनके चेहरे के भाव बदलने लगे। अनचाहे ही उनके मुँह से बुदबुदाहट जैसी निकली, 'रेखा.....'

फिर उन्होंने कामवाली की ओर देखा, 'यह तुम्हारा नम्बर है?'

'हाँ। मेम साहब के पास भी है। उनको भी भेज देती है।'

'नहीं-नहीं। ऐसा मत करो।' सक्सेना जी घबराये से बोले।

'क्यों साहब? पुलिस को देने के पहले यह सब मेम साहब को मालूम होना चाहिए कि नहीं?'

‘नहीं।’ सक्सेना जी कुछ बोल नहीं पा रहे थे।

‘क्या है सक्सेना जी?’ मेरी समझ में कुछ नहीं आ रहा था। अभी तक सक्सेना जी को पहचानने से इंकार करने वाली बाई अब मेम साहब और पुलिस तक को कुछ भेजने की धमकी दे रही थी और अभी तक शेर बने सक्सेना जी पूरी तरह सरेंडर लग रहे थे।

‘कुछ नहीं।’ सक्सेना जी नजरें चुराते हुए बोले, ‘मैं जाता हूँ।’

‘अब कहाँ जाओगे साहब? पहले पुलिस तो बुला लो।’

‘शान्ताबाई। यह सब क्या है?’ मैंने उलझन में पूछा, ‘तुम इन्हें जानती थी और इनके यहाँ काम भी करती हो तो पहले इन्हें पहचानने से इंकार क्यों कर रही थी।’

‘इन्हीं से पूछ लो न साहब। आप का भारी दोस्त लग रहे हैं जो आप इन्हें मेरे ऊपर चढ़ाने का वास्ते लाये हो।’

‘मैं क्या चढ़ाने लाया हूँ।’ पता नहीं क्यों मैंने सफाई सी देते हुए कहा, ‘ये तो अपनी कामवाली को खोज रहे थे और तुम्हें पहचानने आये थे।’

‘औरत को कमजोर समझ कर कुतिया बनाने की कोशिश करने वाले आपलोग मुझे क्या पहचानोगे? अब तो पुलिस मैं बुलाती है।’

‘मेरे घर में यह सब मत करो। मुझे पुलिस का लफड़ा अपने घर में पसंद नहीं है।’

‘आपके घर में पुलिस नहीं आयेगी तो आपका साउंड क्लिप उन्हें कैसे सुनायेगी। कितने आराम से बाइयों को कुतिया बनाने की सेटिंग बता रहे हैं।’

मैं जैसे आसमान से गिरा, ‘मेरी साउंड क्लिप?’

‘अपने व्हाट्सएप पर देख लो न साहब। सुन लो।’

इस बार मैंने भी बिना कुछ सोचे समझे अपने मोबाइल में व्हाट्सएप खोलकर देखा। उसके नम्बर से आयी साउंड क्लिप मौजूद थी। चलाते ही मेरी आवाज आयी.... ‘हर विजिट का वह दो हजार....’

मैंने तुरन्त उसे बंद कर दिया। सक्सेना जी मेरी ओर देख रहे थे। मैं पूरी तरह नर्वस था। मेरा सिर घूमने लगा। किसी तरह खुद को सँभालते हुए मैंने कहा, ‘इससे तुम साबित क्या करना चाहती हो?’

वह पूरे इत्मिनान में थी, ‘मैं क्या साबित करेगी। साबित तो आप करना पुलिस के सामने। अपने सारे लीगल कॉन्ट्रैक्ट को साबित करना साहब। बाइयों पर जोर दबाव डालकर, उन्हें पैसे का लालच देकर उनसे बदफेली को सही साबित

करना। मैं क्या साबित करेगी?'

मुझे तो कुछ सूझ ही नहीं रहा था। यह तय ही था कि कुछ साबित होना या न होना तो अलग बात थी पर इस साउंड क्लिप के पुलिस के पास होने से दूसरे प्रदेश से यहाँ आकर नौकरी करने वाले मुझको भारी परेशानियों में तो पड़ना ही था। पता नहीं सक्सेना जी की कौन सी नाजुक नस उसके हाथ में थी कि वे बोल भी नहीं पा रहे थे। कुछ देर के सन्नाटे और सोच-विचार के बाद मैंने कहा, 'तुम चाहती क्या हो?'

उसने बारी-बारी हम दोनों खस्ताहाल मर्दों की तरफ देखा और एक डायन की तरह चमकती आँखों और विद्रूप सी मुस्कराहट में एक तरफ खिंचे होठों के बीच से बोली, 'मैं क्या चाहेगी साहब। चाहना तो बड़े पैसे वाले लोगों का होता है। मैं तो गरीब बेसहारा औरत है।'

सक्सेना जी ने सीधे पूछा, 'यह सब अपने मोबाइल से डिलीट करने का क्या लेना चाहती हो?'

'मोबाइल से डिलीट करने का क्या है साहब? आप मजबूत मर्द लोग हैं। मेरे से मोबाइल छीन लो और इसे कूंच कांच कर फेंक दो। हो गया डिलीट।'

हम कुछ नहीं बोल सके। मोबाइल छीनने की कोशिश के बारे में सोचा भी नहीं।

उसने आगे कहा, 'आजकल इतना क्लाउड सर्विस है। वहाँ से कैसे डिलीट होयेगा?'

एक काम वाली बाई को इतनी डिजिटल जानकारी होने की बात ने हम दोनो को ही झनझना कर रख दिया।

हतप्रभ सा मेरे मुँह से निकला, 'तुम्हें मोबाइल और क्लाउड की इतनी ज्यादा जानकारी कहाँ से हो गयी शान्ताबाई?'

'आप ही जैसा लोग की वजह से है साहब।'

'हमलोग?'

'हाँ। आप लोगों जैसा ही शरीफ लोग जिनके घर का काम करने का वास्ते हम बाई लोग को रखा जाता है।'

'मैं समझा नहीं।'

'समझने का जरूरत भी क्या है। काफी टैम हो रहा है। मैं जाती है।' उसने अचानक सब खत्म करने के अंदाज में कहा।

'नहीं-नहीं। ये तो बता के जाओ कि तुम यह सब कैसे खत्म करोगी। क्या करें हमलोग? तुम्हारा पैर पकड़ें क्या?' सक्सेना जी वास्तव में रिरिया रहे थे।

‘अरे नहीं साहब। आपलोग बड़ा आदमी है। बड़े आदमी का शौक भी बड़ा है। हम गरीब का पैर पकड़ने का क्या? कुछ नहीं।’

‘फिर क्या करें?’ कुछ तो बोलोगी?’ बेख्याली में ही सक्सेना जी के हाथ जुड़े हुए थे।

‘कुछ नहीं साहब। हम किसी को यह सब नहीं भेजेगा। आप भी कल से मेरे को नहीं खोजना।’

‘लेकिन हमें कैसे इत्मिनान हो?’

‘तुमेरे पास मेरे पर भरोसा करने के अलावा और कोई रास्ता नहीं है। जबान पर भरोसा करना सीखो साहब।’

सक्सेना जी के फोन की घंटी बजी। उनकी पत्नी का फोन था, ‘कहाँ रह गये हैं? जल्दी आइये। बहुत काम है।’

‘आता हूँ।’ कह कर उन्होंने फोन काटा और बड़े निरीह भाव से बाई की ओर देखा।

‘भरोसा रखो साहब। मैं ब्लैकमेलर नहीं है। मैं किसी को कुछ नहीं भेजेगा। कल से मेरे को खोजना मत।’ उसने थोड़ा रुक कर कहा, ‘जो पैसा आपसे एडवान्स लिया है अभी वापस नहीं कर पायेगी। उसे भूल जाना। आखिर आपलोग बड़ा आदमी है।’

सक्सेना जी स्वीकार में जल्दी-जल्दी सिर हिलाते बुझे मन से और बड़े भारी कदमों से चलते हुए बाहर निकले।

उनके जाने के बाद इसके पहले कि मैं कुछ कहने की कोशिश करता शान्ताबाई ने खुद ही कहना शुरू कर दिया, ‘साहब आप सरल आदमी हो। जिस काम के लिये इतना लम्बा चौड़ा कॉन्ट्रैक्ट और पैसा का हिसाब-किताब बताया और मजबूरी का फायदा न उठाने को कहा.....आप बहुत सरल है। सब लोग ऐसा नहीं होता। ऐसे ही एक घर में एक हरामजादे ने मौका पाकर अकेले में इसी काम के लिये मेरे को पकड़ लिया और विरोध करने पर मेरा सिर कई बार जोर-जोर से दीवार से लड़ाया। मेरे बेहोशी में मुझसे तरह-तरह से बदफेली करके मोबाइल पर उसका वीडियो बनाया.......’

‘कौन था वह?’ मेरे मुँह से खुद ही निकला।

‘अब क्या करना है साहब उसे जान कर। उसी वीडियो पर वह मेरे को ब्लैक मेल करने का कोशिश किया। न मानने पर वह वीडियो मेरे मर्द को भेज दिया। मैं बहुत समझाया साहब लेकिन मेरा मर्द मेरे को छोड़ ही दिया.....’ वह थोड़ा सा भावुक जैसी दिखी पर तुरन्त ही कन्ट्रोल करके बोली, ‘तब से मैं मोबाइल सीखी।

हर घर में इसका इस्तेमाल करके रखती। सब कुछ ठीक चला तो ठीक। कोई लफड़ा हुआ तो......आप देख ही रहे हो साहब।'

'उस हरामजादे का क्या हुआ? मैं उसकी अच्छी खबर ले सकता हूँ अगर तुम उसका पता बताओ।' पता नहीं क्यों मैंने कहा।

'वह अपने कामों का सजा पाया साहब। वही वीडियो क्लिप मैं उसका वाइफ, उसका बच्चों और सब फेमिली को भेजने का साथ-साथ उसका ऑफिस और उसका सब दोस्तों को भेजा। धीरे-धीरे वह सोशली डेड हुआ और उसका नौकरी भी गया। मेरे कलेजे को उसका बहुत ठण्डक है।'

'बहुत ही अच्छा हुआ। ऐसे लोगों का यही होना चाहिए।'

'अब मैं जाती है साहब।' उसने अपना मोबाइल और थैला उठाते हुए कहा, 'कल से मैं नहीं आयेगी।'

'कहाँ जा रही हो लगा लगाया सबकाम छोड़कर।'

'ऐसे ही किसी दूसरे शहर किसी दूसरी सोसाइटी में।'

'बीमार बच्चे को लेकर?'

'मेरे को कोई बच्चा नहीं है। मैं पैसा लेने का वास्ते झूठ बोला।'

'ऐसा क्यों करती हो? तुम्हारा सब कुछ सेट है तो क्यों दूसरे शहर जा रही हो? इस पैसे से क्या होगा और कितने दिन होगा?'

'जब तक नयी जगह में काम और पगार मिलना शुरू होयेगा तब तक काम आयेगा।'

अब सब कुछ स्पष्ट था। मेरे पास भी वह आज रात पैसों के लिये ही रुकने को तैयार थी पर मेरी झंझटी प्रक्रिया ने इसे बिगाड़ दिया। मेरे मन में एक नया डर पैदा हुआ। सक्सेना से तो यह दस हजार एडवांस के नाम पर ले ही चुकी थी। इसलिए सक्सेना सेफ हो सकता था। मुझसे अभी दो हजार ही लिये थे। अगर मैं कुछ और पैसा इसे खुद से ही दे दूँ तो मैं भी सेफ हो सकता हूँ।

दो हजार रुपये निकाल कर मैंने कहा, 'ये तुम्हारा आज का दो हजार शान्ताबाई।'

'मैं कुछ किया नहीं साहब। अब कुछ करने का टैम नहीं रह गया है। इसलिए ये मेरा पैसा नहीं है साहब।'

हाथ में दो हजार के नोट पकड़े हतप्रभ सा मैं, जाती हुई शान्ताबाई की पीठ देखता रह गया।

बेबी डॉल मैं सोने की

'सुन रहे हैं।' लौकी छीलते हुए मेरी पत्नी ने मुझे मोबाइल की तल्लीनता से उबारते हुए कहा, 'अपने ये नये पड़ोसी तो बहुत ही अजीब हैं।'

'कौन पड़ोसी?' मोबाइल की दुनिया से निकलने की कोशिश करते हुए मेरे मुँह से निकला।

'अरे वही, जो पिछले हफ्ते 301 में रहने आये हैं। पता नहीं किस 'निगम' में काम करते हैं?'

'वन निगम में। तुम अमरेश जी की बात कर रही हो? क्या हो गया? अच्छे भले तो दिखते हैं। हम लोगों से मिलने भी तो आये थे।'

'अकेले ही आये थे न? कह रहे थे कि वाइफ अभी गाँव में हैं और यहाँ नहीं आ पायेंगी।'

'हाँ। तो क्या हो गया?'

'उनकी वाइफ यहीं हैं, उनके साथ।' पत्नी ने बड़े ही आत्मविश्वास से कहा।

'आ गयी होंगी। इसमें क्या खास बात है?'

'खास बात है, तभी तो कह रही हूँ। कल मैं मिसेज सक्सेना के साथ उन्हें चिक्की की बर्थ डे पार्टी के लिये इनवाइट करने गयी थी लेकिन अमरेश जी ने तो साफ मना ही कर दिया। बोले उनकी वाइफ अभी आयी ही नहीं हैं।'

'और किसने बताया था कि वह यहीं हैं?' मुझे भी थोड़ा-थोड़ा इन्टरेस्ट आने लगा था।

'उनकी काम वाली बाई ने। उसने साफ-साफ वाइफ को अंदर वाले कमरे में बैठे देखा था। लेकिन अमरेश जी ने तुरन्त ही कमरा बंद करते हुए बाई को डाँट कर वहाँ से भगा दिया था।'

'अजीब बात है। क्या बाई अंदर वाले कमरे में झाड़ू पोंछा नहीं करती है?' इन औरताना बातों से मुझे ऊब तो हो रही थी पर इन्टरेस्ट भी आ रहा था।

'नहीं। वे बेड रूम में झाड़ू-पोंछा नहीं कराते हैं। वह अधिकतर बंद ही रहता है।

'हो सकता है बाई को कोई भ्रम हो गया हो।'

'हो सकता है।' पत्नी ने पता नहीं कैसे शराफत से मेरी बात से सहमत होते हुए कहा, 'लेकिन अगले दिन जब सुबह उसने घंटी बजाई तो अमरेश जी को अंदर कहते सुना कि तुम यहीं बैठो मैं आता हूँ। घर में कोई दोस्त वगैरह भी नहीं था।

अंदर का कमरा बंद किया हुआ था।'

'ये काम वाली बाई तुम लोगों की बड़ी खुफिया है।'

'खुफिया क्या है? उसे यह बात अजीब सी लगी तो उसने हम लोगों से चर्चा की।' पत्नी ने नाखुश होते हुए कहा।

'देखो ये सब कुछ नहीं है। अपना दिमाग इन सब ऊल-जलूल बातों पर मत लगाओ। बाइयाँ सनसनी फैलाने के लिये नये आये लोगों के बारे में ये सब कहती ही रहती हैं।' मैंने अपना मोबाइल वापस खोल लिया और पत्नी लौकी लेकर किचन में जाते-जाते ये जुमला उछाल गयीं, 'वह झूठ नहीं बोलती है। देख लेना कुछ न कुछ गड़बड़ है इसमें।'

अगले दिन श्रीमती जी कुछ ज्यादा ही एक्साइटेड थीं, 'हालाँकि आपसे तो कुछ कहना बेकार ही है लेकिन आज बाई ने उनकी बालकनी में सुखाने के लिये डाले गये लेडीज कपड़े देखे।'

'लेडीज कपड़े? क्या?' मुझे आश्चर्य हुआ।

'लेडीज कपड़े माने लेडीज कपड़े। ब्लाउज, पैंटी, ब्रा......'

'अरे मेरा मतलब यह नहीं था। मुझे तो ताज्जुब हो रहा था।' मैंने घबरा कर कहा, 'तुम सही कह रही हो। कुछ गड़बड़ तो जरूर है। अब वो मिले तो पूछूँगा।' मन ही मन मैं सोच रहा था कि ये बाइयाँ किसी की भी वाट लगा सकती हैं। अगर इसकी वाइफ के आने पर उसी से यह सब बातें चलने लगी तो बेचारा अमरेश.... भगवान ही मालिक है।

'क्या पूछेंगे?'

'यही कि भाभीजी आ गयी हैं क्या?'

'और वो क्या सोचेंगे कि मेरी बीवी के आने में इनको क्यों इतना इन्टरेस्ट है। आप चुपचाप अपना काम करिए। जो भी बात होगी सामने आ ही जायेगी।'

'क्या बात हो सकती है? बाई को कुछ अंदाज है क्या?' मैंने इस भावना से पूछा कि पत्नी को लगे कि मैं उसकी बातों पर पूरा गौर करता हूँ। यों ही टाल नहीं देता।

'उसका अंदाज है कि कोई लड़की गुप-चुप इनके साथ रहती है।'

इस बार मैंने सीधे पत्नी की आँखों मे देखते हुए पूछा, 'क्या ऐसा हो सकता है? कोई लड़की हफ्ते भर से फ्लैट में रहे और किसी को पता तक न चले। कोई कितने दिन इस तरह कमरे में बंद होकर रह सकता है?'

'गंदे टाइप की लड़कियाँ कुछ भी कर सकती है।'

'तो कैसे पता चलेगा उस गंदी लड़की का?'

अबके पत्नी ने मुझे घूर कर देखा, 'देख रही हूँ बड़ा इन्टरेस्ट आ रहा है आपको।'

'नहीं-नहीं। मेरा मतलब है....... मेरे पास एक आइडिया है।'

'क्या?'

'ऊपर 303 में तुम्हारी खास सहेली मिसेज सक्सेना रहती हैं न? उनसे कहो कि दिन में अमरेश जी के जाने के बाद फ्लैट में कुछ आहट लेने की कोशिश करें। अगर फ्लैट में कोई होगा तो कुछ तो इधर-उधर करेगा ही। कुछ तो आहट आयेगी।'

'आप अपना आइडिया अपने पास रखिये। वो बेचारी दिन भर वहीं कान लगाये रहेंगी तो अपना काम-धाम कब करेंगी?'

लेकिन मुझे अच्छे से पता था कि इस आइडिया पर आज यह काम होकर ही रहेगा।

शाम को श्रीमती जी मायूस सी थीं, 'आज पूरा दिन हमलोग आहट लेने की कोशिश करते रहे पर कुछ भी नहीं सुनाई पड़ा। पता नहीं कौन करमजली है जो पूरे दिन सोती ही रहती है। रात भर क्या करती होगी?'

'अरे भाई, यह भी तो हो सकता है कि कोई हो ही नहीं। बाई को कुछ मुगालता हुआ लगता है। हमलोग एक भ्रम को साबित करने की कोशिश कर रहे हैं।'

'कोई भी भ्रम नहीं है।' श्रीमती जी बहुत आत्मविश्वास से बोलीं, 'कोई मुगालता नहीं है। हमारे टोह में रहने का एक फायदा तो हुआ कि ऊपर ही हमारी मुलाकात 'सनशाइन' वाले से हो गयी। वह धुले कपड़े डिलिवर करने आया था। हमने साफ देखा कि उसमें अमरेश जी के कपड़ों के साथ-साथ एक साड़ी और दो सिल्क के लेडीज गाउन थे। कितने सुंदर गाउन थे।' श्रीमती जी उन सुंदर गाउनों की याद में खो गयीं।

'गाउन? साड़ी? अमरेश के कपड़ों में?' मुझे वाकई आश्चर्य हुआ।

'हाँ। गाउन भी ऐसा कि देखते ही रह जायें। आपने तो जिंदगी भर मेरे लिये कभी कुछ खरीदा ही नहीं?'

'अरे भाग्यवान....' बात को यह मोड़ लेते देखकर हमेशा की तरह मैं हकबकाने लगा।

'मेरे और मिसेज सक्सेना के दिमाग से वह गाउन निकल ही नहीं रहे हैं। दस-बारह हजार के तो जरूर ही होंगे।'

'और साड़ी....... वह कैसी थी?' बात का रुख बदलने की मेरी नीयत साफ दिख रही थी।

'साड़ी भी बहुत अच्छी थी लेकिन गाउन.... उसकी तो बात ही अलग थी।'

'फिर क्या हुआ?'

'कहाँ क्या हुआ? बात को घुमाने की कोशिश मत करिए। इस बार वैसा ही गाउन मुझे चाहिए। नहीं तो समझ लीजियेगा।'

'वो तो ठीक है। लेकिन वे कपड़े अमरेश........ उस गंदी वाली लड़की के होंगे जिसका कुछ अता-पता ही नहीं है। गंदी लड़कियों के पहनने वाले कपड़े तुम पहनोगी?'

'घुमाने की कोशिश तो अब करिए मत। जिंदगी भर आप घुमाते रहे और मैं घूमती रही लेकिन अब बिलकुल नहीं। कपड़ों में अच्छी गंदी लड़की नहीं लिखा होता। कपड़े खुद अच्छे गंदे होते हैं और मेरी जिंदगी गंदे कपड़ों में ही गुजर गयी। कभी तो प्यार से मेरे लिये कुछ अच्छा खरीदा होता........'

'अरे जरूर खरीदूँगा बाबा। लेकिन अमरेश के उन कपड़ो का क्या हुआ। डिलिवरी किसने ली?'

'डिलिवरी किसने ली? जिसके कपड़े थे उसने ही ली। अभी हम बात कर ही रहे थे कि अमरेश जी आ गये। उन्होंने कपड़े ले लिये। फिर यह देखकर कि हमें साड़ी और गाउन दिख गये हैं, मुस्कराते हुए बोले कि मिसेज के कुछ कपड़े पड़े-पड़े खराब हो रहे थे इसीलिए इन्हें ड्राईक्लीन करा लिया।'

इस पूरे गॉसिपाना वाकये में पहली बार मैं सन्नाटे में आ गया। पहली बार मुझे लगा कि यहाँ वाकई कुछ गोलमाल है।

श्रीमती जी कहती रहीं, 'वे हम लोगों को बेवकूफ समझ रहे थे। हमें पता नहीं है क्या कि मिसेज लोगों के लिये ऐसे शानदार कपड़े कोई नहीं खरीदता। सरासर झूठ बोल रहे थे वह।'

मैं शुद्ध उजबकों की तरह पत्नी का मुँह देखता रह गया। अपनी रौ से उबरने के बाद जब उसने मेरी ओर देखा तो मेरे हाहाकारी चेहरे को देखकर बोली, 'क्या हो गया।'

'अमरेश झूठ बोल रहे थे।' मेरे मुँह से निकला।

'और मैं इतनी देर से क्या कह रही हूँ?'

'यही बात नहीं है। आज ऑफिस में अमरेश के एक पुराने दोस्त मिल गये थे। वो बता रहे थे कि इनका अपनी पत्नी से मुकदमा चल रहा है। दोनों जूडीशियल सेपरेशन की अवधि में हैं। ऐसे में कोई सवाल ही नहीं है कि वे अपनी पत्नी को यहाँ

ले आयें या उसके कपड़े धुलवा कर रखें।'

'मैं तो जान ही रही थी। मुझे पहले ही संदेह था।' मेरी इतनी धमाकेदार सूचना को कोई तवज्जो न देते हुए पत्नी ने इसे सर के ऊपर से गुजर जाने दिया।

'मैं तो यह खबर सुना कर तुमको सरप्राइज देने वाला था पर यहाँ तो स्थिति ही बदल गयी है। अब तो यह सब मुझे भी बड़ा रहस्यमय लगने लगा है। तुम्हारी बाई ने कोई नयी खबर नहीं निकाली?'

'वो कह रही है कि अब अमरेश बहुत स्ट्रिक्ट हो गये हैं। आज तो मास्टर बेडरूम लॉक था और वे बाहर ही बैठ कर अपने लैपटॉप पर कुछ-कुछ करते रहे जब तक कि बाई काम खत्म करके चली नहीं गयी। कहीं कोई कपड़े भी नहीं फैले थे।'

'शायद वो लड़की चली गयी हो।' मैंने कहा।

'कहाँ चली जायेगी और कहाँ से आयेगी? हर आने वाले को सिक्योरिटी वालों के पास विजिटर बुक पर दस्तखत करने होते हैं।'

'लेकिन अगर कोई हमारे साथ आये तब तो नहीं करने होते। वो अमरेश के साथ आयी होगी और दो-एक दिन रह कर चली गयी होगी। तभी आज तुम लोगों को भी कोई आहट नहीं मिली।'

'लेकिन वो कपड़े, वो प्यारे वाले गाउन....... बताते हैं कि वो फिर आयेगी। इतने प्यारे गाउन कोई कैसे छोड़ सकता है।' पत्नी फिर उन गाउनों की याद में खो गयीं।

'हो सकता है अमरेश जी उसके यहाँ पहुँचा दें।' मैंने जल्दी से कहा।

'हो तो सकता है।' पत्नी मायूस स्वर में बोलीं। वह कुछ और कहने जा ही रही थीं कि दरवाजे की घंटी बजी। ऊपर वाली मिसेज सक्सेना थीं।

एक बार तो वह मुझे देखकर कुछ झिझकीं पर पत्नी के सर हिलाने पर उनकी ओर ही झुक कर बड़े एक्साइटमेंट में फुसफुसाने लगीं, 'ये पहले क्वीन्स सी0एच0एस0 में रहते थे। वहाँ से इसीलिए छोड़कर आये कि वहाँ भी इनके साथ एक रहस्यमय लड़की के रहने की खबर फैलने लगी थी।'

फिर उन्होंने आवाज को थोड़ा और दबा कर कहा, 'कुछ भूत-प्रेत का भी चक्कर लोग बता रहे थे। उस सोसाइटी में कई बार एक सुंदर सी रहस्यमय लड़की देखी गयी थी जो अमरेश जी के फ्लैट के पास अपने आप गायब हो जाती थी।'

'देवा रे देवा। बजरंगबली। ये तो बड़े खतरे वाली बात हो गयी है। कल ही नीचे वाली बता रही थीं कि कोई लड़की यहाँ भी रात में घूमते देखी जा रही है। गार्ड ने आवाज लगायी तो गायब हो गयी।' पत्नी ने घबराये स्वर में कहा।

‘बाप रे। मेरा क्या होगा? मैं तो एकदम सामने ही रहती हूँ। मुझे तो वह खा ही जायेगी।’ मिसेज सक्सेना के चेहरे पर साफ-साफ डर झलक रहा था।

‘हम लोगों को कुछ करना चाहिए।’ श्रीमती जी ने मेरी ओर देखते हुए कहा।

‘क्या?’ मैंने अहमकों की तरह पूछा।

‘ऐसे खतरनाक आदमी को सोसाइटी में रहने नहीं देना चाहिए जिसके साथ भूत-प्रेत हो। किसी को भी कोई खतरा हो सकता है। हम लोगों को सोसाइटी में या पुलिस को कम्प्लेन्ट करनी चाहिए।’

‘पिछली सोसाइटी वालों ने किया था। इस पर उनके घर की तलाशी भी हुई थी पर कहीं कुछ नहीं निकला। चुड़ैल वगैरह ऐसे मौकों पर नजर कहाँ आती हैं? इसी सब किच किच से घबरा कर तो वे उस सोसाइटी को छोड़कर यहाँ आ गये।’ मिसेज सक्सेना ने कहा।

‘मैं तो अब रात में घर से बाहर जाने वाली ही नहीं हूँ।’ पत्नी ने कहा।

‘तुम्हें अपनी ही पड़ी है। मैं तो उसके घर के ठीक सामने रहती हूँ। मेरा भी तो सोचो। पूरी सोसाइटी को ही खतरा है।’ मिसेज सक्सेना ने गुस्से और घबराहट भरी आवाज में कहा।

‘आपलोग ज्यादा घबराइये नहीं। पिछली सोसाइटी में किसी को कोई डैमेज तो नहीं हुआ था?’

‘नहीं। डैमेज तो नहीं हुआ था। लेकिन परिवार वालों की सोसाइटी में किसी भी लड़की के साथ चोरी-छिपे रहना...... चाहे वह भूत हो या न हो, किसी को बरदाश्त नहीं होता है। लगता है इसका बुरा असर हमारे बच्चों पर भी आने लगेगा।’ इस बार मिसेज सक्सेना अपेक्षाकृत संतुलित भाव से बोलीं।

‘इसीलिए कह रहा हूँ कि आपलोग घबराइये नहीं। अमरेश जी पर हमलोग नजर रखेंगे। कोई भी आपत्तिजनक बात होने पर हमलोग किसी भी हद तक जाकर कार्यवाही करेंगे।’ मैंने समझाने की कोशिश की।

‘ठीक है भाईसाहब। पर मुझे तो सच में रात भर डर लगेगा। सक्सेना जी भी अभी टूर से लौटे नहीं हैं।’ मिसेज सक्सेना उठते हुए धीरे से बोलीं।

रात का अपना अलग ही ड्रामा रहा। बारह बजे के बाद पता नहीं कहाँ से प्रेशर कुकर की सीटी जैसी आवाज रुक-रुक कर आती रही जो सवेरे तीन-चार बजे के करीब खत्म हुई। हम सभी लोगों ने बार-बार खिड़की से बाहर नजरें गड़ाकर आवाज का सोर्स खोजने की कोशिश की पर कुछ भी नजर नहीं आया। आवाज कभी धीमी हो जाती थी और कभी कुछ देर को रुक भी जाती थी पर जैसे ही हम निश्चिंत होकर सोने चलते थे वह फिर अपने पूरे शवाब पर गूँजने लगती थी।

श्रीमती जी तो पूरी रात ही घबराई सी भूत प्रेतों की आशंका में जगती रहीं और मिसेज सक्सेना से फोन पर बात करती रहीं। मेरे समझाने बुझाने का कोई असर होने का सवाल ही नहीं था। इस माहौल में मेरी भी रात सोते-जगते कटी।

सवेरे पत्नी ने मॉर्निंग वाक पर जाने से सरासर इंकार कर दिया, 'आप तो पूरी रात घोड़े बेच कर सोए हैं। आपको कुछ पता तो है नहीं कि हमलोग पूरी रात कितने डर और परेशानी में रहे। इस भुतही आवाज ने रात भर सोने नहीं दिया है। पता नहीं क्या-क्या होने लगा है इस भुतहे आदमी के इस सोसाइटी में आने के बाद।'

'अरे कुछ तो समझने की कोशिश करो। यह आदमी तो हफ्ते भर से यहाँ रह रहा है। फिर आज जाकर उसकी वजह से यह सब आवाज क्यों आयेगी? ये तो शायद किसी जानवर की आवाज थी। पता लग जायेगा।'

'खाक जानवर की आवाज थी। कभी सुनी है किसी जानवर की ऐसी आवाज? मिसेज सक्सेना की बंद खिड़की पर कई बार ठक-ठक की आवाज भी हुई। तिमंजिले पर कोई जानवर चढ़कर खिड़की खटखटायेगा? अब तो हद ही हो रही है। ऐसे में तो इस सोसाइटी में रहना ही मुश्किल हो जायेगा।'

'लेकिन.....'

'लेकिन-वेकिन कुछ नहीं। आप तो शाम को बहुत बढ़ चढ़ कर हाँक रहे थे कि किसी भी हद तक जाकर कार्यवाही करेंगे। कब करेंगे कार्यवाही? जब कोई हादसा हो जायेगा तब? अमरेश जैसे आदमी को इस सोसाइटी से निकलवाइये नहीं तो हमलोग इसे छोड़ेंगे। कहीं और सेफ जगह जाकर रहेंगे।'

'भाग्यवान। पहले इस आवाज के बारे में पता तो कर लिया जाय। फिर अमरेश से भी निबटेंगे।'

'कहाँ से पता कर लिया जाय?'

'गार्ड से पूछते हैं। यहाँ रहने वाले पुराने लोगों से पूछते हैं कि पहले भी कभी ऐसी आवाज आयी है क्या? या ये पहली ही बार सुनी जा रही है। ये क्या हो सकती है? कम से कम मैं तो यह नहीं मान सकता कि भूतों के पास रात भर सीटी बजाने के अलावा कोई और काम नहीं होता है। क्यों कोई भूत खामखा रात भर सीटी बजायेगा?'

'आप पूछते रहिये। लेकिन अमरेश के बारे में भी कुछ करिए।'

पास-पड़ोस के कुछ और लोग भी नीचे गार्ड के पास खड़े इस आवाज के बारे में अपनी-अपनी राय छाँट रहे थे। कुछ लोगों के हिसाब से यह किसी जानवर की आवाज थी, कुछ लोग इसे चिड़ियाँ की आवाज बता रहे थे। वहीं कुछ लोग इसे बहुत रहस्यमय घटना के रूप में ले रहे थे।

मैंने अमरेश को फोन मिलाया।

'क्या भाई, क्या कर रहे हैं आज?'

'कुछ खास नहीं सर।'

'रात वो अजीब सी आवाजें सुनी?

'हाँ सर, यहाँ सभी की नींद खूब डिस्टर्ब हुई।'

'आता हूँ आपके पास आज, कुछ गप्प-शप्प करेंगे। कब खाली रहेंगे?'

'खाली ही हूँ सर। अकेले आदमी के लिये छुट्टी का दिन काटने ही दौड़ता है। आप बता दीजिए कब आयेंगे?'

'शाम को कहीं निकलने का, पिक्चर वगैरह या आउटसाइड डाइनिंग का प्रोग्राम है क्या।'

'अभी तो कुछ सोचा नहीं है सर।

'शाम छह बजे रखें।'

'बढ़िया सर।'

'कुछ लेते हैं न? या सूफी ही हैं।'

'क्या सर? मैं समझा नहीं।'

'मेरे पास '100 पाइपर' की एक बोतल काफी दिनों से कंपनी न होने की वजह से पड़ी ही है। मैं बिना साथी के नहीं ले पाता।'

'अरे सर, आप मेरे यहाँ आयेंगे। मेहमाननवाजी का फर्ज तो मेरा बनता है।'

'स्नैक्स तो आपके ही रहेंगे।' मैंने हँसते हुए कहा।

'लेकिन सर.....'

'असल में आज दिन में मुझे वाइफ को मार्केट कराना है। उसकी मार्केटिंग में लगभग पूरा दिन ही लग जाता है। शाम को उसकी किटी पार्टी शुरू होगी तो मैं एकदम खाली हो जाऊँगा। फिर सेलीब्रेट करते हैं।'

मुझे उसके पुराने दोस्त से पता था कि वह कभी-कभी ड्रिंक करता है और ड्रिंक का असर भी उस पर होता है लेकिन पूछने की फार्मेलिटी जरूरी थी। अपने ह्यूमन रिसोर्स मैनेजमेंट के लम्बे कैरियर में मुझे यह अच्छे से पता था कि मन की अन्दरुनी परतें खोलने के लिये एक अच्छी दारू बहुत कारगर होती है। 100 पाइपर सच में मेरे पास पड़ी नहीं थी। उसे लाना था। अगर अमरेश के यहाँ कुछ रहस्यमय था तो सीधे-सीधे तो वो बाहर आने वाला नहीं ही था।

शाम छह बजे के थोड़ा पहले ही, किटी पार्टी के लिये सज-धज कर अपने फ्लैट से निकलती और मेरे स्लिंग बैग को घूरती मिसेज सक्सेना से अभिवादनों का

आदान-प्रदान करते हुए मैंने अमरेश के घर की बेल बजायी।

पूरा घर साफ-सुथरा और सलीके से था जो यह साबित कर रहा था कि घर अकेला आदमी भी सलीके से रख सकता है और इसके लिये बहुप्रचारित तथ्य कि औरत से ही घर सलीके से रहता है पूरी तरह सच नहीं है या पता नहीं, कोई औरत हो ही, जो नजर नहीं आ रही हो। पूरा घर खुला था और उसने मुझे बेडरूम से लेकर बालकनी तक सब दिखाया। जैसा काम वाली बाई ने प्रचारित कर रखा था वैसा तो कुछ भी मुझे वहाँ नजर नहीं आया। किसी औरत के वहाँ होने का तो कोई भी चिन्ह नहीं था। इस सलीके में किसी भूत-प्रेत के बारे में सोचना भी गुनाह लग रहा था।

भुने काजुओं और शामी कवाब के साथ खुली खिड़की से नीले आसमान का नजारा और उस पर धीरे-धीरे उगते तारे सम्मोहक थे। अमरेश ने वनों से सम्बन्धित अपने काम-धाम के बारे में भी बताया।

'तब तो आप जानते होंगे कि रात भर क्या आवाज आती रही?' मैंने पूछा।

'हाँ सर। यह एक तरह का उल्लू होता है। इधर कम पाया जाता है। पता नहीं कहाँ से भटक कर यहाँ आ गया है।'

'लेकिन उल्लू तो हू-हू की आवाज करते हैं।'

'हमारे यहाँ के कॉमन उल्लू की आवाज तो हू-हू जैसी ही होती है। लेकिन जिसकी आवाज हम रात में सुनते रहे उसे अंग्रेजी में बार्न आउल कहते हैं। यह साइज में थोड़ा बड़ा और सफेद रंग का होता है। हमारी तरफ गाँव में इसे खलिहान का उल्लू भी कहा जाता है। इसकी अजीबो-गरीब सीटी जैसी आवाज के कारण अंग्रेजी में इसे हिसिंग या स्क्रीचिंग आउल भी कहते हैं।'

'वाह! आप तो पूरा इन्साइक्लोपीडिया हो। यहाँ तो लोग अभी तक यही नहीं समझ पाये हैं कि यह आवाज चिड़ियाँ की है या किसी जानवर की? लेकिन एक बात यह बताइये कि उसके पास सीटी जैसी आवाज निकालने के अलावा कोई और काम-धाम नहीं होता है क्या?' मैंने अपना पैग समाप्त करते हुए पूछा।

वह हँसते हुए बोला, 'यह तो उसकी मेटिंग कॉल होती है। खास सीजन में ही सुनाई पड़ती है।'

'तो क्या अब रोज वह ऐसे ही चिल्लाता रहेगा?'

'नहीं। जब मेटिंग हो जायेगी तो यह आवाज भी बंद हो जायेगी। फिर अगले साल मेटिंग सीजन में ये जहाँ भी जाये।'

'अगर यहाँ इसकी प्रजाति की मादा उल्लू नहीं हुई तब तो ये हमेशा सीटी ही बजाता रहेगा।'

'होगी जरूर सर। इन्हें इन्स्टिंक्टिवली पता चल जाता है कि मादा किस एरिया

में है। ये वहीं जाकर कॉल देते हैं।'

'क्या बात है। क्या बात है। हर प्राणी के लिये नेचर की इतनी कुछ व्यवस्था देखकर मन, बनाने वाले के प्रति श्रद्धा से भर उठता है।' धीरे-धीरे काले पड़ते आसमान की ओर देखते हुए मैंने कहा, 'पता नहीं इन्सानों के साथ ही इतना अन्याय क्यों है?'

वह कुछ नहीं बोला।

मैंने आगे कहा, 'कितना अच्छा रहता कि हम भी अपनी कॉल से मादाओं को अपने कन्ट्रोल में कर सकते। ये तो कन्ट्रोल में आती ही नहीं हैं।'

वह हँसता रहा, 'क्या बात है सर? भाभी जी तो सरल स्वभाव की दिखती हैं।'

'दिखने में ही तो सारा पेंच है। पता तो मेटिंग के बाद लगता है।'

'आप सही कह रहे हैं सर।' इस बार वह भी थोड़ा सीरियस हुआ।

कुछ देर हम दोनों अपनी-अपनी दारू एन्जॉय करते रहे। फिर मैंने कैजुअली पूछा, 'कब ला रहे हैं भाभी जी को?'

उसने बड़ी खाली-खाली आँखों से मेरी ओर देखा फिर एक लम्बा घूँट भर कर बोला, 'आपको रेड्डी ने बताया तो है कि हम जूडीशियल सेपरेशन में चल रहे हैं।'

सीधे-सीधे अपनी बात पकड़े जाते देखकर मैं सकपकाया तो जरूर पर बात को सँभालते हुए बोला, 'आपने खुद बताया था कि वो बाद में आयेंगी इसीलिए रेड्डी की बात पर मुझे पूरा भरोसा नहीं था। मेरी बात से दुख पहुँचा हो तो माफ करिएगा।'

काफी देर वह कुछ नहीं बोला। मुझे लगा कि शायद मैंने जल्दी कर दी है। इसीलिए ध्यान बँटाने की गरज से बोला, 'ये स्प्रिंग रोल बहुत ही अच्छे हैं। कहाँ से मँगाये?'

वह मेरी ओर ऐसे देखता रहा मानों कुछ सुना ही न हो। फिर काफी देर अपने पूरे भरे पैग की ओर देखता रहा। धीरे से उसने पैग की ओर हाथ बढ़ाया और एक बार में ही पूरा का पूरा खाली करते हुए ग्लास को वापस मेज पर रख दिया। कुछ देर वह दारू से जलते गले व सीने को सँभालने के लिये आँखें बंद करके होठों को इधर-उधर घुमाता रहा फिर धीरे से कुर्सी की पुश्त से अपनी पीठ और गर्दन टिकाते हुए खरखराती सी आवाज में बोला, 'शादी के मामले में मैं बहुत अनलकी हूँ सर।'

उसके मूड को देखते हुए मैं चुप ही रहा।

'मेरी पहली शादी बचपन में ही गाँव में हो गयी थी। वह घूम फिर कर कभी अपने घर और कभी के मेरे माँ-बाप के साथ रहती थी और मैं शहर में पढ़ाई कर रहा था। चांस की बात कि मेरा सेलेक्शन इस अच्छी-खासी नौकरी में हो गया।

ट्रेनिंग और पहली पोस्टिंग तक सब ठीक-ठाक ही था। लेकिन फिर मैं गाँव की सरलता को भूलकर शहर की चकाचौंध में खो गया ओर एक मॉडर्न सी लड़की के प्यार में पड़ गया। शायद मेरी नौकरी देखकर वह भी मेरी ओर अट्रैक्ट हुई। संक्षेप में कहूँ तो साल भर बाद जब हमने शादी करना तय किया तो गाँव में बहुत हंगामा मचा लेकिन मेरा बद्तमीजी भरा, मरने मारने पर उतारु रुख देखकर लोग मान गये। मानते नहीं तो करते ही क्या? वहाँ किसी में मुझे रोकने की ताकत नहीं थी।'

'फिर क्या हुआ?' इस बोरिंग और अनैतिक कहानी में बिना किसी रुचि के मैंने यों ही पूछा।

'फिर क्या? शादी के बाद अगले एक साल तक मेरी जिंदगी नर्क रही। मैंने तो गाँव वाली पत्नी को छोड़ ही दिया था पर मेरी नयी पत्नी उसके मामले में हमेशा मुझ पर अविश्वास ही करती रही और उस को लेकर मेरी हर दुर्दशा और ब्लैकमेल करती रही। उसे समझाने-बुझाने की हर कोशिश नाकाम थी। जब झेलने की हद हो गयी तो एक दिन मैं पस्त होकर घर से भाग निकला। दो महीने की छुट्टी लेकर अपनी पोस्टिंग बदलवाई और चुपचाप नयी जगह ज्वॉइन करके काम करने लगा। लेकिन भागना कहाँ मुमकिन था। नयी पत्नी अपने खैरख्वाहों के साथ जल्दी ही वहाँ पहुँच गयी और मेरी पहले से भी ज्यादा दुर्गति शुरू हो गयी। कई महीनों की मारामारी और काफी पैसा मुझसे वसूलने के बाद वह बड़ी मुश्किल से पारस्परिक तलाक के लिये राजी हुई।'

'उसी तलाक की प्रक्रिया से आप गुजर रहे हैं।'

'हाँ सर।'

'गाँव वाली पत्नी कहाँ है?'

'वह गाँव में ही है सर। जब यह सब होने के बाद मैं गाँव गया तो न केवल मेरी पत्नी ने बल्कि मेरे माँ-बाप ने भी मुझ पर विश्वास करने से इंकार कर दिया। पत्नी ने तो मुझे अपने पास आने तक नहीं दिया।'

'ठीक ही किया उन लोगों ने।' मैंने बहुत रुखी आवाज में कहा।

'मेरे मन की एक बहक ने सब कुछ चौपट कर दिया। मैं अचानक ही बहुत अकेला हो गया। मैं अपने घर की माली हालत अच्छे से जानता था। जिन माँ-बाप ने अपनी ज़रूरतों में कटौती कर-करके मुझे इस लायक बनाया, जिन माँ-बाप के मन में हमेशा मेरी सफलता के लिये दुआ ही रहती थी, अब मैं सक्षम होकर भी उनके लिये कुछ नहीं कर सकता। वे मुझे या मेरा कुछ भी स्वीकार करने को तैयार नहीं हैं और अपनी मुफलिसी में खुश हैं। यह अपराध बोध मुझे मारे डाल रहा है। मुझे रातों को नींद नहीं आती है और अक्सर मैं रोता हूँ। इसी को दबाने के लिये ही

मैंने दारू पीना शुरू कर दिया पर कोई भी फायदा नहीं हुआ।'

'दारू से अपराध बोध और बढ़ता ही है। दारू किसी समस्या का हल थोड़े ही होती है। कुछ भी भुलाने में मदद नहीं करती। यह तो सही जिंदगी को एन्ज्वाय करने के लिये होती है।'

'बिलकुल सही है सर।'

'एक बात और है। मेरी मानिये तो माँ-बाप के पास नियमित जाते रहिये। वो डाँटें, उपेक्षा करें, बात तक न करें, कितना भी जलील करें, जाते रहिये। गाँव की संस्कृति के माँ-बाप हैं। कितना भी गुस्सा हों सवेरे का भूला बेटा अगर शाम को घर लौटना चाहता है तो वे देर-सवेर जरूर माफ कर देंगे। माँ-बाप की उपेक्षा का अपराधबोध लेकर जीना या उसे झूठे बनावटी तर्कों से जस्टीफाई करना, जितना आप सोच रहे हैं उससे कहीं बहुत ज्यादा तकलीफ लाने वाला होता है। आप गाँव वाली पत्नी के लिये तो बहुत ही अधिक दोषी हैं। वह तो किसी भी कीमत पर माफ कर दे तो वह कम ही है।'

'सच है सर। मैं आपकी सलाह पर जरूर ही अमल करूँगा।'

आसमान गहरा काला हो गया था। कुछ धुँधले से तारे दिख रहे थे।

'एक बात बताओ अमरेश जी। अभी जो लेडीज कपड़े आप ड्राईक्लीन करा के रखते हो वो किसके हैं?' इतनी किस्सागोइयों के बाद मैंने असली प्रश्न पर आते हुए कहा।

उसने बिना किसी प्रतिरोध के सहज ही कहा, 'ये ऑनलाइन मँगाये तो शहरवाली ने अपनी पसंद और शौक से थे पर इनके आते-आते किस्सा ही बदल गया था इसलिए मैंने इन्हें अपनी गर्लफ्रेंड के लिये रख लिया।'

'गर्लफ्रेंड! वाह प्रभू! अभी भी जिंदगी से कुछ खास सबक नहीं सीखे लगते हैं।' ताज्जुब और व्यंग में मेरे मुँह से निकला।

'नहीं सर। ऐसा नहीं है। वह दूसरे तरह की है।'

'अरे क्या दूसरे तरह की है? आपको तो आपकी इस स्थिति में जो भी मिलेंगी सब एक सी ही होंगी, आपको निचोड़ने वाली।'

'सर मुझे समझाने का मौका तो दीजिए। वह डॉल है।' दारू के असर में वह ठीक से बोल भी नहीं पा रहा था।

'हाँ। हाँ। डॉल है, गुड़िया है, कमसिन है, गुलाब है, पर है तो औरत ही।'

'नहीं सर। हाँ सर। वह...' नशे मे उसकी आवाज लड़खड़ाने लगी थी।

'और ये डॉल जैसी आपकी गर्लफ्रेंड कहाँ है?' मैंने सरासर बदमाशी में पूछा।

'डॉल जैसी नहीं सर, वह डॉल ही है।'

'ठीक है। डॉल है। लेकिन कहाँ की है, कैसे आपके सम्पर्क में सब कुछ जानते हुए भी आ गयी? या उसे भी असलियत छिपाकर धोखा दे रहे हैं।'

उसने कई बार अपना सर जोर-जोर से झटका मानों नशे से उबरना चाह रहा हो फिर बोला, 'वह यहीं है।'

'यहाँ है? कहाँ?' मैं अचानक सन्नाटे में आ गया। दिन भर चर्चा में रही भूत-प्रेतों की बातें मेरे मन में कौंध उठीं और रीढ़ की हड्डी में सिहरन सी होने लगी।

'यहीं। बेड रूम में। आपके आने के पहले ही मैंने उसे आलमारी के अंदर डाल दिया है।'

'हे भगवान। अरे उसे निकालो। आलमारी में बंद-बंद तो वो मर ही जायेगी।' मैं चिल्लाया। मेरा सारा नशा हिरन हो चला था।

'वो नहीं मरेगी। वह डॉल है। वह सिलिकॉन टी0पी0ई0 की बनी हुई डॉल है। ज्यादातर वह अपनी पैकिंग में आलमारी के अंदर ही रहती है। मैं उसे तभी निकालता हूँ जब मुझे उससे खेलना होता है। उसका ब्रांडनेम गर्लफ्रेंड है।' वह भी चिल्ला कर जल्दी-जल्दी बोला।

इस समय तक मैं अपने आपको दुनिया का सबसे बड़ा मूर्ख समझने की स्थिति में आ गया था। मेरी आँखें और दिमाग दोनों ही ब्लैंक हो गये थे। बेवकूफों की तरह कभी मैं अमरेश का चेहरा देख रहा था और कभी टेबिल पर रखी करीब-करीब खत्म हो चली 100 पाइपर की बोतल। कुछ देर हम दोनों ही कुछ बोलने की स्थिति में नहीं थे।

काफी देर बाद मैंने कहा, 'सिलिकॉन की डॉल है तो यहाँ सिटिंग रूम में क्यों नहीं सजाकर रखते? क्यों इसे इतना रहस्यमय बना रखा है। पता है इसकी वजह से पूरी सोसाइटी में कितनी सनसनी है?'

'पता है सर। मुझे यह भी पता है कि इसी की वजह से हम और आप आज साथ बैठ कर पार्टी कर रहे हैं। लेकिन मैं उसे यहाँ सजाकर रख नहीं सकता?'

'क्यों नहीं रख सकते?'

'वह पूरे साइज की औरत है, साढ़े पाँच फीट की। वह पूरी औरत है। आप समझ रहे हैं सर?'

मैं उसकी ओर देखता ही रह गया।

'वह सेक्स डॉल है सर। अगर उसे यहाँ सजाकर रखता हूँ तो जो नहीं जानता है वह भी जान जायेगा कि उसकी असल यूटिलिटी क्या है। अभी यहाँ हमारा समाज इसे सहज स्वीकार करने की स्थिति में नहीं है। मैं डॉल से सेक्स करने वाला मशहूर

हो जाऊँगा। अभी तो हम वाइब्रेटर और फ्लैश लाइट जैसे नार्मल सेक्स खिलौनों को भी सहज स्वीकार करने की मानसिकता में नहीं हैं। सेक्स डॉल तो और आगे की चीज है। हमारे यहाँ तो इसके इम्पोर्ट पर भी भारी ड्यूटी है।'

'तो आपको कहाँ से मिल गयी?'

'मैं देश के बाहर सरकारी काम से गया था। वहीं मेरे कुछ अन्तरंग दोस्तों ने इस बारे में बताया। इस तरह की डॉल्स के कई शो रुमों में मैं गया और एक दिन अचानक यह दिखी जो बिकने ही वाली थी। पता नहीं इसमें मुझे क्या इतना आकर्षक लगा कि मैंने इसे मुँहमाँगी कीमत पर खरीद लिया और ड्यूटी पे करके इसे यहाँ इम्पोर्ट किया।'

'क्या ये विनाइल, रबर या टी0पी0आर0 से बनी इनफ्लैटिबिल गुब्बारे जैसी नहीं है। मैंने तो ऐसी डॉल्स के बारे में यही सुना है।'

'नहीं सर। अब तो सिलिकॉन और टी0पी0ए0 जैसे मैटीरियल और मेटल फ्रेमवर्क से स्केलेटन और ज्वाइन्ट्स वगैरह ऐसे बनाये जाते हैं कि यह एकदम नेचुरल औरत जैसी ही फील होती है। इसका हर अंग नेचुरल ही बनाया गया है। यह इतनी ज्यादा नेचुरल है कि उधर मजाक में कहा जाता है- अगर कोई शैतान के साथ हुए करार को तोड़ता है तो शैतान उसे सेक्स डॉल बना देता है-एकदम जीवन्त औरत लेकिन असहाय।'

'क्या इसे रखना गैरकानूनी है?'

'नहीं। गैरकानूनी तो नहीं है पर यह सारा अस्वीकार सामाजिक नैतिकता के नाम पर है। यह अपने यहाँ पोर्न की तरह अनैतिक माना जाता है।'

'अगर गैरकानूनी नहीं है तो डरने और छिपाने की क्या जरूरत है? जिसको जो सोचना हो सोचता रहे।'

'सवाल डर का नहीं है। अगर मैं इसे खुलेआम रखता हूँ तो कोई मेरा कुछ बिगाड़ नहीं सकता है लेकिन पब्लिक मेन्टलिटी का मैं क्या करूँगा। ये एक पारिवारिक सोसाइटी है और हमारे बच्चों पर बुरा असर पड़ेगा, जैसी बातें मुझे यहाँ से भगाने के लिये काफी होंगी। इसके अलावा हम एक 'स्टेटस' नामक बीमारी से भी पीड़ित होते हैं। ऐसी चीजें स्टेटस को खा जाती हैं और जैसा भी आदमी हो 'गंदे आदमी' के नाम से जाना जाता है जिससे शरीफ परिवार दूर ही रहना पसंद करते हैं।'

मैं जान रहा था कि वह सच कह रहा है। ये सब जुमले मैंने आज ही सुने थे। शायद इन्हीं वजहों से उसे पहले वाली सोसाइटी छोड़नी पड़ी थी। लेकिन फिर इसका हल क्या था? अगर सब कुछ ऐसे ही रहा तो लोग हर हाल में उसके पीछे पड़े

ही रहेंगे और हर ऊल-जलूल घटना और बात को उससे ही जोड़ेंगे। एक-दो दिन में ही लोगों को भूत लड़कियाँ दिखने लगीं थीं। उल्लू की आवाज भी इसी से जोड़ कर देखी जा रही थी।

'उस डॉल को अपने साथ रखना इतना जरूरी क्यों है? उसे हटा नहीं सकते?'

'कैसे हटा सकता हूँ सर? उसके अलावा और मेरे पास है ही क्या? अब तो वही एक सहारा है मेरा। वही मेरे सुख-दुख की साथी है। वो न होती तो मैं कब का पागल हो गया होता।'

'एक सेक्स खिलौना? इतना महत्वपूर्ण?'

'अब वह केवल खिलौना नहीं रह गयी है। मेरे लिये वह जीवन्त है। मैं उससे बातें करता हूँ। उससे लड़ता हूँ। उससे प्यार करता हूँ। उसे सजाकर रखता हूँ। उसके साथ सोता हूँ। वह मेरे सारे कॉम्प्लेक्सेज को पी जाती है। मेरी सारी कमियों को चुपचाप मुस्कराते हुए स्वीकार कर लेती है। यही नहीं सर, वो मुझे अपनी मौन भाषा में सुझाव तक देने लगी है जो मेरी समझ में भी आने लगा है। अब तो मैं उसके बिना रहने की बात सोच ही नहीं पाता। वह मेरी जिंदगी हो गयी है। वह नहीं तो मैं भी क्या।'

'आप हैल्यूसिनेशन, कल्पना की दुनिया में जी रहे हैं। एक मानसिक बीमारी के शिकार हैं।'

'हो सकता है सर। लेकिन यह रातों-रात नहीं हो गया है। यह धीरे-धीरे पाँच छह महीनों में विकसित हुआ है। शुरूआती दिनों में तो वह मेरे लिये एक खिलौना, एक सेक्स ऑब्जेक्ट भर थी। लेकिन धीरे-धीरे कब और कैसे उसमें जिंदगी भरती चली गयी ये मैं भी नहीं जान पाया। अब तो मैं उसे हर वो कुछ देना चाहता हूँ जो औरतों का सपना होता है। अच्छी से अच्छी ड्रेस, अण्डर गारमेन्ट्स, हेयर स्टाइल, फुटवियर और भी सब कुछ।'

भला हुआ जो श्रीमती जी ने गाउन के अलावा यह सब कुछ नहीं देखा वरना मैं तो इन्हें खरीदने में बिक ही जाता।

'गजब है। अगर ये ऑब्सेशन किसी असली लड़की से होता तो उसकी लाइफ ही बन जाती।' प्रकट में मैंने कहा।

'था सर। सच कहता हूँ ऐसा ही था। मैं उस पर भी जान छिड़कता था। लेकिन असली लड़की इसे समझती कहाँ है। जो उसे मिल जाता है वह तो उसे अपना अधिकार लगने लगता है। उसकी प्राथमिकतायें कहीं और शिफ्ट होने लगती हैं जो अनरियलिस्टिक होती है और जिन्हें पूरा नहीं किया जा सकता। आखिर उस के छूटे कपड़ों से ही तो मेरी डॉल की लाइफ शुरू हुई थी।'

‘सच है। लेकिन भाई, ये कपड़े इस सोसाइटी की महिलाओं में आग लगा रहे हैं और उनके पतियों में गुस्सा जगा रहे हैं। इन्हें तो कहीं बाहर ही ड्राईक्लीन कराना ठीक होगा।’

‘ठीक है सर। मैं ध्यान रखूँगा कि आगे से कुछ भी संदेहजनक न होने पाये।’

‘फिलहाल हम यही कर सकते हैं।’ मैंने कहा, ‘और इंतजार कर सकते हैं कि हमारा समाज कभी यह सब स्वीकार करने की स्थिति में आ जाये। ये डॉल उन महिलाओं के मुँह पर तमाचा होंगी जो अपनी ग्रीड के आगे मानवीय भावनाओं को कोई महत्व नहीं देती हैं।’

फिर हमने विदा ली।

निम्फो-1

बिना किसी उम्मीद के अचानक तेज बारिश शुरू हो गयी। एक बार तो मैंने सोचा कि निकल ही चलता हूँ। थोड़ा-मोड़ा भीगने में कोई हर्ज तो है नहीं। लेकिन बाइक की स्पीड बढ़ाने के पहले ही छोटे-छोटे ओले गिरते दिखाई पड़े और आगे बढ़ने का सवाल ही खत्म हो गया। सिविल लाइन्स के इस पोश से इलाके में कोई ऐसी जगह नजर नहीं आ रही थी जहाँ बाइक खड़ी की जा सकती अतः एक बंगले की चारदीवारी के पास खड़े एक पेड़ के नीचे बाइक रोक कर मैंने मौसम का जायजा लिया। आसार खराब ही नजर आ रहे थे। भले ही बारिश कम हो रही थी पर ओलों का साइज बढ़ रहा था। कुछ ही देर में पेड़ उन्हें रोकने में सक्षम नहीं रह गया। वे मेरी बाइक पर टनकने लगे और उनसे मुझे भी चोट लगने लगी। मैं हाथों से अपना सर ढकते हुए तेजी से भागकर सामने के बंगले के छोटे से बरामदे में पहुँचा पर वहाँ भी छिटक-छिटक कर आते हुए ओलों की मार से बचने के लिये लाचार होकर पहले तो कॉल बेल बजायी जो शायद बिजली चली गयी होने की वजह से बजी नहीं। मैंने दरवाजा खटखटाया।

कुछ देर ओलों की चोट और खाने के बाद अन्ततः दरवाजा खुला और खोलने वाली महिला रोमाँटिक कहानियों और फिल्मों के तिलस्म की तरह ही परियों को भी मात देने की हद तक खूबसूरत नजर आयी। मैं अनायास ही हकलाने लगा, 'मा.... माफ....माफी चाहता हूँ। मौसम... ओले..' मैंने उसे अपने हाथों पर ओलों से लगी चोटें दिखायी।

ऐन क्लासिकल फिल्मों की तरह ही वह हल्के से मुस्करायी और मेरे लिये अंदर आने का रास्ता छोड़ते हुए एक तरफ हट गयी।

बादल बहुत तेजी से गरजे और मैं अंदर आ गया। उसने अंदर आते बारिश के झोंकों को रोकने के लिये दरवाजा बंद किया और सोफे की ओर इशारा करते हुए बोली, 'रिलैक्स प्लीज।'

'मैं ओले रुकते ही चला जाऊँगा।' मैंने खड़े-खड़े ही कहा।

मेरी बात पर कोई ध्यान दिये बगैर ही वह अंदर चली गयी।

खुद को अकेला पाकर मैंने इस सिटिंग रूम में निगाह दौड़ाई। कुछ सोफे और सामान्य तरह की टेबिल, पुराना सा दिखने वाला कारपेट, एक कामर्शियल कैलेण्डर, यह सब कुछ एक साधारण सी सजावट का हिस्सा थे। रोमान्टिक कहानियों की तरह यहाँ कोई असाधारण स्वर्गिक सजावट नहीं थी जिस पर हीरो मर मिटता। टाइप फोर के ऐसे घरों से मैं पहले ही वाकिफ था। सिटिंग रूम से लगा हुआ किचन,

फिर बरामदा और उसमें खुलने वाले दो बेडरूम, एक आँगन, एक गेस्टरूम, दो बाथरूम और बस। मैं सोच रहा था कि वह परी कहाँ हो सकती है। किचन में तो नहीं क्योंकि इस कालोनी में जिस तरह के सरकारी अफसर रहते थे उन्हें घरेलू काम के लिये कई नौकर मिले रहते थे। इसलिए महिलाओं को किचन में कोई खास काम नहीं होता था। उसके बेडरूम में लेटे होने की संभावना ही अधिक थी क्योंकि दोपहर के इस समय आदमी लोग दफ्तरों में और बच्चे स्कूल में होते थे। अकारण थकी हुई महिलायें इस समय आराम करती रहती थीं। बारिश और ओलों की आवाज तेज हो गयी थी। मेरा मन हो रहा था कि दरवाजा खोलकर बाहर खड़ी अपनी मोटर साइकिल का हाल देखूँ पर मैं चुपचाप बैठा ही रहा और मोबाइल से खेलता रहा।

पता नहीं कितना समय यों ही निकला जब अचानक भीतर कहीं से कुछ भारी चीज टकराने की आवाज के साथ हल्की सी जनाना चीख सुनाई पड़ी। बिना कुछ सोचे समझे मैं अंदर वाले दरवाजे पर पहुँच कर चिल्लाया, 'क्या हुआ?'

कोई जवाब नहीं।

मैंने दरवाजा खोलने की कोशिश की पर वह अंदर से बंद था। मैंने उसे तेजी से भड़भड़ाया और आवाज लगाई, 'मैं कुछ मदद कर सकता हूँ क्या?'

कुछ देर कुछ भी नहीं हुआ। अंदर सन्नाटा था। कोई सुन-गुन न पाकर मैंने बाहर वाला दरवाजा खोला और बरामदे में आ गया। जहाँ तक नजर जा रही थी, सफेदी की चादर फैली हुई थी। हलकी-हलकी बारिश हो रही थी। ओले बंद थे। मेरी मोटर साइकिल ओलों से आधी ढकी हुई थी। मुझे लगा कि अब यहाँ से निकला जा सकता था। इस खयाल से मैंने राहत की साँस ली और आज यह ज्ञान प्राप्त किया कि तिलस्मी बंगलों में अचानक नजर आने वाली परियों से रोमाँस कितना मुश्किल और तनाव भरा होता है। वे एक बार अंदर घुस जाती हैं तो बाहर निकलने का नाम ही नहीं लेती हैं। जाने के लिये कदम बढ़ाते समय ही मेरे वे संस्कार जगने लगे जो कह रहे थे कि जाने के पहले कम से कम एक बार अपने शरणदाता को बता देना और उसे धन्यवाद देना जरूरी होता है। लिहाजा मैंने फिर से दरवाजे का रुख किया और यह देखकर चौंक गया कि पूरे खुले दरवाजे के सामने खड़ी वह भद्र महिला मेरी तरफ एकटक देख रही थीं।

मेरे मुँह से हकलाहट ही निकली, 'मौसम... बारिश खत्म हो गयी...मैं जाता हूँ। धन्यवाद...' मैंने हाथ जोड़े।

'चाय बनायी है मैंने। पीकर जाइये।'

'इस..... तकलीफ की क्या... क्या जरूरत थी?'

'आइये।' उसने अधिकार भरे स्वर में कहा और अंदर की ओर मुड़ गयी।

'मैंने भीतर कुछ भारी चीज गिरने की आवाज सुनी थी और आपकी मदद करने के लिये भीतर वाला दरवाजा भी खटखटा रहा था। क्या हुआ था?' मैंने चाय का पहला घूँट लेते हुए पूछा।

'वो कुछ नहीं। चाय बनाते समय मेरे हाथ से लग कर किचन में प्लेटफॉर्म के किनारे रखा खरल का मूसल नीचे गिर गया था। काफी भारी है। मैं उसे उठाकर वापस नहीं रख पायी। क्या आप उसे वापस ऊपर रख देंगे?'

'क्यों नहीं? दिखाइये कहाँ है?' मैंने इम्प्रेशन जमाने के लिये कहा।

हम दोनों किचन में गये और मैंने लोहे का वह मूसल, जो मुझे तो कतई भारी नहीं लगा, उठाकर वापस ऊपर खरल में रखा। इस प्रक्रिया में कई बार हमारे शरीर टच हुए और मेरे मन में खुशनुमा बगूले फूटते रहे।

'ये पकौड़ियाँ ले चलते हैं। मौसम के हिसाब से ये सबसे बेहतर है।' उसने माइक्रोवेव से पकौड़ियों की प्लेट निकालते हुए कहा।

'आप नाहक ही इतनी तकलीफ कर रही हैं।' वी0 आई0 पी0 जैसा ट्रीटमेंट देखकर भीतर उछलती खुशफहमियों को नजर अंदाज करते हुए मैंने प्रचलित सा डाइलॉग दोहराया।

'और आप नाहक ही इतना तकल्लुफ कर रहे हैं। अगर ऐसी ही किसी परेशानी में मैं आपके घर होती तो क्या आप चाय वगैरह न पूछते?'

लाजवाब होकर मैं कुछ बोल नहीं सका।

वापस सिटिंग रूम तक आते-आते मेरी चोर नजरें बार-बार उसके लयबद्ध हिप्स, कमर, चेहरे और बाकी जिस्म का एक्स रे कर रही थीं। मेरी समझ में बिलकुल भी नहीं आ रहा था कि अब तक एकदम गायब रही यह तिलस्मी महिला अचानक ही मुझ पर इतनी मेहरबान क्यों हुई जा रही थी।

मैंने एक पकौड़ी उठाते हुए पूछा, 'आपकी फेमिली के बाकी लोग कहाँ हैं?'

'हसबैण्ड नौकरी पर और बच्चे स्कूल में। हमेशा की तरह मैं बोर होने को अकेली घर में।'

'क्या करते हैं हसबैण्ड आपके?' अजीब से खराब स्वाद वाली पकौड़ी न तो खाते बन रही थी और न ही रखते।

'पुलिस में हैं।'

'ओह! आपको तो हेल्प करने के लिये फालोअर्स मिलते हैं। तो क्यों बोर होना? कोई न कोई तो हमेशा रहता ही है घर में।'

'हाँ। पहले रहते थे। बाहर कुछ कॉन्सटेबिल भी ड्यूटी पर रहते थे। लेकिन जब से इनकी पोस्टिंग दूसरे जिले में हो गयी तबसे सब कुछ हट गया है।'

'ओह! ओह! आपलोग नहीं गये उनके साथ?'

'बच्चों के एक्जाम हैं। फिर यहाँ अच्छे स्कूल हैं। जहाँ उनकी पोस्टिंग हुई है वह तो बहुत ही पिछड़ा जिला है। वही कोशिश कर रहे हैं वापस आने की। हम सब लोग यहीं रहना चाहते हैं।'

तभी अचानक फिर से तेज बारिश शुरू हो गयी। पता नहीं क्यों मुझे अच्छा ही लगा। शायद खूबसूरत महिला के साथ रहने की लम्पटता हमारे खून में ही है। और अब, जब ये बला की खूबसूरत पुलिसिया परी परदानशीं न रह कर रूबरू थीं और घर में एकदम अकेली थीं तो उनकी कुछ और देर की सोहबत हासिल होना खुशनुमा एहसास दे रहा था।

'आप क्या करते हैं?' बातों के स्वाभाविक क्रम में यह सवाल आना ही था।

'मैं फॉरेस्ट विभाग में काम करता हूँ। एक साइट का इन्स्पेक्शन करके लौट रहा था कि ये बारिश और ओले आ गये।'

'बाइक से। आप लोगों के पास तो अपनी जीपें हैं।'

'हाँ। हैं। पर आप तो जानती ही हैं कि जंगलात के सारे साइट्स पर जीपें नहीं जा पाती हैं। कुछ तो रोड अप्रोच से चार-पाँच किलोमीटर दूर होती हैं। ऐसी जगहों के लिये बाइक ठीक रहती है।'

'हाँ। बात तो ठीक है।' फिर अचानक उसे कुछ याद आया और वह 'एक मिनट में आती हूँ' कहते हुए अंदर चली गयी और मैं उसके गठे हुए हिप्स का मूवमेन्ट देखकर मन ही मन गंदे-गंदे किस्से गढ़ता रह गया। लग रहा था अब वह फिर पहले की तरह ही गायब हो जायेगी पर वह सच में एक मिनट में ही आ गयी।

'अरे, आप तो कुछ ले ही नहीं रहे हैं। पकौड़ी और लीजिए। अच्छी नहीं है क्या?'

'नहीं-नहीं। बहुत अच्छी है। काफी ले लिया। पेट भरा भरा लग रहा है।

'आप अभी भी तकल्लुफ कर रहे हैं। अभी लिया ही कहाँ है आपने कुछ?' कहते-कहते वह पकौड़ी की प्लेट उठाकर मेरे बगल में आ बैठी। उसकी खुशबू और रेशमी एहसास से मेरा दिमाग खराब होने लगा। लेकिन साथ ही डर भी बहुत लग रहा था। इसीलिए बड़ी कोशिश करके मैंने उसे आगोश में लेने से खुद को रोके रखा और एक पकौड़ी उठाते हुए थोड़ा परे खिसक कर बैठ गया।

'अब इतना भी मत शरमाइये।'

'जी।'

वह भी मेरे पास से थोड़ा अलग खिसक गयी और वहीं बैठी खिड़की से टकराती पानी की बूँदों को देखती रही। कुछ देर बाद ही उसने अपने पैर सामने की टेबिल पर फैला लिये और मेरी चोर नजरों को उसके दूधिया और गठे हुए पैरों की झलक दूर तक दिखने लगी।

इस समय मेरी समझ में नहीं आ रहा था कि यह सब क्या है? जब मैं बारिश और ओलों की वजह से इस घर में पनाह लेने आया था तब वह एकदम ही गायब हो गयी थी। फिर वह अजीब सी आवाज आना और उसका चाय बनाकर मुझे एक बहाने से रोक रखना, फिर इतनी घनिष्टता दिखाना, यह सब सामान्य तो नहीं ही था। और अब तो हद ही हो रही थी जब वह मेरे करीब आने की कोशिश कर रही थी। इस बारिश के अकेलेपन में एक गैर आदमी के सामने अपने पैर खोलकर बैठना, बगल में आकर बैठ जाना और तौबा-तौबा, कुछ गलत बात थी या मुझे यूँ ही वहम हो रहा था। हो सकता है यह सब कुछ सामान्य ही हो और मुझे बिल्ली की तरह ख्वाब में छींछड़े ही नजर आ रहे हों।

उसने उसी पोज में बैठे-बैठे पूछा, 'आप का परिवार यहीं है?'

मैंने भी सोफे के एक तरफ पूर्ववत सिमटे-सिमटे कहा, 'नहीं मेरी पत्नी और बच्चे राजधानी में रहते हैं। मेरी भी पोस्टिंग ऐसी-ऐसी जगहों पर होती रहती है जहाँ अच्छी स्कूलिंग नहीं है।'

'फ्रीक्वेंटली जाते होंगे उन लोगों के पास?' बड़ी बेरुखी से उसने पूछा।

'कुछ पक्का नहीं रहता। फिर भी महीने में एक बार तो मौका मिल ही जाता है। कभी-कभी ज्यादा भी।'

'तब भी आपको समझ में नहीं आता कि इस तरह रहना कितना मुश्किल होता है।' उसकी आवाज अचानक बहुत सख्त हो गयी।

'किस तरह?' समझ कर भी न समझते हुए मैंने पूछा।

अचानक वह उठकर खड़ी हो गयी। एक बार मुझे कहर भरी नजरों से घूरकर देखा फिर अचानक बड़े जोर से चिल्लायी, 'नामर्द। अभी निकल जाओ यहाँ से।'

उसका चेहरा गुस्से से लाल भभूका हो रहा था और वह काँप रही थी।

मुझ पर फिर हकलाहट का दौरा पड़ गया, 'मैं... मैं... नहीं समझा..... हिम्मत नहीं थी... आप बहुत.... बहुत ही... सुंदर... बहुत ही... मैं... मैं...'

'निकल जाओ यहाँ से।' वह पागलों की तरह चिल्लायी।

'बा... बारिश... माफी...'

'आई डोन्ट केयर। गेट आउट।'

घबरा कर मैंने दरवाजे का रुख किया पर पता नहीं क्यों उसे खोल नहीं पाया। मैंने पूरा जोर लगाया पर वह नहीं खुला। लाचारी में मुड़कर मैंने उसकी ओर देखा। मेरा पूरा शरीर थरथरा रहा था और बहुत कमजोरी महसूस हो रही थी।

'बस। इतनी ही दम-खम है।' इस बार उसने अपेक्षाकृत शान्त स्वर में कहा।

'मुझे माफ कर दीजिए।' पता नहीं क्यों मैंने कहा। शायद मुझे लग रहा था कि यह सब वाकई किसी तिलस्म का हिस्सा है और यह सुंदरी मायावी शक्तियों वाली है। इससे जान बचा कर निकलना बहुत कठिन है।

'आ जाओ।' उसने हाथ फैला कर कहा।

किसी तरह खुद को अपने पैरों पर घसीटते हुए मैं उसकी तरफ बढ़ा और उसकी फैली हुई बाहों में एक जिंदा लाश की तरह समा गया। मेरी निगाह अंदर वाले दरवाजे की तरफ थी जो पूरा खुला हुआ था। इस टाइप के घरों की बनावट पहले से ही पता होने के कारण मैं उस दरवाजे से निकल भागने की कोशिश कर सकता था। लेकिन इसके पहले कि मैं वहाँ तक पहुँचने का कोई जुगाड़ बना पाता उसने मेरे चेहरे को अपनी छातियों में दबाते हुए इतनी तेज धक्का दिया कि हम दोनों ही सोफे और डाइनिंग टेबिल के बीच कुर्सियों से टकराते हुए गिर पड़े। मेरा सर किसी चीज से ऐसा टकराया कि कुछ देर को मैं सुन्न हो गया। वह मेरे ऊपर से उठी और एक कुर्सी उठाकर मुझ पर अटैक करने लगी। किसी तरह खुद को बचाते हुए मैंने उठकर उसे अपने से दूर ढकेला और दरवाजे की ओर भागा।

'रुक जाओ और ये देखो।' वह चिल्लायी।

इन्सानी फितरत के तहत स्वाभाविक तौर पर ही ठिठक कर मैंने एक बार उधर देखा। उसके हाथ में कोई स्प्रे जैसा कैन था जो उसने तत्काल ही स्प्रे कर दिया। आत्मरक्षा के रिफ्लेक्स में मेरा शरीर उससे बचने के लिये घूमा पर मिर्ची के घोल का थोड़ा हिस्सा चेहरे के एक तरफ पड़ा। उस घोल की जलन लिये-लिये ही मैं दरवाजे के बाहर हो गया और खींचकर उसे बाहर से बंद कर दिया। कुछ देर दरवाजा पीटे जाने की आवाज आयी फिर बंद हो गयी। बदहवासी में एक पल को मुझे इस घर का जुगराफिया भूल गया और मैं बेड रूम में घुस गया जिसमें रखे सोफे पर नीली जीन्स और सफेद टीशर्ट में कोई आदमी अजीबोगरीब तरीके से ऐसा सोया हुआ था मानो मर ही गया हो। कमरे से निकल कर वापस भागते हुए एक क्षण को ठिठक कर मैंने वापस उसकी ओर देखा तो ऐसा लगा कि वह सच में ही मरा हुआ है।

'हे भगवान। रक्षा करो।' बुदबुदाते हुए मैं चेहरे की बहुत तेज जलन बरदाश्त करते हुए बरामदे से आँगन और वहाँ से बाहर की ओर भागा पर बाहर निकलने के

दरवाजे में भीतर से ताला बंद था।

'बजरंग बली।' कहते हुए मैंने चारदीवारी फाँदने की कोशिश की पर कुछ देर में ही समझ में आ गया कि उस पर चढ़ पाना बड़ा ही मुश्किल था।

उसी समय कलेजे पर धक्का मारते हुए कालबेल बजने लगी। एड्रीनलिन रश के बाद आखिरी कोशिश में मैं चारदीवारी पर चढ़ कर बाहर कूदने में कामयाब हो गया लेकिन गया सीधा दो पुलिस वालों के हाथों में।

'बचाइये। बचाइये।' मैं पागलों की तरह चिल्लाया, 'वह पागल है। वह मुझे मार डालेगी।'

'कौन मार डालेगी? अबे आदमी की तरह बात कर।' उनमें से एक पुलिस वाले ने कहा।

'वो अंदर..पुलिस वाले की बीवी। पागल है। मेरे ऊपर अचानक हमला कर दिया। मुझे मार ही डालती। मैं भागकर इधर से निकला।' मैं चिल्लाता ही रहा।

मुझे कुछ समझ में नहीं आ रहा था। चेहरे की जलन और अचानक पैदा हुई इस स्थिति ने मेरा दिमाग हिला दिया था। मैं तब तक चिल्लाता ही रहा जब तक कि पुलिस वालों ने सामने से लाकर मुझे सिटिंग रूम में नहीं बैठा दिया जहाँ कई पुलिस वालों के साथ वह भयानक सुंदरी पहले से ही बिराजमान थी। इस समय उसका चेहरा खूना-खून था। सर पर गूमड़ निकला हुआ था और कपड़े फटे-चिटे थे। शरीर पर खरोंचें थीं।

इधर मेरा दिमाग बुरी तरह सनसना रहा था। लग रहा था मैं बेहोश हो जाऊँगा। लेकिन इन परिस्थितियों से अचम्भित, मैं होश में रह कर स्थिति समझने की कोशिश कर रहा था।

वह पुलिस वालों से कह रही थी, 'बारिश से बचने का बहाना लेकर यह दरवाजा पीट रहा था। दया करके मैंने इसे अंदर आने दिया। लेकिन यह पूरा भेड़िया है। कुछ ही देर में इसने मुझसे गंदी-गंदी बातें शुरू कर दीं और इधर-उधर टच करने लगा। मैंने विरोध किया तो मुझ पर हमला कर दिया। मेरे चिल्लाने की आवाज सुनकर मेरा नौकर मुझे बचाने आया तो इसने उस पर भी हमला कर दिया और उसे मार ही डाला।'

'मार डाला?' पुलिस वाले ने अचम्भे में पूछा।

'मार डाला? किसे?' मैंने दहशत में पूछा।

'हाँ। मार डाला।' सुंदरी ने इत्मिनान से कहा।

कुछ देर किसी की समझ में कुछ नहीं आया। सीनियर से दिखने वाले पुलिस वाले ने ही दुबारा पूछा, 'कहाँ मार डाला? लाश कहाँ है?'

'भीतर के कमरे में।'

भय और आतंक से मेरा दिमाग सुन्न होने लगा। मुझे अंदर के कमरे में सोफे पर पड़े शख्स का ध्यान आया। और ये औरत पुलिस वालों से कह रही थी कि उसे मैंने मार डाला। मुझे कुछ भी नहीं सूझ रहा था। मैं केवल चिल्ला भर रहा था, 'यह एकदम झूठ बोल रही है। मैंने किसी को नहीं मारा। मैंने यह सब कुछ भी नहीं किया है। यह औरत एकदम झूठ बोल रही है।'

'चुप रहो। एकदम खामोश।' सीनियर पुलिस वाले ने मुझे डपट कर कहा।

'सर, आप समझते क्यों नहीं। यह सब एकदम झूठ है। मुझे फँसाया जा रहा है।' मैं सन्निपात के रोगी की तरह बड़बड़ाये ही चला जा रहा था।

'रामसिंह।' सीनियर पुलिस वाले ने मेरे पीछे खड़े कांस्टेबिल से कहा, 'अगर अब इसके मुँह से आवाज निकले तो एक तगड़ा कंटाप लगाना।'

मैं एकदम से चुप हो गया और वह उठ खड़ा हुआ, 'चलिये दिखाइये लाश कहाँ है?'

हम सभी अंदर बेडरूम में पहुँचे और मैं एक बार फिर उस सोफे पर पड़े आदमी के रूबरू हुआ। उसके सिर पर भारी चोट का निशान था जिसपर खून जमा हुआ था। टाँगें सोफे के नीचे बेतरतीब छिटकी हुई थीं। सीनियर पुलिस वाले ने हम सबको बाहर ही रोक दिया और खुद लाश का मुआयना करने लगा।

नर्क सुंदरी चिल्ला रही थी, 'मेरे सामने ही इसने लोहे के मूसल से इसके सिर पर मारा था।'

'लोहे का मूसल।' मेरा दिमाग फिर झनझनाने लगा। वही मूसल जो इसने मुझसे किचन में ऊपर रखवाया था।

पुलिस वाले ने बेड के नीचे से मूसल बरामद किया और उसे रूमाल से पकड़ कर बाहर निकालते हुए कहा, 'मर्डर वेपन है। इस पर से उँगलियों के निशान उठाने होंगे।'

मैं सन्नाटे में आ गया। बहुत सी जासूसी कहानियों के प्लॉट जहन में घूम गये। यह ठीक वही मूसल था जो मैंने ऊपर रखा था। इस पर मेरी उँगलियों के निशान तो होने ही थे। लेकिन यह किचन से यहाँ कैसे आ गया? जिस हसीना से यह उठ नहीं पा रहा था उन्हीं की इनायत लग रही थी। मुझे पकौड़ियों और अपनी मदमाती चाल में उलझाकर जब वह अंदर आयी थी तभी यह प्लांट किया होगा। लेकिन ज्यादा अहमतरीन सवाल यह था कि इस कसरती और एथलीट से लगने वाले लड़के को जिसे वह सुंदरी अपना नौकर बता रही है, उसने मारा कैसे होगा? जनाने हाथ के एक-दो वार से बिना किसी प्रतिरोध के ऐसे ही मर जाने वाला आदमी तो यह

था नहीं। अब यह तो तय ही था कि जो आवाज मैंने सुनी थी वह मूसल गिरने की न होकर इसी मूसल से इस लड़के के सर पर वार करने की थी और दूसरी बात यह तय थी कि मैं अब बुरी तरह फँस चुका था।

सीनियर पुलिस वाला अचानक चिल्लाया, 'तुरन्त एम्बुलेन्स कॉल करो। पूरी टीम बुलाओ।'

मुझे जितने भी देवी-देवता याद थे सबसे यही मनाता रहा कि अगर खुदाई में कहीं न्याय है तो मुझे मिले तभी मेरी जान बख्शी थी वरना तो मैं गया ही गया था। खाली-खाली आँखों से सारी कार्यवाहियाँ देखते रहने के सिवा मेरे पास और कोई ऑप्शन नहीं था।

अगले एक घंटे में सारी कार्यवाही पूरी हो गयी। अब तक बच्चे भी स्कूल से आ गये थे और सहमे-सहमे से यह सब देख रहे थे। सुंदरी के पतिदेव सी0 ओ0 साहब को भी खबर हो गयी थी और वह रात तक पहुँचने वाले थे। मैं पुलिस लॉकअप में मच्छरों और मवालियों से जूझ रहा था।

रात सोने का तो कोई सवाल ही नहीं था। यही सोचते रात कटी जा रही थी कि यह सब अचानक क्या हो गया? मैं ही ऐसा अभागा था जो बारिश और ओलों में फँसकर ऐसी जगह शरण लेने पर मजबूर हुआ जहाँ मेरी जिंदगी और इज्जत खत्म होने को आ गयी थी। खबर मिलने पर मेरे यहाँ के दोस्त और स्टाफ मुझसे मिलने आये थे पर किसी को मुझपर पूरा भरोसा नहीं था। आगे अँधेरा ही अँधेरा नजर आ रहा था। सवेरा नहीं दिख रहा था।

लेकिन सुबह हुई। यह साबित करने को हुई कि कायनात में अभी इंसाफ बाकी है। यह साबित करने को हुई कि हर रात के बाद सुबह होती ही है।

सीनियर पुलिस वाले ने मुझे लॉकअप से निकाल कर अपने ऑफिस में बैठाया, 'बहुत ही किस्मत वाले हो आप जो किसी खुदाई करिश्मे से बच निकले वरना प्लॉट तो बहुत ही होशियारी से बुना गया था। कोढ़ में खाज यह कि यह सब एक पुलिस वाले के घर में हुआ और जाहिर है डिपार्टमेंट उसी की तरफ होता।'

'हुआ क्या?' खुद पर खुदा को इतना मेहरबान देखकर मेरी आँखें भर आयीं और मैंने लरजते स्वर में पूछा।

उसने मुझे एक बार बहुत ही गौर से देखा, 'वह लाश जिंदा हो गयी।'

'लाश जिंदा हो गयी?' मेरे मुँह से बेवकूफों की तरह निकला।

'अभी वह मरा नहीं था। पुलिस के डॉक्टर ने देखा तो फौरन ही उसे आई0 सी0 यू0 में पहुँचाया गया। सवेरे वह होश में आ गया। मैं उसका बयान लेकर और फिर मेम साहब से मिलकर आ रहा हूँ।'

‘मेम साहब? कौन?’

‘अरे आपको इस झमेले में फँसाने वाली। मेरे सीनियर की पत्नी हैं तो हमलोग उन्हें मेम साहब ही कहते हैं। उनसे हुई बातचीत ने सब कुछ स्पष्ट कर दिया है।’

भगवान की मुझ पर हुई इस भारी कृपा से मेरे हाथ खुद-ब-खुद जुड़ गये और मैं गहरी प्रार्थना की हालत में हो गया। कुछ देर बाद ही मेरे मुँह से आवाज निकल सकी, ‘क्या हुआ था?’

‘कहते शर्म लगती है। सी0 ओ0 साहब के ट्रांस्फर के बाद कुछ दिन तो सब ठीक चला फिर पता नहीं कैसे मेम साहब के अवैध संबंध इस लड़के से हो गये जो इनके बच्चों को ट्यूशन पढ़ाने आता था।’

‘हे भगवान! बड़े पुलिस अफसर की बाल-बच्चों वाली पत्नी! इतना अच्छा परिवार और यह सब.... अविश्वसनीय है।’

‘है तो। लेकिन हुआ ऐसा ही।’

‘क्या कहूँ? मैंने तो हमेशा ही यही चुना था कि लड़कियाँ पावर की दीवानी होती हैं। पावर और पैसा। इस ट्यूटर में तो ये सब कुछ भी नहीं रहा होगा।’

‘सामान्य रूप से ये सही हो सकता है।’ उसने अपना ज्ञान बघारा, ‘लेकिन कुछ बड़ी असामान्य स्थितियाँ भी होती हैं।’

‘कैसी?’

उसने कुछ क्षण सोचा फिर बोला, ‘मुझे कहना तो नहीं चाहिए पर इस मामले में आपने अकारण काफी कुछ झेला है इसलिए बता दे रहा हूँ। मेम साहब निम्फो हैं।’

‘निम्फो? यह क्या है?’

‘एक तरह की मानसिक बीमारी है। निम्फोमेनिया। इसमें औरतों की सेक्स ड्राइव बहुत बढ़ जाती है। उन्हें अपने ऊपर कन्ट्रोल नहीं रह जाता है। इसीलिए ये सब अप्रिय और गैर सामाजिक घटनाएँ घटती हैं।’

‘माई गॉड ! इसका मतलब पहल इन्हीं की थी।’

‘जाहिर है। वरना उस लड़के की क्या औकात है।’

मैंने अपना सर झटका मानों इन सब बातों को अपने दिमाग से झटक कर निकाल देना चाहता हूँ।

उसने आगे कहा, ‘लेकिन लड़का भी शातिर था। उसने किसी तरह अपनी और मेम साहब की गंदी तस्वीरें और वीडियो मोबाइल में बना लिये और उनकी बिनाह पर उन्हें ब्लैक मेल करना शुरू कर दिया। काफी दिन तो बर्दाश्त होता रहा

पर उसने कुछ ऐसी नाजायज माँगें रखी जो पूरी नहीं हो सकती थी। मेम साहब ने बहुत समझाने की कोशिश की पर वह सारे वीडियो और फोटो साहब को भेजने की धमकी पर कायम रहा। इसके लिये उसने मेम साहब को कल तक का टाइम दिया था।'

'नाजायज सम्बन्धों में यह सब होने के चांस होते ही हैं।' मेरे मुँह से निकला।

'अपना परिवार और जिंदगी बचाने के लिये मेम साहब ने एक बहुत ही खतरनाक डिसीजन लिया। वे अपने केमिस्ट से आर्सेनिक खरीद कर लायीं जो एक धीमा पर मारक जहर होता है। लड़के को पकौड़ियाँ बहुत पसंद थी इसलिए कल दिन में जब वह आया तो आर्सेनिक मिलाकर उन्होंने पकौड़ियाँ बनायी और उसे चाय के साथ खिलाया। उम्मीद थी कि धीमा असर करने वाला यह जहर जब तक उस पर फाइनल असर करेगा तब तक वह कहीं और जा चुका होगा और मेम साहब पर कोई संदेह नहीं होगा।'

'फिर क्या हुआ?'

'इसके बाद अचानक ही भारी बारिश होने लगी और ओले पड़ने लगे जिससे वह लड़का जा नहीं पाया। कुछ देर बाद वह वहीं मरने-मरने जैसा हो गया और उन्हें लगा कि वह मर ही गया। उसकी साँस और धड़कन सब बंद हो गयी। उन्हें समझ नहीं आ रहा था कि इसकी डेड बॉडी बेटाइम उनके बेडरूम से बरामद होने पर उनकी क्या हालत होगी। आप समझ सकते हो।'

'और तभी मैं आ गया।'

'हाँ। वे बदहवास थीं। बदहवासी में उन्हें यही सूझा कि अगर उसके कत्ल का इल्जाम तुम्हारे ऊपर थोपा जा सके तो उनकी जान बच सकती है। उन्होंने प्लान के तहत उसके सिर पर मूसल से वार किया।'

'इसकी क्या जरूरत थी?'

'और कैसे वे यह मर्डर आप पर प्लांट कर सकती थीं? जहर से हुई मौत आप पर कैसे थोपी जा सकती थी?'

'हाँ।'

'मेरी समझ में यह नहीं आया है कि उन्होंने मूसल पर आपकी उँगलियों के निशान कैसे बनवा लिये?'

मैंने बताया।

'फिर उन्होंने पुलिस को फोन कर दिया और अपनी हालत ऐसी बना ली जैसे उन पर रेप की कोशिश हुई हो।'

'भगवान। भगवान ही मालिक है। जहर और मूसल के वार के बाद भी वह

लड़का कैसे बच गया ये खुदाई करिश्मा ही तो है।' मैंने हाथ जोड़े-जोड़े ही कहा, 'अगर वह न बचता तो मैं तो बिना किसी वजह के ही मारा जाता। मेरा कितना बड़ा दुर्भाग्य टल गया।'

'दुर्भाग्य आपका ही नहीं मेम साहब का भी था। आप बच गये, मेम साहब नहीं बच पायीं।'

'क्या मतलब हुआ इसका।'

'सोचिये। बारिश न होती तो लड़का वहाँ क्यों रुकता। फिर यह सब क्यों होता? आप ही वहाँ क्यों जाते?'

'लेकिन लड़का तो जान से जाता ही न?'

'उसके करम कौन से अच्छे थे? लेकिन फिर भी वह मेम साहब के जहर से तो मरने वाला नहीं था।'

'क्यों?' मुझे भारी आश्चर्य हुआ।

'अगर वह जहर से मरता तो आप भी अभी जिंदा न होते।'

'अरे ! क्यों?' मेरे ताज्जुब की कोई इन्तिहा न थी।

'वही पकौड़ी तो आपने भी खायी थी।'

'हे भगवान। वह मुझे क्यों जहर देना चाहती थी?'

'जिससे जहर के असर में आपका दिमाग ज्यादा काम न कर पाये और सब कुछ वैसा ही हो जैसा वह चाहती थीं। और इसके बाद जब आप गुजर जायें तो यह मामला ओपेन एंड शट केस की तरह बंद हो जाये। इसकी ज्यादा पड़ताल की संभावना ही न हो।'

'आपकी मेम साहब में जरा भी दया माया नहीं है। उस लड़के को मारने का तो भारी कारण था पर मैं...... मुझे तो वह अकारण ही मार दे रही थीं।'

'लेकिन कोई नहीं मरा क्योंकि आर्सेनिक पूरी तरह असरकारी नहीं था। मिलावटी था।'

'मिलावटी था? तो वह लड़का मेरे पहुँचने के समय कैसे मर गया?'

'इस पूरे सिलसिले में यही एक ऐसा सवाल है जिसका जवाब मेरे पास नहीं है। वो क्यों मर गया था? या मेम साहब को केवल उसके मरने का वहम भर हुआ था, या शुरू में आर्सेनिक का कुछ असर हो गया था। मैं नहीं जानता।'

'इस जहर में कुछ तो असर जरूर था। मैंने केवल एक ही पकौड़ी खाई थी। मुझे असका स्वाद कुछ अजीब सा लगा था। इसलिए मेम साहब के तमाम इजहारों के बाद भी मैंने आगे उनको छुआ भी नहीं। फिर भी मेरा दिमाग चकराने लगा

था। शरीर में ताकत ही नहीं बची थी। मैं जाने के लिये दरवाजा तक नहीं खोल पाया और मेम साहब ने सहज ही मुझको ढकेल कर गिरा दिया था। अगर लड़के ने ज्यादा खाई होंगी तो उस पर असर भी बहुत ज्यादा हुआ होगा।'

'हो सकता है। उस पर ज्यादा ही असर हुआ हो और वह मरे जैसा हो गया। लेकिन यह जान ले लेने की हद तक घातक तो नहीं ही रहा होगा। वरना इस समय किस्सा ही कुछ और होता।'

'अगर बारिश न होती और वह लड़का चला गया होता तो भी किस्सा कुछ और ही होता। कम से कम मेरे साथ यह सब न हुआ होता।' मैंने कहा।

'या बारिश होती रहती और वह लड़का मरने जैसे लक्षण न दिखाता तो भी कुछ न हुआ होता।'

'अब क्या होगा?' मैंने पूछा।

'जो सिचुएशन है उसमें कानूनी रूप से कुछ नहीं होगा। आपको रेप की कोशिश करने वाला समझते हुए सी0 ओ0 साहब आपसे नाराज होंगे पर मेम साहब उन्हें किसी न किसी तरह समझा ही लेंगी।'

'उस लड़के का बयान?'

'उसके मोबाइल को जब्त करके उससे सारी चीजें निकाल दी गयी हैं और उसकी अच्छी खासी डंडा परेड कराने के बाद उसे उसके गाँव भेज दिया जायेगा। वह अब कुछ भी करने की हिम्मत नहीं कर सकता।'

'और मेम साहब?'

'उनका क्या? कोई मरा नहीं। कोई फँसा नहीं। कोई जुर्म हुआ नहीं, तो उनका क्या?'

'अटेम्प्ट टु मर्डर तो सरासर हुआ।'

'कौन लगायेगा ये इल्जाम?'

'सरकार। पुलिस?'

'क्यों लगायेगी खामखाह। असली बात यह है कि आपकी जान खुदाई करिश्मे से बच गयी है। उसकी खैर मनाइये और ये सारा हादसा एक बुरे सपने की तरह भूल जाइये। सी0 ओ0 साहब के घर से दूर रहिये। अच्छा होगा इसका जिक्र भी आप कभी किसी से न करें। खुदा हाफिज।'

निम्फो-2

एक-दो महीने तो मैंने वह रास्ता ही छोड़ दिया था जिस पर मेम साहब का वह बंगला था जिसने भारी बारिश और ओलों के उस मनहूस दिन मुझे मौत का रास्ता दिखाने में कोई कसर नहीं छोड़ी थी। उनके पुलिसिया पति से भी मैं बहुत डरा हुआ था क्योंकि मुझे पता नहीं था कि उन्हें क्या समझाया गया है और मेरी मौजूदा हैसियत उनके दिमाग में क्या है। अगर वो मुझे अपनी बीवी पर रेप के इरादे से हमला करने वाला समझता तो मुझे कहीं किसी और केस में फँसाकर मेरी डंडा परेड तो करा ही देता। लेकिन जब कुछ हुआ नहीं तो धीरे-धीरे दिमाग में खुराफातें घूमने लगीं। मेरा बहुत तेज मन होने लगा कि एक बार उन परीजदा मोहतरमा से मुलाकात करूँ और पूछूँ कि उन्होंने मेरे साथ ऐसा क्यों कर किया था। लेकिन और गहराई में जाकर सोचने पर ये लगा कि असली बात कुछ और ही है जिसे मैं इन बहानों में छिपा रहा हूँ। शायद मैं उनकी खास मानसिक बीमारी निम्फोमेनिया की वजह से उनको सहज ही अवेलेबिल समझ कर उनकी वही खिदमत करना चाहता था जो वह ट्यूटर लड़का करता था। इस में कुछ गलत भी नहीं लग रहा था। जब उनका मिजाज ऐसा था कि पति से दूर रहने पर उन्हें किसी ऐसे की जरूरत पड़ती ही थी तो मैं शायद सबसे अच्छा खिदमतगार साबित होने वाला था। भले ही उनकी वजह से मेरी जान जाते-जाते बची थी पर उनके रूप-रंग और चाल-ढाल की दीवानगी तो पहले ही मुझ पर सवार थी। जिस जंगलीपने और ताकत के साथ उसने मुझे अपनी छातियों के साथ जकड़ कर ढकेला था वह और भी उत्तेजना पैदा करने वाला था।

इन सब गंदे खयालातों के साथ मैंने फिर उस रास्ते से आना-जाना शुरू कर दिया और हर बार बंगले को बड़ी हसरत भरी नजर से देखता था। यह बंगला मुझे दीवानों की तरह खींचता था और एक दिन जब मेरा सारा कंट्रोल खुद पर से खत्म हो गया तो मैंने खुद को उस बंगले की कॉल बेल बजाते पाया।

'कौन हो? किससे मिलना है?' मेरे पीछे से कड़कती मरदानी आवाज आयी।

चौंक कर मैंने पीछे मुड़कर देखा तो एक राइफलधारी पुलिसमैन को पाया। इस स्थिति की कल्पना न होने के कारण थोड़ा गड़बड़ाते हुए मैंने कहा, 'मेम साहब से मिलने आया था।'

'कौन हो और क्यों मिलना है? अपना नाम पता इस कागज पर लिख-कर दो तो मैं भीतर पूछता हूँ।'

मैंने सही-सही अपना नाम पता लिखा। वह पिछले दरवाजे से भीतर गया

और कुछ देर बाद लौटकर बोला, 'यह नहीं लिखा है कि क्यों मिलना है। क्या काम है?'

मुझे और कुछ नहीं सूझा तो मैंने यही कहा, 'मैं बच्चों का ट्यूटर हूँ। बच्चों को पढ़ाने के काम के लिये आया हूँ।'

वह फिर भीतर चला गया और मैं थोड़ा-थोड़ा घबराने लगा। लगा कि कहीं मैं कुछ बहुत गलत तो नहीं कर रहा हूँ। यह जानते हुए भी कि यहाँ मूसल चल रहे हैं मैं खुद-ब-खुद ओखली में सर देने चला आया हूँ। जैसे-जैसे देर हो रही थी मेरा मन कह रहा था कि यहाँ से चले जाना ही ठीक था। लेकिन दीवानगी...... जिसने यह भुला दिया था कि वह कितनी खतरनाक औरत थी, मुझे वहाँ से जाने नहीं दे रही थी।

वह पुलिस वाला फिर बाहर आया और बोला, 'मेम साहब कह रही हैं कि उन्हें ट्यूटर की जरूरत नहीं है। आप जाओ।'

'ठीक है भाई। जाता हूँ।' फिर कुछ सोचकर बोला, 'आप एक बार और तकलीफ कर दो। उनसे बता दो कि मैं बच्चों के पुराने ट्यूटर का भाई हूँ। उसके कुछ पुराने हिसाब-किताब के लिये एक बार मिलना चाहता हूँ। अगर वो उसका बकाया नहीं देना चाहती हैं तो मैं चला जाऊँगा।'

वह मुझे घूरने लगा, 'अभी तो कह रहे थे कि ट्यूटर हूँ।'

'वह तो हूँ ही भाई। अगर काम मिल जाता तो सारे हिसाब-किताब बराबर थे। नहीं है तो एक बार कह लेने में क्या हर्ज है।'

वह मुझे घूरता हुआ ही अंदर गया लेकिन इस बार वापस आकर उसने उस सिटिंग रूम का दरवाजा खोलकर मुझे अंदर आने दिया जिसमें कुछ महीने पहले मैं अनायास ही आ गया था। कुछ छोटी-मोटी तब्दीलियों को छोड़कर सिटिंग रूम जैसे का तैसा था। इसमें बैठते ही मेरी साँसें भारी होने लगी। दिल कुछ ज्यादा ही धड़कने लगा। मैं सोच रहा था कि मुझे देखकर उसका पहला रिएक्शन क्या होगा? क्या मुझे एकदम गलत फँसाकर फाँसी के फंदे तक पहुँचाने की कोशिश करने का उसे कुछ अपराधबोध होगा या नहीं? इसकी वजह से वो सीधे मुझे यहाँ से भगा ही देगी या कुछ बातचीत हो पायेगी। आखिरकार उसके पास पावर थी और आज उसे मुझसे कोई मतलब भी नहीं साधना था।

अचानक हवा में खुशबू आने लगी। रेशमी सरसराहट के साथ एक सुंदर हरी फूलदार साड़ी में चमकती हुई मलिका-ए-हुस्न ने कमरे में प्रवेश किया। हमारी निगाहें मिलीं पर उनकी निगाह में परिचय की कोई भी झलक नहीं थी। बच्चा भी साथ था। सिपाही वहीं जमा हुआ था।

'कहिए?' निहायत ही अपरिचत टोन में वह मुझसे मुखातिब हुईं।

'जी।' मैं फिर हकलाने लगा, 'मैंने सुना कि आपको बच्चों के लिये ट्यूटर की जरूरत है।'

'किससे सुना?' उसने रुखे स्वर में पूछा।

'विभाग के ही लोगों से......'

'वो हिसाब-किताब वाली क्या बात थी?' दरवाजे पर खड़े सिपाही ने मेरी बातबीच में ही काटते हुए पूछा।

मैंने एक बार सख्त निगाहों से सिपाही की ओर देखा और सुंदरी से बोला, 'जी, ऐसी कोई खास बात नहीं है। ये मुझे आपसे मिलने नहीं दे रहे थे इसलिए मुझे कहना पड़ा। क्या आपने सच में मुझे बिलकुल भी नहीं पहचाना?'

उसने एक बार फिर मुझे बहुत गौर से देखा और इंकार में सिर हिलाया, 'क्या मैंने पहले कभी आपको देखा है?'

'कुछ महीने पहले मैंने बहुत तेज बारिश और ओले में आपके घर में पनाह ली थी।'

'अच्छा।' आवाज में वही अपरिचय था।

'उस दिन आपके बच्चों के ट्यूटर के साथ कुछ हादसा हो गया था।' सिपाही की उपस्थिति में मैंने बात को मोटे तौर पर कह कर उस दिन की ओर इशारा करना चाहा।

'कैसा हादसा? किस ट्यूटर के साथ?' उसने सोफे पर कूदते बच्चे को अंदर जाने का इशारा किया।

मैंने असहाय भाव से उसे देखा, 'उस दिन यहाँ पुलिस भी आयी थी।'

अचानक ही उसके चेहरे पर ऊब के भाव नजर आने लगे। बड़ी ही तल्खी से उसने कहा, 'देखिए आप जो भी हैं, आपकी ये सब बहकी-बहकी बातें मेरी समझ में नहीं आ रही है। आपको कोई भ्रम हुआ लग रहा है। यह पुलिस वाले का घर है। पुलिस यहाँ आती-जाती रहती है।' फिर उसने सिपाही की ओर देखते हुए कहा, 'कुछ साफ बात कहनी हो तो बोलिये वरना जाइये।'

और वह उठकर खड़ी हो गयी।

'सुनिये तो। मैं उस दिन की पूरी बात इस सिपाही के सामने नहीं कह सकता। इसमें आपकी ही बेइज्जती है।'

'अगर कुछ कहना है तो सामने ही कहना होगा। मुझे नहीं पता कि आप ये सब फैंटेसी क्यों गढ़ रहे हैं। जो भी कहना है जल्दी से कह लीजिए। मुझे और भी

बहुत काम है।’

‘अच्छी बात है। ग्यारह अगस्त को जब मैं बहुत तेज बारिश और ओलों से बचने के लिये यहीं बैठा हुआ था तब आपने मुझ पर रेप के लिये हमला करने और बच्चों के ट्यूटर को जान से मार डालने का आरोप लगाकर पुलिस बुला ली थी और मुझे गिरफ्तार भी करा दिया था। कुछ याद आया क्या?’

इस बार उसने सीधे सिपाही की ओर देखकर कहा, ‘इन महाशय का दिमाग खराब है। इन्हें बाहर का रास्ता दिखाओ और ध्यान रखना कभी दुबारा यहाँ न दिखें।’

मेरी हालत ऐसी हो गयी थी मानों किसी ने मुझे उठाकर पटक दिया हो। जिस औरत ने अकारण अपने लस्ट की वजह से एक निर्दोष आदमी को हर तरह से खत्म कर देने की कोशिश की थी उसी आदमी के अपनी किस्मत से बच जाने के बाद उसके प्रति जरा भी सहानुभूति न होना, जरा भी शर्म न होना और इस तरह का नाटक करना उसे एक चुड़ैल से भी बदतर साबित कर रहे थे। गुस्से की एक तेज लहर मेरे भीतर उठी और मैंने अन्तिम अस्त्र के रूप में उसे डराने और परेशान करने की नीयत से झूठ कहा, ‘ठीक है। मैं जाता हूँ। लेकिन यह बताकर जा रहा हूँ कि उस ट्यूटर के पास जितनी क्लिपें थीं उन्हें भले ही पुलिस ने डिलीट करा दिया है पर उसकी कुछ क्लिप मेरे पास है जो मैंने अगले दिन सुबह उससे मिलकर उसके क्लाउड से डाउनलोड किया था। अब मैं उसका इस्तेमाल करने के लिये स्वतंत्र हूँ।’

मैं उठा और बिना किसी की तरफ देखे सीधा बाहर निकल गया।

इस घटना के रिएक्शन में मैं अगले ही दिन थाने में पकड़ मँगवाया गया। इस बार वह सीनियर पुलिस वाला सारी सभ्यता और शिष्टाचार छोड़कर ऐन पुलिस वाले की तरह ही पेश आया, ‘क्यों गये थे मेम साहब के पास? मैंने कहा था न यह सब पूरी तरह भूल जाओ और सी0 ओ0 साहब के घर से दूर रहो।’

‘मैं... मैं तो यों ही..’

‘क्या यों ही? यों ही क्या होता है?’ वह डपट कर बोला।

खुद को सँभालते हुए मैंने कहा, ‘देखिए, मुझे लगा कि नाहक मुझे फँसाकर उन्हें कुछ अपराधबोध हो सकता है। हो सकता है वह इससे कुछ परेशान हों। तो मैं उनसे मिलने दोस्ती की नीयत से ही गया था।’

उसने मेरी बात पर जरा भी यकीन किये बगैर कहा, ‘यह सब हाँकना बंद करो। एक बार मैंने सहज ही उनसे दूर रहने को कहा था। आज आखिरी वार्निंग के तहत कह रहा हूँ। अगर फिर कभी भूल से भी उधर फटके तो तुम्हारी वह गत होगी जिसकी कल्पना भी कभी नहीं की होगी। समझ में आया या नहीं?’

'आ गया।' मैंने सर झुकाकर कहा।

'निकलो फिर यहाँ से।'

बेइज्जती की चरम सीमा महसूस करते हुए मैं जाने के लिये उठा। लेकिन दो कदम चलने के पहले ही उसने फिर डपट कर मुझे रोका, 'और वो क्लिप वाली क्या बात है? तुम्हारे पास कैसे आयी क्लिप?'

'कैसे आ सकती है?'

'पूछ मैं रहा हूँ। ज्यादा होशियारी मत दिखाओ। जो पूछा जा रहा है सीधे-सीधे बताओ।'

'नहीं है कोई क्लिप मेरे पास।'

मेरी बातपर कोई ध्यान दिये बगैर वह बोला, 'तुम लड़के से मिले थे?'

'कैसे मिल सकता था?' उसकी घूरती आँखों को देखकर मैं संभल कर बोला, 'मुझे नहीं पता था कि वह किस हॉस्पिटल में है। फिर वह पुलिस केस था। जाहिर है पुलिस प्रोटेक्शन में होगा। बिना पुलिस की जानकारी में आये मैं उससे कैसे मिल सकता था?'

'हूँ।' कुछ सोचते हुए उसने एक लम्बी हूँ की आवाज निकाली फिर बोला, 'तब तुमने मेम साहब से क्यों कहा कि तुम्हारे पास क्लिप है जो अगले दिन तुमने उस लड़के से ली थी?'

'गुस्से में कहा। उनके व्यवहार से मुझे गुस्सा आ गया तो उन्हें भी परेशान करने की नीयत से कहा।'

'तुम्हें कुछ अंदाज है कि अगर हमें गुस्सा आ गया तो तुम्हारा क्या होगा? हम कहाँ-कहाँ डंडा डालकर तुम्हारे पास से वह क्लिपें निकाल लेंगे?'

'हाँ।' उसके खतरनाक टोन से सहम कर मैंने झुरझुरी लेते हुए कहा।

उसने अपने सिपाही की ओर देखकर कहा, 'उस ट्यूटर लड़के को उसके गाँव से पकड़ कर यहाँ लाओ। एक बार उसको भी उलटा लटका कर पूछ लिया जाये कि उसने क्लिप किसको किसको बाँटी थी?'

उस लड़के के मेरी वजह से होने वाले अंजाम से सहम कर मैंने कहा, 'मैं सच कह रहा हूँ। कोई क्लिप नहीं है। मैंने झूठ कहा था।'

'तुम तो निकलो। अगर कुछ लफड़ा समझ में आया तो तुमसे तो बाद में कायदे से बात करता हूँ।'

अपमान के तमाम कड़वे घूँट पीते हुए मैं निकल गया।

अगले कई दिन बड़ी ही शर्मिन्दगी में बीते। मुझे खुद पर ही बड़ी हैरानी थी।

मैं ऐसा कैसे कर सकता था? मैंने ऐसा गिरा हुआ काम क्योंकिया? मैं भी पत्नी और बच्चों वाला पारिवारिक वफादार आदमी था। आज तक किसी के लिये ऐसी कोई दीवानगी कभी नहीं हुई थी। मुझे लग रहा था कि मैं धीरे-धीरे पागल हो रहा था। इतनी गंदी और खतरनाक औरत के साथ केवल सेक्स संबंध बनाने की दीवानगी मेरी चिता की अन्तिम लकड़ी साबित होने वाली थी। इस एक दीवानगी ने मेरी इज्जत का पटड़ा तो कर ही दिया था, मुझे खुद अपनी नजरों में भी गिरा दिया था।

अगले दिन मेरे ऑफिस पहुँचने के पहले ही एक पुलिसवाला वहाँ पहुँचा हुआ था।

'खुदा की पनाह। मेरी बेवकूफियाँ मुझे और क्या-क्या दिन दिखाने वाली है।' सोचते हुए मैंने उसका सामना किया।

'मुझे मेम साहब ने भेजा है।'

अंदर ही अंदर घबराते हुए मैंने कहा, 'हाँ। अच्छा। क्या है?'

'वे आपसे मिलना चाहती हैं।'

'मिलना चाहती हैं?' मन में हुए भीषण विस्फोट का असर चेहरे पर न आने देने का नाकाम प्रयास करते हुए मैंने उसे गौर से देखा तो पहचाना कि वह वही सिपाही था जो उस दिन बंगले पर था, 'पर.... पर... क्यों मिलना चाहती हैं? उस दिन... उस दिन तो मुझे पहचान भी नहीं रही थीं।' मैंने खुद को सँभालने की कोशिश की।

'मुझे नहीं पता। बड़े आदमियों की बातें हैं, वही जानें। क्यों उस दिन नहीं पहचान रही थीं? क्यों आज मिलना चाहती हैं?' उसका लहजा लापरवाह था।

धीरे-धीरे मैं थोड़ा रिलैक्स हुआ, 'उन्हें शायद पता नहीं है कि मेरे ऊपर दरोगा जी की धमकी की तलवार लटक रही है। अगर मैं एक बार भी उनसे मिला तो मेरी पूरी-पूरी दुर्गति कर दी जायेगी।'

'आप मुझे बताइये। अगर मिलने की आपकी इच्छा है तो मैं मेम साहब को बता दूँगा। शायद वो दरोगा जी से भी बात कर सकती हैं।'

'भाई।' मैंने लाचारी में कहा, 'मैं इतना डरा हुआ हूँ कि उनसे मिलने की बात कबूल करने में भी दहशत हो रही है। इधर मैंने हाँ कहा और उधर दरोगा जी मुझ पर सवार।'

'क्या बात हो गयी जो इतना डर पैदा हो गया? उस दिन डर नहीं लगा था जब सीधे बंगले पर आकर एक पुलिस वाले की पत्नी को मेरे, यानी एक गवाह के सामने धमका कर गये थे।'

'मेरे भाई। मैं धमकाने की नीयत से बिलकुल भी नहीं आया था। यकीन करो जो भी मैंने वहाँ कहा था सब सच था। मैं अपनी किस्मत से ही उस प्रपंच से सस्ते में

छूट गया। मुझे लगा कि शायद उन्हें इसका अफसोस हो और हम दोस्त बन सकें।'

'मुझे पता है कि जो कुछ आपने वहाँ कहा था वह सब सच था। लेकिन जो आप वजह बता रहे हो वह सच नहीं है। ऐसी खतरनाक और वहशी औरत से, जो एक आदमी को अपने स्वार्थ में जहर देकर उसके बेहोश होने पर उसके सिर पर खुद अपने हाथों लोहे के मूसल से वार करती है जिससे वह दूसरे आदमी को छल-प्रपंच करके उसके मर्डर में फँसा सके, कोई दोस्ती तो नहीं करना चाहेगा। आदमी की जिंदगी की कीमत ही क्या है ऐसी औरतों के लिये?'

मैं कुछ बोलने की स्थिति में नहीं था। मेम साहब के अपने सिपाही के मन में उनके प्रति ये भावनायें देखकर हैरानी अलबत्ता हो रही थी।

'आपकी नीयत का अंदाजा तो कुछ-कुछ तभी हो रहा था जब आपने खुद को ट्यूटर के रूप में पेश किया और पुराने ट्यूटर का हवाला भी दिया।'

मैं सन्नाटे में आ गया। सच में ही मैं इतना खुला हुआ था कि इतने गंदे इरादों को भी छिपा नहीं सका। अगर दुनिया मुझ पर थूक रही थी तो इसका जिम्मेदार मैं खुद ही था।

'अगर आपलोग ऐसा सोच रहे थे तो मेरे साथ इतना नाटक क्योंकिया? क्यों दरोगा से मेरी हतक करवाई? जो कुछ भी कहना करना था वहीं खतम कर लेते।'

'उस समय यह कैसे क्लियर हो सकता था? किसे पता था कि आप अचानक इस तरह सीधे बंगले पर पहुँच जायेंगे? हमें लगा यह ब्लैक मेलिंग के लिये भी हो सकता है।'

मैं एकदम हताश हो रहा था, 'फिर अब क्या बचा? अगर आपलोग यही सोच रहे हो तो अब मेरा क्या? मेरी कितनी सजा होगी? वो भी तब जब मैंने कुछ भी गलत किया तो नहीं ही है। सोचने की भी सजा होती है क्या?'

'मैं समझा नहीं।' सिपाही ने कहा।

'मेम साहब यह सब जानने के बाद अब मुझसे क्यों मिलना चाहती हैं?'

'बड़े आदमियों की बातें, वे ही जानें।'

'लेकिन मैं तो कोई बड़ा आदमी नहीं हूँ। अपनी लम्पटता की वजह से जलालत झेल रहा हूँ।'

'फिर अंदाजा लगाइये। हो सकता है आपको ट्यूटर की जगह मिलने वाली हो।' उसने एक आँख दबा कर कुत्सित भाव से कहा।

इतनी बेइज्जतियों के बाद भी इस पापी मन में इस खयाल से गुदगुदी हुई, 'भाई। अभी तो मैं दरोगा से इतना डरा हुआ हूँ कि कुछ भी कह नहीं सकता।'

‘आप अपनी बात कहिए। आप मेम साहब से मिलना चाहते हैं?’

‘हाँ।’ एक क्षण सोचकर मैंने कहा। अपने भीतर उठती हुई ग्लानि को मैंने वहीं दबा दिया।

‘ठीक है। मैं मेम साहब से बता दूँगा। आगे जो भी हुक्म होगा आपको खबर हो जायेगी।’ कह कर वह चला गया और मैं यह सोचता रह गया कि मेरी हीरोइन भी मेरी तरह ही इतनी ज्यादा ओपेन है कि हर आदमी उसकी असलियत जानता है। पता नहीं उसके पतिदेव भी जानते हैं या नहीं। एक बार फिर उसका चेहरा, चाल-ढाल और ताकत मेरे जहन में गूँजने लगे। लगा कि शायद वह दरोगा से बात कर ले और मुझे उसकी सोहबत मिल ही जाये। फिर दरोगा भी मेरा कुछ बिगाड़ नहीं पायेगा। यह सोच-सोचकर ही मेरे दिल में गुदगुदी होती रही।

मैंने मेम साहब के अगले संदेश का इंतजार शुरू कर दिया।

लंच के समय मेरे सहायक ने धीरे से मुझसे पूछा, ‘सर, ये पुलिस वाला सवेरे आपके पास क्यों आया था?’

मेरी जो मनः स्थिति थी उसमें मुझे उस पर गुस्सा ही आया, ‘तुम्हें इससे क्या लेना-देना है?’

‘कुछ भी नहीं सर।’ वह हड़बड़ाते हुए बोला, ‘मैंने सोचा आपको बता दूँ। शायद आपको मालूम न हो कि हमारा ऑफिस लगातार पुलिस की निगरानी में है।’

‘पुलिस की निगरानी?’ मैं सन्नाटे में आ गया। फिर से धोखा। कहीं कुछ बहुत ही गड़बड़ लगने लगा। लगा कि शायद दरोगा ही यह निगरानी करा रहा हो।

‘हाँ। उस पुलिस वाले के जाने के बाद लगातार कोई न कोई पुलिस की टीम पारी बदल-बदल कर यहीं जमी हुई है।’

‘उस पुलिस वाले के जाने के बाद?’ मुझे फिर डर लगने लगा। यानी यह निगरानी दरोगा नहीं करा रहा था। कुछ बहुत ही रहस्यमय था। उस पुलिस वाले का आना और मेम साहब के संदेश पर मेरी ‘हाँ’ कुछ खतरनाक ही कराने वाली थी।

अपने-आप में ही सब कुछ गुनते-धुनते जब मैं वापस अपने चैम्बर में पहुँचा तो रहस्य को और अधिक बढ़ाते हुए मेरी टेबिल पर ठीक सामने एक छोटा सा कागज का पुर्जा पेपरवेट के नीचे दबा हुआ दिखा, जिस पर केवल एक लाइन लिखी हुई थी- आज शाम छह बजे होटल ग्राण्ड जिंदगी या मौत। परचा तुरन्त नष्ट कर दें।’

पहले से ही चकराते सिर के और चकरा जाने के कारण मैं धम से अपनी कुर्सी पर लगभग गिर ही पड़ा। मेरी जिंदगी जासूसी नॉवल से भी ज्यादा रहस्यमय होती

जा रही थी। जलालत और जान का भी खतरा हर पल बढ़ ही रहा था। यह सब किस लिये? एक बहुत ही गर्हित औरत से सेक्स संबंध बनाने के लिये। मुझे अपने इस करम से अपने ऊपर खुदा की मार सीधे महसूस हो रही थी। लेकिन अभी भी मुझे भरोसा नहीं आ रहा था कि कल को अगर वो औरत इस शर्त पर मुझे आगोश में लेने को खड़ी हो कि उसके बाद मेरी बोटी-बोटी कर दी जायेगी तो मैं मना कर पाऊँगा। एक बार फिर परचे को ध्यान से पढ़ कर मैंने उसका पुर्जा-पुर्जा करके डस्टबिन में डाल दिया।

होटल ग्राण्ड रेलवे स्टेशन के पास बहुत ही भीड़-भाड़ वाला होटल था और शाम छह बजे तो वहाँ तिल रखने की भी जगह नहीं होती थी। मेरे सामने यक्ष प्रश्न यह था कि मैं वहाँ जाऊँ या नहीं। पता नहीं किस तरह का ट्रैप था। मेरा पागलपन मुझे क्या-क्या दिन दिखाने वाला था। मेरे परिवार और बच्चों का मेरे गंदे कर्मों की वजह से क्या होने वाला था, इसका अभी तक एक बार भी मेरे जहन में खयाल नहीं आया था। खयाल आ रहा था तो बस यही, कि हो सकता है मेम साहब ने ही मुझे वहाँ मिलने के लिये ये संदेश भिजवाया हो। जरा भी यह सोचने का मन नहीं हो रहा था कि वह ऑल पावरफुल औरत भला ऐसा क्यों करेगी।

बाकी दिन की उधेड़-बुन के बाद मैंने शाम के छह बजे खुद को होटल ग्राण्ड में पाया। कुछ देर तो इंतजार में इधर-उधर देखा फिर रेस्टोरेंट में बैठकर चाय पीता रहा। आधे घंटे कुछ भी नहीं हुआ। लगा कि यह कोई घिनौने किस्म का मजाक भर था। जब बोर होकर वापस घर जाने के लिये मैं उठकर बाहर की ओर बढ़ा तभी एक लड़के ने धीरे से मेरे बगल में आकर कहा, 'रूम नम्बर 143 में सर।'

इसके पहले कि मैं उस पर कोई ध्यान दे पाता वह भीड़ में गायब हो गया। इस रहस्यमयता से उपजे भारीपन को दबाता हुआ मैं रूम नम्बर 143 में पहुँचा और दरवाजा नॉक किया। कुछ नहीं हुआ। कई बार नॉक करने के बाद भी जब कुछ नहीं हुआ तो मैंने दरवाजे को भीतर की ओर ढकेला। वह खुला हुआ ही था। अंदर जाकर देखा तो कहीं कोई भी नहीं था। अभी मैं सोच ही रहा था कि क्या करूँ तभी मेरे पीछे दरवाजा खुलने और फिर बंद होकर लॉक किये जाने की आवाज आयी। चौंक कर पलटा तो बंद दरवाजे के सामने एक जीन्स और टीशर्ट पहने लड़के को खड़ा पाया। उसके हाथ जुड़े और वह बोला, 'नमस्ते सर।'

फिर वह थोड़ा आगे आ गया।

धड़कते कलेजे के बाद भी मुझे लग रहा था कि इसका चेहरा कुछ परिचित्त सा है पर ठीक-ठीक याद नहीं आ रहा था इसीलिए पूछा, 'कौन हो भाई?'

'मैं वही लाश हूँ सर।'

मेरे दिमाग में बिजली सी कौंध गयी। आश्चर्य भरी आवाज में मेरे मुँह से निकला, 'ट्यूटर।'

'हाँ सर।'

'ये सब क्या गोरखधंधा फैला रखा है भाई?'

'कोई गोरखधंधा नहीं है सर। जान बचाने का उपाय है।'

'जान बचाने का? किसकी?'

'मेरी।' उसने मुझे गौर से देखते हुए कहा, 'और आपकी।'

'मेरी जान?' मैं आतंक भरे स्वर में बोला, 'किससे?'

'पुलिस से।' उसने धीरे से कहा।

मैं बुरी तरह हड़बड़ा गया, 'मैंने क्या किया है? क्यों पुलिस मेरे पीछे पड़ेगी? देश में कानून व्यवस्था नाम की भी कोई चीज है या नहीं?'

'सोचिये सर।' बड़ी थकी-थकी सी मुस्कराहट के साथ वह बेड पर बैठ गया, 'किस्मत ने अनजाने ही मुझे और आपको एक डगमगाती, डूबती नाव पर साथ ला दिया है। यही एक मौका है जब हम दोनों लोग मिलकर कुछ हाथ पाँव मार कर बचने की कोशिश कर सकते हैं वरना फिर हमारा खेल तो खत्म है ही।'

'क्या बात कर रहे हो?' होश में तो हो न? क्या हो गया है? मामूली सी एडल्टरी, किसी दूसरी औरत के साथ उसकी मर्जी से सेक्स संबंध को इतना सीरियस क्यों बना दे रहे हो। ब्लैक मेलिंग का भी आरोप अब है नहीं। रही बात मेरी तो मैं अभी तक कुछ कर भी नहीं पाया हूँ। केवल इरादा भाँप लिये जाने पर भी मौत की सजा है क्या? उसने खुद ही तो मुझे मिलने के लिये बुलाया है।'

'यही तो सर। जब से मेरी जानकारी में ये बात आयी कि आप भी इस सिलसिले में पुलिस की निगाह में आ गये हैं तभी से मैं इस जुगाड़ में लग गया कि आपको कम से कम एक बार खबरदार जरूर कर दूँ। इसीलिए यह सब ताम-झाम करना पड़ा।'

'इसने ताम-झाम की जरूरत ही क्या थी? सीधे मेरे पास आ जाते या मुझे फोन कर लेते।'

'नहीं हो सकता था सर। आपका ऑफिस और घर लगातार पुलिस की निगाहबीनी में है। आपका फोन लगातार सर्विलांस पर है। आपकी हर कॉल पुलिस की जानकारी में है। आप जहाँ-जहाँ जा रहे हैं पुलिस आपके पीछे होती है। इसीलिए मुझे यह भीड़-भाड़ वाली जगह चुननी पड़ी और इसीलिए आपको आधा घंटा इंतजार करवाना पड़ा क्योंकि हमलोग यह चेक करना चाहते थे कि पुलिस आपके पीछे-पीछे आयी है कि नहीं। सारी सावधानियाँ बरतने के बाद भी मुझे डर

है कि किसी भी समय पुलिस यहाँ का दरवाजा खटखटा सकती है।'

मेरा दिल सीने में इतनी तेजी से धड़कने लगा मानों सीना फाड़ के बाहर आ जायेगा। बड़ी खोखली सी आवाज मुँह से निकली, 'तुम्हारा भ्रम नहीं है यह सब? क्यों पुलिस बेवजह हमारे पीछे इस हद तक पड़ेगी। पुलिस ने तुम्हें भी तो छोड़ ही दिया था।'

'नहीं छोड़ा था सर। जब मुझे होश आया तो दरोगा को खबर कर दी गयी और वह आकर मुझसे तमाम बातें पूछता रहा। मैंने डर-डर कर काफी कुछ बताया। उसने मुझे धमकी दी कि कहीं किसी और के सामने मैं यह सब न बोलूँ। फिर सी0 ओ0 भी आ गये और धमकाने लगे कि क्लिपों की बावत किसी से कुछ कहा तो मैं जिंदा नहीं बचने वाला था। अस्पताल में ही मेरा क्रिया-कर्म कर दिया जायेगा। उनके जाते ही मैं अपनी जान बचाने के लिये किसी तरह गिरते-पड़ते, छिपते-छिपाते वहाँ से निकल कर अपने एक-दोस्त के घर पहुँच गया।'

'यह सब धमकियाँ क्यों? केवल उस सेक्स क्लिप के लिये?'

'वो मैं नहीं जानता। मेरी मुसीबत मेरी क्यूरियॉसिटी की आदत की वजह से आयी। मैंने इस बार की पगार से अपनी पसंद का स्मार्टफोन खरीदा था। शौक में मैं उसके सारे ही फंक्शन का इस्तेमाल सीखने के लिये उसे बिना सोचे-समझे जगह-जगह यूज करता रहता था। इसी दौरान एक रात सी0 ओ0 साहब के कोई खास गेस्ट आये जिन्हें चाय-पानी के बाद वे खुद अपनी सरकारी गाड़ी से कहीं पहुँचाने गये। उन गेस्ट की पर्सनाल्टी हॉलीवुड के फिल्म स्टारों की तरह शानदार थी। वह अपना रूप भी बदलने में माहिर था और साहब उसे पता नहीं क्यों पुलिस की वर्दी पहना कर रूप बदलवा कर अपने साथ ले गये थे। क्यूरियॉसिटी में ही मैंने चुपचाप छिपकर उनकी हर रूप में कुछ फोटो और वीडियो बना लिये।'

'फिर?'

'फिर कुछ दिन बाद मैंने अखबारों में पढ़ा कि वह हॉलीवुड का एक्टर लगने वाला शख्स बहुत ही खतरनाक आतंकवादी था और शहर में हुए कई ब्लास्टों के लिये जिम्मेदार था। कई देशों की पुलिस को उसकी तलाश थी।'

'बाप रे। और वह इनके यहाँ था?'

'हाँ। और मैं इतना बेवकूफ था कि इसकी अहमियत समझ नहीं पाया। एक दिन यों ही मेम साहब की नजर मेरे मोबाइल में उस आदमी के सी0 ओ0 साहब के साथ खिंची फोटो पर पड़ गयी और फिर... जैसे कयामत आ गयी। मेरे बहुत ही बुरे दिन शुरू हो गये।'

'वो इतने भारी आतंकवादी से अपना कनेक्शन दिखाने वाले सबूतों को कैसे

बर्दाश्त कर सकते थे?'

'सी0 ओ0 साहब ने मुझे वहीं घर में ही बंद करके बहुत ही मार लगायी और मेरा फोन छीन लिया। वे बार-बार मुझसे यही पूछ रहे थे कि ये फोटो मैंने कहाँ-कहाँ सेव की हुई थी और कहाँ-कहाँ शेयर की थी। वे मुझे मजबूर कर रहे थे कि हर जगह से मैं इन सब को डिलीट करूँ। मैं तो अभी स्मार्टफोन का इस्तेमाल सीख ही रहा था। सच में मुझे शेयर वगैरह की कोई जानकारी नहीं थी और कहीं शेयर किया भी नहीं था पर उन लोगों को यकीन नहीं आ रहा था।'

'फिर क्या हुआ?'

'फिर अगले दिन मेम साहब ने मुझे समझाया और मुझसे बहुत ही सहानुभूति दिखाई। मेरी चोटों पर दवा वगैरह लगायी और मुझे कहा कि मैं अगर साफ-साफ बता दूँ कि ये फोटो कहाँ-कहाँ भेजी गयी है या सेव की गयी है तो न केवल मुझे छोड़ दिया जायेगा बल्कि मुझे एक लाख रुपया भी मिलेगा।'

'गुड कॉप बैड कॉप गेम।'

'सच में ही ये फोटो और वीडियो कहीं और नहीं थे। मैं बार-बार यही कहता रहा। फिर मेम साहब ने दो टाइम से भूखे मुझको चाय व पकौड़ियाँ खिलायीं। मुझे बेहोशी सी आ गयी और फिर अस्पताल में नींद खुली।'

'ओह। ओह।?'

'फिर तो उस दिन आप भी गेम में अनायास ही आ गये थे। सब कुछ आपके सामने हुआ।'

'मेम साहब से तुम्हारे कोई सेक्स संबंध नहीं थे।'

'तौबा-तौबा। वे मेम साहब थीं। मेरी क्या औकात थी? मैं तो उनके सामने सर उठाकर बात भी नहीं कर पाता था।'

'वे निम्फो नहीं हैं?'

'मैं नहीं जानता। लेकिन मेरे साथ कुछ भी ऐसा-वैसा नहीं था। मैं तो उस आतंकवादी की फोटो की वजह से मारा जा रहा हूँ। अगर यह साबित भी हो जाता है कि फोटो कहीं भी और नहीं है तब भी वे मुझे छोड़ेंगे नहीं। पोटेंशियल गवाह को कौन जिंदा छोड़ता है?'

'और मैं?'

'आप भी यह कबूल करके कि क्लिप आपके पास है फँस गये हैं। वे लोग केवल यह तस्दीक करने के लिये आपसे चूहे-बिल्ली का खेल, खेल रहे हैं कि कहीं सच में ही तो आपके पास क्लिप नहीं है। जिस दिन यह खेल खत्म उस दिन आप भी खत्म।'

'मैं क्यों?'

'आप भी तो क्लिप की बात करके पोटेंशियल गवाह की कैटेगरी में आ गये हैं।'

'माई गॉड।' मुझे कुछ सूझ ही नहीं रहा था, 'अब हम क्या कर सकते हैं?'

'इसीलिए तो मैं इतना खतरा उठाकर आपसे मिलना चाहता था। मुझे तो कुछ समझ में नहीं आ रहा है। शायद आप कुछ बेहतर सोच सकें।'

'हम पुलिस महकमे के आला अफसरों को पूरी सिचुएशन बता सकते हैं।'

'अपने कुछ खास दोस्तों की मदद से मैंने कोशिश की थी पर बिना सबूत कोई भी महकमे पर लगाया जा रहा यह इल्जाम बर्दाश्त नहीं करता है और हर बार मेरे ही फँसने के आसार बढ़ते जाते हैं। सबूत मेरे पास बचे नहीं है। जिस फोन में सबूत थे वह तो कब का नष्ट किया जा चुका होगा।'

कुछ देर हम दोनों चुपचाप अपने-आप में गुम रहे।

'एक बात मेरी समझ में नहीं आ रही है।' मैंने कुछ सोचते हुए कहा, 'केवल वह सी0 ओ0 और दरोगा ही इस मामले में इन्वाल्व है फिर पूरा पुलिस विभाग हम लोगों के पीछे क्यों पड़ा हुआ है?'

'यह मुझे ठीक से पता नहीं चल पाया है। मेरे कुछ दोस्त अभी भी मेरी मदद करते हैं। उनकी मदद से ही मुझे जानकारियाँ मिलती है और मैं आपसे बात करने में कामयाब हो पाया हूँ। उनका अंदाजा यह है कि हमें ही उस आतंकवादी का लोकल एंकर बनाकर पुलिस विभाग में पेश किया गया है। हमारी तलाश आतंकवादी के तौर पर की जा रही है।'

'कैसे? बगैर किसी सबूत के? बगैर किसी हिंट के? पुलिस इतनी मनमानी कर सकती है क्या?'

'अपना यही दुर्भाग्य है। पुलिस बिना किसी सबूत के भी अपनी तफतीश के नाम पर कुछ भी रिपोर्ट लगा सकती है। पुलिस एक्ट अंग्रेजों के टाइम का बना है।'

'और पुलिस के इस मनमानेपन पर आजाद भारत में भी कोई कंट्रोल नहीं है?'

'कुछ तो है। कोर्ट है। वहाँ इसीलिए ज्यादातर पुलिस केस खारिज हो जाते हैं। लेकिन हमारे पास कोर्ट जाने का मौका ही नहीं होगा। हमें तो पकड़ में आते ही आतंकवादी के तौर पर एनकाउंटर दिखाते हुए मार दिया जायेगा।'

मैंने कभी कल्पना भी नहीं की थी कि मेरे ये छिछोरे करम मुझे इस मुकाम पर लाकर खड़ा कर देंगे जहाँ मौत केवल कुछ वक्त की बात होगी। ऐसे मौकों पर पहला रिएक्शन यही होता है कि सब कुछ छोड़कर कहीं बहुत दूर भाग जायें।

लेकिन फिर आप जानते हैं कि आप भाग नहीं सकते। पुलिस देश भर में संगठित है। आप कहीं भी पकड़े जा सकते हैं। इसके अलावा आपको पकड़ने के लिये ये लोग आपके परिवार पर कोई भी जुल्म ढा सकते हैं। नहीं। भागना तो मुमकिन नहीं है। या तो आप नाहक मारे जाइये या फिर कुछ सोचिये।

'हमें केवल वह फोटो और वीडियो क्लिपें ही बचा सकती है।'

मेरी बड़बड़ाहट को ट्यूटर बहुत सहानुभूतिपूर्वक देख सुन रहा था।

***

अगले दिन-रात दरोगा का फोन आया, 'मेम साहब ने याद किया है। आधे घंटे के अंदर बंगले पर पहुँचो।'

'क्यों पहुँचूँ? मेम साहब का नौकर हूँ मैं? जब चाहे याद करें जब चाहे बेइज्जत करके भगा दें।' मेरे जैसी स्थिति में पहुँचे आदमी के पास जब खोने को कुछ नहीं रह जाता है तब हिम्मत खुद-ब-खुद आ जाती है।

'दिमाग खराब हो गया है? आऊँ क्या?'

'आते क्यों नहीं। वारंट वगैरह निकलवा कर आना। यहाँ मेरा पूरा मुहल्ला और मेरे वकील भी होंगे।'

कुछ देर उधर सन्नाटा रहा फिर अपेक्षाकृत शिष्ट सी आवाज आयी, 'आप समझते क्यों नहीं हैं। इतने दिन आप मेम साहब से मिलने को बेचैन थे। अब मौका मिल रहा है तो ऐसी बातें क्यों कर रहे हैं? मेम साहब आप से हुए दुर्व्यवहार की माफी माँगने के लिये आपसे मिलने को तैयार हैं।'

'तो फिर आप मुझ पर पुलिसिया अंदाज क्यों आजमा रहे थे?'

'डिपार्टमेंट में नौकरी करते-करते आदत खराब हो गयी है। माफी चाहता हूँ। क्या बोल दूँ उनसे?'

'जाता हूँ।' बिना किसी उत्साह के मैंने कहा।

मोटरसाइकिल बाहर निकालते वक्त गेट खोलने आये मेरे सहायक ने पूछा, 'फोन रख लिये हैं साहब?'

'हाँ।' अनावश्यक टोका-टाकी के लिये पहली बार मैं उस पर गुस्सा हुए बगैर प्यार से बोला, 'दुआ करना। इस समय मुझे दुआओं की सख्त जरूरत है।

उसने दोनों हाथ जोड़कर आसमान की ओर देखा।

इस बार घंटी बजाने पर दरवाजा खुद हुस्ने जहान ने खोला और मुझे सिटिंग रूम में न बैठा कर सीधा बेडरूम में ले गयीं। मुझे उसी सोफे पर बैठाने का करम फरमाया गया जिस पर उस दिन ट्यूटर की तथाकथित लाश पड़ी हुई थी। गोया मुझे

अपने अंजाम से आगाह किया जा रहा हो। कोई सिपाही, कोई बच्चा या कोई और खिदमतगार नजर में नहीं था। मेरी आफते-जान हुस्न परी अपने सजे-धजे महकते अंदाज में मेरे बगल में उसी सोफे पर मुझसे सट कर बैठी कह रही थीं, 'मैं अपने किये पर शर्मिन्दा हूँ। बाद में मुझे लगा कि मैं भी आपको पसंद करती हूँ। आप जो चाहते हैं वह होना ही चाहिए।'

हुस्ने जान को इतने करीब पाकर भी मैं हकलाया नहीं, 'आप बहुत ही खूबसूरत हैं। एकदम कातिल।'

'अब तो मैं जो भी हूँ, आपके पास हूँ। उम्मीद करती हूँ कि आप पुरानी बातों को भूलकर मुझे माफ कर देंगे।' कहते-कहते वह लगभग मेरी गोद में ही आ गयीं।'

मैंने उनका रेशमी एहसास और मादक खुशबू बड़े करीब से महसूस की।

'आप उस ट्यूटर लड़के से कहीं ज्यादा मजबूत और अच्छे हैं।' फिर मेरी गोद में पहलू बदलते वह आगे बोली, 'क्या उसने सच में ही आपको कुछ फोटो या वीडियो क्लिप दी थी?'

'हाँ। दी थी। पर यकीन जानिये उनका इस्तेमाल करने का मेरा कोई इरादा नहीं था। होता तो मैं पहले ही उन्हें इस्तेमाल कर चुका होता। उसका जिक्र करने का मकसद केवल आपकी सोहबत पाना भर था जो मुझे आपने हासिल करा दी। अब उन सबका क्या काम?'

'सच है। अब हमारे बीच उन सबका क्या काम? केवल क्यूरियॉसिटी है कि उसने कौन सी क्लिप आपको दी? मेरी या किसी और की?'

'दोनों ही। आप वाली क्लिप से या आपसे कोई ताल्लुकात होने से तो उसने एकदम इंकार ही कर दिया था पर मैंने उसके मोबाइल में आपके साथ उसकी वह क्लिप देखी तो गलतबयानी के लिये उस पर बहुत गुस्सा हुआ।'

हुस्न परी अचानक ही मेरी गोद से छिटक कर परे जा खड़ी हुईं और मुझे घूरने लगीं।

मैं कहता ही गया, 'उसने अपनी सफाई में कहा कि यह इतनी गंदी और वहशियाना क्लिप थी कि वह इसके बारे में कुछ भी कहना नहीं चाहता था। खुद को इतनी शर्मनाक पोजीशन में किसी को दिखना नहीं चाहता था। इसीलिए वह आपसे छुटकारा चाहता था। लेकिन आपके दोस्त पुलिस वालों द्वारा धमकाने और मारे-पीटे जाने की वजह से छुटकारा हो नहीं पा रहा था। छुटकारे के लिये आप पर दबाव बनाने की नीयत से उसने चोरी से टाइमर सेट करके यह क्लिप बनायी थी।'

'हरामजादा। वह खुद मेरे पीछे लार टपकाते आया था।'

हुस्ने जान की इस बात पर कोई ध्यान न देते हुए मैंने आगे कहा, 'इस क्लिप को आम कर देने की धमकी के साथ जब उसने यह आपको दिखाई तभी इत्तफाक से आपकी नजर उन क्लिपों पर भी पड़ गयी जो उसके लिये जानलेवा बन गयीं।'

हवाइयाँ उड़ते उनके विकृत चेहरे की ओर देखते हुए मैं बोला, 'लेकिन अब पुरानी बातें याद करने का क्या फायदा। अब तो आप और मैं दोस्त हैं।'

उठकर मैंने उन्हें आगोश में लिया और उनकी महकती साँसों से अपनी साँसें मिलाने की कोशिश करने लगा। बिना छिटके, बिना हटे उन्होंने मेरे होठों के बीच में कहा, 'कहाँ हैं वह फोटो और क्लिप?'

'उसके मोबाइल में।' मैंने प्रसन्न भाव से कहा।

'उसके मोबाइल में? उसका मोबाइल तो....' वह बोलते-बोलते चुप हो गयीं, 'कहाँ है उसका मोबाइल?'

'मेरे पास।' मैंने पूर्ववत प्रसन्न भाव से जेब में हाथ डालकर मोबाइल निकाला और उन्हें पकड़ा दिया।

उसी पोज में थोड़ा फासला बनाकर उन्होंने कुछ देर मोबाइल की क्लिपों का मुआइना किया फिर अनजाने ही उनके मुँह से निकला, 'ये कैसे हो सकता है?'

मैं कुछ नहीं बोला।

'ये कैसे हो सकता है?' उन्होंने फिर कहा।

'क्या? क्या कैसे हो सकता है?' मैंने उनके मुझसे दूर हटकर धम से बेड पर बैठ जाने को नजर अंदाज करते हुए कहा।

'उसका यही मोबाइल... हमने इसी मोबाइल से सारी चीजें डिलीट करके मोबाइल को क्रैशर में डाल दिया था। कैसे यह दुबारा आ सकता है?' अचानक वह उठकर बाहर जाते हुए बोलीं, 'मैं एक मिनट में आती हूँ।'

मोबाइल उनके साथ ही था।

जैसा कि उम्मीद थी वे जब लौटीं तो उनके साथ हैरान परेशान नजर आते सी0 ओ0 साहब भी थे।

'ये मोबाइल कहाँ से आ गया।' उन्होंने पूछा।

'जिंदा हो गया। आप लोगों ने मारने की कोशिश की पर यह भी जिंदा बच गया। जैसे वह ट्यूटर जिंदा बच गया।'

सी0 ओ0 और उनकी पत्नी ने एक-दूसरे की ओर देखा। फिर पत्नी ने मेरी ओर देखकर बड़े इसरार से कहा, 'बता दीजिए न? बता दीजिए कि यह मोबाइल कहाँ से आ गया?'

उनकी अदा पर सौ-सौ जान से कुर्बान होते हुए मैंने कहा, 'अब इसमें कोई बाजीगरी तो है नहीं। लड़के ने मोबाइल में आटो बैकअप का फंक्शन ऑन कर रखा था और गूगल फोटोज में भी आटो सेव ऑन था। इसी मॉडल का दूसरा फोन खरीद कर साइन इन करने पर सब कुछ वापस आ गया।'

'हे भगवान! ऐसा तो मैंने कभी सोचा ही नहीं था। इस तरीके से और भी ऐसे फोन बन सकते हैं। ये क्लिपें कभी खत्म नहीं होंगी?'

'हाँ। यहाँ तक कि मुझे खत्म करने के बाद भी क्लिपों का वजूद बना रहेगा और ये सही हाथों में पहुँचाई जा सकती हैं।'

'हे भगवान! आपने ऐसा क्योंकिया? क्यों इसे रिकवर किया?'

'जब जान पर बन आती है तब सब कुछ अपने आप दिमाग में आने लगता है। मेरे लिये भी जान बचाने का इसके अलावा कोई और रास्ता नहीं बचा था। मेरी किस्मत ही थी जो मोबाइल ठीक-ठाक ढंग से रिकवर हो गया। तभी तो मैं यहाँ जिंदा खड़ा हूँ।'

'आपकी जान को कहाँ से खतरा हो गया?

'ये आप पूछ रहे हैं?' मैंने सी0 ओ0 को घूरते हुए कहा, 'मुझे पता है जनाब कि मेरे कातिल और मुन्सिफ दोनों आप ही हैं। फिर नाटक की क्या जरूरत है?'

'मैं कातिल? वो कैसे? मुझे तो इस बारे में कुछ भी नहीं मालूम है।' सी0 ओ0 ने हैरानी से कहा।

'आपको नहीं मालूम है? अपना किया आपको ही नहीं मालूम है? अब इन सब बातों का वक्त नहीं है सी0 ओ0 साहब। अब तो बातें साफ-साफ करने का वक्त आ गया है। इन हालातों में मेरी गुजारिश है कि आप मेरे और उस लड़के पर से फर्जी पुलिस केस खत्म करवाइये जो आपकी वजह से कायम हुआ है।'

वह फिर हैरानी से ही बोला, 'आपके ऊपर कोई भी पुलिस केस नहीं है। आपको यह गलत बातें किसने बतायी है? वह ट्यूटर पुलिस कस्टडी से भागा हुआ है। पुलिस अस्पताल में दाखिल करने के लिये उसका नाम रोजनामचे में लिखा गया था। वह अपना बयान दर्ज करा दे तो उसके खिलाफ भी कोई केस नहीं है।'

'उसे अस्पताल में धमकाया नहीं गया, उसे मारने की कोशिश नहीं की गयी? इसीलिए तो उसे चुपचाप अस्पताल से भागना पड़ा।'

'ऐसी कोई भी बात नहीं थी। होश में आने के बाद उसने दरोगा से बातचीत भी की थी पर बयान दर्ज कराने तक रुका नहीं।'

'आप झूठ बोल रहे हैं।' मैंने अविश्वास से कहा।

'ये कौन सा पर्सनल सच-झूठ है जिसकी तस्दीक नहीं हो सकती।' उसने

टेबिल से पुलिस डाइरेक्टरी उठाते हुए कहा, 'इसमें तमाम थानों और बड़े अफसरान के नम्बर दर्ज हैं। किसी से भी फोन करके पूछ लीजिए।'

अविश्वास से भरे हुए मैंने किया। कई-कई फोन लगाये लेकिन कहीं से भी मेरे खिलाफ पुलिस केस होने की तस्दीक नहीं हुई। तो क्या वह लड़का झूठ बोल रहा था? या उसे सच का पता ही नहीं है और वह मुगालते में भागा-भागा फिर रहा है।

'जनाब। अगर अब आपको यकीन आ गया हो तो हमारी जान की झंझट भी दूर कर दीजिए। ये क्लिपें हमेशा के लिये खत्म कर दीजिए।'

'जरूर ही कर दूँगा। पर आपसे गुजारिश करना चाहता हूँ कि अतंकवादियों की मदद करना देशद्रोह है। किसी भी कीमत पर यह जायज नहीं ठहराया जा सकता।'

सी0 ओ0 ने धीरे से कहा, 'मैं आतंकवादियों की मदद करने वाला देशद्रोही नहीं हूँ।

'फिर उस आतंकवादी की आप लोगों के साथ ली हुई इन फोटो के लिये ऐसा खूनी खेल क्यों?' मैं अविश्वास से बोला।

'कोई खूनी खेल नहीं है।' इस बार उनकी पत्नी ने कहा, 'जिसने यह बताया कि उस दिन हमने आतंकवादी की मदद की थी, उसके मुँह से यह नहीं फूटा कि उस दिन हमारे बच्चे पूरी रात हमारे पास नहीं थे? कैसे हमने वह रात अपने अगवा हुए बच्चों की सलामती की दुआ करते रो-रो कर काटी थी? उसने यह नहीं बताया कि जब बच्चे अगली सुबह घर आये तो उनकी क्या हालत थी?' कहते-कहते वे रोने लगीं।

'हमारे बच्चों को अगवा करके उन्हें जान से मार देने की धमकी के तहत जबरदस्ती हमसे यह काम कराया गया था।' सी0 ओ0 बोले।

तस्वीर का यह नया रुख सामने आने पर मुझे हैरानी तो हुई पर अभी भी इस पर यकीन नहीं हो रहा था। मैंने कहा, 'तब आपने उस ट्यूटर की जान लेने का प्लान क्योंकिया था?'

'नहीं। उसकी जान लेने का कोई प्लान नहीं था। हमें उसका मोबाइल मिल गया था। डरा धमका कर हमने उससे जान लिया था कि ये फोटो कहीं और नहीं रखी या भेजी गयी है। मोबाइल हमने नष्ट कर ही दिया था। उसकी जान लेने का कोई मतलब नहीं था।'

'तब उसे जहर देने का क्या मतलब था?' मैंने धैर्य से पूछा।

'जहर देने का कोई मतलब ही नहीं था। अगर वाकई जहर दिया गया होता तो उसके जिंदा बच जाने का कोई सवाल ही नहीं था। हाँ, दो दिनों से हम उसे

अफीम पर रख रहे थे जिससे हमें यह तस्दीक करने का मौका मिल जाये कि उसने वाकई ये फोटो कहीं और नहीं सेव की हुई है। मैंने ऑनलाइन क्लाउड स्टोरेज के बारे में सुना तो था पर उसकी बावत ज्यादा नहीं जानता था।'

'और सर पर लगी वह चोट?'

'वह उसे पहले ही लगी थी। जब मैं उसे डरा कर पूछताछ कर रहा था तब उसके इधर-उधर हिलने डुलने में मेरा डंडा उसके सर पर लग गया था।'

'आपलोग चाहते हैं कि मैं इन बातों पर यकीन कर लूँ।'

'सच यही है। आप इसकी तस्दीक कर सकते हैं।'

'मैं यह मान लूँ कि उस दिन मेरे साथ जो कुछ हुआ, जैसे मुझे एक सोचे-समझे प्लान के तहत फँसाया गया वह सब हुआ ही नहीं था।'

'मैं यह नहीं कहता। उस दिन कुछ ऐसी घटनाएँ घटीं जिसने मेरी पत्नी का दिमाग पागल कर दिया। उसने लड़के को मरा हुआ कैसे जान लिया, मैं आज तक समझ नहीं पाया। फिर उसके मर्डर में आपको फँसाने का प्लान तो और भी बेवकूफाना था। लेकिन यह सब हो गया। भगवान का शुक्र था कि किसी का कोई ज्यादा नुकसान नहीं हुआ।'

मैं अविश्वास से उसे देखता ही रह गया।

'यकीन कीजिए। आपके ऊपर कोई भी पुलिस केस नहीं है। अभी जो भी अफरा-तफरी हुई वो आपके द्वारा यह कहने के बाद हुई कि आपके पास क्लिपें हैं। हम बहुत घबरा गये और आपकी निगरानी भी कराने लगे कि कहीं से सच्चाई का पता लग सके। नहीं पता लगा तो आपकी रजामंदी से आपको मेम साहब के नाम पर मिलने के लिये बुलाया जिससे क्लिपों के बारे में सीधे आप से जानकारी कर सकें। हमारी तरफ से इधर कुछ भी गलत नहीं हुआ है। रही बात उस बरसात वाले दिन की, तो हम शर्मिन्दा तो हैं ही और आप जो भी चाहें हम उस गलती की कीमत चुकाने को तैयार हैं।'

हालात के इस तरह करवट बदलने से मैं हतप्रभ था। समझ में नहीं आ रहा था कि मैं क्या करूँ, क्या कहूँ।

उसने आगे कहा, 'आपको जब भी भरोसा हो जाये कि मैं सब कुछ सही कह रहा हूँ तब आप इन क्लिपों के डर से हमें आजाद कर दीजिए। इनको हमेशा-हमेशा के लिये खत्म कर दीजिए। इनका पब्लिक होना हमारी आन और जान दोनों ही जाने के बराबर है।' कह कर वह बाहर चला गया।

बेड पर चुपचाप बैठी जाने जहान से मैंने पूछा, 'इजाजत हो तो मैं एक पर्सनल सवाल कर लूँ।

उन्होंने मेरी ओर सवालिया निगाह से देखा।

'क्या सी0 ओ0 साहब को ट्यूटर और आप वाली क्लिप के बारे में मालूम है?'

थोड़ा हिचकिचा कर उन्होंने कहा, 'हाँ।'

'उन्हें एतराज नहीं है?'

'नहीं।'

'क्यों? ये बहुत अविश्वसनीय बात नहीं है?'

'वो वोयर हैं।'

'शुक्रिया। मैं सेक्सुअल बिहैवियर्स की ज्यादे तफसील में जाना भी नहीं चाहता। चलता हूँ।'

'अगर आप आज रात मेरे साथ रहना चाहें तो भी उन्हें एतराज नहीं होगा।'

'शुक्रिया।' मैंने उस वहशियाना सेक्स क्लिप को याद करते हुए कहा, 'अगर आप लोगों की कही बातें सच निकलती हैं तो बाकी क्लिपों से आपलोग निश्चिन्त रहियेगा। वे हमेशा-हमेशा के लिये खत्म होंगी।

बाहर की खुली हवा कभी भी इतनी खुशगवार नहीं लगी थी।

आखिरी मीटिंग

मैंने अपने फार्म हाउस पर सक्सेना जी का स्वागत किया। वे हम लोगों में सबसे सीनियर थे और हाई कोर्ट के जज के पद से रिटायर हुए थे।

'कौन-कौन आया?' उन्होंने पूछा।

'इस बार आप सबसे पहले आये हैं सक्सेना जी।'

'अच्छा! मुझे लग रहा था मुझे ही देर हो रही है।'

'आपको तो आज तक कभी देर हुई ही नहीं है। जिंदगी भर की आदत बदलती थोड़े ही है। गुप्ता के बारे में सुना आपने? अभी कुछ दिनों पहले ही उसने बुढ़ापे में शादी कर ली है।'

वे चौंके, 'शादी कर ली है? किससे?'

'ये तो ठीक से मालूम नहीं है पर अजीब सा लगता है यह। उसके बच्चों की शादियाँ काफी पहले हो चुकी हैं। बाबा भी बन चुका है। अब तो भजन-भाव का समय आया था। जिंदगी भर के पाप धोने का समय आया था। फिर उसी चक्र में आ गिरा।'

'अब इसमें ऐसा बुरा भी क्या है? इस उम्र में बच्चे अपने-अपने में मगन हो जाते हैं। अपनी जिंदगी पर ध्यान देने लगते हैं। इस समय एकदम अकेले हो गये आदमी को कोई सहारा तो चाहिए ही होता है। उनकी पत्नी तो कई साल पहले ही गुजर चुकी हैं न?'

'सही है। पर इस उम्र में शादी कर लेना अभी भी हमारे समाज में अच्छी नजरों से नहीं देखा जाता है। आप भी तो कई साल से अकेले हैं। आपने तो दुबारा शादी नहीं कर ली।'

'भाई। असल चीज अपनी जरूरत है। समाज-वमाज कुछ नहीं होता है।'

'ठीक है सक्सेना जी। लेकिन फिलहाल यह मामला हम सब के बीच हॉट तो है ही। इस बार का मुकदमा भी हमलोग यही रखने को सोच रहे हैं।'

यह एक अनोखी मीटिंग होती थी। हम बचपन के छह दोस्तों ने रिटायर होने के बाद तय किया कि हम देश विदेश कहीं भी रहें, साल में एक बार तीन दिनों के लिये तिवारी जी के फार्म हाउस पर मिला करेंगे। हम छह लोगों के पास मिलाकर यही एक ऐसी जगह थी जो आसानी से हर समय उपलब्ध थी और यहाँ हम लोगों के लिये पूरा एकान्त था। काम-धाम के लिये कुछ आदमी थे और सारी आधुनिक सुविधायें भी थीं। फिर भी कभी-कभी यहाँ इकट्ठा होने के बाद हमलोग खुद ही

जगह बदल कर कहीं और भी चले जाते थे।

ऐसा नहीं था कि बाकी के साल हममें बात नहीं होती थी। लेकिन इस समय का इंतजार हम लोगों को इसलिये रहता था कि यहाँ इकट्ठा होने के बाद हम लोगों में बात से बात निकलती रहती थी और आपस में इतना खुलापन था कि सोसाइटी में एक समय की अपनी ऊँची स्थिति भूल कर हम छिछोरेपन की बातें भी कर लेते थे।

नहा-धोकर तैयार होने के बाद सक्सेना जी चाय पर साथ देने के लिये बाहर लॉन के चबूतरे पर आ गये।

'मुझे लगता है कि अब इस सिलसिले में कोई दम नहीं रह गया है। हमारी प्राथमिकतायें बदल गयी हैं। अब हममें पहले वाला लगाव भी नहीं रह गया है।'

'ऐसा क्यों सोचने लगे हैं आप?

'आपको ऐसा नहीं लगता है क्या?'

'नहीं। बिलकुल नहीं। अभी भी यह मुलाकात हमें ताजा तो कर ही देती है। और किससे आप अपने मन की बातें इतना खुलकर, कर सकते हैं? हर रिश्ते-नाते इस अवस्था में पहुँचने के बाद बँट जाते हैं और सभी में कुछ न कुछ प्रतिबन्ध लग जाते हैं। अपने बच्चों से भी हम पूरी तरह खुलकर बातचीत नहीं कर सकते? एक यही तो जगह है जहाँ हम बचपन से अब तक एक-दूसरे के विकास को जानते हैं क्योंकि हम ही हैं जो हमेशा से जुड़े हुए हैं। हम आपस में कुछ भी शेयर कर सकते हैं। यही एक ऐसी ताकत है जो हमें हर हाल में यहाँ ले आती है।'

'बात तो सही है आपकी। मैं भी तो यही चाहता हूँ कि यह भावनायें बनी रहे। पता नहीं मुझे क्यों यह भय सा बना रहता है कि हमारा यह समूह भी आजकल की बनावटी संस्कृति का शिकार न हो जाये क्योंकि देखता हूँ कि यहाँ आकर भी लोग अपने-अपने फोन में ही जुटे रहते हैं।'

'क्या कहा जाये। सोशल मीडिया के मोबाइल पर आ जाने से हम रिटायर और खाली लोगों को भी व्यस्त रखने के लिये कुछ तो मिल ही गया है। नहीं तो हममें से कितने ही लोग खालीपन से जूझते-जूझते गम्भीर रूप से बीमार हुए रहते हैं। हाँ, साल भर इससे जुड़े रहने की वजह से जब लोग यहाँ मिलते हैं तो भी आदतवश यह मोबाइल चलता ही रहता है। अचानक से पूरी तरह छूट नहीं पाता है।'

'ठीक है। भगवान करे यह क्रम सदा चलता रहे। बाकी लोग भी आज शाम तक पहुँच ही रहे हैं न?' उन्होंने आसमान की ओर देखते हुए पूछा।

तभी राय साहब की गाड़ी गेट पर हॉर्न देने लगी।

मैंने उठकर उनका स्वागत गेट पर किया, 'पगला गये हैं क्या राय साहब? इस उम्र और मेडिकल कंडीशन में इतनी लम्बी ड्राइव करने की क्या जरूरत है?

आराम से ट्रेन से आ जाते हमेशा की तरह।'

'लड़का आया है पिछले शहर तक। उसकी ट्रेनिंग है पाँच दिन की। वहाँ से मैंने ड्राइव कर लिया बकलोल प्रसाद।' हमेशा की तरह मेरे नाम का इनीशियल बी0 पी0 बिगाड़ते हुए राय साहब बोले फिर सक्सेना जी की तरफ देखकर बोले, 'अच्छा तो सक्सेना पहले से आकर तुम्हारी एनर्जी सोख रहे हैं।'

'पता नहीं क्यों थोड़ा चिन्तित हैं।'

'फैसला लिखवाने में कोई समस्या आ गयी है क्या? पाण्डे आ ही रहा होगा उसी से लिखवा दिया जायेगा।' पाण्डे पहले एक प्रसिद्ध वकील के मुन्शी थे। बाद में एल0एल0बी0 करके खुद वकील हो गये। जाहिर है लिखने-पढ़ने के मामले में अभी भी उनका डंका बजता था।

'अरे हेल में डालिये फैसला वैसला। अभी मुकदमा तो शुरू हो पहले।'

'किस पर मुकदमा है इस बार? गुप्ता की नयी शादी पर क्या?'

'और किस पर होगा? मामला तो वही हॉट है न? बुढ़ापे की शादी।'

'पता नहीं उनको इस उम्र में ये क्या सूझा। भाभी जी को गये कई साल हो गये अब तो?' राय ने कमेंट मारा।

'ऐसी भी क्या कयामत आ गयी इससे? तमाम बूढ़े अभी खुद को दिल से जवान समझते हैं। यह सब तो होता ही रहता है।'

'पहले आने तो दीजिए गुप्ता को। वही जवान दिल के राज हमेशा से हमें समझाता रहा है और फिर समझायेगा।' राय ने कहा।

गुप्ता वन विभाग की किसी ऊँची पोस्ट से रिटायर हुए थे। जंगल में मंगल की कहावत उनके ऊपर सही ढंग से लागू होती थी। जंगल में बसे बंजारों, गाँवों और नेशनल पार्कों में आने वाले तरह-तरह के सैलानियों में उन्हें अपना सेक्स पार्टनर मिल ही जाता था। कई बार उन्होंने अपने साथियों को भी मौज करायी थी। उनके बारे में यह भी किस्सा था कि कॉलेज के दिनों से ही पूत के पाँव पालने में नजर आते हुए उनका प्रेम किसी विजातीय कन्या से परवान चढ़ गया था पर उनके पारिवार की कट्टरता ने उस प्रेम को फलीभूत नहीं होने दिया। घर बार त्याग कर शादी करने की उनकी हिम्मत नहीं हुई। वे कहते थे कि उन पर इसी का मनोवैज्ञानिक असर हो गया था और वे अपनी पत्नी को कभी उसका सही हक न देकर विद्रोह दिखाने के लिये इधर-उधर तथाकथित घनघोर विजातीयों में मुँह मारते रहते हैं। लेकिन उनके दोस्तों ने उनकी इस दलील को कभी स्वीकार नहीं किया। वे हमेशा यही कहते रहे कि इसकी इधर-उधर मुँह मारने की बचपन की आदत है और अगर बड़े विद्रोही बने हैं तो इनके दोनों बच्चे क्या पड़ोसियों से पैदा हुए हैं?'

राय ने बात आगे बढ़ाई, 'उधर चन्दू की पहली पत्नी ही अभी जवान दिखती है और अपनी बहू से भी कम उम्र की लगती है। अगर बीवियाँ भी यहाँ आती होतीं तो उनके फार्मूले सभी में हिट होते।'

चन्दू यानी श्री चन्द्रमा प्रसाद, आई0 ए0 एस0 भारतीय प्रशासनिक सेवा में प्रमुख सचिव के पद से रिटायर हुए थे। इनकी भारी काली कमाई को सफेद करने के लिये इनकी पत्नी के नाम एक ब्यूटी पार्लर खोला गया था। इस पार्लर से औरों का कितना भला हुआ यह तो नहीं पता पर वे खुद को बहुत सजा-सँवार कर रखती थीं।

'शुरू में आती तो थीं पत्नियाँ भी, पर धीरे-धीरे बोर होकर खुद ही आना बंद हो गया। हमलोग उन्हें शॉपिंग वगैरह ले ही नहीं जाते। लगता है कि अगर यहाँ भी शॉपिंग ही कराते रहे तो यहाँ और घर में फर्क ही क्या रह जायेगा।'

शाम तक गुप्ता को छोड़कर सभी लोग पहुँच गये। डिनर के पहले गुप्ता को फोन लगाया गया तो पता चला कि वह कल पहुंचेंगे अपनी नयी नवेली पत्नी के साथ।

'यह तो सरासर धोखा है।' सक्सेना जी ने डिनर पर भी अपना मूल स्वर नहीं छोड़ा, 'अगर ऐसे ही होने लगा तो हमारे इस मिलने का उद्देश्य ही खत्म हो जायेगा।'

'कैसा होता रहा?' मैंने पूछा।

'अब बताइये भला एक नयी औरत के सामने हम खुलकर कुछ बातचीत कर पायेंगे क्या? उसे यहाँ लाने का कोई मतलब ही नहीं था। पर गुप्ता की आशिकी को क्या कहा जाये।'

'अरे वो हर समय हम लोगों के बीच थोड़े ही रहेगी। फिर यह भी तो सोचिये कि माहौल कितना रंगीन रहेगा। हम लोगों की पत्नियाँ तो शुरू से ही हम सबको जानती हैं और हमलोग बहुत बार परिवार सहित मिलते-जुलते भी रहते हैं। लेकिन एकदम नयी महिला हमारे बीच होगी तो हम लोगों को एक-दूसरे को जानने-समझने का कुछ नया ही अनुभव रहेगा।'

'पता नहीं। वह क्या अनुभव होगा? पर मुझे लगता है कि हमें वह स्वतंत्रता तो नहीं रहेगी जो अकेले रहने पर होती है।'

'आप सच में बूढ़े हो गये हो सक्सेना जी। घर में नयी भाभी के आने का एक्साइटमेंट भूल गये हो। मैं तो कहता हूँ कि हमारी यह मीटिंग सबसे अच्छी रहेगी।'

सक्सेना जी ने वाइन का एक घूँट भर कर बुरा सा मुँह बनाया पर कुछ बोले नहीं।

'सक्सेना को बूढ़ा कोई न कहे भाई।' राय ने चुटकी लेते हुए कहा, 'इनकी छोटी वाली सरहज से इनका चक्कर अभी शुरू ही हुआ है।'

'इनकी सरहज शादीशुदा नहीं है?' आश्चर्य से चन्दू ने पूछा।

'अबे घामड़, चक्कर चलाने के लिये शादी-वादी से क्या मतलब? शादी अपनी जगह होती है और चक्कर अपनी जगह। बुढ़ापे में अकेला आदमी क्या करे? कहीं न कहीं तो दिल लगाना ही होता है न?'

'इनकी छोटी सरहज तो तलाकशुदा है।' पाण्डे ने सर्वज्ञानी शरलॉक होम्स की तरह धीरे से कहा, 'उनके इंजीनियर पति को कंपनी ने अमेरिका भेजा था। फिर वह लौटा ही नहीं। वहीं रम गया और एक कंपनी से दूसरी कंपनी में स्विच करता रहा। फिर वहीं किसी से उसका दिल लग गया और लम्बी चक्करबाजी के बाद उसने तलाक ले ही लिया।'

'और सक्सेना जी से चक्करबाजी के लिये इनकी सरहज को फ्री कर दिया।' राय ने कहा।

'दिमाग खराब हो गया है तुम्हारा राय।' सबकी हँसी के बीच सक्सेना जी बिगड़े, 'ऊल-जलूल बातें बंद करो।'

'इन्हीं सब मामलों से तो दिल जवान रहता है।' मैंने कहा।

'तुम्हीं क्यों नहीं अपने दिल के जवान होने का कोई सबूत पेश करते।'

'करूँगा साहबान। पहले हमारी नयी भाभी को तो आ जाने दीजिए। उनके सामने करूँगा तो बात में मजा ही कुछ और होगा।'

'कर चुके सूफी साहब।' चन्दू ने कहा।

'सूफी लोग तो और गहरे होते हैं। जब बात खुलती है तब पता लगता है कि अरे बाप, ऐसा भी हो सकता है क्या?' पाण्डे ने कहा।

गरम रोटियाँ रखने आये बहादुर के सामने हमलोग कुछ देर चुप ही रहे फिर राय साहब बोले, 'लग रहा है पाण्डे को इसका तगड़ा अनुभव है।'

'है न राय साहब।' पाण्डे ने मुस्कराते हुए कहा, 'एक ऐसे सूफी का अनुभव है जो साल भर से ज्यादा अपनी सगी मौसी की लड़की के चक्कर में पड़ कर कम से कम अपना वह साल तो कैरियर के मामले में गँवा ही बैठा।'

राय साहब भी हँसते हुए बोले, 'साले, आजकल व्योमकेश बख्शी की शागिर्दी में है क्या?'

'नहीं, अरविन्द जी की शागिर्दी में हूँ।'

'अरविन्द?' राय साहब आश्चर्य से बोले, 'वो साला कहाँ मिल गया तुमको?

कैसा है आजकल?'

पाण्डे, राय को अरविन्द के बारे में बता रहा था और हम सब लोग बिना बताये यह समझ गये थे कि यह मसला राय का ही था। आश्चर्य यह था कि अभी तक हममें कोई यह बात पहले नहीं जानता था।

डिनर के बाद हमलोग बत्तियाँ बंद करके कुछ देर तारों की छाँव में अँधेरी रात का आनंद लेने के लिये बैठे। शहरी भागदौड़ की लाइफ में रात की सुंदरता को हम भूल ही चुके थे। मुझे याद नहीं है कि रिटायर होने के पहले कभी रात और तारों पर ध्यान गया हो। तरह-तरह की व्यस्तताओं के बीज और चीजों की तरह रात भी आती थी और जाती थी। कभी मन पर एक क्षण रुकने वाली चीज नहीं थी। लेकिन शहर से थोड़ा दूर इस फार्महाउस पर रात का अलग ही रंग दिखता था। पहली बार जाना कि रात कितनी गहरी होती है, रात कितनी रहस्यमय होती है और रात कितनी सुंदर होती है।

चन्दू ने गहरे अँधेरे में चमकती आकाशगंगा को निहारते हुए कहा, 'अब तो लगता है कि तारों की तरह इस चमकती दुनिया में अपनी जिंदगी इस रात की तरह ही अँधेरी होती जा रही है।'

'क्या हो गया भाई? भाभी जी फोन पर कुछ उल्टा सीधा कह दी हैं क्या?' राय बोले।

'तुम नहीं समझोगे राय। यह बातें भाभी जी लोगों से कहीं बहुत ऊपर होती हैं। सीधे जिंदगी का साक्षात्कार करा देती हैं।'

'अब क्या हो गया है जो अचानक जिंदगी का साक्षात्कार होने लगा है। पहले तो नहीं होता था।'

'पहले यह सब सोचने की फुरसत ही नहीं होती थी। कभी मन इस अन्धी दौड़ से उकता कर बहकता भी था तो जीवन की दूसरी प्राथमिकतायें उसे खींच ले जाती थीं। अब तो बात ही अलग हो गयी है। इस उम्र पर आते-आते वह सब साफ दिखने लगा है जो पहले हम देखकर भी अनदेखा किये रहते थे।'

पाण्डे ने कहा, 'जिंदगी तो वहीं की वहीं है भाई, केवल छोर बदल गया है। पहले लगता था कि आसमान मुट्ठी में कर लेंगे। अब देख रहे हैं कि जिसे करना चाहते थे वह आसमान तो मुट्ठी में आ गया है लेकिन जिस लिये करना चाहते थे, वह कहीं दूर छिटका जा रहा है।'

'इतनी गहरी बातें मेरे भेजे में नहीं आती हैं। जैसी कटी है वैसे ही आगे भी कट जायेगी। मस्त रहिये।' राय साहब गहरी फिलॉसफी से घबराने लगते थे।

'वैसे ही तो नहीं कट रही है राय साहब। न मेरी जिंदगी न आपकी। घर पर

यह कह नहीं सकते हैं। यहाँ कह ले रहे हैं।'

'क्यों नहीं कह सकते घर पर? घर जितनी आजादी और कहाँ?'

'आप सब कुछ कह लेते हैं राय साहब?'

'हाँ। शायद सब कुछ नहीं। लेकिन पहले भी हमारे मन की बात सुनने वाला कौन था। हमेशा से एक घर में भी सबकी प्राथमिकतायें अलग-अलग ही रही हैं। सभी अपनी-अपनी ज़रूरतों की भाषा जानते और सुनते हैं।' राय साहब भी दर्शनशास्त्र में घुसने की कोशिश करने लगे।

'हर तरफ बस वही अफसाने हैं।' मैंने कहा, 'छोड़िये। आज हम इस घनी काली रात की खामोश आवाज सुनते हैं।'

अगले दिन गुप्ताजी सवेरे न आकर दोपहर को लंच के कुछ पहले अपनी पत्नी के साथ प्रकट हुए। लेकिन क्या खूब सजे-धजे प्रकट हुए। मानों सही में नयी-नयी शादी हुई हो। उनकी नयी पत्नी को देखने के लिये सभी लोग गुप्ताजी का स्वागत करने बाहर आ गये।

कम उम्र की तो वो नहीं थीं लेकिन अच्छी तरह से फिट जीन्स और सफेद कुर्ते में अच्छी लग रही थीं। गठा हुआ शरीर महिला खिलाड़ियों जैसा था। रंगत साँवली, आँखें गहरी और होठों की ऐसी मुद्रा जो हर समय मुस्कराने को तत्पर हों, उन्हें बहुत-बहुत आकर्षक बना रही थी। हम सब को एकबारगी गुप्ता की किस्मत से जलन हुई।

'मिलिये श्रीमती सरला सागर से। आप सब की नयी भाभी।'

'स्वागत। बहुत-बहुत स्वागत आपका हमारी इस दुनिया में।' मैंने औपचारिकता के अन्तर्गत कहा।

'वाह! आज बड़ा स्वागत है।' गुप्ता ने कहा।

'तुम्हारा नहीं घामड़। स्वागत हमारी इन नयी भाभी जी का है। तुमसे तो हम बाद में निबटेंगे।'

'अब तो मैं भी आपकी दुनिया का हिस्सा हूँ। चलिये, मैं सबको पहचानने की कोशिश करती हूँ। सक्सेना जी यानी जज साहब आप?' उन्होंने सक्सेना की ओर इशारा करते हुए कहा और अगले दो मिनट में सबको सही सही पहचान लिया।

'लगता है गुप्ताजी ने पहले ही सबका परिचय दे रखा है।'

'गुप्ता जी के मोबाइल में पिछले साल की आपकी इस गैदरिंग की तमाम फोटो भी तो है।' भाभी जी ने कहा।

'आपलोग फ्रेश हो लीजिए। लंच तैयार है।'

‘हम भी तैयार ही हैं। पहले हम घर गये थे। वहाँ सबसे मिल जुल कर और तैयार होकर यहाँ आ गये।’ गुप्ता बोले।

‘घर?’ हम सबको आश्चर्य था।

‘इनका घर यहीं तो है। ये इसी जिले की हैं। सिविल लाइंस में पुश्तैनी मकान है। इसीलिए तो ये भी साथ आयी हैं।’

‘ओह। ओह। बहुत बढ़िया। आप यहीं की हैं।’ मुझे वाकई मजा आ गया।

लंच के पहले नयी भाभी जी किचन में चली गयीं और खाने को थोड़ा फिनिशंग टच मिल जाने की वजह से वह कुछ और ही लजीज हो गया।

मैंने कह भी दिया, ‘भाभी जी का हाथ लग जाने से आज का खाना कितना अच्छा हो गया है?’

‘अबे, मिलते ही लाइन मारने लगा?’ गुप्ता बोला।

‘क्यों नहीं। आखिर मेरे जिले की हैं।’ भाभी जी की दिलकश मुस्कराहट देखते हुए मैं बोला।

‘तुम तो अपनी बताओ गुप्ता। कैसे पटाया?’ चन्दू ने पूछा।

‘पटाना क्या था? किस्मत ने जैसे खुद ही झोली में डाल दिया।’

‘कहाँ से?’

‘भाई। हमलोग स्कूल के दिनों से ही एक-दूसरे को जानते थे। बल्कि सही कहना हो तो प्यार करते थे। शादी करना चाहते थे। लेकिन जाति की समस्या के चलते परिवार वाले राजी नहीं हुए।’

‘ये वही हैं जिनका किस्सा सुनाकर तुम अपने काम्प्लेक्स की बात करते थे।’ पाण्डे ने हैरानी से पूछा।

गुप्ता ने पाण्डे को घूरते हुए कहा, ‘हाँ। वही हैं। फेसबुक पर अचानक एक दिन दिखायी पड़ीं और दुबारा बातचीत शुरू हो गयी।’

‘मैंने खोजा था।’ भाभी जी बोलीं।

‘हाँ भाई हाँ। मोटी बात है कि हम दुबारा मिल गये और पता चला कि कई साल पहले इनके पतिदेव गुजर चुके हैं। हम लोगों को एक-दूसरे की जरूरत महसूस हुई और सोच-विचार करते-करते हमने शादी कर ही डाली।’

‘बहुत खूब।’ सक्सेना जी ने कहा।

‘इस बार का मुकदमा क्या होगा?’ गुप्ता जी ने सबको रायता सर्व करते हुए पूछा। हमारी हर गैदरिंग में कम से कम एक पूरा दिन अपनी बातों विचारों को एक निश्चित दिशा में रखने के लिये एक मुकदमे का खेल होता था जिसमें किसी एक को

मुजरिम बनाकर कोर्ट लगायी जाती थी और खास उसी विषय पर पूरे दिन बहस होती थी।

'मुकदमा तो तुम्हारा ही था गुप्ता- बुढ़ापे की शादी। पर भाभी जी भी आयी हैं तो इनके लिहाज में हम कोई और मुकदमा तय करेंगे।' मैंने कहा।

'मुझे तो कोई आपत्ति नहीं है।' मिसेज गुप्ता बोलीं, 'बल्कि इसमें मजा ही आयेगा। हम तो इस बारे में चर्चा करके खुश ही होंगे।'

'मुझे तो लगता है कि अब मुकदमों की जरूरत ही नहीं है।' सक्सेना जी ने कहा।

'क्यों? क्या हो गया? मैं तैयार हूँ। मेरी पत्नी तैयार है।' आप अदालत लगाइये तो।'

'इस मुकदमे में मैं जज नहीं रहूँगा।' सक्सेना जी अपने खाने पर ध्यान लगाते हुए बोले।

'क्या बात है सक्सेना जी। आप इस बार काफी उखड़े-उखड़े से हैं। आपको इस गैदरिंग में भी मजा नहीं आ रहा है। क्या बात हो गयी है। हम सब आपके अपने ही हैं। आप हमें बता सकते हैं।'

'बता भी दूँ तो कोई क्या करेगा। हम तो यहाँ मिलकर हँसी-मजाक ही करते हैं। किसी की सीरियस समस्या पर कोई क्या कर लेगा? अदालत ही लगायेगा।'

'ऐसी भी क्या बात है? क्या हो गया है?'

'मैं कल से देख रहा हूँ सब लोग गुप्ता का मजाक बना रहे हैं, जैसे उसने कोई अपराध कर दिया हो। अपनी व्यक्तिगत जिंदगी के बारे में निर्णय लेने का हम सबको हक है। मैं आखिरी बार इस ग्रुप में शेयर कर रहा हूँ कि मैंने भी बुढ़ापे में अपनी सरहज से शादी कर ली है।'

परवाज

दो शब्द

जंगल विभाग में लम्बे समय की नौकरी खुद ब खुद जंगल और प्रकृति के इतना करीब ले आती है कि जंगल के बीच खड़े होने पर जानवरों, पक्षियों, पेड़ों के झूमने की सरसराहट और हवाओं से परे जंगल की अपनी अलग आवाज सुनाई पड़ती है। यह आवाज बताती है कि जंगल क्या कह रहा है और अलग-अलग जंगलों की आवाज अलग-अलग होती है। यह अनुभव इतना दिव्य होता है कि इसे शब्दों में बाँधना असंभव सा है। लेकिन जब भी कोई दिव्य अनुभव होता है तो उसे सबसे बाँटने की इच्छा भी बहुत ही तेज होती है।

इस कहानी में दो जंगलों को एक साथ पिरोने की कोशिश की गयी है। एक हमारा समाज रूपी जंगल जो प्राकृतिक जंगलों की तर्ज पर ही विकसित हो रहा है और दूसरा दिव्य प्राकृतिक जंगल जहाँ कोई अन्याय नहीं है, अत्याचार नहीं है, पाप नहीं है। भले ही एक जानवर अपने प्राकृतिक स्वभाव के तहत दूसरे जानवर को मार कर खा रहा है।

इस कथा में जंगल की आत्मा है। अगर महसूस हो जाये तो जिंदगी बदलने में देर नहीं लगती। हमारे, आपके, सबके जीवन में चिड़ियाँ की चहचहाहट गूँजे जो ऊँचे से ऊँचे उड़ाते हुए उस अनुभव तक ले जाये जिसे बहुत ही खूबसूरती से उर्दू में परवाज कहा गया है।

प्राक्कथन

काफी दिनों से हाते में लगे नीम के पेड़ पर एक भी चिड़ियाँ नहीं आ रही थी जो उनके लिये भारी चिन्ता की बात थी।

यह पेड़ उन्होंने अपने पिता के साथ मिलकर अपने स्कूली दिनों में लगाया था। उस अस्सी के दशक में लगातार बढ़ते हुए शहरीकरण के कारण तेजी से उगते हुए सीमेंट के जंगल का दबाव वहाँ तेजी से महसूस होने लगा था। यद्यपि अभी सघन प्लाटिंग की शुरूआत इस छोटे शहर में नहीं हुई थी पर उनके पिताजी को भविष्य का अंदाज हो रहा था। इसीलिए उन्होंने शहर में बन रहे इस घर के सामने भी हाते के रूप में जगह छोडते हुए गाँव की पुरानी परंपरा के अनुरूप इसमें एक नीम का पेड़ लगाना तय किया। घर वालों का इसमें भारी विरोध था। पेड़ लगाने से उतनी जगह का नुकसान हो रहा था जहाँ एक-दो कमरे और बन सकते थे जिनका उपयोग किराये पर उठाने के लिये भी हो सकता था। पेड़ से गंदगी बढती है। कीड़े-मकोड़े, साँप वगैरह आ जाते हैं। बड़े पेड पर चढ कर चोरों के आने के लिये आसानी हो जाती है आदि आदि। लेकिन वे पिता के ही तरफ रहे। सारी झिक झिक के बावजूद भी उन्होंने पिता के साथ मिलकर बड़े ही उत्साह से यह पेड़ लगाया और उसे पानी आदि देने का काम खुद सँभाल लिया। पिता कहते थे कि ये पेड़ ही हमें आने वाले दिनों में शुद्ध हवा देने और बीमारी से बचाने का काम करेंगे जिसकी जरूरत यहाँ शहर में कुछ ज्यादा ही पड़ेगी।

अगले कुछ सालों में बढ़ते हुए पेड़ के साथ जीते हुए उन्होंने जान लिया कि पेड़ केवल शुद्ध हवा ही नहीं बल्कि पूरी जिंदगी है। उसकी एक-एक नयी डाली, नयी पत्तियाँ और हर रोज एक नया रंग, सृजन का जो सुख फैला रहे थे वह अद्वितीय था। फूलने के बाद उसकी खुशबू ने पूरे घर को स्वर्गोद्यान बना दिया क्योंकि उसमें अपनेपन का एहसास था, हमारा अपना नीम, हमारा अपना लगाया हुआ, अपना पाला हुआ नीम। कुछ ही सालों में वह तमाम जीवों का पालनहार भी बन गया था। जो कल उसके विरोधी थे उन्हें भी दतुअन, पत्तियाँ, छाल आदि इस्तेमाल करने में कोई विरोध नहीं था।

इसी दौरान उनकी नौकरी लग गयी। दो साल की ट्रेनिंग के बाद उनकी पोस्टिंग दूसरे स्टेट में हो गयी जिसकी वजह से उनका घर आना-जाना बहुत कम हो गया। फिर भी जब जब वो आ पाते नीम उनका स्वागत करता और वो भी साहबी ठाट छोड़कर उसकी छाँव में प्रकृति का आनंद लेते। इस पर आश्रय लेने वाली चिड़ियाँ, गिलहरी आदि उनके साथ खेलते थे। उनके बच्चों के लिये भी

यह खेल बहुत प्यारा था जो महानगरों में बहुत मुश्किल था। इसी तरह दिन गुजरते गये। वे अपनी नौकरी में तरक्की पाते पाते रिटायरमेंट पर पहुँच गये। इधर नीम के आस-पास सीमेंट का भारी जंगल उग आया था। फास्ट ग्रोइंग और साल भर में ही फल देने वाले पेड़ों के जमाने में आस-पास के इलाके में दूर-दूर तक यह अकेला नीम का पेड़ था।

आज की कल्चर के अनुसार उन्होंने भी महानगर में अपना घर बनवा लिया था। हम दो के हमारे दो पढ़-लिख कर सेटिल हो गये थे। ट्रेंड के मुताबिक एक बेटा यू0 एस0 ए0 चला गया था। बेटी की,उसकी अपनी पसंद से, कुछ दिनों की चिक चिक के बाद इंटरकास्ट शादी हो गयी थी यद्यपि उन्हें अपनी साहबी बैकग्राउण्ड के कारण अपना दामाद उस समय पसंद नहीं आया था। पत्नी को नीम के पेड़ वाले घर या उस शहर में जाना अच्छा नहीं लगता था इसलिए दोनों लोग महानगर वाले घर में ही दिन-रात अकेले बोर होते रहते थे या फिर पुराने लमहों को याद करते हुए टाइम पास करते थे। बच्चों से अब केवल फोन पर ही बात हो पाती थी। जिस पॉश कहे जाने वाले इलाके में उनका घर था वहाँ आपस में घुलना मिलना, सुख-दुख बाँटना साहबी कल्चर के बिलकुल बिपरीत होने के कारण हो नहीं पाता था अतः मियाँ-बीबी की आपसी चिक-चिक और डॉक्टरों की मदद से दिन कट रहे थे।

ऐसे ही समय में बेटी की तरफ से तथाकथित खुशखबरी मिली जिससे कुछ ही समय में उथल-पुथल मच गयी। वह प्रेगनेन्ट थी। काफी समय से प्रेगनेन्ट थी। दो महीने के अंदर ही डिलिवरी होनी थी और लड़के के घर वालों से किसी मदद की उम्मीद नहीं थी। बल्कि उन लोगों ने साफ मना करते हुए कह दिया था कि जैसे शादी की है वैसे ही बच्चा भी पैदा करवा लो। और यह कि लड़की ने मैटरनिटी लीव एप्लाई कर दी है। मम्मी को आकर सब कुछ सँभालना ही होगा।

सँभालने में यों तो कोई भारी परेशानी नहीं थी पर ससुर दामाद के आपसी सम्बन्धों में इतनी तल्खी थी कि ससुर को दामाद के घर इतने लम्बे समय रहना मंजूर नहीं था। इस बारे में भी कुछ दिनों की चिकचिक के बाद यह तय हो गया कि वे पत्नी को बेटी के यहाँ छोड़कर, कुछ दिन वहाँ रहने की कोशिश करेंगे। मन न लगने की दशा में वापस आ जायेंगे। आगे चलकर थोड़ी और कड़ी चिकचिक के बाद इसमें इतना संशोधन और हो गया कि महानगर वाले मकान में अकेले पड़े रहने से अच्छा तो यह होगा कि वे नीम के पेड़ वाले अपने पैतृक घर पर रह लें। समय का यह खेल आखिरकार उन्हें पैतृक घर पर खींच लाया।

"क्या भाई, ये क्या कूड़ाघर बना रखा है आप लोगों ने इस घर को। कैसे कोई यहाँ रह सकता है?" यहाँ आते ही उनका यह पहला रिएक्शन था।

इस घर में उनका छोटा भाई व उसका परिवार रहता था। उसके बच्चे भी वहीं

रह कर आवारागर्दी करते थे। इन सबका उन पर इल्जाम था कि इतने बड़े पदों पर रह कर भी उन्होंने भाई के बच्चों को सेट करने पर कोई ध्यान नहीं दिया और न ही घर सुधारने के लिये कोई मदद की। यहाँ तक कि जब भी ये लोग उनसे मिलने महानगर गये इन लोगों की कोई इज्जत नहीं की गयी। इसी तल्खी को झलकाती हुई आवाज में छोटे भाई ने कहा -"आपके आने की खबर मिली तो साफ-सफाई तो कराई गयी थी। आगे आप जो कहेंगे करा दिया जायेगा।"

"अरे, नीम की एक डाली कहाँ गयी?

"पिछले महीने आँधी में टूट गयी। बाउण्ड्री भी टूट गयी थी जिसकी मरम्मत करानी पड़ी।" छोटे भाई को हाते में पेड़ से अभी भी शिकायत थी।

"कितना खराब लग रहा है।"

महानगरीय ग्लैमर से घर आने वालों को यहाँ सब कुछ गंदा लगने के पहले रिएक्शन के बाद कुछ दिनों में धीरे-धीरे कुछ ठीक लगने लगता है। इधर-उधर थोड़ा मोड़ा साफ-सफाई कराते हुए अपनी साहबी की तुष्टि के बाद जब वे नार्मल होने लगे तब पुराने दिनों की तरह ही नीम के नीचे उनका सिंहासन लगने लगा।

छोटे शहरों में अपने गाँवों की तरह अभी भी यहाँ से किसी बड़े पद पर नौकरी करने गये या करके आये व्यक्ति को मुहल्ले वाले काफी इज्जत देते हैं। इसी क्रम में उनके पास बैठकर गप्प लगाने वाले आ जाते थे। वो कह रहे थे - "सवेरे टहलने गया था। रामू का हाता तो दिखा ही नहीं जिसमें वो सब्जियाँ उगाता था। हमलोग उसमें करौंदा चुराकर खाते थे।"

"अरे उसमें तो तिमंजिला बनाकर पूरे छह फ्लैट निकल आये हैं। रामू के बाद लड़कों ने वह जमीन एक बिल्डर को बेच दी थी।"

"और वह बड़ा वाला पोखरा? जलकुम्भी और सिंघाड़े वाला। कितने तो कमल खिलते थे उसमें। हमलोग घंटों वहीं खेलते थे। बरसात में सैकड़ों मेढक निकल आते थे।" वे मानो बचपन में खो गये थे।

"अब उसकी क्या बात है। लोग उसे भूल चुके हैं। पोखरे की कोई जरूरत भी नहीं होती है। उसे पाट कर वहाँ एक मल्टीस्टोरी मॉल और मल्टीप्लेक्स बन गया है। हमारे इलाके की शान है वह।"

"इतना सब कुछ बदल गया और मुझे कुछ मालूम ही नहीं चला। मैं पिछले साल भी तो आया था।"

"आये तो थे दो दिन के लिये, और दोनों दिन आप और भाभी घर में ही झगड़ते रह गये। कहीं बाहर निकलते तब न कुछ पता लगता।" उनके भाई ने कहा।

"एक बात कहो साहेब...." बचपन में उनके साथ गुल्ली-डंडा खेले उनके

साथी बोले- "आप तो बहुत-बहुत भारी पदों पर रहे हो। अपना बिरेन्दरवा बैठा है कई साल से पढ़ाई खत्म करके। कहीं कुछ जुगाड़ बनवाओ। इहौ आपन खाय कमावै।"

उनके दरबार में गप्प लड़ाने वाले कुछ लोगों की असली इच्छा प्रकट करने वालों के लिये अभी उनके पास ज्यादा वक्त नहीं था। इस समय तो वे बचपन की यादों में खोए हुए थे। अतः "देखता हूँ" कहते हुए वे अपने मुद्दे पर वापस आ गये। बोले -" इस पेड़ पर कितनी चिड़ियाँ रहती थीं। और वो बाबूजी की कुटकुट गिलहरी, कोई नहीं दिख रहा है। कहाँ चली गयीं सब?" आखिरी लाइन में वे अपने भाई की ओर मुखातिब हुए।

"मुझे क्या पता कहाँ गयीं? होंगी यहीं कहीं।" अपनी उपेक्षा झलकाते हुए वे बोले।

लेकिन इसी तरह मॉर्निंग वॉक और दरबार करते तीन-चार दिन और बीत गये। नीम तो नीम पूरे मुहल्ले में न चिडियाँएँ दिखीं और न ही गिलहरी। जिंदगी भर इन चीजों की कोई परवाह न करने वाले साहब के मन में न जाने क्यों ये चिड़ियाँ और गिलहरी गहरे से गहरे पैठती चली गयीं। शायद बचपन की यादें या फिर बहुत दिनों के बाद पत्नी के बिना होने की स्वतंत्रता या पता नहीं और क्या..... पर इस समय उनका उनका मन इन्हीं में उलझ गया था और भोर होने से लेकर रात तक उनका रोम-रोम अपने नीम पर चिड़ियों का इंतजार करता रहता था। इसके लिये वे नीम के नीचे दाना-पानी रखने आदि से लेकर हर संभव प्रयास भी कर रहे थे।

चिड़ियाँएँ और गिलहरी तब भी नहीं आ रहे थे।

अध्याय 2

घर के बाहर किसी मरे हुए जानवर के सड़ने की गंध फैल रही थी। वहीं घर के भीतर कुछ और ही गंध चल रही थी।

"आपके भैया पागल हो गये हैं। जरूरत क्या है चिड़ियों की? कभी पेड़ पर दाना लटकाओ कभी पानी डालो। वैसे ही घर में बहुत काम रहता है। मैं तो अब करने वाली नहीं।" छोटे भाई की पत्नी आज बिगड़ी हुई थीं।

"अरे कुछ दिनों की........"

"कुछ दिन हो या ज्यादा। अब अति हो रही है। कभी हमारे बच्चों के लिये कुछ करना सूझा नहीं, आज बुढ़ऊ खोपड़ी पर सवार होकर तरह-तरह का टीम-टाम फैला रहे हैं। मुझे नहीं कुछ लेना-देना चिड़ियों से।"

"सुनो तो....."

"आप सुनिये अब..." इस बार वो अपेक्षाकृत धीरे व सधे स्वर में बोलीं - " इस बार जब ये चले जायें तो यह पेड़ ही कटवा दीजिए। यह जमीन 6 लाख में लेने को बिल्डर तैयार है। ये तो अब गये तो शायद ही लौटें। एक-दो साल बाद अगर लौटे भी तो देख लिया जायेगा....."

अपनी पत्नी के आगे सदा से कमजोर रहे छोटे भाई ने बड़ी स्थिर निगाहों से पत्नी को देखा और उतने ही स्थिर स्वर में बोले - "एक बात अच्छी तरह जान लो। मैं खेती-बारी वाला आदमी हूँ। पेड़ हमारे देवता हैं। हरा पेड़ काटने की सोच भी नहीं सकता। चिड़ियों की मैं नहीं जानता पर पेड़ तो नहीं कटने दूँगा चाहे जो हो जाये।"

पत्नी की उन्हें बेवकूफ सिद्ध करने वाली नजरों की कोई परवाह न करते हुए वे बाहर आ गये और नीम की ओर ध्यान से देखने लगे। कोई चिड़ियाँ वहाँ भले ही नहीं थी पर नीम की भव्यता थी। सब ठीक तो है। भैया को कहाँ से चिड़ियों की धुन चढ़ गयी है। पहले तो इतनी चिड़ियाँएँ आ जाती थीं कि उनकी चाँव-चाँव से खिसियाहट होती थी। वाकई कहाँ चली गयीं सब। आसमान में दूर उड़ती चिड़ियों को देखकर उनका यही मन होने लगा था कि किसी तरह एक बार वे इस नीम पर आ जाती तो सारी झंझट कट जाती।

सवेरे से फैल रही बदबू ने अलग परेशान कर रखा था। छोटे भाई जानते ही थे कि नाले के किनारे डाले हुए किसी मरे जानवर को कुत्ते घसीट लाये हैं। इसको हटवाने की जद्दो-जहद अभी करनी बाकी ही है और पत्नी की गैर जिम्मेदाराना बातें अलग समस्या पैदा कर रही है।

इसी समय मुहल्ले के ही तीन-चार लोगों के साथ उनके बड़े भाई बाहर से

आते नजर आये। इस बार उनका आसन बरामदे में लगा जहाँ लगा सीलिंग फैन वोल्टेज कम होने के कारण धीरे-धीरे चल रहा था पर उसकी परवाह किसी को लग नहीं रही थी।

रामबाबू कह रहे थे -"सब इन लोगों की बद्तमीजी है। सही ढंग से डिस्पोज नहीं कर सकते तो जानवर पालते ही क्यों हैं। मुहल्ले भर को परेशान कर देते हैं।"

"अब ये लड़के ठीक ही तो हल्ला कर रहे हैं। भैया न जाते तो मार-पीट और गिरफ्तारी की नौबत तो थी ही।अब मंदिर पर दिन भर पुलिस रहेगी। इनके रहने से बस्ती की बहू-बेटियों का उधर से आना-जाना मुश्किल होगा।"

"क्या हो गया?" छोटे भाई ने पूछा।

"अरे ये बनवासी बस्ती में जानवर पालते हैं और उनके मरने पर खाल निकलवाने के बाद उन्हें नाले के किनारे डाल देते हैं। वहाँ से कुत्ते खींचकर मंदिर के पास ले आये। आज तो फौजदारी होते-होते बची।"

"प्रायः कोई नई बात तो है नहीं। जमाने से ऐसा ही होता रहा है। मरे मवेशियों को और कहाँ ले जा सकते हैं।आस-पास और कोई जगह है भी तो नहीं।"

"जगह नहीं है तो गड्ढा खोदकर पंद्रह-बीस किलो नमक के साथ जमीन में दबा सकते हैं जैसा भैया ने आज करवाया। या फिर सोनारी जंगल ले जायें।"

"हो चुका। पंद्रह-बीस किलोमीटर दूर मरा ढोर ले जाने की औकात हममें से कितनों की है। फिर वहाँ जंगल रह ही कहाँ गया है। उसमें तो मंत्री जी ने अपनी बिरादरी वाले बसा दिये है। वे लोग वहाँ मरा जानवर डालने नहीं देंगे।"

इस पर बड़े भैया चौंके "क्या कह रहे हैं। सोनारी जंगल में करवरिये बस गये हैं। वन विभाग रोकता नहीं है। जिला प्रशासन पुलिस वगैरह कुछ है ही नहीं। अभी तो जंगल के हर टुकड़े पर सुप्रीम कोर्ट की भी निगाह है।"

सभी लोग बड़ी उदासीनता से हँसे। भैया महानगर रहते हैं। देश दुनिया में क्या हो रहा है क्या जानें। कौन जायेगा यहाँ से सुप्रीम कोर्ट? कौन लड़ेगा राज्य सरकार से। सभी तो मंत्रियों के आगे-पीछे पोस्टिंग के लिये लगे रहते हैं। एक रेंजर ने कोशिश की तो थी। करवरियों ने उसको घेर कर इतना मारा था कि वो एक महीना अस्पताल रहा। सस्पेंड होकर साल भर सभी साहबों और नेताओं के हाथ-पैर जोड़ता रहा तब कहीं जाकर बहाल हुआ। चार दिन के लिये घर आये भैया को यह सब बताने का फायदा भी क्या।

छोटे भाई बात वापस मुद्दे पर लाते हुए बोले- "पहले चील, कौवे, गिद्ध वगैरह इन मरे जानवरों को खा जाते थे। हड्डियाँ हड्डी बीनने वाले ले जाते थे। अब इस इलाके में गिद्ध आते ही नहीं।"

"हाँ। बहुत जमाने से गिद्ध दिखाई नहीं पड रहे हैं। इसी से तो यह समस्या भारी हो गयी है। कहाँ गायब हो गये सब?" मास्टर साहब बोले।

"कहते हैं कि गिद्ध प्रजाति ही समाप्त हो रही है। जैसे जूरासिक पार्क फिल्म में दिखाये गये डाइनासोर खत्म हो गये। क्यों भैया?"

"सही है। और यह हमारे मवेशियों की वजह से ही हुआ।" बड़े भैया ने सभी की ओर देखते हुए कहा-"1990 में साइंटिस्टों का ध्यान इस बात पर गया कि लगभग पूरे देश में गिद्धों की तादात तेजी से कम हो रही है। तब से ही इसके कारण की तलाश की जा रही थी। 2003 में डा0 लिंडसे ओक्स व उनकी टीम ने पाया कि इसका कारण डाइक्लोफेनाक नाम की दवा है जो मवेशियों को बुखार दर्द व सूजन आदि के इलाज में 90 के दशक में शुरू की गयी। यह दवा मवेशियों के शरीर में जमा होती रहती है। उनकी बीमारी ठीक होने के बाद भी शरीर से बाहर नहीं जाती। ऐसे जानवरों को जब गिद्ध खाते है तो यह दवा उनके शरीर मे चली जाती है जो गिद्धों के लिये जहर है।"

"तो क्या सारे गिद्ध ऐसे मवेशी खाकर मर गये?"

"हाँ। अधिकांश। जब तक यह बात समझ में आयी और यह दवा बैन करने की कार्यवाही हुई तब तक भारी नुकसान हो चुका था। कई संस्थायें अब गिद्धों को बचाने मे जुटी हुई हैं।"

"ऐसी भी क्या जरूरत है गिद्धों की। कुत्ते, सियार वगैरह मरे जानवरों को खा ही जाते हैं। गिद्ध वैसे भी हमारी संस्कृति में अशुभ व मनहूस माने जाते हैं।"

"आपकी बात एकदम सही है।" भैया बोले -"ये मुर्दा खाने वाले जीव हैं अतः अशुभता तो इनके साथ जुड़ी हुई है। मैं ज्यादा तो नहीं जानता पर पौराणिकता में राम कथा में जटायु और संपाति के रूप में गिद्धों का महत्व स्थापित करने का प्रयास किया गया है। हमारे जमाने में गिद्ध एक बहुत ही दक्ष सफाईकर्मी का काम करते थे।"

"सफाईकर्मी?" मास्टर जी हँसे।

"हाँ मास्टरजी।" भैया भी सभी की ओर देखते हुए मुस्कराये -"प्रकृति के सफाईकर्मी। जंगल या कहीं भी मरे जानवरअगर ऐसे ही छूट जायें तो उनमें पनपने वाले जीवाणु रोग और महामारी फैला सकते हैं। कुत्ते, सियार, लकड़बग्घे, गिद्ध, चूहे आदि ऐसे जानवर हैं जो इन्हें खाकर जल्दी खत्म कर देते हैं और प्रकृति को साफ सुरक्षित रखते हैं।",

"सही है।" मास्टर जी बोले -"जब इतने सफाई कर्मी हैं ही तो गिद्धों की क्या जरूरत है?"

"गिद्ध एक मामले में अनोखे हैं। बाकी सभी जानवर मनुष्यों के साथ ही रहते हैं। इस वजह से ये रोगाणुओं के कैरियर होते हैं। मतलब यह कि तमाम महामारियों के रोगाणु इनके भीतर बिना इनको नुकसान पहुँचाये बने रहते हैं और कभी भी महामारी फैला सकते हैं। आप जानते ही हैं कि प्लेग चूहों से फैलता है जो प्लेग के रोगाणुओं के कैरियर होते हैं। इसी तरह रेबीज के कैरियर कुत्ते होते हैं। गिद्ध बहुत दूर रहते हैं अतः ये मरे जानवरों में पनप रहे रोगाणुओं के लिये डेड एंड होते हैं। आप समझे मास्टर जी, गिद्ध सबसे सुरक्षित सफाई कर्मी हैं जो हमारे लिये हानिकारक कूड़े को एकदम समाप्त कर देते हैं।"

"गजब है प्रकृति की माया।" भैया के ज्ञान से अभिभूत मास्टरजी नतमस्तक हो गये।

"यही नहीं, गिद्धों के समाप्त होने पर उनके हिस्से का खाना कुत्तों वगैरह को मिलेगा जिससे उनकी संख्या बढ़ेगी और हमारे लिये रेबीज की संभावना बढ़ेगी।" भैया उत्साहित हो गये थे।

सिर खुजाते हुए छोटे भाई बोले -"यह तो ठीक है कि गिद्ध होने चाहिए पर हमारे नीम पर चिड़ियों की क्या जरूरत है?" फिर भैया की ओर नजर पड़ते ही कहने लगे -"मेरा मतलब है उनके लिये रोज-रोज फिजूल में दाना-पानी........ पहले तो आती ही थीं, फिर आने लगेंगी।"

"देखो छोटे, दाना-पानी कोई खास बात नहीं है। ये तो हम चिड़ियों को यहाँ बुलाने की कोशिश कर रहे हैं। असल बात यह है कि चिड़ियों ने यहाँ आना छोड़ क्यों दिया। यह प्राकृतिक नहीं है। कहीं किसी बड़ी समस्या की तरफ इशारा हो सकता है। दाना-पानी के बाद भी अगर वे इलाके में नहीं आ रही हैं तो कोई उथल-पुथल जरूर है। आज चिड़ियाँ भाग रही हैं कल हमें भी जाना पड़ सकता है।" भैया ने गंभीर होकर कहा।

आतिथ्य धर्म निभाने की आधुनिक परंपरा में उन लोगों को चाय सर्व करके वापस जाती हुई छोटे भाई की पत्नी ठिठक गयीं। अपने पति की तरफ मुखातिब होकर बोलीं -"इतने दिनों में तो रत्ती भर भी फर्क दिखा नहीं।"

"यही तो बात है कान्ता।" भैया सीधे बोले -"प्रकृति में होने वाले ये परिवर्तन इतने धीमे होते हैं कि जब तक उनका असर दिखाई पड़ता है तब तक भारी नुकसान हो चुका होता है जिसकी भरपाई नहीं हो सकती।"

इतनी भारी-भरकम फिलासफी कान्ता को समझ में आने का कोई सवाल ही नहीं था। उसने अविश्वास से भैया को देखा। वहाँ बैठे और लोगों की समझ में भी कुछ नहीं आया तो वे चाय की तरफ मुखातिब हो गये। वैचारिक विरोध से माहौल

भारी होने के पहले ही भैया के मोबाइल की घंटी बजने लगी। बेटी के घर से उनकी पत्नी का फोन था। बजने वाली रिंगटोन के गाने को तो कोई गेस नहीं कर पाया पर वे जानते थे कि कम से कम अगले आधे पौन घंटे के लिये भैया जी 'क्या कर रहे हैं, खाना खाया, चाय पिया, उस गंदगी में कैसे रह रहे हैं, जाहिलों के साथ ज्यादा ही बैठकबाजी न होने पाये, अपना ज्यादा ज्ञान मत बघारने लगियेगा आदि सवालों से तथा बेटी के स्वास्थ्य व दामाद के हाइपर कारनामों के बुलेटिन से जूझने वाले थे अतः लोग चाय के साथ अपने रोजमर्रा की रिलैक्सिंग बातचीत में मशगूल हो गये।

चिड़ियाँ और गिलहरी जहाँ थे वहीं रह गये।

***

शाम को भैया की बैठकी नीम के नीचे छोटे के छोटे और उसके दोस्तों के साथ चल रही थी। इस समय वहाँ ज्ञान की बारिश न होकर कुछ और ही तरह की बातें थी।

छोटे कह रहे थे, 'हम कुछ करके दिखाना तो चाहते हैं जरूर, पर अभी खुद पर उतना भरोसा नहीं हो पाता। संस्था चलाना तो असंभव सा लगता है।'

'संस्था-वंस्था का तो केवल नाम होता है, एक प्लेटफार्म होता है, एक व्यवस्था होती है जो वर्तमान सिस्टम में हमें आगे ले जा सकती है। काम तो हमलोग ही करते हैं। अगर तुम्हारे पास दस ग्यारह ऐसे दोस्त हैं जो सामाजिक और पर्यावरण सम्बन्धी कामों को मन से करना चाहें तो सब हो जायेगा।' भैया ने कहा।

'करना क्या होगा?' एक-दोस्त ने पूछा।

'कुछ फार्मेलिटीज पूरी करके एक संस्था, सोसाइटी या एन0जी0ओ0 जो भी कह लो रजिस्टर कराना होगा जिसमें मैं मदद करूँगा। फिर तुम लोगों को एक ऑफिस बनाना होगा। इसके बाद असली काम शुरू होगा। तुम लोगों को घर-घर व्यक्तिगत रूप से जाकर, सबसे मिलकर यह बताना होगा कि तुम्हारी संस्था उनकी क्या-क्या मदद कर सकती है। मान लो कोई अपने गाँव में सागौन के पेड़ लगवाना चाहता है तो तुम सागौन की नर्सरी वालों का सम्पर्क उनसे करा सकते हो या वह चाहे तो तुम खुद भी यह काम करा सकते हो।'

'लोग अपना काम खुद ही कर लेते हैं। हमारी मदद क्यों लेंगे?'

'सब लोगों के पास इतना टाइम नहीं होता है इसलिए उनके बहुत से काम टलते चले जाते हैं। अगर एक बार तुम अपना विश्वास कायम कर लोगे तो तुम्हारी संस्था चल निकलेगी।'

'शुरूआत के लिये काफी पैसा भी तो चाहिए होगा। हमारे पास कुछ नहीं है।'

'पैसा हो जायेगा। हम लोगों से चन्दा इकट्ठा कर लेंगे। शुरू में तो मैं ही संस्था

को पचास हजार रु0 का चन्दा दूँगा।'

'करके देखते हैं बड़े पापा।' छोटे में कुछ उत्साह जगा।

'हाँ। एक अपना काम खड़ा करो। फिर नौकरी वगैरह मिल जायेगी तो जाते रहना। नये मेम्बर आते रहेंगे। इसका फायदा यह होगा कि कोई लम्बे समय तक बेकार नहीं बैठेगा और पर्यावरण सुधार जैसा बहुत बड़ा काम होता रहेगा।

अध्याय 3

सवेरे की चाय के साथ भैया मोबाइल पर अपनी पत्नी से उनकी व बेटी की सेहत का हाल सुन रहे थे। छोटे भाई के लड़के भी ताऊ जी के किस्से सुनने की ड्यूटी को वहीं मौजूद थे। अचानक फोन का कनेक्शन कट गया। कुछ देर हलो हलो करने के बाद उन्होंने फोन टेबिल पर रख दिया। उसी समय हैरतअंगेज तरीके से उनका फोन और चाय का कप सरकते हुए टेबिल के दूसरी तरफ पहुँच कर टेबिल से नीचे गिर गये। कप टूटने की आवाज किचन में गिरते बरतनों की आवाज के नीचे दब गयी। छोटे भाई बरामदे में स्टूल पर चढ़ कर सीलिंग फैन में कुछ कर रहे थे। वो अकारण ही चारों खाने चित्त जमीन पर आ गिरे। स्टूल उनके बगल में गिरा। लगा वहाँ अचानक जलजला आ गया है और यह सही भी था।

"क्या हो रहा है बड़े पापा?" लड़के ने घबरा कर पूछा।

थोड़ी देर किंकर्तव्यविमूढ़ रहे बड़े पापा अचानक जोर से चिल्लाये -"भागो, सभी लोग बाहर निकलो। खुले में आओ। भूकम्प आ रहा है।"

सभी लोग बाहर भागे। हाते में नीम के नीचे आकर छोटे सकपकाये से बोले -"कहाँ.... कहाँ जाना है।"

"कहीं भी खुली जगह में। बिल्डिंग कभी भी गिर सकती है। सब लोग मलबे में दब जायेंगे।"

"खुली जगह कहाँ है? हर तरफ ही बड़े-बड़े मकान है।"

"स्कूल की फील्ड में?" भैया ने पूछा।

"फील्ड में तो नयी क्लासों के लिये तिमंजिली बिल्डिंग बन गयी है।"

"सड़क?"

"पतली पतली सड़कें हैं जिनके किनारे ऊँची बिल्डिंगें हैं।"

बड़े-छोटे सभी के चेहरे पर डर साफ झलक रहा था। एक पल में ही मौत इतने करीब से दिखने लगी थी। छोटे भाई की पत्नी बच्चों को पकड़ कर रोने लगीं।

"अरे कहीं तो कोई खुली जगह होगी या फिर हम यहीं मरेंगे।" बड़े भैया डर व बैचेनी की चरम सीमा पार कर रहे थे। घर के अंदर उनके मजबूत गोरिल्ला ग्लास वाले, टेबिल से नीचे गिरे मोबाइल की रिंगटोन बज रही थी पर उसे उठाने के लिये घर में जाने की हिम्मत उनमें नहीं थी। उनके भतीजे ने रिंगटोन का गाना पहचान लिया था पर कहने का कोई मौका या मतलब था ही नहीं।

तभी पास-पड़ोस के तमाम लोग भागते हुए हाते में आ गये। थोड़ी ही देर

में वहाँ काफी लोग इकट्ठा हो गये। भैया के पूछने पर सभी ने यही बताया कि इससे ज्यादा खुली और सेफ जगह आस-पास कहीं और नहीं है। भला हो आप लोगों का जो घर एकमंजिला ही है और हाता काफी बड़ा है।

"भूचाल में पेड़ तो नहीं गिरते हैं न भैया?" नीम की ओर देखते हुए एक पड़ोसी ने पूछा।

भैया केबिल के मोटे तार को देख रहे थे जो हिलते-हिलते अब स्थिर हो चला था। संभवतः पहला झटका समाप्त हो गया था लेकिन खतरा अभी टला नहीं था। अगले एक घंटे तक कोई वहाँ से नहीं हिला। फिर एक-एक करके लोग अपने-अपने घरों में हुए नुकसान का जायजा लेने के लिये जाने लगे। कान्ता अपना किचन ठीक करने लगीं। लोग घर में थे पर इतने डरे हुए और सतर्क थे कि हल्की खुट-खुट की आवाज पर भी बाहर भाग जा रहे थे। अंदर पहुँच कर भैया ने बेटी के यहाँ फोन करके हाल-चाल का आदान-प्रदान कर लिया था। वहाँ भूकम्प नहीं आया था।

भैया शॉक्ड थे। अचानक मौत को पास से गुजरता देखकर जिंदगी की फिलासफी और प्रगाढ़ हो जाती है। वे यहाँ से महानगर तक सोच ले गये। विकास के नाम पर हम कहाँ जा रहे हैं? भूकम्प के नाम पर सामने से आ रही मौत से बचने के लिये कहीं खुली जगह भी नहीं बची है। दिन भर टी॰ वी॰ पर नेपाल में भूकम्प से हुई तबाही व मौतों की खबर आती रही। वे जान रहे थे कि यहाँ अगर मौतें नहीं हुई हैं तो यह केवल किस्मत की बात है कि यहाँ भूकम्प की तीव्रता कम रही। वरना हमारी स्थिति नेपाल से कोई बेहतर नहीं है।

"बड़े पापा, ये भूकम्प क्यों आता है?"

छोटे भाई का छोटा बेटा सभी बच्चों में सबसे इंटेलिजेंट था। वह अपने पापा से कई बार भूकम्प के बारे में पूछ चुका था पर उन्हें शेषनाग की करवट से ज्यादा मालूम नहीं था और डर के मारे इस बारे में बात करने की उनकी इच्छा भी नहीं थी। फिर वह बड़े पापा के पास आ गया।

अंदर से थरथराते बड़े पापा अपनी तंद्रा से बाहर आये। पहले तो वे खाली-खाली आँखों से उसे देखते रहे फिर उसकी जिज्ञासा व उत्साह को देखकर मुस्कराये। बोले -"जमीन के अंदर पैदा होने वाली तरंगों की वजह से।"

"और ये तरंगें क्यों पैदा होती हैं?"

"तुमने अपनी पृथ्वी की संरचना के बारे में कुछ पढ़ा है?"

"हाँ, इसके अंदर पत्थर की चट्टानें और पिघला लोहा भरा हुआ है।"

"बिलकुल सही।" बड़े पापा पात्र शिष्य पाने की खुशी के साथ बोले -"इसके केन्द्र में ठोस निकिल और लोहा लगभग 2500 कि0 मी0 व्यास का है जिसे इनर

कोर कहते हैं। इसके बाद पिघले हुए लोहे व निकिल की लगभग 2200 कि0मी0 की परत है जिसे आउटर कोर कहा जाता है। इसके ऊपर मोटी चट्टानों की परत है जो इस पिघले लोहे को धरती पर नहीं आने देती है, जिसे जियोलोजी में मेटिल कहते हैं।"

"कया यही पिघला लोहा ज्वालामुखी फूटने पर बाहर आता है?" बच्चे ने पूछा।

"नहीं, यह स्वयं नहीं आता पर इसका रोल होता है।"

चूँकि टी॰ वी॰ के अलग-अलग चैनल अपनी टी0 आर0 पी0 बढ़ाने के लिये लगातार नेपाल व उत्तर भारत से भूकम्प विनाश की खबरें बढ़ा-चढ़ा कर बार-बार दे रहे थे अतः सभी के अंदर भूकम्प के बारे में जानने की उत्कंठा थी। घर के सभी लोग वहीं आकर बैठ गये जहाँ बड़े पापा बता रहे थे -"मेटिल के ऊपर की लेयर क्रस्ट कही जाती है। महासागरों के नीचे इसकी मोटाई 6 कि0 मी0 तथा महाद्वीपों के नीचे 40 कि0 मी0 के लगभग होती है। यही लेयर हमारे लिये सबसे खतरनाक है।"

क्यों भैया?

क्योंकि यह लेयर इन्टैक्ट नहीं है। पूरी पथ्वी पर यह लेयर 12 गतिमान प्लेटों के रूप में है जो एक तरह से धीमे-धीमे तैर रहे हैं। इसे टैक्टोनिक मूवमेंट कहा जाता है। जब भी इन प्लेटों के किनारे आपस में टकराते हैं या रगड खाते हैं तो यह ऊर्जा तरंगों के रूप में सतह तक आती है। यही भूकम्प होता है।"

"इसका मतलब यह हुआ कि भूकम्प पृथ्वी की आन्तरिक संरचना की देन है। इसमें मनुष्य की कोई भूमिका नहीं है।"

"बहुत ही कम। कुछ लोगों का मानना है कि भूमिगत परमाणु परीक्षणों से भूकम्प की संभावना बढ़ती है। कुछ लोग यह भी मानते हैं कि भूमिगत जल का भारी विदोहन इन तरंगों को कुछ हद तक शोषित करने वाले कुशन को समाप्त करता है।"

"बड़े पापा तब तो भूकम्प रोकने के लिये हम कुछ भी नहीं कर सकते हैं।"

"रोकने के लिये तो नहीं कर सकते पर इसका सामना करने और इससे होने वाले नुकसान को कम करने के लिये कर सकते हैं।"

तभी भैया के मोबाइल मे लव इज ए वेस्ट आफ टाइम की रिंगटोन बजने लगी। लोग जान गये कि चर्चा समाप्त ही है। उनकी पत्नी आसानी से फोन रखती नहीं है। फोन उठाकर हेलो कहते ही उधर से बिना किसी औपचारिकता के जाने जहान की आवाज आई "आप तुरन्त वहाँ से चल दीजिए।"

"क्या हो गया?"

"कुछ नहीं हो गया। पहले मुझे पता ही नहीं चला कि आप भूकम्प क्या पूछ रहे हैं। अभी किट्टू ने बताया कि कितना भारी भूकम्प आया है। नेपाल में दस हजार से ज्यादा ही लोग मारे गये हैं। अभी भी इमारतें गिर रही है। आधे घंटे से फोन मिला रही हूँ। लग ही नहीं रहा है।

"अरे वह नेपाल में है। यहाँ थोड़े ही है। तुम नाहक घबरा रही हो।

"वहाँ भी तो भूकम्प है। आप तुरन्त चल दीजिए तो।"

"अरे, हो तो गया। आ गया हल्का-फुल्का झटका। यहाँ कुछ खतरे की बात नहीं है।" भैया कह तो रहे थे पर आश्वस्थ नहीं थे। उनके पास दो विकल्प थे। यहाँ खतरा उठाना या फिर बेटी के यहाँ की सुरक्षा में पत्नी के साथ घुट कर रहना।

"चले जाइयेगा फिर से अपनी प्रिय जगह पर। खतरा तो टल जाये। जब तक भूकम्प आ रहा है तब तक यहाँ रह लीजिए।" वो इस जगह को लेकर हमेशा इरिटेशन ही पैदा करती थीं।

"प्रिय-अप्रिय की बात नहीं है। हल्के से झटके के बाद इस तरह से भागने से लोग क्या सोचेंगे। अपने घर की भी यहाँ कुछ इज्जत है।"

"पता है मुझे कितनी इज्जत है। यह भी पता है कि क्यों आप वहीं चिपके रहना चाहते हैं। किट्टू चाह रही है कि पापा भूकम्प जोन में न रहें इसीलिये कह रही हूँ। मुझे आपकी प्रिय जगह से कोई मतलब नहीं है।"

"ठीक है।" वे अपने भीतर से उठती हुई गुस्से की लहर महसूस कर रहे थे। "किट्टू से कह दो कि अभी मैं नहीं आ रहा हूँ। जब आना होगा, बता दूँगा।" उन्हें यह भी क्लियर था कि किट्टू का नाम जबरदस्ती ही डाला जा रहा है।

"बता दूँगी। यह भी बता दूँगी कि पापा का कौन सा फेविकॉल का जोड़ उन्हें चिपकाए हुए हैं कि उन्हीं गँवारों के साथ वहाँ जान देने में कोई हर्ज नहीं लग रहा है।" वे भी गुस्से में आ रही थीं।

"ठीक है, फोन रखो।" भैया बड़ी ही मुश्किल से खुद पर जब्त किये हुए थे। यहाँ बैठे बच्चों के आगे वे कोई सीन नहीं क्रियेट करना चाहते थे।

"क्यों क्या हो गया। वहीं बैठी है क्या? मैं ही मूसलचंद बन रही हूँ आप लोगों की मिठास में?"

"देखो अगर यही ऊल-जलूल बातें करनी हैं तो फोन रखो। जब तुम्हारा मूड सही हो जायेगा तब बात करेंगे।"

"इस समय मेरी बात तो ऊल-जलूल लगेगी ही। अपना मूड और अपनी फितरत संभालिये। यह हाल न हो जाये कि बच्चों को अपने बाप पर शर्म........"

भैया का गुस्सा काबू से बाहर होने ही लगा था कि वहाँ एक बार फिर जमीन काँपने लगी और फोन कट गया। सभी लोग गिरते-पड़ते वहाँ से बाहर भागे। थोड़ी ही देर में हाता फिर भर गया। जमीन का काँपना तो कुछ सेकेंडों में बंद हो गया पर लोगों के दिल काफी देर तक काँपते रहे। कोई आज अपने घर में जाकर सोने को तैयार नहीं था। फोन का सिगनल आने के बाद लोगों ने शहर के कई स्थानो पर बात की। कहीं कोई नुकसान की सूचना नहीं थी। फिर भी दुबारा आये झटके ने डर का माहौल तो बना ही दिया था।

दुबारा आये झटके ने सरकारी अमले को भी हरकत में ला दिया था। वे लोग और कुछ करें या न करें पर बिजली की सप्लाई तो तुरंत काट देते हैं जिससे शहरों में पानी की सप्लाई भी बंद हो जाती है। सार्वजनिक कुएँ तो शहरों में अब कोई जानता ही नहीं है, इंडिया मार्क-2 के हैण्ड पंप भी गिने-चुने सोर्स सिफारिश वाले तथाकथित बड़े लोगों के दरवाजे या हाते में सरकार द्वारा लगवाये जाते हैं जो ऐसे मौकौं पर कुछ नाज नखरों के साथ लोगों के काम आ ही जाते हैं। बहरहाल, पानी वानी का इंतजाम करके रात शुरू होने तक लोग नीम वाले सुरक्षित हाते में आ गये। आज भले ही यहाँ बैठे-बैठे रात कट जाये पर घर के अंदर सोने का तो कोई सवाल ही नहीं था। ऐसे अफरातफरी के माहौल में भैया को भी अफसोस होने लगा था कि यहाँ रुक कर वे गलती तो नहीं कर रहे हैं। हिम्मत उनकी भी घर के अंदर सोने की तो नहीं ही थी अतः नीम के नीचे एक कुर्सी लगाकर वे भी बैठे। टाइम काटने तथा भूकम्प की ताजा जानकारियों के लिये अपने परिचितों को फोन भी करते रहे और अपना ज्ञान वहाँ मौजूद जनता से शेयर भी करते रहे। बैकग्राउण्ड म्यूजिक के रूप में वहाँ इकट्ठा छोटे बच्चों की टें पें और बड़ों की पंचायत चल ही रही थी।

अँधेरी रात के गहराने के साथ ही तारों की चमक बढ़ती जा रही थी। खुले आकाश में आकाश गंगा स्पष्ट दिख रही थी। उन्होंने सप्तर्षि मण्डल और मण्डल के ऊपरी दो तारों की सीध में ध्रुव तारे को भी तलाश लिया। रह रह कर उल्काएँ चमकीली सफेद लाइन बनाते हुए गायब हो रही थीं। उन्हें याद नहीं था कि इत्मिनान से ऐसा आकाश देखे कितना जमाना गुजर गया था। इस आकाश ने उन्हें पूरी तरह अभिभूत कर लिया था एक ऐसी दिव्यता उनके भीतर प्रवेश कर रही थी जिसके आगे नगर महानगर, भूकम्प, जीवन मृत्यु सब बेमाने थे। पता नहीं कितना समय इसी तरह बीत गया जब उन्होंने अपने अगल-बगल देखा। अधिकतर लोग भूकम्प के एक्साइटमेंट से ऊब कर घर जा चुके थे। छोटे भाई वहीं बैठे हुए सो रहे थे।

"छोटे। देख रहे हो अँधेरी रात के इस आसमान को?"

"हाँ भैया, हम तो रोज ही देखते हैं। बिजली अक्सर ही नहीं रहती है तो हमलोग यहीं सोते हैं। कान्ता व बच्चे छत पर सो जाते हैं।"

इतनी रात में लव इज ए वेस्ट आफ टाइम की रिंगटोन दिल पर चोट करते हुए बजने लगी। इस मनःस्थिति में वे पत्नी से बात करने के मूड में बिलकुल ही नहीं थे। डरत-डरते उन्होंने मोबाइल की ओर देखा। उसकी स्क्रीन पर अमेरिका वाले बेटे की फोटो चमक रही थी। लपक कर उन्होंने फोन उठाया।

"हाँ बेटा।"

"हाँ पापा। क्या कर रहे हैं?"

"कुछ नहीं। आजकल घर आया हूँ। तुम्हारी माँ किट्टू के पास है।"

"मालूम है पापा। वहाँ भूकम्प आ रहा है न?"

"हाँ, भूकम्प तो नेपाल में है। यहाँ कुछ हल्के झटके हैं।"

"फिर भी पापा, सेफ तो नहीं है न वहाँ?"

"यहाँ ऐसी कोई प्रॉबलम नहीं है।"

"जहाँ भूकम्प के कई झटके आ चुके हों वहाँ कुछ कहा नहीं जा सकता है। आपको घर जाने में क्या प्रॉबलम है?"

अब उनकी समझ में आया कि बेटे की यह फोन कॉल भी माँ की तरफ से स्पांसर्ड है। उन्होंने समझाने की कोशिश की –"बेटा तुम्हें पता ही है कि मैं जियोलोजिकल सर्वे आफ इंडिया में काम कर चुका हूँ। वाडिया से भी सम्बद्धित रहा हूँ। आज शाम वहाँ वालों से भी बात की है। भूकम्प का केन्द्र नेपाल में है। इसकी ओरिजिन केवल 12 कि0 मी0 नीचे से है और तीव्रता 7 रिक्टर के करीब है। मेरी पूरी सहानुभूति नेपाल के साथ है क्योंकि वे बहुत भारी खतरे से गुजर रहे हैं। साथ ही यह भी सच है कि सब-हिमालयन जोन के उत्तर भारत में झटके हैं पर शैलो ओरिजिन के कारण यहाँ ज्यादा खतरा नहीं है। जहाँ मैं रह रहा हूँ वह एरिया सेफ है। समय से घर भी जाऊँगा ही पर अभी मुझे यहाँ से भागना अच्छा नहीं लगेगा।"

"ठीक पापा। यू आर ए बेटर जज फार द सिचुएशन। और कैसा लग रहा है वहाँ? इस बार तो आप काफी दिनों के बाद गये हैं।"

आसमान में कोई चमकीली सी चीज तेजी से एक तरफ से दूसरी तरफ जाते हुए दिखी। शायद यही यू0 एफ0 ओ0 है, सोचते हुए वो बोले –"फीजिकली तो यहाँ बहुत कंफर्टेबिल नहीं है पर मानसिक रूप से बहुत ही अच्छी फीलिंग आ रही है। इसे महसूस किया जा सकता है, बताया नहीं जा सकता।"

"क्या नहीं बताया जा सकता?"

"अगर मैं कहूँ कि अभी मैं घर के बाहर बैठा अँधेरी रात के तारों को देख रहा हूँ तो तुमको क्या समझ में आयेगा?"

"यही कि आप बचपन की यादों को फिर से जी रहे हैं। मैं बड़ा हो जाऊँगा तो मुझे शायद मारियो खेलने में यही फील आयेगी।"

"आज के बच्चों को कुछ समझाना बड़ा मुश्किल है।"

"छोड़िये पापा। वहाँ काका, बच्चे वगैरह कैसे हैं? उनकी फोटो व्हाट्स ऐप पर डालियेगा। नीम की फोटो और अपनी एक सेल्फी भी।"

"देखो कल कोशिश करूँगा। असल में यहाँ वाइ-फाइ कनेक्शन है नहीं, और डेटा बड़ा स्लो चलता है। थ्री जी कनेक्शन एज हो जाता है। यहाँ वैसे भी कनेक्टिविटी भगवान भरोसे ही रहती है। कल फेसबुक खोलना चाह रहा था, खुला ही नहीं।"

"तब तो आप पूरी ही मौज में हैं वहाँ। क्या करते होंगे खाली बैठे?"

"भाषण देता हूँ। आडियेंस भी है।" वे हँसते हुए बोले।

बेटा भी हँसने लगा-"ठीक है पापा फिर आप आडियेंस को संभालिये। बाय।"

फोन कटने के साथ ही उसकी स्क्रीन को अपने पैजामे पर रगड़ते हुए उन्होंने छोटे भाई की ओर देखा।

अब तक चुप बैठे छोटे भाई बोले- "क्या हाल है भैया का वहाँ?"

"देख तो रहे हो छोटे, सभी मुझको पढ़ाने भर के हो गये हैं।"

"अब तो इनकी भी शादी-वादी का सोचिये।"

"हमलोग तो बहुत सोचते हैं पर ये हाथ रखने दें तब तो कुछ हो। कितने अच्छे-अच्छे रिश्ते निकल गये। पता नहीं क्या चाहते हैं।"

"कहीं विलायती मेम....."

"वही बताते। आखिर बिटिया की शादी हुई न बिरादरी के बाहर! इनकी भी कर देंगे।" भैया की आवाज में वितृष्णा थी।

छोटे थोड़ा हिचकते हुए बोले- "आप अभी भी दामाद जी को पसंद नहीं करते?"

"ऐसा नहीं है छोटे। शुरू में जरूर कुछ गलतफहमियाँ थीं पर धीरे-धीरे मुझे उसका स्वभाव अच्छा लगने लगा। वो मजबूत जिगर-कलेजे का जुझारु लड़का है। मैं उसे पसंद करता हूँ।"

"तब भाभी को वहाँ अकेले क्यों छोड़े हैं?"

भैया ने छोटे को एकटक देखा-"मेरे यहाँ रहने से तुम लोगों को परेशानी है?"

"बिलकुल नहीं भैया। ये सोचना भी हमारे लिये पाप है। वो तो भूकम्प के कारण भाभी का और आज अमेरिका से भैया का फोन आने पर लगा कि शायद

आप वहाँ जाना नहीं चाहते।" छोटे अभी भी हिचक रहे थे।

"दो बातें हैं छोटे। एक तो भूकम्प के डर से यहाँ से भागना मरदानगी के खिलाफ लगता है। वहाँ कोई जरूरत हो तो दौड़ कर जाऊँगा। दूसरे मैं साहबी के चोले में हमेशा गाँव का ही आदमी रहा। आज भी बेटी के घर लम्बे समय तक पड़े रहने में घुटन होती है। आता-जाता रहूँगा।"

"सही है।"

"सही है तो चलो मेरी चारपाई भी यहीं लगाओ।"

"आप यहाँ बाहर सोयेंगे? भूकम्प की वजह से? आप तो बता रहे थे कि अब यहाँ कोई खतरा नहीं है।"

"भूकम्प की वजह से नहीं, आसमान की वजह से। जब तक यहाँ हूँ बाहर ही सोऊँगा।"

अध्याय 4

झटके तो अगले कई दिनों तक महसूस हुए पर उनमें बहुत तेजी न होने के कारण अफरा तफरी मचना बंद हो गयी। वे घर के बाहर ही सोते हुए बचपन और रात के तारों भरे आकाश का आनंद उठाते रहे। वी0आई0पी0 ट्रीटमेंट के लिये छोटे एक टेबिल फैन भी लगा देते थे जो बिजली रहने पर कड़कड़ाते हुए चलता था। आश्चर्य यह भी था कि मच्छर नहीं लग रहे थे। कुछ लोग सिद्धांत रूप में इसका कारण नीम के पेड़ को मानते थे जिसके कारण मच्छर वहाँ नहीं आते थे पर छोटे को इस पर कोई विश्वास नहीं था क्योंकि कई बार नीम के नीचे ही मच्छर उनकी दुर्गति बना चुके थे।

नीम पर अभी भी चिड़ियाँ नहीं दिखती थी। भैया को ज्यादा कुछ कहने की हिम्मत भी नहीं होती थी क्योंकि 'खाली बैठे बिरेन्दरवा' के बाबू ने एक दिन बिगड़ते हुए कह दिया था कि भैया को अपना ध्यान इन सब फालतू बातों से हटाकर इस एरिया के उत्थान के लिये भी थोड़ा बहुत लगाना चाहिए। आखिर भगवान ने उन्हें इतना कुछ दिया है। रही बात चिड़ियों के न आने की, तो इसके हजार कारण हैं। नीम पर उनके खाने लायक फल-फूल कुछ नहीं होता। नीम पर कीड़े भी नहीं लगते जो चिड़ियाएँ खा सकें। हर तरह से कड़वे नीम पर वे घोंसला भी नहीं बना सकतीं। पूरे इलाके में बिल्लियाँ अलग इस ताक में बैठी रहती हैं कि दिखते ही चिड़ियों को कैसे दबोच लें। लेकिन बड़े शहरों में रह कर भैया ये सब भूल चुके हैं। सिद्धांत बतियाते हैं।

उस दिन कान्ता भी बहुत प्रसन्न हुई थीं।

लेकिन छोटे के छोटे अभी भी रिसर्च में लगे थे। इसके लिये उन्हें अपने बड़े पापा के सिवा किसी और पर भरोसा करने का सवाल ही नहीं था। बड़े पापा भी इस 'क्वेश्चन बैंक' के समय बेसमय के प्रश्नों से घबराने लगे थे। आज वो अपना नया कन्सेप्ट बड़े पापा से डिस्कस कर रहे थे।

"बड़े पापा, आप बता रहे थे कि भूकम्प में जो तबाही होती है वो किन्हीं तरंगों से होती है।"

"हाँ। धरती के अंदर उत्पन्न होने वाली तरंगें।"

"लेकिन तरंगें तो धरती के ऊपर भी हैं जिनके बीच हम रहते हैं। जैसे ध्वनि तरंगें, रेडियो तरंगें। क्या इसी तरह की भूकम्प वाली तरंगें भी होती हैं?"

छोटे की यह क्रियेटिव इमैजिनेशन भैया को अक्सर चैलेंज करती रहती थी। उन्हें अपने ज्ञान के भण्डार को टटोलते रहना पड़ता था।

"देखो बेटा, तरंगें मोटे तौर पर दो तरह की होती हैं, मेकैनिकल और इलेक्ट्रोमैगनेटिक। मेकैनिकल तरंगों को चलने के लिये माध्यम की जरूरत होती है। ध्वनि तरंगें या भूकम्पीय तरंगें ऐसी ही होती हैं। इसीलिए जब इनकी तीव्रता अधिक होती है तब माध्यम भी प्रभावित होता है या कहें कि नुकसान होता है। इलेक्ट्रोमैगनेटिक तरंगों को माध्यम की जरूरत नहीं होती है। रेडियो या प्रकाश तरंगें ऐसी होती हैं।"

"इनसे नुकसान नहीं होता?"

"होता तो है पर भूकम्प की तरह उतना स्थूल या सीधा नुकसान दिखाई नहीं पड़ता।" अब भैया गड़बड़ा रहे थे।

"बड़े पापा! कॉलेज में मेरे सर बता रहे थे कि हम तरह-तरह की तरंगों के बीच रहते हैं और ये जीवन के हर क्षेत्र में हमारे काम आती है। लेकिन हर वरदान की तरह जब इनका दुरूपयोग होने लगता है तो ये भी अभिशाप हो जाती हैं। इनके दुष्प्रभावों के बारे में कोई रिसर्च क्यों नहीं होती है?"

"होती तो है पर इस तरह के हर रिसर्च की तरह ही इसका भी हाल होता है। होने वाले नुकसान आज नहीं दिखाई पड़ते पर अपनी सुविधा आज दिखती है जिसे हम छोड़ना नहीं चाहते। इसलिए सब यों ही पड़ा रहता है।"

"इनसे क्या-क्या नुकसान हो सकते हैं?"

अब बड़े पापा थोड़ा गंभीर हो गये। कुछ देर खुद को व्यवस्थित करते हुए बोले-"देखो बेटा, तुम जानते ही हो कि प्रकाश भी एक तरह की तरंग है और इन दृश्य प्रकाश तरंगों के साथ ही हमारा विकास हुआ है। इससे छोटी फ्रीक्वेंसी की तरंगें अल्ट्रावायलेट, एक्स व गामा तरंगें हैं जो अधिक होने पर अपने आयनाइजिंग इफेक्ट की वजह से स्किन कैंसर, म्यूटेशन आदि पैदा करती हैं या पर्यावरण को इस हद तक बदल सकती हैं जो हमारे लिये हानिकर हो।"

छोटे आयनाइजिंग इफेक्ट के बारे में डिटेल पूछना चाहते थे पर बात का फ्लो बिगड़ने के डर से यह सोचकर चुप रह गये कि इसे बाद में गूगल पर सर्च कर लेंगे।

बड़े पापा कह रहे थे- "इसीलिए आज ओजोन होल की इतनी बात चलती है। ओजोन की परत में छेद होने पर अल्ट्रावायलेट किरणें धरती की सतह पर अधिक आने लगेंगी।"

अब बात बाद में सर्च करने की सीमा से बाहर हो रही थी। इन छोटे का अनुभव भी था कि गूगल से जो जानकारियाँ सामने आती हैं वो थोड़ा एडवांस होने के कारण उनकी समझ में पूरी तरह नहीं आ पाती हैं। उनके मुँह से निकल ही

गया- “ओजोन होल?”

“हाँ! धरती की सतह से लगभग 15 से 35 कि0मी0 की ऊँचाई पर ओजोन गैस का घना आवरण है जो आक्सीजन पर सूर्य से आने वाली अल्ट्रावायलेट किरणों के आयनीकरण प्रभाव से बनता है। यह परत इन हानिकर अल्ट्रावायलेट किरणों को सोखकर या परावर्तित करके पृथ्वी पर नहीं आने देती। लेकिन हमारे द्वारा पूरी दुनिया में रेफ्रिजरेशन, प्लास्टिक फोम, इलेक्ट्रानिक सर्किट आदि उद्योगों में क्लोरोफ्लोरो कार्बन आदि क्लोरीन प्रधान गैसों के बहुत अधिक उपयोग से यह परत कहीं-कहीं समाप्त होने लगी क्योंकि क्लोरीन गैस रासायनिक क्रिया द्वारा ओजोन को समाप्त करती है। इस आवरण में जहाँ जहाँ ओजोन समाप्त हो रही है उन जगहों को ओजोन होल कहते हैं। यहाँ से अल्ट्रावायलेट किरणें भारी मात्रा में धरती की सतह तक आ सकती है।”

ओजोन होल के साथ-साथ छोटे को आयनाइजेशन भी समझ में आ गया। यह अणुओं को तोड़ कर अधिक रिएक्टिव आयन बनाने की प्रक्रिया है। ये आयन पारस्परिक क्रियाओं द्वारा नये अणु बना सकते हैं।ओजोन बनाने का आयनाइजेशन तो लाभकारी है पर धरती की सतह पर होने वाला आयनाइजेशन धरती के रासायनिक स्वरूप को धीरे-धीरे बदल कर जीवन को नुकसान ही पहुँचायेगा।

“इसी तरह मेडिकल साइंस में शरीर के आन्तरिक अंगों की फोटो लेने के लिये विकसित एक्स रे लेने में कितनी सावधानियाँ लैब वालों द्वारा बरती जाती हैं, यह देखते ही हो क्योंकि ये तरंगें भी अधिक होने पर आन्तरिक नुकसान पहुँचाती हैं।”

“और विजिबिल स्पेक्ट्रम के ऊपर की तरंगें.......“

“ऊपर की फ्रीक्वेंसी में इन्फ्रा रेड, माइक्रोवेव, रेडियो तरंगें आदि होती हैं। नाइट विजन कैमरा, रिमोट कंट्रोल आदि में इन्फ्रा रेड का प्रयोग जानते ही हो। माइक्रोवेव ओवन आज आम हो गये हैं। रेडियो तरंगें टेलीकम्यूनिकेशन का माध्यम है। लेकिन ज्यादा होने पर सभी नुकसानदेह है। हवा में मौजूद कार्बन डाइ आक्साइड, मीथेन आदि गैसें ज्यादा होने पर इन्फ्रा रेड किरणों को सोख कर ग्रीन हाउस इफेक्ट द्वारा ग्लोबल वार्मिंग की वजह बनती है।”

ये सब छोटे के सिर के काफी ऊपर से गुजर रहा था पर अपनी मेमोरी एक्टिवेट करते हुए उन्होंने ये सब पकड़ने की कोशिश की। पिछले महीने ही उनके कॉलेज में पर्यावरण सम्बन्धी एक वर्कशाप में एक विशेषज्ञ ने ग्लोबल वार्मिंग से सबको बहुत डराने की कोशिश की थी। गर्मी बढ़ने से ध्रुवों की बर्फ पिघल कर महासागरों का लेविल बढ़ने वाला था जिससे महाद्वीपों के किनारे के शहर समुद्र में डूब जाने वाले थे। उस समय बच्चे इसको सदा की तरह टाल गये थे क्योंकि उनका ध्यान ऐसी वर्कशापों में बढ़िया होटलों से पैक होकर आने वाले लंच पर रहता था।

ये वार्तायें तो लंच का इंतजार भर थी।

दो केंकियाते हुए आपस में लड़ते गुर्राते कुत्तों के कैंपस में आ जाने से उनकी तंद्रा भंग हुई पर अभी दोनों विद्वान कुछ करने की सोचते, इसके पहले ही छोटे के पिता व भाई ने 'दुर-दुर' का उद्घोष करते हुए कुत्तों को खदेड़ लिया। ज्ञान की शीतल धारा में बहते हुए लोगों को अपने आस-पास की ज्यादा खबर नहीं रहती है इसीलिए इस असमय के अचानक व्यवधान से 'धक्क' रह गये कलेजे को सँभालते हुए बड़े पापा एक निरर्थक सा वाक्य बोले-"ये कुत्ते कहाँ से आ गये।"

छोटे जल्दी संभल गये थे। उन्होंने गेट के पास से बार-बार आने का इशारा करते हुए अपने दोस्तों को भी इग्नोर करते हुए कहा- "बड़े पापा, एक बात बताइये। क्या ऐसा नहीं हो सकता कि इन्हीं किन्हीं तरंगों के प्रभाव से अब चिड़ियों ने इधर आना छोड़ दिया हो या गिद्धों की तरह नष्ट हो रही हो।"

बड़े पापा बेवकूफों की तरह बोले-"कैसी तरंगें?"

"रेडियो तरंगें। आप देख ही रहे हैं आस-पास मोबाइल के कितने सब टावर या बूस्टर लग गये हैं। मोबाइल फोन का प्रयोग कितना अधिक बढ़ गया है।" छोटे अपने दोस्तों को वहीं आने का इशारा करते हुए बोले।

बड़े पापा के ज्ञान चक्षु खुलने-खुलने को होने लगे। उन्हें झटका सा लगा। बात में तो दम है। उन्हें कुछ धुंधला-धुंधला सा याद भी आने लगा कि कहीं इस बारे में कुछ पढ़ा भी है पर अभी पुख्ता तौर पर कहा नहीं जा सकता। पर कौन जानता था कि गिद्धों की मौत का कारण डाइक्लोफेनाक नाम की दवा है। कल को कोई रिसर्च यह भी साबित कर सकती है कि मोबाइल के अंधाधुंध प्रयोग से बहुत सी घर के आस-पास रहने वाली चिड़ियाँएँ एक्सटिंक्ट होने के कगार पर आ गयी हैं।

अनमने से वे बोले-"हाँ, हो तो सकता है।"

छोटे अपने दोस्तों के साथ चले गये पर उन्हें एक नये विचार के साथ छोड़ गये। अब वे सोच रहे थे कि इस कन्सेप्ट पर काम कहाँ से शुरू किया जा सकता है। अगर शहर से कहीं दूर देखा जाय तो चिड़ियाँएँ दिख सकती हैं लेकिन मोबाइल कवरेज तो अब लगभग हर जगह है। फिर उनकी विचारधारा दूसरी ओर मुड़ी। उन्होंने इस नीम पर चिड़ियों को कब देखा था। जब यह पेड़ लगा, उसके चार-पाँच साल के अंदर ही वे नौकरी के चक्कर में बाहर चले गये थे। इस दौरान फूले हुए नीम पर मधुमक्खियों की याद तो उन्हें थी। चिड़ियों का घोंसला वगैरह बनाने के लिहाज से पेड़ अभी छोटा ही था। बाद में वे घर आते तो रहे पर...... हाँ, कान्ता की शादी के बाद एक बार उन्होंने चिड़ियों को देखा था। लेकिन वे नहीं जानते थे कि चिड़ियाँ यहाँ स्थायी रहती थीं या नहीं।

उन्होंने छोटे नं0 एक यानी अपने छोटे भाई को बुलाया और पूछा-"ध्यान से सोचकर बताओ छोटे इस पेड़ पर पहले चिड़ियाँएँ हमेशा आती थी? इस पर गिलहरियाँ भी रहती थीं या नहीं?"

इतने दिनों में पूरे इलाके में भैया की चिड़ियों की सनक की खबर पक्की तरह से फैल चुकी थी। लोग पीठ पीछे उनका मजाक भी बनाते थे और जब भी भैया यह बात करने की कोशिश करते थे लोग उन्हें ऐसा देखते थे मानो वे लाइलाज हों। लेकिन छोटे ने ऐसा कुछ भी नहीं किया।

वे बड़े धैर्य से बोले-"मुझे ठीक से याद नहीं है। चिड़ियाँ, गिलहरी वगैरह आते-जाते रहते हैं। कभी दिखते हैं कभी नहीं दिखते। ऐसा कुछ तो कभी नहीं रहा कि ये यहाँ अपरिहार्य हो गये हों।"

"बाबूजी के टाइम में भी नहीं?"

"नहीं! बाबूजी के टाइम में भी नहीं। ऐसा क्यों पूछ रहे हैं?"

"मुझे याद आ गया है। चिड़ियों व गिलहरी के बारे में मुझे बाबूजी ने ही बताया था।"

अध्याय 5

उन्हें दुनिया अच्छी नहीं लग रही थी। देश, काल, सिस्टम, समाज और सबके ऊपर उनकी किस्मत उनके पक्ष में नहीं थे। दुनिया जीने लायक नहीं रह गयी थी। दिल में बार-बार हूक सी उठ रही थी। पी0 सी0 एस0 के बाद आइ0 ए0 एस0 का भी रिजल्ट आज आ गया था और उनकी प्रतिभा की कदर इस साल भी नहीं हुई थी। इससे भी बुरी बात यह हुई थी कि उनसे कहीं बहुत खराब कैरियर वाले उनके दो साथी एलाइड सर्विसेज में अटक गये थे। सवेरे से वे मुँह दबाये बिस्तर में पड़े थे। कुछ खाने-पीने का मन सच में ही नहीं हो रहा था। माता जी इसीलिए उन पर बिगड़ी हुई थीं और खाने के लिये चिल्ला रही थीं।

"हो क्या गया है? इस साल नहीं हुआ तो क्या, मेहनत करते रहोगे तो अगले साल हो ही जायेगा। खाना-पीना छोड़ने से अगर अफसरी मिलती तो भुखमरी वाले इलाके के लोग सब अफसर ही हो जाते।"

"अरे भाई साल दो साल की भारी मेहनत का नतीजा एकदम से जीरो हो जाय तो खराब तो लगता है पर हिम्मत हारने से तो कुछ होगा नहीं।"

पिता भी बेटे को अपने हिसाब से समझाने की कोशिश कर रहे थे पर माता जी ने उन्हें झिड़क दिया- "आप तो चुप रहिये। सवेरे से शाम हो गयी, एक दाना पेट में गया नहीं है और आपको फिलासफी सूझ रही है।"

फिर वे उनकी तरफ मुड़कर बोलीं-"उठ रहे हो या लगाऊँ दो-चार।"

माँ के आगे सदा से परास्त वे उठ गये। माँ उन्हें धनिया टमाटर की चटनी के साथ पकौड़ियाँ खिलाते हुए छोटे से बोलीं-"जल्दी और पकौड़ी ले आ।"

"इतनी ढेरों तो हैं। और मँगा कर मेरा पेट खराब करना है।"

"तू चुप रह। सवेरे से व्रत कर रहा है और इस समय बड़ी बात सूझ रही है। रिजल्ट में नाम नहीं आया तो इतना भारी मातम हो गया है।"

"आप समझती तो कुछ हैं नहीं। मेरा कैरियर, मेरी लाइफ सब चौपट हो जाय और आप पकौड़ियाँ खिलाती रहिये।"

"हाँ, मैं ही तो एक बेवकूफ हूँ घर में। बिना खाये पिये बिस्तर में मुँह घुसाये पड़े रहने से ही बड़ा कैरियर बन जाता है, मुझे पता है। कायदे से खा पी के शरीर और दिमाग को मजबूत बनाकर रख, तभी कैरियर फैरियर बन पायेगा।"

फिर वे छोटे को आवाज देते हुए चिल्लायीं-"छोटे, पानी भी लेते आना।"

पानी और पकौड़ियाँ लेकर आये छोटे भी अपनी फिलासफी बघारने से बाज

नहीं आये-"और मेहनत करनी पड़ेगी। हो गया तो अच्छा है, नहीं तो अपने पास कौन खेती-बारी की कमी है।"

पिता छोटे के इस विचार से सहमत थे पर बड़े का नेचर जानते थे अतः झिड़कते हुए बोले-"तुम चुप रहो। वो जैसा ठीक समझेगा, करेगा।'

माँ थोड़ा मुलायम स्वर में बोलीं-"तू ज्यादा परेशान न हो। इस बार मैं बालाजी के यहाँ मनौती मना कर आऊँगी। हर हाल में तेरा कैरियर बन कर रहेगा।"

बाबूजी एकबारगी थोड़ा चौंके। मनौती ठीक ही है पर ये औरतें हमेशा दूर और कठिन जगहों को ही मनौती के लिये क्यों चुनती हैं।

रिजल्ट के झटके के बाद परेशान होने और मनाये जाने की रुटीन के बाद जब सभी लोग अपने-अपने काम से लग गये तब वे अपने सुख-दुख के साथी नीम के पास आ बैठे। उसकी कड़वी सी खुशबू उन्हें अंदर बाहर ताजाकर देती थी। वे सोचने लगे कि कहाँ कमी रह जा रही है। ग्रेजुएशन तक सभी यही कहते थे कि इनके जैसे तेज बच्चे ही तो कम्पटीशन निकालते हैं। लोगों द्वारा प्रेरित करने पर ही उनकी लगन इस तरफ लगी थी और उन्होंने अपनी पूरी जान लगाकर मेहनत की थी। उनके साथी कहते थे कि उनके अंदर अभी गाँव वाली परसनालिटी के अवशेष थे जिसके कारण रिटेन में ज्यादा नम्बर पाने के बाद भी इंटरव्यू में वे छँट जाते थे। उन्हें महानगर जाकर परसनालिटी डेवलपमेंट का कोर्स करना चाहिए।

अगले दिन उन्होंने बाबूजी से बता भी दिया कि उन्हें यह कोर्स करने महानगर जाना होगा और थोड़ा झिझकते हुए यह भी बता दिया कि इसमें लगभग बारह हजार रुपये का खर्च आयेगा।

वे आज भी नहीं जानते हैं कि खेती किसानी वाले बाबूजी अपनी ज़रूरतों में से क्या-क्या कटौती करके उन लोगों की सारी व्यवस्था कैसे कैसे करते थे पर अपने बच्चों की हर जरूरत पूरी करते ही थे। इस समय भी उन्होंने बिना हिचक सहमति देते हुए कहा-"जरूर करो। कोई कसर छोड़ना नहीं चाहिए।"

फिर उन्होंने आगे कहा-"छोटे को भी क्यों नहीं कुछ कोर्स वगैरह करा देते। इसका भी कल्याण हो जाता।"

"बहुत कोशिश करता हूँ बाबूजी। अपने पास बैठा कर पढ़ाने की कोशिश भी करता हूँ लेकिन उसका कोई मन ही नहीं है। वह तो खेती में ही रमा हुआ है।"

"खेती तो अपनी है ही, कुछ मेहनत कर लेता तो उसकी जिंदगी भी सँवर जाती। तुम्हीं लोगों की पढ़ाई-लिखाई और उन्नति के लिये ही तो यह घर शहर में बनवाया। खेती ही करनी है तो गाँव का घर क्या बुरा है। इससे तो ज्यादा ही अच्छा और बड़ा है।"

“कोशिश लगातार कर रहा हूँ बाबूजी।”

वे सच में, ईमानदारी से छोटे को पढ़ाने और प्रतियोगी परीक्षाओं में शामिलकरने की पूरी कोशिश कर रहे थे पर छोटे का मन इसमें था ही नहीं।

महानगर जाने से पहले उनका मन एक बार कान्ता से मिलने को हुआ। फिल्में देख देखकर उन्हें यह ज्ञान तो मिल ही चुका था कि दूसरे शहर जाने से पहले हीरो हीरोइन से मिलता है और बड़े ही रोमाँटिक इजहार इसरार के डाइलागों, जीने-मरने की कसमों वादों आदि के साथ शहर जाता है।

उससे मिलने का माध्यम छोटे ही थे। एक घंटे बाद वे खबर लाये कि वो अपने ननिहाल चली गयी है। मुलाकात नहीं हो पायेगी।

कान्ता बाबूजी के बचपन के दोस्त की बेटी थी जो अपने गाँव के स्कूल में ही गणित के टीचर होने के कारण मास्टरजी कहे जाते थे। शुरूआती दौर में वे भी कई साल उसी स्कूल में पढ़े थे और मास्टर जी ने उनको गणित पढ़ाया था। कान्ता को भी वे अपने मास्टरजी की बेटी के रूप में तभी से जानते थे और वह उन्हें अच्छी भी लगती थी। इसीलिए जब कुछ महीने पहले उन्होंने सुना कि मास्टरजी कान्ता से उनकी शादी करना चाहते हैं तो सहमति देने में उन्हें कोई समय नहीं लगा।

पारिवारिक मिलन की औपचारिकता निभाने में वे भी माँ-बाप और छोटे सहित मास्टरजी के घर गये थे, हालाँकि उन दिनों लड़के शरम तथा माँ-बाप पर अपना विश्वास दिखाने के नाम पर आफीशियली खुद लड़की देखने कम ही जाते थे, भले ही बाद में गुपचुप ताक-झाँक कर लेते हों। उन्होंने यह गौर भी किया कि अब उसका रंग पहले से साफ हो गया था और उसमें स्त्रियोचित्त आकर्षण भी पैदा हो गया था। अब वह बचपन वाली कान्ता नहीं थी।

लेकिन कुछ देर वहाँ रहने और उससे बातचीत करने की कोशिश में उन्हें लगा कि वह पहले की तुलना में काफी जड़ हो गयी थी। बचपन की स्मार्टनेस समाप्त थी। फिर भी क्या है? ये सब तो टेम्परेरी फेज होते हैं। वो पहले जैसी ही हो जायेगी। वे उसको स्मार्ट बना लेंगे। कुल मिलाकर वह उनके दिल जिगर में सेट हो रही थी।

उसके कुछ ही दिनों के बाद एक दिन मास्टरजी सपरिवार उनके घर भी आ गये। वे, बाबूजी और मास्टर साहब सिटिंग रूम में बैठे। माँ, कान्ता व उसकी माँ को अंदर बेड रूम में ले गयीं। मास्टरजी बता रहे थे-”गाँव में स्कूल की पढ़ाई के बाद अपने फूफा जी के यहाँ गुड़गाँव में पढने गयी थी पर वहाँ न तो इसका मन लगा और न ही गाँव की पढ़ाई से वहाँ की पढ़ाई कवर कर पायी। दो साल बाद वहाँ से वापस आयी तो इसका एडमिशन यहीं आर्य कन्या में करा दिया था।”

"कहाँ रहती है?" बाबूजी ने पूछा।

"इसकी खैरागढ़ वाली मौसी यहीं आर्य कन्या में ही टीचर है। वहीं रहती है। शादी के बाद जैसा आपलोग चाहें।"

"गजब है मास्टरजी।" बाबूजी उनको चिढ़ाने के लिये मास्टरजी कहा करते थे" तब काहे बिटिया का दो साल गुड़गाँव में बरबाद करा दिये जब इसकी मौसी यहाँ थी ही।"

"बड़े शहर में पढ़ाने की कोशिश की थी। नहीं चली।"

"दो साल कोशिश करते रह गये। वाह रे मास्टर जी।"

उनका मन अंदर बेड रूम में लगा था। पानी और चाय में छोटे की मदद करने के बहाने एक-दो बार उधर से गुजरे पर एकाध छिपी निगाह डालने से ज्यादा की हिम्मत नहीं हुई। छोटे अलबत्ता खुलकर बात कर ले रहे थे। उन्होंने भी कुछ मजाकिया व हल्की-फुल्की बात करनी चाही पर वह जड़ ही रही। माँ उनके मन की बात समझ रही थीं इसीलिए चाय पानी के बाद जब दोनों माँ लोग भी शादी की कुछ जरूरी बातें तय करने सिटिंग रूम में गयीं तो उन्हें कुछ बातचीत तुमलोग भी कर लो, कहते हुए कान्ता के पास ही छोड़ गयीं।

"नयी क्लासेज शुरू हो गयीं?" औपचारिक शुरूआती बात के तौर पर वे बोले।

उधर से केवल सिर हिला।

"तुम अभी भी पतंग उड़ाती हो?"

"नहीं।" कहते-कहते वह हाथ में पकड़ी हुई रूमाल चबाने लगी।

"क्यों?"

"माँ मना करती है।" सिर व आँखें झुकाए वह रूमाल और अपनी उँगली चबाती रही।

अभी तक खड़े-खड़े बात कर रहे भैया बिस्तर के किनारे पर बैठ गये। लगा कि वह उठकर भाग जायेगी, लेकिन बहुत जब्त करके भागी नहीं। उनको समझ में नहीं आ रहा था कि वह इस लड़की से क्या बात करें। यही सोचते हुए बोले-"उस ठेकेदार के लड़के का क्या हुआ जो तुमको उल्टा सीधा बोलता रहता था। जिसकी शिकायत प्रिंसपल से की थी। शायद वह रेस्टिकेट हो गया था।"

"पता नहीं।" कहते-कहते उसका चेहरा एकदम सफेद हो गया और वह पूरी तरह जड़ हो गयी।

इसके बाद भैया ने कितनी ही कोशिश की, वह कुछ नहीं बोली। भैया को भी

एहसास होने लगा था कि उन्होंने गलत बात कर दी है।

जब सभी लोग चले गये तो अपराध बोध सा महसूस करते भैया ने छोटे से पूछा-"मैंने कोई गलत बात कर दी क्या?"

"नहीं तो।" छोटे हमेशा के निश्चिन्त स्वर में बोले।

"कभी मिले तो पूछना।"

"ठीक है। पूछ लूँगा।" फिर वे गाय को सँभालने लगे।

इन नाजुक परिस्थितियों के बीच जब भैया का सेलेक्शन कहीं नहीं हुआ तो उनका सामान्य से अधिक परेशान होना स्वाभाविक ही था। फिर भी अपने को सँभालते वे परसनालिटी डेवलप करने महानगर चले गये।

आज दोपहर बाद से ही बादल छाने लगे थे और पुरवाई बहने से मौसम सुहावना हो गया था। बेटी, दामाद व पत्नी से फोन पर हाल चाल करने के बाद वे बाहर ही कुर्सी लगाकर शाम से ही बैठ गये थे और ठंडी हवा की ताजगी के साथ-साथ नीले आसमान में बनते बिगड़ते रंग-बिरंगे बादलों को निहारने में गुम हो गये थे। इन बादलों में तरह-तरह की बनती बिगड़ती आकृतियाँ उन्हें माँ की याद दिला रही थीं। माँ शाम को छत पर सोते समय इन बादलों की आकृतियों से तरह-तरह की कहानियाँ निकाल कर उन लोगों को सुनाती थीं जो उस समय के हिसाब से एकदम सच्ची और प्रेरक लगती थीं। माँ को याद करते-करते उनकी आँखें नम हो आयीं। जिस माँ से वे थे, जिसकी वजह से वे, वो सब बन सके जो चाहते थे, उस माँ के लिये वे सर्व समर्थ होकर भी क्या कर पाये। पता नहीं बालाजी की मनौती से या अपनी किस्मत से कैरियर में मनचाहा मुकाम पाने के बाद वे व्यस्त होते ही चले गये। घर आना बहुत कम हो पाता था। माँ उनके साथ जाकर रह नहीं पाती थीं। उस समय फोन भी अपनी आदम अवस्था में ही था अतः फोन पर भी बात नहीं हो पाती थी। यही सब सोचते-सोचते वे बीते दिनों की याद में खो गये थे।

जब छोटे के छोटे चाय लेकर आये तब उनकी तंद्रा टूटी। उन्हें घबराहट भी होने लगी कि पता नहीं आज ये क्या-क्या सवाल पूछने वाला है पर उन्होंने राहत की साँस ली जब छोटे चाय देकर बिना कुछ पूछे, मुस्कराते हुए चले गये। उनके पास अब इत्मिनान था, खुली प्रकृति थी, रंग-बिरंगे बादल थे और चाय थी।

वे सोच रहे थे कि उनके इत्मिनान और तनावमुक्त होने के कारण ही इस समय उन्हें ठंडी हवा और बादलों में सुंदरता नजर आ रही थी। जिंदगी फालतू के तनावों में ही गुजर गयी। अपने मोबाइल के बीस मेगापिक्सल वाले कैमरे से बादलों की फोटो खींचते समय उन्हें अपने दोस्त की याद आयी जिसने बादलों की फोटो खींच कर सैकड़ों की तादात में फेसबुक और इंस्टाग्राम पर 'क्लाउड आर्ट एलबम'

के नाम से डाला हुआ था और अभी भी डालता ही जा रहा था। सफेद बादल, सुनहरे बादल, लाल बादल, भूरे बादल, सिल्वर लाइन, गोल्ड लाइन आदि अलग-अलग श्रेणियाँ थीं। आज जब उन्होंने अपने नीम, अपनी गाय आदि के कॉम्बिनेशन में बादलों की कई फोटो फेसबुक पर पहली बार डाली तब पता लगा कि इसका क्या सुख है। जिंदगी से लगातार संघर्ष के तनाव में प्रकृति के ये रूप ही रिलैक्स करते हैं।

उधर फेसबुक पर लाइक और कमेंट करने वाले भी एक्टिव हो गये जिससे उनका काफी समय अपनी टेक कम्यूनिटी के साथ बीता।

अध्याय 6

उस छोटे से शहर में धमाका सा हो गया था। धमाके का कारण नीम के पेड़ वाला मकान था। आइ0 ए0 एस0 का रिजल्ट आ गया था और इस छोटे से शहर के एक नामालूम से लड़के ने इसमें टॉप किया था। पूरे भारत के बड़े-बड़े शहरों और दिल्ली को भी पीछे छोड़ते हुए इस अदना से शहर का नाम बड़े-बड़े अखबारों की सुर्खियों में था। अगले कई दिनों तक तमाम अखबार और रेडियो वाले उनके घर में चहल पहल बनाये रहे। कैसे तैयारी की थी, क्या पहले से टॉप करने की उम्मीद थी, लोगों को क्या टिप देना चाहेंगे टाइप के सवाल बार-बार दोहराये जा रहे थे। माँ और बाबूजी अलग हीरो बना दिये गये थे। आकाशवाणी पर उनके इंटरव्यू लगातार प्रसारित हो रहे थे। परसनालिटी डेवलपमेंट का कोर्स करने के बाद वे तो नियंत्रित थे पर उनकी माँ व बाबूजी की सीधी-सादी बातों को अखबार वाले नमक-मिर्च लगाकर मजाक बनाते हुए अलग से छाप रहे थे। हर नुक्कड़, हर गली, हर चाय की दुकान, हर जगह अखबार पढ़-पढ़ कर लोग इसी चर्चा में मजा ले रहे थे।

इन चर्चाओं का जोर थमते-थमते रोटरी, रोट्रैक्ट, लायन्स आदि क्लबों और तमाम शैक्षणिक संस्थाओं की ओर से पार्टियाँ शुरू हो गयीं। इन पार्टियों में भाषण देते तथा दूर-दराज की रिश्तेदारी जा करके बुजुर्गों से आशीर्वाद लेते-लेते उनके ट्रेनिंग में जाने का समय भी आ गया। इस बीच मास्टर जी ने एक बार दबे जबान शादी की तारीख रखने की बात करनी चाही पर उन्होंने यह कहते हुए बात वहीं रोक दी कि इसे ट्रेनिंग के बाद ही तय किया जायेगा।

फिर एक दिन शहर के सैकड़ों लोग रेलवे स्टेशन जाकर उन्हें भाव भीनी बिदाई दे आये और फिर धीरे-धीरे सब भूल गये।

बाबूजी अपनी बाउण्ड्री के किनारे-किनारे लगाये फूलों की क्यारियों को सँभाल रहे थे जब उनके दरवाजे पर बड़ी सी गाड़ी आकर रुकी। अभी वे कुछ सोच पाते उसके पहले ही उनके इलाके के ब्लाक प्रमुख गाड़ी से उतर कर अंदर भी चले आये। उनके गनर बाहर ही रहे।

“प्रमुख जी आप यहाँ अचानक? क्या हो गया?” बाबूजी ने वाकई बड़े आश्चर्य से पूछा।

“क्यों भाई मैं आपके यहाँ नहीं आ सकता क्या?”

“मुझे बुलवा लेते।”

“अरे आप तो शर्मिंदा कर रहे हैं। आपके लिये मेरे मन में कितनी इज्जत है, मैं ही जानता हूँ।”

बाबूजी को इस इज्जत का पता पहले तो कभी नहीं चला था पर उन्होंने घर की सबसे अच्छी कुर्सी ला कर उन्हें बैठाया। उन्हें थोड़ा-थोड़ा अंदाज लग रहा था कि शायद ये बड़े से मिलने आये होंगे।

प्रमुख जी वास्तव में पहले पी0 डब्लू0 डी0 के ठेकेदार थे। धीरे-धीरे वे अपना क्षेत्र रेलवे, सिंचाई, आबकारी आदि दिशाओं में भी बढ़ाते गये और कुछ दस एक सालों में इलाके के भारी माफिया बनकर उभरे जिन पर धोखाधड़ी, जालसाजी, गबन और मर्डर आदि के तमाम केस थे। गाँव में इनकी एक बड़ी हवेली थी और शहर में उससे भी बड़ी हवेली थी। इन हवेलियों में तमाम बंदूकधारी हर समय रहते थे। गाँव व शहर सभी जगह लोग उनसे डरते थे और नफरत करते थे। जब उनके पास पैसा इफरात हो गया तो पावर के लिये प्रधानों व क्षेत्र समिति के सदस्यों को खरीद कर या डरा धमका कर, वे ब्लाक प्रमुख चुन लिये गये। इस साल गुण्डागर्दी के लिये मशहूर एक बड़ी राजनैतिक पार्टी से उन्हें एम0 एल0 ए0 का टिकट मिल गया था और उनका मंत्री बनना तय माना जा रहा था।

बाबूजी जैसे सीधे सरल आदमी के घर इनके कदम पड़ना अच्छा तो नहीं ही था इसीलिए वह भीतर ही भीतर चिन्तित थे।

"आपने तो गाँव एकदम छोड़ ही दिया गुरुजी।" जब किसी के लिये कोई सहज सम्बोधन नहीं सूझता तो गुरुजी बेस्ट होता है, यही आजमाते हुए प्रमुख जी बोले।

"छोड़ा नहीं है। खेती-बारी चल ही रही है। बच्चों की वजह से शहर में भी कुटिया बनायी है। यहाँ पढ़ाई-लिखाई की सुविधा ज्यादा है।"

"बिलकुल सही है और आपने तो साबित भी कर दिया है। मैंने सुना तो एकबारगी विश्वास नहीं हुआ कि अपना लड़का आल इंडिया टॉप कर सकता है। कहाँ हैं बरखुरदार?"

"वो तो ट्रेनिंग में गया।"

"अच्छा। मैं दिल्ली में था जब यह सुना। आने में थोड़ी देर हो गयी। फिर भी मेरी बहुत-बहुत बधाई। बेटे ने जिले का नाम तो रोशन कर ही दिया। बचपन से ही प्रतिभावान था।"

प्रमुख जी को यहाँ आया देखकर पास-पड़ोस के लोग भी आने लगे। बाबूजी को भी राहत हुई। लोग आपस में बातचीत करते रहे और वे चाय के इंतजाम के बहाने अंदर आ गये।

"क्या हो गया? ये क्यों आ टपके?" छोटे की माँ ने पूछा।

"पता नहीं। अभी तक तो बधाई की बात ही कर रहा है।"

चाय-पानी की व्यवस्था के मामले में छोटे का कोई जवाब नहीं था। तेजी से बढ़िया ढंग से सब को अटेंड करते रहे। हँसी-मजाक के बीच चाय-पान खत्म होने के बाद प्रमुख जी सभी से हाथ जोड़ कर बोले-"अब आपलोग भी अपना-अपना काम करिए। गुरुजी से थोड़ी प्राइवेट बात करके मैं भी निकलूँगा।"

सबके जाने के बाद प्रमुख जी बाबूजी से मुखतिब हो गये-"गुरुजी आप तो जानते ही हैं कि मैं एक बेटी का बाप हूँ। वो पोस्ट ग्रेजुएशन कर चुकी है और पी0 एच0 डी0 कर रही है। इलाके में उसके लिये आपके बेटे के अलावा कोई और रिश्ता बनता ही नहीं है। आप हमें घर खानदान सहित जानते हैं और हम आपको। इसीलिये हाथ जोड़ कर आपके दरवाजे आया हूँ कि मेरी बेटी को स्वीकार कर लीजिए।"

बाबूजी झटका खा गये। इतने भारी रसूख रुतबे वाला आदमी उनके जैसे साधारण घर में बेटी देना चाहेगा, यह विश्वास योग्य बात ही नहीं थी। वे कई तरह के अंदाजे लगा रहे थे पर यह तो उनके सपने में भी नहीं आया था।

"लेकिन... लेकिन उसकी शादी तो तय हो गयी है।" बाबूजी गड़बड़ा रहे थे।

"ऐसे होनहार लड़के की शादी कहाँ तय कर दिये गुरुजी?" प्रमुख जी ने इत्मिनान से पूछा मानो यह कोई खास बात है ही नहीं।

"मास्टर जी के यहाँ। सगाई की रस्म भी हो गयी है।"

"गणित वाले?"

"हाँ।"

प्रमुख जी ने जोर से खंखार कर साइड वाली क्यारी में ऐसा थूका मानो जमाने भर की कड़वाहट उनके गले में भर गयी हो। बोले" कहाँ फँस रहे हैं गुरुजी। जानते भी हैं उसको?"

"वो मेरा बचपन का दोस्त है।"

"तब भी आपको लड़की के बारे में कुछ बताये बगैर धोखा देकर रिश्ता तय कर रहा है।"

"क्या बताये बगैर? मैं उसके घर को अच्छी तरह जानता हूँ।" प्रमुख जैसे चरित्र वाले आदमी द्वारा अपने दोस्त के बारे में ऊल-जलूल कहने पर बाबूजी को क्रोध आ रहा था।

"बुरा मानने की बात नहीं है गुरुजी। मैं कुछ नहीं कहता। आप उसके गाँव पता कर लो। हर आदमी असलियत जानता है। आपको ही नहीं बताया गया। कैसा बचपन का दोस्त है।"

बाबूजी चुप रहे।

"देखो गुरुजी, मैंने सुना कि अपने गाँव शहर का बेटा इतनी बड़ी सरकारी नौकरी में टॉप कर गया है तो उसे और आगे बढ़ाने और उसकी मदद के लिये ही रिश्ता बनाना चाह रहा था। आजकल की नौकरी इतनी आसान भी नहीं रह गयी है। नौकरी चलाने के लिये भी राजनैतिक सपोर्ट चाहिए। गाडफादर चाहिए। नहीं तो भटकते ही रह जाना है। मैं सारा सपोर्ट दे सकता हूँ। मनचाही पोस्टिंग करा सकता हूँ। कहीं फँस जाने पर बचा सकता हूँ।"

इतना कहते-कहते प्रमुख जी खड़े हो गये और जाने के लिये मुड़ते हुए फिर बोले" नौकरी के शुरूआती दिनों में इतने बड़े अफसर को अपनी हैसियत के अनुसार रहने के लिये जो कुछ भी चाहिए मैं पूरा कर सकता हूँ। एक ही तो बेटी है मेरी। उसके लिये पहले से ही पंद्रह-बीस लाख अलग रखे हैं। बाकी आपकी मर्जी। हाँ, कोई निर्णय लेने के पहले मास्टर जी की लड़की के बारे में कायदे से पता जरूर कर लीजियेगा। फिर मिलेंगे गुरुजी।"

वे बाबूजी को भौंचक छोड़कर अपनी गाड़ी में जा बैठे जो दहाड़ते हुए निकल गयी।

जो संदेह का बीज बड़े कान्फिडेंस के साथ ब्लाक प्रमुख बो गये थे और जाते-जाते जो लालच की झलक दिखला गये थे, उससे घर का माहौल खराब हो गया। छोटे की माँ चाहती थीं कि कान्ता के बारे में और पता कर लिया जाय जबकि बाबूजी अपने दोस्त पर संदेह की कोई परछाई तक नहीं डालना चाहते थे। छोटे इन सब से निर्लिप्त थे।

मुहल्ले वालों ने सुना तो पहले रिएक्शन के रूप में उन्हें बाबूजी की किस्मत से जलन हुई। सभी एकमत थे कि प्रमुख जैसे मजबूत धनकुबेर के यहाँ यह रिश्ता ज्यादा बेहतर है पर बाबूजी को अपने संस्कारों के तहत दोस्त को धोखा देना बिलकुल भी मंजूर नहीं था और प्रमुख जैसे आदमी के यहाँ रिश्ता करना अपने पैर पर कुल्हाड़ी मारने के बराबर था।

कई दिन ऐसे ही गुजर गये थे जब एक दिन प्रमुख जी अचानक फिर अपनी बड़ी वाली गाड़ी से उनके यहाँ आ धमके। इस बार उनके साथ उनकी पत्नी भी थीं।

"हमलोग आपको परिवार सहित निमंत्रित करने आये हैं। आज हम अपनी बेटी का जन्मदिन मना रहे हैं। शाम सात बजे, गुरुजी।"

"अरे आइये, पहले बैठिये तो।"

प्रथा के अनुसार पत्नियाँ अंदर बैठीं और प्रमुख जी बाबूजी के साथ नीम के नीचे। छोटे अंदर बाहर करते रहे।

"ये आपका नीम बड़ा ही अच्छा है। गाँव की संस्कृति आपने छोड़ी नहीं है।"

प्रमुख जी नीम को निहारते हुए बोले।

"जी हाँ। अच्छा लगता है दरवाजे पर नीम।"

"वातावरण भी शुद्ध रखता है।"

"कितने साल की हो गयी बिटिया?" बाबूजी ने यों ही बात बढ़ाई।

"गुरुजी, लड़कियों की उम्र न तो पूछी जाती है और न ही बतायी जाती है। जब आप उसे अपनी बहू बना लेंगे तो पूछ लीजियेगा।" प्रमुख जी मजाक के स्वर में बोले। यह कह कर उन्होंने इंगित भी कर दिया कि उनका प्रस्ताव कायम है।

कुछ देर इधर-उधर की बातें होती रही। सीधी बात करने से बाबूजी कतरा रहे थे और प्रमुख जी ने भी जबरदस्ती छेड़ा नहीं। पाँच-सात मिनट बाद वे लोग चले गये।

"क्यों आये थे ये लोग?" बाबूजी सशंकित थे।

"ज्यादा सोचने की जरूरत नहीं है। इन्होंने रिश्ते का प्रस्ताव किया है। जब तक कुछ फाइनल नहीं हो जाता तब तक तो संपर्क रखेंगे ही।" छोटे की माँ बोलीं फिर वे गंभीर हो गयीं-"इनकी पत्नी कह रही थीं कि इनके लड़के से कान्ता का चक्कर था। दोनों साथ पढ़ते थे। लेकिन जब लड़के को पता चला कि उसका चक्कर कई और लड़कों के साथ भी है तो वह इससे दूर भागने लगा। इसी झगड़े में कान्ता ने प्रिंसपल से झूठी शिकायत करके इनके लड़के को रेस्टिकेट करा दिया था। बाद में मास्टर साहब ने भी उसके खिलाफ पुलिस केस खड़ा करने की कोशिश की थी।"

बाबूजी मुँह बाए रह गये। थोड़ी देर में संभल कर बोले-"इस ठेकेदार के परिवार का चरित्र सब जानते हैं और मास्टरजी को भी। कौन विश्वास करेगा? सरासर झूठ बोल रहा है यह।"

छोटे की माँ संदेह में थीं। कान्ता का उड़ा-उड़ा चेहरा और उसकी पढ़ाई असमय छुड़ा कर दो साल गुड़गाँव बैठाये रहना संदेहजनक था। दूसरी ओर बड़े का इतनी बड़ी सरकारी नौकरी में आ जाना परिवार की संस्कारित प्रतिबद्धता पर खतरनाक ढंग से वार करते हुए लालच की ओर खींच रहा था।

शाम को पार्टी में प्रमुख जी की लड़की भी इन लोगों से बड़े ही सलीके और तहजीब से मिली। पार्टी में आये बड़े-बड़े लोगों के बीच में भी प्रमुख जी ने इन लोगों को ज्यादा ही इज्जत बख्शी। माइंड गेम खेलने में वे काफी माहिर थे। आखिर यों ही तो वे इतने सफल ठेकेदार नहीं हो गये थे। बाबूजी का सीधा सादा परिवार इसे समझने में कहीं से भी सक्षम नहीं था।

इनके सामने दो अहम काम आ खड़े हुए थे। एक तो मास्टर जी से बात करना, दूसरे बड़े को इन सब नयी परिस्थितियों के बारे में बताना। मास्टर जी से ऐसी बात

करना बाबूजी के लिये बड़ा कठिन था फिर भी कलेजे पर पत्थर रखकर वे मास्टर जी के यहाँ गये।

मास्टर जी बड़े अनमने भाव से ही मिले। शायद उन्हें ठेकेदार और बाबूजी के सम्बन्धों की खबर हो गयी थी। वे समाज को अच्छे से समझते थे। बड़े की नौकरी से परिस्थितियाँ कुछ ऐसी बदल गयी थीं कि अब ये रिश्ता होना नामुमकिन सा हो गया था। हाल-चाल और औपचारिकताओं के बाद बाबूजी ने जी कड़ा करके पूछ ही लिया-"ये अपने विकास खण्ड का प्रमुख आपके और कान्ता के बारे में ऊल-जलूल बातें फैला रहा है।"

"क्या बातें?" मास्टर जी पत्थर हो गये थे।

"वह कहता है कि उसके लड़के से कान्ता......" बाबूजी हिचक में बात कह नहीं पा रहे थे।

"आपको क्या लगता है? वह सच कह रहा है?"

"नहीं। फिर भी मुझे लगा कि आपको बता दूँ।"

"इससे क्या होगा? भरोसा तो रहा नहीं? मेरी किस्मत ही खराब है। मेरी बेटी की किस्मत और भी खराब है। देखेंगे भैया, जो-जो दिन ऊपर वाले दिखायेंगे, देखेंगे।

"ऐसी कोई भी बात नहीं है। आप कहिए तो कि वह झूठ बोल रहा है।"

"कैसे कहूँ। कुछ न होते हुए भी कुछ नहीं कह सकता। मैं आपके हर निर्णय का सम्मान करने के सिवा कुछ नहीं कह सकता।"

बाबूजी काफी देर उनके यहाँ रहे। बचपन की दोस्ती का हवाला देते हुए मास्टर जी से सच बताने का आग्रह करते रहे पर वे एक बार जो चुप हुए तो फिर नहीं ही बोले।

अन्तिम प्रहार के रूप में अगले ही दिन प्रमुख जी पूरे परिवार सहित जिसमें उनकी लड़की भी थी, आ धमके और बड़ी ही प्रसन्न मुद्रा मे बोले-"सोचा आज बिटिया को भी उसका असली घर दिखा दूँ।"

बिटिया और उसकी माँ को अंदर भेजने के बाद उन लोगों में इधर-उधर की बात होती रही। बाबूजी भी अब बदली परिस्थितियों में सहज बातचीत करने लगे थे। छोटे उन लोगों का मुँह मीठा करा रहे थे। लड़की किचन में माँ की मदद करने का नाटक कर रही थी।

कुछ देर बाद प्रमुख जी असली बात पर आये-"अगर बुरा न समझें तो हम शादी के बारे में कुछ बात कर सकते हैं।"

बाबूजी ने मना नहीं किया।

"दामाद जी के लिये सबसे अच्छी वाली चार पहिया गाड़ी बुक करा दी है जो ट्रेनिंग खत्म होने तक आ ही जायेगी। दस लाख का कैश इन लोगों की लाइफ शुरू करने के लिये, लड़की के गहने, बाकी सारा सामान और व्यवस्था। कुछ कमी रह गयी हो तो बताइयेगा।"

बाबूजी यह सब सुनकर सन्न रह गये थे। उनके मुँह से बोल नहीं फूटा।

प्रमुख जी ही आगे बोले-"आप साधू आदमी हैं। कुछ बोलेंगे है नहीं। कमी तो है अभी। आपको क्या मिला?"

"मुझे क्या चाहिए। कुछ नहीं।"

"चलिये मैं ही बता देता हूँ। यह घर बनवाने और बच्चों की पढ़ाई वगैरह का एक्स्ट्रा खर्च उठाने में आपको खेत गिरवी रखकर तकरीबन दो लाख रु0 कर्ज उठाना पड़ा है। आपको पूरी तरह कर्जमुक्त कर देना मेरी आपके लिये व्यक्तिगत भेंट होगी।

"इसकी जरूरत नहीं है। मैं धीरे-धीरे चुका लूँगा।"

"जरूरत है गुरुजी, बहुत जरूरत है। रिश्तेदारी के बाद मैं बाहर का तो नहीं रह गया न?"

बाबूजी निरुत्तर थे। बात बदलते हुए उन्होंने पूछा-"आपका बेटा कहाँ है आजकल? दिखा नहीं?"

कुनैन की गोली निगलने के भाव के साथ प्रमुख जी थोड़ा हकबकाये से बोले-"रुड़की से सिविल इंजीनियरिंग कर रहा है।"

बड़े को चिट्ठी लिख दी गयी। उनका, माँ बाबूजी जो ठीक समझें करें का न्यूट्रल जवाब आने के बाद लड़की की फोटो भी गयी। ट्रेनिंग के बाद शादी की डेट फिक्स हो गयी। सारे वादे पूरे करते हुए बड़े भारी धूम-धाम से जैसा इस शहर में कभी भी नहीं हुआ था, शादी भी हो गयी। शहर के सारे बड़े आदमियों सहित हजारों लोग शादी में सम्मिलित हुए। केवल प्रमुख जी का लड़का इस ऑफ सीजन में पता नहीं कौन सा जरूरी इम्तिहान दे रहा था, नहीं आ पाया।

अध्याय 7

भैया की मॉर्निंग रुटीन सेट हो गयी थी जिसका मुख्य भाग मॉर्निंग वाक तथा उसके बाद नीम के नीचे आसन जमा कर मॉर्निंग ब्रीज का मजा लेते हुए साथियों के साथ गप्प लगाना था। वहीं चाय वगैरह मिल जाती थी। अखबार भी वहीं डिस्कस हो जाता था। चूँकि इस मण्डली में परनिन्दा, समाजनिन्दा और राजनैतिक बहसें बिलकुल नहीं होती थीं अतः लोगों को कुछ सार्थक बातें करने का मौका मिल जाता था। राजनैतिक अखाड़ेबाज धीरे-धीरे इनसे दूर हो गये थे।

आज सवेरे की सैर के बाद जब भैया का आसन नीम के नीचे लगा तो उन्होंने पहले छोटे के छोटे को याद किया, 'अरे तुम लोगों की संस्था का क्या हाल है? कोई इन्टरेस्ट ले रहा है या नहीं?'

'बड़े पापा संस्था 'प्रयास' के नाम से रजिस्टर हो गयी है। यहीं बगल के कमरे में ऑफिस भी खोल दिया है। अपने पम्पलेट और इश्तिहार भी बनवा कर प्रचार कर रहे हैं पर अभी हम लोगो को यह समझा नहीं पाये हैं कि हम उनकी मदद कर सकते हैं। रोज कोशिश कर रहे हैं।'

'बहुत ही अच्छी प्रोग्रेस तो है। कोशिश मत छोड़ना। शुरूआती बूस्ट के लिये मैं अपने एक-दोस्त मेहता जी को कुछ सरकारी काम दिलाने को कह दूँगा। उसे बहुत ही अच्छे से करना। वह तुम्हारा प्रचार होगा और एक बार अच्छा काम करने का ठप्पा लगने के बाद चीजें आसान होती जाती हैं।'

'बड़े पापा, क्या यह काम सरकारी नौकरी से ज्यादा अच्छा रहेगा?'

'हाँ बेटा। जहाँ तक काम की सन्तुष्टि का सवाल है, हाँ। लेकिन कुछ क्रियेटिव किये बगैर इधर-उधर में ही आराम से जिंदगी काट देना हो तो सरकारी नौकरी अच्छी है। मैं तो इतने बड़े-बड़े सरकारी पदों पर रहा पर रिटायर होने के बाद अब जब रात में सोता हूँ तो एक भी काम ऐसा नहीं याद आता जिसे करके संतुष्टि मिली हो।'

फिर उन्होंने छोटे की ओर देखकर कहा, 'यह काम करने का मतलब यह नहीं है कि तुम हमेशा के लिये इससे बँध गये हो। कोशिश करते रहो। तुममें से जिसे जिसे भी नौकरी मिलती जाये वो जाता रहेगा। नये लोग आते रहेंगे। संस्था का यही तो फायदा है। जिसका मन इसमें रम जाये वो इसमें ही बना रह सकता है। यह तो एक निरंतर प्लेटफॉर्म के रूप में रहेगी। आज तुमलोग इसे चला रहे हो, कल कोई और लोग चला रहे होंगे।'

पूरी तरह संतुष्ट छोटे चाय लाने के लिये चले गये।

धीरे-धीरे भैया की मण्डली भी इकट्ठा हो रही थी। रात हल्की-फुल्की बारिश के बाद कुछ कीड़े पतंगे निकल आये थे जिनके चक्कर में पड़ोस की मुर्गियाँ वहाँ घुस आयी थीं। उन्हें देखते ही रामबाबू बड़े प्रसन्न स्वर में बोले-"लो भाई, आज तो नीम पर चिड़ियाँ आ गयीं।"

सभी हँसने लगे। भैया भी हँसते हुए बोले-"अभी नीचे आयी हैं, कल ऊपर भी आ जायेंगी।"

"लेकिन भैया, ताज्जुब तो है, क्यों चिड़ियाँ आनी बंद हो गयीं।"

"आज का अखबार देखिए। गौरैयों के गायब होने के बारे में लेख है। उस दिन छोटा कह रहा था तोमैंने ध्यान नहीं दिया। हमारे घरों के पास से गौरैयों के गायब होने का मुख्य कारण लगातार बढ़ते मोबाइल टावरों को ही बताया गया है।" भैया ने कहा।

"मतलब मोबाइल हम इस्तेमाल करें और जान जाये गौरैयों की।"

"लेकिन हमारे मोहल्ले में तो दिखती हैं गौरैया। कहाँ पर गायब हो गयी हैं?" छोटे बोले।

उनकी बात को इग्नोर करते हुए मिश्रा जी बोले, "होता तो यही है। मवेशियों का इस्तेमाल हम करते हैं और उनको डाइक्लोफेनाक दवा खिलाने से जान गयी गिद्धों की। क्यों भैया?"

"बिलकुल सही। और भी उदाहरण हैं। फ्रिज का प्रयोग हम करते हैं। इसमें सी0 एफ0 सी0 गैस यूज होती है जो ओजोन की परत को नुकसान पहुँचाती है। इससे अल्ट्रा वायलेट किरणें धरती पर ज्यादा आती हैं जो मेढक के बच्चों- टेडपोलों को जो पानी के अंदर पलते हैं खत्म कर देती है। ये मेढकों के बच्चे पानी में ही मच्छरों के बच्चों-लार्वा को खाकर बढ़ते हैं। इनके खत्म होने से मच्छर कितने बढ़ गये हैं।" भैया ने बताया।

"बाप रे, इतना घुमा-फिरा कर हमारे कर्मों का असर हम पर ही वापस आ जाता है।"

"इतना लम्बा उदाहरण बताने का मतलब यही है कि हमारा पूरा वातावरण, सही भाषा में कहें तो पर्यावरण के सभी अंग आपस में इस कदर जुड़े हुए हैं कि एक अंग का लोड दूसरे पर असर डालता ही है।"

"इसका क्या मतलब हुआ। भैया, जरा आसान भाषा में बताइये। हमलोग तो यही जानते हैं न कि पहाड़, नदी, सागर, जीव जन्तु, पेड़-पौधे सब भगवान के बनाये हुए हैं।" मिश्रा जी ने पूछा।

"सही है, मिश्राजी। हमारी मान्यता यही है। लेकिन बढ़ते प्रमाणित वैज्ञानिक

ज्ञान को भी तो हमें स्थान देना पड़ेगा। वेद-पुराण भी तो यही कहते हैं न, कि सब कुछ, पूरी सृष्टि भगवान का ही रूप है। ऋषि मुनियों ने भी 'अहं ब्रह्मास्मि' का उद्घोष किया है यानी कि हम ही भगवान हैं। इस दृष्टि से देखिये तो भगवान कहीं अलग बैठ कर एक-एक चीज को बनाने वाले तो नहीं हो सकते हैं न?"

"फिर सृष्टि कैसे बनी? विज्ञान क्या कहता है?"

भैया ने छोटे के छोटे को चाय लेकर आते देखा तो उसका इंतजार किया और चाय का कप हाथ में लेकर बोले-"विज्ञान के अनुसार सृष्टि एक विकास है।"

"विकास? किस चीज से?" छोटे के मुँह से निकला।

भैया प्रसन्न हुए। छोटे की जिज्ञासाएँ बात को सही दिशा में रखती थीं। उन्होंने कहा-"जानते ही हो कि सूर्य से अलग होकर जब पृथ्वी बनी तो दहक रही थी। करोड़ों साल में यह ठंडी हुई और इस पर पानी बना जो सागरों के रूप में भरा। इस समय कहीं कोई जीव जन्तु नहीं था। अगले करोड़ों साल में पृथ्वी पर मौजूद तत्व बह बह कर इसी पानी में जाते रहे और इनमें आपसी एक्शन रिएक्शन के बाद ऐसे लम्बे और जटिल अणु बने जिनमें चेतना पैदा हुई। इनमें खुद ही विभाजित होकर अपने जैसे अणु बनाने की क्षमता थी।"

उन्होंने एक बार सबकी ओर देखा। स्पष्ट था कि ज्यादा कुछ किसी के समझ में नहीं आ रहा था। छोटे के छोटे भी ब्लैंक दिख रहे थे।

"मोटे तौर पर यह समझें जैसे केंचुआ दो टुकड़े में कट जाये तो वो मरता नहीं है बल्कि दो केंचुए बन जाते हैं।"

"केंचुए उस समय थे क्या?" ये रामबाबू थे।

"नहीं भाई। ऐसे समझें कि माइक्रोस्कोप से दिखने वाले बहुत नन्हें धागे थे जो एक से दो-चार दस धागे बनने की क्षमता रखते थे जैसा आज हम केंचुओं में देख सकते हैं।"

"फिर?"

"ऐसे ही धागों के इकट्ठा होने से जीवन की शुरूआत हुई। जीवन का पहला ही लक्षण है कि इसमें अपने जैसे ही जीव को बनाने की बहुत सशक्त ड्राइव और क्षमता होती है।"

"जैसे बच्चे पैदा होते हैं।"

"हाँ बिलकुल सही है। पर अपने जैसे जीव को पैदा करने का यह बहुत ही एडवांस्ड तरीका है जो काफी बाद में विकसित हुआ। पहले तो एक जैविक यूनिट, जिसे हम सेल या कोशिका कहते हैं, के सीधे विभाजन से दो, चार, आठ सेल बन जाते थे।"

"अभी भी एक सेल वाले जीवों जैसे अमिबा या कीटाणुओं में होता है।" छोटे के छोटे को लाइन मिल रही थी।

"बिलकुल। इसी से तो हमारे शरीर में कुछ कीटाणुप्रवेश करते हैं और बढ़ते बढ़ते करोड़ों होकर बीमारी बढ़ाते हैं।"

"आगे क्या हुआ?"

"इसी एक सेल वाले जीव से विकसित होते-होते प्रकृति की इंजीनियरिंग ने आज नजर आने वाले जीव जगत को जन्म दिया है जिसका चरम, सर्वोत्कृष्टबिन्दु मनुष्य है।"

"प्रकृति की इंजीनियरिंग?" लोग हैरान हो रहे थे।

"नायाब और परफेक्ट नजर आती है। आज तक प्रकृति ने कोई गलती की ही नहीं है। मनुष्य प्रकृति की इंजीनियरिंग का परफेक्शन है।"

"क्या भगवान ही प्रकृति हैं।"

"हाँ। प्रकृति और पुरुष का द्वैत हमारे दर्शन और अध्यात्म में सदा से महत्वपूर्ण रहा है।"

"विज्ञान के हिसाब से बताइये।"

"असल में प्रकृति एक माध्यम, एक अवसर है जिसमें सब कुछ तब तक विकसित होता है जब तक यह विकास स्वयं के लिये ही बाधाएँ न खड़ी कर ले। एक सेल बना, दो सेल साथ चिपक गये, हजार सेल चिपक गये, इन्हीं सेलों में कुछ ने बाहर से सुरक्षा के लिये त्वचा बना ली, कुछ ने पेट बना लिया, कहीं कोई समस्या प्रकृति की ओर से नहीं रही।"

किसी की समझ में कुछ नहीं आ रहा था। सब लोग भैया के नार्मल होने का इंतजार कर रहे थे।

"जीवों के लिये पहली चीज है खाना। खाना मिला तो ग्रोथ है और प्रजनन है। नहीं मिला तो कुछ नहीं है।"

"भूखे भजन न होय गोपाला।" मिश्राजी ने चुटकी ली- "खाना मिले पर जहर मिला हुआ तो भी गये काम से।" उनके दिमाग में गिद्धों का उदाहरण था।

"एकदम सही मिश्रा जी। सीधी बात है। लेकिन ज्यादा जटिल और परेशान करने वाली बात दूसरी भी है। अगर वातावरण में प्रदूषण से कोई ऐसे परिवर्तन हो जायें जो प्रजनन की प्रक्रिया को बाधित कर दे तो भी वह जीव काम से गया। गौरैया के बारे में कहा जा रहा है कि मोबाइल तरंगों तथा कीटनाशकों की अधिकता से उनके अण्डों का कड़ापन खत्म हो रहा है। अब पर्याप्त खाना मिलने के बाद भी जब बच्चे होंगे ही नहीं तो प्रजाति समाप्त हो जायेगी।"

"गौरैयों के बारे में आजकल स्कूलों में भी कार्यक्रम किये जा रहे हैं। बड़े-बड़े लोग आकर भाषण कर रहे हैं कि गौरैयों के लिये हमें दाना और पानी रखना चाहिए। वे गौरैयों के लिये एक घर भी बाँट रहे हैं जो हमें सुरक्षित जगहो पर लगाने को कहा जा रहा है।" छोटे के छोटे ने बताया।

"जागरुकता के लिये बहुत ही अच्छा है।" भैया ने कहा, "लेकिन और अच्छा होता कि समस्या को अधिक वैज्ञानिक तरीके से हल किया जाता।"

"अचानक ये सब क्यों शुरू हो गया?" रामबाबू ने पूछा।

सभी ने पहले छोटे की ओर, फिर भैया की ओर देखा।

भैया ने ही बताया, "आजकल का फैशन है कि जिस चीज की ओर ध्यान आकर्षित करना हो उसके लिये साल का एक दिन निर्धारित कर दिया जाता है। उसी दिन चर्चा बात करके लोग फिर उस समस्या को भूल जाते हैं। इसीलिए एक संस्था 'नेचर फॉरएवर सोसाइटी' तथा कई और अंतर्राष्ट्रीय संस्थाओं की पहल पर हर साल 20 मार्च को 'विश्व गौरैया दिवस' मनाया जाता है। कोई कोई राज्य सरकारें भी वोट बैंक को लुभाने के लिये ये सब नौटंकियाँ कर लेती हैं। इसीलिए ये सब कार्यक्रम स्कूलों में चलाये जा रहे हैं।"

"मुझे तो आज तक समझ में नहीं आया कि चिड़ियों और गौरैयों पर इतनी हाय-तौबा क्यों है? अरे, आज किसी वजह से नहीं दिख रही हैं, कल को फिर आने लगेंगी। हमने तो जमाने से यही देखा है।" छोटे यों तो भैया के सामने ज्यादा बोलते नहीं थे पर चिड़ियाँएँ उनकी दुखती रग बनती जा रही थीं।

'लव इज ए वेस्ट ऑफ टाइम' इतनी जोर से बजा कि भैया खुद ही चौंक गये। छोटे को इकोसिस्टम और फूड वेब का ज्ञान देने का उनका विचार वहीं धराशायी हो गया। हैलो..... हाँ जी.... करते-करते वे मण्डली से थोड़ा दूर हट कर बात करने चले गये।

इधर मिश्राजी छोटे को ज्ञान देने की कोशिश कर रहे थे, "समझो छोटे, जो भैया कहना चाह रहे हैं उसे समझो। प्रकृति के सभी अंग एक-दूसरे से जुड़े हुए हैं और एक का नुकसान सबका नुकसान है।"

"मुझे तो एक भी नुकसान दिखा दो आप। भैया बड़े आदमी हो गये हैं। बड़े आदमियों जैसी बातें करते हैं पर हम तो किसान हैं। हम में से कुछ लोग छोटी-मोटी नौकरियाँ भी करते हैं पर हमें तो कभी ऐसी दिक्कत नहीं महसूस हुई कि चिड़ियाँ बुलाने और ओजोन होल रोकने के लिये टाइम खराब करें। वैसे भी हमारे पास अपना ही बहुत काम रहता है।"

"हमारे यहाँ तो गौरैया भी बहुत हैं। फिर ये स्कूल वाले क्या जागरुकता फैला

रहे हैं?" छोटे की बात सुनकर रामबाबू भी शेर हो गये।

"उनका काम है। उनको इसके लिये तनख्वाह मिलती है। जो कहा जाता है उन्हें करना होता है पर हम क्यों इस चकल्लस में पड़ें?"

'बिरेन्दरवा के बाबू' तो पहले से ही खार खाये बैठे थे। आज उनके मन की बात उठ गयी तो वे बाग बाग हो गये। बोले, 'मैं तो बहुत पहले से ही कह रहा हूँ कि इन सब फिजूल बातों का प्रपंच छोड़कर सार्थक कामों पर ध्यान देना चाहिए। बड़े साहब शहर से आये हैं। पता नहीं क्या से क्या जोड़ कर रिलेशन बैठा दिये कि फ्रिज चलाने से मच्छर बढ़ रहे हैं। उन्हें यह नहीं दिखता कि मच्छर बढ़ती हुई गंदगी से पैदा हो रहे हैं।"

"गंदगी से?" मिश्रा जी ने आश्चर्य जताया।

"हाँ भाई। शहर के सब पोखरे पाट कर बिल्डिंगें बन गयीं। नाले में कूड़ा फेंक-फेंक कर उसे भी पाट ही दिया है। पानी निकासी की कोई और व्यवस्था बनायी नहीं। पानी इस्तेमाल करने वाले घर सौ गुना बढ़ गये हैं। पानी कहाँ जायेगा? जगह-जगह जमा ही होगा न? इसमें मच्छर पनपेंगे ही।"

"बात तो आपकी सौ फीसदी सही है।" मिश्रा जी ने कहा।

"और स्कूलों में जागरुकता कार्यक्रम में बताया जा रहा है कि गौरैया लौट आयेंगी तो मच्छरों के लार्वा को खा जायेंगी। अरे कहाँ-कहाँ खायेंगी? हमारे कूलरों में, नल की टोंटी के आस-पासया सण्डास के पीछे जमे पानी तक कैसे पहुँचेंगी? हमारे मोहल्ले में तो अभी भी बहुत गौरैया हैं फिर भी बहुत मच्छर है। क्यों नहीं वे लार्वा खा रही है?"

"मुझे तो लगता है कि गिद्ध भी लौट आयेंगे।"

"लौट ही रहे हैं। मुन्नी का इन्दौर से कल फोन आया था। बता रही थी कि यहाँ तो गिद्धों की कोई समस्या नहीं है।"

"ये सब टेम्परेरी चीजें हैं जिन पर ये ज्यादा पढ़े-लिखे लोग ज्यादा हाय-तौबा करते हैं।

भैया से बगावत की दिशा में बढ़ते हुए ये कदम पूरी बगावत पर पहुँच पाते, इसके पहले ही भैया अपना मोबाइल पैंट पर रगड़ते हुए लोगों के बीच आ गये और बोले, "शायद आज रात वाली ट्रेन से मुझे जाना होगा।"

"क्या हो गया भैया? सब कुशल है न?" छोटे ने घबराहट में पूछा।

"अरे सब कुछ ठीक है। आज बिटिया का फाइनल 'कलर डॉप्लर' टेस्ट हुआ। डॉक्टर कह रही है कि बेबी मैच्योर हो गया है। थोड़ा सा एम्नियॉटिक फ्ल्यूड कम है इसलिए वो चाह रही है कि जल्दी ही कोई दिन तय करके ऑपरेशन से बच्चे

को निकाल लिया जाय।"

"ये सारे डॉक्टर सीजेरियन ही करने के चक्कर में रहते हैं।"

"आजकल यही आसान पड़ता है। केवल तीन टाँके लगते हैं और जच्चा तीसरे दिन ही घर आ जाती है। सभी को सूट करता है।"

"कब ऑपरेशन की सोच रहे हैं?"

"पंडित जी से बात करके तय करेंगे।"

"पंडित जी से....?"

"हाँ। जब मौका है तो कोई बहुत अच्छी सी साइत देखकर ऑपरेशन कराया जायेगा।"

लगभग सभी के मन में एक साथ ही यह बात आयी कि अपने यहाँ आदमी कितनी ही तरक्की कर ले, कितनी ही वैज्ञानिक बातें कर ले, पर अन्त पन्त जाता पंडित जी की शरण में ही है।

कुछ और हाल-चाल कुशल-क्षेम समाचार के बाद सब लोग अपने-अपने रास्ते लगे।

अध्याय 8

कान्ता मास्टरजी की अकेली औलाद होने के कारण प्यार दुलार में पली तो थी पर बाप के प्यार के ऊपर माँ का कठोर अनुशासन और उसकी दो मौसियों व उनकी बेटियों का साथ भी था। उसकी चंचलता और सुंदरता देखकर गाँव वाले आश्चर्य ही करते थे कि मास्टर जी जैसे खड़ूस के यहाँ ऐसी दिव्य बच्ची कैसे पैदा हो गयी। वह स्वभाव से काफी चंचल और तेज भी थी। पतंगबाजी में उसका कोई मुकाबला आस-पास के गाँवों में नहीं था। यह हुनर वह साथ लेकर पैदा हुई थी। जब वह अपनी छत से पतंग उड़ाती तो आसमान में कोई और पतंग रहती नहीं थी।

उस दिन भी वह पाँच पतंगें काट कर छठवीं की ओर बढ़ रही थी जब मौसी की बेटी ने कहा, 'उसे जाने दे कान्ता, वह ठेकेदार के आवारा लड़के की पतंग है जिसने अभी अभी पतंग उड़ाने का नया शौक पाला है।'

'क्यों जाने दें। जब वो आसमान में आया है तो भिड़ना भी तो सीखे।' गीता ने कहा। गीता कान्ता के साथ पढ़ती थी और उसकी पक्की सहेली थी। इससे भी ज्यादा महत्व की बात यह थी कि वह मंत्री जी की बेटी थी।

'अरे वह बहुत ही बदमिजाज, आवारा और गंदा लड़का है। उससे दूर रहना ही अच्छा है।' मौसी की लड़की ने कहा।

'जानती हूँ उसे। गंदे बाप की गंदी औलाद है। इस साल हमारे साथ दसवीं में पढ़ेगा। पाँच साल से हाई स्कूल नहीं पास हो पा रहा है।' गीता बोली।

उस समय कान्ता ने अपनी पतंग उधर से हटा ली पर अगले दिन स्कूल के रास्ते में वह रास्ते भर कान्ता पर टांट कसता गया जिसका कुल मतलब था कि बड़ा मटक मटक कर पतंग उड़ाती है और बच्चों की पतंग काटती रहती है। दम है तो उसके जैसे मर्द की पतंग काट कर दिखाये।'

कुछ तो डर और कुछ अपने संस्कारों की वजह से कान्ता उससे कुछ नहीं बोली।

छोटे एक साल लटक जाने की वजह से कान्ता से एक साल पीछे हो गये थे यानी नौवीं क्लास में थे। भैया के एकदम विपरीत कद काठी में मजबूत और इस उम्र में भी कसरती होने के कारण वह अपनी धुन में मस्त रहते थे और लड़के भी उनकी इज्जत करते थे। स्पोर्ट की हर विधा में वे चैम्पियनथे, खास कर कुश्ती में उनकी तूती बोलती थी क्योंकि पिछला चैम्पियन उनसे हारने के बाद तीन दिन अस्पताल में रहा था। भैया अपनी आगे की पढ़ाई के लिये शहर वाले मकान में रहने लगे थे। माँ उनके साथ थीं और बाबूजी आते जाते रहते थे।

उस दिन छोटे को भी आश्चर्य हुआ जब उन्होंने देखा कि ठेकेदार का लड़का और उसका चमचा मोटू, घर जाती हुई कान्ता को भद्दी-भद्दी बातें कह रहे थे। उन्होंने ललकार कर कहा, 'क्या बात है मोटे?'

'कुछ नहीं भैया।' मोटू की जगह ठेकेदार का लड़का बोला और दोनों वहाँ से गायब हो गये।

कान्ता ने अपनी माँ से यह सब बता दिया। माँ ने मास्टर जी से बताया जिन्होंने इसे बच्चों का खेल कहते हुए धैर्य रखने की सलाह दी। कान्ता ने पतंग उड़ाना ही बंद कर दिया था।

गीता जब भी कान्ता के घर उससे मिलने आती थी उसके पीछे-पीछे वर्दी में दो बंदूकधारी भी रहते थे। पहले तो यह अजीब सा लगता था पर अब सबको इसकी आदत पड़ गयी थी। वे बंदूकधारी भी गाँव में सबसे घुल मिल गये थे। उस दिन काफी देर बातचीत करने और कान्ता की माँ के हाथ का पसंदीदा हलुआ खाने के बाद गीता ने कहा, 'चलो पतंग उड़ाते हैं।'

'मैंने छोड़ दिया है पतंग उड़ाना।'

'अरे!' गीता ने आश्चर्य से कहा, 'क्यों छोड़ दिया?'

'वो ठेकेदार का लड़का पतंग को लेकर गंदी-गंदी बातें करता है।'

'उसकी ऐसी की तैसी। एक गये गुजरे, गलीज लड़के की वजह से तुम आज पतंग छोड़ रही हो, कल पढ़ाई छोड़ दोगी। इससे तो ऐसे लोगों का मन ही बढ़ेगा।'

'कीचड़ से दूर रहना ही अच्छा है। गंदगी तो अपने पर ही आती है।'

'पर यहाँ दूर रहना संभव नहीं है। पढ़ने जाना ही है। उससे रोज ही आमना सामना होना है। अगर उसके डर से तुम चुप रही तो वो और गंदगी फैलायेगा। ऐसे में तो मजबूत रहने की जरूरत होती है।'

'हमलोग उसके और उसके बाप के गुण्डों का सामना कैसे करेंगे?'

'कुछ करके देखे तो वो। इतनी मार लगवाऊँगी कि हाथ-पैर सलामत नहीं रह जायेंगे।'

कान्ता को अंदर से अच्छा लगा। कुछ दिनों से अपनी जिंदगी में पहली बार वह अकारण बिना किसी गलती के एक गंदे लड़के के हाथों ऐसा तनाव झेल रही थी कि उस लड़के को पीट कर हाथ-पैर तोड़ देने के खयाल से ही उसकी आत्मा प्रसन्न हो गयी। वह गीता के साथ पतंग उड़ाने छत पर चली गयी।

स्कूल वैसे तो आधा कि0मी0 ही था पर रास्ते में एक सुनसान बगीचा पड़ता था जिसके किनारे ठेकेदार की हवेली थी। यहीं ठेकेदार का लड़का उसका इंतजार करता रहता था। कान्ता ने रास्ता बदल दिया और थोड़ा लम्बे वाले रास्ते से जाने

लगी। ठेकेदार के लड़के की बातों की वह पूरी तरह उपेक्षा करती थी मानो कुछ सुना ही न हो। लेकिन उसकी गंदी बातों को एक दिन मास्टर साहब ने सुन लिया।

'ये क्या बद्तमीजी फैला रहे हो यहाँ?' उन्होंने गुस्से में पूछा।

'अपनी लड़की से पूछो मास्टरजी।' उसने बेहयाई से कहा।

'दिमाग खराब हो गया है। यहाँ ये सब बिलकुल नहीं चलेगा। संभल जाओ नहीं तो पछताने के सिवा कुछ हाथ नहीं आयेगा।'

'क्या कर लोगे मास्टरजी?' वह सीना तान कर उनके सामने खड़े होते हुए बोला।

ऐसे में सदा से चली आ रही गुरु शिष्य परंपरा जो कहती है वही मास्टरजी ने किया। एक करारा झापड़ लगाते हुए उन्होंने कहा, 'यही करूँगा जो तुम्हारा बाप नहीं कर पाता है।'

अचानक वहाँ भीड़ इकट्ठा हो गयी। मास्टरजी पर हमला करने को उद्यत ठेकेदार का लड़का चुपचाप वहाँ से चला गया। कान्ता के लिये यह सब इतना आघातपूर्ण था कि वह बीमार हो गयी और कई दिन तक स्कूल नहीं जा पायी।

इधर भैया और बाबूजी ने यह तय किया कि जब छोटे को नौवीं क्लास से ही पढ़ना है तो गाँव के स्कूल में पढ़ने से अच्छा है कि वह शहर रह कर अच्छे स्कूल में पढ़ें। शहर का मकान पूरी तरह तैयार हो गया था और माँ के रहने से घर के रूप में बदल रहा था। छोटे को गाँव छोड़कर जाना अच्छा तो बिलकुल नहीं लग रहा था पर जाना ही पड़ा। बाबूजी भी शहर में ही रहने लगे। इसी समय नीम का पेड़ भी लगाया गया।

***

ठेकेदार बड़े गुस्से में चार बंदूकधारियों के साथ प्रिंसिपल साहब के कमरे में घुसे और सामने की कुर्सी खींच कर बैठते हुए चिल्ला कर उनसे बोले, 'आपकी इतनी हिम्मत बढ़ गयी है कि मेरे लड़के को कॉलेज से रेस्टीकेट कर दे रहे हैं। क्या कर दिया उसने?'

प्रिंसिपल साहब अपेक्षाकृत शान्त स्वर में बोले, 'वह कॉलेज केवल गुण्डागर्दी के लिये आता है। पढ़ाई-लिखाई से उसे कोई मतलब है नहीं। जरा भी मतलब होता तो पाँच साल से दसवीं में फेल न हो रहा होता। हमारे इतने अच्छे कॉलेज की रेप्यूटेशन उसने बिगाड़ रखी है।'

ठेकेदार के साथ आये बंदूकधारियों में से आगे वाला अपनी बंदूक का बट जमीन पर पटक कर चिल्लाया, 'ऐ प्रिंसिपल अपनी औकात........' लेकिन अचानक हथियारबंद पुलिस वालों को कमरे में घुसता देखकर एकदम चुप हो गया।

इस तरह से पुलिस वालों को अंदर आते देखकर ठेकेदार भी संभल गया, 'क्या हो गया?'

'कुछ नहीं हो गया।' एक पुलिस वाले ने कहा, 'जरा इन चारों की बंदूकों का लाइसेंस चेक करना है। आपलोग बातचीत करें। हम अपना काम करते हैं।' फिर वह उन सबकी ओर मुड़कर बोला, 'चलो बे, अपना अपना लाइसेंस निकालो।'

'लाइसेंस तो हमारे पास नहीं है। हवेली पर होगा।' एक मिमियाया।

'हवेली कहीं विलायत में है क्या? एक आदमी दौड़ के जाओ और आधे घंटे के अंदर लेकर आ जाओ। देर की तो जेल काटने को तैयार रहना।'

चारों ने निरीह भाव से ठेकेदार की ओर देखा। ठेकेदार ने प्रिंसिपल की ओर देखा, 'यह सब क्या है प्रिंसिपल साहब?'

प्रिंसिपल साहब कुर्सी की पुश्त से अपनी पीठ टिका कर आराम की मुद्रा में हो गये। उन्होंने बिना कुछ कहे सीधे ठेकेदार की आँखों में देखा।

'यह सब क्या है प्रिंसिपल साहब?' ठेकेदार ने फिर पूछा।

'हम बाहर बैठते हैं।' पुलिसवाले ने कहा।

'आप चेकिंग कर रहे हैं तो इन्हें भी देख लीजिए।' प्रिंसिपल साहब ने ठेकेदार की ओर इशारा करते हुए कहा।

मन ही मन प्रिंसिपल को हजार गालियाँ देते हुए ठेकेदार ने भगवान को धन्यवाद भी दिया कि आज वह अपनी पिस्टल साथ रखकर नहीं चला था। उसकी अच्छी तरह तलाशी लेने के बाद पुलिस के लोग चारों बंदूकधारियों समेत बाहर चले गये। प्रिंसिपल को आँखों ही आँखों में निगल जाने का प्रयास करते ठेकेदार बोले, 'यह सब क्या है प्रिंसिपल साहब?'

'मैं नहीं जानता। यह जानता हूँ कि शिक्षा के इस मंदिर कोआपलोग अपवित्र कर रहे हैं। जिस तरह आपलोग घुसे हैं और जो आप चाहते हैं वह यहाँ पढ़ने वाले बच्चों के लिये अच्छा नहीं है।'

'यह पहली बार हो रहा है क्या? लड़का पाँच साल से फेल हो रहा है। मैं यहाँ स्कूल खुलने के पहले से इसी तरह रह रहा हूँ। आज नया क्या हो गया है जो विद्या का मंदिर अपवित्र होने लगा है?'

'लड़का फेल होते-होते जवान हो गया है। उसकी शादी वादी का सोचिये। हमारा स्कूल केवल दसवीं तक है और इस गाँव में पिछले पंद्रह सालों से कोएजुकेशन का सफलतम उदाहरण है। इसमें लड़कियों के साथ छेड़ छाड़ और बद्‌तमीजी की घटनाएँ पहले कभी नहीं हुई हैं। आप का लड़का इसमें पायनियर निकला है।'

'अच्छा!' ठेकेदार ने व्यंग से कहा, 'उस मास्टर की चरित्रहीन लड़की का

कोई रोल नहीं है। वह बड़ा घर देखकर खुद ही लडके पर डोरे डाल रही थी। उस मास्टर ने मेरे लड़के को भरे स्कूल में झापड़ मारा। मैंने कुछ नहीं कहा कि चलो मास्टर है, मार दिया तो कोई बात नहीं है।'

'लेकिन लड़के ने तो इसी का बदला निकाला। बाप के चांटे का बदला लडकी को बेइज्जत करके लेने की कोशिश की। इसी से वह रेस्टीकेट है।'

'प्रिंसिपल साहब।' ठेकेदार ने बड़ी सर्द आवाज में कहा, 'उसको वापस ले लो। ये फोर्स हमेशा नहीं रहेगी। हम आप यहाँ हमेशा रहेंगे। फिर न कहना मैंने चेताया नहीं था।'

'आप धमकी दे रहे हैं?' प्रिंसिपल ने घंटी का बटन दबाते हुए पूछा।

'भाड़ में जाओ।' कहते हुए ठेकेदार वहाँ से निकल गये।

लोकल थाने की फोर्स तो ठेकेदार के पे रोल पर थी। शहर में पुलिस के बड़े अफसरों से भी उनकी अच्छी पहचान थी पर स्कूल पर लगी ये फोर्स कहाँ से आ टपकी थी वो जान नहीं पाये। उनके अनुरोध और लालच को पूरी तरह ठुकराते हुए उन लोगों ने जाँच पूरी होने तक चारों बंदूकधारियों को छोड़ने से इंकार कर दिया जो ठेकेदार के लिये भारी टेंशन का कारण था। उन्हें याद नहीं था कि इन बंदूकों का लाइसेंस कहाँ था। था भी या नहीं? कभी जरूरत ही नहीं पड़ी थी।

शाम होने तक चारों का आर्म्स एक्ट में चालान करके उन्हें हिरासत में ले लिया गया। उन्हें छुड़ाने की तमाम कोशिशें बेकार हो गयीं। इसी समय उन्हें पता चला कि यह मंत्री जी की स्पेशल फोर्स थी जो गृह मंत्रालय के आदेश पर यहाँ की लोकल पुलिस को लीड कर रही थी। उन्हीं के बल पर यह भुनगा प्रिंसिपल भी आज उनका अपमानकर गया था। उसका घंटी बजाकर उनसे पूछना कि क्या वे धमकी दे रहे थे, उन्हें भूल ही नहीं रहा था। उनके चारों बंदूकधारियों के घर के लोग हवेली पर आ गये थे और रोहा रोहट मचाये हुए थे। अब यह तो तय था कि इनको छुड़ाने के लिये उन्हें मंत्री जी की शरण में ही जाना होगा जो उनकी जिंदगी का सबसे ज्यादा अपमानजनक काम था। ऐसी जलालत उन्हें अपनी जिंदगी में पहले कभी झेलनी पड़ी हो यह उन्हें याद नहीं था। यह सब किसलिये? अपमान कुण्ठा और क्रोध के अतिरेक में उनके भीतर अपने लड़के के प्रति नफरत की एक तेज लहर दौड़ गयी। पता नहीं किस नामुराद घड़ी में इस लड़के ने उनके यहाँ जन्म लिया था। हमेशा यह समस्याएँ ही खड़ी करता रहता है। क्या था उस मास्टर की लड़की में जो यह खुलेआम उस पर टूट पड़ा। बहुत जवानी चढ़ी थी तो एक दिन धीरे से उठवा लेता। अगर इसे अभी ठीक नहीं किया गया तो यह नालायक उन्हें कहीं का नहीं छोड़ेगा। इसका दिमाग ठीक करना ही होगा।

गुस्से में उबलते हुए वे पहली बार अपने पिता का वह बेंत उठा लाये जिससे उनके पिता उनका दिमाग ठीक किया करते थे और कुछ देर बाद ही हवेली के अंदर से ऐसी भयानक चीख चिल्लाहट और महिलाओं की रोहा रोहट की आवाजें आने लगीं कि बंदूकधारियों के घर वाले अपना रोना गाना भूल गये।

***

जाहिर था कि उस रात घर में किसी ने खाना नहीं खाया। वे तो शायद लड़के को दो-चार बेंत लगा कर, उसे आगे से ढंग से रहने की हिदायत देकर छोड़ देते जैसा उनके पिता करते थे पर कभी मार-पीट की यह स्थिति न झेले और कुछ ज्यादा ही प्यार दुलार में पलेलड़के के बद्तमीजी से किये गये रिएक्शन ने उनका क्रोध बहुत अधिक भड़का दिया और दिमाग ठीक करने वाला कार्यक्रम कुछ ज्यादा ही दिमाग खराब करने वाला हो गया।

कार्यक्रम के बाद हाँफते हुए वे कमरे में घुसे और बेंत को इतनी तेजी से दीवार पर दे मारा जैसे सारी गलती उस बेंत की ही हो। फिर वे बेड पर बैठ कर अपनी साँसें व्यवस्थित करने की कोशिश करने लगे। लड़के के कराहने और पत्नी के धीरे-धीरे रोने की आवाजें उनका ब्लड प्रेशर और बढ़ा रही थीं। अगले एक घंटे में जब उनकी बेटी उनके कमरे में आयी तब तक वे खाना पूछने आये खानसामा तथा अपनी पत्नी को झिड़क कर भगा चुके थे।

'क्या हाल है?' उन्होंने बेटी से पूछा।

'माँ ने हल्दी, प्याज, चूना वगैरह लगाया है। गर्म दूध में हल्दी मिलाकर पिलाया है। पेन किलर भी दिया है।'

'डाक्टर को फोन नहीं किया।'

'नहीं। माँ कह रही हैं कि बाहर वालों को यह सब न पता लगे तो अच्छा है।'

अब तक उनका गुस्सा काफी शान्त हो चुका था और टेम्पर लूज करने का पछतावा भी हो रहा था। आखिर उनका चिराग तो यही लड़का था। इसी से वंश चलने वाला था। यही आगे चल कर उनके कारोबार को सँभालने वाला था। थोड़ा नरमी से भी हैण्डल किया जा सकता था।

'दर्द ज्यादा है?'

'हाँ। वह सो नहीं पा रहा है। माँ उसके पास है।'

'मुझे ज्यादा ही गुस्सा आ गया था लेकिन उसे भी तो अपने बाप से इतने गंदे तरीके से बात नहीं करनी चाहिए थी।'

बेटी चुप रही।

'तू भी तो वहीं पढ़ती है। क्या हुआ था?'

थोड़ी देर सोचकर बेटी ने बताया, 'भैया कान्ता को पता नहीं क्यों उल्टी-सीधी बातें बोलता था। कान्ता सीधी सादी लड़की है। एक दिन बरामदे में वह उसे कुछ गंदी बातें बोल रहा था कि मास्टर साहब ने सुन लिया और वहीं सबके सामने एक चांटा मार दिया। काफी दिनों तक कान्ता स्कूल नहीं आयी पर उस दिन जब वह आयी तो भैया उसे देखकर पागल सा हो गया और चिल्लाने लगा कि वह अपने बाप से शिकायत करके उसे बेइज्जत करा रही है। देखता हूँ तुम्हारा बाप अब क्या करता है।'

'बस इतने पर ही रेस्टीकेशन.....'

'नहीं पापा। भैया उस पर झपट पड़ा और उसे गिरा दिया। उसकी सहेली गीता ने बचाने की कोशिश की तो उसे भी ढकेल दिया।यहाँ तक कि भैया का चमचा मोटू भी डर कर वहाँ से भाग गया। फिर भैया कान्ता के कपड़े फाड़ने की कोशिश करने लगा। कई लोगों ने मिलकर उसे हटाया। मास्टर जी कान्ता को घर ले गये। तब से न तो कान्ता स्कूल आयी है और न ही मैं स्कूल गयी।'

'तू क्यों नहीं गयी?'

'आगे जाऊँगी भी नहीं। ऐसे भाई की बहन होना बहुत ही शर्म की बात लगती है। मैं किसी के सामने पड़ना भी नहीं चाहती। पहले ही इसके बार-बार फेल होने की बेइज्जती कम नहीं थी और अब यह गंदा प्रकरण।'

'कोशिश तो बहुत की मैंने इसे पास कराने की। नौवीं तक कराया भी। लेकिन यू0 पी0 बोर्ड का दसवीं का चक्कर समझ में ही नहीं आता। इसके चार पेपरों की कॉपियां तक तो पता करके उनमें पास करवाया पर यह पाँचवें में जीरो हो गया।'

'पास होता तो कम से कम यहाँ से कहीं और जाकर पढ़ता।' ठेकेदार की बेटी की अपनी समस्या थी।

'मास्टर के कहने पर इसे ऐन इम्तिहानों के टाइम में रेस्टीकेट कर दिया गया?'

'नहीं, मास्टर जी ने कुछ नहीं कहा। भैया ने अपनी जिंदगी की सबसे बड़ी गलती कान्ता की सहेली गीता को ढकेल कर की है। वह मंत्री जी की लड़की है।'

'मंत्री के बड़े भाई की है जो यहाँ गाँव के काम-धाम सँभालते हैं।'

'वही। पर उसे मंत्री जी भी अपनी बेटी से बढ़ कर मानते हैं। उसी की वजह से ये सब कुछ हुआ।'

'मैंने कभी सोचा भी नहीं था कि ऐसी स्थिति मेरे सामने आयेगी। पता नहीं इस लड़के को अचानक क्या हो गया है।'

'लड़का बड़ा हो गया है। बाईस साल के लड़के को हम भले ही हाई स्कूल में पढ़ने वाला लड़का समझें पर वह है नहीं।' उनकी पत्नी कमरे में आते हुए बोलीं,

'उसकी शादी-वादी के बारे में सोचा जाय लेकिन सबसे पहले उसे यहाँ से कहीं दूर हटाना जरूरी है।'

'क्यों?'

'वह ज्यादा ही बेवकूफ और उदंड हो गया है। जिस माहौल में रह रहा है वहाँ इसकी समझ में नहीं आ रहा है कि इसका भला बुरा क्या है।'

'क्या हो गया?'

'हम समय से जान नहीं पाये। यह हमारे हाथ के बाहर हो गया है।'

'बेकार की बातें न करो। वह अपना खून है। मेरा उत्तराधिकारी है। यहाँ से दूर कहाँ जायेगा? मैं उसे समझाऊँगा।' फिर वह उठते हुए बोले, 'चलो जरा मैं भी उसका हाल देख लूँ।'

'बेहतर है मत जाइये।'

पत्नी की बात अनसुनी करते हुए वे बेटे के कमरे में पहुँचे जो बेड पर करवट लेटा हुआ था। उनको देखते ही उसने घरघराहट की आवाज निकालते हुए उठने की कोशिश की। दर्द और गुस्से की अधिकता से उसका विकृत चेहरा बहुत भयानक लग रहा था। इससे पहले कि वे कुछ समझ पाते उसने टेबिल पर रखे पानी के गिलास को उठाकर उनकी ओर दे मारा। उनके सीने से टकरा कर गिरते हुए गिलास की भारी भरकम टनटनाहट की आवाज रात के इस सन्नाटे में उनके दिलो-दिमाग में गहराई तक घुसती चली गयी।

अध्याय 9

अन्त-पन्त आदमी अपने बच्चों के आगे ही हारता है, इस उक्ति को चरितार्थ करते हुए ठेकेदार कई सुरक्षा वालों से अपनी तलाशी कराते, कारिन्दों की व्यंगपूर्ण निगाहों का सामना करते, कई दरवाजों पर कुछ-कुछ देर इंतजार करने के बाद मंत्री जी के कमरे में लाये गये। उन्हें लगातार यह महसूस हो रहा था कि आज यह सब जानबूझ कर उन्हें अपमानित करने के लिये कुछ ज्यादा ही किया जा रहा था।

भारी भरकम मेज के पीछे अपनी रिवॉल्विंग चेयर पर बैठे मंत्रीजी अपने सुरक्षा गार्ड को नसीहत देना छोड़कर उनकी ओर मुखातिब हुए और बड़े ही प्रसन्न भाव से अपने दोनों हाथ टेबिल पर फैलाते हुए बोले, 'आइये। आइये बन्धुवर। आज सूरज किधर से निकला है भाई। इस कुटिया में आपके आगमन पर हम सब तो धन्य हो गये हैं।'

'सुना कि आप गाँव आये हुए हैं तो मिलने चला आया।' ठेकेदार ने नाटकीयता के जवाब में सहज दिखने की कोशिश की।

'जहे नसीब....जहे नसीब। कैसे हाल चाल हैं?'

'आपका गाँव है। आपकी छत्रछाया में है। सब अच्छा ही अच्छा है।'

'आपका कारोबार कैसा चल रहा है?'

'आशीर्वाद है आपका।'

'अब शर्मिन्दा मत कीजिए। आपलोग समाज के श्रेष्ठ लोगों में हैं। हम पिछड़े लोगों की क्या औकात जो आपको आशीर्वाद दे सकें।'

'मंत्री जी क्या हम पिछली बातें भुला नहीं सकते?'

'मेरा क्या? मैं तो वैसे ही अकिंचन हूँ। भूलना भुलाना तो आपको ही है।' फिर उन्होंने चौंकने का उपक्रम करते हुए कहा, 'देखिए न। घर आये इतने बड़े अतिथि से मैं डर वश कुछ चाय पानी नहीं पूछ पा रहा हूँ। पता नहीं स्वीकार करेंगे या नहीं।'

मंत्री जी से मिलने आने में ठेकेदार की सबसे बड़ी सामाजिक बाधा यही थी। सामान्य तौर पर तो वे यहाँ कुछ खाने-पीने की कल्पना भी नहीं कर सकते थे पर आज....... आज वे मंत्री जी के मोहताज थे। उन्होंने सहज ही दिखने की कोशिश करते हुए कहा, 'आप पिलायेंगे तो क्यों नहीं लूँगा।'

'जहे नसीब।' मंत्री जी ने एक गार्ड को इशारा करते हुए कहा, 'खूब माँजे हुए स्टील के बर्तनों में ही हो।

गार्ड के जाने के बाद दोनों लोग शान्त बैठे थे जब ठेकेदार ने असली बात छेड़ी, 'आप लड़के को माफ कर दीजिए।' इतना भी कहने में ठेकेदार को अपने भीतर जलालत की ऐसी आग महसूस हुई कि उनका सिर गरम हो गया। पर अपने बच्चों के लिये ही तो आदमी दुनिया से हारता है।

मंत्री जी ने कुछ देर एकटक उनकी ओर गंभीरता से देखा फिर अचानक सहज भाव से मुस्कराते हुए बोले, 'मैंने क्या किया है उसका?'

'वह बोर्ड के फाइनल इम्तिहानों के मौके पर रेस्टीकेट हो गया है।'

'क्या इस साल आपको लगता है कि वह पास हो जायेगा। कुछ ठोस जुगाड़ मिला है क्या?'

'ऐसी बात नहीं है। वो पास होगा या नहीं मुझे नहीं पता पर कॉलेज के इतिहास में कोई इतने अपमानजनक तरीके से रेस्टीकेट नहीं हुआ है। यह मेरे लिये बड़ा ही अपमानजनक हो गया है। एक बार मेरे आपके पुराने सम्बन्धों का लिहाज करके उसे स्कूल में वापस करा दीजिए। मैं खुद उसे यहाँ से हटा दूँगा।' ठेकेदार को खुद आश्चर्य हुआ कि वह इतना सब कैसे बोल गये।

मंत्री जी पूर्ववत मुस्कराते रहे, 'आप तो समाज के श्रेष्ठ वर्ग से हैं। आपको क्या लगता है कि जो कुछ उसने किया वह इस क्षेत्र के किसी भी कॉलेज के इतिहास में पहले कभी हुआ है क्या? अपने ही अध्यापक की लड़की यानी अपनी गुरु बहन से ऐसा गर्हित व्यवहार कभी किसी ने किया हो तो बताइये।'

'उस लड़की की भी तो गलती है।' ठेकेदार को और कुछ नहीं सूझा तो वह अपने पुराने राग पर आ गये।

'कैसे पता आपको?'

'ऐसी घटनाएँ बिना दोनों पक्षों की गलती के बगैर नहीं होतीं। मेरे लड़के ने कई बार मुझसे खुद कहा है कि मास्टर की लड़की उसके पीछे पड़ी रहती है।' ठेकेदार ने कहा।

तभी करीने से सजाकर स्टील की प्लेटों और कटोरियों में मिठाई और गरम पकौड़ियाँ आ गयीं। गार्डों ने सफाई से दोनों लोगों को सर्व किया।

ठेकेदार ने बनावटी तारीफ करते हुए कहा, 'बहुत ही बढ़िया मिठाई है। और पकौड़ियों का क्या कहना।'

'लीजिए.... लीजिए। आप जैसे कद्रदान वैसे भी दुर्लभ हैं। अच्छे जलपान का मजा तो अच्छी कंपनी में ही आता है।' मंत्री जी स्वयं ही ठेकेदार की प्लेट में और मिठाई, पकौड़ियाँ सर्व करते हुए बोले।

जलपान के बाद जब बर्तन वगैरह हट गये और दोनों लोगों के सामने

गर्मागरम काफी के कप भर रह गये तब ठेकेदार ने फिर बात छेड़ी, 'तो लड़के के बारे में मैं क्या उम्मीद करूँ?'

मंत्री जी ने कॉफी का एक रिलैक्सिंग घूँट लगाया फिर बोले, 'आपका लड़का झूठ बोलता है, ठेकेदार जी।'

इतने सीधे प्रहार से झटका खाये हुए ठेकेदार ने बात सँभालने की कोशिश की, 'मंत्री जी, मैं केवल यह कहना चाहता हूँ कि गीता बिटिया उस लड़की कान्ता की सहेली है इसलिए उसके पक्ष में ही कहेंगी। उस धूर्त लड़की ने बिटिया को भी बहका दिया है।'

मंत्री जी मुस्कराते ही रहे, 'और अपनी बेटी के बारे में आपका क्या खयाल है। वह भी उस धूर्त लड़की की सहेली है। सारा स्कूल, सारे बच्चे सब गलत हैं। केवल आपका स्व नाम धन्य बेटा ही सही है जिसके बारे में अच्छी बात कहने वाला एक भी आदमी नहीं है।'

अपनी ही बेटी की उस रात की बात याद करके ठेकेदार परास्त हो गये। उन्हें चुप देखकर मंत्री जी ने कहा, 'यह हमारे-आपके संबंध और मास्टर जी की भलमनसाहत है कि आप का लड़का छुट्टा घूम रहा है। वरना उसे तो जेल में होना चाहिए था। मेरा आपसे निवेदन यह है कि उसे, चाहे जैसे यह अच्छी तरह समझा दीजिए कि अगर फिर उसने कहीं भी ऐसी-वैसी हरकत करने की कोशिश की तो...... आप श्रेष्ठ वर्ग से हैं। खुद ही बहुत समझदार हैं।'

मंत्री जी ठेकेदार को विदा करने कमरे के दरवाजे तक खुद आये।

गेट के बाहर अपनी गाड़ी तक आते-आते ठेकेदार का कुल, कुल करम हो गया। अपमान और जलालत का इतना भारी बोझ उन्होंने पूरी जिंदगी में कभी नहीं उठाया था। वे उस घड़ी को भी पछता रहे थे जब अपने गलीज बेटे के लिये इस मंत्री से मिलने का निर्णय लिया था। उनकी साँसें भारी हो गयी थीं और ब्लड प्रेशर बढ़ा लग रहा था। किसी तरह गाड़ी में लद कर वे घर पहुँचे और अपने कमरे में पहुँच कर सीधे बिस्तर के हवाले हो गये। कुछ देर में ही उनकी पत्नी पानी लेकर आ गयीं।

'क्या हुआ?'

'कुछ भी नहीं हुआ।' वे बड़ी खोखली आवाज में बोले।

'लल्ला स्कूल में वापस होगा?'

'नहीं।'

'नहीं?'

'सारा स्कूल उसके खिलाफ है। उसकी बहन भी उसके खिलाफ है। कैसे

वापस होगा।' पानी पीते हुए उन्होंने कहा।

पत्नी ने चिन्ता से उनको देखा, 'आपकी तबियत ठीक नहीं दिख रही है। डॉक्टर को फोन करूँ क्या?'

अचानक वो बड़ी तेज चिल्लाये, 'क्या हो गया है मेरी तबियत को? जिसके ऐसे गलीज बच्चे होंगे उसको क्या हो सकता है? जिंदगी हराम हो गयी है। ऐसे बच्चे होने से अच्छा निपूता रहना ही है।' उन्होंने पानी वाला गिलास बड़े जोरों से दरवाजे के बाहर पटका और अपना सिर बिस्तर के पाटे पर पटकने लगे।

पत्नी के हल्ला मचाने पर लोग दौड़ कर आ गये और उन्हें पकड़ा। डॉक्टर के आने तक वे भारी भारी साँसें लेते रहे। अगले एक घंटे में सब कंट्रोल में आ गया। उन्हें दो-तीन दिन बेड रेस्ट की सलाह देकर जब डॉक्टर चला गया तब उन्होंने पत्नी को बुला कर कहा कि चूँकि इन बंदूकधारियों के भी छूटने की उम्मीद नहीं थी इसलिए उनके घर वालों को बता देना है कि जो तनख्वाह उन्हें मिलती थी वह घर वालों को मिलती रहेगी। आमर्स एक्ट में वैसे भी छोटी-मोटी सजा ही होती है। कुछ महीनों में वे लौट आयेंगे।

बेड रेस्ट के दौरान विचारों का मंथन करते-करते वे इस नतीजे पर पहुँचे कि अब तक उन्होंने केवल पैसा कमाने पर ही ध्यान लगाया है जबकि खाली पैसा पर्याप्त नहीं है। उन्हें पावर चाहिए। भले ही पैसा खर्च करके पावर खरीदना हो पर इसके बिना काम नहीं चलने वाला है। मंत्री के पास उनके जितना पैसा नहीं है पर पावर है इसलिए वे हार गये हैं। अब तो चाहे जैसे भी हो उन्हें भी मंत्री बन कर ही रहना है। वे अपनी पूरी ताकत लगा देंगे और मंत्री बन कर ही रहेंगे।

***

बोर्ड के इम्तिहान खत्म हो गये। गीता और उसके गार्ड सुरक्षा के लिये हमेशा साये की तरह कान्ता के साथ रहे। मंत्री जी को अब ठेकेदार के लड़के से किसी हिमाकत की उम्मीद तो नहीं थी पर सजगता नहीं छोड़ी गयी। लम्बा समय बीत जाने के बाद अब सभी रिलैक्स हो रहे थे।

इस साल ठेकेदार के लड़के ने इम्तिहान दिया ही नहीं। रेस्टीकेशन का अपमान और जीवन में पहली बार पिता द्वारा की गयी इतनी बर्बर पिटाई ने उसे पागलपन की हदों तक पहुँचा दिया था। अभी तक वह कम विकसित बच्चों की तरह दसवीं में पाँच साल फेल होने के बावजूद भी इसकी कोई परवाह नहीं करता था क्योंकि उसे अच्छी तरह पता था कि वह साथ पढ़ने वाले लड़को की तरह कोई कीड़ा भुनगा नहीं था। उसे पढ़ने की कोई जरूरत ही नहीं थी। ऐसे मौकों पर उसके

पिता खुद ही लोगों के सामने सीना फुला कर कहते थे कि इसे कौन सा कहीं नौकरी करनी है कि यह पास-फेल होने की चिन्ता करे। स्कूल तो वह उसे खेलने-कूदने और सामाजिक विकास के लिये भेजते हैं। लेकिन इस साल क्या हो गया? एक मनहूस लड़की जो अभी कुछ साल पहले उसके सामने नाक बहाते चड्ढी पहन कर घूमती थी उसकी पूरी बरबादी कारण बन गयी थी।

मोटे कहता था कि इससे क्यों उलझते हो? क्यों न उलझे? वह मालिक था। कुछ भी कर सकता था। आज तक तो उसने जो चाहा किया ही था। जिसको चाहे मारा-पीटा, जिसको चाहे गाली दी। कभी कुछ नहीं हुआ। यह लड़की देखने सुनने में अच्छी थी। पढ़ने में भी ठीक-ठाक थी। उसके पतंग उड़ाने की तारीफें भी चारों ओर थीं। तो क्या वह उससे मन ही मन जलने लगा था और उसे नीचा दिखाने के लिये उससे उलझता था।

उसकी इन मनमानियों और आवारागर्दी के चलते ही अब उसका कोई दोस्त नहीं था। जो पहले कभी थे भी वह पढ़ाई में कहाँ से कहाँ पहुँच गये थे। अब के सहपाठी उससे बहुत जूनियर थे और उनके घर वाले भी उन्हें ठेकेदार के लड़के के साथ रहने से मना ही करते थे। केवल मोटे ही उसके साथ था जिसका असली नाम अब लोग भूल चुके थे। वह एक पियक्कड़ बाप का एकमात्र जीवित लड़का था जिसके आगे-पीछे कोई नहीं था। अपनी छोटी बड़ी जरूरतें पूरी करने के लिये वह ठेकेदार के लड़के की चमचागिरी में रहता था। दसवीं पास करने के बाद अब वह इस स्कूल का छात्र भी नहीं था पर कहीं और जाकर पढ़ने की औकात न होने के कारण यहीं बना हुआ था।

आज भी वही दोनों सुनसान बगीचे के किनारे ट्यूबवेल पर बैठे थे।

मोटे ने कहा, 'भैया अगर आप उस लेखपाल का साथ छोड़ देते तो बड़ा अच्छा होता। गंदी-गंदी किताबें और फोटो दिखा दिखाकर वह और दिमाग खराब करता है।'

'साले, तू कौन होता है बोलने वाला। कायर भगोड़े, तू जरा भी भरोसे लायक नहीं है। तू तो निकल यहाँ से।'

'भैया, जब आपने गीता को ढकेला तो मैं बहुत डर गया था। आप तो बड़े आदमी हैं पर मैं तो मंत्री जी के आगे भुनगा भर हूँ। फिर भी मैं पीछे खड़ा देख रहा था। आपको जरा भी कोई जरूरत होती मैं कूद कर आ जाता।'

'झूठ भी बोलने लगा है।' ठेकेदार का लड़का गुस्से में था।

'कसम ले लो भैया। अब कभी नहीं भागूँगा चाहे जान चली जाये।'

'तू रहे या भागे, मैं अकेला ही काफी हूँ। उस हरामजादी को बरबाद करके ही

रहूँगा।' उसका चेहरा और आँखें पागलों की तरह खींच गये थे।

'गीता को?' मोटे ने डर कर पूछा।

'उस चुहेड़ी से क्या मतलब है। किसी भी करम की तो नहीं है। मैं कान्ता की बात कर रहा हूँ।'

'भैया आपकी सारी परेशानियाँ तो मंत्री जी की वजह से ही हैं न?'

'असली वजह तो हरमजादी कान्ता ही है। ये इतना न फुदकती तो कुछ नहीं होता।'

'सोच लो भैया। इस समय इनमें से किसी को भी छेड़ना खतरनाक है। वह उनकी छत्रछाया में हैं। मंत्री जी हमें छोड़ेंगे नहीं।'

'हरामजादे, कायर...' गाली देते हुए ठेकेदार के लड़के ने मोटे को जोरदार झापड़ लगाया और वहाँ पड़ी पेड़ की एक डाली को उठाकर जोर-जोर से जमीन में पटकने लगा।

मोटे डर के मारे गाल पर हाथ रखकर रोने लगा। ऐसा नहीं था कि वह ठेकेदार के लड़के से कहीं से कमजोर था पर एक लम्बे समय का साथ जैसे संबंध विकसित कर देता है उसे तोड़ना कठिन हो जाता है। मोटे ने पहले कभी उसे इतने पागलपन की हालत में नहीं देखा था। वह पम्प की मोटी धार से चलते पानी में अपना सर ठंडा करने लगा। एक बार उसका मन हुआ कि वह चुपचाप जाकर ठेकेदार से यह सब बता दे लेकिन फिर अपने ही स्वार्थ में उसने यह विचार छोड़ दिया। ठंडे पानी से राहत पाने के बाद जब उसने पानी की धार से सर हटाकर आँखें पोंछी तो सामने देखकर उसे अपनी आँखों पर विश्वास नहीं हुआ। कई बार उसने आँखों को मल कर देखा। एकदम सही था कि इसी सुनसान बगीचे के रास्ते पर कान्ता और गीता आपस में बातचीत करते चली आ रही थीं और उनके साथ गार्ड नहीं थे।

'भैया।' उसने फुसफुसा कर जमीन पर घुटनों के बल बैठ कर हाँफते ठेकेदार के लड़के को आवाज दी।

'क्या है?' ठेकेदार के लड़के ने पूर्ववत गुस्से में कहा।

मोटे ने लड़कियों की ओर इशारा किया।

एकबारगी कान्ता और गीता को यह समझ में ही नहीं आया कि यह हो क्या रहा है। किसने उन पर इस तरह अचानक हमला कर दिया और पम्प हाउस की तरफ खींचे जा रहा है। प्राकृतिक रिएक्शन के तौर पर दोनों के मुँह से चीखें निकल रही थीं जिन्हें सुनने वाला वहाँ कोई नहीं था। इस अचानक आये झटके से उबरते हुए गीता ने देखा कि ठेकेदार का लड़का कान्ता को बालों से पकड़ कर घसीटता हुआ पम्प हाउस के अंदर ले जा रहा था और उसका हाथ पकड़ कर, झटके दे देकर

खींचते हुए मोटे उसे भी उधर ही ले जा रहा था।

वह हाँफते हुए चिल्लाकर बोली, 'अबे मोटे छोड़ दे। क्यों अपनी जान देने पर तुला है। कुत्ते की मौत मरेगा।' मोटे के कुछ न बोलने पर उसने झटका देकर खुद को छुड़ाने की कोशिश की पर मरियल गीता के आगे मोटा बहुत तगड़ा था। वह चिल्लाती ही रही, 'छोड़ दे, छोड़ दे मोटे, वरना तेरी हड्डियों का भी पता नहीं चलेगा।'

मोटे के मन में भयानक द्वंद चल रहा था। वह जानता था कि इस घटना के बाद उसकी अपनी बरबादी तो निश्चित ही है। ठेकेदार के लड़के का क्या होगा यह पता नहीं पर इतना तो तय था कि ये लोग अपने लड़के को बचाने के लिये चाहे जो करेंगे पर उसे तो मंत्री जी से बचाने के लिये कुछ भी नहीं करेंगे। वह बार-बार पछता रहा था कि इस चक्कर में कहाँ से पड़ गया। इससे अच्छा तो भुखमरी ही थी।

उसने गीता से कहा, 'दीदी, मैं फँस गया हूँ।'

लेकिन गीता कान्ता की ओर देख रही थी। किसी तरह अपने बाल छुड़ाकर वह सीधे खड़ी हो गयी थी और अपने बैग को घुमा-घुमा कर चिल्लाते हुए ठेकेदार के लड़के को मार रही थी। एक वार उसके सर पर इतना सटीक पड़ा कि वह नीचे गिर गया। कान्ता ने वहाँ से भागने की कोशिश की पर वह फिर तेजी से खड़ा होकर उस पर टूट पड़ा और उस पर लात और मुक्के बरसाने लगा। भरे पूरे आदमी की मार खाकर वह गिर पड़ी। गीता बड़ी तेजी से चिल्लाकर उसे छुड़ाने के लिये दौड़ना चाहती थी पर मोटे की पकड़ से छूटना आसान नहीं था। कुछ देर की जद्दो-जहद के बाद उसे मोटे की दुविधा का फायदा मिला और वह झटके से खुद को छुड़ा कर कान्ता की ओर भागी जहाँ कान्ता को गिराकर ठेकेदार का लड़का उस पर सवार था और उसे गंदी-गंदी गालियाँ बक रहा था। उसने उसे खींचकर हटाने की कोशिश की पर उसे जोर से ढकेलते हुए वह चिल्लाया, 'मोटे सँभाल इसे वरना आज तेरी जान ले लूँगा।'

गीता ने बाहर भागने की कोशिश की पर कुछ ही दूर पर गिर पड़ी। मोटे ने उसे वहीं दबा लिया। कान्ता की घुटी-घुटी चीखों की आवाज उसे सुनाई दे रही थी। वह प्राण पण से मोटे से छूटने के लिये संघर्ष कर रही थी और चिल्ला रही थी पर मोटा उसे दबाये रखने में उस पर लगभग सवार ही हो गया था। मोटे के शरीर के नीचे दबी गीता के चिल्लाने और तड़फड़ा कर छूटने की कोशिश में जो हिल-डुल हो रही थी उससे मोटे का शरीर भी एक पाशविक आनंद से सनसनाने लगा था। धीरे से उसने गीता का कपड़ा हटाने की कोशिश की।

इसी समय कुछ तेज ललकारती आवाजों के साथ किसी ने मोटे को गीता से नोच कर अलग कर दिया और बंदूक की बट से मोटे के सर पर इतना तेज वार

किया कि सर की हड्डी टूटने जैसी थड़ की आवाज बेहोश होती गीता को भी साफ सुनायी दी। उसने अपने गार्ड को पम्प हाउस की ओर इशारा किया और फिर उसे कुछ याद नहीं रहा।

***

गीता की आँख उसके अपने कमरे में अपने बिस्तर पर खुली। घर के लोगों के साथ डॉक्टर भी वहाँ मौजूद थे। माथे पर ठंडी पट्टी रखी हुई थी और माँ उसका कन्धा सहला रही थी। उसके दिमाग में तूफान चल रहा था। उसने माँ का हाथ कसकर पकड़ लिया और रोने लगी।

'बिलकुल भी घबराओ नहीं बेटा, सब ठीक हो गया है।' माँ ने कहा और उसे अपनी गोद में लिटा लिया। बाकी लोग बाहर चले गये।

काफी देर तक वह रोती ही रही। माँ उसे दिलासा देती रहीं और उसके बाल और सर सहलाती रहीं।

'कान्ता कहाँ है?'

'वह भी ठीक है। उसे चोटें ज्यादा लगी थीं और खून भी बहुत बह रहा था इसलिए अपनी गाड़ी उसे और उसके परिवार को लेकर शहर के बड़े अस्पताल गयी है। अभी गार्ड का फोन आया था। उसकी हालत भी तेजी से सुधर रही है।'

गीता कुछ देर एकटक माँ की ओर देखती रही फिर बोली, 'और वो लड़के?' उसकी आवाज में नफरत घुली हुई थी।

'मोटे को तो गार्ड के हाथों चोट लग गयी थी। उसका इलाज डॉक्टर साहब कर रहे हैं। ठेकेदार का लड़का कहीं गायब है।' माँ ने आँखें चुराते हुए कहा पर गीता का ध्यान इस पर गया ही नहीं। वह अकारण हुए इस हादसे का शारीरिक और मानसिक दर्द झेलने में ही परेशान थी।

'पापा कहाँ हैं?'

'आ ही रहे हैं। वह उन लोगों के साथ ही शहर के अस्पताल गये थे जिससे कान्ता के इलाज की अच्छी से अच्छी व्यवस्था हो जाये। तेरे चाचा भी राजधानी से चल दिये हैं। दो घंटे में वो भी आ जायेंगे।'

'उन्हें क्यों दौड़ाया? मैं ठीक तो हूँ।'

'तू जानती नहीं है क्या? तेरे में उनकी जान बसती है। जबसे उनका बेटा अमेरिका चला गया है तबसे तू ही तो है हम सब की औलाद।'

कुछ देर में डॉक्टर ने आकर गीता की पूरी जाँच की। ड्रिप खत्म हो चली थी जिसको हटाया और बोला, 'सब ठीक है। अभी एक इंजेक्शन दे देता हूँ जिससे रात को नींद अच्छी आ जायेगी। चोटों का दर्द एक-दो रोज में चला जायेगा। नर्स

रात में रहेगी ही। जो आप कह रही थीं चाहे तो हल्दी वाला दूध पिला सकती हैं।'

लेकिन इंजेक्शन के बावजूद भी गीता को अच्छी नींद तो नहीं ही आयी। जब भी नींद लगने को होती ठेकेदार का लड़का और मोटा अपने पूरे राक्षसी रूप में उसकी आँखों के आगे घूमने लगते थे।

***

गीता के पापा के साथ लौट कर आये मास्टर साहब का दिमाग अपनी दुलारी बेटी की इस दुर्दशा पर कंट्रोल से बाहर था। वे धड़धड़ाते हुए सीधे ठेकेदार की हवेली पर चढ़ दौड़े। चौकीदारों ने रोकने की कोशिश की तो उनको झिड़कते हुए जोर-जोर से चिल्लाते सीधे बैठक में घुस कर ठेकेदार को आवाज लगाने लगे। आश्चर्य से भरे ठेकेदार बाहर निकल आये।

'अपने लड़के की करतूत पर तुम्हारा सीना तो बहुत चौड़ा हो रहा होगा। निकालो उस हरामजादे को बाहर। आज मेरे ही हाथों मरेगा।'

मास्टर साहब के मुँह से ऐसी गंदी बातें सुनकर ठेकेदार को क्रोध नहीं बल्कि आश्चर्य हुआ। पूरे गाँव में कभी किसी ने उनके मुँह से ऐसी भाषा नहीं सुनी थी। उसने पूछा, 'अरे हुआ क्या है मास्टर जी?'

'हुआ क्या है जैसे तुम्हें कुछ मालूम ही नहीं है। अपने सँपोले को बुलाकर क्यों नहीं पूछ लेते कि उसने मेरी बेटी के साथ आज क्या किया है।'

ठेकेदार थोड़ा इत्मिनान में हो गये। पुराना किस्सा है। लगता है फिर कुछ हो गया। लड़का समझता ही नहीं है। मास्टर जी से बोले, 'लड़का तो अभी घर आया ही नहीं है। आप बताइये क्या कर दिया है आपकी बेटी के साथ।'

'झूठ बोल रहे हो। इतनी रात तक वो घर नहीं आया है। झूठ बोलकर कब तक उसे छिपाओगे। वह अब बचने वाला नहीं है।'

जैसे किसी नशे में धुत्त या पागल के प्रलाप को गम्भीरता से नहीं लिया जाता उसी तरह मास्टर साहब की इन बातों को इग्नोर करते हुए ठेकेदार बोले, 'ठीक है। आप उसका चाहे जो करिएगा पर वह सही में अभी घर नहीं आया है। आप बताइये तो कि क्या हुआ है?'

'उसने जबरदस्ती की है मेरी बेटी के साथ, आपके ही बगीचे में।' मास्टर जी इतना कहने में ही हाँफ गये।

'जबरदस्ती?' ठेकेदार ने सहज ही कहा, 'आपकी बेटी आयी ही क्यों थी बगीचे में उसके पास?'

'वो नहीं आयी थी।' मास्टर जी गुस्से से काँपती आवाज में चिल्लाये, 'वह तो गीता के साथ घर आ रही थी। रास्ते में इस हरामजादे ने मोटे के साथ मिलकर

उसे बगीचे में घेर लिया।'

'गीता के साथ?' पहली बार ठेकेदार का माथा सनसनाया। उसकी आवाज में पहली बार उतावलापन नजर आया, 'क्या हुआ मास्टर जी।'

मास्टर जी गुस्से की अधिकता के कारण देर तक खड़े रहने में खुद को असमर्थ पा रहे थे और इस समय ठेकेदार के यहाँ बैठने का कोई सवाल ही नहीं था अतः वे वापस जाने के लिये मुड़ते हुए बोले, 'अपने हरामजादे सँपोले से ही पूछ लेना।'

'ऐ मास्टर। तुम्हारी इज्जत में कुछ नहीं बोल रहा हूँ तो दिमाग खराब हो गया है। अपनी औकात नहीं समझ में आ रही है। मेरे ही घर में खड़े होकर मेरे ही बेटे को गाली दिये जा रहे हो। अभी पकड़वा कर दस बेंत लगवाऊँ तो होश आ जायेगा।' ठेकेदार भी तैश में आ गया था।

मास्टर जी मुड़कर बोले, 'तेरे जैसे घिनौने लोग किसी की क्या इज्जत करेंगे। जिसको अपनी बेटी समान लड़की की इज्जत करनी नहीं आयी और जो अपने बदचलन आवारा लड़के की करतूतें जानबूझ कर उस बेटी पर ही थोपता रहा उसे इज्जत का मायने भी पता नहीं है। रही बात बेंत लगवाने की, तो खड़ा हूँ यहीं। बुला ले अपने भड़ुओं को। तेरी भी इससे ज्यादा की औकात नहीं है।'

मास्टर जी तन कर खड़े हो गये। हैरान परेशान ठेकेदार अंदर चला गया। उसे अब कुछ बहुत गड़बड़ लग रहा था। लड़का जितना भी आवारा था इतनी देर कभी घर के बाहर नहीं रहा था। गाँव में कहीं ऐसी जगह थी भी नहीं जहाँ वह इतनी देर रुक सके। गाड़ियाँ सब घर में ही थीं अतः वो कहीं बाहर भी नहीं गया था। ठेकेदार ने आवाज लगाकर सभी कारिन्दों को इकट्ठा किया।

'भैया कहाँ है?'

'हमें तो पता नहीं सरकार, हम तो यही समझ रहे हैं कि वह घर में ही होंगे।'

उनके चिल्लाने से उनकी पत्नी और बेटी भी बाहर निकल आये, 'क्या हो गया है?'

'लड़का कभी इतनी देर घर से बाहर रहता है क्या?' उन्होंने पूछा।

घड़ी की ओर देखते हुए उनकी पत्नी बोलीं, 'इतनी देर तो नहीं रहता है। क्या हो गया? आ जायेगा जहाँ भी होगा।'

'जाओ, सबके सब जाओ और उसे खोजो।'

'क्या हो गया?'

'अभी मास्टर आया था। गाली-गलौज कर रहा था कि लड़के ने बगीचे....' फिर वह अपनी लड़की से बोले, 'तू अंदर जा के सो।'

लड़की के जाने के बाद वे बोले, 'लड़के ने बगीचे में उसकी लड़की के साथ जबरदस्ती की है।'

'राम-राम। इसीलिए वह कहीं भागकर छिपा है। आपने भी तो उसे बुरी तरह मारा था। डर रहा होगा।' उनकी पत्नी को जबरदस्ती की गयी लड़की की जरा भी परवाह नहीं थी।

'हो सकता है। लेकिन पता तो करना ही होगा।'

लड़का रात भर घर नहीं आया और कारिन्दे कुछ पता भी नहीं कर पाये। आधी रात के बाद उनकी पत्नी ने रह-रह कर रोना भी चालू कर दिया जो और टेंशन बढ़ाने वाला था। रात उन्होंने कारिन्दे को मास्टर को पकड़ लाने के लिये भी भेजा पर पता लगा कि मास्टर पूरे परिवार सहित शहर गये हैं। उन्होंने इलाके के दरोगा को बेटे को खोजने के लिये कहा तो उसने बताया कि रात मास्टर साहब उनके बेटे के खिलाफ रेप की रिपोर्ट दर्ज कराने आये थे पर उसने उन्हें घर और लड़की की इज्जत के बारे में समझा-बुझा कर वापस कर दिया था।

उनके दिमाग में खतरे की घंटी लगातार बज रही थी कि इस घटना के समय मंत्री जी की बेटी गीता भी साथ थी।

रात भर के जगे ठेकेदार तड़के ही मंत्री जी की हवेली पर हाजिर थे। मंत्री जी के भाई की रोज सवेरे जल्दी जगकर बगीचे की देखभाल करने की आदत थी। वह बगीचे में गोल चबूतरे पर बैठे मिले।

'ठेकेदार साहब इतने सवेरे-सवेरे?' भाई ने आश्चर्य दिखाते हुए कहा, 'खैरियत तो है।'

'मेरा बेटा रात घर नहीं आया। उसका कुछ पता नहीं लग रहा है। हमलोग पूरी रात सो नहीं पाये हैं। कभी ऐसा नहीं हुआ।' ठेकेदार एक साँस में सब बोलते गये।

'अरे।' भाई ने अफसोस जाहिर किया, 'लड़का बड़ा हो रहा है। आदतें उसकी खराब हैं ही। कोई रोक-टोक भी नहीं है। रुक गया होगा किसी के यहाँ। आ जायेगा।'

'भाई, ऐसी बात नहीं है। पिछली बार मैंने उसे बहुत ही मार लगायी थी। सही है कि हमारी लापरवाही से उसका दिमाग थोड़ा बढ़ गया था पर अब वह कंट्रोल में है।'

'क्या कंट्रोल में है? अभी कल ही तो मास्टर की लड़की से बदफेली करने की कोशिश कर रहा था।'

'कल क्या हुआ था भाई जी। मुझे सच में नहीं पता। आप बता दीजिए।'

ठेकेदार ने बड़ी आशा से पूछा।

'मुझे भी कुछ खास नहीं पता। ये सुरक्षा वाले ही कुछ सुनी सुनायी बता रहे थे।'

'कल गीता भी तो उस समय मास्टर की लड़की के साथ थी।'

'नहीं। गीता तो साथ नहीं थी।'

ठेकेदार को थोड़ा सुकून मिला। अगर गीता साथ नहीं थी तो ज्यादा खतरे की बात नहीं थी। उन्होंने खड़े होकर हाथ जोड़ते हुए कहा, 'भाई जी, हमारे आपके बीच कुछ भी गलत नहीं है। मैं हमेशा आपके परिवार की बहुत इज्जत करता रहा हूँ और हमेशा करूँगा। मेरी तो रोजी-रोटी आप लोगों से ही है। मेरे बेटे को खोजने में मदद करिए।'

'जरूर ठेकेदार जी। जरूर।' उन्होंने भी खड़े होकर हाथ जोड़े और ठेकेदार के जाने के बाद घर के अंदर चले गये।

मंत्री जी देर रात आ पाये। उस समय गीता को किसी तरह थोड़ी नींद आयी थी अतः उसे जगाया नहीं। तड़के ही वे जग कर सीधे गीता के पास पहुँचे थे और उसे दर्द से तड़पते देखकर सांत्वना देने की कोशिश कर रहे थे। भाई के वहाँ पहुँचने पर उन्होंने उनकी ओर देखा। मंत्री जी की इन निगाहों को भाई जी अच्छी तरह जानते थे। इनमें जो तड़प थी उसने ठेकेदार के लड़के और मोटे का भविष्य तय कर दिया था।

दोनों लोग बाहर आ गये।

'दूसरी वाली लड़की का क्या हाल है?'

'बहुत खराब है। हमने गीता को बताया नहीं है। उसे गहरी अंदरुनी चोटें आयी हैं। उसके पैर सीधे नहीं हो पा रहे हैं। सर में भी गहरा जख्म है। देव रक्षा करें।'

'लड़कों को पकड़वाइये।'

'लड़के यहीं हैं। मोटे को गीता बिटिया पर सवार होकर उसके कपड़े खींचने की कोशिश करते देखकर गार्ड को गुस्से में ऐसा जुनून सवार हुआ कि उसने उस पर बंदूक की बट से बहुत तेज वार किया। मोटे की बदकिस्मती से बट उसके सर पर लगा और कई हड्डियाँ टूट गयीं। वह यहीं तहखाने में है। डॉक्टर का कहना है कि उसके बचने की उम्मीद नहीं है। इलाज चल रहा है।'

'और ठेकेदार का लड़का?'

'उसे कान्ता के ऊपर से खींच कर हटाया गया। वह भी तहखाने में है।'

‘आओ चलें, तहखाने में।’

‘तहखाने में? क्या जरूरत है? जैसा आप कहेंगे हमलोग सब देख लेंगे।’

‘एक पर्सनल काम है।’

दोनों लोग तहखाने में पहुँचे। यह कहने को ही तहखना था वरना इसमें एक बड़े बेडरूम की सभी सुविधायें थीं। मोटे को बेड पर लिटाया हुआ था। उसके सर पर पट्टी बँधी हुई थी और ड्रिप चल रही थी। ठेकेदार का लड़का सोफे पर बैठा हुआ था। इन लोगों को देखते ही वह खड़ा हो गया और गंदी-गंदी गालियाँ बकने लगा।

‘तुमलोग जानते नहीं हो मुझे। अपना भला चाहते हो तो तुरन्त मुझे घर पहुँचा दो। वरना कितनी दुर्गति होगी तुम्हारी, खुद को पहचान नहीं पाओगे।’

‘खाना-वाना मिला है इसे?’ मंत्री जी ने पूछा।

‘ऐश कर रहा है साला।’

अचानक वह इन लोगों पर झपटा। भाई ने सहज ही उसे गर्दन से थाम लिया। मंत्री जी ने पूछा, ‘तुम्हें कुछ अंदाजा है कि उन लड़कियों की क्या हालत है?’

‘भाड़ में जायें वो हरामजादियाँ, तुम तो अपनी....’ अचानक मंत्री जी के तगड़े हाथ का इतना तगड़ा झापड़ लड़के के गाल पर पड़ा कि वह पलट कर जमीन पर गिर पड़ा। जिंदगी में पहली बार दिन में चाँद तारे उसके इर्द-गिर्द घूमते दिखे और फिर अँधेरा छा गया।

मंत्री जी ने बड़ी ही हैरत से उनकी ओर देखते भाई से कहा, ‘यही काम था। कानून इसे जो सजा देगा वो देगा ही पर अगर अपने हाथों इतना न कर पाता तो जिंदगी भर अफसोस रहता।’

‘कानून इसे सजा दे पायेगा?’

‘ऐसे लोगों को कानून अपने से कभी सजा नहीं दे पाता। कानून को मैनेज करना होता है। ये दोनों आज देर रात में चुपचाप गोपनीय तरीके से स्पेशल एम्बुलेंस से राजधानी जायेंगे। इनका वी0 आई0 पी0 ट्रीटमेंट होगा।’

***

अगले पूरे दिन ठेकेदार के सारे के सारे आदमी मिलकर भी लड़के का पता नहीं लगा पाये। दिन भर घर में उनकी पत्नी तथा मिजाजपुर्सी को आये रिश्तेदारों की नौटंकी सी नजर आती घबराहट और रोहा-रोहट ने शाम तक ठेकेदार का भी दिमाग खराब कर दिया। जैसे खिसियानी बिल्ली खम्भा नोचती है वैसे ही और कहीं और बस न चलने पर वो अपने आदमियों से ही गाली-गलौज करने और उन्हें मारने-पीटने लगे थे। उनके हिसाब से सब हरामखोर थे। जब तक सब कुछ

ठीक-ठाक था तब तक ऐश कर रहे थे और आज जब काम आ पड़ा है तब सारे के सारे मटरगश्ती कर रहे हैं। सभी को उन्होंने अल्टीमेटम दे दिया था कि लड़का नहीं मिला तो वे किसी को जिंदा नहीं छोड़ेंगे।

दिन में उन्होंने थाने पर दरोगा जी को पैगाम भिजवाया पर वह नहीं आये। वे खुद ही थाने गये तो बताया गया कि दरोगा जी दबिश पर गये हैं जबकि थाने की जीप वहीं खड़ी थी। उनके आदमी मास्टर जी के घर पर लगातार जमे हुए थे। कई बार वे खुद भी मास्टर जी के घर हो आये थे पर रात से ही पूरा परिवार पता नहीं कहाँ गायब हो गया था और पास-पड़ोस में भी उनके बारे में किसी को पता नहीं था कि वे लोग कहाँ चले गये थे। थक-हार कर शाम को वे फिर मंत्री जी के यहाँ पहुँचे पर गार्डों ने बहाना मार कर उन्हें अंदर जाने नहीं दिया।

उनके मन में बार-बार यह भी आ रहा था कि दिमागी जुनून में उस लड़की के साथ यह सब करने के बाद लड़का सच में उन से डर की वजह से तो नहीं भागा-भागा फिर रहा था। उन्होंने सच में ही उसे बिना वजह बड़ी बर्बरता से मारा था। कुछ सोचकर उन्होंने स्थानीय अखबार के लोकल करेस्पॉन्डेंट को बुलाकर उसे अखबारों में इश्तहार भी छपवाने को दे दिया जिसमें यही सब कहा गया था कि तुम घर चले आओ, तुम्हें कोई कुछ नहीं कहेगा या कि तुम्हारे जाने के बाद तुम्हारी माँ की हालत बहुत खराब है और नीचे लड़के की फोटो सहित लिखा गया था कि सूचना देने वाले या इस लड़के को घर पहुँचाने वाले को पाँच हजार रु० का इनाम दिया जायेगा।

किसी सुराग की तलाश में वे बगीचे और पम्प हाउस तक गये जहाँ पम्प हाउस के अंदर उन्हें जमे हुए पुराने खून के छींटे तो नजर आये पर कोई सुराग नहीं मिला।

'ये क्या किया हरामजादे ने? इसे कभी अकल नहीं आयी। करना ही था तो हजार रास्ते थे। लड़की का पता तक नहीं चलता कि वो कहाँ गयी। अभी तो हरामजादे का खुद ही पता नहीं चल रहा है कि कहाँ गया। मिले तो सही एक बार। सब दुरुस्त कर दूँगा।'

वे बड़बड़ाते रहे ओर उनके कारिन्दे रोनी सूरत बनाने का नाटक करते उनके पीछे-पीछे लगे रहे। इस रात भी घर में कोई सो नहीं पाया।

अध्याय 10

जो काम सामान्य स्थिति में ठेकेदार किसी हाल न करते, पुत्र मोह में अपनी इज्जत वगैरह के बारे में जरा भी सोचे बगैर खुद से ही कर रहे थे। कल शाम ही गार्डों ने उन्हें भीतर घुसने नहीं दिया था और सवेरे ही वह फिर बेशर्मों की तरह हाजिर थे। भाई जी बगीचे की देखभाल कार्यक्रम के दौरान गुलाब बाड़ी में पुराने सूखे फूलों को तोड़ कर हटा रहे थे। ठेकेदार को देखते ही उन्होंने स्वागत के स्वर में कहा, 'अरे! ठेकेदार साहब हैं। आइये, आइये आजकल मॉर्निंग वॉक करने लगे हैं क्या?'

'हाँ।' ठेकेदार ने कहा, 'सुना कि मंत्री जी आये हुए हैं। मिलने चला आया।'

'कहाँ सुन लिये भाई? मंत्री जी होते तो पूरा गाँव ही यहाँ इकट्ठा रहता है।'

'रात में ही चले गये क्या? कोई कह रहा था कि रात एक बड़ी फैन्सी टाइप की एम्बुलेंस आयी थी जो देर रात यहाँ से गयी। उसी के बाद मंत्री जी की बड़ी वाली कार भी गयी।' ठेकेदार ने एक अच्छा भला गुलाब तोड़ कर सूखे गुलाबों के बीच फेंकते हुए कहा।

भाई जी ने उन्हें बड़ी दया की नजर से देखा और बोले, 'आइये, चबूतरे पर बैठते हैं।' फिर उन्होंने एक नौकर को आवाज लगाकर चबूतरे पर ही गर्मा-गर्म कॉफी लाने को कहा। चबूतरे की ओर बढ़ते हुए उन्होंने ठेकेदार से कहा, 'ये मॉर्निंग वॉक वगैरह का चक्कर छोड़ दीजिए। सवेरे उठने की आपकी आदत कभी रही नहीं। देखकर लगता है पूरी रात सोए ही नहीं हैं और मन में ऊल-जलूल खयालात भी आते रहते हैं।'

चबूतरे पर रखी कुर्सियों में से एक पर बैठते हुए ठेकेदार बोले, 'एम्बुलेंस क्यों आयी थी भाई जी।'

'ये तो वही बता पायेगा जिसने एम्बुलेंस देखा है। मेरी जानकारी में तो न कोई एम्बुलेंस है और न ही मंत्री जी की बड़ी वाली कार। यहीं बुलवा क्यों नहीं लेते उसे, जरा मेरा भी ज्ञानवर्धन होता।' भाई जी ने एकटक ठेकेदार की आँखों में आँख डालकर देखा।

ठेकेदार ने ही आँख चुराते हुए कहा, 'छोड़िये। मैं कल शाम भी आया था। गार्डों ने अंदर घुसने ही नहीं दिया।'

'ऐसी हिमाकत? अभी खबर लेता हूँ।' कहते-कहते उन्होंने एक गार्ड को आवाज देकर बुलाया और उसके आने पर बिगड़ कर बोले, 'तुम लोगों ने ठेकेदार जी को कल शाम अंदर आने से रोका था?'

'सरकार, शाम वाले गार्ड तो जा चुके हैं। हम लोगों की इस शिफ्ट में शाम वाला कोई गार्ड नहीं है।' गार्ड बोला।

'ठीक है। शाम वाले के आने पर उससे मेरी बात कराकर ही तुम जाना।' गार्ड के जाने पर भाई जी बोले, 'इनकी बदमाशी दुरुस्त करता हूँ शाम को।'

थोड़ी देर तक दोनों ही खिलाड़ी अपने-अपने पैंतरे तय करते हुए सुबह की ठंडी हवा और आसमान में उड़ते सफेद बादलों का आनंद लेते रहे। ठेकेदार अपना हर वार निष्फल जाते देख कुछ सोच नहीं पा रहे थे कि अपने सम्मान को बचाये रखते हुए लड़के की बात कहाँ से शुरू करें कि भाईजी ने खुद ही छेड़ दिया, 'और कहिए, लड़का लौटा आपका?'

'कहाँ लौटा? हम सभी लोग बहुत ही परेशान हैं। ऐसा पहले कभी भी नहीं हुआ था।'

'ठेकेदार जी, पहले कभी आपके लड़के ने रेप भी तो नहीं किया था। लड़का अब बड़ा हो गया है। उसकी आदतें खराब है ही। रेप कर तो लिया लेकिन फिर डर भी गया होगा। निकल लिया है कहीं। आ जायेगा।'

लड़के के बारे में किये गये एडवर्स कमेंट को बर्दाश्त करते हुए ठेकेदार बोले, 'कहाँ निकल जायेगा? दो दिन हो गये।'

'जरा घर में अपनी आलमारी या तिजोरी वगैरह चेक कर लीजियेगा। पता चल जायेगा कितना लम्बा हाथ मार कर गया है। भाभी जी से भी पूछ लीजिए। कहीं उसको बहुत ज्यादा पैसा-वैसा तो नहीं दे दी है।'

'इससे क्या होगा?'

बहुत ही करीने से टेबिल पर कॉफी रखी गयी। ठेकेदार को हमेशा ही इस बात से ईर्ष्या होती थी कि उनके नौकर इतने करीने से काम करना क्यों नहीं सीख पाते हैं।

मेहमान-नवाजी में भाईजी ने पहले ठेकेदार को कॉफी का कप पकड़ाते हुए कहा, 'अरे भाई, यह क्लियर हो जायेगा कि लड़का कितनी दूर की उड़ान पर गया है। कम पैसा होगा तो राजधानी तक जाकर लौट आयेगा। ज्यादा होगा तो बम्बई का रुख करेगा। तब लौटने में थोड़ा देर होगी।'

'भाई जी, मेरी मदद करिए।' ठेकेदार अपनी लाइन पर थे, 'हमारे घर का वह अकेला चिराग है। हमारे पूरे खानदान का वह अकेला वारिस है। आप जानते ही हैं कि हम सभी भाइयों में केवल यही एक लड़का है।'

'थे तो लड़के। लेकिन लोग कहते हैं कि पिता की पूरी सम्पत्ति हथियाने के चक्कर में आपने अपने बड़े भाई को पूरे परिवार सहित डाक बंगले में जला कर मार

डाला।' भाई जी ने इत्मिनान से कॉफी का घूँट लगाते हुए कहा।

ठेकेदार ने अपने भीतर उठती गुस्से की तेज लहर को किसी तरह कंट्रोल करते हुए भाई जी को बड़े आहत भाव से देखा जो अपने कप के नीचे लगी काल्पनिक धूल को दूसरे हाथ से साफ कर रहे थे, फिर बोले, 'आप भी यही कहेंगे भाई जी। अदालत ने भी यह साफ कर दिया है कि आग शॉर्ट सर्किट से लगी थी। तभी तो मैं बाइज्जत बरी हुआ।'

'अदालतों का क्या है। वे तो आपस में ही एक-दूसरे के फैसलों को अदलती-बदलती रहती है। अच्छा हुआ आपने किसी को हाई कोर्ट नहीं जाने दिया नहीं तो पता नहीं क्या होता। खैर छोड़िये पुरानी बातों का क्या फायदा है। आज का सच तो यही है कि आपके भाई के बेटों के बाद यही लड़का आपके खानदान का अकेला वारिस है।'

'उसे वापस कर दीजिए भाई जी। मैं आपके हाथ जोड़ता हूँ। मैं उसे यहाँ से कहीं दूर भेज दूँगा। मैं ता-उम्र आपका वफादार रहूँगा भाई जी। उसे वापस कर दीजिए।' ठेकेदार अपनी जातिगत श्रेष्ठता भूलकर हाथ जोड़ कर खड़े हो गये।

'कैसी बहकी-बहकी बातें कर रहे हैं ठेकेदार जी। मैं उसे वापस कर दूँ। कहाँ से? वह यहाँ कहाँ है?'

'वह यहीं है। वह कहीं बाहर नहीं गया है। मैं जानता हूँ वह कहीं बाहर नहीं गया है। पूरे इलाके में किसी की हिम्मत नहीं है कि उसे पकड़ कर रखे। केवल आप ही रख सकते हैं। उसे वापस कर दीजिए। सारे खोटों के बाद भी वह मेरी जिंदगी है। मैं बरबाद हो जाऊँगा।'

भाईजी केवल ठेकेदार को देखते रहे। इस समय वह नहीं उनका पुत्र मोह बोल रहा था जिसने उनकी सारी अकड़ और सारा अहंकार निगल लिया था। क्या यही वह आदमी है जिसे अपने सगे भाई को उसकी पत्नी और छोटे-छोटे बच्चों सहित जला कर मारने में कोई दया नहीं आयी थी केवल इसलिए कि इनके गंदे स्वभाव को पहचान कर इनके पिता ने अपनी सम्पत्ति का पहला वारिस इनके भाई को बनाया था। उन छोटे-छोटे बच्चों का क्या कसूर था। वे तो अभी दुनिया में आये ही थे। भाईजी ने आसमान की ओर देखकर मन ही मन में कहा, 'दाता, तेरे खेल निराले।'

प्रकट में उन्होंने ठेकेदार से कहा, 'मैं सच कह रहा हूँ ठेकेदार जी। आपका लड़का यहाँ नहीं है।'

कुछ सोचकर ठेकेदार ने कहा, 'बस एक बार मुझे गीता बिटिया से मिला दीजिए।'

'क्यों नहीं, क्यों नहीं, वह आपकी ही बेटी है। चाहे जब मिलिये पर अभी इम्तिहान खत्म होने के बाद की छुट्टियों में वह ननिहाल गयी हुई है। हफ्ते दस दिन में लौट आयेगी।' कहते हुए भाई जी सोच रहे थे कि इस ठेकेदार का दिमाग काफी दूर तक चलता है। निश्चित ही अब यह कान्ता के बारे में पूछेगा।

भाई जी का विचार सही साबित करते हुए ठेकेदार ने सच में पूछा, 'जिसके रेप के बारे में बार-बार कहा जा रहा है उस कान्ता का भी तो कोई पता नहीं लग रहा है। मास्टर जी पूरे परिवार सहित पता नहीं कहाँ गायब हैं। अगर आपको कुछ मालूम हो तो बता दीजिए। मैं उनसे मिलकर माफी तो माँग ही लूँ।'

'भाई, ऐसी घटनाओं के बाद लोग अपनी इज्जत के लिये घटनास्थल छोड़ ही देते हैं। कहीं चले गये होंगे रिश्तेदारी वगैरह में। छुट्टियाँ भी तो हैं।'

'आप मेरी कोई मदद नहीं कर रहे हैं भाईजी। लेकिन मैं एक चीज साफ कर देना चाहता हूँ। अगर मेरे लड़के को कुछ हुआ तो मैं सब भूल जाऊँगा। अपना कारोबार, अपना स्टेटस, अपना परिवार, सब कुछ भूल जाऊँगा और तबाही का ऐसा नंगा नाच यहाँ देखने को मिलेगा कि सब त्राहि-त्राहि कर उठेंगे।'

भाई जी ने बहुत कोमल स्वर में कहा, 'ठेकेदार जी आपसे और उम्मीद ही क्या की जा सकती है? जब मास्टर जी मिलें तो उनसे भी पूछ लीजियेगा कि उनकी निर्दोष लड़की को इस हाल में पहुँचाने वालों के लिये उनके क्या विचार है।'

तैश में उठकर जाते हुए ठेकेदार की पीठ से भाई जी ने जोर से कहा, 'आगे कभी यहाँ तशरीफ न लायें तो अच्छा होगा।'

बिना कुछ बोले ठेकेदार वहाँ से निकल गये। उनके मन में बवंडर चल रहा था। उन्हें पूरा विश्वास था कि उनका लड़का यहीं है या फिर रात में गयी एम्बुलेंस से उसका कुछ न कुछ संबंध जरूर है। ये लोग उनके साथ गेम खेल रहे हैं। लेकिन करें क्या? कुछ तो करना ही होगा। पता नहीं वे लोग लड़के का क्या करेंगे? पुलिस मंत्री जी के मामले में साथ देगी नहीं। किसी भी तरह इनकी हवेली पर हमला करना ही होगा। लेकिन उनकी अपनी ताकत काफी नहीं थी। चार आदमी वैसे ही आर्म्स एक्ट में जेल काट रहे थे और उनकी चारों बंदूकें भी जब्त हो चुकी थीं। अगर ये नामुराद मास्टर ही मिल जाता तो मार-पीट कर उससे पूछताछ की जा सकती थी।

उन्हें अपने जेल के साथी रंगा डकैत की याद आयी जिसने उनके मुकदमे में गवाहों को मार-पीट, डरा-धमका कर और उनमें से एक की हत्या करके उनकी मदद की थी। वह एकदम जण्डैल आदमी है जो बिना किसी दया-माया के मंत्री के पूरे घर को काट कर फेंक सकता है। उसका फोन नम्बर कहीं न कहीं है जरूर। उसकी मदद ली जा सकती है। घर पहुँचते ही वे खोज में जुट गये। एक घंटे की

जद्दो-जहद के बाद उन्होंने उसका नम्बर खोज ही निकाला और मिलाया। लेकिन अगले दस मिनटों में ही उनका जोश एकदम ठंडा पड़ गया जब उन्हें उधर से पता लगा कि रंगा कई साल पहले ही पुलिस एनकाउंटर में मारा जा चुका है और उसका गैंग समाप्त हो गया है।

'तेरी किस्मत ही खराब है बेटा।' वो बुदबुदाये।

बाकी का सारा दिन अखबार में छपे विज्ञापन के जवाब में जगह-जगह से आ रहे फोन से प्राप्त सूचनाओं की पुष्टि करने की दौड़-धूप में बीता लेकिन कोई भी सार्थक नहीं निकली। आज से ठेकेदार के दरवाजे बैठने वालों में मोटे का बाप भी शामिल हो गया जो अपने लड़के को ढूँढ रहा था।

ठेकेदार ने मंत्री जी की हवेली के चारों तरफ अपने आदमी लगा दिये जिससे वहाँ होने वाली किसी भी हलचल की सुनगुन लग सके।

***

इसके तीसरे दिन मंत्री जी ने भाई जी को फोन पर बताया, 'वो मोटा नहीं रहा।'

'ओह।' भाई जी को अफसोस हुआ, 'हालात का मारा लड़का...'

'कोशिश तो बहुत की बचाने की। यहाँ के सबसे अच्छे अस्पताल के आई0 सी0 यू0 में रहा पर चोट ज्यादा ही गहरी थी। इसका बाप यहाँ आयेगा क्या?'

'वह तो ठेकेदार के दरवाजे बैठ गया है।'

'ठीक है। मैं डेड बॉडी वहीं भिजवाने की व्यवस्था कर दे रहा हूँ। वहाँ क्रिया-कर्म करवाने में मदद कर लीजियेगा।' मंत्री जी ने कहा।

'जरूर। और ठेकेदार के लड़के का क्या हाल है?'

'जेल में है।'

'जेल में?' भाईजी को आश्चर्य हुआ, 'जेल में कैसे पहुँच गया।'

'अरे मैंने बताया नहीं था क्या? लड़कियों का हाल-चाल लेने में ही उलझ गया था। वह अपने साथी मोटे पर जानलेवा हमला करने के आरोप में जेल में है। पुलिस ने वह कुन्दा भी बरामद कर लिया है जिससे उसके सर पर वार किया गया। उस पर लगे खून की जाँच हो गयी है और वह खून मोटे का ही निकला है। इस मर्डर के चार गवाह हैं और सबसे बड़ी बात यह है कि मजिस्ट्रेट के सामने रिकार्ड हुए मोटे के डाइंग डिक्लेरेशन में मोटे ने ठेकेदार के लड़के को ही अपनी मौत का जिम्मेदार ठहराया है।'

'कुछ ज्यादा ही नहीं हो गया है?'

‘ठेकेदार की हैसियत को देखते हुए ठीक ही है। वह भी तो लड़के को बचाने में अपनी पूरी ताकत झोंक देगा। लेकिन अब यह उसके साफ बच जाने के लिये थोड़ा टफ होगा।’

‘कहीं यह सब जान कर वह मास्टरजी के परिवार के साथ कोई बदमाशी न करे?’

‘नहीं कर पायेगा। उसके खिलाफ एन्टीसिपेटरी एफ0 आइ0 आर0 है। अगर वहाँ अपने या मास्टर जी के घर वालों के साथ कोई हादसा होता है तो पहली जिम्मेदारी ठेकेदार की होगी।’

‘ओह।’

‘अब बताइये लड़कियों का हाल।’

‘गीता तो एकदम ठीक है। हल्के-फुल्के धूँस के निशान रह गये हैं। कान्ता भी अब खतरे से बाहर है। रिकवर कर रही है। लेकिन उसे अस्पताल से बाहर आने में अभी कम से कम हफ्ता भर और लगेगा। मास्टर जी से बात हुई है। अस्पताल से छूट कर वे लोग कान्ता के फूफा के यहाँ गुड़गाँव चले जायेंगे। स्कूल खुलने पर फिलहाल मास्टर जी अकेले ही यहाँ आयेंगे।’

‘गीता को चाहे यहाँ भेज दीजिए।’

‘हाँ। वो जाने वाली ही है।’

इसके अगले ही दिन राजधानी पुलिस के फोन से ठेकेदार को भी अपने लड़के के बारे में सूचना मिल गयी। उन्होंने वस्तुस्थिति किसी को नहीं बतायी। अपनी पत्नी से केवल इतना ही कह कर वे राजधानी के लिये तत्काल निकल लिये कि लड़के के राजधनी में होने की पक्की सूचना मिली है। राजधानी पहुँचते ही वह जेल में जाकर लड़के से मिले जिससे उनको सारी बातों का सही-सही पता चल गया। लेकिन सक्रिय क्राइम में बरसों तक रहने को कारण वे जानते थे कि उसके खिलाफ इतना मुहरबंद केस तैयार किया गया था कि उसे तत्काल छुड़ा पाना असंभव था।

दीवानी के सबसे अच्छे वकीलों से सम्पर्क करने पर उन्हें बताया गया कि अब मर्डर के मामलों में जिले से जमानत होती ही नहीं है। पहले जमानत की दरख्वास्त जिला जज के यहाँ से खारिज करानी होगी तब कहीं जाकर हाई कोर्ट में दाखिल हो पायेगी। उन्होंने इस काम में तेजी करने का हर संभव प्रयास किया पर आये दिन होने वाली वकीलों की हड़ताल, जज साहब के कहीं अन्यत्र व्यस्त होने या दीवानी में अचानक छुट्टियाँ घोषित होने की वजहों से चौदहवें दिन खारिजा का काम हो पाया। नाजों में पला लड़का इतने दिन जेल में रहने पर आधा हो गया हालाँकि उन्होंने पहले ही दिन उस का मेडिकल सार्टीफिकेट बनवा कर जेल कर्मचारियों को

पर्याप्त पैसा देकर उसे जेल के अस्पताल में शिफ्ट करा दिया था पर जेल तो जेल ही होती है। इसी बीच अपने लोकल मित्रों के माध्यम से उनका परिचय जेल के एक अधिकारी से हो गया जिसने पाँच हजार रु0 महीने की एवज में लड़के को पूरी सुख-सुविधा से रहने का इंतजाम कर दिया। वे जानते थे कि यह अपनी तनख्वाह से तीन गुना ज्यादा पैसा लेकर उन्हें लूट रहा है पर यह समय पैसे का मुँह देखने का नहीं था। अपने एक एजेन्ट को उन्होंने हफ्ते में दो-तीन बार लड़के से मिलकर उसका मनोबल बढ़ाये रखने और उसकी खैरियत की सूचना देने के लिये लगा दिया। फिर उनका प्रस्थान फाइनल लड़ाई के लिये हाई कोर्ट को हुआ।

***

मास्टर जी कान्ता को लेकर गुड़गाँव पहुँच गये।

कान्ता के शरीर पर आयी चोटें तो लगभग ठीक हो चली थीं लेकिन दिमाग पर जो आघात पहुँचा था उसने उसे कुन्द बना दिया था। सभी घर वालों की तरह उसे भी पता था कि वह कितने खतरे से गुजर कर आज जिंदा बच पायी है। अगर गीता और उसके घर के लोग मदद के लिये न होते तो वह मर ही चुकी थी। लेकिन यह क्यों हुआ। उसने या उसके घर वालों ने कभी किसी का कुछ नहीं बिगाड़ा, कभी किसी के लिये बुरा नहीं सोचा, अगर उन लोगों के साथ कभी कोई ज्यादतियाँ हुईं भी तो भी बर्दाश्त ही किया। फिर ऐसा क्यों? माँ और बाबूजी को कई बार उसने गुपचुप बातें करते सुना था जिससे अंदाज लगता था कि अभी और भी जटिलतायें बाकी हैं। भगवान उन्हें लगातार सजा में किस पाप के लिये डाले हुए हैं?

मास्टर जी ने भाईजी को फोन पर सारा हाल चाल बताया।

'बढिया हो गया मास्टर जी। भगवान का लाख-लाख शुक्र है।'

'वहाँ क्या हाल-चाल है?'

'सब ठीक है। मोटे का सारा क्रिया-कर्म हम लोगों ने करा ही दिया था।'

'आप लोगों ने? वह तो ठेकेदार का आदमी था।'

'मरने के बाद कौन किसका आदमी रह जाता है मास्टर जी। ठेकेदार वैसे भी अपने लड़के की जमानत कराने में लगा हुआ है। गाँव तो कम ही आ पाता है।'

'क्या पोजीशन है?'

'जिले से खारिजा तो करा लिया है पर हाई कोर्ट में अभी जमानत याचिका नहीं दाखिल हो पायी है।'

'अभी नहीं हो पायी?' मास्टर जी ने आश्चर्य से कहा, 'क्या कर रहा है वह जो अभी दाखिल तक नहीं हो पायी।'

'अरे भाई वो एक फूलप्रूफ पेटीशन बनवाना चाह रहा है जिसके बिना पर

जमानत जरूर हो जाये। केस इतना मजबूत है कि बड़े से बड़े वकीलों को भी ऐसे ग्राउण्ड नहीं मिल पा रहे हैं कि जमानत हो ही जाये। वे लोग फेवरेबिल बेंच का भी इंतजार भी कर रहे हैं जिसमें सेटिंग करके जमानत करायी जा सके।'

'करा लेंगे ये लोग जमानत?' मास्टर जी ने पूछा।

'कौन जाने? वैसे मुश्किल तो है।'

'न हो तभी अच्छा है।' मास्टर जी के मन की गहराइयों से आह निकली, 'मैं कब तक आ सकता हूँ वहाँ?'

'अकेले आना है तो चाहे जब आइये। मैं तो यही कहूँगा कि अभी कुछ समय बिटिया के पास रहिये। उसे आप लोगों के सहारे की जरूरत है।'

***

हाई कोर्ट के एक उभरते हुए जूनियर वकील ने आखिरकार एक मजबूत आधार खोज ही निकाला। उसने बड़ी आशा से अपनी ओर देखते ठेकेदार को समझाने की कोशिश की, 'पोस्ट-मार्टम की रिपोर्ट कहती है कि सर के जिस गहरे घाव की वजह से मौत हुई है वह वेज शेप में है। मतलब एक ओर लगभग दुगना गहरा है और यह गहरा वाला हिस्सा माथे की तरफ है। डाइंग डिक्लेरेशन के आधार पर दाखिल चार्ज शीट कहती है कि वादा किया हुआ पैसा माँगने पर मुलजिम गुस्से में आ गया और दोनों में झगड़ा शुरू हो गया। झगड़े के दौरान मुलजिम ने मकतूल पर हाथ में पकड़ी हुई लकड़ी से वार किया। जाहिर है कि यह वार सामने से किया गया। तो घाव वेज शेप में क्यों था और उसका गहरा हिस्सा सामने क्यों आया?'

'लकड़ी टेढ़ी-मेढ़ी हो तो क्यों नहीं हो सकता?' दूसरे वकील ने खुड़पेंच निकाला।

'नहीं हो सकता। कैसी भी लकड़ी से वार किया जाये इतना नपा-तुला घाव नहीं बन सकता जैसा पोस्ट मार्टम की रिपोर्ट में लिखा है। हमें सही से नहीं मालूम है पर मेरा अंदाज है कि यह घाव बंदूक के कुन्दे से वार करने पर बनेगा और वो भी तब जब वार उसके पीछे खड़े होकर उसकी दाहिनी कनपटी पर किया जाये।'

'ये कहीं स्पष्ट तो है नहीं कि वार सामने से ही किया गया है। अगर काउन्सिल कहता है कि मुलजिम ने पीछे से ही वार किया है तो हम क्या कहेंगे। लकड़ी के नुकीलेपन की बात में तो ज्यादा दम लग नहीं रहा है।'

'हम लकड़ी को एवीडेंस में मँगा कर कोर्ट में पेश कर सकते हैं।'

'तब तो हो गया। जानते ही हैं इसमें साल लग जायेगा। हमें जो करना है जल्दी करना है।'

'मुझे तो लगता है कि डाइंग डिक्लेरेशन को झूठा साबित करने वाले प्वाइंट

में दम है। लड़का हाई स्कूल पास था फिर इस पर अँगूठे का निशान क्यों है? उसके हस्ताक्षर क्यों नहीं कराये गये हैं।'

'अरे मेरे भगवान। वो मजिस्ट्रेट से प्रमाणित है। मरता हुआ आदमी बहुत बार हस्ताक्षर करने की स्थिति में नहीं होता है।'

'एक हाई स्कूल का लड़का क्या इतना तेज वार कर सकता है कि सामने वाला अच्छा-खासा मोटा ताजा आदमी मर ही जाये।' एक और वकील ने अपनी अकल लगायी।

'वो भले ही हाई स्कूल में था पर उसकी उम्र 22 साल है, यह न भूलिये।'

हमेशा की तरह ठेकेदार का दिमाग भन्नाने लगा था। ये काबिल लोग एक-दूसरे की बातें काटने में ही टाइम खराब कर रहे थे। इतने दिनों के बाद भी अभी पेटीशन बन तक नहीं पायी थी।

शाम को घर फोन पर बात करते हुए उनकी हताशा निकल रही थी, 'पता नहीं ये सब क्या कर रहे हैं? सही में वर्क क्वालिटी में बहुत ही गिरावट आ गयी है। मेरे समय में सब कुछ कितना आसानी से मैनेज हो जाता था।'

'कब तक छूटेगा बाबू?'

'क्या बताऊँ कब तक छूटेगा। पहले ये सब रिट तो दाखिल करें।'

'कब तक करेंगे?'

'क्या पता कब तक करेंगे? इनके फूलप्रूफ एवीडेन्स के चक्कर में लड़के की तो बैण्ड बजी जा रही है। मेरे काम-धाम का अलग नुकसान हो रहा है। कल ही एक्सीएन का फोन आया था। मेरे दो टेंडर कैंसिल हो चुके हैं और तीसरा होने वाला है।'

'कोई नोटिस भी आयी है। मैं समझ नहीं पायी। किसी और को दिखाया नहीं है।'

'ठीक किया। मैं आकर देख लूँगा।'

'कब तक आना हो पायेगा?'

'कह नहीं सकता। जब रोज सर पर सवार रहने पर यह हालत है कि अभी ये सब रिट बना ही नहीं पाये हैं तो यहाँ से जाने पर तो कुछ करेंगे ही नहीं। मामला एक बार लाइन पर आ जाये तो आता हूँ।'

'ऐसा फँसाया है इन दरिद्रों ने इस समय? इनका भी विनाश होगा।' उनका पत्नी की आह अलग ही निकल रही थी।

'चिन्ता न करो। एक बार लड़का छूट कर आ जाये तो बताता हूँ इन लोगों

को। पूरे खानदान का सफाया न किया तो कहना।'

'हैं तो ये सब इसी लायक।'

फोन काटने के बाद भी ठेकेदार के भीतर गुस्से की लहरें एक के बाद एक उबलती रहीं। मास्टर को उसके परिवार सहित जहन्नुम रसीद करने में तो कोई समस्या नहीं थी पर इस मंत्री से निबटने के लिये उन्हें कुछ सोचना ही होगा। कुछ तो करना ही पड़ेगा। तरह-तरह की घृणित चालें सोचते रात भर वह करवट बदलते रहें।

अगला हफ्ता आते-आते होनहार जूनियर वकील ने 174 पन्नों की रिट तैयार कर ली जिसमें सभी प्वॉइंट डाल दिये कि कोई न कोई तो काम कर ही जायेगा। सेटिंग वाली बेंच भी आ ही रही थी।

बड़े वकील ने रिट देखकर सर पीट लिया, 'इतना कौन जज पढ़ेगा? केवल पाँच-सात मिनट तो मुश्किल से मिलते हैं बहस के लिये। इतना कुछ कहने का टाइम कहाँ होगा?'

रिट छोटी की गयी और शुभ मुहूर्त देखकर दाखिल कर दी गयी। तीसरे दिन वह लग भी गयी। ठेकेदार अपनी पूरी फौज के साथ अदालत के बाहर डँट गये क्योंकि केस 28वें नम्बर पर ही था और मेन्शन किया जा चुका था। बड़े वकील कई बार उन्हें समझा चुके थे कि सब कुछ ठीक चल रहा है और उन्हें चिन्ता करने की जरूरत नहीं है। भगवान चाहेंगे तो आज बेल पक्की है।

करीब एक घंटे के बाद उनकी फौज में सुगबुगाहट शुरू हो गयी। वकील लोग अंदर-बाहर करने लगे। कुछ देर बाद एक जूनियर वकील ने उन्हें बताया, 'हमारे खिलाफ बहस करने के लिये दिल्ली से शशिकान्त आये हैं।'

'ये कौन हैं।'

'सुप्रीम कोर्ट में सीनियर वकील हैं और जज साहब के बेटे जैसे हैं।'

'तो क्या होगा?' ठेकेदार भी चिन्तित हुए।

'हमारे उल्टे गाउन वाले सीनियर उनसे बात करने गये हैं। जैसा होगा अभी बतायेंगे।'

ठेकेदार इतना तनाव में आ गये थे कि उल्टे गाउन की बात इग्नोर कर गये। थोड़ी ही देर में यह क्लियर हो गया कि शशिकान्त इसी केस के लिये आये हैं और उनके रहते बेल लेना इतना आसान नहीं होगा।

'डेट ले लिया जाये क्या सर?' एक जूनियर वकील ने पूछा।

'क्या फायदा होगा? जब भी डेट पड़ेगी शशिकान्त ही आयेंगे। आज पहला मौका है। केस भी फ्रेश में लिस्टेड है। बहस कर ही लेते हैं।'

‘हाँ। बहस कर ही लिया जाये।’ दूसरे सीनियर ने भी समर्थन किया।

लेकिन केस का नम्बर आने पर अनुभवी जज साहब ने सेटिंग के खिलाफ शशिकान्त को देखा तो उनके समझ में तत्काल आ गया कि दोनों ही पार्टियाँ बहुत मजबूत हैं। इस झंझट में पड़ने का कोई फायदा नहीं था अतः बिना कुछ सुने ही उन्होंने काउंटर के लिये एक महीने के बाद की तारीख दे दी। उल्टे गाउन वाले सीनियर कहते ही रह गये कि एक निर्दोष बच्चा अनावश्यक रूप से जेल में सड़ रहा है। उसकी बात एक बार सुन तो लिया जाय पर जज साहब मुस्कराते हुए अगला केस सुनने लगे।

इसके बाद ठेकेदार चकरघिन्नी बन कर रह गये। तारीखें आती-जाती रहीं। कभी काउन्सिल ने इलनेस लगा दिया, कभी नम्बर ही नहीं आया, कभी जज साहब की तरफ वाला पंखा खराब हो गया तो कभी सीनियर वकील के बहुत ही जरूरी केस में बहस करने सुप्रीम कोर्ट में जाने की वजह से तारीख लेनी पड़ गयी। तारीखें ही आती रहीं काम का कोई ठिकाना नहीं था। कुछ दिनों के बाद दबी जबान घर वालों ने कहना भी शुरू कर दिया कि पता नहीं कैसी पैरवी की जा रही है। तमाम लोग तो हाथों-हाथ बेल लेकर आ रहे हैं। इनको बेल मिल ही नहीं रही है।

* * *

कई महीनों के बाद लगभग सब कुछ सामान्य भाव से चलने लगा था। मास्टरजी स्कूल खुलने पर सदा की तरह पढ़ाने लगे थे। कान्ता गुड़गाँव ही रह गयी थी और उसका एडमिशन वहीं के एक अच्छे स्कूल में करा दिया गया था। गीता राजधानी में मंत्री जी के यहाँ ही रह कर पढ़ने लगी थी। अपनी बेटी को आगे पढ़ाने के लिये ठेकेदार अपने परिवार सहित शहर वाले मकान में चले गये थे जिससे गाँव के लोगों को उनके या उनके लड़के के बारे में कोई उत्सुकता नहीं रह गयी थी। अपनी तरफ से उन्होंने प्रचारित कर दिया था कि उनके लड़के का एडमिशन देहरादून के एक बड़े कॉलेज में हो गया है और वह वहीं पढ़ रहा है। असल में उनका लड़का कहाँ था, यह कोई नहीं जानता था।

ठेकेदार ने मंत्री बनने के लिये अपने राजनैतिक गुरु से सम्पर्क किया तो उन्होंने राय दी कि कितना भी पैसा खर्च कर लो पर मंत्री बनना आसान नहीं है। उसके लिये धीरे-धीरे लगातार कोशिश करनी पड़ती है। हाँ, अगर राजनीति में सीरियसली उतरना है तो ब्लाक प्रमुख का चुनाव होने वाला है जो थोड़ा गुंडई और थोड़ा पैसा खर्च करके आसानी से जीता जा सकता है। इसमें घुसने के बाद पुराने नेताओं से सम्पर्क बनने लगता है और विधायक, सांसद और फिर मंत्री बनने का जुगाड़ लगने के चांस बनते हैं। ठेकेदार की समझ में बात आ गयी और वे ब्लाक प्रमुख बन गये।

अध्याय 11

'कान्ता को उसकी माँ के साथ गुड़गाँव छोड़ तो दिया था पर उसके मन में डर इतनी गहराई तक बैठ गया था कि वह वहाँ नार्मल रह नहीं पायी। हर किसी से तो वह डरती थी। डर के मारे स्कूल भी नहीं जाना चाहती थी। वहाँ के एक अच्छे मनोचिकित्सक से उसका इलाज भी हुआ। बाकी चीजें तो ठीक हो गयी हैं पर वह थोड़ा ठस सी हो गयी है।' मास्टर जी ने अपनी बात समाप्त की और बाबूजी उनकी ओर गंभीरता से देखते रहे।

'तुमने मुझे एक पाप में ढकेल दिया है मास्टरजी। जब मैं तुमसे पूछने तुम्हारे घर आया था तो बताया क्यों नहीं?' बाबूजी ने पूछा।

'नहीं बता पाया क्योंकि मेरे मन में अपराधबोध था। जब मैंने शादी की बात चलायी थी तब हम एक स्तर पर थे। सब कुछ मिल बाँट कर करने के हौंसले में थे। लेकिन अचानक बड़े का सेलेक्शन हो गया और हम अपने-आपको एक बड़े पहाड़ के सामने तिनका सा महसूस करने लगे। हम चाहते थे कि अब बड़े की शादी उसके योग्य घर में हो। इसीलिए जब सुना कि ठेकेदार ने प्रपोजल दिया है तो हम खुश ही हुए।'

'मेरे ऊपर संदेह रखा। बेटी के बारे में नहीं सोचा। अपने पुराने साथी पर भरोसा तो करते। सच जान कर मैं क्या करता इस को तो देखते।' बाबूजी परेशान थे।

'समझने की कोशिश करिए। मैंने भरोसा नहीं तोड़ा। अपनी बेटी से आगे बढ़कर मैंने आपके बेटे के बारे में सोचा। यकीन जानिये एक बार तो हम खुद ही आपसे बात करके इस बंधन से आपको मुक्त करना चाहते थे पर हिम्मत नहीं कर पाये। भरोसा न होता तो आज ये सब क्यों बताता?' मास्टर जी बोले।

'क्यों बताया?'

'क्योंकि अब बड़े की शादी बड़े घर में हो चुकी है।'

'आपने जानते समझते हुए भी समय से ये सब न बताकर एक क्रिमिनल के यहाँ रिश्ता करवा दिया।'

'बदलते जमाने में क्रिमिनल की परिभाषा भी बदल रही है। वह एक समर्थ आदमी है और आपके बेटे को हर तरह का सपोर्ट दे सकता है। उससे संबंध बनाकर आप भी मजबूत होंगे। रही मेरी बेटी की बात तो मुझे अपने भगवान पर पूरा भरोसा है।'

'आपको कैसे बताऊँ मास्टर जी। क्रिमिनल का दिमाग हमेशा क्रिमिनल ही

होता है। हमारी तो गुजर गयी। चिन्ता बच्चों की ही लगती है। मेरे मन में एक फाँस सी गड़ी है कि लालच में आकर बच्चों के लिये कुछ गलत तो नहीं कर दिया।'

'कुछ भी गलत नहीं होगा। उसकी अकेली बेटी है जिसके सिवा उसके पास कुछ नहीं है। वह उसकी खुशी को जान की कीमत पर भी बनाये रखेगा।'

'उसके बेटे का हुआ क्या?'

'कोई नहीं जानता।' मास्टर जी ने आँख चुराते हुए कहा।

'मास्टर जी, मेरा एक प्रपोजल है।' बाबूजी ने कुछ सोचते हुए कहा, 'मैं कान्ता की शादी छोटे से करना चाहता हूँ।'

मास्टर साहब एकबारगी हैरान हो गये।

'ये सब कुछ जानने के बाद भी?'

'ये सब कुछ एक दुर्घटना भर है और कुछ नहीं। इस तरह शायद मेरी गलती का प्रायश्चित भी हो सके और आपको भी सामने पहाड़ न महसूस हो।'

'मेरे लिये तो यह ईश्वरीय वरदान होगा। आप छोटे से भी तो पूछ लीजिए।'

'पूछ लूँगा। पर मैं छोटे के अल्हड़ व मस्त स्वभाव को जानता हूँ। उसे यह खुशी से मंजूर होगा।'

'और जहाँ तक मेरा अंदाज है और आप भी समझ रहे होंगे कि आपके समधी ब्लाक प्रमुख इस शादी का हर तरह से भरपूर विरोध करेंगे। वे छोटे से भी ऊल-जलूल बातें करके उसे भड़काने की कोशिश कर सकते हैं।'

'देखते हैं झूठ के पाँव ज्यादा मजबूत हैं या संस्कारों के?'

'मेरे लिये आप उसकी नाराजगी मोल लेंगे?'

'नहीं मास्टर जी। अपनी खुशी और अपने प्रायश्चित के लिये।'

आश्चर्य और कृतज्ञता से अभिभूत मास्टर जी को छोड़कर बाबूजी घर आये। छोटे और बाबूजी की आत्मा तो एक ही थी। उनके समधी ब्लाक प्रमुख ने आशा के अनुरूप ही हर तरह का गदर मचाया पर उससे भी बढ़ कर गदर मचाने वाले तो भैया, उनके बड़े पुत्र ही थे। वे किसी भी तरह छोटे की शादी कान्ता से नहीं होने देना चाहते थे। ऊपर ऊपर तो उनके पास बड़े सोबर तर्क थे पर असलियत यही थी कि उनकी पत्नी, ब्लाक प्रमुख की बेटी अपने भाई का अंजाम याद कर करके किसी हाल कान्ता को स्वीकार करने को तैयार नहीं थी। भैया ने यह भी धमकी दी थी कि ऐसा होने पर वह शादी में शामिल नहीं होंगे और बाबूजी को अपने मूल संस्कारों से बाहर हो रहे भैया के अहंकार की पहली किश्त महसूस हुई थी।

सारे झंझावात और विरोधों को झेलते हुए बाबूजी अपनी बात पर अडिग रहे

और बार-बार डांवाडोल होते मास्टर जी को भी अडिग रखा। खूब धूमधाम से छोटे की शादी कान्ता से हो गयी। भैया भी समाज में होने वाली अपनी जलालत बचाने के लिये पत्नी के भारी विरोध के बावजूद भी आखिरी क्षणों में शादी में पहुँचे पर उनकी पत्नी नहीं ही आयीं। उस दिन से ही उनकी पत्नी के मन में यह कीड़ा गहरे पैठ गया कि उनके पति अपनी पत्नी से ज्यादा महत्व कान्ता को दे रहे हैं अतः इसके पीछे जरूर कुछ गलत है। प्रमुख जी को चुनाव लड़ना था और ये सब मौके छोटे शहरों में काफी मायने रखते हैं इसलिए वे बारात में गये तो, पर सबसे खिंचे-खिंचे ही रहे। ज्यादातर वे अपने चाटुकारों से घिरे उनसे ही हँसी-मजाक करते रहे। माँ को तो इस शादी में बहुत ही मजा आया क्योंकि इस शादी के बाद आने वाली उनकी जानी पहचानी बहू उनके साथ रहने वाली थी।

रात खाली होने के बाद जब भैया ने कान्ता और ठेकेदार के लड़के के अवैध सम्बन्धों का जिक्र छेड़कर कान्ता के दुश्चरित्र होने और बाबूजी को गलत निर्णय लेने का दोषी ठहराना चाहा तो बाबूजी ने बीच में ही उनकी बात बड़े प्रेम से रोकते हुए कहा, 'बेटा, जब कभी तुम्हारी पत्नी बहुत अच्छे मूड में हो और तुमलोग बहुत प्रेम के क्षण में होओ तब उसे अपनी कसम दे के पूछना कि दुश्चरित्र कौन है? कान्ता या उसका भाई?'

चूँकि ऐसा मौका कभी भैया की जिंदगी में आया ही नहीं अतः वे यह सवाल कभी पूछ ही नहीं सके।

***

शादी के बाद कान्ता की तो जिंदगी ही बदल गयी थी। भैया स्कूली दिनों में उससे काफी सीनियर थे और उनसे कान्ता की कभी कोई बातचीत भी नहीं हुई थी। छोटे निर्लिप्त और अल्हड़ स्वभाव के थे। सहज ढंग से सबसे बात कर लेते थे। कान्ता से भी इधर-उधर की बात हो ही जाती थी। जब भैया से कान्ता का रिश्ता पक्का हुआ था तब भी छोटे ही भैया का संदेश वगैरह कान्ता तक पहुँचाते थे। शादी के बाद दोनों को लगा ही नहीं कि उनके बीच नयी शादी का कुछ अजनबीपन भी है। माँ बहुत ही प्रसन्न थीं। उनकी अपनी कोई बेटी नहीं थी पर बहू के रूप में कान्ता बेटी से भी बढ़ कर थी। बाबूजी का अपराधबोध खत्म हो गया था जिससे वे भी बहुत सुकून में हो गये थे। अपने बड़े समधी की असलियत जानने के बाद उनके मन में उनकी कोई इज्जत रह भी नहीं गयी थी पर अपने बड़े बेटे का भविष्य सुरक्षित रखने के लिये वे उनसे पूर्ववत सम्मान का ही व्यवहार करते रहे।

कान्ता ने शादी की पहली ही रात को, उसे दी गयी सलाहों के विपरीत, छोटे के आगे अपने मन की पूरी गाँठ खोल दी और छोटे को सब कुछ बताने के बाद बोली, 'इस घटना ने मुझे इतना बड़ा झटका दिया कि मैं जल्दी खुद को सँभाल नहीं पायी।

मेरी क्या गलती थी? और इतनी ज्यादा दरिन्दगी कोई कैसे कर सकता है? इतने सालों बाद भी वह दिन आँखों के आगे घूमता है तो एक अँधेरा सा छाने लगता है और दिमाग सुन्न हो जाता है।'

छोटे ने बाबूजी की बात दोहरायी, 'ये सब कुछ एक दुर्घटना भर है और कुछ नहीं। भूल जाओ। किसी गाड़ी से भी एक्सीडेन्ट हो जाता है तो क्या उस एक्सीडेन्ट की याद में हम जिंदगी बिगाड़ लेते हैं?'

कान्ता ने छोटे की गोद में अपना सर रखकर अपने तरीके से अपना दिली आभार जताया और बोली, 'सच कह रही हूँ मन की इसी गाँठ के कारण मैं कभी चैन से नहीं रह पायी। जब मेरी शादी भैया से तय हुई तो मैं इसी डर की वजह से उन्हें कभी स्वीकार नहीं कर पायी। बाबूजी ने भी यह बात साफ नहीं की थी।'

'अब तो सब साफ हो गया न?' छोटे ने उसकी आँखों में अर्थपूर्ण ढंग से देखते हुए मुस्करा कर पूछा।

'हाँ। हो गया।' उन निगाहों का मतलब अच्छी तरह समझ कर वह शरम से लाल होते हुए बोली।

अगले कुछ दिनों में कान्ता की रंगत ही बदल गयी। एक डरी-डरी घबराई कुन्द दिमाग की लड़की वापस अपनी मूल चंचलता पर लौट आयी। छोटे का तो इसमें बहुत बड़ा हाथ था ही, बाबूजी और माँ का भी प्यार कहीं से कम नहीं था। इसीलिए तो जब मास्टर जी उसे विदा कराने आये तो अपनी बिटिया को एक बहू की दबी-सधी चाल से सर पर पल्लू रखे आते नहीं देखा। वह तो दौड़ते हुए आयी और जिसे मास्टर साहब सालों से देखने के लिये तरस रहे थे, उसी खुशी के साथ उनके गले लगकर बोली, 'बाबूजी, बाबूजी, बहुत ही अच्छा है यहाँ।'

कुछ देर अपने को सँभालते हुए वो भरे गले से बोले, 'हाँ बेटा।'

'क्या हो गया?' वह उनके चेहरे की ओर देखते हुए थोड़ा चिन्तित स्वर में बोली, 'वहाँ माँ, मौसी और बाकी सब लोग ठीक हैं न? गाँव में सब ठीक-ठाक है न?'

'सब ठीक है बेटा, सब कुछ ठीक है। जो नहीं ठीक था वह भी ठीक हो गया।' मास्टर जी की आवाज अभी भी भर्राई हुई थी।

'क्या ठीक हो गया?'

'तू। तू ठीक हो गयी बेटा। पता नहीं है तुझे? तुझे इस रूप में देखने के लिये हम सब कब से तरस रहे थे?'

'यहाँ सभी बहुत अच्छे हैं बाबूजी। मैं हमेशा ठीक रहूँगी। आप निश्चिन्त रहिये।' फिर वह अपने बचपन के दिनों की तरह बाबूजी का हाथ पकड़ कर उन्हें

खींचते हुए बोली, 'आइये आपको बुलबुल का घोंसला दिखाऊँ। उसमें अण्डे भी हैं।'

घोंसला देखते हुए बाबूजी को वह बताती रही, 'हमलोग दूर से ही देखते हैं। अगर कोई और अण्डों को छू ले तो बुलबुल उन्हें गिराकर चली जाती है इसीलिए छूते नहीं हैं। यहाँ गौरैया और फुलसुँघी का भी घोंसला है। इस नीम पर बहुत चिड़ियाँ आती है। एक गिलहरी का भी पूरा परिवार है। हमलोग उसे कुटकुट कहते हैं।'

'तेरी दोस्ती हो गयी है इन सब से?'

'हाँ बाबूजी। ये सब बहुत ही अच्छे लगते हैं मुझे।'

'अपना घर अच्छा हो बेटा तो सब कुछ अच्छा हो जाता है।' मास्टर जी ने भावुक होकर कहा, 'लेकिन बाकी के सब लोग कहाँ हैं?

'ये कहीं बाहर निकले थे।' कान्ता यह छिपा गयी कि छोटे विदाई में उसके साथ जाने वाली मिठाइयाँ तथा और सामानों की डिलिवरी के लिये गये हैं, 'और बाबूजी नहा रहे थे। माँ ने आपको अंदर लाने के लिये मुझे भेजा था पर मैं आपको घोंसला ही दिखात रह गयी। जल्दी अंदर चलिये बाबूजी।'

'चलो। समधन जी को प्रणाम करके आते हैं। फिर यहीं नीम के नीचे बैठेंगे। शुरू से यहीं बैठते रहे हैं। यहीं अच्छा लगता है।'

नीम के नीचे बैठे मास्टर जी को लग रहा था कि भगवान का सबसे बड़ा वरदान उन्हें अनायास ही प्राप्त हो गया है। पिछले कई साल के टेंशन और जलालत के बाद अचानक दुनिया की सबसे बड़ी खुशी.... अब उन्हें क्या चाहिए। वे खुद को बहुत हल्का महसूस कर रहे थे। उनका तो मोक्ष हो गया था। अब दुनिया में किसी से कोई डर नहीं रहा। अब तो चाहे जब भगवान उन्हें याद कर ले। वे खुशी-खुशी जायेंगे। सवेरे के समय पेड़ पर गाती हुई चिड़ियाँएँ भी उनकी खुशी में खुशी मना रही थी।

मास्टर जी को आया देखकर पास-पड़ोस के कुछ लोग भी उनसे मिलने चले आये। उन्हें लगा ही नहीं कि वे अपनी बेटी की ससुराल आये हैं। एकदम घर जैसा माहौल था। बाबूजी भी नहा-धोकर बड़े प्रसन्न चेहरे से वहीं आ बैठे और मास्टर जी से गले मिलने के बाद पड़ोसियों से कहने लगे, 'कितनी जल्दी मची थी मास्टर जी को बिटिया से मिलने की? ग्यारह बजे आने को कहे थे, नौ बजे ही आ धमके।'

मास्टर जी झेंपते हुए बोले, 'अरे भइया, वो प्रिंसिपल साहब ने कहा कि पहली बार लड़की को लाने जा रहे हो तो स्कूल की जीप लेते जाओ। इसीलिए जल्दी पहुँच गया।'

‘भाई वाह। आज तो मास्टर जी जीप से सैर कर रहे हैं। अरे ड्राइवर साहब को भी बुला लीजिए नहीं तो पूरे गाँव में जगहँसाई होगी कि बाबूजी के यहाँ बिटिया को लाने गये थे और बाबूजी ने पानी को भी नहीं पूछा।’ बाबूजी ने चुटकी ली।

‘मैं तो पहले से ही यहीं हूँ और जुटा हुआ भी हूँ।’ ड्राइवर ने बाबूजी को अपनी मिठाइयों और गर्मा-गर्म पकौड़ियों से भरी प्लेट दिखाते हुए कहा।

छोटे सदा की तरह सबको मिठाइयाँ, पकौड़ी वगैरह सर्व करते रहे। कान्ता और माँ ने मिलकर, कान्ता की तैयारी पूरी कर ली। पड़ोसियों के जाने के बाद बाबूजी ने पूछा, ‘खुश तो हो मास्टर जी?’

मास्टर जी एकटक बाबूजी के मुस्कराते चेहरे को देखते ही रहे।

‘क्या हुआ?’

‘क्या जादू है आपके घर में?’ रुँधे गले से मास्टर जी बोले।

‘घर में कुछ नहीं है। बिटिया की किस्मत में है।’

‘उसकी किस्मत तो हमलोग बहुत दिनों से देख ही रहे हैं। लेकिन आप लोगों का जादू अब देखा।’ अनजाने में ही मास्टर जी के हाथ जुड़ गये थे, ‘आपने तो मुझे जन्मों-जन्मों का ऋणी बना दिया है। आप भगवान बनकर आये और मुझे खींच कर उबार लिया।’

‘ऐसी बातें न करो मास्टर जी। बच्चों को अच्छा नहीं लगेगा।’ बाबूजी ने उनके हाथ पकड़ कर कहा।

मास्टर जी की आँखें नम हो चली थीं। बाबूजी के कंधे पर अपना सर रखते हुए भरे गले से ही बोले, ‘आप नहीं जानते आपने मुझे क्या दे दिया है। मुझे ज्यादा कहने नहीं आता। बस यही कह सकता हूँ कि मैं.....’

‘जाने भी दो मास्टर जी। बच्चे आ रहे हैं।’

बाबूजी, माँ और छोटे के साथ कुछ पड़ोसियों ने भी कान्ता को मास्टर जी के साथ विदा किया। अगले दो-तीन दिनों तक लोगों ने जिंदगी में पहली बार छोटे जैसे मस्त-मौला इंसान को भी गुमसुम हालत में देखा।

***

प्रमुख जी की पत्नी की तबियत खराब होने पर भैया उन्हें देखने सपत्नीक पहुँचे थे या और सही कहना हो तो उनकी पत्नी अपनी माँ की सेवा करने आयी थीं और भैया उनके साथ आये थे। उनकी तबियत अपने लड़के की दुर्दशा के समय से ही खराब चल रही थी और दिनों-दिन खराब ही होती जा रही थी। उनका इलाज राजधानी तक के भारी कहे जाने वाले डॉक्टरों से भी हो चुका था पर कोई खास सुधार नहीं हो रहा था। जब तक बेटी साथ थी कुछ मन लगा हुआ था पर उसकी

शादी के बाद तो घर बियावान हो गया। जो नाते-रिश्तेदार आते भी थे अधिकांश जहर ही लगते थे।

दिन भर वहाँ रहने के बाद दुनियादारी निभाने के लिये भैया शाम को सपत्नीक अपने घर आये, जहाँ माँ और बाबूजी का पैर छूने की औपचारिकता के बाद उनकी पत्नी तो माँ की तबियत अधिक खराब होने का बहाना लेकर वापस अपने घर चली गयीं और भैया रुक गये। कान्ता की ओर उन्होंने देखा तक नहीं। भैया कुछ तो छोड़कर आये हुए सरकारी कामों की परवाह और कुछ उनके यहाँ रुकने पर बाद में पत्नी द्वारा मचाये जाने वाले बवाल को सोच-सोचकर अनमने से ही रहे। माँ के बार-बार पूछने पर 'सब ठीक है' कह कर फिर अपनी दुनिया में खो जाते थे। बाबूजी भी इस समय उनसे कुछ नहीं बोले। खाने के बाद छोटे ने भैया के कमरे में ही उनका बिस्तर वगैरह ठीक कर दिया और काफी देर करवटें बदलते वे सो ही गये।

सवेरे चिड़ियों की चहचहाहट से उनकी नींद खुली। घर के सभी लोग रोजमर्रा के कामों में व्यस्त थे। छोटे बाहर नीम के नीचे सफाई कर रहे थे। वे कुछ देर अलसाये से यों ही पड़े रहे जैसे पढ़ाई के दिनों में पड़े रहा करते थे। वे रात देर तक पढ़ते थे इसलिए कोई उन्हें सुबह जल्दी नहीं जगाता था। खुली खिड़की से सुबह के गहरे नीले आसमान के बैकग्राउण्ड में नीम की हरी पत्तियाँ सुबह की ताजी हवा के साथ लहराती हुई नजर आ रही थीं। उनका कमरा ज्यों का त्यों रखा गया था। न कुछ हटाया गया था और न ही कोई नयी चीजें ठूँसी गयी थी। कुछ देर को वे पुराने दिनों की याद में डूबे रहे फिर उठकर बाहर आ गये।

बाहर भी वही खुशनुमा ताजगी थी जो महानगरों में प्रायः दुर्लभ होती है। छोटे द्वारा सफाई के बाद करीने से नीम के नीचे रखी गयी कुर्सियाँ और एक छोटी सी टेबिल और सवेरे की सैर के बाद लौट कर आये वहाँ बैठे बाबूजी, सब कुछ वैसे ही था। वे भी बाबूजी के पास आकर बैठते हुए बोले, 'यहाँ तो कुछ भी नहीं बदला है बाबूजी।'

'हाँ बेटा। यहाँ तो कुछ भी नहीं बदला है।' बाबूजी ने कहा।

थोड़ी ही देर में छोटे पानी और चाय लेकर आ गये। कान्ता एक सूप में कोई अनाज लेकर वहाँ से दूर एक कोने में फटकने लगी और उसके पैरों के पास मैना का एक झुण्ड इकट्ठा हो गया जो छिटके हुए दाने खा रही थीं। उस झुण्ड में कुछ बेसब्र मैनाएँ थोड़ा-थोड़ा उड़ कर आगे आने की कोशिश कर रही थी और आपस में चाँव-चाँव मचाये हुए थी। इस दृश्य को अभिभूत होकर देखते भैया से बाबूजी ने कहा, 'जब से कान्ता इस घर में आ गयी है यहाँ की रौनक ही बदल गयी है।'

'हाँ।' भैया का ध्यान कान्ता पर गया, 'ये तो बड़ी गुमसुम और मनहूस सी लड़की थी। अब इसको क्या हो गया?'

मैनाओं को चुगते छोड़कर कान्ता सूप में अनाज लेकर तेजी से घर में चली गयी। भैया उसे देखते ही रह गये। क्या गठन थी उसकी, और क्या चमक थी। प्रमुख जी की लड़की की तुलना में तो वह लाख गुना अच्छी थी। उनकी शादी तो इसी से तय थी पर पता नहीं कैसे प्रमुख जी की सूखे शरीर और उससे भी सूखे मिजाज वाली लड़की उनके पल्ले पड़ गयी। उन्हें पता नहीं क्यों अब अपने निर्णय पर अफसोस होने लगा था। जहाँ तक कान्ता के चरित्र का सवाल था भले ही वे अपनी पत्नी के दबाव में कुछ न बोल पाये हों पर वे जानते थे कि उनकी ससुराल में कोई भी विश्वसनीय नहीं है।

नहाने धोने और नाश्ता करने के बाद वे अपने ससुराल चले गये। उनकी सास की तबियत में कोई सुधार नहीं था हालाँकि प्रमुख जी ने डॉक्टरों की लाइन लगा रखी थी। एक नर्स चौबीस घंटे उनकी सेवा में रहती थी। घर में रिश्तेदारों का जमघट था पर दिन भर वहाँ रहे भैया को लगता रहा कि यहाँ कोई भी रौनक नहीं थी। पता नहीं क्यों यहाँ चिड़ियाँ भी नहीं थी। बस सन्नाटे की ही आवाज थी जिसमें कभी-कभी कुछ और आवाजें भी घुल-मिल जाती थी।

उनकी पत्नी भी अपनी माँ को छोड़कर सोने चली गयी थीं। वे अकेले ही अपनी सास के पास बैठकर सोच रहे थे कि उन्हें इस समय लम्बी छुट्टी मिल नहीं पायेगी अतः उन्हें ड्यूटी पर जाना ही पड़ेगा पर उनकी गँवार सी पत्नी को यह कभी समझ में नहीं आयेगा और वह ऐसे नाजुक समय का आधार लेकर उन्हें बहुत जलील करेगी। बीमार सास उनकी ओर करवट लेकर उन्हें देखने लगीं मानो पहचानने की कोशिश कर रही हों।

'कुछ चाहिए माँ जी?'

वे धीरे-धीरे बड़बड़ा रही थीं, 'बेटा, तुम तो बहुत बड़े अफसर हो। तुम मेरे बेटे को ला दो। कोई उसे मेरे पास नहीं ला रहा है और न ही मुझे उसके पास ले जा रहा है। तुम उसे बुला दो। मैं ठीक हो जाऊँगी।'

'मैं ले आऊँगा माँ जी। कहाँ है वह?'

'मैं नहीं जानती। ये जानते हैं। वो आ जायेगा तो सब ठीक हो जायेगा। तुम उसे लाओगे न?'

'हाँ। मैं उसे ले आऊँगा।'

वे फिर लेट गयीं। साथ ही कुछ बड़बड़ाती भी रहीं जो भैया की समझ में नहीं आया। शाम को जब प्रमुख जी आये तो भैया ने इस बात की चर्चा की। एक सेकेण्ड तो उनका चेहरा फक हुआ लेकिन तुरन्त संभल कर बोले, 'हाँ। हाँ। मुझसे भी कह रही थी। मैंने उसे फोन कर दिया है। वह जल्दी ही आ जायेगा।'

उस दिन शाम को भैया जब अपने घर गये तो प्रमुख जी ने अपनी बेटी को ये सब बताया, 'अब तुम्हारी माँ का कंट्रोल अपने दिमाग से हटता जा रहा है। हर किसी से वह जो चाहे बोल दे रही है। ये तो ठीक था कि जमाई जी से बोली लेकिन किसी से भी बोल सकती है।'

'इनको पता चल भी गया तो क्या?'

'कुछ नहीं। इनके घर वालों को तो कुछ-कुछ पता है ही। वह तो ये देर सबेर जान ही जायेंगे पर आगे का हाल मैं अभी खोलना नहीं चाहता। उसके खुलने पर मेरी इज्जत और मंत्री बनने का सपना सब बरबाद हो जायेगा।'

'पापा। अब ये सब किसलिये? किसके लिये? जाने दीजिए। बहुत तो है हमारे पास। मैं भी अच्छे से ही सेटिल हो गयी हूँ। मंत्री बनकर ही अब क्या करेंगे?'

'बदला लूँगा। जिसकी वजह से मेरे बेटे का यह हस्र हुआ उससे बदला लिये बगैर मैं चैन से मर भी तो नहीं सकता।'

'किस चीज का बदला पापा। भैया ने जो किया वो हम भले स्वीकार न करें पर हम तो जानते ही हैं कि उसने क्या किया था। आपकी बेटी के साथ कोई ऐसा करता तो....'

'चुप रह। बेकार की बातें नहीं।' प्रमुख जी ने अपनी बेटी को डाँटा।

'भूल जाइये ये बदले वगैरह की बातें। जितने भी गलत काम करेंगे उनका असर लौटकर बच्चों पर ही पड़ेगा। कहीं आपके इन कामों की सजा मुझे या मेरे बच्चों को न भुगतनी पड़ जाये।'

'ऐसा कहीं होता है?' कहते हुए उनकी आवाज दब सी गयी थी।

बेटी कुछ नहीं बोली। केवल उनकी ओर याचना भरी आँखों से देखती ही रही। काफी देर सन्नाटा रहा। अंत में प्रमुख जी ही फँसे गले से बोले, 'ठीक है। मैं मान गया अपनी सयानी बेटी की बात। लेकिन तेरी माँ को क्या समझाऊँ।'

'माँ के लिये भैया की तरफ से मैंने एक चिट्ठी बनायी है। उसे पढ़ कर सुनाऊँगी तो उसे पूरा आराम मिल जायेगा। एक बार स्वस्थ हो गयी तो हम उसे असलियत बता देंगे।'

'अच्छा। क्या लिख दिया है चिट्ठी में?'

'वही सब जो माँ अपने बेटे से चाहती है।'

'वाह। और तुझे कैसे पता कि माँ क्या चाहती है?'

'क्योंकि आपकी बेटी भी माँ बनने वाली है पापा।'

एकबारगी प्रमुख जी की समझ में ही नहीं आया कि वे क्या सुन रहे हैं। जब

समझ में आया तब उन्हें पता चला कि दिल के बल्लियाँ उछलने का असली मतलब क्या होता है। उनका मन हुआ कि वह अभी उठें और वहीं नाचने लगें। बाकी का संसार तो नाच ही रहा था। लेकिन अपने उछलते मन पर उन्होंने जब्त किया और उठकर बेटी के सर पर हाथ रखते हुए बोले, 'अब सब कुछ वही होगा जो तू चाहेगी। तेरा खयाल रखने के लिये मैं एक डॉक्टर और एक नर्स भी लगा दूँगा। हम सब लोग तो रहेंगे ही।'

उसने सर झुकाकर कहा, 'मुझे जाना होगा पापा।'

'कहाँ जाना होगा? इस हालत में तुझे कहीं नहीं जाना है।'

'इनके साथ जाना होगा।'

'क्यों? मैं बात करूँगा जमाई जी से।'

'ये बात नहीं है पापा। ये तो वैसे ही बहुत सीधे हैं। जो भी कहो मना नहीं करते हैं। लेकिन इन्हें ज्यादा छुट्टी नहीं मिल पायेगी और मैं इन्हें अकेले नहीं भेजना चाहती।'

'क्यों?' प्रमुख जी ने हैरत में पूछा।

'मैं आपको कह नहीं सकती। माँ को बता दूँगी।'

कुछ देर सोचने के बाद प्रमुख जी बोले, 'जो भी तू कह रही है ठीक है पर वहाँ अपना खयाल ठीक से रखना। मैं आता रहूँगा।' फिर वे थोड़ा असमंजस में रहे कि पूछूँ या न पूछूँ लेकिन फिर पूछ ही लिया, 'जमाई जी कैरेक्टर के तो स्ट्रांग हैं न?'

वह हँसने लगी, 'ये बहुत सीधे हैं पापा और जमाना बहुत खराब है। जहाँ हम रहते हैं वहाँ जमाना और ज्यादा खराब है।'

उधर भैया भी एक अजीब सी निरर्थक कशमकश में अनावश्यक रूप से उलझ गये थे। वे अच्छी तरह जानते थे कि कान्ता से जब उन्होंने नाता तोड़ने का निर्णय लिया था तभी उसके साथ सब कुछ खत्म हो गया था। फिर अचानक यह मोड़ आया और वह छोटे की पत्नी बन कर इसी घर में आ गयी। यही नहीं वो पुरानी वाली डम्ब लड़की न रह कर एक ऐसी लड़की नजर आ रही है जिसके लिये कोई भी ईर्ष्या करे। पूरे घर भर में वही वही नजर आती है। कितनी ऊर्जा से भरपूर और कितनी सुंदर। काफी देर वह नजरें बचाकर उसे ही देखते रहे। वे अच्छी तरह जानते भी थे कि यह वो पाप था जिसका कोई प्रायश्चित नहीं था। आखिर वह अब छोटे की पत्नी थी और घर की बहू। वे तो परंपरा से उसकी छाया तक देखने के लिये अधिकृत नहीं थे।

छोटे के कहीं बाहर गये होने की स्थिति में रात कान्ता ही उनके कमरे में खाना लेकर आयी। जब वह खाना रख रही थी तो उन्होंने बड़े सूखे गले से उससे पूछा,

'तुम खुश हो कान्ता?'

'बहुत ही ज्यादा खुश हूँ भैया।' उसने पल्लू सँभालते हुए कहा।

'तुम्हें कभी ये नहीं लगता कि तुम्हारी शादी मेरे ही साथ हो गयी होती तो अच्छा रहता।'

'नहीं। क्यों? आपने तो बिना किसी वजह के ही संबंध तोड़ दिया था।'

'तुम्हें कोई कमी नहीं लगती?'

'बिलकुल नहीं भैया। आपके भाई और माता-पिता बहुत ही अच्छे हैं।' अभी भैया सोच ही रहे थे कि इसके हिसाब से उन्हें छोड़कर घर के बाकी सभी लोग बहुत अच्छे हैं कि कान्ता ने आगे कहा, 'आप भी भाभी पर ही अपना पूरा ध्यान रखें तो सबके लिये बहुत अच्छा होगा।'

बाप रे। इन लड़कियों के पीछे भी आँख होती है। ये गलत निगाहों को कितनी आसानी से पकड़ लेती हैं। भैया शर्म से पानी-पानी हो गये और कान्ता के प्रति एहसानमंद भी थे जिसने यह बात किसी और से न कह कर सीधे उनसे कही। उनका नशा पूरी तरह उतर गया। कान्ता में उन्हें अपनी बहू नजर आने लगी। उन्होंने कहा, 'तुम बिलकुल ठीक कह रही हो। मैं रखूँगा। तुम देखना मैं पूरा ध्यान उसी पर रखूँगा।'

लेकिन यह सेंसिटिव निगाह केवल कान्ता के पास ही नहीं उनकी पत्नी के पास भी थी या तो भैया की कुछ क्षणों की कमजोरी पकड़ ली गयी थी या फिर उसने अंदाज लगाया, या कान्ता ने खुद उसे बता दिया, वह यह मानने को कभी तैयार नहीं हुई कि कान्ता पर भैया की बुरी नजर नहीं थी। यह टान्ट उन्हें आये दिन सुनना पड़ता था और इसीलिए वे अकेले घर आने की हिम्मत नहीं जुटा पाते थे। उनकी पत्नी तो वहाँ कभी आना ही नहीं चाहती थीं। नतीजा ये रहा कि भैया घर से दूर होते चले गये।

अगले दिन सुनने में आया कि उनकी सास की तबियत अब तेजी से सुधर रही है। उसी दिन वे अपनी पत्नी सहित अम्मा, बाबूजी और बाकी सबसे मिलने-जुलने के बाद प्रस्थान भी कर गये।

अध्याय 12

दामाद के ऑफिस जाने के बाद भैया भी ड्राइंग रूम में अपनी पत्नी और बेटी के पास आ बैठे। उनको आया देख पत्नी ने पूछा, 'अब आप ही बताइये क्या डेट रखी जाये।'

'मैं क्या बताऊँ। तुम्हारे दामाद जी क्या कह रहे हैं?'

दामाद जी के साथ 'तुम्हारे' लगाये जाने को हमेशा की तरह नजरअंदाज करते हुए उनकी पत्नी बोलीं, 'उन्हें तो पंडितों की इन सब बातों पर कोई विश्वास है नहीं। पूरी तरह हम पर ही छोड़ दिया है।'

'पंडितों की किन बातों पर विश्वास नहीं है? क्या कहा है पंडित जी ने?'

'पाँच तारीख को आपकी समधन का जन्मदिन है। इसीलिए सोचा गया था कि उसी दिन डिलिवरी की डेट भी रख ली जाये। यह बच्चा उनके जन्मदिन का गिफ्ट होता पर पंडितजी कह रहे हैं कि पाँच को पूरे दिन मूल नक्षत्र रहेगा अतः यह दिन अच्छा नहीं है।'

'गजब बात है। अगर किसी को उसी दिन लेबर पेन शुरू हो गया तो क्या करेंगे पंडित जी? उसे बच्चा नहीं होने देंगे क्योंकि मूल नक्षत्र है।'

'अरे कुछ तो ढंग की बात कर लिया करिए कभी-कभी। पंडित जी को इससे क्या लेना-देना है। हमारे पास थोड़ा ऑप्शन है इसलिए उनसे पूछा गया था।' पत्नी मुँह बनाकर बोलीं।

'इसकी सास कुछ सॉफ्ट हुई हैं क्या? इस बीच कभी आयी थी?'

'नहीं। वो नहीं आयी थी। न इस तरह की कोई बात ही हुई है।' उनकी बेटी ने कहा, 'लेकिन जब इन्होंने कहा तो सोचना ही था न? हो सकता है कि उनके जन्मदिन पर इस तरह बच्चा आने पर वो सॉफ्ट हो ही जायें।'

'तुम्हें भी उन लोगों की इतनी परवाह है क्या?'

'हाँ। बहुत। मैंने हर कोशिश की है उन्हें मनाने की। आपको ही देख के मैं जानती हूँ पापा कि कोई अपने मूल को छोड़कर सुखी नहीं रह सकता। इसलिए हर मौके पर उन लोगों को मनाने की कोशिश करती हूँ। यह एक बहुत विशेष मौका है। शायद.....' बेटी बोली।

'तो फिर छोडो पंडित जी को। मूल वगैरह बाद में देख लिया जायेगा।'

उनकी पत्नी ने विरोध किया, 'बच्चे के और हमारी बेटी की पूरी जिंदगी का सवाल है। हमलोग तो मूल-नक्षत्र जानते-मानते ही हैं। अगर भगवान ने सुविधा दे ही दी है तो इसका कुछ तो फायदा उठा ही सकते हैं।'

'चार को कैसा दिन है?'

'चार बहुत अच्छा है। फिर सात अच्छा है।'

'तो चार ही रख लीजिए। जन्मदिन के एक दिन पहले ही तोहफा आना अच्छा है बजाय दो दिन बाद के।'

'हम भी यही सोच रहे हैं। आज शाम को फाइनल करके डॉक्टर को डेट बता देंगे। अपनी बिटिया को ही समझाइये। मारे डर के एक-एक दिन तारीख टालने की कोशिश कर रही हैं।' फिर उनकी पत्नी नहाने चली गयीं और वे अखबार पलटने लगे।

'पापा।' उनकी बेटी ने कहा, 'जब माँ को पहले पहल भैया हुआ था तो इनको भी बहुत डर लगता था क्या?'

'हाँ। थोड़ा डर तो लगता ही है। फिर उस जमाने में इतनी सुविधायें भी तो नहीं थीं। तुम्हारी माँ को तो सवेरे से ही लेबर पेन शुरू हो गया था। उसे देखकर ही लगता था कि दर्द कितना तेज होता है पर वह चुपचाप सब सह गयी थी। डॉक्टर कह रहे थे कि बच्चे का हेड फिक्स नहीं है अतः कई घंटे इंतजार के बाद सीजर का निर्णय लिया गया।'

'तब तक माँ दर्द में ही रही?'

'हाँ। इस दर्द को कम करने का कोई उपाय भी तो नहीं होता। ऑपरेशन में भी एक घंटा लगा था और जब भैया को बाहर निकाला गया तो उसके सर में कई जगहों पर सूजन थी और पेट में भी पानी चला गया था जिसे नली डालकर निकालना पड़ा।'

'बाप रे। बहुत दुर्दशा थी।'

'और भी ज्यादा। उस समय एनस्थीशिया भी बहुत अच्छा नहीं होता था। दो घंटे बाद जब माँ होश में आयी तो उसे उल्टी आ रही थी जिससे टाँकों में दर्द हो रहा था। टाँके भी तो उस समय बीस पच्चीस लगते थे।'

'रिकवर होने में कितना टाइम लगा?'

'आठवें दिन उन्होंने अस्पताल से छोड़ा पर सब कुछ नार्मल होने में तो महीना भर लग गया था।'

'घर के सब लोग रहे होंगे उनके साथ।'

'तुम्हारे नाना-नानी थे।'

'बाबा-दादी और चाचा-चाची?'

'उनको बताया नहीं गया था। कहीं से पता चलने पर उन्होंने आने के लिये

फोन किया पर सब लोगों ने मना किया। कहा उनकी यहाँ कोई जरूरत नहीं है। फिर भी तुम्हारे बाबा, दादी को लेकर आये। इसी बीच मुझे एक मीटिंग में तीन दिनों के लिये दिल्ली जाना पड़ा। पता नहीं उस बीच यहाँ क्या हुआ? जब मैं लौटकर आया तो वे लोग जा चुके थे। पूछने पर यही कहा गया कि वो चले गये। बाबूजी भी इतने खुद्दार थे कि उन्होंने भी कभी नहीं बताया कि वे क्यों अचानक चले आये थे और मेरे आने का इंतजार भी नहीं किया था।'

'पापा, एक बात मैं बहुत दिनों से पूछना चाहती थी। आप लोगों की कोई लव मैरेज तो थी नहीं? परिवारों की बातचीत और सहमति के बाद ही परंपरागत शादी हुई थी फिर परिवारों में इतना वैमनस्य क्यों था?'

'बेटा, सही वजह तो मुझे नहीं पता लेकिन तेरी चाची कान्ता बहाना बन गयी थी। इन लोगों का मानना था कि उसी की वजह से तुम्हारे मामा की बेइज्जती हुई और वह ही अच्छे चरित्र की लड़की नहीं थी पर तुम्हारे बाबा को अच्छे से पता चल गया था कि सारी गलती तुम्हारे मामा की ही थी। अतः मेरी शादी उससे तोड़ने के प्रायश्चित में उन्होंने उसकी शादी तुम्हारे चाचा से कर दी और इन लोगों से दुश्मनी मोल ले ली।'

'आपको चाची के बारे में सच्चाई पता है?'

'हाँ।'

'क्या?'

'उसकी कोई गलती नहीं थी। वह एक सीधी-सादी लड़की थी।'

'माँ को भी मालूम है?'

'हाँ, उससे बेहतर ये बात किसे पता होगी? लेकिन वह स्वीकार नहीं करती है।'

'कितनी अजीब सी बात है न? एक झूठी बात की नींव पर आप और माँ पूरी जिंदगी आपस में कभी सहज नहीं रह पाये।'

'बेटा, जिंदगी में जहाँ भी असहजता या विरोध दिखता है उसकी बुनियाद इसी तरह की कोई झूठी ही बात होती है। अगर हम जबरदस्ती पहने हुए इस झूठ के खोल से बाहर आ सकें तो जीवन बहुत ही खूबसूरत है।'

'मैंने क्या किया था? एक अच्छा लड़का मुझे अच्छा लगने लगा। उससे प्रेम हो गया। हम दोनों ही एक-दूसरे को अच्छी तरह समझने लगे। मुझे लगा कि अगर हम दोनों साथ जिंदगी गुजारते हैं तो हम हर तरह से बहुत सुखी रहेंगे। क्या केवल जाति अलग होने से यह बहुत गलत हो गया?'

'नहीं बेटा, गलत तुम्हारी तरफ से नहीं था। हम ही अपने झूठ के खोल को

उतार नहीं पाये। एक झूठी धारणा मन में गहराई तक घुसी हुई है कि शादी जाति में ही हो तो कम से कम कुछ संस्कार कॉमन होने से सुखी जीवन होने के चांस ज्यादा होते हैं। ये धारणा तब और विकृत हो जाती है जब इसे हम जाति के ऊँचे नीचे होने या फिर अपनी इज्जत से जोड़ लेते हैं। जमाना और संस्कार कितनी तेजी से बदल रहे हैं इसे हम अपने झूठे खोल के भीतर से देखते हुए भी नजरअंदाज कर देते हैं और अपने झूठ पर अड़े रहते हैं।'

उसे आश्चर्य हुआ। पहले हम लोगों ने इतना खुलकर ऐसी बातें कभी की ही नहीं थीं। वो बोली, 'आपको मेरे पति से कोई शिकायत नहीं है?'

'सवाल ही नहीं है। मैं उसका भारी प्रशंसक हूँ। जिस तरह से उसने जिंदगी की कठिनाइयों को मैनेज किया हुआ है वह अद्वितीय है।'

'फिर आप उनसे अच्छे से व्यवहार क्यों नहीं करते हैं?'

'वही खोल है जो करने नहीं देते। मेरे ऊपर तो कई पर्तों में खोल चढ़े हुए हैं। ऊँची जाति का, ऊँचे पद का, पावर का, पैसे का, ज्ञान का। सब कुछ जानते हुए भी ये झूठे खोल मुझे उसके या उसके घर वालों के सामने सहज नहीं रहने देते। मैं इन सब झूठों के साथ इतना लम्बा जिया हूँ कि ये सब मेरी आदत बन गये हैं। मैं इन्हें छोड़ नहीं पा रहा हूँ।'

'जैसे माँ में चाची को बुरा समझने की आदत हो गयी है। वो सच जानते हुए भी अपने झूठ से बाहर नहीं आ पा रही है।'

'हाँ।'

'कितना अजीब है न यह सब पापा? हम जानते हैं कि हम गलत हैं लेकिन उसे स्वीकार नहीं कर सकते। पूरी जिंदगी इन्हीं झूठों का नर्क सहते गुजार देते हैं पर इन्हें उतार कर फेंक नहीं सकते।'

भैया ने बेटी के सर पर हाथ फेरते हुए कहा, 'सभी लोग इस बात को समझ भी नहीं पाते हैं बेटा। समझते भी हैं तो समझने में जिंदगी गुजर जाती है। हम लोगों को अगर समझ में आ गया है तो कभी न कभी ये झूठ के खोल उतर भी जायेंगे। थोड़ा धीरज रखने की जरूरत है।'

'अगर प्याज की तरह एक पर एक चढ़े ये सारे खोल उतर जायें तो क्या बचेगा पापा?'

'कुछ भी नहीं।' पापा ने गम्भीरता से कहा, 'प्याज की सारी पर्तें अलग कर दो तो कुछ नहीं रह जाता। खाली जगह बच जाती है जो अपने आस-पास की खाली जगहों से एक हो जाती है।'

शाम को डॉक्टर से मुलाकात हो गयी। चार तारीख को फाइनल कर दिया

गया। डॉक्टर ने एम्नियाटिक फ्ल्युड का लेविल कम होने की बात फिर कही और दवाओं को स्ट्रिक्टली समय-समय पर लेने को कहा।

माता जी चिन्तित थीं, 'ये क्या बार-बार कम होने की बात कह कर डराता है? सब ठीक है न?'

'हाँ भई। ये जैसे-जैसे नये मेडिकल एडवान्समेंट हो रहे हैं डॉक्टरों के चोंचले बढ़ते जा रहे हैं। सब ठीक हो जायेगा।' भैया बोले।

'तरक्की हुई है तभी तो इस समय सब अंदर-बाहर का हाल मालूम हो जा रहा है। लेकिन ये बार-बार इतना एहतियात बरतने को क्यों कह रहा है?'

'पूछ तो लिया है कायदे से। डॉक्टर कह रहा है कि कोई घबराने की बात नहीं है। ऐसा होता है कई मामलों में। परेशान न होओ।'

'अरे कैसे परेशान न होऊँ? मैं तो रोज इसे देख रही हूँ। ऐसे समय में इसे छोड़कर मौज लेने के लिये भाग तो नहीं गयी न?'

बात गलत दिशा पकड़ते देख भैया चुप हो गये। लेकिन वह कहती ही रहीं, 'एक दिन को आये हैं तो बहुत बात सूझ रही है। वहाँ थे तो नहीं सूझ रही थी कि अकेले मैं यहाँ क्या-क्या करूँगी। उसी औरत के आगे पीछे घूमते सब भूल जाता है। भूकम्प में जान दे देंगे पर रहेंगे उसी की गोद में।'

'चुप रहो। तुम जानती हो कि यह सच नहीं है।' भैया अपनी पत्नी की ऐसी बातों से बहुत जल्दी इरीटेट होने लगते थे।

दामाद और बेटी को आते देखकर वह चुप हो गयीं लेकिन उनका चेहरा तना ही रहा।

चार तारीख आने में कोई देर नहीं लगी। इस बीच दो बातें हुई। भैया का बेटा अमेरिका से आ गया था और उनके बेटी दामाद ने अपने घर पर भी तारीख बताकर हर संभव कोशिश की पर उनके यहाँ से कोई आने को तैयार नहीं हुआ। बेटी दोपहर में हॉस्पिटल आ गयी और वहाँ की फार्मेलिटीज के बाद उसे जरूरी टेस्टों के लिये ले जाया गया। भैया अपनी पत्नी, बेटे व दामाद के साथ वही थ्रिल महसूस कर रहे थे जो अपने बच्चों के समय महसूस हुई थी।

उनकी पत्नी अपने बेटे से पूछ रही थीं, 'आखिर तू कब शादी करेगा? बुढ़ापे में?'

'देख तो रहा हूँ शादी करने वालों की गति। इस पर भी तुम्हें लगता है कि मैं इस झंझट में फसूँगा।'

'क्या बेकार की बात है? शादी तो सभी करते हैं।'

'मैं तो नहीं करने वाला मॉम। समझो अपना वंश यहीं तक है।'

'अमेरिका रह के पगला गये हो क्या?'

नर्स ने आकर उनके दामाद जी को सूचना दी कि उन्हें डॉक्टर साहब अपने चैम्बर में बुला रहे हैं। उन्हें बहुत नर्वस देखकर भैया भी उनके साथ हो लिये। डॉक्टर ने उन्हें कुछ पेपर साइन करने को दिये। भैया की ओर एक नजर डालते हुए आँखों ही आँखों में उनकी सहमति देखकर उन्होंने हस्ताक्षर कर दिये फिर थोड़ी काँपती सी आवाज में पूछा, 'सब ठीक है न डॉक्टर साहब?'

'सब कुछ उतना ठीक तो नहीं है जितना होना चाहिए पर हमें भगवान पर भरोसा रखना चाहिए।'

'क्या बात है डॉक्टर साहब?' भैया ने पूछा।

'पिछले दिनों इनका ब्लड प्रेशर काफी अधिक रहा था। मैंने दवा लिखी थी पर शायद वह इन्होंने खाया नहीं या फिर वह सूट नहीं की। अभी भी यह पूरी तरह कंट्रोल में नहीं आ रहा है। इको टेस्ट हार्ट फंक्शन नार्मल नहीं बता रहा है।'

'तो पहले इन्हें कंट्रोल कर लिया जाय। हॉस्पिटल में हम हैं ही। डिलिवरी तो ये सब नार्मल होने के बाद में हो जायेगी। अभी कोई लेबर पेन की स्थिति तो है नहीं।'

'उससे भी कठिन स्थिति है। फ्ल्युड की स्थिति क्रिटिकल है। ऑपरेशन अभी करना होगा। भगवान से प्रार्थना कीजिए। सब ठीक होगा।' कहते हुए डॉक्टर उठ गये।

ये दोनों लोग बाहर आ गये।

अचानक की इस सूचना से उनके दामाद की स्थिति भी क्रिटिकल हो गयी। उसका सर सनसनाने लगा। उसकी समझ में ही नहीं आ रहा था कि अब वह क्या करे। अपने-आपको सँभालने की नाकाम कोशिश करते हुए वह खिड़की पर आ गया और एकटक आसमान की ओर देखने लगा।

भैया से उनकी पत्नी और बेटे ने पूछा तो उन्होंने बता दिया कि पेपर साइन करने के लिये बुलाया गया था और अपने मनोभाव छिपाने के लिये वे वाशरूम में चले गये। माँ-बेटा अपनी बातचीत में मगन हो गये।

काफी मेहनत से खुद को सँभालने के बाद भैया को अपने दामाद का खयाल आया। उस पर तो यह चोट और भी बहुत भारी थी। तुरन्त वे उसके पास खिड़की पर जाकर खड़े हो गये और उसके कंधे पर बुजुर्गाना सांत्वना का हाथ रखा।

उसने भैया की ओर बड़ी खाली-खाली निगाहों से देखा फिर अपने आँसू छिपाने के लिये आसमान की ओर देखने लगा। भैया सड़क पर रेंग रही गाड़ियों की कतार देखने लगे। उनकी समझ में नहीं आ रहा था कि वो क्या करें।

कुछ देर के बाद वह जैसे अपने आप से ही कहने लगा, 'उसे कुछ हो गया

तो मैं तो मर ही जाऊँगा। उसके सिवा अब कौन है ही मेरी जिंदगी में। घर वालों ने अकारण ही दुत्कार दिया। एक बार उसे देखा तक नहीं। एक बार खुद को साबित करने का मौका भी नहीं दिया।'

उसने आँसू भरी आँखों से भैया की ओर देखा। वह आँखें भैया के भीतर कहीं दूर तक गड़ती चली गयीं। उन्होंने उसे अपने साथ सटा लिया।

'मैं जानता तो कभी बच्चा न होने देता। मुझे बच्चा नहीं चाहिए था। मुझे उसके अलावा और कुछ नहीं चाहिए था पापा। मुझे और कुछ नहीं चाहिए। बस उसे रोक लीजिए।' वह फिर आसमान को देखने लगा।

शादी के संबंध में भैया की सभी धारणायें धराशायी हो गयीं थीं। उन्हें लगता था कि शादी के कुछ ही साल बाद प्यार-व्यार खत्म हो जाता है और मियाँ-बीवी एक-दूसरे पर अपनी-अपनी काबिलियतें थोपते हैं या फिर एडजस्टमेंट मोड में आ जाते हैं। लेकिन यहाँ....... यहाँ शादी के इतने साल एकदम अकेले रहते हुए भी इनमें इतना प्यार बना हुआ था कि उसके आगे इन्हें कुछ भी नहीं चाहिए था। वे जान गये थे कि भले ही वे लोग खुद अपनी बेटी के जाने का गम थोड़ा रोने-पीटने के बाद बर्दाश्त कर लेंगे पर यह लड़का नहीं कर पायेगा। उसके प्रति इसका प्यार उन लोगों के प्यार से कहीं बहुत ही आगे था। और ऐसे सच्चे प्यार को हारना नहीं चाहिए। चाहे जो हो जाये इसे हारना नहीं चाहिए।

उसकी भीगी हुई आँखें, काँपते होंठ, उनके शरीर से लगा उसका असहाय काँपता शरीर और इन सबके ऊपर उसकी निगाहें जिनमें केवल एक ही माँग थी, भैया के भीतर कहीं कुछ पिघलने लगा। उनका अहंकार, उनके सारे झूठे खोल, सब पिघलते गये, पिघलते गये, पिघलते गये.......।

सब कुछ पिघल जाने के बाद जो शुद्धतम बचा उसमें बस एक भाव था। आज मैं समाप्त हूँ। मुझे ले लो पर इस लड़के का प्यार लौटा दो। कुछ देर इस तंद्रा में रहने के बाद उन्हें होश आया तो बहुत ही आत्मविश्वास से भरी आवाज में अपने दामाद से बोले, 'सब ठीक होगा। सब कुछ एकदम ठीक होगा। उसे कुछ भी नहीं होगा। कुछ नहीं होगा।'

'पक्का है पापा?'

'बिलकुल पक्का है बेटा।' पहली बार उन्होंने उसे बेटा कहा, 'तुम देखना, सब ठीक होगा।'

गहरे अवसाद और पारस्परिक सांत्वना के क्षणों में दोनों लोग तब तक वहीं खड़े रहे जब तक नर्स ने आकर लड़का पैदा होने और जच्चा-बच्चा दोनों के स्वस्थ होने की सूचना नहीं दे दी। दामाद ने जिन निगाहों से उन्हें देखा उनमें पूरी दुनिया का समर्पण और खुशी छायी हुई थी। पहले उनका फिर उनकी पत्नी का पैर छूकर

उसने अपनी असीमित खुशी का इजहार किया और अपने साले को काफी देर गले लगाये रखा। इसके साथ ही अपने घर फोन करके घर वालों को भी यह सूचना देने की कोशिश की।

रात तो जच्चा-बच्चा की देखभाल और इस पीढ़ी का पहला बच्चा आने के एक्साइटमेंट में आँखों ही आँखों मे गुजर गयी। रात होते-होते इन लोगों के कुछ दोस्त भी परिवार सहित आ पहुँचे थे जिससे वहाँ अच्छी-खासी रौनक हो गयी थी पर जिनके इंतजार में उनके दामाद की आँखें हर खटके पर दरवाजे की ओर घूम जाती थी, वे लोग नहीं ही आये।

सवेरे दस बजे के करीब जैसे चमत्कार हो गया। दामाद के माता पिता सहित सारा का सारा परिवार वहाँ पहुँच गया। माँ ने बड़ी देर तक बेटे को गले लगाये रखा और पिता उसकी पीठ सहलाते रहे। फिर माँ अंदर जाकर अपनी बहू के सर पर हाथ फेरने लगीं ओर बोलीं, 'हमसे भारी गलती हुई है बहू।'

बहू की माँ जब बच्चे को उनकी गोद में देने के लिये लायीं तो पहले उन्होंने दोनों हाथ जोड़ कर उनसे भी यही कहा, 'हमसे भारी गलती हुई है। हमें माफ कर दीजिए।'

बाहर लड़के ने पिता से पूछा, 'इतनी देर में आपलोग आये? मैंने तो कल शाम ही बता दिया था।'

नजरें झुकाये हुए ही पिता ने कहा, 'हम तो आज भी नहीं आते। पता नहीं कैसा परदा पड़ा हुआ था हमारी अक्ल पर?'

'तो क्या हुआ?'

'तुम्हारे ससुर सवेरे ही घर पर आ गये। उन्हें देखकर हम सभी गुस्से में आग बबूला थे। न तो कोई उनसे मिलना चाहता था और न ही बात करना। उनके पद और पैसे की अकड़ हम भूले नहीं थे। गुस्से में हमने उन्हें बाहर नौकरों के बैठने वाली बेंच पर घंटे भर बैठाये रखा और वे सहज भाव से बैठे हमारा इंतजार करते रहे।'

लड़का सच में मुँह बाये पिता की बात हैरत से सुन रहा था।

'एक घंटे के बाद मैं बाहर निकला और उन्हें बहुत खरी-खोटी सुनायी। बेइज्जत करने वाली जो भी कड़ी से कड़ी बात मैं कह सकता था वो सब कहा। लेकिन वे कुछ नहीं बोले। उन्होंने एक बार भी नजर उठाकर गुस्से में मुझे देखा तक नहीं। जब मैं मन की पूरी भड़ास निकाल कर चुप हुआ तब उन्होंने हाथ जोड़ कर कहा कि आपके घर का चिराग आपका पोता अस्पताल में आपका इंतजार कर रहा है।'

लड़का मुँह बाये ही रह गया।

'तुम्हारी माँ भी आ गयी और उसने भी कोई कसर नहीं छोड़ी। उनकी बेटी द्वारा लड़के को फँसाकर उसे घर से अलग करने से लेकर उनकी अकड़ और घमण्ड तक का प्रहार किया पर उन्होंने कोई प्रतिकार नहीं किया। आखिर में इतना ही बोले कि आपके बच्चों ने आपके जन्मदिन पर यह तोहफा दिया है जिसे उन्हें जरूर कबूल करना चाहिए।'

'फिर।' लड़के का मुँह बंद हुआ पर आँखें और ज्यादा फट गयीं।

'फिर हमलोग अंदर चले गये और आपस में विचार करने लगे कि ये क्या चाल चल रहे हैं। इसी समय तुम्हारे छोटे भाई ने हम सब को बहुत डाँटा। उसका कहना था कि एक बुजुर्ग आदमी, आपके अपने समधी जो पद प्रतिष्ठा में हर तरह से हमसे श्रेष्ठ रहे हैं हमारे दरवाजे पर हर तरह की बेइज्जती सहते खुद खड़े हैं केवल यह कहने के लिये कि माँ के जन्मदिन पर भैया ने जो तोहफा दिया है उसे चल कर देख लें और हम ये सोच रहे हैं कि वे कोई चाल चल रहे हैं। हम हमारे अपने बच्चे को इसलिये अलग कर दे रहे हैं कि उसने अपनी मर्जी से शादी की है। आप ही शादी करते तो किसी बात की क्या गारंटी थी।'

'छोटे ने यह सब कहा?' लड़के की हैरत आसमान छू रही थी।

'हाँ। उसकी माँ ने उसे चुप रहने को कहा तो वह यह कहते हुए बाहर तुम्हारे ससुर जी के पास चला गया कि चाहे कल को उसे भी घर छोड़ना पड़ जाये पर वह अपने सामने अपने जमीर के खिलाफ काम नहीं होने देगा। उसने सम्मान से उनके पैर छुए और उन्हें जबरदस्ती अपने कमरे में लाकर बैठाया।'

'छोटे ने यह सब किया?' लड़के की हैरत कम होने का नाम ही नहीं ले रही थी।

'हमलोग बहुत देर तक विचार करते रहे पर कोई चाल पेंच की बात समझ में नहीं आयी अतः यह तय हुआ कि एक बार अस्पताल चलने में कोई हर्ज नहीं है। लड़के के कमरे में जाकर हमने उन्हें यह बता भी दिया। इस समय उनके चेहरे पर जो खुशी की लहर आयी वो हम लोगों ने कभी कहीं नहीं देखी थी। भरपूर आनंद में उन्होंने हाथ जोड़े और धीरे-धीरे वहाँ से निकल गये।'

'वे कहाँ हैं?' लड़के की आँखों से आँसू बह रहे थे।

'हमें पता नहीं। लगा कि यहीं अस्पताल ही आये होंगे।'

इधर नवजात बच्चे ने अपने बाबा-दादी, चाचा वगैरह का दिल अपनी तरफ इस कदर खींच लिया था कि पुराने गिले-शिकवों का अब नामों-निशान नहीं रह गया था।

अध्याय 13

इसी के दो-तीन घंटे बाद भैया जब अस्पताल पहुँचे तो एकदम तरोताजा लग रहे थे। सीढ़ियों के मुहाने पर ही उनकी पत्नी खड़ी मिल गयीं।

'कहाँ गायब हो गये सब काम-धाम छोड़कर?'

'जरा नहाने-धोने चला गया था।'

उनकी पत्नी समझ नहीं पा रही थीं कि पहले उन्हें व्यंग बाणों से कोंचें या पहले उन्हें यह हैरतअंगेज खबर सुनायें। अन्ततः उत्सुकता जीत गयी और उन्होंने बताया, 'जानते हैं दामाद जी के घर वाले आ गये हैं।'

भैया ने दोनों हाथ जोड़कर ऊपर देखा, 'लाख-लाख शुक्र है भगवान का।'

'उन लोगों ने मुझसे और अपनी बहू से भी माफी माँगी। इस समय अपने पोते में मगन हैं। दामाद जी और बिटिया भी इतने खुश हैं कि क्या कहूँ। दामाद जी कई बार आपको पूछ भी चुके हैं।'

'अभी जाता हूँ।'

'ठीक है। मैं जरा घर होकर आ रही हूँ।'

तभी दामाद जी का भाई उन्हें देखकर वहाँ आ गया, 'पापा, आप कहाँ चले गये थे? मैं आपके लिये चाय वगैरह बनाकर लाया था।'

'हाँ.....' भैया ने उसके साथ-साथ जाते हुए कहा, 'मुझे मालूम ही नहीं था। अबके बार तुम्हारी चाय पिये बगैर नहीं जाऊँगा।'

वे लोग कमरे के बाहर रखी बेंच पर बैठे। थोड़ी देर में उनके दामाद भी वहीं आकर बगल में बैठ गये।

'कैसे हैं जच्चा-बच्चा?'

'दोनों मस्त हैं।' फिर दामाद जी ने अपने दोनों हाथ उनके पैर पर रखते हुए कहा, 'आप ऐसे हैं पापा?'

'था नहीं। कल से हो गया हूँ।'

'ऐसा कैसे हो गया? जो लोग इतने लम्बे समय से भूल गये थे कि उनका लड़का जिंदा भी है या नहीं उन्हें आपने कैसे थोड़ी ही देर में बदल दिया?'

'मैंने बदला नहीं बेटा, मैं तो इस बदलाव का बहाना हो गया। अगर समझो तो हम सबका व्यक्तित्व प्याज की तरह है। एक पर्त के ऊपर दूसरी पर्त। हमारी अकड़, हमारा अहंकार जैसी तमाम चीजें मिलकर हम पर ये पर्तें चढ़ाती हैं। कल तुम मेरी सभी पर्तें काटने का बहाना बन गये थे और आज मैं तुम्हारे घर वालों की

कुछ पर्तें काटने का बहाना बन गया। अहंकार कट जाने पर जिंदगी सुंदर हो जाती है।'

'फिर इसके बाद?'

'हमारे हाथ में ही होता है। चाहें तो इस क्षण को जिंदगी में उतार कर नयी पर्तें न जमने दें और जिंदगी को एक नयी खूबसूरती में जियें या फिर पुरानी आदतों के वशीभूत फिर नयी पर्तें जमा लें।'

'जिंदगी को समझना बहुत कठिन है।'

'जिसने प्यार को समझ लिया उसके लिये कुछ भी कठिन नहीं है। सारी की सारी नकारात्मकता को यही तो काटता है। तुम्हारे प्यार ने मुझे तुम्हारे घर पहुँचाया और तुम्हारे बेटे के प्यार ने तुम्हारे घर को तुम्हारे पास पहुँचा दिया।'

'लेकिन हमारे प्यार ने तो सब तोड़ ही दिया था।'

'ऐसा नहीं होता है। तुम लोगों के प्यार ने एक-दूसरे के प्रति तुम्हारे अहंकार को तो हटा ही दिया था न। तुम्हें अनुभव मिल गया। तुम चाहो तो इस अनुभव को पूरी दुनिया पर फैला सकते हो। ठीक है, यह सब शब्दों में समझना कठिन लगता है पर जब करने लगो तो राह खुलती जाती है।'

तभी अंदर से उसके माँ-बाप बाहर आ गये, 'यहाँ बैठे हैं समधी जी?'

भैया खड़े हो गये।

'कल शाम इन लोगों को अस्पताल से छुट्टी मिलेगी। हमलोग सीधे अपने घर जायेंगे। इस बीच घर में इनका कमरा बढ़िया से सेट कर देते हैं और इनके फ्लैट से इनका सामान भी मँगा लेते हैं।' उन्होंने कहा।

'बहुत ही बढ़िया। हम भी कल शाम की फ्लाइट से घर निकल जायेंगे।' भैया ने कहा।

समधी जी ने भैया का हाथ पकड़ कर कहा, 'हम पहले ही बहुत शर्मिन्दा हैं। अब और मत कीजिएगा। जो चाहे सजा हमें दे दीजिए लेकिन अभी जाने की बात मत करिए। अपने नाती के साथ कुछ दिन तो और रह लीजिए।'

समधन ने भी हाथ जोड़ दिये तो भैया हँसते हुए बोले, 'जो आप लोगों का आदेश होगा वही करेंगे। हम तो लड़की वाले हैं।'

***

'एक बात समझ में नहीं आती है।' भैया के बेटे ने उनसे पूछा, 'आपके और माँ के सम्बन्धों में इतनी तल्खी क्यों है? लगता ही नहीं कि आप लोगों में भी कभी प्यार रहा है।'

'प्यार रहा नहीं कभी। क्योंकि शादी एक समझौते के तहत थोड़ा बेमेल हो गयी थी। तुम्हारी माँ रईस घर से थी इसलिए हमेशा कमान्डिंग पोजीशन में रहती थीं। फिर भी साथ रहने पर प्रकृति के गुणों के अधीन प्यार हो ही जाता है। हम में भी यह शुरू होता कि कान्ता का प्रकरण आ गया और वे मेरी बात मानने को कभी तैयार ही नहीं हुईं।'

'पापा, क्या इसमें जरा सी भी कोई सच्चाई थी?' अमेरिका रहने वाले एडवांस पुत्र ने पूछा।

'नहीं। तुम मेरी स्थिति समझने की कोशिश करो। उस मंदबुद्धि सी लगने वाली, पर बहुत सुंदर लड़की से मेरी शादी कई महीनों से तय थी। हम बीच में कई बार मिले थे और अपने भावी जीवन के बारे में बातें भी करते थे। फिर अचानक सब बदल गया। दबाव, लालच जो भी कह लो, उसके तहत मेरी शादी दूसरी जगह हो गयी और कुछ महीनों के बाद ही वही लड़की मेरे छोटे भाई की पत्नी बनकर घर में आती है और मैं उसको एक मंदबुद्धि डम्ब लड़की की जगह एक बहुत ही स्मार्ट लड़की के रूप में देखता हूँ।'

'हाँ।' बेटे ने कहा।

'मैं उस समय समझ ही नहीं पाया कि ऐसा कैसे हो गया। मेरे जेहन में तो वह डम्ब लड़की ही थी। उसे घर भर में स्मार्टली उड़ते देखकर मैं देखता ही रह जाता था। मैं खुद ही नहीं समझ पाता था कि मैं क्या कर रहा हूँ पर एक बात तो पक्की थी कि अपने छोटे भाई की पत्नी को मैं कभी बुरी निगाह से देख ही नहीं सकता था। बाबूजी के संस्कार मेरे अंदर भी बहुत ही गहरे थे।'

'तो फिर गलतफहमी कहाँ से आ गयी?'

'मैं पूरी बात तो नहीं जानता पर अंदाज लगा सकता हूँ जिसकी तस्दीक तुम्हारी माँ कर सकती है। कान्ता गाँव की मानसिकता वाली लड़की थी और एक हादसे से गुजर चुकी थी। मेरी निगाहों से उसे लगा कि मैं गलत भावना से उसे इस तरह देख रहा हूँ। एक रात जब वह खाना देने आयी थी तो मैंने उससे बात करने की कोशिश भी की थी और अपने अपराधबोध की वजह से ही उससे पूछा था कि उसे यह तो नहीं लगता कि मुझसे उसकी शादी हुई होती तो अच्छा होता। उसने कहा कि मैं अपना ध्यान अपनी पत्नी पर रखूँ तो ज्यादा अच्छा होगा। मैं समझ गया कि वह गलत समझ रही है और कहा भी कि अब मैं ऐसा कुछ भी नहीं पूछने वाला।'

'फिर।'

'अगले दिन मैं और तुम्हारी माँ वापस जाने के पहले माँ-बाबूजी से मिलने घर गये थे। उसी दिन शायद कान्ता ने मेरे बारे में उसे जो गलतफहमियाँ हो रही थीं, वो

तुम्हारी माँ से बता दिया। तब से ही तुम्हारी माँ के मन में यह बात गहरे पैठ गयी है। कमान्डिंग नेचर होने के कारण उसने मेरी बातों पर कभी विश्वास नहीं किया।'

'बाद में कभी माँ ने चाची से इस बारे में कुछ नहीं पूछा?'

'नहीं। वह चाची से नफरत करती है। उससे कभी बात तक नहीं करती। उसके मन में यह भरा हुआ है कि उसके भाई की बरबादी के पीछे कारण तो यही लड़की थी।'

'लेकिन उसकी एकमात्र बात का भरोसा करके अपनी जिंदगी तो बरबाद कर ही रही है।'

'क्या कहा जा सकता है।'

'पापा आपलोग बार-बार मुझसे कहते हैं कि मुझे भी अब शादी कर लेनी चाहिए पर इतना वल्नरेबिल रिश्ता कैसे टिक सकता है? झूठे अकारण संदेहों पर जिंदगी नर्क बनाने का क्या फायदा है?'

'हमेशा ऐसा नहीं होता। तुम्हारे चाचा की स्थिति देखो। उनकी शादीशुदा जिंदगी कितनी अच्छी है। अपनी बहन को देखो। इन लोगों में एक भरोसा है एक-दूसरे के प्रति। तुम भी ऐसी लड़की से शादी करो जहाँ भरोसा दिखाई पड़े। इक्का-दुक्का असफल शादियाँ देखकर शादी से भागने का कोई फायदा नहीं है।'

'पापा....' उसने थोड़ा हिचकते हुए कहा, 'अगर मुझे कोई बाहर की लड़की प्रपोज करे तो....क्या मैं..'

'हाँ-हाँ क्यों नहीं।' उसके मन की बात समझते हुए भैया ने कहा, 'बहुत अच्छा रहेगा।'

'मुझे लगता था जैसे बहन की शादी आपको पसंद नहीं आ रही थी....... '

'हम भी तो सीखते हैं बेटा। अगर दिमाग खुला रखें तो रुढ़ियों से मुक्त होकर वास्तविक जिंदगी में आना हम भी सीखते हैं। बहुत सी चीजें तो हम अपने बच्चों से ही सीखते हैं क्योंकि उन्हें हम अपने मन की गहराइयों से प्यार करते हैं। शुरू में चाहे रुढ़ियाँ हावी रही हों पर आगे चलकर मैं तुम्हारे जीजा को भी प्यार करने लगा था क्योंकि अब तो वह मेरा ही बच्चा था।'

'मैंने देखा। यह चमत्कारिक था। अब बहन अपने घर में सुखी रहेगी।'

'क्या नाम है लड़की का?'

'किस लड़की का?'

'उसी बाहर वाली लड़की का जो तुम्हें प्रपोज करने वाली है।'

उसने हँसते हुए कहा, 'पापा, आप भी न। छोड़ने वाले नहीं हैं। अभी भी

लिफाफा देखकर मजमून भाँप ही लेते हैं। उसको 'लिज' बुलाते हैं।'

'कितने साल हो गये?'

'करीब तीन साल।'

'शादी कर ली है या नहीं अभी?'

'कैसी बातें कर रहे हैं। बिना आपको बताये शादी कर लूँ अभी तो ऐसी नौबत नहीं ही है।'

'तीन साल काफी होते हैं। अगर तुम लोगों को लगता है तो अब शादी कर ही लेना चाहिए। हम लोगों का पूरा आशीर्वाद रहेगा।'

इसी समय उनकी पत्नी भी ड्राइंग रूम में आयीं, 'क्या घुट रहा है बाप बेटे में?'

भैया ने प्रसन्न भाव से कहा, 'मैं इसको कान्ता के बारे में बता रहा था।'

उनके माथे पर शिकन पड़ने लगी, 'कुछ तो शरम करते। बच्चों को भी यही सब सिखायेंगे क्या? अपना पाप अपने तक ही रखिये।'

पता नहीं क्यों भैया के अंदर हमेशा इस बात से जो गुस्से की लहर उठती थी वह आज बिलकुल भी नहीं उठी। उन्होंने पूर्ववत प्रसन्न भाव से ही कहा, 'तुम भी अच्छी तरह जानती हो कि ऐसा कुछ नहीं है फिर बच्चों को भ्रम में रखने का क्या फायदा?'

'क्या कुछ नहीं है?'

'कान्ता से मेरा कोई पाप का संबंध।'

पत्नी ने उन्हें देर तक कड़ी निगाहों से देखा, 'आप मुझे अपने झूठ से बहका नहीं सकते। बच्चों को चाहे जो कर लें।'

'माँ, तुम्हें कैसे पता है यह?' अबके बेटे ने पूछा।

'तुम इन सब में मत पड़ो।' उन्होंने बेटे को डाँट कर कहा।

'माँ, वो दिन अब नहीं हैं जब हम कुछ नहीं पूछते थे। अब ये सब सवाल हमारी जिंदगी से भी जुड़ रहे हैं। अगर मुझे अपनी जिंदगी के कुछ अहम फैसले लेने हैं तो यह क्लियर होना जरूरी है।'

'देख रही हूँ कि विदेशों में रह कर तुम बद्तमीज भी हो गये हो।' कहते हुए वो वहाँ से उठकर चली गयीं। भैया ने कंधे उचकाकर अपनी असहायता जतायी और बेटा भी उठकर माँ के पीछे-पीछे बेडरूम में गया।

कुछ देर दोनों ही लोग चुप बैठे रहे। फिर माँ ने बेटे की तरफ देखा और उसे यह समझ में आ गया कि आज कुछ निर्णय तो हो ही जाना है। अब वह नानी बन चुकी हैं। सब नार्मल रहता तो दादी भी बन चुकी होतीं। इसका सीधा मतलब यह

हुआ कि अब बच्चों को चुप करा के नहीं रखा जा सकता क्योंकि वे भी बड़े हो चुके हैं।

बेटे ने स्थिर आवाज में फिर पूछा, 'तुम्हें यह कैसे पता है माँ?'

'अपने बाप की ओर से मुझसे लड़ने आये हो? क्या पट्टी पढ़ा दी है उन्होंने तुम्हें?'

'नहीं। मैं तुम्हें बताने आया हूँ कि तुम लोगों के बीच की तल्खी अब मुझे नार्मल नहीं रहने दे रही है। अगर कोई गम्भीर कारण है तो मुझे भी मालूम हो नहीं तो मेरा यहाँ घर आना बेकार है। इस बार जाने के बाद मैं कभी नहीं आने वाला हूँ।'

'तुम्हारा दिमाग खराब हो गया है। इस तरह की बातें अपनी माँ से कर रहे हो? अपने बाप से ही क्यों नहीं पूछ लेते?'

'उन्होंने सब कुछ सीधे-सीधे बता दिया है। एक बार भी बात नहीं टाली लेकिन तुम चीजों को उलझा रही हो। सीधी बात नहीं कर पा रही हो। अपने आपको साबित करने की जगह मुझ पर जोर आजमा रही हो। ठीक है, अगर यही चाहती हो तो मुझे दोष मत देना।' कह कर वह उठ खड़ा हुआ।

'बैठ जाओ चुपचाप।' वे गुस्से में बोलीं लेकिन बेटा खड़े-खड़े ही उन्हें देखता रहा।

आखिरकार जिंदगी में वे पहली बार हार गयीं। बोलीं, 'मुझे कान्ता ने ही बताया था।'

'कब?' उसने खड़े-खड़े ही पूछा।

'करीब पैंतीस साल पहले जब मैं अपनी बीमार माँ को देखने के बाद तुम्हारे पापा के साथ यहाँ लौट रही थी।'

'तुमने पापा से पूछा? बाबूजी या अम्मा को बताया। चाची से कभी दुबारा पूछा?'

'नहीं।'

'बस एक बार कही गयी बात को ब्रह्म लकीर मान लिया और अपने परिवार की कोई परवाह नहीं हुई तुमको? कैसे पता तुमको कि वह झूठ नहीं बोल रही थी? तुम्हारे भाई ने उसकी जिंदगी खराब करने की कोशिश की। हो सकता है वह इस झूठ के सहारे तुम्हारी जिंदगी खराब करके बदला उतारना चाहती हो।'

'देख रही हूँ कि मेरा बेटा बड़ा सयाना हो गया है।' वे फिर गुस्से में आ गयीं।

उसने कोई परवाह किये बगैर कहना जारी रखा, 'अब आपलोग और चाची भी बूढ़े हो चुके हैं। चाची के भी बड़े-बड़े बेटे हैं और आप अब भी वही सुर छेड़े हुए

हैं। अगर ऐसी कोई बात होती तो क्या बाबा, दादी या चाचा, पापा को ऐसे ही छोड़ देते। जितना मैं उनके बारे में जानता हूँ ऐसी बात की भनक लगने के बाद क्या वे पापा को वहाँ कभी घुसने देते? आपको इतनी जरा सी बातें समझ में नहीं आयीं?'

'आयी थीं।' उन्होंने सर झुकाकर कहा।

'फिर?'

'मेरे पास और कोई रास्ता नहीं था।'

'किस चीज का रास्ता नहीं था?' बेटे ने हैरानी से पूछा।

अब माँ ने भी सर उठाकर बड़ी स्पष्ट आवाज में कहा, 'मैं शुरू से ही जानती थी कि तुम्हारे पापा और कान्ता में कोई गलत संबंध नहीं था। लेकिन मेरे पास और था ही क्या तम्हारे पापा को कंट्रोल करने के लिये।'

'क्या मतलब?' बेटा और अधिक हैरान हो गया।

'मैं उन्हें अपने घर जाने से और किस तरीके से रोक सकती थी? कान्ता का हौवा तो इसीलिए खड़ा किया कि वे वहाँ न जायें।'

'क्यों न जायें अपने घर?'

'क्योंकि उनके पिता ने कान्ता को अपनी छोटी बहू बनाकर मेरे घर वालों के मुँह पर सीधा तमाचा मारा था। मेरे माता-पिता और मैं, कोई वहाँ नहीं जाना चाहता था। अगर तुम्हारे पापा वहाँ जाते रहते तो मजबूरन हमें भी जाना ही पड़ता।' वे आवेश में आ रही थीं।

'फिर वे लोग कभी नहीं गये वहाँ?'

'नहीं। यही बात तो पाप की गाँठ बनकर मेरे सीने में अटक गयी है। तुम्हारी दादी की तबियत अक्सर खराब रहा करती थी। छोटे और कान्ता उनकी सेवा में थे। एक बार उनकी तबियत ज्यादा ही खराब हो गयी। वहाँ के डॉक्टर ने तत्काल राजधानी ले जाने को कहा। छोटे ने मैनेज करने की कोशिश की और यहाँ फोन भी किया पर तुम्हारे पापा सरकारी काम से कहीं विदेश गये हुए थे। उनको खबर नहीं हो पायी। छोटे और मास्टर जी ने किसी तरह उन्हें राजधानी लाने का इंतजाम किया पर समय लग गया और तुम्हारी दादी राजधानी आने के पहले ही चल बसीं।'

'हाँ, मैं ये जानता हूँ। तुमने पापा को खबर करने की कोई खास कोशिश नहीं की थी और अपने पापा को भी वहाँ जाने के लिये नहीं कहा था।'

'मुझे ये कहाँ पता था कि ऐसा हो जायेगा। मैंने समझा था कि हमेशा वाली बीमारी है, ठीक हो जायेगी।'

'इससे तुम्हें क्या फर्क पड़ा जो गाँठ बन गयी।'

'फर्क पड़ा। उनसे किसी को कोई शिकायत नहीं थी। उनका इस तरह जाना हम सबको बहुत कष्टकारी था। हमलोग सच में ही बहुत तकलीफ में थे पर तुम्हारे पापा ने इस बात पर जरा भी विश्वास नहीं किया और हम लोगों को पूरा दोषी मानते रहे।'

'फिर?'

'फिर तुम्हारे पापा, तुम्हारे बाबा को यहाँ लाये क्योंकि कान्ता एक स्कूल में पढ़ाने लगी थी और छोटे को खेती-बारी के चक्कर में दिन भर गाँव रहना पड़ रहा था जिससे बाबा दिन भर अकेले रह जाते थे और तुम्हारी दादी के जाने के बाद मानसिक रूप से भी परेशान रहने लगे थे।'

'फिर?'

'मुझे तो उनसे पहले से ही बहुत नफरत थी इसलिए मैं उनसे दूर ही रहती थी। तुम्हारे पापा ऑफिस और दौरों में व्यस्त रहते थे। इसीलिए ये सब अच्छी तरह समझते हुए उन्होंने पापा से वापस जाने की इच्छा बतायी। ऐसी हालत में पापा उन्हें वहाँ भेजना नहीं चाहते थे। उनका इलाज भी यहाँ चल रहा था। तुम्हारे पापा ने मुझसे भी बार-बार सब भूलकर इस आखिरी समय में उनके साथ ठीक से रहने की रिक्वेस्ट की पर मेरे लिये यह असंभव सा था।'

'फिर?' फिर पर अटके हुए बच्चा फिर बोले।

'दो दिनों के बाद बाबा ने पापा को बताया कि वहाँ नीम पर इतनी चिड़ियाँ आती हैं और गिलहरियाँ भी हैं जो वहाँ किसी के न रहने से भूखे मर जायेंगे। यह बहुत ही भारी पाप होगा। अगले कई दिनों तक बाबा तुम्हारे पापा को उन चिड़ियों के किस्से सुनाते रहें और बार-बार यही कहते रहें कि अभी वे चले जाते हैं, फिर बाद में आ जायेंगे। अन्ततः पापा ने एक जिम्मेदार स्टाफ के साथ उन्हें टैक्सी से घर भिजवा दिया। लेकिन एक हफ्ते बाद ही वे फिर काफी बीमार हो गये। पापा खुद उन्हें लेने के लिये दौड़े गये पर उन्होंने आने से एकदम साफ इंकार कर दिया और कहा कि वे यहीं मरेंगे।'

'बहुत ही दुखद था यह और तुम्हारी वजह से था। सोचो माँ अगर मैं भी शादी करके चला जाऊँ और तुम चाहे जितनी एड़ियाँ रगड़-रगड़ कर मर जाओ, मैं तुम्हारी ओर देखूँ भी नहीं तो कैसा लगेगा?'

'यह हुआ, पर मेरे पापा के साथ हुआ। मेरी माँ पहले ही मेरे भाई के गम में जा चुकी थी। पापा राजधानी से लौटकर अपने घर आये थे कि रात में ही उन्हें दिल का दौरा पड़ा। पहला झटका वो बर्दाश्त कर गये पर कमजोरी और दूसरे दौरे के डर से डॉक्टर ने उन्हें सही इलाज के लिये राजधानी जाने को कहा। उस समय वहाँ

कोई उनको लाने वाला नहीं था। मैंने तुम्हारे पापा से कितना कहा कि हम चलकर उन्हें यहाँ ले आयें जिससे ठीक से इलाज हो सके पर वह बिलकुल नहीं गये। तीसरे दिन उन्हें दूसरा दौरा आया और उन्हें साथ ले गया। इसके चार महीने के बाद बाबूजी भी चल दिये।'

'एक पीढ़ी पूरी समाप्त हो गयी।' बेटे ने कहा।

'बचे हम दोनों। एक-दूसरे के कट्टर दुश्मन की तरह। मेरे पास उन पर तिलमिला देने वाला वार करने के लिये कान्ता के सिवा कुछ नहीं था इसलिए ये चलता रहा।'

बेटे ने अपनी माँ को बड़ी ही दया की दृष्टि से देखा जिसने अपने दुश्चरित्र भाई और क्रिमिनल बाप के चक्कर में अपनी और अपने परिवार की जिंदगी एक कठिन टॉर्चर में गुजार दी थी। यह उन मामलों का प्रत्यक्ष उदाहरण था जहाँ लड़कियाँ वास्तविकता से आँख मूँद कर अपने मायके के चक्कर में सब कुछ तबाह कर देती हैं। उसे अपनी माँ पर गुस्सा तो बहुत था पर दया भी आ रही थी।

वो बोला, 'तुम्हारे घर में सब अपने-अपने दन्द-फन्द में लगे रहे। सभी कहते हैं कि मेरे नाना ने अपने बड़े भाई का परिवार सहित मर्डर केवल प्रापर्टी के लिये किया था। क्या मिला इस प्रापर्टी से? लड़के की कुल, कुल गति हुई, खुद एड़ियाँ रगड़-रगड़ कर मरे और तुम...... तुम खुद तो मर ही रही हो, साथ में कई निर्दोष लोगों की गति भी बना रही हो। क्या मिल गया ऐसी प्रापर्टी से?'

'मैं क्या गति बना रही हूँ?'

'तुम्हें क्या लगता है मैं एक हल्के-फुल्के ऑफर पर ही अमेरिका क्यों भाग गया? वो तो मेरी किस्मत अच्छी थी कि वहाँ मुझे ज्यादा सपोर्ट मिला और मैं संभल गया। बहन क्यों जल्दी से जल्दी शादी करके यहाँ से निकल गयी भले ही वहाँ परेशानियों में दिन काटती रही। हम सब तुम्हारी वजह से भागे थे। तुम्हारे साथ रहना यहाँ नर्क हो गया था इसलिए भागे थे। अब कहाँ गया तुम्हारा मायका और क्या कर लोगी उस प्रापर्टी से?'

जिंदगी में पहली बार बेटे के इस आक्रामक रुख से माँ अवाक थीं। वो जानती थीं कि ये दिन कभी न कभी तो आना ही था पर इसे आया देखकर सदमे में थीं। खुद को थोड़ा हल्का करने के लिये बोलीं, 'प्रापर्टी का क्या है? इतने साल हो गये दोनों घर बंद पड़े हैं। कोई वारिस आता न देखकर रिश्तेदारों ने उस पर दावे कर दिये हैं। अकेले मैनेजर ही ये सब सँभाल रहे हैं पर कब तक सँभालेंगे? वे भी बूढ़े हो रहे हैं। खेती-बारी भी अधिया पर चौपट ही है। तुम्हारे पापा से बार-बार कह रही हूँ कि कम से कम उसे बेच ही दिया जाये पर उनके हिसाब से वह पाप का

समुद्र है। उसे वे छूना भी नहीं चाहते। मैं ये सब कर नहीं पा रही हूँ।'

'माँ, हर पाप की कमाई का यही अंजाम होता है। शुरू में यह बहुत फलता-फूलता दिखता है पर अपना पूरा सूद लेकर जाता है। मैं भी इसका हिस्सा नहीं बनना चाहता। जो रुखी-सूखी है वह बहुत है। कम से कम जिंदगी खूबसूरत तो है। कल मेरी फ्लाइट है। शाम को मैं जा रहा हूँ। तुमने अपना जो संसार बना रखा है उसमें तुम्हीं रहो।'

'लेकिन लिज का क्या? पापा से बात की है क्या?'

'हाँ, पापा को कोई एतराज नहीं है। मैं उसके घर वालों से बात करके वहीं शादी कर लूँगा।'

'हमलोग?'

'मैं अपने दोनों की लाइफ पर यहाँ की छाया नहीं पड़ने देना चाहता।' कह कर वह बाहर चला गया।

जिंदगी में अचानक आ गये इस तूफान से माँ की समझ में ही नहीं आ रहा था कि सब कुछ अच्छा भला चलते-चलते अचानक यह क्या हो गया। कहाँ तो नानी बनने की खुशी और बेटी के घर सब ठीक-ठाक हो जाने की खुशी सँभाले नहीं सँभल रही थी। कई दिन की मेहनत के बाद तो वे बेटे के दिल का राज निकलवाने में कामयाब हुई थीं और उसे पापा से भी बताने को कहा था। इसकी अलग ही खुशी थी पर सबकी सब पंचर गुब्बारे के हवा की तरह कहाँ उड़ गयी। बेटे व बेटी के मन में उनके प्रति विद्रोह की भावना रहती थी पर डाँटने-डपटने के बाद या इस डाइलॉग के बाद कि आखिर मैं तुम्हारी माँ हूँ, सब सँभल जाया करता था। पर इस बार अकेले बेटी के यहाँ के लम्बे प्रवास में उनको यह एहसास अच्छी तरह हो गया था कि वे माँ के रूप में लोकप्रिय तो नहीं ही हैं। जरूरत की बात अलग थी। और आज बेटे ने उनका पूरा क्रिया-कर्म कर डाला था। उन्हें चारों तरफ अँधेरा ही अँधेरा दिख रहा था और अपने जीने का कोई मकसद नहीं समझ में आ रहा था।

बड़ी देर तक वे यों ही पड़ी रहीं। शाम रात में बदलने लगी और उनकी जिंदगी की तरह बाहर भी अँधेरा हो चला। उन्हें उठकर लाइट जलाने की इच्छा नहीं हुई। नौकर ने लाइट जलाकर तबियत के बारे में पूछा पर उन्होंने उसे लाइट बंद करके वहाँ से जाने को कहा। वह भी इतने दिनों से यहाँ काम करते-करते सब नौटंकियों से वाकिफ हो गया था अतः बत्ती बुझाकर आराम से वहाँ से चला गया। वो पड़ी ही रहीं और सोचती रहीं कि अब उनके जीने का कोई मतलब नहीं था अतः उन्हें अब मर जाना चाहिए।

बाहर लॉन के किनारे गुलाब की क्यारियों के पास खड़े बेटे ने पापा को बताया

कि माँ से क्या-क्या बात हो गयी है। उसने कहा, 'जब वह काफी देर यों ही पड़ी रहीं और कमरे की लाइट भी नहीं जलाई तो मैंने नौकर को भेजा था। कहीं वह कुछ उल्टा-सीधा न कर बैठें?'

'कुछ नहीं होगा। अगर कोई क्रोनिक डिप्रेशन में नहीं है तो आत्महत्या करने के लिये बहुत जिगर कलेजे की जरूरत पड़ती है जो तुम्हारी माँ में नहीं है। थोड़ा धीरज रखो, सब ठीक होगा।'

'परेशानी में तो आ ही गयी हैं।'

'जब किसी टेढ़ी लोहे की रॉड को सीधा करने लगो तो खुद को और रॉड को भी बहुत तकलीफ होती है। जिंदगी को सीधा करने की कोशिश तो और भी तकलीफदेह होगी।'

'मुझे उनसे ऐसे नहीं कहना चाहिए था। मैं आवेश में आ गया था।'

भैया ने सीधे बेटे की आँखों में देखते हुए कहा, 'जब भी जिंदगी हमसे अचानक ऐसा कुछ कराती है तो उसका मकसद बहुत गहरा होता है।'

अध्याय 14

रोज वे अपने कमरे में अलग सोती थीं पर आज पता नहीं क्या हो गया कि वे भैया के कमरे में आ गयीं। वे अपने बेड पर ही उठ बैठे, 'क्या हो गया?'

सामान्यतया जब भी उनके इगो को जरा भी ठेस पहुँचती थी तो वे भैया की जिंदगी नरक करने में कोई कोर कसर नहीं छोड़ती थीं। इसके आदी भैया इसके लिये मानसिक रूप से तैयार भी थे। लेकिन आज वो सब कुछ नहीं हुआ। वे स्टडी टेबिल की कुर्सी पर बैठते हुए बोलीं, 'बेटे को समझाइये।'

'क्या समझाऊँ?'

'वो इस बार जाने के बाद फिर कभी न लौटने की बात कह रहा है।'

'वो बड़ा हो गया है। अब मैच्योर है। अपना भला बुरा समझने लायक हो गया है। उसे क्या समझाया जा सकता है।'

'अगर वो कभी नहीं लौटेगा तो हम लोगों का क्या होगा?'

'क्या होगा?'

'आप समझते क्यों नहीं।' उनकी आवाज भीग रही थी, 'अब कौन है ही जिसके सहारे मैं जिंदा रहूँ। वही है। उसके लौटने की राह देखते और उससे फोन पर बात करके ही तो मैं जिंदा हूँ। जिस दिन वह भी नहीं कर पाऊँगी फिर जिंदगी का क्या मतलब रह जायेगा?'

'तो तुम समझाओ उसे।'

'मेरी बात वह सुन नहीं रहा है। मुझसे ही तो नाराजगी है जो वह ऐसा करने जा रहा है। आप समझाइये उसे।'

'मैं क्या समझाऊँगा किसी को। मैं तो दुनिया के सबसे करीबी कहे जाने वाले रिश्ते, अपनी पत्नी को ही कुछ नहीं समझा पाया तो और किसी को क्या समझाऊँगा।'

'क्यों नहीं समझाया अपनी पत्नी को? क्यों नहीं उसकी बद्तमीजियों पर उसे दो झापड़ लगाकर उसे सही रास्ते पर लाये?' जोर से कहते-कहते वे हिचक-हिचक कर रोने लगीं, 'कम से कम ये दिन तो नहीं देखना पड़ता।'

भैया को ये याद नहीं था कि पहले कब उन्होंने अपनी पत्नी को रोते देखा था। घबराहट में उनकी समझ में नहीं आ रहा था कि वे क्या करें। अभी वे बेड से उठने की कोशिश कर ही रहे थे कि पिछले कई सालों के बाद वे उनके कंधे से आ लगीं और हिचकियों के बीच ही बार-बार कहने लगीं, 'मुझे क्यों नहीं समझाया? उल्टी-

सीधी सभी बातें क्यों बर्दाश्त करते रहे? क्यों? क्यों? मैं बेवकूफ थी पर आप तो समझदार थे।'

वे कुछ नहीं बोल पाये।

और वे रोते हुए लगातार कहती रहीं, 'मैं समझ ही नहीं पायी कि मेरी वजह से मेरे बच्चे मुझसे दूर होते जा रहे हैं। सब लोग मुझसे दूर हो गये हैं। मैं एकदम अकेली हो गयी हूँ।'

बड़े जमाने बाद उन्होंने अपनी पत्नी की पीठ पर हाथ रखते हुए कहा, 'हम सभी लोग यहीं हैं तुम्हारे पास। तुम्हें नजर उठाकर देखने की फुर्सत ही कहाँ है। तुमने खुद को खुद ही अकेलेपन में झोंक रखा है।'

लेकिन मन की जिन गहराइयों से उनके आँसू फूट-फूट कर बाहर आ रहे थे, यह डाइलॉग उन्हें सुनायी ही नहीं पड़ा। उस दिन आधी रात के बाद तक रोने-धोने का यह कार्यक्रम चला जिसमें जिंदगी की बहुत-बहुत कड़वाहटें धुल गयीं।

***

सुबह बहुत ही सुहानी थी।

मुद्दतों बाद आज वे अपने पति के कमरे में उनके ही बेड पर सोयी थीं। रात उन्होंने गारंटी ली थी कि वे बेटे को जरूर ही समझायेंगे। उनसे भी कहा था कि जिस दिन से वे तोड़ना छोड़कर जोड़ना शुरू कर देंगी, सारे लोग उनके पास खिंचे चले आयेंगे। इतने सारे झंझावातों के बीच भी अपने पति के साथ रात उन्हें ऐसी अच्छी नींद आयी जैसी कई साल से नहीं आयी थी। पति की सुबह की सैर से वापस आने तक वह उठ गयी थीं और बेटे के साथ चाय पी रही थीं। वह भी उनसे रोजमर्रा की सामान्य बातचीत ही कर रहा था। कल की कोई तल्खी कहीं नजर नहीं आ रही थी।

उन्होंने अपने पतिदेव को सैर से लौटकर चेंज करने के लिये कमरे में जाते देखा। प्रायः जूता चेंज करने के बाद वे चाय के लिये आ जाते थे। आज कुछ देर हो रही थी। देर होने पर नार्मल रिएक्शन ये था कि वे वहीं से चिल्लाती थीं, 'आ रहे हैं या उसकी यादों में खो गये हैं?'

लेकिन आज उनके बेटे ने दुनिया का आठवाँ अजूबा देखा जब वे खुद ही चाय लेकर कमरे में पापा को देने के लिये गयीं।

वो पूरा दिन रेशम से भी हल्का और खुशनुमा रहा। तीनों लोग हर छोटे-बड़े काम में आनंद उठाते रहे। उन्होंने खुद ही फोन करके बेटी से भी ऐसे अच्छे ढंग से बातचीत की कि वह भी घबरा गयी। आखिर में उसने पापा से पूछ ही लिया, 'आज क्या हो गया है माँ को? तबियत तो ठीक है न?'

'तुम्हारे भैया ने जादू किया है कुछ।' पापा ने कहा।

शाम को बेटे को एयरपोर्ट सी ऑफ करने जाने से पहले उसकी माँ ने उससे पूरा वादा ले लिया कि जाते ही वह लिज से उन लोगों की बात करायेगा और एक बार यहाँ भी लेकर आयेगा। एयरपोर्ट पर बेटे ने धीरे से पापा से कहा, 'देखिए कितने दिन अमन-चैन चलता है?'

लेकिन अमन-चैन खूब चला। चलता ही गया। बेटे के जादू ने रंग दिखाया। एक बार उसकी माँ को अच्छे से रहने का सुख अनुभव में आ गया तो फालतू की बातें विदा होती गयीं। अगर कभी पुरानी आदतवश कुछ उल्टा-सीधा उनके मुँह से निकल भी जाता था तो उनके समझदार पति सँभाल ही लेते थे।

कई दिनों के बाद छोटे का फोन आया। वह बहुत ही एक्साइटेड थे, 'भैया, भैया। पता नहीं क्या हो गया है। अपने नीम पर चिड़ियों की भरमार है। गिलहरियाँ भी आ गयी हैं। हम लोगों ने तो दाना-पानी भी रखना बंद कर दिया था। लेकिन अपने-आप, जैसे पुराने दिन लौट आये हैं।'

भैया की आँखों में आँसू आ गये, 'चिड़ियाँ आ गयीं। गिलहरियाँ आ गयीं। बाबूजी सच कहते थे। ये उनके साथ ही चली गयी थीं। ये आ गयी हैं, इसका मतलब बाबूजी आ गये।' उनकी आवाज इतना रुँध रही थी कि वे थोड़ी देर कुछ बोल ही नहीं पाये।

'भैया।' उधर से छोटे की गम्भीर आवाज आयी।

'हाँ छोटे।' खुद को सँभालते हुए भैया बोले, 'मैं आ रहा हूँ छोटे। मैं जल्दी से जल्दी आ रहा हूँ।'

'भैया।' छोटे की दुविधापूर्ण आवाज आयी, 'भाभी..... भाभी का क्या....'

'मैं चलूँगी। मैं जरूर चलूँगी।' छोटे की भाभी ने कहा।

आज जाकर भैया को विश्वास सा हो गया कि उनकी पत्नी में आया बदलाव क्षणिक नहीं बल्कि वास्तविक है। ईश्वर की लीला कौन जान सकता है। कब? कहाँ? क्या? खेल होगा वही जानता है।

***

नीम के नीचे लगा वही भैया का आसन, सूप में अनाज फटकते कान्ता की जगह उनकी अपनी पत्नी और उनके आस-पास चलती, दौड़ती और हल्का-हल्का उड़ती दाना चुगती चिड़ियाँ, सबके लिये चाय लेकर आते हुए छोटे के छोटे और खुशी की पराकाष्ठा पर पहुँचे हुए छोटे और कान्ता, सब कुछ अचानक दिव्य हो गया था।

कान्ता कह रही थी, 'मुझे कभी विश्वास नहीं था कि चिड़ियाँ हमारे यहाँ फिर लौट आयेंगी। इसीलिए मैं हमेशा दाना-पानी के विरोध में रहती थी। मैं तो इस पेड़

के ही विरोध में हो गयी थी। फिर यह चमत्कार हो गया।'

'अब तो कई दिन हो गये। यह भी नहीं है कि थोड़ी देर के लिये ये कहीं से अचानक आ गयी हों। पूरा घर जीवन्त हो गया है।'

दो गिलहरियाँ भी कहीं से दौड़ते हुए आयीं और ठिठक कर दो पैरों पर खड़े होकर थोड़ी देर भैया की ओर देखती रहीं और फिर दौड़कर पेड़ पर चढ़ गयी।

'लगता है आपको देखने आयी थी।' छोटे बोले।

भैया छोटे को देखकर मुस्कराये पर उनकी आँखों में आँसू थे। खुद को सँभालते हुए वे छोटे के छोटे से बोले, 'कैसा काम-धाम चल रहा है तुम्हारी संस्था का।'

'बहुत ही बढ़िया। अब हमको आगे भी बहुत सी राहें दिखने लगी हैं। आपके पुराने साथी मेहता जी ने संस्था के काम से खुश होकर 6 लाख का सरकारी काम दिलाया है। स्टोर वगैरह की जरूरत आ खड़ी होने पर अब यह जगह थोड़ा छोटी पड़ रही है। हमलोग और जगहें देख रहे हैं।'

'एक बहुत अच्छी जगह मेरी निगाह में है।' कहते हुए वे उठकर अपनी पत्नी के पास गये और उनसे विचार विमर्श किया कि उनका शहर वाला घर अगर इन बच्चों का संस्था को तीन साल के एग्रीमेंट पर दे दिया जाय तो घर भी सुरक्षित हो जायेगा और इन बच्चों की शुरूआती मदद भी हो जायेगी। वो एक क्षण में सहमत हो गयीं।

वे लौट कर बोले, 'लो बच्चों तुम्हारा काम तो बड़ी माँ ने ही कर दिया।'

सभी बच्चे दौड़कर उनका पैर छूने पहुँच गये। इस तरह के परोपकार के काम की पहले कभी आदत न होने के कारण आज जो दिव्य अनुभूति उनको हुई वह पहले कभी भी नहीं हुई थी।

भैया की मित्र मण्डली भी आने लगी थी। चिड़ियों के चमत्कार ने सबके विचार बदल दिये थे। वे सभी अभिभूत थे और भैया के ज्ञान के कायल हो गये थे।

हमेशा के तरह भैया अपने आडियेन्स को बता रहे थे, 'चिड़ियाँ इकोसिस्टम की पॉजिटिव एनर्जी की सूचक है। जहाँ चिड़ियाँ है वहाँ अच्छी ऊर्जा होती है जो हमें खुश रखती है और परेशानियों को दूर करने में मदद करती है। इसीलिए मैं हमेशा कोशिश करता रहा कि हमारे बीच चिड़ियाँ जरूर आ जायें।'

'बड़े पापा। इकोसिस्टम से शायद आपका मतलब है हम और हमारा पर्यावरण।'

'हाँ।' वे सदा की तरह खुश होते हुए बोले, 'मोटे तौर पर बिलकुल सही है। हमें इसकी एकैडमिक परिभाषा से कुछ लेना-देना नहीं है। हमारे मतलब के लिये इतना काफी है।'

'मैं पूछना चाह रहा था कि क्या इकोसिस्टम में नकारात्मक ऊर्जा के प्रतीक

भी कोई जीव है।'

'हाँ। जैसे चूहे। पर आधारभूत बात यह है कि सिस्टम को चलाने के लिये दोनों की जरूरत पड़ती है। किसी एक का भी खत्म होना सिस्टम के लिये अच्छा नहीं होता है। ये ऊर्जायें प्रकृति के अस्त्र हैं जिनसे वह हमारे सिस्टम को इस तरह नियंत्रित करती है कि हम सभी अच्छी तरह रह सकें।'

मिश्रा जी ने पूछा, 'अगर कोई अंग डिस्टर्ब हो ही गया तो?'

'तब पूरा सिस्टम बदलने लगता है। अगर सकारात्मक ऊर्जा कम होगी तो हममें नकारात्मकता बढ़ जायेगी। नतीजा वही लूट-खसोट, मारा-मारी, सद्भाव का कमी, छोटी-छोटी बातों पर आपसी मन मुटाव। अगर नकारात्मक ऊर्जा कम हुई तो मेहनत और संघर्ष की कमी, आलसी समाज।'

मिश्रा जी ज्यादा कुछ समझ तो नहीं पा रहे थे पर अब भैया को नकारा भी नहीं जा सकता था अतः समझने की कोशिश पूरी कर रहे थे। छोटे भी अपना पूरा दिमाग लगाये हुए थे क्योंकि वे अच्छे से जानते थे कि बड़े पापा की बातें गहरी होती हैं और उनकी सच्चाई पकड़ में आने पर बहुत काम की साबित होती हैं।

भैया ने सभी की ओर एक नजर डालते हुए कहा, 'जो मैं कहना चाहता हूँ वह हमारे समाज के लिये बहुत जरूरी है। प्रकृति की ओर नजर डालिये। जानवर है और उनके जिंदा रहने के लिये खाना, पानी, हवा आदि चाहिए जिसे हम संसाधन कहते हैं। काल्पनिक रूप से मान लीजिए कि जंगल में हिरनों की संख्या बहुत बढ़ जाये तो वे सारी घास और पानी खा-पीकर खत्म कर देंगे। फिर जब खाने-पीने को कुछ नहीं रह जायेगा तो भूख प्यास से खुद भी खत्म हो जायेंगे। लेकिन प्रकृति में ऐसा नहीं होने पाता। क्यों?'

सभी उनकी ओर देखते ही रहे।

'क्योंकि जंगल में लकड़बग्घे, तेन्दुए आदि प्रकृति द्वारा ही पैदा किये गये जीव हैं जो उन्हें खाकर उनकी संख्या नियंत्रित रखते हैं। इन तेन्दुओं आदि की संख्या नियंत्रित करने के लिये शेर हैं। देखा जाये तो एक स्वस्थ प्रकृति में या कहें कि इकोसिस्टम में सब कुछ नियंत्रित रहता है।'

'हाँ। ये तो समझ में आ रहा है।' छोटे बोले।

'अब अगर कहीं किसी जंगल में मान लीजिए हिरनों की संख्या बहुत बढ़ जाती है और बाकी के जानवर खत्म हो जाते हैं तो क्या होगा?'

'खाना-पानी खत्म होने से वे सब भी समाप्त हो जायेंगे, आपने अभी बताया था।'

'हाँ, बिलकुल सही। लेकिन अगर ऐसा हो जाये कि ये हिरन घास के अलावा

और कुछ मसलन पेड़ों की पत्तियाँ भी खाने लगें।'

'तो कुछ दिन और जिंदा रह लेंगे।'

'लेकिन उनकी संख्या लगातार बढ़ती ही रहेगी। एक न एक दिन तो संसाधन खत्म ही होंगे।'

भैया ने बहुत ही संतुष्टि के साथ कहा, 'अब दो ही चीजें हो सकती हैं। या तो डाइनासोर की तरह पूरी प्रजाति ही समाप्त हो जाये या प्रकृति उनकी संख्या को नियंत्रित करे।'

'कैसे?'

'उनके अपने भीतर तेन्दुए, लकड़बग्घे आदि पैदा करके।'

'नहीं समझ में आया।' छोटे ने कहा।

'छोड़ो हिरनों को। मनुष्य को देखो। हमारी अथाह बढ़ी हुई जनसंख्या में तेन्दुए जैसे घात लगाकर मारने वाले, लकड़बग्घों जैसे मुर्दाखोर, लोमड़ी जैसे धूर्त, सियार की तरह चालाक लोग नहीं दिखते हैं जो समाज में रह कर ही समाज को खाते रहते हैं। एड्स, इबोला, जिका वाइरस जैसी बीमारियाँ नहीं दिखती हैं जिनका कोई इलाज नहीं है।'

अब यह बात सबकी समझ में आ गयी थी। उनके चेहरों से ही लग रहा था। यह सब प्रकृति द्वारा जनसंख्या नियंत्रित करने के उपाय हैं जिससे हमारी प्रजाति पूरी तरह समाप्त न हो जाये।

भैया ने कहा, 'इसीलिए ऊर्जा के संतुलन की जरूरत है। इसीलिए चिड़ियाँओं की जरूरत है। हम अकेले प्रकृति की दयाहीन बेदर्द यान्त्रिकता से लड़ने के लिये काफी नहीं हैं। हमें और जीवों की मदद चाहिए।'

आज पहली बार में ही भैया की बात सबकी समझ में आ गयी थी।

'और इसको दूसरी तरफ से देखें। जब जब हममें नकारात्मकता बढ़ती है यानी हम आपस में प्रेम व सहयोग छोड़ देते हैं, एक-दूसरे की जड़ें काटने में लग जाते हैं तो सकारात्मक ऊर्जा के प्रतीक चिन्ह जैसे चिड़ियाँ हमें छोड़ जाती हैं। फिर जब हम सकारात्मक होते हैं, ये आ जाती है। मैं चिड़ियों को लाने की कोशिश में इसलिये भी लगा था कि उनके आने मात्र से हमारी नकारात्मकता कटने लगेगी और हम एक अच्छा समाज बना सकेंगे।'

उधर जिंदगी में पहली बार किचन में काम सीख रही उनकी पत्नी ने जब भारत के नक्शे की तरह कई रोटियाँ बेल डालीं तो कान्ता ने 'रहने दीजिए दीदी' कहते हुए उनसे चौका-बेलन ले लिया। लेकिन दीदी आज 'अपने उनको' अपने हाथ की बनाई रोटी खिलाने के लिये दृढ़-प्रतिज्ञ थीं। उन्होंने भी अपनी पत्नी के हाथ

की बनी रोटी बहुत ही प्रेम भाव से खाते हुए सहज ही कहा, 'रोटी-रोटी ही है चाहे भारत के नक्शे जैसी हो या पृथ्वी के।'

एक गौरैया का बच्चा उड़ने की कोशिश करता उनकी टेबिल पर आ गिरा। उसके माँ-बाप की चीं-चीं की आवाजें गूँज रही थीं। बच्चे ने सीधे होकर बैठते हुए उनकी ओर देखा। वो उसे एक फ्लाइंग किस मारते हुए वहाँ से हट कर थोड़ी दूर हो गये और गौरैया को उसे उड़ाकर ले जाते देखते रहे।

www.ingramcontent.com/pod-product-compliance
Ingram Content Group UK Ltd.
Pitfield, Milton Keynes, MK11 3LW, UK
UKHW042137021026
15589UKWH00003B/898

9 789391 531959